GOLDMANN

Buch

Niemand weiß, daß Lauren Bradley, die »schöne Unbekannte«, nach Charleston gekommen ist, um ihren Bruder zu rächen. Während des Bürgerkrieges war er Arzt auf einem Schiff, das von einem Blockadebrecher angegriffen wurde, und kam dabei ums Leben. Der Angreifer war Adrian Cabot, ein waghalsiger Draufgänger und Herzensbrecher. Um den Tod ihres Bruders zu rächen, läßt sich Lauren darauf ein, Adrians Schmugglerfahrten auszuspionieren. Sie überredet Adrian, sie auf einer seiner nächtlichen Fahrten mitzunehmen. Noch ahnt sie nicht, daß ihr dieser leidenschaftliche, unerschrockene Mann bald in mehr als einer Hinsicht gefährlich wird.

»Wenn es um romantische, leidenschaftliche Liebesgeschichten geht, ist Patricia Potter einfach unschlagbar!« *Romantic Times*

Autorin

Patricia Potter ist eine der erfolgreichsten Autorinnen historischer Liebesromane. Ihre Karriere als Schriftstellerin begann 1988 mit einem spektakulären Debütroman, der mit dem *Romantic-Times*-Preis ausgezeichnet wurde. 1993 wurde sie von der *Romantic Times* zur »Autorin des Jahres« gekürt. Bevor sie anfing, Romane zu schreiben, arbeitete Patricia Potter als Journalistin in Atlanta.

PATRICIA POTTER

Schön wie die Sünde

ROMAN

Aus dem Amerikanischen
von Uta Hege

GOLDMANN VERLAG

Deutsche Erstveröffentlichung

Die Originalausgabe erschien unter dem Titel »Lightning«
bei Bantam Books, a division of Bantam Doubleday Dell
Publishing Group, Inc., New York

Umwelthinweis:
Alle bedruckten Materialien dieses Taschenbuches
sind chlorfrei und umweltschonend.
Das Papier enthält Recycling-Anteile.

Der Goldmann Verlag
ist ein Unternehmen der Verlagsgruppe Bertelsmann.

Umschlaggestaltung: Design Team München
Umschlagillustration: Agentur Schlück
Satz: Uhl + Massopust, Aalen
Druck: Elsnerdruck, Berlin
Verlagsnummer: 42698
Lektorat: Anke Knefel
Redaktion: Sabine Dolt
Herstellung: Heidrun Nawrot
Made in Germany
ISBN 3-442-42698-7

In Liebe und Wertschätzung
für Richard Swanson und Sara Fountain,
für ihre Freundschaft und Unterstützung über all die Jahre
und dafür, daß sie immer zur Stelle sind.

Prolog

Lauren erwachte von ihrem eigenen Schrei. Der furchtbare Schmerz, den sie verspürte, erfüllte sie mit Entsetzen.

Schweißgebadet und mit klebrigem Haar horchte sie auf das Geräusch, das wie Kanonendonner klang. Beinahe widerwillig öffnete sie die Augen.

Das Fenster stand offen, und die Vorhänge wehten heftig in der heißen, stickigen Nachtluft. Dicke Regentropfen klatschten auf den blaßgrünen Stoff, und ein greller Blitz erleuchtete das Zimmer, ehe erneut der Donner grollte, düster und drohend wie die Kanone, die sie in ihrem Alptraum vernommen zu haben meinte.

Bitte, Gott, mach, daß es nur ein Alptraum ist.

Aber der Schmerz wurde noch heftiger, er schwoll an, bis er ihren Körper zu verzehren schien. Ebenso plötzlich ließ er nach, und sie sank völlig erschöpft in die Kissen zurück. In ihrem Inneren herrschte vollkommene Leere.

Der Schmerz hinterließ eine Finsternis, die schlimmer war als die körperlichen Qualen.

»Larry!« schrie sie, doch in ihrem Cottage schien niemand zu sein. Menschenleere Finsternis umgab sie.

Ihr Schrei ging in einem weiteren Donnergrollen unter. Sie fuhr erschreckt auf und stürzte beinahe. An den Bettpfosten geklammert, starrte sie hinaus in den tosenden Sturm.

»Larry«, schrie sie erneut, dieses Mal jedoch wurde ihr Schrei durch die Verzweiflung gedämpft. »Larry!« Ihr war, als würde sie von einer riesigen grauen Wolke umhüllt, die ihr einen Teil ihrer Seele raubte. Erneut spürte sie einen Schmerz, dieses Mal so stark, daß sie zurück auf das Bett fiel und keuchend liegenblieb.

Sie wußte mit herzzerreißender Gewißheit, daß Larry, ihr Zwillingsbruder, starb. Irgendwo in einem Sturm wie diesem verließ ihn die Kraft. Sie hatte schon früher seinen Schmerz gespürt, ebenso wie er den ihren erlitten hatte. Sie hatten sich oft schon gefragt, weshalb sie immer die Krankheiten und Unfälle des anderen mittrugen, und hatten es für einen Fluch gehalten.

Damit war es nun vorbei. Das wußte sie. Die Schwäche nahm zu, die Leere schwoll an, bis sie sie in einen finsteren Strudel hineinzuziehen schien.

Ein weiterer Blitz erhellte den Raum, und sie meinte fast, Larry zu sehen, wie er schelmisch grinsend die Hand nach ihr ausstreckte. Doch dann verblaßte er; das Licht entschwand, und sie war allein.

Vollkommen allein.

Ihr Vater hatte einmal gesagt, daß Larry wie der erste leuchtende Sonnenstrahl am Morgen war und sie, Lauren, wie die sanfte Dämmerung am Abend. Beide grundverschieden und doch Teile eines Ganzen. Aber nun war auch er gegangen.

Lauren streckte eine Hand in der Dunkelheit aus. »Geh nicht«, flüsterte sie, aber sie wußte, daß niemand ihr Schluchzen vernahm.

Und sie fragte sich, wie sie in Zukunft die Tage ohne Morgensonne ertragen sollte.

1

Charleston, April 1863

»Patrouillenboot steuerbord.«

Das leise Flüstern war in der nebelverhangenen Nacht kaum zu hören. Mit reglosen Lippen wurde es von Mann zu Mann weitergegeben. Geräusche drangen weit in dieser ruhigen, feuchten Nacht.

Adrian Cabot zuckte zusammen, als er das hämmernde Geräusch der Motoren und das kaum hörbare Klatschen der Ruderblätter vernahm, die durch das Wasser glitten.

Das *Gespenst* kroch nur noch, es schlich sich zwischen den Kanonenbooten der Unionskräfte hindurch, die wie riesige Aasgeier direkt vor der Ausfahrt aus dem Hafen von Charleston lauerten. Das offene Meer, und damit die Freiheit, war nur wenige Minuten entfernt.

Am Steuer seines eigenen Schiffes, neben sich den Lotsen, der ihm flüsternd die Richtung wies, verspürte Adrian die vertraute Mischung aus Besorgnis und Begeisterung. Das Durchbrechen der Unionsblockade berauschte ihn mehr als alles, was er je zuvor unternommen hatte.

Es schien, als sei das Glück heute nacht auf ihrer Seite. Der Mond war nur eine schmale Sichel, aber selbst die wurde von dem Nebel verdeckt, der sich in den frühen Morgenstunden über Charleston gesenkt hatte. Das *Gespenst* war bereits unbemerkt an zwei Kanonenbooten der Union vorbeigeglitten. Jetzt tauchte steuerbord ein weiteres Boot aus dem Nichts auf.

Adrian sandte ein kurzes Stoßgebet gen Himmel. Er wußte, daß sein Schiff bei diesem Nebel kaum zu sehen war. Er hatte es selbst konstruiert und war nicht nur auf seine Geschwindigkeit und Manövrierfähigkeit stolz, sondern auch auf die scharfen, glatten Konturen, die mit der Dunkelheit verschmolzen. Das *Gespenst* hatte bis hin zu den Segeln einen perlgrauen Anstrich, und sein Rumpf ragte kaum merklich aus dem Wasser. Nur der alleraufmerksamste Wachposten würde ihn heute nacht entdecken.

Adrians Hände umschlossen fest das Steuer. Er brauchte diese Fahrt. Diese und noch acht weitere. Nur dann hätte er die Möglichkeit, sein Erbe zurückzukaufen, die Ehre seiner Familie wiederherzustellen.

Er sah sich noch einmal auf dem schwer beladenen Schiff um. Nirgendwo war etwas zu sehen. Sämtliche Luken waren mit Planen abgedeckt. Auch nur der geringste Lichtschein wäre Anlaß für härteste disziplinarische Maßnahmen.

Das Unionsboot zur Linken entschwand, und Adrian behielt seinen Kurs bei. Er verließ sich vollkommen auf seinen Lotsen, der ihn sicher an gefährlichen Untiefen, Sandbänken und Schiffswracks vorbeidirigierte. Johnny besaß die Fähigkeit, auch bei Dunkelheit sehen zu können, und außerdem kannte er die hiesigen Gewässer besser als irgendein anderer. Widerspruchslos befolgte Adrian die Anweisungen, die Johnny mit leiser, ruhiger Stimme erteilte, aber in dem dichten Nebel fühlte er sich wie ein Blinder, und es gelang ihm nie, vollständig zu akzeptieren, daß er nicht alles unter Kontrolle hatte.

Gerade als er den Befehl geben wollte, die Geschwindigkeit zu erhöhen, leuchtete ein greller Blitz am Himmel auf. Adrian hörte eine Explosion steuerbord und Schüsse, die durch die Takelage pfiffen.

»Volle Kraft voraus.« Er achtete nicht länger auf das, was er hörte.

Ein weiterer Schuß krachte in einen Ballen Baumwolle zu seiner Linken. Weiße Fetzen flogen durch die Gegend, und mehrere Stoffballen in der Nähe fingen ebenfalls Feuer. Der Geruch verbrannter Baumwolle stieg ihm in die Nase, aber noch ehe er etwas sagen konnte, gossen die Matrosen bereits eimerweise Wasser auf die wertvolle Fracht.

Adrian hatte das Gefühl, an dem aufkommenden Rauch zu ersticken. Er wandte sich an Johnny. »Wann erreichen wir tiefes Wasser?«

»Wir sind fast da, Käpt'n.«

Ein weiterer Schuß pfiff über seinen Kopf hinweg.

»Der Rauch. Sie verlieren uns in dem Rauch«, sagte Adrian zufrieden, als einer seiner Männer aus der dicken, milchigen Mischung aus Nebel und Qualm auftauchte.

»Das Feuer ist aus, Sir.«

»Und der Rauch wird ihnen die Sicht nehmen, bis wir auf dem offenen Meer sind«, fügte Adrian grinsend hinzu. »Wir sollten ihnen ein Dankschreiben schicken.«

»Verfluchte Yanks«, knurrte der Mann, der soeben gemeldet hatte, daß der Brand gelöscht war. »Ich wünschte, wir könnten zurückfeuern.«

Adrian lachte stillvergnügt. »Dagegen hätte ich auch nichts einzuwenden, Sinclair. Na, zumindest weiß ich jetzt, wie sich ein Fuchs fühlt, der gejagt wird.«

Es blitzte erneut auf, dieses Mal jedoch weit hinter ihnen und im nebligen Dunkel kaum zu erkennen. Sie waren der Meute entkommen, zumindest für den Augenblick.

Adrian wurde von ungestümer Erleichterung gepackt, von einem Gefühl des Triumphes, das ihm Energie und Zuversicht verlieh. Das Schlimmste, die Hauptgruppe der Blockadeschiffe, lag hinter ihnen.

Bis zur Dämmerung blieb er am Steuer. Sie begegneten noch einem weiteren schweren Panzerschiff, dem er selbst mit seiner schweren Fracht mühelos entkam.

Dann machte er eine Bestandsaufnahme. Niemand war verletzt worden, nur er selbst hatte eine schlimme Verbrennung am Arm, die von einem brennenden Stück Baumwolle herrührte; der Schaden am Schiff war minimal, und sie hatten nur eine geringe Menge Baumwolle verloren. Es waren noch zweieinhalb Tage Fahrt bis Nassau, aber er war in Hochstimmung. Er hatte genügend Kohle, und er wußte, daß das *Gespenst* schneller war als fast alle Schiffe, die der Marine der Union zur Verfügung standen.

Inzwischen hatte er über zwanzig Fahrten gemacht. Und diese brachte den bei weitem höchsten Gewinn. Adrian fragte sich flüchtig, was Sokrates wohl in seiner Kabine trieb, aber er wagte nicht, das Steuer aus der Hand zu geben – nicht, ehe sie genügend Abstand zur Küste hatten. Die Unionskräfte hatten die Blockade der Küste erheblich verstärkt, nun, da Charleston, Wilmington und Galveston die einzigen Häfen waren, die den Südstaaten noch zur Verfügung standen.

»Geh schlafen, Johnny«, sagte Adrian zu dem jungen Lotsen. »Du hast deine Arbeit getan, und zwar verdammt gut.«

»Danke, Sir«, erwiderte Johnny mit Stolz in der Stimme. »Gute Nacht, Käpt'n.«

Adrian beobachtete, wie sein Lotse in der Luke verschwand, und dann blickte er wieder hinaus auf den Ozean. Die Küste war nicht mehr zu erkennen, und der Nebel hatte sich vollkommen aufgelöst. Es war ein klarer Morgen, und die aufgehende Sonne glich einem Feuerball. Warme Zufriedenheit erfüllte ihn. Es war gut zu gewinnen. Und es war ein verdammt schöner Tag, um zu leben!

Fünf Stunden später übergab Adrian das Steuer seinem Ersten Offizier und ging die Stufen hinab zu seiner Kabine. Er zögerte kurz, ehe er eintrat. Er wußte nie genau, was ihn dort erwartete, und nun, da die Gefahr vorüber war, verspürte er nur noch das Bedürfnis zu schlafen. Er hatte seit zwei Tagen kein Auge mehr zugemacht.

Als er die Tür öffnete, wußte er sofort, daß er keine Ruhe finden würde. Resigniert betrachtete er das Durcheinander in seiner Kabine.

Der Spiegel lag zerbrochen auf dem Boden, zerrissene Buchseiten waren auf dem Bett zerstreut, und sein Lieblingshemd hing zerknüllt über dem Stuhl.

Er seufzte, als er die großen schwarzen Augen bemerkte, die ihn voller Schadenfreude beobachteten. Und das alles nur, weil er nicht die Zeit gehabt hatte, diese unselige Kreatur nach dem nächtlichen Bombardement zu besänftigen.

Adrian wußte nicht, ob er den Verlust des Spiegels oder den des Buches mehr bedauern sollte. Bücher waren auf See sehr wertvoll. Sie boten die einzige Abwechslung neben der tödlichen Langeweile und der extremen Gefahr, und dieses Buch hatte er erst zur Hälfte gelesen.

Den Spiegel aber brauchte er, um sich zu rasieren, und nun mußte er sich einen von seiner Mannschaft borgen. Schließlich mußte er, wie er ironisch feststellte, den Ruf des Gentleman wahren, der ihm half, die besten Seeleute und die schnellsten Reparaturen zu bekommen.

Erschaudernd blickte Adrian hinab auf seine Hand. Neben der Verbrennung wiesen seine Hände und Handgelenke zahllose kleine Narben auf. Er war inzwischen spitze Zähne gewöhnt.

Es gab niemanden an Bord, der sich nicht fragte, weshalb er Sokrates nicht einfach fortgab.

Manchmal fragte er sich das auch. Es gab wohl kaum ein übellaunigeres, streitsüchtigeres Geschöpf als das, das da vor ihm hockte und hochzufrieden mit dem Schaden zu sein schien, den es angerichtet hatte.

Aber es war genau diese Unabhängigkeit, die Adrian so mochte. Es faszinierte ihn, daß der Affe es wagte, die Hand zu beißen, die ihn gerettet und gefüttert hatte.

Sein respektloser Erster Offizier, Wade, hatte gesagt, daß sie beide, Kapitän Adrian Cabot, ebenfalls bekannt als Lord Ridgely, und der Affe Sokrates einander sehr ähnlich seien.

Adrian wußte, daß er übellaunig sein konnte, und daß er ab und zu über die Stränge schlug und Freunde böse anfuhr. Aber er hatte dann jedesmal ein schlechtes Gewissen und versuchte, seine Ausfälle wieder gutzumachen. Nicht so Sokrates.

Und der Spiegel! Verdammt.

Adrian war nicht abergläubisch, aber der zerbrochene Spiegel ließ ihn trotzdem leicht frösteln.

Er schüttelte den Kopf über seine eigenen absurden Gedanken. Ein Mann war für sein Glück selbst verantwortlich. Wer sich vom Schicksal abhängig machte, rannte in sein Unglück.

Aber er war jetzt zu müde, um weiter nachzudenken. Er schob das Glas mit der Stiefelspitze beiseite und kramte nach einer Packung Kekse für Sokrates. Dann legte er sich auf sein Bett und war innerhalb weniger Minuten eingeschlafen.

Als sie sich den Bahamas näherten, überflog Adrian seine unordentliche Kabine mit einem letzten angewiderten Blick. Er hatte keinen Kabinensteward, weil er keinen Jungen der Gefahr eines Angriffs aussetzen wollte, und seine Mannschaft hatte wichtigere Dinge zu tun, als einem unerzogenen Haustier hinterherzuräumen. Wie gewöhnlich würde er in Nassau jemanden mit der Reinigung der Kabine und dem Waschen seiner Wäsche beauftragen.

Er ging hinaus an Deck. Sie würden sich bald Nassau nähern, und diese Fahrt war ungewöhnlich ertragreich gewesen. Er wollte nicht, daß nun noch etwas dazwischen kam, obgleich er sich vor den Blockadeschiffen der Union vor Nassau nicht sonderlich fürchtete. Sein Schiff war schneller als sie alle, und aus Angst vor dem Zorn der Engländer wagten sie sich nicht allzu nah an die Inseln heran. England galt als neutral, in seinen Gewässern waren Angriffe aller Art verboten. Tatsächlich suchten Schiffe beider Seiten, sowohl der Union als auch der Konföderierten, Nassau auf, um Vorräte an Bord zu nehmen oder Reparaturen durchführen zu lassen. Dieser eigenartige Zustand führte dazu, daß es auf den Straßen und in den Tavernen zu zahllosen Raufereien kam.

Adrian grinste, als er sah, wie Wade versuchte, sich an den Baumwollballen vorbeizuquetschen, die das gesamte Deck ausfüllten. Jeder verfügbare Zentimeter war ausgefüllt, und er hatte während der Fahrt endlose Flüche und Klagen gehört. Die Beschwerden waren jedoch nicht ernst gemeint gewesen, da jeder Mann am Gewinn beteiligt wurde, und der war beachtlich. Rum und Frauen waren gegen Geld zu haben, und seine Männer würden heute abend genug von beiden bekommen.

Er kämpfte sich an den Baumwollballen vorbei und beugte sich über die Reling. Der kleine Punkt am Horizont wurde immer größer. Einen Tag schlafen, und dann würde er wegen einer neuen Schiffsladung und einer weiteren Fahrt durch die Blockade nach Charleston verhandeln. Er hatte weder Zeit für Frauen, noch war er gewillt, sein Geld für sie zum Fenster hinauszuwerfen. Das einzige, was jetzt zählte, war Ridgely. Der Landsitz hatte seit beinahe siebenhundert Jahren der Familie gehört, bis sein älterer Bruder ihn verspielt, sich eine Pistole an den Kopf gesetzt und sich erschossen hatte.

Der amerikanische Bürgerkrieg bot Adrian die Möglichkeit, die Ländereien zurückzukaufen. Noch ein Jahr erfolgreiche Fahrten, und er wäre ein reicher Mann.

Hauptsache, der Krieg dauerte lange genug ...

Als sich das Schiff New Providence Island mit der Hauptstadt Nassau näherte, dachte er erneut an den Spiegel, und auch wenn er keine Angst verspürte, hatte er doch eine böse Vorahnung.

Unsinn, sagte er sich. Wenn nur der Krieg lange genug dauerte, würde er alles bekommen, was er wollte.

Auf dem Oberdeck des amerikanischen Klippers *Marilee* stand Lauren Bradley. Sie fühlte sich einsam und leer und ungewöhnlich unsicher. Bisher hatte sie immer einen Ort gehabt, an den sie gehörte, Pflichten, die sie verstand, und Menschen, die sie liebte. Jetzt hatte sie nichts mehr von alledem, und sie fand sich auf einer Mission wieder, die sie als beängstigend und in vielerlei Hinsicht als unmoralisch empfand.

Sie hatte ihre Fähigkeit zu lügen und zu täuschen während des monatelangen Trainings in Washington und England immer stärker angezweifelt, aber sie hatte die Aufgabe übernommen und war fest entschlossen, ihr möglichstes zu tun. Das und noch vieles mehr war sie ihrem Bruder Laurence schuldig. Er hatte sein Leben für sein Land gegeben. Also sollte sie in der Lage sein, der guten Sache ein paar Monate ihres Lebens und einige ihrer Prinzipien zu opfern – zumindest hoffte sie das.

Ihr Blick wanderte über das Wasser und blieb an einem

grauen Schiff hängen, das in der Ferne auftauchte. Das Fahrzeug wirkte trotz des Schornsteins und der Schaufelräder ungewöhnlich elegant.

Sie hörte ein Geräusch neben sich und wandte sich dem Kapitän zu, der auf sie zukam. »So ein Schiff habe ich noch nie gesehen«, bemerkte sie.

»Das ist das *Gespenst*«, sagte er voller Bewunderung. »Wahrscheinlich der erfolgreichste Blockadebrecher, den es je gegeben hat.«

Lauren spürte, wie sich ihr Magen zusammenzog. Das also war Kapitän Cabots Schiff. Sie drehte sich um und lächelte den Kapitän an, der sie während der dreiwöchigen Überfahrt unter seine Fittiche genommen hatte. »Erzählen Sie mir etwas darüber.« *Erzählen Sie mir etwas über den Mann, der meinen Bruder getötet hat. Erzählen Sie mir etwas über den Mann, der dazu beiträgt, daß dieser entsetzliche Krieg noch länger dauert.*

Kapitän Harry Taggert kam ihrer Bitte bereitwillig nach. Lauren Bradley hatte etwas Besonderes an sich. Sie lächelte häufig, und dennoch lag in ihren Augen immer eine Spur von Traurigkeit.

Sie hatte ihm anvertraut, daß sie aus Maryland kam, und daß sowohl ihr Vater als auch ihr Bruder im Krieg umgekommen waren. Sie hatte nicht gesagt, auf welcher Seite sie gekämpft hatten, und er hatte sie nicht danach gefragt. Es reichte, daß sie um die beiden trauerte. Sie hatte erklärt, daß ihr Onkel in Nassau sie eingeladen hatte, ihn auf der Insel zu besuchen, und daß sie seine Einladung angenommen hatte, weil sie ein wenig Abwechslung brauchte.

Und jetzt fragte sie auch noch nach dem Mann, der Taggert mehr als alle anderen faszinierte. Cabot half zwar dem Feind, aber Kapitän Taggert bewunderte sein seefahrerisches Können.

»Er hat verdammtes Glück«, bemerkte Taggert. »Er hat mehr Fahrten gemacht als irgendein anderer Kapitän.« Mit der Ehrfurcht, die viele Amerikaner vor Adligen empfinden, fügte er hinzu: »Und er ist ein englischer Lord.«

Lauren blickte ihr Gegenüber überrascht an. Weshalb hatte ihr Mr. Philipps diese Tatsache wohl verschwiegen?

»Ein englischer Lord?« wiederholte sie.

»Lord Ridgely.« Kapitän Taggert zeigte beim Lächeln zwei kaputte Zahnreihen. »Er ist ein Vicomte.«

»Weshalb sollte sich ein britischer Aristokrat in unseren Krieg einmischen?« fragte Lauren.

»Nun, wegen des Geldes natürlich«, sagte Taggert. »Viele englische Unternehmer und Seeleute haben mit den Blockadebrechern zu tun. Wissen Sie, es geht dabei um enorme Gewinne.«

»Weshalb sollte Lord Ridgely Geld brauchen?« wollte Lauren weiter wissen.

Taggert zuckte mit den Schultern. »Das weiß niemand«, sagte er. »Es wußte ja auch niemand, daß er ein Vicomte ist, bis eines Tages ein Regierungsbeamter hier auftauchte, der seine Familie kannte. Aber«, fügte er lächelnd hinzu, da ihm etwas einfiel, das sein reizender Passagier bestimmt amüsant finden würde, »er hat eine Besonderheit, von der wir alle wissen. Einen Affen. Er nimmt ihn überall mit hin.« Zufrieden stellte der Kapitän fest, daß Laurens fragender Blick einem Ausdruck der Verwunderung wich.

»Einen Affen?«

»Einen Affen, den er Sokrates nennt«, bestätigte Taggert. »Ein äußerst übellauniges Biest. Hat mich mal gebissen – beißt fast jeden.«

»Ein Affe namens Sokrates«, sagte Lauren laut. Sie fragte sich, was für ein Mann ein solches Haustier hielt. Was für ein Mann ein hilfloses Tier derart mißbrauchte.

Ein Mann, dem Leben und Moral egal waren, der vom Krieg, vom Tod profitierte. Der Druck auf ihren Magen verstärkte sich. Sie zwang sich zu einem erneuten Lächeln. »Ihr Käpt'n Cabot scheint ein äußerst interessanter Mann zu sein.«

Die leichte Bitterkeit in ihrer Stimme überraschte Kapitän Taggert. Aber vielleicht hatte er sich das nur eingebildet. Es tat ihm leid, daß er sie verlassen mußte, aber er wollte am Steuer sein, wenn sie sich Nassau näherten.

»Ich werde Sie vermissen, Miss Bradley«, sagte er.

»Sie waren sehr freundlich, Kapitän«, erwiderte sie mit einem warmen Lächeln.

»Vielleicht sehe ich Sie ja einmal in Nassau?«

»Ganz bestimmt«, sagte Lauren. »Das Geschäft meines Onkels ist in der Bay Street. Ich werde ihm dort behilflich sein.«

»Ich werde einmal vorbeischauen«, versprach er lächelnd, ehe er sich zum Abschied mit der Hand an die Stirn tippte. Dann ging er, und Lauren blickte zu der Insel, die sie beinahe erreicht hatten.

Als sie sich umdrehte und zurück aufs Meer sah, stellte sie fest, daß ihnen der Blockadebrecher gefolgt war. Glück? Schicksal? Das Dampfschiff war jetzt näher, und sie blinzelte bei dem Versuch, Personen an Deck zu erkennen. Aber der Abstand war zu groß.

Kapitän Adrian Cabot war an Bord des Schiffes. Er befand sich höchstwahrscheinlich an Deck. Adrian Cabot ... sie erinnerte sich daran, wie sie diesen Namen zum ersten Mal gehört hatte. Sie hatte in einem kleinen, unscheinbaren Büro in Washington, D. C., gesessen, und ein großer, massiger Mann hatte sie vorsichtig angesehen. »Die Sache mit Ihrem Bruder tut mir leid, Miss Bradley«, hatte er gesagt.

»Danke«, hatte sie tonlos erwidert. Die vergangenen Monate waren ein Alptraum gewesen. Erst ihr Vater, dann ihr Bruder. Sie waren beide Ärzte, Heiler, gewesen. Ihr Vater war am Fieber gestorben, zwei Monate bevor ihr Zwillingsbruder auf einem Schiff der Union umgekommen war, auf dem er als Arzt gearbeitet hatte.

Drei Tage nachdem sie Larrys Tod gespürt hatte, war Lauren von einem Beamten aufgesucht worden, der sie offiziell vom Ableben ihres Zwillingsbruders in Kenntnis setzte. Sie war nach Washington gefahren und hatte verzweifelt versucht, herauszufinden, was geschehen war, aber niemand hatte etwas gewußt, oder zumindest hatte ihr niemand etwas darüber sagen wollen. Schließlich war jemand zu ihr ins Hotel gekommen und hatte erklärt, er habe Informationen über ihren Bruder. Sie solle bitte mit ihm in das Büro der Regierung kommen. Dreißig Minuten später hatte sie unsicher einem Mann namens E. J. Phillips gegenübergesessen, der sie prüfend angesehen hatte. Phillips hatte ihr gesagt, daß es vielleicht etwas gäbe, was sie für ihr Land tun könnte,und sie hatte sich einverstanden erklärt.

»Ihr Bruder wurde durch eines unserer eigenen Schiffe getötet«, hatte er langsam gesagt.

Lauren hatte den Kopf gesenkt. Was auch immer sie erwartet hatte, diese Erklärung war die schmerzlichste. »Wie . . .?«

»Das Schiff, auf dem sich Ihr Bruder befand, verfolgte einen Blockadebrecher. Es war stockdunkel, und in der Nähe war ein weiteres Patrouillenboot. Offensichtlich kannte der Blockadebrecher unsere Signale, so daß er dem zweiten Schiff die Koordinaten des Bootes sendete, das ihm auf den Fersen war.« Der große Mann war in seinem Stuhl zusammengesunken. »Es war ein Volltreffer.«

Lauren hatte diese Informationen bitter aufgenommen. »Und der Blockadebrecher?«

»Kam ungeschoren davon.«

»Und Sie sind sicher, daß nicht er es war, der geschossen hat?« Irgendwie wäre der Schmerz erträglicher gewesen, wenn Larry durch Feindeshand zu Tode gekommen wäre.

Phillips Hände schoben irgendwelche Papiere auf dem Schreibtisch hin und her. »Nur sehr wenige Blockadebrecher sind bewaffnet, Miss Bradley. Erstens sind die Waffen zu schwer und nehmen Platz weg, der für Fracht gebraucht wird. Zweitens würde die Mannschaft wegen Seeräuberei angeklagt, wenn sie ein Schiff der Union angreifen würden. Vor allem dieser Blockadebrecher.«

»Weshalb gerade er?« hatte Lauren gefragt. Sie hatte sofort gespürt, daß mehr hinter Phillips' Worten steckte.

»Der Kapitän ist Engländer. Er hätte also noch nicht einmal den Schutz einer Uniform der Konföderierten. Die verdammten – verzeihen Sie, Ma'am – die ... Engländer sollten neutral sein, aber sie finanzieren Blockadebrecher und bauen Schiffe für die Marine der Konföderierten.«

»Aber warum?«

»Geld«, hatte er verächtlich ausgestoßen. »Anders als bei den Kapitänen der Südstaaten geht es nicht um patriotische Gefühle, sondern einzig um die enormen Gewinne. Und das alles zu Lasten des Nordens und unter Verletzung der Neutralität ihres eigenen Landes.«

Lauren hatte Zorn verspürt – tiefen tödlichen Zorn. Ihr Bruder war für Geld gestorben, ihr lieber, guter Bruder, der nur Menschen hatte helfen wollen.

Sie hatte gemerkt, daß Phillips sie beobachtete, und sie hatte sich gefragt, warum er das tat. Die Antwort auf diese Frage hatte sie umgehend erhalten.

»Sie könnten uns vielleicht helfen, Miss Bradley.«

»Was kann ich tun?« hatte sie ruhig gefragt.

»Wenn es uns gelänge, die Versorgungslinie der Südstaaten zu unterbrechen, könnte der Krieg Monate, ja vielleicht Jahre früher beendet werden.« Er hatte ihr alles ausführlich erläutert. Den Blockadebrechern standen fast keine südlichen Häfen mehr zur Verfügung. New Orleans war besetzt, Mobile und Savannah waren geschlossen. Charleston, Wilmington und Galveston waren die einzigen Häfen, die noch angelaufen werden konnten.

»Wir haben nicht genügend Schiffe, um diese Häfen vollkommen zu schließen, und fünfundsiebzig Prozent der Blockadebrecher kommen durch. Ein Blockadebrecher erzielt mit einer Fahrt einen Gewinn von mindestens hunderttausend, wenn nicht sogar noch mehr«, hatte Phillips gesagt und hinzugefügt: »Das ist Anreiz genug, um die Versorgungslinie der Konföderierten aufrechtzuerhalten.«

Er hatte eine Pause gemacht und Lauren gemustert. Sie hingegen hatte erwartet, daß er fortfuhr.

»Wir müssen dafür sorgen, daß es sich nicht mehr lohnt, die Blockade zu durchbrechen«, hatte Phillips erklärt. »Diese Kapitäne sind gerissen, vor allem der Kapitän des *Gespenstes*. Er scheint immer ganz genau unsere Signale zu kennen, und häufig verschwindet er einfach irgendwo an der Küste, wenn wir ihn sichten. Offensichtlich kennt er einige Wasserwege, von denen wir nichts wissen.«

»Was geschieht mit ihm, wenn Sie ihn gefangennehmen?«

Phillips starrte sie an. »Der verdammte kleine – verzeihen Sie, Miss. Wir können natürlich sein Schiff und die Ladung konfiszieren, aber da er Engländer und somit neutral ist, können wir ihn nur so lange festhalten, bis das Prisengericht zusammengetreten ist. Und mit einer Fahrt macht er genug Geld, um sich ein neues Schiff zu kaufen. Aber«, hatte er hinzugefügt, »dafür braucht er Zeit, Zeit, die den Rebellen fehlen wird.«

Der Gedanke, daß ein Kapitän für die Zerstörung eines amerikanisches Schiffes – für den Tod ihres Bruders – verantwortlich sein konnte und dennoch als neutral galt, hatte Lauren entsetzt. »Nachdem er eins unserer Schiffe zerstört hat . . .?«

»Sie dürfen nicht vergessen«, hatte ihr Besucher gesagt, »daß er keine Waffen an Bord hat . . . Es war eins unserer eigenen Schiffe, das die Granate abgefeuert hat.«

Lauren hatte die Stirn gerunzelt. »Aber ich verstehe immer noch nicht, was ich da tun kann.«

»Die Kapitäne der Blockadebrecher haben ein Auge für hübsche junge Ladies«, hatte Mr. Phillips erklärt. »Wir haben natürlich Spione in Nassau, aber keiner von ihnen ist nahe genug an Cabot herangekommen, um uns irgendwelche nützlichen Informationen übermitteln zu können.«

Lauren hatte die Augen aufgerissen, und ihr Gesicht hatte sich rot verfärbt.

»Nein, nein«, hatte sich ihr Gegenüber zu sagen beeilt. »Wir verlangen nicht, daß Sie etwas Unschickliches tun. Wir haben einen Mann dort, einen Händler. Wir könnten Sie zu ihm schicken und behaupten, daß Sie seine Nichte sind. So bekommen Sie automatisch Kontakt zu den Blokkadebrechern. Manche Männer erzählen einer Lady mehr. Sie prahlen gern ein wenig. Wenn wir herausfinden, wann er fährt und in welchen Flüssen oder Meeresarmen er sich manchmal versteckt, dann können wir ihn abfangen.«

Lauren hatte ihn fragend angesehen, und er war unruhig auf seinem Stuhl hin und her gerutscht. »Es gibt noch eine Möglichkeit«, hatte er gesagt.

Lauren hatte sich aufgerichtet.

»Wenn kurz vor Charleston irgend etwas mit dem Schiff . . . passieren würde, bliebe Cabot keine Wahl. Er müßte sich ergeben.«

»Was sollte denn passieren?« hatte sie argwöhnisch gefragt.

»Wir haben Männer, die Ihnen verschiedene Möglichkeiten zeigen könnten... etwas Sand in den Motor oder in eine der Schaufelwellen... es gibt da mehrere Wege. Ich habe Männer, die Ihnen das alles beibringen können.«

»Aber wie?«

»Die Blockadebrecher nehmen häufig Passagiere mit.«

Lauren hatte geschwiegen.

»Glauben Sie mir, Miss Bradley, Sie könnten Ihrem Land oder Ihrem Bruder keinen größeren Dienst erweisen. Zahlreiche Leben könnten auf diese Weise gerettet werden.«

Die letzten Worte hatten ihre Wirkung nicht verfehlt. Zögernd hatte sie zugestimmt. Wenn sie Leben retten konnte, wäre Larry vielleicht doch nicht vergebens gestorben. Und zu Hause hielt sie auch nichts. Das kleine Haus in Dover war einfach zu leer; es gab dort nichts mehr außer den Echos der Stimmen ihres Vaters und ihres Bruders, die es mit Leben und Lachen und Leidenschaft erfüllt hatten.

Die Arztpraxis ihres Vaters war mit ihm gestorben. Sie hatte ihm und ihrem Bruder geholfen, und ihr Vater hatte oft gesagt, daß ihre medizinischen Kenntnisse beinahe ebenso groß waren wie die der beiden Männer. Sie hatte also den beiden Männern geholfen, was ihr großen Spaß gemacht hatte. Aber niemand nahm eine Frau ernst, und nun, da ihre Familie fort war, gab es keine Patienten mehr, die sich ihr anvertraut hätten.

Ihr Vater hatte ein wenig Geld hinterlassen – nicht viel, aber genug, um eine Weile davon zu leben. Sie hatte sich bei mehreren Militärhospitälern als Hilfskraft angeboten, aber niemand wollte eine junge, unverheiratete Frau.

Nun aber hatte ihr Mr. Phillips eine Möglichkeit geboten, etwas für ihr Land zu tun, ihren Bruder zu rächen...

Eine Möwe tauchte ins Wasser hinab und riß Lauren aus ihren Gedanken. Rache? Hätte Larry das wirklich gewollt?

Sie bezweifelte es. Sie zweifelte selbst an ihren Motiven. Nie zuvor hatte sie jemals auf Rache gesonnen. Rache war etwas Niederträchtiges. Aber Mr. Phillips hatte ihrem Leben einen Sinn, ein Ziel gegeben.

Lauren wußte, daß sie nicht mehr zurück konnte, aber zugleich war ihr klar, daß sie sich in ihrer Rolle nicht sonderlich wohl fühlte. Sie war eingehend auf ihre Aufgabe vorbereitet worden. In einem kleinen Häuschen in Washington hatte man ihr beigebracht, Signale zu geben, ein Schiff zu sabotieren, ja sogar zu flirten. Ihre Ausbildung hatte mehrere Monate gedauert, Monate, in denen sie immer wieder darüber nachgedacht hatte, ob sie in der Lage sein würde, ein derartiges Täuschungsmanöver durchzuführen.

Aber das war sie ihrem Bruder schuldig. Und Mr. Phillips hatte ihr schließlich versichert, daß nichts wirklich Furchtbares passieren würde. Das Schlimmste, was Adrian Cabot widerfahren würde, war der Verlust seines Schiffes und eine kurze Zeit im Gefängnis, also nichts, was auch nur annähernd so entsetzlich war wie das, was mit Larry geschehen war. Und sie könnte mithelfen, den Krieg zu verkürzen. Dafür mußte man alles tun.

Oder nicht?

Das graue Schiff, das Kapitän Taggert als das *Gespenst* identizifiert hatte, glitt näher an den Klipper heran. Der Blockadebrecher war nicht annähernd so hübsch wie der Klipper, dachte Lauren voreingenommen. Ihr Blick fiel auf eine stämmige, blonde Figur am Steuer. Drumherum nichts als Stoffballen. Schmuggelware. Baumwolle. Als das Schiff vorbeifuhr, entdeckte sie einen großen Mann mit rotbraunem Haar, der mit dem kleineren Blondschopf am Steuer sprach. Plötzlich hob er den Kopf, blickte zu ihr hinüber, bedachte sie mit einem beinahe atemberaubenden Lächeln und verbeugte sich.

Kein Wunder, daß er so gut gelaunt war, dachte sie, während ihr eigener Blick über die dicht gedrängten Waren auf seinem Schiff glitt. Offenbar hatte er eine weitere erfolgreiche Fahrt hinter sich.

Unter anderen Umständen hätte sie vielleicht sein wahrhaft charmantes Lächeln erwidert, aber plötzlich fiel ihr Larry ein – Laurence Bradley II – der einst ebenfalls die Frauenherzen mit seinem Lächeln erobert hatte... und der nie wieder lächeln würde.

Ihrer Ausbildung gemäß hätte sie zurücklächeln sollen, aber sie konnte es einfach nicht.

Statt dessen wandte sie sich abrupt ab und ging den kurzen Gang zu ihrer Kabine hinab. Ihre Sachen waren bereits gepackt. Der Großteil ihrer Kleider war weder für das heiße Klima noch für ihre Zwecke geeignet, so daß ihr Mr. Phillips etwas Geld gegeben hatte, mit der Bemerkung, sie müsse ihre schwarzen Trauerkleider ablegen und sich fröhlich, freundlich und sogar ein wenig kokett geben. Sie war sich nicht sicher, ob sie das konnte – bisher war sie immer ungemein praktisch und vernünftig gewesen – so vernünftig, daß sie so gut wie jeden Verehrer abgeschreckt hatte. Sie war vierundzwanzig – manche würden also sagen, sie sei ein altes Mädchen. Aber in ihren Augen bemaß sich ihr Wert nicht danach, ob sie einen Ehemann hatte.

Nun jedoch hatte sie einen Auftrag angenommen, und sie mußte ihn durchführen. Wahrscheinlich waren die ganzen Bemühungen sowieso vergeblich, dachte sie. Sie hatte zwar einige Verehrer gehabt, aber keiner war wegen ihres fehlenden Interesses verzweifelt. Sie wußte, daß sie zwar nicht häßlich war, aber ebensowenig war sie von atemberaubender Schönheit.

Weshalb also sollte gerade dieser berühmt-berüchtigte Kapitän ihr seine Aufmerksamkeit schenken?

Lauren betrat ihre Kabine und überprüfte zum letzten Mal, ob sie all ihre Sachen beisammen hatte. Dann hielt sie kurz vor dem Spiegel inne und betrachtete sich kritisch.

Mr. Phillips, wenn er denn wirklich so hieß, hatte gesagt, der Kapitän sei ein Frauenheld. Aber Kapitän Taggert hatte behauptet, er sei ein Einzelgänger. Was also war wahr? Oder war er beides gleichzeitig?

Lauren verglich ihre äußeren Vorzüge mit den Nachteilen ihrer Erscheinung. Ihre Augen waren wahrscheinlich das Schönste an ihr. Sie waren groß und ausdrucksstark, von einem sanften Haselnußbraun, das sich je nach ihrer Kleidung und Stimmung änderte.

Ihr Haar hingegen war furchtbar. Es war viel zu lockig, so daß immer irgendwelche Strähnen heraushingen, gleich was für eine Frisur sie wählte. Auch die Farbe war nicht gerade berauschend. Ihr Mund war zu breit, um hübsch zu sein, und ihr Kinn war zu kräftig. Zum x-ten Mal stellte sie kritisch fest, daß es ihrem Gesicht einfach an Ebenmäßigkeit fehlte. Wie konnte Mr. Phillips nur annehmen, daß sie einem englischen Lord gefallen könnte?

Sie fragte sich flüchtig, weshalb er ihr nicht mehr über Kapitän Cabot erzählt hatte, weshalb er ihr verschwiegen hatte, daß er ein Adliger war. Vielleicht hatte er angenommen, daß sie dieser Gedanke einschüchtern würde.

Nun, das tat er auch. Sie hatte ihre Fähigkeit zum Flirten von Anfang an bezweifelt, ganz zu schweigen von ihrem Talent, eine derartige Leidenschaft in einem Mann zu wekken, daß er ihr Geheimnisse anvertrauen würde. Aber nun war dieser Gedanke lächerlicher als je zuvor.

Sie spürte, wie der Klipper sanft am Kai anlegte und fragte sich, ob Jeremy Case und seine Frau Corinne sie wohl erwarteten. Langsam wurde sie von Furcht ergriffen, angesichts der Aufgabe, die vor ihr lag, und der Erwartungen, die auf sie gerichtet waren.

Lauren dachte an den Mann, der sie angelächelt und sich dann vor ihr verbeugt hatte. Sie hatte sich Kapitän Adrian Cabot hart und böse vorgestellt. Aber wenn er wirklich der Mann war, den sie an Deck des Dampfschiffes gesehen hatte, dann lächelte er wie ein Engel. Sie hoffte inständig, daß er es nicht war.

Lauren griff nach einem Hut, band ihn sich unter dem Kinn fest und ging an Deck. Kapitän Taggert hatte gesagt, er würde ihr ihr Gepäck später zukommen lassen.

An Deck herrschte inzwischen reges Treiben. Die anderen Passagiere starrten alle auf den belebten Kai, auf dem sich riesige Warenstapel übereinandertürmten. Sie hörte die laute Stimme eines Mannes; irgendwo unter ihr wurde eine Auktion veranstaltet. Man hatte ihr gesagt, sie sollte genau diesen Hut tragen, und nun bemerkte sie, wie sie oder vielmehr der Hut von jemandem angestarrt wurde. Der Jemand hob grüßend den Arm, und sie winkte zurück. Schließlich handelte es sich ja um ihren angeblichen Onkel.

Ihrer Rolle entsprechend würde sie die Gangway hinunter und auf ihn zurennen.

Ihr Blick wanderte hinüber zu dem Schiff, das soeben auf der anderen Seite des langen, hölzernen Landungsstegs angelegt hatte. Der Blockadebrecher.

Plötzlich war es von größter Wichtigkeit, daß sie das Schiff verließ, ehe sie nochmals den Mann sah, den sie vor einigen Minuten zum ersten Mal erblickt hatte. Sie eilte zur Gangway.

Während sie die wackligen Holzplanken hinabbalancierte, bemerkte sie einen Mann in einem blauen Mantel und weißen Hosen, der gemütlich den Kai entlangspazierte. Sie zögerte den Bruchteil einer Sekunde, machte einen weiteren Schritt und stolperte leicht. Noch ehe sie den rettenden Landungssteg erreicht hatte, kam ein haariges Tier auf sie zugerannt. Sie machte einen Schritt zurück und blieb mit dem Absatz zwischen den Holzplanken stekken, als das Tier angriffslustig vorsprang. Sie versuchte, ihren Fuß freizubekommen, um sich in Sicherheit zu bringen, aber der Schwung warf sie nach vorn, und sie fiel, wobei ihre Hände verzweifelt nach einem nicht vorhandenen Halt suchten.

Flüchtig schoß ihr die Ironie dieser Situation durch den Kopf. Sie sollte Eindruck machen? Und ob sie das machte! Durch einen Sturz direkt ins Wasser.

Doch plötzlich wurde sie von zwei Armen aufgefangen, zwei unglaublich starken Armen, die sie wieder aufrichteten. Instinktiv wußte sie, daß sie den Mann von dem Blokkadebrecher vor sich hatte, und langsam, sehr langsam, hob sie den Kopf, bis ihr Blick auf die blauesten Augen traf, die sie je gesehen hatte.

2

Niemand war überraschter als Adrian, als er plötzlich eine Frau in seinen Armen hielt, noch dazu eine, die ihm kurz zuvor den Rücken gekehrt hatte. Ihr abweisendes Verhalten hatte ihn verwirrt und zugleich sein Interesse geweckt.

Und jetzt starrte sie ihn mit vor Verblüffung weit aufgerissenen Augen an.

Sie fühlte sich gut an, zu gut, und er merkte, daß er sie

nicht loslassen wollte, als sie endlich ihr Gleichgewicht wiedergefunden hatte. Er rechtfertigte sein Bedürfnis, sie festzuhalten, mit dem kaum wahrnehmbaren Zittern, das durch ihren schmalen Körper fuhr.

Er bedachte sie mit einem Lächeln, das die Frauen für gewöhnlich zu einer schnellen und positiven Reaktion veranlaßte. »Ist alles in Ordnung, Miss?«

Sie versteifte sich und fuhr ein wenig zurück, so daß er sie loslassen mußte. »Ja, danke«, erwiderte sie mit einem leichten Akzent, den er nicht sofort erkannte.

»Das freut mich«, sagte er ehrlich. Sie war klein und schlank, wies jedoch genau die richtigen Rundungen auf. Ihr schlichtes graues Kleid ließ sie recht blaß erscheinen, aber in ihren Augen blitzte es golden, als sie ihn ernst anblickte. »Miss . . .?«

Sie zögerte, und eine bezaubernde Röte stahl sich auf ihre Wangen, was ihn erneut überraschte und zugleich faszinierte. Er konnte sich nicht daran erinnern, jemals von einer Frau zurückgewiesen worden zu sein, was, wie er sich eingestehen mußte, wahrscheinlich daran lag, daß er wußte, wann er Annäherungsversuche unternehmen konnte und wann nicht. Und obgleich er dieser Person hier wirklich nicht zu nahe getreten war – er hatte ihr lediglich helfen wollen –, blickte sie ihn an, als sei er ein gewissenloser Schurke und nicht ihr rettender Engel.

»Bradley», sagte sie schließlich leise. »Lauren Bradley.«

»Ein bezaubernder Name für eine hübsche Lady«, sagte er mit erprobtem Charme. Er war fest entschlossen, sie zumindest zu einem Lächeln zu bewegen.

Aber sie lächelte nicht. Sie trat einen Schritt zurück, wobei sich ihre Blicke trafen, und plötzlich hatte er das Gefühl, als tobe in ihrem Inneren ein fürchterlicher Sturm. Er konnte seine Augen einfach nicht abwenden von ihrem

Blick, in dem heftige, undefinierbare Gefühle tosten wie Sturmwolken kurz vor Ausbruch eines Hurrikans. Ein weiterer Schritt zurück, und sie stieß mit einem anderen Passagier zusammen, der den Klipper verlassen wollte. Sie war inzwischen von anderen Fahrgästen und Adrian gefangen, und Adrian hatte nicht die Absicht, sich zurückzuziehen, ehe sie nicht ein wenig von ihrer Steifheit ablegte.

Er verbeugte sich leicht. »Ich bin Adrian Cabot«, sagte er und ergriff ihren Ellbogen. »Ich möchte nicht, daß Ihr erster Besuch auf unserer Insel einen unglücklichen Anfang nimmt, und ich fürchte, es ist allein meine Schuld, daß Sie beinahe gestürzt wären. Ich hoffe, Sie nehmen meine Entschuldigung an.«

»Ihre Schuld?« Sie hatte ihren Blick von seinem Gesicht gelöst, und in ihrer Stimme lag ein leichtes Zittern.

Adrian blickte hinüber zu der Stelle, an der sein Affe mit Unschuldsmiene auf ihn zu warten schien. Das Tier trug einen Matrosenanzug und einen Offiziershut. »Der kleine Halunke gehört zu mir. Offensichtlich ist er aus meiner Kabine entwischt. Er versteckt sich gern unter weiten Rökken, und offenbar hat er Ihren entdeckt.«

Er machte sich auf eine ärgerliche Erwiderung gefaßt, doch die blieb aus. Statt dessen lag plötzlich ein unerwartetes Funkeln in diesen faszinierenden Augen. »Ich kann ehrlich sagen, daß es ein einzigartiger Empfang war, Mr. Cabot.«

Adrian war hingerissen. Er hatte geglaubt, er sei nicht mehr zu bezaubern, aber ihre glitzernden Augen drückten eine solch plötzliche, ansteckende und unschuldige Freude aus, daß er einfach sprachlos war. »Dies ist wirklich Ihr erster Besuch, nicht wahr? Ich habe Sie noch nie zuvor hier gesehen.«

»Sehen Sie denn immer alles?« fragte sie. Ihre Blicke

trafen sich erneut, und sie wurde wieder ernst. Es hatte bereits den Anschein, als bereue sie ihr kurzes Lachen.

»Ich versuche es«, entgegnete er, wobei er seine Hand fester auf ihren Ellbogen legte, da er immer noch ihren Widerstand spürte. »Zumindest alles, was wichtig ist.«

Er wußte, daß er ihr keine Wahl ließ. Offensichtlich war sie allein; keiner der Gentlemen vor dem Schiff kam ihr zu Hilfe geeilt, und wenn sie die Gangway nicht den ganzen Tag blockieren wollte, müßte sie ihn wohl begleiten.

Ihre Augen verrieten, daß sie wußte, was er dachte, und daß ihr seine Gedanken mißfielen, was ihn jedoch nur neugieriger machte. Sie hatte ihre Miene wieder unter Kontrolle, aber die Röte auf ihren Wangen ließ sich nicht verbergen. Er fragte sich, weshalb sie so angespannt war. Sein Interesse wuchs, und er führte sie fast gewaltsam die letzten Schritte zum Landungssteg hinab, wo sie beiseite traten, damit die anderen Passagiere an Land gehen konnten.

Adrian hörte ein plötzliches unruhiges Schnattern hinter sich und wandte sich um. Sokrates hatte sich bewegt; offenbar hatte er beschlossen, daß ihm inzwischen verziehen war, und nun wollte er mehr Aufmerksamkeit. Der kleine Affe stand da wie ein alter weiser Mann und blinzelte Lauren Bradley an. Adrian erstarrte, da er befürchtete, daß sein Gefährte einen neuen Angriff plante. Statt dessen verbeugte sich Sokrates leicht vor Lauren und hielt ihr eine knorrige Pfote mit krummen kleinen Fingern hin.

Zu Adrians Überraschung lachte sie und beugte sich hinab, um die kleine Hand zu ergreifen. Sie hatte nicht die geringste Angst vor dem Affen. Wie er oft genug angewidert festgestellt hatte, kicherten Frauen im allgemeinen nervös, oder sie fuhren erschreckt zurück, wenn sie seinem haarigen Gefährten begegneten. Manchmal fragte er sich, ob er Sokrates vielleicht deswegen so häufig mitnahm.

Aber Lauren Bradley ergriff die kleine Hand und erwiderte die Verbeugung des Affen mit einem fröhlichen Knicks. Adrian war entzückt, auch wenn er sich eingestehen mußte, daß sie dem Affen mit mehr Wärme begegnete als ihm selbst.

»Sokrates«, unterbrach er mit einem verlegenen Lächeln. »Das ist Miss Bradley.«

Die beiden schienen ihn vollkommen zu ignorieren. Sokrates schnatterte fröhlich, wenn auch unverständlich, und Miss Bradley beugte sich zu ihm hinab und legte den Kopf zur Seite, als versuche sie, ihn zu verstehen. Nie zuvor hatte Sokrates sich so schnell zu jemandem hingezogen gefühlt, und Lauren Bradley blickte mit einem vollen, offenen, einfach entzückenden Lächeln zu Adrian auf. Doch die Begeisterung schwand ebenso schnell, wie sie gekommen war, als sei sie ein kleines Kind, das bei einer unerlaubten Tat erwischt worden war.

Sie richtete sich wieder auf, und als sie an ihm vorbeiblickte, begann sie erneut zu lächeln. Er drehte sich um und sah, wie eine bekannte Gestalt auf sie zugelaufen kam.

»Onkel Jeremy«, sagte das Mädchen, und Adrian beobachtete, wie die beiden sich herzlich umarmten, ehe der Neuankömmling sich mit ausgestreckter Hand an ihn wandte. »Kapitän Cabot, ich danke Ihnen. Ich habe gesehen, wie Sie meine Nichte vor einem ungewollten Bad im Meer bewahrt haben.«

»Ihre Nichte?« erwiderte Adrian leicht überrascht. Er war häufig in Jeremey Cases Geschäft in der Bay Street. Dort gab es die besten Waren, hochwertiges Tuch, die edelsten Zigarren in Nassau und Geschenkartikel wie Spieldosen und Porzellan. Er mochte Case, der bei all seinen Geschäften immer fair und liebenswürdig war. »Dann freut es mich besonders, wenn ich behilflich sein konnte.«

»Das waren Sie tatsächlich, Kapitän Cabot. Vielleicht können wir uns ja mit einem Abendessen bei Ihnen erkenntlich zeigen.« Jeremy lächelte. »Bei Ihnen und Ihrem kleinen Freund.«

Adrian grinste. »Er wird nicht oft mit mir eingeladen.«

Jeremys Lächeln wurde breiter. »Ich habe den Eindruck, daß Ihr Sokrates ganz hingerissen ist von meiner Nichte.«

»Ebenso wie ich«, erwiderte Adrian galant. »Wir würden uns freuen.«

»Wie lange werden Sie dieses Mal in Nassau bleiben?«

Adrian zögerte. Es gab zahlreiche Spione in Nassau, von denen einige sogar Signale verschicken konnten. Er wollte nicht, daß irgendwie zu ihnen durchsickerte, wann er vielleicht abfuhr, da er dann sicher von Unionsschiffen abgefangen werden würde. »Das weiß ich noch nicht«, sagte er. »Ich muß erst diese Ladung verkaufen und neue Fracht suchen.«

Jeremy machte eine Handbewegung in Richtung der Kisten, die sich auf dem Kai stapelten. »Sie werden keine Schwierigkeiten haben, neue Waren zu finden. Es ist erheblich mehr Fracht da, als die Schiffe tragen können.«

Adrian nickte zustimmend. »Ja, das stimmt, und es werden immer weniger Schiffe. Die Risiken werden einfach zu groß.«

»Aber nicht für Sie?«

»Die Gefahr reizt mich, Jeremy, das wissen Sie. Darüber haben wir bereits gesprochen.«

»Das ist Ihre Sache, Kapitän«, entgegnete Jeremy lächelnd. »Aber ehe Sie wieder abfahren, sollten Sie den Frieden in Nassau genießen. Weshalb kommen Sie nicht morgen abend zu uns zum Essen?«

Adrians Blick fiel auf die junge Frau. Ihr Gesicht verriet keinerlei Regung, die Freude über Sokrates' ungewohnte

Höflichkeit war entschwunden. Aber trotz des unauffälligen Kleides und des reservierten Blickes übte sie nach wie vor eine gewisse Anziehungskraft auf ihn aus, nein, mehr als das. Sie war irgendwie geheimnisvoll. Eine Herausforderung. Er spürte eine seltsame Erregung, auch wenn er für den Bruchteil einer Sekunde an den zerbrochenen Spiegel und die eigenartige Vorahnung denken mußte, die er gehabt hatte.

Aber seine Hand war immer noch warm von ihrer Berührung, und in dem Augenblick, in dem sich ihre Blicke getroffen hatten, war etwas zwischen ihnen aufgeflackert, etwas so Ungewohntes und Erhebendes und ... Erregendes ... daß er sich hatte zusammenreißen müssen, um sie nicht noch fester zu halten, sich hinabzubeugen und ...

Er zwang seine Gedanken in schicklichere Bahnen. »Es wäre mir ein Vergnügen«, sagte er. »Und ich nehme an, daß auch mein unerzogener Freund gerne kommen wird.« Er nickte Lauren Bradley zu. »Bis morgen dann.«

Sie sah ihn ernst an, und er fragte sich, was hinter diesem Blick wohl verborgen lag. »Nochmals vielen Dank, Kapitän«, sagte sie mit angenehm leiser Stimme.

»Es war mir ein Vergnügen.« Er grinste und musterte sie nochmals, ehe er sich umdrehte und den Landungssteg mit dem schwankenden Gang hinabspazierte, den sie bereits an anderen Seeleuten entdeckt hatte.

Jeremy Case unterbrach ihre Gedanken. »Das haben Sie sehr gut gemacht, meine Liebe. Eine solch schnelle Arbeit hatte ich nicht erwartet.«

Überrascht drehte Lauren sich zu ihm um. Er war ein älterer Mann, groß und dünn, aber das Glitzern, das in seinen hellblauen Augen lag, nahm ihm die Strenge. Sein Gesicht war wettergegerbt, die knittrigen Falten, die die Augen und den Mund umspielten, verliehen seinem Gesicht Charakter und Ausdrucksstärke. Sie mochte ihn sofort.

»Der Sturz war nicht geplant«, gestand sie mit einem schiefen Grinsen.

»Dann ist Providence auf unserer Seite«, erwiderte er mit einem schnellen Lächeln. »Ich bin Jeremy Case«, sagte er, »und meine Frau und ich freuen uns, Sie bei uns zu haben.«

»Weiß sie, weshalb ich hier bin?«

»Nein. Sie glaubt wirklich, Sie seien meine Nichte.«

Inzwischen steuerten sie auf die Stadt zu, wobei sie ihre Unterhaltung mit gesenkter Stimme fortführten. Sie war neugierig. Wie war es möglich, daß Mr. Cases Frau nichts von seinen Verwandten wußte?

Er legte seine Hand auf ihren Ellbogen, als sie zu einer Steintreppe kamen. »Ich habe seit einiger Zeit . . . keinen Kontakt mehr zu meiner Familie. Corinne weiß, daß ich nicht gern über meine Vergangenheit spreche, aber sie hat sich sehr gefreut, als ich sagte, daß Sie für eine Weile ein Zuhause suchen. Sie . . . wir . . . wollten immer eine Tochter, aber Gott hat uns nie ein Kind geschenkt.«

Lauren blieb die leise Resignation in seiner Stimme nicht verborgen. Sie warf ihm einen schnellen Blick zu und versuchte, sein Alter zu erraten, aber das war unmöglich. Seine Augen waren jung, und die Falten konnten ebensogut von Trauer und Mühsal herrühren wie vom Alter.

Er eilte schnell voran, vorbei an Kutschen, die am Kai warteten, über einen Platz, auf dem zahllose Händler Fische und Früchte zu verkaufen versuchten, hinein in eine enge Straße voller sauberer, pastellfarbiger Geschäftshäuser.

»Dies ist die Bay Street«, erklärte Jeremy. »Wir wohnen über dem Laden.« Er hielt kurz inne und blickte ihr ins Gesicht. »Es ist nicht besonders elegant.«

Lauren schenkte ihm ein warmes Lächeln. »Ich bin Arzttochter, und meinem Vater war es relativ egal, ob er für seine Dienste bezahlt wurde oder nicht. Ihr Haus macht auf mich einen großartigen Eindruck.«

Er lächelte langsam, und es war offensichtlich, daß er ebensolche Bedenken wegen des Arrangements gehegt hatte wie sie. Sie fragte sich flüchtig, was er wohl erwartet hatte. Oder was sie selbst erwartet hatte. Sie hatte sich auszumalen versucht, wie ein Spion wohl aussah. Ob er das auch getan hatte?

Ein Spion? In Washington, als ihre Trauer um Larry noch neu und frisch gewesen war, als sie keine eigenen Zukunftspläne gehabt hatte, als sie verzweifelt etwas für ihr Land hatte tun wollen, war diese Vorstellung so richtig, so ... nobel gewesen. Als sie jedoch endlich Zeit zum Nachdenken gefunden hatte, waren ihr leise Zweifel an dieser Reaktion gekommen, und nun, da sie dem Mann begegnet war, den sie belügen und betrügen sollte, hegte sie noch größere Zweifel.

Nicht, daß sie sich zu ihm hingezogen fühlte. Er war viel zu anmaßend und arrogant für ihren Geschmack. Sie verabscheute alles, was er war, alles, was er tat – aber zumindest hatte er sie vor einem blamablen Sturz gerettet.

Sie spürte Jeremys Hand auf ihrer Schulter. »Vergessen Sie nicht, mich Onkel Jeremy zu nennen«, warnte er. »Schließlich sind Sie die Tochter meiner Schwester Abigail.«

Lauren nickte. Das hatte man ihr bereits auf einer der Sitzungen mit dem geheimnisvollen Mr. Phillips gesagt, und sie hatte sich sämtliche Details gemerkt. Sie hatten beschlossen, daß sie aus Maryland kam, da sie sich dort gut auskannte, und es dort nur so wimmelte von Sympathisanten der Konföderierten. Gemeinsam hatten sie sich Schritt für Schritt eine Geschichte ausgedacht, die sie erzählen konnte. Aber nun fühlte sie sich unwohl bei dem Gedanken, alle Welt täuschen zu müssen.

»Da sind wir«, sagte ihr Begleiter, und sie blickte sich erst interessiert und dann bewundernd in dem aufgeräumten Geschäft um, in dem sich die Schätze nur so türmten. Als sie eintraten, drehte sich eine Frau zu ihnen um. Ihr herzliches Lächeln ließ Laura warm ums Herz werden.

»Meine arme Kleine«, sagte die Frau, während sie auf sie zueilte und sanft umarmte. Sie war wohlgerundet – nicht wirklich dick, aber gut gepolstert. Lauren wurde ganz schwindlig bei diesem herzlichen Empfang: Sie wurde eingehüllt in einen sauberen Blumenduft, der die Sinne betörte, und eine Wärme, die durch und durch echt war.

Lauren ließ die Umarmung zu, obgleich es seltsam war, sich von einer Fremden liebkosen zu lassen. Sie hatte nie eine Mutter gekannt; ihre eigene war bei der Geburt der Zwillinge gestorben, und es hatte nie jemanden außer ihrem Vater gegeben.

Aber es war sehr angenehm, so umarmt zu werden, so spontan und herzlich von jemandem in die Arme geschlossen zu werden.

Mrs. Case ließ sie los und betrachtete sie mit freundlicher Besorgnis. »Du mußt bestimmt Hunger haben, und du möchtest bestimmt ein Bad nehmen und dich vielleicht ein wenig ausruhen. Jeremy kann sich um den Laden kümmern. Du mußt mich Corinne nennen. Und jetzt komm mit. Ich hoffe, es wird dir bei uns gefallen.« Die Worte überstürzten sich. Lauren war dankbar, daß Corinne keine Antwort erwartete.

Sie ging hinter Corinne ein paar Stufen neben dem Geschäft hinauf und gelangte in einen Flur. Corinne öffnete die Tür zu einem großen Wohnzimmer, das auf den Hafen hinausging. Gegenüber war eine große Küche, die von einem steinernen Herd beherrscht wurde, und die eine Reihe von Fenstern aufwies, durch die die frische Seebrise hereindrang.

Lauren folgte Corinne weiter durch den Flur, bis ihre Gastgeberin eine Tür öffnete und zurücktrat, um Lauren vor sich eintreten zu lassen.

Sie stand in der Tür und blickte von dem offensichtlich neu eingerichteten Raum hin zu den Fenstern, von denen aus sie den Hafen überblicken konnte. Es war ein herrlicher Ausblick – Segelboote und schnittige neue Dampfschiffe schaukelten sanft auf dem türkisfarbenen Wasser. Sie schluckte. Diese Schiffe waren so schön, aber sie waren für Laurences Tod verantwortlich. Sie spürte, wie die bekannte Einsamkeit in ihr aufwallte.

»Ich schicke Mary mit dem Badewasser herauf«, unterbrach Corinne ihre Gedanken.

»Mary?«

»Unser Mädchen ... und unsere Freundin«, sagte Corinne. »Sie kümmert sich um uns alle.«

Lauren lächelte. »Ein Bad wäre herrlich.« Sie bemerkte, wie schmutzig sie sich fühlte.

Corinne kam zu ihr herüber und umarmte sie noch einmal. »Ich bin so froh, daß du hier bist«, murmelte sie, ehe sie den Raum verließ.

Lauren wandte sich erneut dem Fenster zu. Sie hatte heute alles falsch gemacht. Sie biß sich auf die Lippe und dachte, daß sie wirklich eine jämmerliche Spionin abgab. Sie sollte Freundschaft schließen mit dem englischen Kapitän, statt ihn zu brüskieren oder zu meiden, aber jedesmal, wenn sie ihn ansah, mußte sie an Larry denken.

Niemand wäre auf den Gedanken gekommen, daß sie und ihr Bruder Zwillinge waren. Er war groß gewesen, sie klein, er hatte ein fröhliches Wesen gehabt, sie ein ernstes, er war spöttisch gewesen, sie hatte immer alles geglaubt. Sie hatte immer im Hintergrund gestanden, als sie klein gewesen waren, aber er war niemals böse zu ihr gewesen, hatte höchstens einmal harmlosen Schalk mit ihr getrieben.

Larry hatte nur eine Sache ernst genommen: Medizin. Ihr Vater, von dem sie ihre Ernsthaftigkeit geerbt hatte, hatte immer gesagt, daß Larry seinen Charme benutzte, um seine Patienten zu heilen, wenn die traditionellen Methoden versagten. Und das hatte er getan. Alle Menschen, die Larry je begegnet waren, hatten ihn sofort in ihr Herz geschlossen, und sie und ihr Vater hätten schwören können, daß einige Heilerfolge nur deshalb erzielt worden waren, weil die Patienten ihn einfach nicht hatten enttäuschen wollen.

Und nun war er fort, sein Körper war im Meer begraben statt auf dem hübschen baumbestandenen Friedhof, auf dem ihre Eltern ruhten. Diese Tatsache verursachte einen beständigen Schmerz, der niemals ganz verschwand.

Vorher hatte sie das Meer immer geliebt. Aber jetzt sah sie beim Anblick der See immer nur Finsternis und Feuer und Schüsse. Sie sah den Körper ihres Bruders, der unter die Wellen glitt. Der letzte männliche Bradley. Ihr Blick fiel auf das *Gespenst*, das immer noch entladen wurde. Anschließend würde es den Kai verlassen und im Hafen ankern, bis es zu einer neuen Fahrt aufbrechen würde.

Zu einer neuen Fahrt und einer neuen Lieferung tödlicher Fracht an den Süden, neuer Waffen und neuer Munition.

Sie machte Bewegungen an Deck des Schiffes aus, konnte jedoch niemanden erkennen. Sie fragte sich, ob der Kapitän wohl wieder an Bord war, er und sein seltsamer, charmanter kleiner Affe.

Im allgemeinen besaß Lauren eine gesunde Menschenkenntnis, aber der englische Kapitän – der englische Lord – verwirrte sie. Vielleicht war es aber auch ihre eigene Reaktion auf ihn, die ihre Sinne durcheinander brachte.

Als Kapitän Taggert einen Affen erwähnt hatte, hatte sie sofort an ein hilfloses Tier an einer Eisenkette gedacht, nicht an die freie und neugierige Kreatur, der sie begegnet war. Und auch die offensichtliche Zuneigung, die in der Stimme des Kapitäns gelegen hatte, als er Sokrates vorgestellt hatte, war ihr nicht verborgen geblieben.

Sokrates.

Ein drolliger Name, obgleich Kapitän Cabot gewiß alles andere als drollig war. Trotz seines oberflächlichen Charmes hatte sie sofort gespürt, daß etwas Hartes und Unbeugsames von ihm ausging. Und es war bestimmt nicht drollig, Waffen gegen Gewinn zu verkaufen. Sie erinnerte sich an jeden Moment ihrer Unterhaltung, wollte irgendeine Schwachstelle finden. »Die Gefahr reizt mich«, hatte er zu Jeremy gesagt. Diese Worte mußte sie sich merken.

Und Jeremy Case, der Mann, zu dem sie Onkel sagen sollte. Wer war er? Sie meinte, einen leichten Südstaatenakzent gehört zu haben, als er sprach, aber sie war sich nicht ganz sicher.

Mr. Phillips hatte ihr erklärt, daß die meisten Menschen, die in Nassau lebten, mit den Konföderierten sympathisierten, daß viele von ihnen von den Tories und den Royalisten aus der Zeit der Revolutionskriege abstammten. Sie waren nach dem amerikanischen Sieg größtenteils aus dem Süden hierher gezogen, und diese Verbindungen waren über Generationen hinweg erhalten geblieben. Und dann ging es auch noch um die Gewinne. Nassau machte mit den Blockadebrechern offensichtlich ein gutes Geschäft.

Weshalb also sympathisierte Jeremy Case mit dem Norden?

Es klopfte, und sie öffnete dem Mädchen, das das Bad für sie vorbereiten sollte. Sie wünschte sich, sie könnte die Zweifel einfach abwaschen, die sie plötzlich verspürte. Dieser Auftrag überstieg ihre Kräfte, das wußte sie.

Aber sie hatte versprochen, die Aufgabe zu erfüllen, und sie hatte noch nie ein Versprechen gebrochen.

Doch das Bild des englischen Kapitäns ging ihr nicht aus dem Kopf. Sie sah ihn vor sich, wie er auf dem Landungssteg gestanden hatte, mit windzerzaustem kastanienbraunem Haar, in dem dicke kupferfarbene Strähnen leuchteten, mit ausdrucksstarkem Gesicht und samtblauen Augen, die ihr direkt ins Herz zu blicken schienen.

Sie wußte, daß sie in Schwierigkeiten steckte. Viel tiefer, als sie vorausgesehen hatte.

Adrian ging eilig in Richtung des Royal Victoria Hotels, wo er eine Suite gemietet hatte. Sokrates saß auf seiner Schulter und schimpfte mal wieder über ein vermeintliches Unrecht.

Alle paar Meter wurden sie von anderen Blockadebrechern gegrüßt, die Adrian zu seiner erfolgreichen Fahrt gratulierten und nach der Situation in Charleston fragten. Wie viele Schiffe bewachten den Hafen? Was für Schwierigkeiten hatte es gegeben? Welche Preise hatte er für seine Waren erzielt? Wieviel hatte er für die Baumwolle bezahlt?

Nassau würde in den kommenden Tagen voller Blockadebrecher sein. Der Mond wurde voller und heller. Nur wenige andere riskierten mehr als eine Fahrt alle zwanzig Tage, wenn der Mond nur eine schmale Sichel am Himmel war. Aber Adrian wagte immer mehr als die anderen. Er hatte auch mehr Grund als die meisten anderen, die ihr Geld ebenso schnell ausgaben wie sie es verdienten. In den Straßen von Nassau floß der Champagner in Strömen. Er wünschte sich, er hätte nur einen Bruchteil des Geldes, das an den Spieltischen verschleudert wurde.

Wie er es vor Jahren verschleudert hatte.

Er seufzte. Er hatte Case erzählt, daß er die Blockade durchbrach, weil ihn die Gefahr reizte. Das stimmte zum Teil. Der Hauptgrund jedoch war das Geld, das er mit seinen Fahrten verdiente.

Heute abend würde es ein Fest im Royal Victoria geben. Es wurde immer gefeiert, wenn eine Fahrt erfolgreich verlaufen war. Es war einfach ein weiterer Grund zum Feiern, obgleich Nassau ununterbrochen in Feststimmung zu sein schien, selbst wenn die Neuigkeiten von der Front bedrükkend waren. Die Stadt schien nicht zu begreifen, daß ihr Reichtum ein Ende haben würde, wenn der Krieg erst einmal beendet wäre. Ebenso wie es dann mit Adrians Einkünften vorbei sein würde.

»Na, worüber denkst du gerade nach?«

Adrian wandte sich eilig um und entdeckte Clay Harding, den er von allen Blockadebrechern noch am ehesten als Freund bezeichnen würde. Clay kam aus Virginia. Er war ein ehemaliger Marineoffizier der Union, dem nun ein Blockadebrecher der Konföderierten unterstand.

Er grinste Adrian an. »Wie ich sehe, hast du den kleinen Halunken immer noch. Ich hoffe ja immer, daß du ihn mal auf einer deiner Fahrten verlierst.«

Sokrates brach in lautes Schimpfen aus, und Adrian lachte vergnügt. »Manchmal könnte ich schwören, daß er alles versteht, was wir sagen. Vielleicht kann er dich aber auch einfach nicht leiden.«

»Er kann niemanden leiden.«

»Das stimmt nicht«, erwiderte Adrian.

Clay zog neugierig die Brauen hoch.

»Wir haben eben eine junge Dame kennengelernt, und Sokrates war ungemein höflich.«

Clays Miene verriet Interesse. »Eine junge Dame? Neu?«

»Neu«, bestätigte Adrian.

»Hübsch?«

»Weshalb sollte Sokrates sonst wohl höflich sein?«

»Keine Ahnung. Aber ich verstehe ja sowieso nicht, weshalb du ihn behältst.«

»Er sorgt dafür, daß ich nicht allzu arrogant werde.« Der amüsierte Tonfall jedoch strafte seine Worte Lügen.

Clay gluckste. »Nun, das ist ein einleuchtender Grund. Vor allem für deine Freunde. Dein verdammtes *Gespenst* läßt uns alle ziemlich alt aussehen. Aber erzähl mir mehr von dieser jungen Dame.«

Adrians Lächeln wurde breiter. Clay war nicht nur ein hervorragender Kapitän, sondern darüber hinaus ein elender Herzensbrecher. »Sie wohnt bei Jeremy Case. Seine Nichte.«

»Unverheiratet?«

»Seit wann macht das für dich einen Unterschied?«

Clay blickte ihn unbehaglich an. »Seit ich letztes Mal beinahe von einem wütenden Ehemann erwischt worden wäre.«

Jetzt war die Reihe an Adrian, sein Gegenüber interessiert anzusehen. »Und was ist passiert?«

»Ich bin aus dem Fenster geklettert.«

Adrian konnte sich die Details ausmalen. »Mit oder ohne Kleider?«

»Nun, ich hatte einen Mantel«, sagte Clay gekränkt.

Adrians Lachen war in der ganzen Straße zu hören. »Und die Lady?«

Clay grinste. »Ich nehme an, sie hat eine ganze Truhe voller verschiedener Männerkleider.« Er hielt inne. Sein

Interesse an Adrians Eroberung war noch nicht erloschen. »Aber jetzt erzähl mir mehr von der jungen Dame, die Sokrates verzaubert hat. Du hast doch wohl nicht vor, sie für dich zu behalten, oder? Sie muß sensationell sein.«

»Nein«, erwiderte Adrian nachdenklich. »Nicht sensationell. Aber sie sieht . . . nett aus.«

»Nett?« Clay zog erneut amüsiert die Brauen hoch.

»Wirklich nicht dein Typ«, sagte Adrian und wunderte sich über seine Verärgerung.

»Jede Frau ist mein Typ.« Clay gluckste erneut, als er Adrians Gesicht sah. »Ich glaube, ich brauche noch ein paar Zigarren aus Jeremys Laden.«

Adrian spürte, wie er erstarrte. Dann zuckte er gleichmütig mit den Schultern. »Ich bezweifle, daß du besonderes Glück bei ihr haben wirst.«

»Wollen wir wetten?« Clays Augen leuchteten.

Warum nicht? Adrian ärgerte sich sowohl über Clay als auch über sich selbst – vor allem über sich selbst, daß er der kurzen Begegnung mit Lauren Bradley soviel Bedeutung beimaß. Er hatte keine Ahnung, weshalb er einen derartigen Beschützerinstinkt entwickelte. Er nickte.

»Und der Einsatz?« Ohne es auszusprechen, wußten sie beide, daß es um die Verführung der Lady ging.

Adrians Gesicht wurde starr, obgleich er lächeln wollte. Er spielte nie, außer, wenn es um diese lächerlichen Wetten zwischen den Kapitänen ging, die inzwischen Tradition hatten. Sie wetteten um alles – darum, wie viele Schiffe in einer Woche durchkommen würden, oder auch darum, wen Sokrates als nächsten beißen würde. »Bleibt dir überlassen«, sagte er. Er war sich sicher, daß jeglicher Versuch, Lauren Bradley zu verführen, zum Scheitern verurteilt war. Wenn es einen Frauentyp gab, den er auf den ersten Blick erkannte, dann war es eine Jungfrau, die es auch bleiben wollte. Und außerdem mußte er sich eingestehen, daß er durch die Wette versuchte, die Anziehungskraft zu leugnen, die sie auf ihn ausübte.

»Eine durchzechte Nacht für meine Mannschaft gegen eine durchzechte Nacht für deine Männer.«

»In Ordnung.«

»Gut. Und jetzt erzähl mir von deiner Fahrt.«

Adrian zuckte mit den Schultern. »Eigentlich gab's nichts Besonderes. Vielleicht waren ein paar mehr Kanonenboote unterwegs. Sie haben uns gesichtet, als wir aus dem Hafen auslaufen wollten und haben einen Baumwollballen getroffen. Aber das war letztlich unser Glück. In dem Rauch konnten wir unbemerkt entkommen.«

»Du solltest allmählich darüber nachdenken, ob du nicht lieber Wilmington anlaufen solltest.«

»Mein Lotse kennt sich in Charleston besser aus.«

»Wenn du nach Wilmington willst, leih ich dir meinen Lotsen. Er könnte Johnny alles beibringen. Ich weiß, daß die beiden verdammt gut sind.«

Adrian überraschte das Angebot. Es war wirklich großzügig. Im allgemeinen hüteten die Kapitäne ihre Lotsen wie er sein Gold. Aber Clay hatte einen guten Grund für sein Angebot. Er war kein privater Geschäftsmann wie Adrian, sondern ein Marineoffizier der Konföderierten, und sein Hauptinteresse bestand darin, daß so viele Waren wie möglich in den Süden gelangten. Als Kapitän machte der Südstaatler keinen Gewinn mit den Fahrten, auch wenn seine Mannschaft am Erlös beteiligt wurde.

Trotz seiner häufig respektlosen Kommentare und Bemerkungen war Clay der Sache der Konföderierten treu ergeben, und Adrian achtete sowohl seine Loyalität als auch sein seefahrerisches Können, vor allem, da Clay sich selbst oft über diese beiden Tugenden lustig machte.

»Danke«, sagte er ehrlich. »Ich werde mit Johnny darüber sprechen.«

»Tu das«, erwiderte Clay. »Wann willst du wieder auslaufen?«

»In zwei Tagen, wenn ich bis dahin meine Fracht losgeworden bin und schnell genug eine neue Ladung an Bord bekomme.«

»Riskant.«

Adrian grinste. »Nicht riskanter als sonst. Schließlich haben wir dann nur Halbmond.«

»Hell genug, daß die Yankees dich entdecken können.«

»Ah, aber aus genau dem Grund werden sie uns nicht erwarten. Sie werden langsam faul und arbeiten nur noch ein paar Nächte im Monat.«

Clay schüttelte den Kopf über das, was er verrückt nannte.

»Und jetzt brauche ich erst mal ein Bad«, sagte Adrian.

»Stimmt«, pflichtete Clay ihm mit gerümpfter Nase bei. »Heute abend dann? Im Royal Victoria gibt es eine Feier, und Talley ist auch gestern angekommen.«

»Sind irgendwelche Schiffe verlorengegangen?«

»Abbot ist noch nicht zurück. Er hätte gestern bereits hier sein sollen.«

»Verdammt«, entfuhr es Adrian. Cal Abbot war ein Südstaatler und führte ein Schiff von Fraser, Trenholm & Company, einem der größten Unternehmen des Südens, die die Blockade durchbrachen. Er war zwar kein enger Freund von Adrian, aber er war allseits beliebt.

»Es wird immer schwieriger, mein Freund«, sagte Clay. »Jetzt nimm erst mal dein Bad, Adrian. Wir sehen uns dann später.« Sein Blick fiel auf Sokrates, der von Adrians Schulter geklettert war und nun ungeduldig an dessen Hand zerrte. »Ich glaube, dein . . . Freund hat Hunger.«

»Er hat immer Hunger«, sagte Adrian resigniert.

»Bring ihn heute abend mit. Wir haben einen neuen Kapitän.«

Adrian lachte in sich hinein. Es gehörte dazu, daß sie Sokrates auf Neuankömmlinge ansetzten. Für gewöhnlich spielte der Affe das ausgeklügelte Spiel auch mit.

»Um wieviel Uhr?«

»Wir bringen ihn um Punkt acht rein.«

»In Ordnung«, stimmte Adrian zu. Es gab weiß Gott nicht gerade viel Abwechslung in Nassau.

»Also bis heute abend.«

Adrian nickte und ging weiter in Richung des Royal Victoria. Als er noch einmal über die Unterhaltung nachdachte, fragte er sich, weshalb ihm unweigerlich der Teil des Gesprächs einfiel, in dem es um Lauren Bradley gegangen war.

3

Die Badewanne war verflixt unbequem. Selbst wenn sie doppelt so groß gewesen wäre, hätte sie immer noch als Folterinstrument für Adrians Körper dienen können.

Er lehnte sich so weit wie möglich zurück und verfluchte seine Größe. Aber wenigstens war das warme Wasser angenehm. Seine Kabine an Bord des *Gespenstes* war nicht viel mehr als ein Loch, sie enthielt nichts außer einem schmalen Bett und einem kleinen Tisch. Die Quartiere seiner Mannschaft waren ebenso klein, aber er hatte das Schiff absichtlich so gebaut, um möglichst viel Raum für Fracht zu haben.

Auf keinen Fall war genug Platz für Badewannen oder auch nur für extra Badewasser.

Als junger Offizier in der Königlichen Marine hatte er den Kapitän um seine elegante, geräumige Kabine beneidet und sich nach dem Tag gesehnt, an dem er selbst einen solchen Raum bewohnen würde, obgleich er bereits damals gewußt hatte, daß seine Aufstiegschancen nicht gerade groß waren. Er war arm gewesen und rebellisch, und nach Meinung der meisten Kapitäne aufsässig, bis er schließlich unter Giles Gray gedient hatte.

Kapitän Gray hatte gesehen, was kein anderer vor ihm hatte sehen wollen: Adrian war der geborene Seemann mit einer Abscheu vor Inkompetenz. Unter Gray war er aufgeblüht und hatte sich sogar im Krimkrieg ausgezeichnet.

Und er war glücklich gewesen . . . bis Kapitän Gray zum Mitglied der Admiralität befördert worden war und er Erster Offizier unter einem Mann geworden war, den er für einen ausgemachten Idioten und Feigling hielt. Das hatte er auch in der Öffentlichkeit gesagt, was dazu geführt hatte, daß er aus der Marine entlassen worden war. Zwei Monate später hatte sein Bruder sich in dem luxuriösen Stadthaus erschossen, das die Cabots seit mehreren Generationen besessen hatten. John Cabot, der Vicomte von Ridgely, hatte den letzten Rest der Ridgelyschen Güter verspielt, die seit der Eroberung durch die Normannen im Besitz der Familie gewesen waren. Adrian war der nächste Vicomte geworden, allerdings hatte er mit dem Titel weder Land noch Geld geerbt.

Adrian hatte geschworen, daß er nie um mehr spielen würde, als zu verlieren er sich leisten konnte. Außerdem hatte er geschworen, daß er Ridgely zurückbekommen würde . . . und wenn er es durch Diebstahl oder Betrug an sich bringen müßte.

Der amerikanische Bürgerkrieg hatte ihn diesem Ziel schneller nahegebracht als er für möglich gehalten hatte.

Adrian war Zweiter Offizier auf einem Handelsklipper gewesen, als er einen Brief von Giles Gray erhalten hatte. Einer von Giles' Freunden hatte nach Kapitänen gesucht, die das Kommando von Schiffen übernehmen sollten, die Waren an die Südstaaten lieferten. Dieser »Freund« hatte vor allem britische Marineoffiziere gesucht. Ob Adrian wohl Interesse hätte?

Adrian hatte nicht lange überlegen müssen. Nicht, nachdem er gehört hatte, was dem Kapitän eines jeden Schiffes bezahlt werden würde: fünftausend Dollar für jede Fahrt. Er hatte das Angebot angenommen und das Kommando über einen der ersten Blockadebrecher erhalten, die von einer Gruppe englischer Investoren gebaut worden waren. Das Schiff hatte seltsam ausgesehen, verglichen mit den Segelschiffen, die er so gut kannte, aber er hatte schnell gelernt, mit einem Dampfschiff umzugehen. Er hatte eine größere Kabine gehabt, in der er eigene Waren gelagert hatte, die er nebenher verkaufen wollte. Innerhalb von neun Monaten hatte er genug Geld zusammengehabt, um den Bau eines eigenen Schiffes in Auftrag zu geben. Anders als die anderen Kapitäne verschwendete er kaum Geld für Spiel oder für Frauen.

Und nun hatte er beinahe eine viertel Million Pfund auf einer Londoner Bank. Vielleicht könnte er Ridgely tatsächlich bald zurückkaufen. Das war sein einziges Ziel.

Außer, daß er natürlich lange genug zu leben beabsichtigte, um dieses Ziel zu erreichen.

Das Wasser in der Wanne wurde kalt, und er erhob sich. Durch das Fenster wehte eine sanfte Brise vom Meer herein. Sokrates saß in der Ecke und naschte von den Früchten, die Adrian für ihn bestellt hatte. Der Affe haßte nichts mehr als Wasser, und Adrian grinste, als er die bösen Blicke sah, mit denen er die Wanne bedachte.

Er streckte sich und begann sich anzuziehen: ein Paar dunkelblaue Hosen, ein feines Leinenhemd und eine hellblaue Weste. Alle Kleidungsstücke waren gut geschnitten und aus edlem Material. Sie vervollständigten das Bild des vollkommenen Gentleman, das ihm häufig half, potentielle Käufer und Verkäufer von Waren zu bezaubern und um den Finger zu wickeln. Dabei half ihm natürlich auch sein Adelstitel. Er hatte ihn nicht benutzt, als er das erste Mal nach Nassau gekommen war, aber nachdem ein Bekannter den Leuten erzählt hatte, daß er ein Lord sei, hatte er erstaunt festgestellt, wie viele Türen ihm dieser Titel öffnete. Die Händler in Nassau und Charleston waren offensichtlich beeindruckt von der Tatsache, es mit einem echten Vicomte zu tun zu haben, auch wenn er noch nicht einmal Land besaß. Er verstand ihre Reaktion zwar nicht, aber er war praktisch genug veranlagt, sie sich zunutze zu machen.

Jeremy Case jedoch schien der Titel nicht zu beeindrukken. Er gewährte Adrian niemals einen Preisnachlaß und schmeichelte ihm auch nicht in der Art, wie einige andere es taten. Adrian mußte plötzlich grinsen. Lauren Bradley war ihrem Onkel tatsächlich äußerst ähnlich.

Er erinnerte sich an Clay und an die verfluchte Wette, die sie abgeschlossen hatten, und er fragte sich, warum in aller Welt er bloß darauf eingegangen war. Aber Clays offensichtliches Interesse hatte ihn gehörig geärgert, und noch mehr hatte ihn geärgert, daß er derart heftig darauf reagiert hatte. Er war sich ziemlich sicher, daß die distanzierte und zurückhaltende Miss Bradley wahrscheinlich noch nicht einmal Clays berühmtem Charme erliegen würde, aber es war einfach unanständig gewesen, eine solche Wette abzuschließen, und er bedauerte es bereits.

Adrian verbrachte den größten Teil des Tages mit dem Überwachen der Entladearbeiten und dem Kauf von Kohle und Waren für die nächste Fahrt nach Süden. Die Konföderation zahlte gut für Waffen, Munition und Medikamente, aber Luxusartikel brachten noch höhere Gewinne. Er teilte seine neue Fracht auf und wählte genug für die Armee, um sich das Wohlwollen der Südstaatenregierung zu sichern. Schließlich war sie es, die ihm den Schutz gewährte, den er brauchte, um den Hafen von Charleston anlaufen zu können. Es hatte Versuche gegeben, alle Blockadebrecher zu zwingen, mindestens fünfzig Prozent ihres Frachtraums für Regierungsgüter zu reservieren, aber bisher war nichts daraus geworden. Adrian jedoch wollte die Geduld der Regierung nicht erst auf die Probe stellen.

Mehrere Male hatte er am Nachmittag zum ersten Stock von Jeremy Cases Geschäft hinaufgeblickt. Er wußte, daß der Händler dort mit seiner Frau lebte, aber es regte sich nichts hinter den Fenstern. Er wünschte nur, er verstünde, weshalb er neuerdings ein solches Interesse an dem Laden hatte.

Schließlich überließ er seinem Ersten Offizier die Überwachung der Arbeiten und kehrte zum Royal Victoria zurück. Er schnappte sich Sokrates, der auf dem Schiff geblieben war, und beschloß, einen kleinen Umweg zu machen. Er wußte nicht weshalb, aber plötzlich stand er vor Jeremy Cases Geschäft.

Nun, er könnte ein paar Stumpen gebrauchen, und Jeremy hatte schließlich die besten Zigarren weit und breit.

Als er den Laden betrat, suchten seine Augen jedoch etwas anderes als Tabakwaren. Jeremy wollte gerade schließen, und seine Augen blitzten wissend auf, als er Adrian erblickte.

»Kapitän?«

Es passierte Adrian nicht gerade häufig, daß er aus der Fassung geriet. »Ein paar Stumpen«, sagte er brüsk.

»Wie viele?«

Adrian zögerte. Er versuchte, den Besuch in die Länge zu ziehen, während seine Augen zur Treppe wanderten, die zum oberen Stockwerk hinaufführte. »Ein Dutzend«, sagte er schließlich.

Jeremy nickte und nahm die langen, dünnen Zigarren aus dem Feuchthaltebehälter. »Und ein Pfefferminz für Ihren Freund? Als kleines Geschenk?«

Adrian nickte. Das lag wohl in der Familie, denn auch Jeremy mochte den Affen aus irgendeinem unerfindlichen Grund.

Sokrates schnatterte fröhlich, als wüßte er genau, daß die Süßigkeit für ihn bestimmt war. Adrians Blick glitt von der Treppe hinab zu seinem kleinen Begleiter. »Sag danke«, befahl er, und Sokrates verbeugte sich und lüftete den Hut.

Adrian hörte Gelächter, ein leises Glucksen, das sein Innerstes wärmte. Er blickte auf und sah, daß Lauren Bradley die Treppe hinabgestiegen war. Sie sah anders aus. Sie hatte das triste graue Kleid gegen ein ebenso schlichtes bescheidenes Kleid getauscht, dessen grüne Farbe jedoch smaragdfarbene Blitze in ihren Augen aufflackern ließ, und ihr Haar hing lose in feuchten Wellen herab, als habe sie es vor kurzem gewaschen und beinahe trocken gebürstet. Er spürte, wie er auf eigenartige Weise erstarrte, wie seine Sinne in einer Weise auf diese Frau reagierten, wie sie seit langer Zeit auf keine Frau mehr reagiert hatten, und in seinem Kopf dröhnte die Alarmglocke.

Er nickte und verbeugte sich, wie Sokrates es zuvor gemacht hatte, und er sah, daß ihr Lächeln breiter wurde, ehe es erstarrte. Plötzlich war er verwirrt. Verwirrt, enttäuscht und seltsam benebelt.

»Kapitän«, grüßte sie, ehe sie sich an Jeremy wandte. »Ich soll dich zum Abendessen holen.«

Adrian beobachtete, wie sie sich umdrehte und die Treppe hinauffloh, und er fragte sich, weshalb sie ihn zu meiden, so vor ihm auf der Hut zu sein schien, während sie Sokrates gegenüber so offen war – genau das Gegenteil von dem, wie andere Frauen sich ihnen gegenüber verhielten.

Aber vielleicht gelänge es ihm ja, sie morgen abend beim Essen wenigstens teilweise aus der Reserve zu locken. Er bezahlte eilig, nahm Sokrates auf den Arm und verließ den Laden. Es war Zeit, den Affen für die Standardbegrüßung des Neuankömmlings im Kreise der Blockadebrecher zurechtzumachen.

Im Speisesaal des Royal Victoria erwartete man sie an einem Tisch für acht. Vier andere Blockadebrecher erhoben sich, als Adrian mit Sokrates erschien, der jetzt eine kleine Kapitänsmütze und ein Paar kleine Schuhe trug. Adrian ließ sich zu seiner erfolgreichen Fahrt gratulieren und trank mit den anderen ein Glas Champagner. Vielleicht gelang es ihm ja so, Miss Bradley aus seinen Gedanken zu verbannen.

»Auf die Baumwolle«, sagte einer der Männer.

»Und auf die Engländer, die sie kaufen«, fügte ein anderer hinzu.

»Und auf die Yankee-Blockade, die die Preise in die Höhe treibt«, meinte ein dritter.

Dies war der traditionelle Trinkspruch, der häufig im Speisesaal des Royal Victoria zu hören war, sehr zum Ärger der wenigen Seeleute der Union, die gelegentlich das Hotel aufsuchten.

David Beauregard, ein Mann aus Charleston und wahrscheinlich der erfahrenste Blockadebrecher unter ihnen, blickte auf seine Uhr. »Fast acht«, bemerkte er.

Adrians Kollegen fingen an zu grinsen, als er Sokrates

unter den Tisch schob. Manchmal spielte Sokrates mit, manchmal aber auch nicht.

Aber er hatte sich bereits fast den ganzen Tag gut benommen, und nun schien er gewillt, das alte Spiel mitzuspielen. Widerstandslos verschwand er unter dem Tisch.

Um Punkt acht betrat Clay den Speisesaal in Begleitung eines Mannes in grauer Uniform, und die fünf Männer erhoben sich vom Tisch, um den Neuankömmling zu begrüßen. Noch einmal sprachen sie den traditionellen Toast aus.

Ein Ober erschien und fragte nach ihren Wünschen. Der Neue, der sich als Reid Cooper vorgestellt hatte, blickte neugierig in Richtung des leeren achten Stuhls. »Vielleicht sollten wir noch warten«, sagte er.

»Ach nein«, sagte David mit einem matten Lächeln. »Es hat keinen Sinn, auf ihn zu warten. Es ist der Lotse von Cabot, unserem englischen Lord«, stichelte er. »Dem Halunken kommt immer etwas dazwischen. Guter Lotse, aber keinerlei Manieren.«

»Lotse?« Reid Coopers Augen leuchteten auf. »Ich habe gehört, Sie hätten einen der besten. Vielleicht könnten Sie mir helfen, einen geeigneten Mann zu finden?«

In diesem Augenblick tauchte unter dem Tisch ein Schuh auf.

Adrian grinste. »Unter Umständen ... ja, vielleicht ... könnte ich Ihnen meinen Lotsen überlassen. Er wirkt ein bißchen ruhelos.«

Cooper lächelte. »Dafür wäre ich Ihnen wirklich dankbar.«

Von Adrians Fuß angestoßen, wurde der Schuh unter dem Tisch etwas weiter vorgeschoben, bis der Neuankömmling ihn endlich bemerkte.

»Da ... da liegt jemand unter dem Tisch.«

Clay verdrehte die Augen zur Decke. »Nicht schon wieder, Adrian. Du solltest wirklich besser aufpassen auf deinen . . .«

»Lotsen«, fiel David ein, als die Verwirrung des neuen Kapitäns allmählicher Enttäuschung wich.

»Ihr . . . Lotse?« wiederholte Reid Cooper, ohne die Augen von dem seltsam verrenkten Fuß unter dem Tisch abzuwenden.

Adrian schüttelte traurig den Kopf. »Er ist ein wenig exzentrisch«, sagte er ernst. »Und schüchtern.«

Die Miene des Neuankömmlings verriet, daß ihm Adrians Angebot, ihm seinen Lotsen zu überlassen, wieder einfiel. Die anderen blickten ihn unschuldig an, obgleich alle sechs Augenpaare teuflisch glitzerten.

Langsam wurde der Schuh weiter hervorgeschoben, bis ein behaarter Knöchel zum Vorschein kam. Ein zweites Bein tauchte auf, und der Kapitän stieß beinahe seinen Stuhl um, so hastig fuhr er zurück. Vergnügtes Glucksen erfüllte den Speisesaal. Dann kam erst ein haariger Arm und schließlich ein Kopf zum Vorschein. Dann kletterte Sokrates unter dem Tisch hervor und setzte sich auf seinen Stuhl. Er war sehr zufrieden mit sich. Mit einer Hand ergriff er die Kapitänsmütze, zerrte sie sich vom Kopf und warf sie Reid Cooper zu.

»Ihr Lotse«, erklärte Adrian huldvoll, während das Glucksen der Umsitzenden immer lauter wurde.

Der neue Kapitän starrte entgeistert auf den Affen, der seelenruhig Platz nahm und hungrig auf seinen leeren Teller blickte. Reid Cooper sah der Reihe nach die anderen Männer an, die krampfhaft versuchten, das Lachen zu unterdrücken. Langsam dämmerte es ihm, und schließlich verzog auch er den Mund zu einem breiten Lächeln.

Lauren hätte das Abendessen bestimmt in vollen Zügen genossen, wenn sie nicht immer wieder an Adrian Cabot hätte denken müssen und daran, wie entsetzlich sie sich vorhin im Laden benommen hatte. Sie verstand einfach nicht, weshalb sein Anblick sie derart verwirrt hatte, und warum ihr Herz plötzlich wie wild zu pochen begonnen hatte.

Sie versuchte, diese Gedanken zu verdrängen und sich ganz auf Jeremy und Corinne zu konzentrieren, und als es ihr endlich gelang, entspannte sie sich in einer Weise, wie sie es seit Monaten nicht mehr getan hatte.

Bis zu diesem Augenblick hatte Lauren nicht gewußt, wie einsam die vergangenen Wochen und Monate gewesen waren. Sie hatte sich vollkommen zurückgezogen, um ihre Wunden heilen zu lassen, bis sie den geheimnisvollen Mr. Phillips getroffen hatte.

Und obgleich die Aufgabe, die er ihr zugedacht hatte, sie zu neuem Leben erweckt hatte, war die Einsamkeit geblieben, und zwar schmerzlicher als zuvor, da sie jetzt ganz allein auf sich gestellt war.

Aber zu Jeremy und Corinne Case fühlte sie sich hingezogen. Die natürliche Wärme der beiden erreichte sie, ohne etwas von ihr zu fordern und ohne ihre schützende Hülle zu durchbrechen.

Jeremy hatte gesagt, daß Corinne nichts von seiner Tätigkeit für die Union wußte, aber sie mußte etwas ahnen. Die beiden schienen einander zu nahe zu stehen, als daß sie irgend etwas lange voreinander geheimhalten konnten.

Sie wußte, daß Jeremy nicht Gefahr lief, verhaftet und ins Gefängnis gesperrt zu werden. Nassau war neutral, und die Männer, die durch die Straßen der Stadt spazierten, trugen sowohl graue als auch blaue Uniformen. Aber es würde seinem Geschäft schaden oder ihn vielleicht sogar ruinieren, wenn bekannt würde, daß er nicht nur auf seiten der Union stand, sondern auch noch für sie als Spion arbeitete. Auch wenn die Leute in Nassau die Unionssoldaten auf Landgang tolerierten, machten sie doch kein Geheimnis aus ihrer Sympathie für den Süden. Der Konsul der Union wurde häufig auf der Straße angepöbelt oder verspottet; nach Aussage von Jeremy und Corinne, die ihr viel über die Blockadebrecher und ihre Aktivitäten erzählten, war er einmal sogar angegriffen worden.

Jeremy erzählte, daß die Blockadebrecher ein paar äußerst eigenartige Dinge taten, nur um sich zu amüsieren. Sie verbrachten die meiste Zeit im Hafen, wo sie auf Neumond warteten, und ihre Ruhelosigkeit war legendär. Einige saßen in den Fenstern ihrer Zimmer und warfen säckeweise Geld auf die Straße, nur um zuzuschauen, wie das herumlungernde Gesindel sich darum schlug. Andere betranken sich pausenlos mit Champagner.

»Aber beeinträchtigt das nicht ihre Fähigkeiten?« fragte Lauren und dachte dabei erneut an die leuchtendblauen Augen von Adrian Cabot.

»Anscheinend nicht.« Jeremy verzog das Gesicht, als er bestätigte, was Phillips ihr bereits erzählt hatte.

»Darüber solltest du dir gar keine Gedanken machen«, sagte Corinne. »Ich hoffe einfach, dir gefällt es hier in Nassau. Ich glaube nicht, daß dein Vater gewollt hätte, daß du unglücklich bist.«

»Ich würde Onkel Jeremy gerne im Laden helfen«, sagte Lauren.

»Gütiger Himmel, nein. Du bist unser Gast.«

Lauren blickte hilfesuchend zu Jeremy hinüber.

»Ich nehme an, Lauren sucht einfach eine Beschäftigung. Warum versuchen wir es nicht einfach einmal?«

Corinne blickte zweifelnd. »Ich habe für übermorgen ein

paar Freundinnen mit ihren Töchtern zum Tee eingeladen.«

»Und Kapitän Cabot kommt morgen abend zum Essen«, sagte Jeremy.

Corinne sah ihren Mann mißtrauisch von der Seite an. Ebenso wie alle anderen Frauen in Nassau war auch sie vom Charme des englischen Kapitäns entzückt, aber irgendwie strahlte er etwas Gefährliches aus.

»Er hat Lauren heute einen Gefallen erwiesen«, sagte Jeremy ruhig. »Es war das mindeste, was ich tun konnte.«

Corinne sah neugierig zu Lauren.

»Ich . . . ich bin gestolpert und wäre um ein Haar ins Wasser gestürzt, wenn der Kapitän mich nicht aufgefangen hätte.« Lauren wußte nicht genau, weshalb sie errötete.

»Und Cabots kleiner Freund fühlte sich sofort zu ihr hingezogen«, sagte Jeremy amüsiert.

»Der Affe?«

»Ja, ich habe ihn gleich mit eingeladen. Also servierst du am besten etwas Obst.«

Corinne blickte ihren Mann an, als sei er verrückt geworden. Jeremy war immer freundlich zu den Blockadebrechern gewesen, die in seinem Geschäft verkehrten, aber noch nie hatte er einen von ihnen zu sich nach Hause eingeladen. Sie hatte gespürt, daß er sie eigentlich nicht mochte, obwohl er nie etwas Derartiges gesagt hatte. Sie wußte jedoch, daß er eine abgrundtiefe Abscheu vor der Sklaverei hatte. Jedesmal, wenn die Rede auf dieses Thema kam, wurde sein Blick kalt. Jetzt jedoch funkelten seine Augen vergnügt, und Corinne war dankbar dafür. Da lohnte es sich, Kapitän Cabot und seinen Affen zu bewirten. Sie lächelte zustimmend.

Lauren blickte von einem zum anderen. Sie beneidete die beiden um ihre Nähe, um die Art, wie sie einander ansahen. Es war eine Tragödie, daß sie keine Kinder hatten. Und wieder verspürte sie den Schmerz der Einsamkeit.

Es war, als könne Jeremy ihre Gedanken lesen. »Möchtest du dir vielleicht einmal unseren Garten ansehen?« fragte er, als Mary anfing, den Tisch abzuräumen.

Lauren lächelte zustimmend. Als sie Nassau zum ersten Mal vom Schiff aus gesehen hatte, war sie fasziniert gewesen von all den bunten Häusern, die in der strahlenden Sonne blitzten. Die Stadt wirkte angenehm exotisch, und an gesunder Neugierde hatte es Lauren nie gemangelt.

Während die Frontseite von Jeremys Haus auf die Bay Street hinausging, zeigte die Rückseite auf den Kai. Ein bunter Garten, umgeben von einem weißgestrichenen Zaun, trennte das Haus von dem geschäftigen Hafen. Überall blühten unbekannte, herrliche Blumen. Die Farbenpracht hatte etwas angenehm Ungeordnetes, das die Sinne belebte.

»Einfach wunderbar!« rief sie aus, und Jeremy lächelte stolz.

»Corinne bringt jede Blume zum Blühen«, erwiderte er mit einem zärtlichen Lächeln.

Sie gingen durch das Gartentor und spazierten um das Haus herum in Richtung der Bay Street. Die meisten Geschäfte hatten inzwischen geschlossen, aber Jeremy zeigte ihr eine Schneiderin, einen Hutmacher, eine Kleidermacherin und einen Konditor. Sie hörten entfernte Geräusche, und Lauren blickte Jeremy fragend an.

»Die Tavernen und Bars«, erklärte er.

»Und wohin gehen die Blockadebrecher?«

»Die Offiziere bleiben für gewöhnlich im Royal Victoria«, erläuterte Jeremy, während er sie eingehend musterte. Sie war ganz anders, als er gedacht hatte. Als er erfahren hatte, daß ihm eine Spionin geschickt würde, war er zunächst argwöhnisch gewesen. Er hatte gezögert, eine Fremde zu sich ins Haus zu nehmen. Aber man hatte ihm versichert, daß sie gut zu ihm und seiner Frau passen würde. Und das tat sie. Sie schien die Art von Mädchen zu sein, die jeder gern als Nichte oder Tochter hätte.

Jeremy konnte sich nicht vorstellen, daß sie einen Mann verführen sollte. Aber seltsamerweise hatte sie sofort Kapitän Cabots Aufmerksamkeit auf sich gezogen. Jeremy war das Interesse nicht verborgen geblieben, das in den Augen des Blockadebrechers aufgeflackert war. Vielleicht war Phillips ja doch gerissener, als er gedacht hatte.

»Das war wirklich Glück . . . Ihr Sturz heute vormittag.«

Überrascht stellte Lauren fest, daß sie schon wieder errötete.

An und für sich errötete sie so gut wie nie, aber heute war ihr das bereits ein paarmal passiert. »Es war ein Unfall.«

»So sah es aus.«

Sie gingen zurück in den Garten, wo sie sich auf eine Holzbank setzten. Lauren blickte hinaus auf die Bucht, die im sanften Licht des Viertelmondes schimmerte. Auf dem *Gespenst* herrschte nach wie vor lebhaftes Treiben, doch den Kapitän konnte sie nirgends entdecken. »Es ist ein wunderbares Schiff.« Lauren klang nachdenklich, unsicher.

»Und es könnte der Union sehr viel nützen«, sagte Jeremy mit leiser, aber zugleich heftiger Stimme.

Sie wandte sich zu ihm um und betrachtete sein Gesicht, das jetzt hart und entschlossen wirkte. »Warum . . .?« Sie zögerte, da sie nicht unhöflich sein wollte.

»Warum mich das interessiert?« schloß er an ihrer Stelle.

Lauren nickte.

Jeremy schwieg einen Augenblick. Er dachte über eine passende Antwort nach. Sie würden zusammenarbeiten, aber es gab ein paar Dinge, die er niemandem erzählen konnte. Nicht einmal Corinne.

»Ich verabscheue die Sklaverei«, sagte er einfach.

In seiner Stimme lag Stahl. Stahl und Leidenschaft und Entschlossenheit.

Sie wollte weiterfragen, aber sein Gesichtsausdruck war verschlossen, und sie spürte instinktiv, daß er nicht mehr sagen wollte. Das verstand sie. Sie wollte auch nicht über Laurence sprechen; der Schmerz war noch zu groß. Also nickte sie lediglich als Zeichen, daß sie diese knappe Antwort akzeptierte.

Jeremy erhob sich. »Ich muß heute abend noch etwas Papierkram erledigen.«

»Ich glaube, ich würde gerne noch ein wenig hier im Garten bleiben«, sagte Lauren. Sie brauchte Zeit zum Nachdenken, um all das, was heute geschehen war, zu verarbeiten; und der Garten schien in dieser milden, klaren Nacht ein sehr passender Ort dafür zu sein.

»Natürlich«, sagte er. »Bitte betrachten Sie dies als Ihr Zuhause, solange Sie bei uns wohnen.«

»Danke«, sagte sie. Spontan streckte sie die Hand aus und legte sie sanft auf seinen Arm. Er bedachte sie mit einem freundlichen Lächeln, ehe er sich umdrehte und ins Haus zurückkehrte.

Der Garten duftete wunderbar, der süße Geruch der Blumen mischte sich angenehm mit der würzigen Seeluft. Anders als der kalte Wind an der Küste von Delaware, war die Brise hier neckisch und verführerisch. Die feuchte Wärme strich zärtlich über ihre Haut, die Luft fuhr sanft durch ihr Haar und weckte in ihr ein Gefühl von Schläfrigkeit und Faulheit und ... Sehnsucht.

Sie fragte sich, weshalb sie die Aufgabe mit so wenig Vorbehalt übernommen hatte, und warum sie jetzt von solchen Zweifeln geplagt wurde. Als sie erfahren hatte, daß Adrian Cabot ein englischer Adliger war, hatte sie einen hochmütigen, arroganten Menschen erwartet und keinen Mann mit spöttischem Blick in Begleitung eines Affen.

Plötzlich wurde Lauren bewußt, daß die Erfüllung ihrer Aufgabe bedeutete, daß sie diesen Mann betrog und belog – zwei Dinge, die sie bei anderen immer verachet hatte.

Aber das bist du deinem Land schuldig, sagte sie sich. Und deinem Bruder.

Sie öffnete das Gartentor und begann, ruhelos herumzuspazieren. Sie hatte immer viel zu tun gehabt, und die Untätigkeit, zu der sie in den vergangenen drei Wochen auf dem Klipper gezwungen gewesen war, hatte sie nervös gemacht. Traurig dachte sie an ihre arbeitsreichen Tage in Dover, Tage, in denen sie hilfreich und nützlich gewesen war.

Die Bradleys hatten nie irgendwelche Angestellten gehabt. Ihr Vater hatte häufig nur ein Huhn als Bezahlung angenommen oder auch gar nichts, und die Ausbildung ihres Bruders hatte die geringen Ersparnisse der Familie aufgezehrt. Lauren hatte den Haushalt geführt und gekocht und ihrem Vater oft in seiner Praxis geholfen, sowohl mit den Patienten als auch bei der Buchführung. Sie war sehr unabhängig gewesen, da sie gewohnt war, alle Dinge selbständig zu erledigen.

Und sie hatte ein für junge Damen ungewöhnliches Maß an Freiheit genossen. Sie hatte keine Mutter und auch keine andere weibliche Erzieherin gehabt, und ihr Vater war viel zu sehr mit seiner Arbeit beschäftigt gewesen, um sich Gedanken zu machen über Fragen der Schicklichkeit. Sie hatte oft allein lange Spaziergänge unternommen, und außerdem hatte sie ihren Bruder häufig auf seinen Fahrten in die Bucht begleitet; Lauren hatte das Wasser immer geliebt.

Nun verspürte sie das Bedürfnis, ihre Energie und ihre Zweifel loszuwerden, die sie ansonsten die ganze Nacht vom Schlafen abhalten würden. Lauren hatte keine Angst; die wunderbare Insel hatte sie bereits verzaubert. Der Lärm, den die feiernden Seeleute veranstalteten, war weit weg, und sie war es gewohnt, sich frei zu bewegen. Sie war eine moderne Frau und nicht auf fremde Hilfe angewiesen. War sie nicht erfolgreich erst nach Washington, dann nach England und schließlich nach Nassau gereist, und das alles ohne Begleitung? Sie war vierundzwanzig und durchaus in der Lage, auf sich selbst aufzupassen.

Sie wußte nicht, wie lange sie bereits den inzwischen beinahe menschenleeren Kai entlangspazierte. Ihr Blick fiel immer wieder auf die acht Blockadebrecher, die neben den großen Handelsschiffen aus England und den kleinen, zerbrechlich wirkenden Fischerbooten im Hafen vor Anker lagen. Drei Schiffe, unter anderem Kapitän Cabots Blockadebrecher, lagen noch immer am Kai, aber selbst auf seinem Schiff herrschte relative Ruhe. Sie fragte sich, ob er wohl an Bord war.

Dann verdrängte sie diesen Gedanken. Sie dachte wirklich erheblich zu oft an diesen Mann. Sie wandte den Blick ab in Richtung der Docks. Das Hafenviertel wirkte geisterhaft, überall standen Kisten herum, aber außer den Schatten bewegte sich nichts. Sie fragte sich, ob es wohl Wachleute gab. Es mußte welche geben, aber es war niemand zu sehen. Sie verspürte eine ungewohnte Angst und dachte daran, umzukehren.

»Ach nee, guck mal da.« Die Stimme schien aus dem Nichts zu kommen.

»'ne hübsche Lady«, fügte eine zweite betrunkene Stimme freudig hinzu.

»Wir sollt'n ihr 'n Drink spendier'n.«

Lauren drehte sich um. Sie war bereit, sich zu verteidigen, wußte nur nicht genau, wie sie das tun sollte. Plötzlich wurde ihr klar, daß sie sich einzig auf ihren Verstand verlassen konnte.

Sie richtete sich zu voller Größe auf, wobei ihre volle Größe nicht beeindruckend war, und bedachte die vier schlecht gekleideten Männer vor sich mit einem Blick, der die widerspenstigen Patienten ihres Vaters häufig bezwungen hatte.

Aber diese vier schienen sich von ihrem bösen Blick nicht im geringsten beeindrucken zu lassen. Sie kamen näher, und einer streckte die Hand aus und packte sie am Arm.

»Wie heißt du, Süße?«

Sie zuckte zurück, und die drei anderen Männer lachten dröhnend über die Abfuhr, die sie ihrem Angreifer erteilt hatte. »Irgendwie steht se wohl nich auf dich, Luke.«

Luke grinste. »Quatsch, die ziert sich bloß 'n bißchen.«

»Vielleicht biste einfach zu häßlich. Wie wär's denn mit mir, Kleine?«

Ein Arm legte sich um sie, hielt sie fest, und sie konnte den Whiskygeruch und den schlechten Atem des Kerls riechen, als er seine Lippen auf ihren Mund preßte.

Sie biß kräftig zu, und er fluchte. Seine Hand packte ihr Haar, das zu einem ordentlichen Knoten zusammengesteckt war. Sie fühlte, wie sich der Knoten löste, als er fest zugriff und ihren Kopf nach hinten riß. Ihr Gesicht war nach oben gewandt, und unter dem heiseren Johlen der anderen zwang er ihr erneut einen Kuß auf.

»Wenn du noch mal zubeißt, reiße ich dir die Haare aus«, sagte ihr Angreifer, ehe sein Mund den ihren mit roher Gewalt bedeckte. Sie setzte sich mit aller Kraft zur Wehr, aber gegen seine Stärke und seine Wut konnte sie nichts ausrichten. Sie konnte noch nicht einmal um Hilfe rufen, da ja seine Lippen ihren Mund verschlossen.

Lauren spürte, wie ihr vor Ekel und Entsetzen übel wurde. Die Kerle würden sich bestimmt nicht mit einem erzwungenen Kuß zufriedengeben. Da fiel ihr ein, was ihr Bruder einmal über die empfindlichste Stelle eines Mannes gesagt hatte. Sie hörte auf, herumzufuchteln, und als auch ihr Angreifer sich entspannt hatte, rammte sie ihm ihr Knie so hart wie möglich in die Leistengegend.

Sie hörte, wie er stöhnte. Dann war sie frei und begann zu rennen, aber einer der anderen Männer holte sie ein. »Ganz schön widerspenstig, die Kleine, he? Aber du gehst nirgendwohin, Süße. Wir sind noch lange nicht fertig.«

Lauren öffnete den Mund, um zu schreien, aber der Mann legte eine Hand auf ihren Mund, und zerrte sie in Richtung einer engen, dunklen Gasse. Lauren wurde von tödlicher Angst gepackt, von Angst und Ärger über sich selbst, daß sie sich in eine solche Situation gebracht hatte.

Wo waren all die anderen Menschen? Weshalb hatte niemand ihr Schreien gehört?

Aber das alles, selbst die Angst, schwand, als sie verzweifelt versuchte, Luft zu bekommen.

»Ich glaube nicht, daß die Lady mit Ihnen gehen möchte.«

Irgendwie drangen diese Worte zu ihrem umnebelten Hirn vor. Eine neue Stimme. Eine kultivierte Stimme.

Die Hand rutschte von ihrer Nase und ihrem Mund, und dankbar sog sie die Luft ein.

»Das geht Sie überhaupt nichts an ... das ist 'ne Sache zwischen der kleinen Hure und uns.«

»Lassen Sie sie los.«

Laurens neuerwachte Sinne stellten fest, daß ihr die Stimme irgendwie bekannt vorkam. Sie versuchte, sich den rauhen Händen zu entwinden, die sie festhielten. Jetzt war es bestimmt einfacher, sich loszumachen, da die Aufmerksamkeit des Mannes auf etwas anderes gerichtet war.

»Ich hab doch gesagt, daß Sie das nichts angeht.« Lauren vernahm Fußtritte und kämpfte darum, etwas zu sehen, aber der Mann hatte immer noch die Hand in ihrem Haar und zwang ihren Blick nach oben, so daß sie ihren möglichen Retter nicht sah. Lauren verspürte neue Angst, nicht nur um sich, sondern auch um den Neuankömmling. Es war nur eine einzige Stimme, die für sie sprach, aber die Rüpel waren zu viert.

»Macht ihn nieder«, hörte sie einen der Angreifer sagen, und dann vernahm sie einen dumpfen Schlag. Ein Stöhnen, ein paar Flüche, dann jaulte der Mann, der sie festhielt, auf, und sie war frei.

Sie spürte, wie etwas anderes sie berührte, etwas Haariges, und sie blickte hinab. Der Affe, den sie am Vormittag kennengelernt hatte, wich einem Tritt des Mannes aus, der sie eben noch festgehalten hatte. Ein dunkelroter Fleck verunzierte die schmutzige Hose des Kerls. Der Affe mußte ihn gebissen haben.

Lauren schob ihr Haar zurück, um besser sehen zu können. Kapitän Cabot kämpfte gegen zwei Männer gleichzeitig. Leichtfüßig wich er ihren schweren Fäusten aus, um sofort hart zurückzuschlagen. Der dritte Mann lag am Boden, und ihr Angreifer war auf der Jagd nach Sokrates.

Lauren streckte einen Fuß aus, so daß er der Länge nach hinschlug. Sokrates stürzte sich auf ihn und biß ihm ins Ohr. Lauren schrie und schrie, bis sie schließlich Rufe hörte und das Geräusch rennender Füße.

Auch die Angreifer hörten sie, aber es war zu spät. Sie wurden von zahlreichen Seeleuten umringt. Ein paar von ihnen packten die Arme des Mannes, der von Sokrates angegriffen worden war, und ein anderer setzte seinen Fuß auf den Kerl, der offenbar bereits von Adrian Cabot umgehauen worden war.

Sie taten jedoch nichts, um den Kampf zwischen dem Kapitän und den beiden übrigen Halunken zu unterbinden.

»Tun Sie etwas«, forderte Lauren.

Ein kleiner, blonder Mann blickte sie grinsend an. »Das würde uns der Käpt'n nie verzeihen, Ma'am. Er hat alles unter Kontrolle.« Lauren war da anderer Meinung. Ein Auge des Kapitäns war bereits blau und geschwollen, und aus dem Mundwinkel rann ein feiner Blutsfaden. Aber er wich immer noch geschickt den Schlägen seiner Gegner aus und rammte seine Faust in den Magen eines der Kerle. Der Mann ging zu Boden.

Nun war nur noch einer übrig, der sich beim Anblick der wachsenden Zuschauermenge mißtrauisch zurückzog. Er blickte jedoch nicht halb so mißtrauisch wie der Hüne, der ihm in drohender Kampfhaltung gegenüberstand. »Wir ham doch bloß 'n bißchen Spaß gemacht«, winselte er.

»Ich fürchte, die Lady ist da anderer Meinung«, sagte Kapitän Cabot kalt, während er zwei der Zuschauer winkte, den Mann zu ergreifen. »Bringt sie ins Gefängnis.«

»Zu Befehl, Sir«, sagte einer der Männer, und Lauren stellte fest, daß diese Männer zur Mannschaft des *Gespenstes* gehören mußten.

Lauren beobachtete, wie sich der Kapitän zu ihr umdrehte. Jetzt erst erkannte er sie. Sie schob nervös ihr Haar zurück und blickte an sich herab. Ihr bescheidenes Kleid war zerrissen, so daß es nicht länger bescheiden wirkte. Das zerfetzte Oberteil gab den Blick auf ihre Brüste frei, und sie verschränkte hastig die Arme vor ihrem Körper.

Sie spürte, wie sie zitterte. »Vielen Dank«, flüsterte sie

elend. Zum zweiten Mal an einem Tag hatte sie sich vor Kapitän Adrian Cabot zur Närrin gemacht.

»Was zum Teufel haben Sie hier zu suchen?« fragte er rauh. »Nassau ist nicht der richtige Ort, um als Frau allein spazierenzugehen.«

»Ich . . . ich brauchte frische Luft.« Warum, warum nur war ihre Zunge ihm gegenüber immer wie gelähmt? Ihre Beine zitterten noch stärker, und sie taumelte leicht. Sie fragte sich, ob sie vielleicht gleich umfallen würde.

Aber da stand er schon neben ihr, und seine starken, sicheren Hände hielten sie fest, genau wie sie es ein paar Stunden zuvor bereits getan hatten. »Ich werde Sie nach Hause bringen«, sagte er.

Lauren wollte ablehnen. Zumindest der vernünftige Teil ihres Ichs wollte ablehnen. Aber sie hatte immer noch Angst. Sie hörte immer noch die obszönen Worte ihrer Angreifer, spürte immer noch die rauhe Hand auf ihrem Mund und ihrer Nase.

»Ist alles in Ordnung?« Seine Stimme war jetzt sanfter, eher besorgt als ärgerlich, und Lauren blickte in sein zerschundenes Gesicht.

Sie versuchte zu lächeln. »Wahrscheinlich geht es mir besser als Ihnen.«

Er runzelte leicht die Stirn. »Ich werde es überleben.« Er sah sich um und erblickte Sokrates, der auf den Hinterbeinen saß und sich an den Kopf schlug, als wolle er sich selbst zu seinem Werk gratulieren. Wenigstens hatte er anscheinend bei der Auseinandersetzung nichts abbekommen.

»Er war wirklich heldenhaft«, sagte Lauren in dem Versuch, das unangenehme Schweigen zu brechen.

»Ich etwa nicht?« Adrians Hilfe schien sie nicht im geringsten zu beeindrucken. »Ich glaube, Sie brauchen jemanden, der auf Sie aufpaßt, Miss Bradley.«

Sie errötete. »Ich weiß, Sie werden mir wahrscheinlich nicht glauben, aber normalerweise bin ich durchaus in der Lage, auf mich selbst aufzupassen.«

Sein harter Mund verzog sich zu einem leichten Grinsen. »Ich habe gesehen, wie Sie zugetreten haben. Wirklich nicht schlecht.« Aber dann blickte er wieder ernst. »Abgesehen davon, daß Sie gar nicht erst hätten hierherkommen dürfen. Hat Jeremy Sie etwa nicht davor gewarnt, nachts allein spazierenzugehen?«

»Er dachte ... ich wäre im Garten. Ich wußte nicht ... alles wirkte so friedlich ...« Ihre Stimme verlor sich. Es verlief aber auch nichts nach Plan.

Sie blickte auf und sah direkt in die leuchtendblauen Augen ihres Retters. Es war schwer, sich gegen seine magnetische Anziehungskraft zur Wehr zu setzen, gegen das beruhigende Gefühl von Sicherheit, das sie in seiner Nähe verspürte, gegen die unerwartete Freude, die sie bei seinem Anblick verspürte. Gegen die Erregung, die ihr Blut in Wallung brachte.

Nicht, sagte sie sich. Nicht. Denk dran, er ist ein Blockadebrecher. Denk dran, er ist der Mann, der für den Tod von Laurence verantwortlich ist. Denk dran ... denk dran ... denk dran.

Seine Hand war warm, als er ihren Arm ergriff und sie zurück zu Jeremy Cases Wohnung führte. Dort angekommen, wandte sie sich mit einem leichten, ernsten Lächeln an ihn. »Ich würde es sehr zu schätzen wissen, wenn Sie Onkel Jeremy nichts von dem Vorfall erzählen würden. Ich möchte nicht, daß er sich Sorgen macht.«

»Sie werden vor Gericht gegen diese Männer aussagen müssen.«

»Mir ... mir wäre es lieber, wenn wir die Sache einfach vergessen würden.«

Sein Blick ruhte auf ihr. »Wie Sie wünschen.«

Er wandte sich zum Gehen.

»Kapitän!« Bei ihrem Ruf drehte er sich nochmals um und zog fragend die Brauen hoch. »Sie *sind* ein Held.«

Sein Grinsen ließ ihn trotz der harten Züge jugendlich erscheinen. »Gute Nacht, Miss Bradley.«

»Gute Nacht, Kapitän.« Aber er war bereits fort, und sie hatte so leise gesprochen, daß nur sie ihre Worte hören konnte. Sie verstand nicht, weshalb sie so unendlich traurig war.

4

Lauren machte die ganze Nacht kein Auge zu. Es war ihr gelungen, sich in ihr Zimmer zu schleichen, ohne Jeremy oder Corinne zu begegnen, und sie hatte ein stilles Dankgebet zum Himmel geschickt. Sie wollte nicht, daß die beiden erfuhren, wie unvorsichtig sie gewesen war.

Sie hatte die Augen geschlossen, aber dann hatte sie erneut die schmutzige Faust auf ihrem Gesicht gespürt. Noch schlimmer, sie sah die ganze Zeit blaue Augen in einem zerschundenen Gesicht, die sie besorgt anblickten. Und das Gesicht war nur wegen ihrer Dummheit so lädiert.

Sie dachte an das, was Jeremy gesagt hatte, als sie Kapitän Cabot zum ersten Mal begegnet war: »Was für ein Glück.«

Es war bestimmt kein Glück, sondern eher ein Fluch.

Kapitän Cabot war ganz anders, als sie erwartet hatte.

Sie zwang sich, wieder an Larry zu denken ... wie sie ihn zum letzten Mal gesehen hatte.

Seine grünen Augen waren viel lebhafter gewesen als

ihre haselnußbraunen, aber schließlich war alles an Larry lebhaft und strahlend gewesen. Sie hatte ihn angebetet, ihm nachgeeifert, ihn imitiert. Er hatte sie immer Knopfnase genannt, und da viele seinem Beispiel gefolgt waren, war sie schließlich für alle Bekannten einfach Knopf gewesen. Die Namen Laurence und Lauren waren einfach zu ähnlich, und sie war die einzige gewesen, die ihn Larry nannte.

In den Jahren, die er in der Ferne auf der Schule verbracht hatte, hatte sie ihn schmerzlich vermißt, aber zumindest hatte sie mit ihrem Vater zusammengearbeitet, ihm beim Anlegen von Verbänden und Schienen geholfen und ihm bei Operationen assistiert. Es hatte sie mit größter Zufriedenheit erfüllt, daß sie bald alle drei zusammenarbeiten würden.

Als Larry seine Medizinstudien beendet hatte, war bereits das zweite Kriegsjahr, und er hatte sich veranlaßt gesehen, seine Fähigkeiten in den Dienst der Union zu stellen. Er hatte das Meer immer geliebt und oft gesagt, wenn ihm nicht die Medizin im Blut läge, wäre er zur See gegangen. Es hatte also niemanden überrascht, als er sich zur Marine gemeldet hatte. Lauren hatte sich gefreut, weil sie geglaubt hatte, das Meer sei sicherer als die blutigen Schlachtfelder unten im Süden.

Er hatte so großartig ausgesehen an diesem letzten Tag, groß und stark und aufgeregt angesichts des neuen Abenteuers, das ihn erwartete. Er hatte immer alle Dinge als Abenteuer betrachtet, und dieses hier würde das größte von allen werden . . .

Lauren wälzte sich in ihrem Bett hin und her. Knopf. Wie sehnte sie sich danach, daß er sie noch einmal so nannte. Noch einmal. Noch zehnmal. Noch hundertmal, so oft sie wollte.

Aber nie wieder würde er sie so nennen, und das war

Kapitän Cabots Schuld. Blaue Augen und ein hübsches Gesicht konnten diesen Verlust niemals wettmachen. Ebensowenig wie ihre Rettung es konnte.

Sie schloß fest die Augen, um Kapitän Cabot davon abzuhalten, ihre Ruhe erneut zu stören. Ein Teil von ihr sehnte sich nach Schlaf, aber ein anderer Teil von ihr fürchtete sich davor, fürchtete sich vor dem Alptraum, der sie jede Nacht seit Larrys Tod plagte. Fürchtete sich vor dem Schmerz, der sie ebenso erfüllte, wie er Larry erfüllt haben mußte.

Sie wußte, daß sie alles tun würde, was sie tun mußte ... um Gerechtigkeit zu erfahren.

Adrian säuberte behutsam den Schnitt in seiner Lippe und legte teures Eis auf die blau verfärbte Haut unter seinem Auge. Er sah entsetzlich aus.

Sokrates war auf den Schreibtisch gesprungen und blickte ebenfalls in den Spiegel, erst selbstzufrieden auf sich selbst und dann wild schnatternd auf Adrian.

Gott, er war wirklich erschöpft, und außerdem taten ihm alle Knochen weh. Er hatte die Runde im Royal Victoria verlassen, um die Entladearbeiten auf seinem Schiff weiter zu beaufsichtigen, als er Lauren Bradleys Schrei gehört hatte und ihr zu Hilfe geeilt war.

Er zuckte zusammen, als seine Hand eine weitere wunde Stelle berührte. Er wurde alt, oder aber er hatte einfach vergessen, wie verdammt schmerzhaft so ein Kampf sein konnte.

Aber das war es wert gewesen. Wenigstens hatte er Lauren Bradley einen Moment lang ohne ihre inneren Schutzmauern gesehen. Er hatte sich bereits am Vormittag auf eigenartige Weise zu ihr hingezogen gefühlt, ohne jedoch genau zu wissen, weshalb. Vielleicht war es das Feuer in ihren wunderbaren Augen gewesen oder aber auch ihre fast feindliche Haltung ihm gegenüber, die sein Interesse geweckt hatte. Aber abgesehen von ihren Augen hatte sie wirklich nichts Bemerkenswertes an sich gehabt in ihrem bescheidenen grauen Kleid mit dem hochgeschlossenen Kragen und mit der strengen Haarfrisur.

Heute abend jedoch hatte sie ihn wirklich fasziniert, vor allem, als sie einem dieser Flegel so kraftvoll zwischen die Beine getreten hatte, statt wie die meisten anderen Frauen in einer solchen Situation einfach in Ohnmacht zu fallen. Sie war äußerst anziehend gewesen mit ihrem Haar, das in wilden Locken herabfiel, und mit dem Kleid, das so zerrissen war, daß es einen Blick auf ihre herrlichen weiblichen Rundungen freigab. Trotz der Dunkelheit hatte er gesehen, wie ihr Gesicht von Röte überzogen wurde, als sie sich von ihm verabschiedet hatte, und er hatte verwundert festgestellt, daß ihm bei ihrem widerwilligen Dank richtig warm ums Herz geworden war.

Lauren Bradley war ganz anders als alle Frauen, die er bisher kennengelernt hatte. Vielleicht hatte sie deshalb sein Interesse geweckt? Ihre Feindseligkeit verwirrte ihn, das geheime Feuer in ihren bernsteinfarbenen Augen zog ihn an und forderte ihn auf eine Weise heraus, wie er seit Jahren nicht mehr herausgefordert worden war.

Vielleicht lag es auch einfach daran, überlegte er mit leichter Bitterkeit, daß sie sich einfach vollkommen anders verhielt als die anderen Frauen, die er kannte. Sie war ganz anders als Sylvia, seine erste, und wie er geschworen hatte, letzte Liebe ...

Sylvia war – zumindest äußerlich – das gewesen, was seinesgleichen ein echtes Juwel nannte. Adrian hatte damals ein paar Monate mit seinem Bruder in London verbracht, und es war für sie beide der erste große Ball gewesen.

Sylvia Clairmont war die Tochter eines kleinen Barons,

und Adrian war gewarnt worden, daß ihre Familie nach einer guten Partie für sie suchte, nach jemandem mit einem Titel und viel Geld. Aber dieses Wissen hatte ihm nicht viel bedeutet, als sie miteinander getanzt hatten und sie mit spöttischen blauen Augen und einer Einladung auf den Lippen zu ihm aufgeblickt hatte.

Adrian hatte immer großen Erfolg bei den Frauen gehabt, eigentlich bei jedem Menschen außer seinem Vater. Bereits als kleiner Junge hatte er die Köchin und die Dienstmädchen mit einem Lächeln bezaubert, von dem ein Nachbarsmädchen einmal gesagt hatte, daß neben ihm die Sonne verblaßte.

Dieses Lächeln besaß er immer noch, trotz einiger bitterer Jahre. Er benutzte es, um Enttäuschungen und Verluste, ja sogar Verwirrung zu verbergen. Es war inzwischen automatisch geworden, ein Werkzeug, das nur selten seine Augen und niemals sein Herz erreichte.

Aber damals, als Neunzehnjähriger, hatte er Sylvia gesehen, und sein Herz hatte geantwortet, und er hatte sie mehr als alles andere begehrt. Außer von Sylvia war er nur noch von Ridgely besessen gewesen, und er hatte gewußt, daß er es niemals besitzen würde, ebensowenig, wie er jemals die Liebe seines Vaters besessen hatte. Die hatte einzig John gegolten, und selbst der hatte nicht besonders viel davon zu spüren bekommen.

Adrian hatte sich in Sylvia verliebt, mit Haut und Haaren und vollkommen blind. Er ging damals zwar auf die Universität in Cambridge, aber er war bei jeder sich bietenden Gelegenheit nach London zurückgekehrt. Er hatte gewußt, daß er nur einer von zahlreichen Bewunderern war, aber sie hatte zugelassen, daß er glaubte, er sei derjenige, den sie wollte. Sie waren in den Gärten verschwunden, und im Schutz der Bäume hatte sie ihm Dinge gestattet, die ihn mehr und mehr veranlaßt hatten zu glauben, er sei der Auserwählte, ob er nun ein Vermögen besaß oder nicht.

Schließlich hatte er glänzende Zukunftsaussichten gehabt. Er hatte etwas Geld von seinem Großvater geerbt, und wenn er auch nicht gewußt hatte, was er nach Abschluß der Universität tun wollte, so hatte er doch unzählige Freunde und viele Möglichkeiten, es eines Tages zu Reichtum zu bringen.

Es war ein entsetzlicher Schock für ihn gewesen, als Sylvia ihre Verlobung mit einem Marquis bekanntgegeben hatte, der beinahe dreimal so alt war wie sie selbst. Sie hatte sich jedoch beeilt, Adrian zu versichern, daß sie ihm auch weiterhin zur Verfügung stünde.

Adrian, der durch die reine Zweckehe seiner Eltern bereits genug gelitten hatte, war außer sich gewesen. Er konnte sich noch allzu deutlich an die entsetzlichen Streitereien zwischen seiner Mutter und seinem Vater erinnern, die meistens an ihm und seinem Bruder ausgelassen worden waren. Wenn es keinen Streit gegeben hatte, dann hatte Kälte geherrscht, eine Kälte, die jedes Mitglied der Familie erstarren ließ. Für gewöhnlich war er immer auf die Lichtungen von Ridgely geflüchtet, an das Ufer des Flusses, der sich fröhlich durch die Länderein schlängelte, in die kleinen Häuser der Pächter, die zwar arm, aber reicher an Liebe waren als seine Familie. Und sie hatten sich besser um den Jungen, der er damals war, gekümmert, als seine Familie es je getan hatte.

Trotz der Zwietracht, die innerhalb der Familie geherrscht hatte, hatte Adrian Ridgely immer geliebt. Er hatte das Leben in dem Haus gespürt, wenn er auf die riesigen Porträts seiner Ahnen blickte und durch die Gänge spazierte, die schon hundert Jahre zuvor benutzt worden waren. Er hatte die dunklen Verliese erforscht und sich gefragt, was für ein Gefühl es gewesen sein mochte, dort in der Finsternis gefangen gewesen zu sein, wie es den Feinden der Familie und während des Rosenkrieges einmal sogar einem Verwandten geschehen war. Er hatte die Familiengeschichte studiert und die Tagebücher seiner Vorfahren gelesen, und er hatte mehr über das Anwesen gewußt als sein Vater oder sein Bruder. Und trotzdem hatte er keinen Anspruch darauf gehabt, und er hatte hilflos mitansehen müssen, wie sein Vater den Besitz in den Ruin trieb und sein Bruder den Platz abgrundtief haßte.

Und Sylvia hatte ihm dasselbe geboten. Er sollte sie nicht ganz bekommen, sondern sich mit einer heimlichen Liebschaft begnügen.

Bitterkeit und ein Gefühl von Hoffnungslosigkeit hatten an ihm genagt. Er hatte Cambridge verlassen und angefangen zu trinken und in den Spielhöllen herumzulungern, wo er nicht nur das Erbe seines Großvaters verlor. Die Gläubiger hatten sich an seinen Vater gewandt, der ihm daraufhin verärgert anbot, ihm ein Offizierspatent der Marine zu kaufen, wenn er ihn danach nie mehr behelligen würde. Adrian hatte keine andere Wahl gehabt als das Angebot anzunehmen. Ein Jahr später war sein Vater gestorben, und John hatte Ridgely übernommen ...

Adrian hatte überrascht festgestellt, daß er die Seefahrt mochte, obgleich er die Disziplin an Bord der Schiffe verabscheute. Noch nicht einmal sein Lächeln nützte ihm dort etwas. Aber allmählich hatte er sich angepaßt und alles Notwendige gelernt. Er war recht zufrieden gewesen, bis er seinen letzten Dienst angetreten hatte. Der Kapitän war ein strenger und kleinlicher Vorgesetzter und zugleich ein Trottel gewesen, und Adrians hitziges Temperament hatte seine Karriere beendet. Und dann hatte John Ridgely an den Spieltischen verloren.

Adrian hatte eine vollkommene Leere verspürt, als er die Neuigkeit erfahren hatte, als sei ein lebenswichtiger Teil von ihm herausgerissen worden. Er hatte immer erwartet, daß er eines Tages auf das Landgut zurückkehren würde. Der neue Besitzer von Ridgely hatte Rhys Redding geheißen, ein Mann, dessen einziges Talent das Spielen war, und es hatte nichts gegeben, was er tun konnte – bis der amerikanische Bürgerkrieg ausgebrochen war, der eine Möglichkeit bot, zu schnellem Reichtum zu gelangen.

Aber während dieser Jahre, in denen er Sylvia hofiert hatte und in denen er von seinem Bruder derart betrogen worden war, hatte er das Vertrauen in andere Menschen verloren. Auch hatte er sich seitdem nie mehr ernsthaft für eine Frau interessiert.

Weshalb also verfolgte ihn dann der Gedanke an Lauren Bradley?

Sokrates saß vor ihm, den Kopf auf die Hände gestützt wie ein weiser alter Mann, der ein Geheimnis zu ergründen suchte.

Oder wie ein Idiot.

Am folgenden Abend überlegte Lauren, was sie anziehen sollte. Sie verspürte eine eigenartige Mischung aus Furcht und Erregung, und sie begriff nicht, weshalb sie innerlich bebte. Sie sollte nichts als Abscheu vor dem Engländer empfinden.

Aber letzte Nacht hatte er etwas Besonderes an sich gehabt – einen bitteren, traurigen Charme, als sie Sokrates einen Helden genannt hatte, und dann ein helles, strahlendes Lächeln, als sie das Kompliment auf ihn ausgeweitet hatte. Diese beiden Ausdrücke auf seinem Gesicht gingen ihr einfach nicht aus dem Kopf.

Sie hatte den Großteil des Tages mit Jeremy im Geschäft

verbracht. Es hatte nicht lange gedauert, bis sie erfahren hatte, daß kaum etwas in Nassau geheim blieb. Gleich der erste Kunde, ein Gentleman, der mit der Schiffahrt zu tun hatte, hatte sein Bedauern zu dem »unglücklichen Zwischenfall« kundgetan, und später hatte Lauren Jeremy mit glühenden Wangen erklären müssen, was vorgefallen war.

»Es war wirklich nicht weiter schlimm«, hatte sie ihn zu beruhigen versucht. »Ich wollte Sie nur nicht aufregen.«

Besorgt hatte er die Stirn gerunzelt. »Erzählen Sie mir alles ganz genau.«

»Der Abend war so mild. Ich war ruhelos, also beschloß ich, einen kurzen Spaziergang zu machen. In Dover bin ich oft abends spazierengegangen«, hatte sie erklärt.

Er hatte seine dichten Brauen hochgezogen. »Ich fürchte, Nassau ist nicht Dover«, hatte er ruhig gesagt. »Tagsüber sind einige Straßen recht sicher, aber Sie sollten abends nicht allein ausgehen. Ich hätte Sie warnen müssen.«

Lauren hatte gewußt, daß er dachte, daß er sie eigentlich nicht hätte extra warnen müssen. Sie war einfach leichtsinnig gewesen, und wahrscheinlich würde er nun ihre Fähigkeiten anzweifeln. Aber sie hatte Zeit zum Nachdenken gebraucht.

»Erzählen Sie weiter«, hatte er sanft gedrängt.

»Vier Seeleute«, hatte sie berichtet. »Sie waren betrunken und dachten . . .«

»Ich kann mir vorstellen, was sie dachten«, hatte er sie kurz unterbrochen.

»Ich wäre in allergrößten Schwierigkeiten gewesen, wenn Kapitän Cabot nicht mit seinem Affen vorbeigekommen wäre.«

Jeremy hatte die Brauen noch höher gezogen. »Cabot?«

Sie hatte genickt. »Und Sokrates. Er hat einen der Männer gebissen.«

Jeremy hatte lächelnd den Kopf geschüttet. »Irgend jemand scheint auf unserer Seite zu sein.«

Lauren hatte fragend die Stirn gerunzelt.

»Es gibt keinen schnelleren Weg in das Herz eines Mannes, als wenn man seinen Beschützerinstinkt weckt.«

Laurens Finger hatten sich im Stoff ihres Rockes verkrallt. »Es wird wohl schwieriger werden als ich dachte . . .«

Seine Stimme war sanft geworden. »Phillips dachte, Sie würden es schaffen, und Sie werden es schaffen. Sie müssen daran denken, welchen Dienst Sie Ihrem Land damit erweisen, und wie viele Leben gerettet werden können.«

Sie hatten nicht mehr über den Zwischenfall gesprochen, und auf Laurens Drängen hin hatte Jeremy den Rest des Tages damit verbracht, ihr die Vorräte zu zeigen. Sie brauchte einfach eine sinnvolle Beschäftigung.

Die ganze Zeit über hatte er über die Insel von New Providence gesprochen, und Lauren hatte festgestellt, daß er versuchte, sie von ihren wachsenden Zweifeln an ihrer Aufgabe abzulenken. Er hatte ihr erzählt, daß einst Piraten die Meere unsicher gemacht hatten, daß englische Seefahrer Nassau als Stützpunkt benutzt hatten, um spanische Schiffe zu überfallen, und daß die Spanier ihrerseits die Stadt geplündert und niedergebrannt hatten.

Die Bahamas hatten eine abenteuerliche und aufregende Geschichte, hatte er gesagt, aber in den Jahren bis zum Bürgerkrieg war es dort ruhig und friedlich zugegangen. Sonntag würde er ihr den Gouverneurspalast und ein paar alte Häuser zeigen sowie das Royal Victoria Hotel, in dem Kapitän Cabot und die anderen Blockadebrecher residierten. Der Name Cabot hatte einen Schatten auf den Nachmittag geworfen, da Lauren erneut die Lügen einfielen, die sie ihm am Abend auftischen würde, die falschen Geschichten, der Betrug.

Und trotzdem konnte sie es kaum erwarten ...

Sie blickte in den Spiegel. Sie trug ein dunkelgrünes Seidenkleid mit Puffärmeln und einem hohen, spitzenbesetzten Kragen. Es war ein bescheidenes, aber durchaus schmeichelhaftes Kleid, und die Farbe verlieh ihrem Gesicht etwas Lebendiges, und ihren Augen etwas Tiefgründiges, Geheimnisvolles.

Oben in ihrem Zimmer hörte sie das laute, selbstbewußte Klopfen und die wohltönenden Begrüßungsworte, die Cabot mit seinem englischen Akzent sprach, als die Tür geöffnet wurde. Sie biß sich auf die Lippen, um ihnen mehr Röte zu verleihen, und kniff sich in die Wangen, die jedoch von selbst Farbe annahmen, als sie feststellte, wie sehr sie sich wünschte, ihm zu gefallen.

Sie atmete tief ein, verließ ihr Zimmer und ging hinüber in den Salon.

Adrian Cabot hatte ihr den Rücken zugewandt und hörte Jeremy zu. Als der Kapitän sich umdrehte, erschrak sie. Sein blaues Auge und die zerschrammten Wangen sahen wirklich schlimm aus. Aber er zuckte bloß leicht mit den Schultern und bedachte sie mit einem spöttischen und zugleich verschwörerischen Lächeln. Sokrates, wie immer im Matrosenanzug, blickte auf und begann fröhlich zu schnattern, während er mit ausgestreckten Armen auf sie zurannte.

Lauren hob ihn hoch. Sie konnte dem Grinsen des Affen einfach nicht widerstehen. Sokrates versteckte seinen Kopf hinter ihrem Hals und hüpfte vergnügt auf und ab.

»Sie haben eindeutig sein Herz erobert«, sagte sein Herr. »Und glauben Sie mir, das ist alles andere als einfach.«

Laurens Augen wanderten von Sokrates zu Adrian Cabot. Seine Stimme klang amüsiert, aber sein Blick war unergründlich. Sie war verwirrt, und zugleich war ihr eigenartig warm.

»Und wie steht's mit Ihnen? Haben Sie sein Herz etwa nicht erobert?« fragte sie, wobei sie fürchtete, daß ihre Stimme leicht zitterte.

»Ich?« fragte er überrascht. »Ich glaube, manchmal hält er mich für seinen Erzfeind. Sie sollten das Durcheinander sehen, das er in meiner Kabine veranstaltet, ganz zu schweigen von den schmerzhaften Bissen, die er mir bereits versetzt hat.«

»Warum behalten Sie ihn denn, wenn er Sie beißt?«

»Der Versuch, ihn zu zivilisieren, ist eine gewisse Herausforderung.«

»Sind Sie denn zivilisiert, Kapitän?«

»Weshalb glauben Sie, daß ich es nicht bin?«

»Die Art, wie Ihnen der Krieg zu gefallen scheint.«

»Ich glaube nicht, daß ›gefallen‹ das richtige Wort ist. Ich nutze lediglich etwas aus, das sowieso existiert.«

»Aber es reizt Sie auch. Ich erinnere mich, daß Sie das gestern zu Jeremy gesagt haben.«

Plötzlich grinste er. Wenn er es selbst gesagt hatte ... »Ich nehme an, die Aufregung gefällt mir. Vielleicht uns allen. Wenn Sie jemals die Blockade durchbrechen würden, könnten Sie das sicher verstehen.«

»Gewalt werde ich niemals verstehen.«

»Es ist keine Gewalt, wenn wir die Blockade durchbrechen, Miss Bradley. Wir haben nicht einmal Waffen an Bord. Es ist eher eine Frage der Fähigkeiten.«

»Aber es könnten dabei Menschen zu Schaden kommen, nicht wahr? Sie können sogar sterben.«

»Jeder Mann weiß, welches Risiko er bei dieser Arbeit eingeht. Sie tun es alle freiwillig.«

»Für Geld?«

»Für Geld«, bestätigte er. »Das ist ein ebenso guter Grund wie jeder andere.«

»Das ist eine äußerst zynische Bemerkung.«

Er fuhr sich mit der Hand durchs Haar. »Jeder hat einen Grund, wenn er in den Krieg zieht. Patriotismus, Geld, Angst. Aber aus welchem Grund die Menschen sterben, ist letztlich egal.«

»Nein«, sagte sie mit leiser Stimme. Ein Teil der Herausforderung ging in der Trauer unter, die sich hinter diesem Wort verbarg.

Er sah sie aufmerksam an. Der Wortwechsel hatte ihm Vergnügen bereitet, aber nun zögerte er. »Sie haben jemanden verloren?«

»Meinen Vater. Meinen Bruder.«

»Wie?« fragte er ruhig.

Lauren blickte sich nach Jeremy um, aber der war verschwunden. Er wollte ihr Gelegenheit geben, mit dem Kapitän allein zu sein. Corinne war in der Küche.

Lauren schluckte. Sie hatte mehr gesagt, als sie hatte sagen wollen, und nun mußte sie lügen. Sie hatte nicht gedacht, daß es so schwierig würde. Vor allem, wenn seine Augen ehrliches Mitgefühl verrieten.

Ihre Verzweiflung mußte deutlich gewesen sein, denn plötzlich nahm er seine Frage zurück. »Es tut mir leid«, sagte er. »Ich wollte keine schmerzhaften Erinnerungen in Ihnen wecken.«

Das Gefühl in seiner Stimme überraschte sie. Aber schließlich überraschte . . . und erschreckte sie alles an ihm, da sie nicht leugnen konnte, daß sie ihn wirklich *mochte*. Doch das war unmöglich. Wenn sie ihren Auftrag nicht jetzt erfüllte, würde sie es nie mehr tun. Das wußte sie mit derselben Gewißheit, mit der sie wußte, daß jeden Morgen die Sonne aufging.

»Es ist schon gut«, sagte sie, wobei sie ihm in die Augen blickte. »Sie starben beide in Virginia.«

»Konföderierte?«

»Ja.« Da war sie – die erste Lüge, unverschämt und häßlich. Lauren haßte es, wie leicht ihr diese Worte über die Lippen kamen. Mr. Phillips hatte eine gute Wahl mit ihr getroffen, und dieser Gedanke gefiel ihr ganz und gar nicht.

Adrian schwieg, und sie war froh, daß er ihr nicht weiteren Trost zu spenden versuchte.

»Wie sind Sie nach Nassau gekommen?« fragte er statt dessen.

»Ich komme aus Maryland. Viele unserer Nachbarn haben mit der Union sympathisiert. Die Situation wurde ... schwierig, und Onkel Jeremy lud mich für ein paar Monate zu sich ein. Es schien ... das beste zu sein.«

Seine blauen Augen, diese überraschend blauen Augen, sahen sie einen Moment lang an. »Es muß schwer gewesen sein, alles hinter sich zu lassen, Freunde, Ihr Zuhause.«

Verständnis schwang in seiner Stimme, was ihr bei einem Mann, dessen Zuhause das Meer war, seltsam erschien.

»Ja«, sagte sie einfach. »Und Ihr Zuhause?«

Sein Gesicht verdunkelte sich. »Ich habe im Augenblick keins.«

»Außer Ihrem Schiff?«

»Außer meinem Schiff«, bestätigte er.

»Und Ihre Familie?«

»Ich habe keine.«

»Außer Sokrates.«

»Außer Sokrates«, bestätigte er erneut, wobei er wieder dieses leichte, schmerzliche Lächeln zeigte. »Aber ich glaube nicht, daß er mich als Verwandten akzeptiert.«

»Ich glaube doch, daß er das tut«, sagte sie, sanfter als beabsichtigt. Sie bemerkte, daß sie sich gegenseitig anstarrten, als befänden sie sich in Trance. Die Spannung zwischen ihnen war unerträglich, sie ließ ihre Gesichter erstarren und ihre Augen argwöhnisch aufblitzen. Sie beide spürten, daß etwas Ungewöhnliches mit ihnen passierte, etwas, das keiner von ihnen wollte.

Plötzlich grinste Adrian, und sie wußte, daß er versuchte, das seltsame Gefühl von Zeitlosigkeit zu durchbrechen, das sie beide ergriffen hatte. »Und gibt es irgendeine Ähnlichkeit zwischen Sokrates und mir?«

Sie musterte ihn. Ihr Blick glitt von der hellblauen Jacke, die locker um seine breiten Schultern fiel, auf die dunkelblaue Hose, die eng an seinen wohlgeformten, langen Beinen lag. Sein Haar, das das tiefe Rotbraun sonnenreifer Kastanien hatte, hing ihm in dichten Locken in Stirn und Nacken und betonte seine starken, offenen Züge. Seine breite Stirn wurde durch dunkle Brauen unterbrochen, die leicht nach oben schwangen und ihm einen fragenden Gesichtsausdruck verliehen. Seine Wangenknochen waren hoch, der Mund breit und das Kinn kräftig. Selbst mit einem blauen Auge und Schrammen hatte Adrian noch ein hübsches Gesicht. Wenn sie es nicht besser wüßte, hätte sie es durchaus für ein Charaktergesicht gehalten.

Aber du weißt es besser. Die unausgesprochenen Worte erinnerten sie erneut an ihre Pflicht. Er war ein Opportunist, ein Abenteurer. Aber wenn er lächelte ... gütiger Gott, dann vergaß sie alles andere.

»Jetzt, wo Sie es sagen, entdecke ich eine gewisse Ähnlichkeit«, sagte sie. Sie konnte nur noch an den beinahe hypnotisierenden Charme seines Lächelns denken.

»Ich nehme an, Sokrates hätte etwas dagegen einzuwenden«, sagte er mit blitzenden Augen, die sie unwillkürlich zu einem Lächeln zwangen. Sokrates schien genau zu wissen, daß er im Mittelpunkt des Interesses stand, und er schwang sich von Laurens Armen. Er hockte sich auf den Boden und klatschte in die Hände.

Lauren blickte auf den grinsenden Affen und dann hinauf zu Adrian. »Nein, ich glaube, er freut sich darüber.«

Erleichtert, daß Sokrates' Kapriolen einen Teil der Spannung gelöst hatten, lächelte Lauren. »Wie lange haben Sie ihn schon?«

»Fast zwei Jahre.«

»Und wo haben Sie ihn gefunden?«

»In einem Hafen in Spanien.«

Lauren sah auf den Affen, der im Augenblick durch und durch zufrieden wirkte. Sie mußte einfach den Blick abwenden von Adrians prüfenden Augen und seinem hintergründigen Lächeln. »Wie –«

Sie wurden von Jeremy unterbrochen, der verkündete, daß das Essen fertig sei, und sie in ein kleines Speisezimmer führte, in dessen Mitte ein Tisch mit Silber und feinen Glaswaren gedeckt war.

Adrian bot Lauren seinen Arm mit einer hoheitsvollen Förmlichkeit, die seine Erfahrung am Hof und mit dem Adel verriet. Diese Anmut erschreckte sie, bis seine Hand die ihre berührte, und sie fühlte, wie von dort eine glühende Hitze ihren Arm hinauffuhr. Sein Griff war fest, besitzergreifend, und die Art, in der er ihre Hand faßte, verriet ihr, daß er denselben eigenartigen Schauder verspürte.

Das Essen verlief sehr angenehm. Jeremy sprach locker über Politik und Literatur, und Adrian Cabot beeindruckte Lauren mit seinem breitgefächerten Wissen.

Unweigerlich kam man auch auf den Krieg zu sprechen. Als Mary die Weingläser wieder füllte, lehnte Jeremy sich zurück und blickte Adrian an. »Wie lange können Sie Ihrer Meinung nach noch die Blockade durchbrechen?«

»Solange ich das *Gespenst* und Johnny habe«, erwiderte Adrian leichthin. Er wandte sich an Lauren. »Johnny ist mein Lotse, und er kennt jeden Meeresarm, jeden Fluß, jede Sandbank und jedes Wrack im Hafen von Charleston.«

»Also ist die Blockade sinnlos?« fragte sie.

Adrians Ton wurde ernst. »Nein. Erst letzte Woche ging ein Schiff verloren, vorletzte Woche drei, und es sieht ganz so aus, als würde Charleston bald ganz geschlossen sein. Die Union versucht, Morris Island einzunehmen, und wenn ihnen das gelingt . . .«

»Werden Sie dann aufhören?« Lauren bemühte sich, nicht allzu hoffnungsvoll zu klingen.

Adrian schüttelte den Kopf. »Ich werde dann einfach Wilmington anfahren. Die Konföderierten haben die Küste dort sehr gut unter Kontrolle, und wenn wir erst in ihrer Reichweite sind, sind wir sicher.«

»Aber werden dann nicht auch mehr Unionsschiffe dorthin verlegt?«

»Ja«, sagte er. »Aber sie können nicht das ganze Meer abdecken, und bei Nebel oder Dunkelheit können wir uns zwischen ihnen durchschleichen.«

»Aber woher wissen Sie, wann es Nebel gibt?«

Adrian grinste. »Wir beten viel.«

Lauren wollte ihm eine scharfe Antwort geben, hielt sich dann jedoch zurück. Als könne er ihre Gedanken lesen, stellte Jeremy schnell eine andere Frage.

»Sie hatten bis jetzt ungeheures Glück, Kapitän. Wie viele Fahrten haben Sie inzwischen gemacht?«

»Etwas über zwanzig«, erwiderte Adrian. »Aber ich spreche nicht gern von Glück.«

»Sie wollen das Schicksal nicht herausfordern?« fragte Lauren.

»So in etwa.«

»Sind Sie etwa abergläubisch, Kapitän?«

Es war, als wäre außer ihnen beiden niemand im Raum. Ihre Augen hingen aneinander, Laurens Worte klangen etwas atemlos und Adrians leicht verwirrt, als er versuchte, die einzigartige, beinahe magische Atmosphäre zu durchbrechen, die sie beide umgab.

»Alle Seeleute sind abergläubisch, Miss Bradley.«

»Selbst englische Lords?«

»Ich kann nicht sagen, wie englische Lords es halten, da ich selbst noch nicht allzu lange einer bin und ich außerdem leider nicht allzuviel mit den anderen gemeinsam habe.«

»Aber wie kommt ein englischer Lord an unsere Küste?«

»Wir sind nicht alle reich, Miss Bradley«, sagte er knapp, als wollte er das Thema damit beenden. »Auch wir müssen unseren Lebensunterhalt verdienen. Und«, fügte er ruhig, aber bestimmt hinzu, »wie gefällt Ihnen unsere Insel?«

Der Bann war gebrochen. Ihre Augen fielen von ihm ab. »Sie ist wunderbar. Ich habe noch nie solch klares Wasser gesehen.«

»Das hat niemand«, sagte er sanft und voller Zuneigung. »Obgleich es nicht weniger heimtückisch ist als Gewitterblitze.«

»Warum?«

Wieder fing er ihren Blick. Sie stellte mehr Fragen als irgendeine andere Frau, die er kannte. Er fand diese Tatsache faszinierend und zugleich schmeichelhaft, da seine Erfahrung ihn gelehrt hatte, daß die meisten Frauen lieber über sich selbst sprachen. Es überraschte ihn, wie sehr er ihre Gesellschaft genoß.

»Riffe, Untiefen, Wracks.«

»Wracks?«

Er bedachte sie mit einem fragenden Lächeln. »Interessiert Sie das wirklich, Miss Bradley?«

Diese Frage überraschte sie. »Warum sollte es mich nicht interessieren?«

»Den meisten Frauen ist so etwas egal.«

»Ach, kennen Sie die meisten Frauen?«

Wieder forderte sie ihn heraus. Sein Lächeln wurde breiter. »Die meisten Frauen, die ich kenne«, verbesserte er sich mit funkelnden Augen.

»Dann scheinen Sie nicht besonders viel Frauen zu kennen«, sagte sie, wobei ihr Mund sich zu einem boshaften Lächeln verzog. Adrians Faszination wuchs. Sie war sehr direkt und sehr ehrlich, und er mochte diese beiden Eigenschaften. Er mochte sie sogar sehr.

»Sind die Frauen in Maryland so anders?« fragte er.

»Wollen Sie wissen, ob die Frauen in Maryland ein Hirn besitzen?« Ihr Mund verzog sich noch stärker, als fände sie Gefallen daran, ihn in die Falle zu locken.

Adrian sah hinüber zu Jeremy, der seinen Blick lächelnd erwiderte. »Ich habe den größten Respekt vor weiblicher Intelligenz«, sagte er schließlich. Er suchte nach einer würdevollen Rückzugsmöglichkeit. »Es ist nur . . .«

Sie neigte fragend den Kopf. »Nur was?«

»Die Interessen sind unterschiedlich«, sagte er triumphierend.

»Ich interessiere mich sehr für das, was Sie tun«, erwiderte sie.

»Und ich interessiere mich für Sie«, sagte er, worauf sie zart errötete.

Jeremy räusperte sich, und Adrian fiel ein, daß er und Lauren Bradley nicht allein am Tisch saßen.

Corinne blickte die beiden fasziniert an, und Jeremy sah

aus, als amüsiere er sich prächtig. »Eine Zigarre?« fragte er Adrian, während er aufstand.

Adrian lehnte sich zurück. Der Abend verging wie im Flug. Er blickte hinüber zu Sokrates, der sein Obst verzehrt hatte und nun auf seinem Stuhl eingeschlafen war. Er hatte sich heute abend ungewöhnlich gut benommen, was Adrian sehr erleichterte. Er fragte sich, ob Lauren Bradley wohl der Grund dafür war; nie zuvor hatte Sokrates jemanden so schnell in sein Herz geschlossen, und noch nie hatte er ein solch tadelloses Benehmen an den Tag gelegt.

Er bemerkte, daß Lauren das Tier ebenfalls zärtlich ansah. Sie war eine seltsame Mischung, ein Mensch voller Widersprüche. Einen Augenblick höchst direkt, dann wieder äußerst verletzlich. Er dachte daran, wie sie einem ihrer Angreifer zwischen die Beine getreten hatte, statt wie die meisten anderen Frauen in Ohnmacht zu fallen – oder zumindest so zu tun. Aber im nachhinein hatte sie gezittert wie Espenlaub, und sie schien seine Berührung zu begrüßen, auch wenn in ihren Augen Argwohn lag.

Er nickte Jeremy zu. Sie würden sich jetzt in ein anderes Zimmer begeben, und er hätte Zeit, über Miss Bradleys Ausstrahlung nachzudenken. Ihr Name war wie Musik in seinen Ohren.

Er schob seinen Stuhl zurück. »Vielleicht könnte ich Ihnen ja morgen Nassau zeigen«, sagte er zu ihr.

Lauren blickte Jeremy und Corinne an. Jeremy nickte.

»Das wäre schön«, sagte sie.

»Morgen mittag um zwölf?« Sein eigener Eifer überraschte ihn.

Sie nickte. Die Vorfreude, die in ihr aufwallte, verwirrte sie. Die Vorfreude und zugleich die böse Vorahnung.

Und Angst.

5

Das kleine Boot glitt durch das Wasser.

Lauren blickte abwechselnd auf den Mann an der Ruderpinne und auf das unglaublich klare Wasser, das in allen möglichen Schattierungen von blau bis grün glitzerte. Sie wußte nicht, welcher Anblick faszinierender war.

Sie hatte gezögert, ehe sie sich mit dem kurzen Segelausflug rund um die Insel einverstanden erklärt hatte, aber Jeremy und Corinne hatten beide zugestimmt, da es ihrer Meinung nach keinen besseren oder erfahreneren Seemann gab als Kapitän Cabot. Die gesellschaftlichen Konventionen auf der Insel waren weniger starr als an vielen anderen Orten, und hier war eine Segelpartie nicht unschicklicher als eine gemeinsame Kutschenfahrt am hellichten Tag. Außerdem hatte sie inzwischen ein Alter erreicht, in dem sie tun und lassen konnte, was sie wollte.

Lauren wußte, daß Jeremy noch andere Motive hatte, wenn er diesem Ausflug zustimmte, auch wenn Corinne vollkommen arglos war. Sie beide, Lauren und Jeremy, taten genau das, was man von ihnen verlangte.

Aber Lauren hatte beschlossen, jetzt nicht darüber nachzudenken. Sie würde diesen herrlichen Tag genießen und sich am Anblick des wunderbaren Wassers erfreuen, das von aquamarin über türkis bis smaragdgrün schillerte. Sie hatte das Gefühl, bis auf den Grund des Ozeans greifen zu können, auch wenn Adrian sagte, daß das Wasser hier zwanzig Fuß tief war.

Inzwischen war er für sie »Adrian«, ebenso wie sie »Lauren« für ihn war. Wenn er ihren Namen sagte, verspürte sie immer eine gewisse Traurigkeit und ein Gefühl des Bedauerns. Irgendwie schien diese vertrauliche Anrede ihn zu einem Freund zu machen. Aber wie sollte er das jemals sein? Wie sollte er jemals etwas anderes sein als ein Feind?

Aber seine Berührung erweckte heftige Gefühle in ihr, und beim Anblick seines verwegenen Grinsens begann ihr Herz zu rasen.

Adrian hatte Sokrates bei seinem Lotsen Johnny gelassen, von dem er sagte, daß er der einzige Mann sei, den das Biest akzeptierte. Mit einem teuflischen Lächeln hatte Adrian ihr erklärt, daß er keinen unablässig schnatternden Begleiter hatte dabei haben wollen.

Lauren hingegen hätte die Gegenwart des Affen begrüßt. Alles wäre ihr lieber gewesen, als mit dem Mann allein zu sein, den sie betrügen mußte. Aber sie weigerte sich, jetzt darüber nachzudenken. Statt dessen genoß sie einfach die strahlende Sonne, die sanfte Brise, das herrliche Wasser und die Nähe dieses bemerkenswerten Mannes, der so sicher mit dem Segel und der Ruderpinne umzugehen verstand.

Er war unglaublich anziehend, wie er sich geschickt zwischen den Segeln bewegte. Mit einem entschuldigenden Lächeln hatte er seine blankpolierten schwarzen Stiefel ausgezogen, und nun stand er fröhlich wie ein kleiner Junge barfuß mitten im Boot. Er trug ein Paar engsitzender Hosen und ein lose flatterndes Hemd, dessen Ärmel bis zu den Ellbogen aufgerollt waren, so daß seine starken, sonnengebräunten Arme sichtbar wurden. Der Wind fuhr ihm durch das dichte kastanienfarbene Haar, in dem die Sonne rotgoldene Strähnen aufblitzen ließ, als er sich elegant und geschmeidig hin und her bewegte. Hin und wieder bedachte er sie mit einem Lächeln, das seine Freude über den wunderbaren Tag verriet. Er wirkte nicht im geringsten wie ein englischer Lord. Zumindest hatte sie sich einen Adligen ganz anders vorgestellt. Abgesehen vielleicht von dem

Stolz, mit dem er das Kinn vorstreckte, und von der gewählten Sprache, an der sie ihn immer erkennen würde.

Lauren versuchte, ihn nicht anzusehen, sondern in die Tiefe des Meeres zu blicken, auf die Fische, den Sand, die Felsen und Korallen. Sie versuchte, die Ruhelosigkeit, von der er getrieben zu sein schien, ebenso wie ihr eigenes Bedürfnis, einfach davonzulaufen, zu ignorieren.

Sie lehnte sich gegen die Bootswand und folgte seinen gelegentlichen Anweisungen, sich in die eine oder andere Richtung zu beugen. Sie verstand den Sinn dieser Befehle zwar nicht, aber sie vertraute ihm blind. Als Corinne das Kleid ausgesucht hatte, das sie tragen sollte, hatte sie zwar zunächst protestiert, aber nun war sie sehr zufrieden mit der Wahl. Sie hatte das Kleid gekauft, ehe ihr Vater gestorben war – der hellgrüne Musselinstoff hatte ein kleines Vermögen gekostet, aber sie hatte nicht widerstehen können, und sich daraus ein Kleid genäht. Wie all ihre Kleider hatte es einen bescheidenen Schnitt, aber der Stoff schien zu fließen, wenn sie ging, und die dunkelgrünen Bänder am Rand des Dekolletés ließen ihre Augen größer und dunkler erscheinen. Seit dem Tod ihres Vaters vor beinahe acht Monaten hatte sie das Kleid nicht mehr getragen.

Lauren versuchte sich einzureden, daß die Bewunderung, die in Adrians Augen aufblitzte, ihr nichts bedeutete, aber sie wußte, daß das nicht stimmte. Nie zuvor war ihr die Bewunderung eines Mannes so wichtig gewesen, weil sie nie zuvor jemanden getroffen hatte, der sie wirklich anzog. In der Tat hatte sie sich bereits ein paarmal gefragt, ob sie überhaupt normal war. Aber nun wußte sie, daß ihre weiblichen Bedürfnisse in ihrem Inneren geschlummert hatten, nur um im denkbar ungeeignetsten Moment hervorzubrechen.

»Beug dich nach vorne«, sagte er, und sie folgte seinem

Befehl, als das kleine Boot einen Bogen fuhr. Kühles Wasser spritzte ihr ins Gesicht, und vor lauter Freude über die Bewegung, die Wärme und die Schönheit, die sie umgab, hätte sie am liebsten laut gelacht.

Vor ihnen lag ein Strand, ein wunderbarer weißer Sandstrand, der von aquamarinfarbenem Wasser umspült wurde. Adrian lenkte das Boot bis nahe ans Ufer, warf den Anker aus und sprang mit einer lässigen Eleganz hinaus, die die Bewegung vollkommen mühelos erscheinen ließ. Das Wasser reichte ihm über die Knie, aber das schien er nicht zu bemerken. Er streckte ihr seine Arme entgegen.

Lauren zögerte. Sie dachte an die Wirkung, die seine Berührung auf sie gehabt hatte, als er ihr in das Boot geholfen hatte, aber sie wollte auch nicht unbedingt ihr Lieblingskleid ruinieren oder albern wirken. Unsinn, schalt sie sich selbst. Sie hatte innerhalb von zwei Tagen bereits zweimal in seinen Armen gelegen – nicht unbedingt freiwillig, aber dennoch.

Er grinste, als wisse er genau, was sie dachte. »Nur Sokrates beißt«, sagte er. »Bei mir bist du sicher.«

Lauren tat so, als überdenke sie seine Worte. »Irgendwie wage ich das zu bezweifeln.«

»Du weißt, daß Jeremy und Corinne dich niemals mit mir ausgehen lassen würden, wenn ich nicht durch und durch ehrenwert wäre.«

»Da habe ich ganz andere Dinge über englische Lords gehört«, erwiderte Lauren.

»Das ist alles vorbei«, sagte er mit einem Lächeln, das auch seine Augen erreichte. »Queen Victoria lehrt uns heutzutage Anstand.«

»Euch alle?«

»Jeden einzelnen«, versprach er mit einem kaum unterdrückten Grinsen.

»Und Sie sagen immer die Wahrheit?«

»Immer«, schwor er.

Die Spöttelei war ansteckend, und sie spürte, wie sich ihr eigenes Gesicht zu einem Lächeln verzog, als sie sich in ihr Schicksal ergab und ihm gestattete, sie an den Strand zu tragen. Noch nie hatte sie sich bei einem Mann so wohl und so geborgen gefühlt, auch wenn dies das letzte war, was sie hätte empfinden sollen. Er tadelte sie niemals für ihre Impertinenz, zeigte niemals Ungeduld angesichts ihrer neugierigen Fragen, und sie wußte, daß sie unter anderen Umständen jede Sekunde ihres Beisammenseins in vollen Zügen genießen würde. Es war seltsam, wirklich seltsam, und sie mußte sich zwingen, an Larry zu denken. Sie durfte nicht vergessen, weshalb sie hier war. Sie durfte Adrian nicht gestatten, sie mit seinem lockeren Charme von ihrem Vorhaben abzulenken.

»Ich würde was drum geben, wenn ich wüßte, was du denkst«, sagte er, als er sie auf dem weichen Sand absetzte.

»Was denn?« fragte sie.

»Ein Pfund vielleicht? Du hast so ernst ausgesehen. Vielleicht sind deine Gedanken ja soviel wert.«

»Ein Gedanke ist nur für den von Wert, der ihn hat.«

»Das glaube ich nicht«, sagte er, indem er sie forschend anblickte. »Deine Gedanken sind bestimmt höchst interessant.«

»Und Ihre?«

»Beantwortest du eine Frage immer mit einer Gegenfrage?«

»Nur, wenn ich nicht antworten will.«

Adrian lehnte sich zurück und lachte. »Eine ehrliche Frau.«

Lauren spürte den bereits vertrauten Schmerz. »Ist Ihnen Ehrlichkeit so wichtig?«

Seine Miene veränderte sich. Das Lächeln schwand, und er blickte sie hart an. »Ja«, sagte er einfach, und Laurens Schmerz wuchs. Sein Gesicht hatte einen neuen, unbekannten, verletzten Ausdruck.

Aber dann glätteten sich die Falten, und er lächelte erneut. Vielleicht hatte sie sich die Qual in seinem Gesicht nur eingebildet?

Er ging nochmals zu dem kleinen Segelboot und kehrte mit einem Korb und einer Decke zurück, die er auf dem Sand ausbreitete, ehe er Lauren half, Platz zu nehmen.

»Was hätten Sie mit dem Picknickkorb gemacht, wenn ich nein gesagt hätte?« fragte sie neugierig. Er hatte ihr erst heute morgen eröffnet, daß er mit ihr eine Segelpartie unternehmen wollte.

»Ich hätte irgendwo ein schattiges Plätzchen unter einem Baum gefunden, aber ich wollte einfach, daß du dieses Wasser siehst. Nirgendwo auf der ganzen Welt, nicht einmal in England, Maryland oder South Carolina, gibt es solches Wasser.«

»Sind Sie denn schon überall auf der Welt gewesen?«

»Schon wieder Fragen? Du hättest Anwältin werden sollen.«

»Sie weichen ebenso vielen Fragen aus, wie ich Fragen stelle.«

»Nein«, stritt er ab. »Aber es ist unfair. Ich schlage dir ein Geschäft vor. Für jede Frage, die ich dir beantworte, beantwortest du mir auch eine.«

Sie lehnte sich zurück, wobei sie sich auf den Händen abstützte. Sie ließ den warmen Sand durch ihre Finger rinnen und dachte, wie zart und zerbrechlich die einzelnen Körner waren. Ebenso leicht zu zerstören wie die Wahrheit.

»In Ordnung«, sagte sie schließlich. »Aber ich fange an.«

»Einverstanden.«

»Was für ein Gefühl ist es, ein Vicomte zu sein?«

Sein Lächeln wurde etwas dünner. »Ich bin noch nicht lange Vicomte«, sagte er langsam. »Und die meiste Zeit habe ich außer Landes verbracht.«

»Auf See?«

»Ja«, sagte er. »Erst bei der englischen Marine und dann auf einem Handelsschiff.«

»Und Sie sind um die ganze Welt gesegelt?«

»Fast.«

»Und welches ist der schönste Ort, den Sie je gesehen haben?«

»England.« Die Antwort kam ohne zu zögern, was Lauren überraschte.

»Warum sind Sie dann dort weggegangen?«

»Ich glaube, das waren schon fünf Fragen«, sagte er. »Jetzt bin ich erst mal dran.«

Sie verzog das Gesicht, aber schließlich hatte sie sich auf den Handel eingelassen. »Na gut.«

Er hob die Hand und strich ihr eine honigfarbene Locke aus dem Gesicht. »Wie kommt es, daß eine so wunderbare junge Dame ganz allein ist?«

»Es ist Krieg«, erwiderte sie einfach.

»Und vorher?«

»Ich ... ich habe für meinen Vater und meinen Bruder gesorgt.«

»Und es gibt keinen jungen Mann?«

»Nein«, antwortete sie steif.

»Ich wußte nicht, daß Amerikaner solche Narren sind.«

Lauren wandte die Augen von seinem festen Blick und seinem umwerfenden Lächeln. Sie hatte beinahe das Gefühl, als dringe er in sie ein, als greife er nach etwas, das nur ihr allein gehören sollte. Es war ein Fehler gewesen, mit ihm hierherzukommen. Sie hatte es bereits gewußt, als sie seinem Vorschlag zugestimmt hatte, aber sie hatte gedacht, sie könne ihre Gefühle unter Kontrolle halten, sie könne an Larry denken und wäre dann immun. Aber bei seinen Worten raste ihr Herz, pochte ihr Blut und zitterten ihre Hände, die sie im Sand versteckt hatte.

Schließlich sagte sie: »Ich gelte als etwas exzentrisch.«

»Warum?«

»Das ist jetzt aber die letzte Frage«, sagte sie. »Ich bin wieder dran.«

»Aber nicht, bevor du mir nicht geantwortet hast. Weshalb giltst du als exzentrisch?«

»Weil es niemanden gab, den ich heiraten wollte.«

»Aber das finde ich sehr vernünftig und nicht exzentrisch.«

»Ich habe immer viele Dinge tun wollen. Und das kann eine Ehefrau nur selten«, bemerkte sie. Das hatte sie noch niemals jemandem gesagt, nicht einmal ihrem Vater.

»Was für Dinge?« Die Frage kam leise, sanft.

Ich wollte Ärztin werden wie die beiden, wie mein Vater und mein Bruder. Mein toter Bruder. Aber das konnte sie nicht sagen. »Vielleicht einmal nach China segeln.«

»Das wäre vielleicht ein bißchen viel«, sagte Adrian mit einem vergnügten Glucksen. »Fünf Monate auf einem Schiff können furchtbar langweilig sein.«

»Aber Sie haben gesagt, daß Ihnen das Leben auf einem Schiff gefällt.«

»Habe ich das gesagt?« fragte er mit hochgezogenen Brauen, und sie suchte nach den genauen Worten, die er gebraucht hatte.

»Haben Sie das nicht?«

»Du stellst schon wieder Fragen, obwohl du noch nicht einmal an der Reihe bist.«

»Ich habe vergessen zu zählen«, sagte sie.

»Ach, und ich dachte, du seist ehrlich.«

»Vielleicht nicht immer.«

Er ergriff ihre Hände, und sie spürte, wie ihr warm wurde. Sie blickte ihm in die Augen, in diese unglaublich tiefgründigen Augen, die nicht immer lächelten, wenn er den Mund verzog. Während eines Augenblicks unterbrachen sie das Geplänkel. Sie wußte – und ihr war klar, daß auch er wußte –, daß sie beide Teile ihrer selbst voreinander verborgen hielten, und daß sie diesen Schutz gerade wegen der starken Anziehungskraft brauchten, die zwischen ihnen herrschte. Sie wußte, weshalb sie sich schützte, und fragte sich, weshalb er dasselbe tat.

Er erhob sich und zog sie zu sich hinauf. »Laß uns spazierengehen.«

Sie stand auf, und nach ein paar Schritten hatte sie bereits die Schuhe voller Sand. Neidisch blickte sie auf seine nackten Füße.

»Zieh sie aus«, sagte er.

Es war ein höchst unschicklicher Vorschlag, aber schließlich war es auch unschicklich, daß sie beide allein hier waren. Eigentlich war alles, was sie in den letzten Jahren getan hatte, unschicklich gewesen: die Arbeit in der Praxis ihres Vaters, die Reise nach Washington ebenso wie die Schiffsfahrten nach England und Nassau, die sie ohne Begleitung unternommen hatte. Sie lernte, daß ein falscher Schritt sehr schnell zum nächsten führte. Und der Sand sah wirklich verlockend aus. Nie zuvor hatte sie etwas so Pudriges, so Weiches gesehen.

»Ich helfe dir«, bot er ihr an, und sie wußte, daß ihr Gesicht bereits ihre Zustimmung verriet.

Das letzte, was Lauren fühlen wollte, waren seine Hände an ihren Beinen, ihren Knöcheln. Es war schon gefährlich genug, wenn er nur leicht ihre Hand berührte. Sehnsüchtig blickte sie auf das Wasser und den Sand und dann auf den Rock, der ihre Schuhe bedeckte. Das Verlangen kämpfte gegen den Anstand an und, schlimmer noch, gegen das Gefühl, im Treibsand zu versinken.

Sie blickte auf. Er verfolgte ihren inneren Kampf mit einem faszinierenden Vergnügen, mit einem unverschämten Blick und einem herausfordernden Lächeln.

Zum Teufel mit der Schicklichkeit, beschloß sie schließlich und setzte sich. Mitgefangen, mitgehangen. Sie wandte sich von seinem amüsierten Blick ab, knöpfte die schwarzen Schuhe auf und rollte ihre Seidenstrümpfe hinunter. Ihre Zehen fuhren automatisch durch den Sand, und plötzlich verspürte sie eine Begeisterung und ein Gefühl von Freiheit, wie sie es als Kind gekannt hatte.

Sie stand wieder auf und vergrub die Füße im Sand. Sie spürte die Meeresbrise und hörte sein leises, tiefes Glucksen, das sie alles andere vergessen ließ.

Als er die Hand ausstreckte, ergriff sie sie. Sie war verloren angesichts der belebenden, sinnlichen Wirkung, die die Sonne, das Meer und der Sand ... und Adrian Cabot ... auf sie hatten.

Er trat näher, und sie nahm seinen Duft wahr, eine reiche Mischung aus Lorbeer und einem ihr unbekannten Gewürz. Aber ihr blieb keine Zeit, länger darüber nachzudenken, da seine Lippen sanft, doch zugleich berauschend ihren Mund umschlossen.

Sie wollte seinen Kuß erwidern, doch instinktiv riß sie sich los.

Er ließ von ihr ab und betrachtete sie mit leicht geneigtem Kopf. »Du bist einfach bezaubernd«, sagte er.

Niemand hatte sie je zuvor bezaubernd genannt. Ebensowenig, wie sie jemals als schön bezeichnet worden war. Hübsch, ja. Aber selbst das hatten nur ihr Bruder und ihr

Vater gesagt, die alles andere als unvoreingenommen gewesen waren. Aber jetzt fühlte sie sich bezaubernd und war zugleich selbst verzaubert. Sie zitterte vor Verwirrung.

»Komm«, sagte er, indem er erneut ihre Hand ergriff, so als habe er niemals versucht, sie zu küssen.

Und sie folgte ihm beinahe willenlos. Ihr Auftrag war vollkommen vergessen. Er führte sie zu einem kleinen Wasserbecken, das die Flut zurückgelassen hatte, und zeigte ihr einen bunten Krebs, der versuchte, ins Meer zurückzugelangen. Außer dem Krebs gab es noch unzählige kleine Fische, die wie farbige Pfeile durch das kristallklare Wasser schossen, und ein Stück weiter entdeckte Adrian eine Seemuschel, die er mit Meerwasser ausspülte, ehe er sie ihr ans Ohr hielt, damit sie die besondere Musik des Ozeans hörte.

Lauren lauschte hingerissen. Ihr Wissensdurst war häufig genug von Leuten mißachtet worden, die der Meinung waren, daß eine Frau keine weitreichenden Interessen haben sollte. Selbst ihr Vater war viel zu sehr mit seiner Arbeit beschäftigt gewesen, um sich hinzusetzen und ihr die Welt zu erklären, und ihr Bruder hatte sie eher wegen ihrer Neugierde geneckt. Ihre Verehrer hatten nie mit ihr über Politik oder über neue wissenschaftliche Entdeckungen sprechen wollen, und nur wenige von ihnen lasen selbst.

Sie blickte den Mann an, der jetzt neben ihr stand. Er hatte zwar amüsiert gelächelt, als sie ihre Schuhe ausgezogen hatte, aber sein Blick war ernsthaft, als er ihr die Insel und das Meer erklärte. Seine tiefe Stimme mit dem angenehmen Akzent war wirklich etwas Besonderes, sie war überzeugend und kräftig und ließ Laurens Herz schneller schlagen. Sie konnte sich Adrian sehr gut auf einem Schiff vorstellen, wo er schnell und sicher Befehle erteilte, um die Blockade zu umgehen, um Granaten in falsche Bahnen zu lenken, um ...

Lauren schüttelte den Kopf und versuchte, sich wieder auf seine Worte zu konzentrieren.

»Du hörst mir nicht zu.« Der Tadel klang eher wie der eines enttäuschten Lehrers, und sie wunderte sich kurz über die verschiedenen Gesichter, die er ihr bisher gezeigt hatte: Besitzer eines unberechenbaren Affen, Retter, englischer Lord, wüster Kapitän, Lehrer, Kriegsgewinnler. Welches war der echte Adrian Cabot? Aber eigentlich war es egal. Sie durfte nur eines der Gesichter beachten – das letztere. Aber sie mochte die anderen. Es ängstigte sie, wie sehr sie die anderen mochte.

»Ich habe Hunger«, antwortete sie. Ihre Reaktion kam jedoch nicht schnell genug, um seinen prüfenden Blick zu besänftigen.

»Ist das alles? Ich hatte das Gefühl, als wärst du Kilometer entfernt gewesen.«

»Ich habe ... an zu Hause gedacht. Mein Bruder hat mich immer mit ans Meer genommen.«

Sie spürte den mitfühlenden Druck seiner Hand. »Es tut mir leid.«

Seine Stimme drückte ehrliches Bedauern aus, und sie wünschte sich, sie würde nicht schon wieder den altbekannten Schmerz verspüren, den Schmerz und die Schuldgefühle. »Haben Sie einen Bruder?«

Sein Gesicht spannte sich an. »Ich hatte einen.«

Lauren merkte, daß sie nicht weiter in ihn dringen sollte, aber sie konnte nicht anders. »Was ist mit ihm passiert?«

Es war eine aufdringliche Frage, und sie erwartete fast, daß er nicht darauf antworten würde. Statt dessen blickte er hinaus aufs Meer und entgegnete ruhig: »Er hat sich erschossen.«

Sie schloß die Augen. Also hatte auch er einen geliebten Menschen verloren. Dieses Wissen hätte sie mit einer gewissen Befriedigung erfüllen sollen, aber das tat es nicht. Sie spürte nur Mitgefühl, da seine Stimme Trauer und Einsamkeit verriet.

»Und sonst... gibt es keine Familienangehörigen mehr?«

»Ein paar entfernte Cousins.«

Sie drückte seine Hand, und sein Blick fiel erneut auf ihr Gesicht. »Du bist eine höchst ungewöhnliche Frau, Lauren Bradley.«

»Auf jeden Fall eine hungrige«, sagte sie. Sie mußte etwas unternehmen, um diese Stimmung zu zerstören, die sie einander so nahe brachte, zwei grundverschiedene Menschen mit gegenteiligen Interessen.

»Sie haben einfach keinen Sinn für Romantik, Miss Bradley«, sagte er. Seine Stimme hatte wieder einen spöttischen Unterton, als ob auch er umkehren wolle, ehe sie noch tiefer in unbekannte Gewässer gerieten.

Die Mahlzeit wäre wunderbar gewesen, wenn Lauren nicht vollkommen den Appetit verloren hätte. Aber da sie behauptet hatte, hungrig zu sein, zwang sie sich zum Essen, wobei ihr Blick auf das Hühnchen, das frische Brot und das Obst geheftet war. Als sie aufsah, bemerkte sie, daß sein Blick auf ihr ruhte. Seine Augen verrieten nicht, was er dachte, aber sein Mund lächelte. Jedesmal, wenn sie ihn anblickte, verspürte sie das Bedürfnis, die Hand auszustrecken und ihn anzufassen. Sie sehnte sich nach der Berührung, aber sie wußte, daß sie dieses Risiko nicht eingehen durfte.

»Wann werden Sie wieder... fahren?«

»Ich breche heute abend mit der Flut auf«, sagte er.

»Aber ich dachte –« sie unterbrach sich.

»Was dachtest du?«

»Daß Sie warten würden, bis der Mond abgenommen hat.«

»Manche Kapitäne tun das«, sagte er. »Auf jeden Fall fahren dann die meisten Schiffe los, aber so lange kann ich nicht warten. Außerdem ist ja nur Halbmond. Mit etwas Glück haben wir in Charleston sogar Nebel.«

»Haben Sie nicht Angst, daß Sie einmal Pech haben könnten?«

Er zuckte mit den Schultern. »Das liegt nicht in meiner Hand, also ist es sinnlos, wenn ich mir deswegen Sorgen mache. Ich mache mir nur über die Dinge Gedanken, *die* in meiner Hand liegen, wie zum Beispiel, daß ich die beste Mannschaft und das schnellste Schiff habe.«

Die Antwort klang so sicher und arrogant, daß in ihr wieder die alte Abneigung gegen ihn aufkam. Sein Glück und seine Fähigkeiten waren für den Tod ihres Bruders verantwortlich. Sie knabberte an einem Stück Obst, das sie nicht kannte; es war nicht süß, sondern eher scharf. Sie hob ihr Weinglas an die Lippen und blickte aufs Meer hinaus. Die Sonne warf Muster auf die Wasseroberfläche, wodurch die Farbschattierungen noch mehr betont wurden.

»Wie . . . wie lange werden Sie unterwegs sein?«

»Etwa zehn Tage. Ich werde in Charleston warten, bis der Vollmond vorüber ist.«

»Nehmen Sie manchmal auch Passagiere mit?«

»Nein«, kam die knappe Antwort.

»Aber ich habe gehört . . .«

»Manche Schiffe nehmen Passagiere mit. Ich nicht. Das *Gespenst* ist nicht dafür ausgerüstet. Wir haben keine extra Kabinen, sondern nur Frachtraum.«

»Aber . . .«

»Wenn ich mir Gedanken machen muß über Frauen und Kinder oder aber auch über männliche Zivilisten, mache ich vielleicht einen Fehler, Lauren. Ich gehe dann vielleicht nicht die Risiken ein, die manchmal erforderlich sind. Die Männer, die mit mir segeln, wissen, welche Gefahren und welche Risiken sie eingehen, und sie nehmen sie in Kauf, aber ich bin nicht bereit, die Verantwortung für andere Menschenleben zu übernehmen.«

Lauren starrte ihn überrascht an. Zuvor hatte er immer mit einer gewissen Gleichgültigkeit über die Blockade gesprochen. »Aber ich dachte, die Sache macht Ihnen Spaß.«

»In gewissem Sinne schon«, gab er zu. »Es gibt nicht vieles, was so aufregend ist wie das Durchbrechen der Blockade, was so befriedigend ist wie das Wissen, eine der besten Seestreitkräfte ausmanövriert zu haben, aber ich will nicht, daß irgend jemand anders für mein perverses Vergnügen bezahlt.« Er schwieg einige Sekunden. »Du denkst doch nicht etwa daran, mitzufahren?«

»Vielleicht«, sagte sie.

»Aber warum?«

»Ich habe Freunde in Charleston, und . . . vielleicht könnte ich dort etwas Sinnvolles tun . . . zum Beispiel als Krankenschwester arbeiten.« Sie schluckte. Wie hatte sie bloß jemals annehmen können, es würde leicht sein zu lügen?

Adrian verharrte reglos. »Als Krankenschwester?«

»Mein Vater war Arzt. Ich habe ihm immer bei seiner Arbeit geholfen.«

»Hast du jemals einen Mann gepflegt, der von einer Kanonenkugel zerfetzt wurde?« Seine Stimme klang rauh.

»Nein.«

»Ich habe Kriegsverletzungen gesehen, Lauren«, sagte er

mit harter Stimme. »Sie sind mit irgendwelchen Krankheiten nicht zu vergleichen.«

»Wann?« Ihre Stimme war ein leises Flüstern.

»Nicht hier. Im Krimkrieg. Mein Schiff hat Überlebende von einem anderen Schiff aufgenommen. Es war die Hölle.«

Lauren mußte diese Worte und die Bedeutung, die dahinter verborgen lag, erst verdauen. Adrian Cabot nahm den Tod nicht leicht. Aber trotzdem spielte er damit. Trotzdem hatte er Laurence getötet. Sie zitterte und wußte, daß er es sah. Sein Gesicht wurde wieder sanft. »Es tut mir leid«, sagte er. »Aber du willst doch wohl nicht allen Ernstes nach Charleston.«

Lauren blickte ihn ärgerlich an. »Das ist wohl meine Sache.«

Sein Blick war unverändert, aber er nickte, und einige Minuten später waren sie wieder auf dem kleinen Segelboot. Am Himmel zogen ein paar Wolken auf, und etwas von der Helle des Tages verschwand. Diese Veränderung paßte zu Laurens Gedanken.

Am späten Nachmittag erreichten sie den Landungssteg. Die Vertrautheit zwischen ihnen war zerstört, und Lauren wußte, daß auch Adrian spürte, daß irgend etwas zwischen ihnen stand, auch wenn sein verwirrter Blick ihr verriet, daß er nicht wußte, was.

An der Hintertür des Caseschen Hauses ergriff er jedoch ihre Hand und hielt sie kurz fest. Sie spürten beide die Wärme der Sonne, die Wärme ihrer Körper und die Wärme ihrer . . .

»Es war ein sehr schöner Tag«, sagte er mit leiser, betörender, verheißungsvoller Stimme. »Darf ich noch mal vorbeikommen, wenn ich zurück bin?«

Lauren spürte eine glühende Hitze in sich aufsteigen,

einen Schwindel, der nicht von der schwülen Nachmittagsluft herrührte. Sie blickte zu ihm auf, in seine Augen, die sie verwirrt, aber fest ansahen. Sie wollte ihre Hand ausstrekken und ihn berühren. Berühren und festhalten.

»Gehen Sie nicht«, sagte sie mit plötzlicher Verzweiflung.

Er sah sie noch verwirrter an.

»Hören Sie auf, die Blockade zu brechen!«

Er entspannte sich. »Es wird schon nichts passieren.«

Sie schluckte ihren Protest hinunter, unterdrückte ihre Furcht. Um wen hatte sie eigentlich Angst? Sie nickte und beobachtete, wie er sich umdrehte und eilig in Richtung des Hafens ging.

Ihr Zimmer ging auf den Hafen hinaus, wo sein Schiff vor Anker lag. Da sie nichts hatte essen können, hatte sie behauptet, das Picknick sei einfach zu reichhaltig gewesen. Jeremy hatte sie häufig prüfend angesehen, aber er hatte noch keine Gelegenheit gefunden, sie unter vier Augen zu sprechen.

Sie hatte Kopfweh vorgeschützt und sich früh zurückgezogen. Jetzt saß sie am Fenster und beobachtete das rege Treiben an Bord des *Gespenstes*. Als die Abenddämmerung hereinbrach, gingen an Deck des Schiffes die Laternen an. Die grauen Umrisse des Dampfers verschmolzen mit dem Abendlicht, so daß die schaukelnden Lichter aus dem Nichts zu kommen schienen.

Lauren saß unbeweglich da und beobachtete, wie die Lichter langsam schwächer wurden, bis sie schließlich in der Dunkelheit verschwanden.

6

Die Fahrt nach Charleston war eine der leichtesten, die Adrian je erlebt hatte. Nur wenige Blockadebrecher wagten die Reise bei Halbmond, und so waren die Wachposten der Union nicht besonders aufmerksam. Das *Gespenst* war unbemerkt an zwei Schiffen vorbeigeglitten, ehe es in den Schutz der Kanonen von Fort Moultrie und Fort Sumter gelangt war.

Bei Flut hatten sie die Sperre zum Hafen durchfahren, und die Kanone von Fort Moultrie hatte ihre Ankunft signalisiert. Wenn das *Gespenst* den Kai erreichte, würden trotz der frühen Morgenstunde bereits zahlreiche Agenten dort versammelt sein, um sich die Fracht anzusehen. Später würde die Handelsware dann an Händler versteigert werden, und wahrscheinlich würde Adrian den Rest des Tages mit den Agenten der Konföderation verhandeln – über Munition, Waffen und Medizin.

Die Ankunft eines Blockadebrechers war jedesmal Anlaß zum Feiern, und er wußte, daß er verschiedene Einladungen zum Abendessen oder zum Tanzen erhalten würde. Charleston war eine fröhliche Stadt, auch wenn die Versorgung zunehmend schlechter wurde. Für die Bewohner der Stadt war es eine Frage des Stolzes, den Schein zu wahren.

Aber heute abend würde er alle Einladungen ablehnen und den nötigen Schlaf nachholen. In den letzten Tagen war er kaum zur Ruhe gekommen. Auf den Fahrten schlief er nie besonders gut, weil er wußte, daß sie jeden Moment von einem der Kriegsschiffe der Union entdeckt werden konnten, aber auf dieser Reise hatte er noch weniger Ruhe gehabt als normal, weil es ihm nicht gelang, die haselnußäugige Miss Bradley aus seinen Gedanken zu verbannen.

Vor beinahe siebzehn Jahren hatte er gelernt, daß Frauen unzuverlässige und betrügerische Wesen waren. Er wußte, wenn es ihm jemals gelänge, Ridgely zurückzukaufen, würde er heiraten, aber einzig, um einen Erben zu bekommen. Wenn er Ridgely nicht wiederbekäme, bliebe er frei und ungebunden.

Außerdem sagte er sich, daß Lauren Bradley nicht im geringsten sein Typ war. Offensichtlich war sie ein echter Blaustrumpf, die Art Frau, die er normalerweise mied. Und doch hatte er sich von ihrer unendlichen Wißbegierde und ihrer Intelligenz angezogen gefühlt, sowie von ihrer Fähigkeit, zu schweigen, wenn sie nichts zu sagen hatte. Das, so dachte er zynisch, war ihre ungewöhnlichste Eigenschaft. Als sie vor ein paar Tagen von der Insel zurückgekehrt waren, hatte sie verdammt wenig gesagt, und es hatte ihn überrascht, welches Vergnügen ihm ihre bloße Anwesenheit bereitete.

Sie war nicht so schön wie die meisten anderen Frauen, denen er bisher den Hof gemacht hatte. Sie war zwar hübsch, aber nur in den seltenen Momenten, in denen sie wirklich lächelte, erreichte sie wahre Schönheit. Er dachte daran, wie unwiderstehlich sie ausgesehen hatte, als sie überlegt hatte, ob sie ihre Schuhe ausziehen sollte – die leicht unsicheren Blicke, die sie ihm zugeworfen hatte; das Vergnügen in ihrem Gesicht, als sie den Kampf aufgegeben und ihre Zehen im Sand vergraben hatte. Er hatte gedacht, sein Herz würde direkt vor ihre Füße fallen.

Bis dahin hatte er nicht einmal mehr gewußt, ob ein Herz überhaupt noch in ihm wohnte.

Entnervt von all diesen Gedanken überließ er seinem Ersten Offizier das Steuer. Wade bedachte ihn mit einem vorsichtigen Lächeln. Adrian wußte, daß er auf dieser Fahrt ebenso unausstehlich gewesen war wie Sokrates.

Er begab sich in seine Kabine, um zu überprüfen, ob sie aufgeräumt werden mußte, ehe die Agenten kamen, aber Sokrates hatte nichts angerührt. Er war auf dieser Reise so zahm gewesen, daß Adrian sich bereits Sorgen gemacht hatte, aber zumindest hatte er gut gegessen. Adrian fragte sich, ob das kleine Tier Lauren Bradley vielleicht auch vermißte. Nicht, daß er selbst sie vermißt hätte.

Sokrates kam angetrottet, aber Adrian wußte, er durfte ihn erst berühren, wenn der Affe den ersten Schritt unternommen hatte. Sokrates war von seinem vorherigen Besitzer schwer mißhandelt worden, und manchmal biß er aus Angst und Verwirrung zu, wenn ihm jemand zu nahe kam. Das Tier lebte zwar bereits seit zwei Jahren bei Adrian, aber es gab immer noch Augenblicke des Mißtrauens.

Manchmal wünschte Adrian sich sehnlichst, Sokrates loszuwerden, aber immer genau dann kam der Affe zu ihm, blickte ihn mit schrägem Kopf und traurigen Augen an und griff dankbar oder tröstend nach seiner Hand, und Adrian dachte an den Tag, an dem der blutende Affe zu ihm geflüchtet war. Sein Besitzer war betrunken gewesen, und Sokrates, der mit einer Eisenkette angebunden gewesen war, hatte sich nicht gegen den Mann wehren können, der ihn gegen eine Kiste schleuderte und auf ihn einschlug. Als der Mann die Kette kurz losgelassen hatte, war der Affe vor lauter Schmerz und Verwirrung zu Adrian hinübergerannt.

In diesem Augenblick war Adrian ein anderes kleines Wesen eingefallen, das vor vielen Jahren einmal genauso geschlagen worden war. Die Wut, die seit dreißig Jahren in seinem Inneren angestaut gewesen war, hatte sich ihren Weg gebahnt. Er hätte den Mann am liebsten umgebracht, doch statt dessen hatte er ihm einen Packen Geldscheine hingeworfen, die wahrscheinlich den Wert des Affen um das Dreißigfache überstiegen.

Adrian hatte schnell festgestellt, daß er sich mit dem Tier nichts als Ärger eingehandelt hatte. Er hatte keine Ahnung von Affen gehabt, und als erstes lernte er, daß sie nicht den geringsten Sinn für Dankbarkeit zu haben schienen. Außerdem waren sie nicht gerade besonders zurückhaltend. Er hatte Sokrates gedroht, ihn auszusetzen, ihn seinem alten Besitzer zurückzubringen oder ihn über Bord zu werfen, aber weder Drohungen, noch Schmeicheleien, noch Bestechung hatten den verfluchten Affen in irgendeiner Weise beeindruckt. Insgeheim hatte Adrian dieser Machtkampf ein gewisses Vergnügen bereitet, und außerdem leistete der Affe ihm – wenn auch manchmal widerwillig – Gesellschaft. Er war sich bewußt, daß ein Teil seiner Zuneigung zu dem Tier wahrscheinlich von seiner eigenen Einsamkeit herrührte. Er hatte keine Familie mehr und auch sonst niemanden, den es auch nur im geringsten kümmerte, was er tat, abgesehen vielleicht von seiner Mannschaft, die, wie er sich trocken eingestand, wahrscheinlich auch nur deshalb an ihm hing, weil er sie reich machte.

Aber jetzt war Sokrates sanfter gestimmt. Er bedachte Adrian mit einem vertrauensseligen Blick aus seinen kleinen, runden Augen und legte sogar eine Pfote auf Adrians Knie. Wenn selbst der Affe Mitleid mit ihm hatte, mußte er wirklich erbärmlich aussehen. Adrian raffte sich auf und zog sich um, da er trotz der frühen Stunde bald von Besuchern umlagert sein würde.

Der Tag ging schnell vorüber. Er bekam für seine Waren noch mehr als er erwartet hatte. Offensichtlich gab es immer noch einen großen Markt für feine Brandys und Seidenstoffe sowie für praktischere Dinge wie Nähnadeln, Nägel, Zahnbürsten und Korsetts. Letztere waren vor ein paar Monaten von ein paar Damen bestellt worden, und er hatte sie aus England kommen lassen, obgleich er wußte, daß die Ladys in Charleston sie gewiß nicht mehr brauchten, da die Lebensmittel immer knapper wurden. Adrians Bewunderung für den schwächeren Süden wuchs, da die Leute echten Stolz und wahre Sturheit aufwiesen. Diese Bewunderung war einer der Gründe, weshalb Adrian die Hälfte des Frachtraums für Kriegsgüter zurückbehielt, statt wie viele andere englische Kapitäne nur Luxusartikel zu transportieren.

Am Nachmittag traf er die Agenten der Konföderation, und nachdem man sich auf einen Preis für die Lieferung geeinigt hatte, besprach man die nächste Ladung. Von besonderem Interesse waren englische Kanonen. Der Süden würde ihn gut bezahlen, wenn er eine solche Waffe hereinbrächte; er war schließlich einer der wenigen Blokkadebrecher, dem sie diese wertvolle Fracht anvertrauen würden.

Adrian zögerte nicht, obgleich er wußte, daß sein Schiff dadurch ein noch interessanteres Angriffsziel für die Marine des Nordens wurde. Es war bereits jetzt schon eine Prämie auf das *Gespenst* ausgesetzt.

»Fünfundzwanzigtausend Pfund«, sagte er. »In Gold. Auf mein Konto in England.«

»Bei Lieferung«, stimmte der Agent zu.

Sie gaben sich die Hand, und der Agent bat Adrian, ihn zum Abendessen zu begleiten.

»Ich habe noch ein paar Dinge zu erledigen«, sagte Adrian. »Und ich bin verdammt müde.«

»Wie lange werden Sie bleiben?«

Adrian zuckte mit den Schultern. »Ich werde Baumwolle laden und entweder auf dichten Nebel oder Neumond warten.«

»Wir brauchen die Kanone so schnell wie möglich.«

»Ist sie in Nassau?«

»Sie wird innerhalb der nächsten Tage dort ankommen.«

»Weiß irgendwer davon?«

Der Agent zuckte mit den Schultern. »Sie ist als Möbelstück deklariert, aber es wimmelt sowohl in London als auch in Richmond und Nassau nur so von Spionen.«

»Ich bringe sie Ihnen«, sagte Adrian.

Der Agent lächelte. Kapitän Cabot war einer der drei Kapitäne, auf denen das Kriegsministerium bestanden hatte. Einer der anderen beiden war vor drei Tagen bei seiner Einfahrt in den Hafen von Charleston auf Grund gelaufen; damit den Unionstruppen die Fracht nicht in die Hände fiel, war das Schiff verbrannt worden. Der andere war Clay Harding, aber Harding sollte bereits Gewehre und Munition mitbringen, die ebenso dringend wie die Kanone benötigt wurden.

»Wenn Sie irgend etwas brauchen, Kapitän, dann wenden Sie sich einfach an mich.«

»Dichten Nebel.«

Das Lächeln des Agenten wurde breiter. »Ich werde sehen, was ich tun kann.«

Adrian verbrachte den Rest des Nachmittags bei den Baumwollhändlern. Die Lagerhäuser und selbst der Kai quollen über, und die Preise waren niedrig. Er kaufte insgesamt dreizehnhundert Ballen. Sie würden fast den gesamten Platz einnehmen, den er zur Verfügung hatte, so daß er gleich Vorkehrungen bezüglich des Verladens traf.

Als der Abend anbrach, war er erschöpft. Die meisten seiner Männer waren an Land gegangen. Die Blockadebrecher waren die Helden von Charleston, und sie waren überall gern gesehen. Es gab da eine hübsche Witwe, die er hin und wieder besuchte, aber diese Vorstellung reizte ihn im Augenblick nicht im geringsten, und er war zu müde, um sich darüber zu wundern.

Adrian löschte die Öllampe und streckte sich auf seinem Bett aus. In spätestens zwei Tagen würde die Baumwolle verladen sein; da keine anderen Blockadebrecher im Hafen lagen, würde sich alles um ihn drehen. Für gewöhnlich war er gerne in Charleston, aber dieses Mal war er rastlos. Er wollte zurück nach Nassau. Er fragte sich lieber nicht, weshalb.

Jeremy blickte Lauren fragend an. Seit Kapitän Cabot vor zwei Tagen gefahren war, hatte sie nicht viel gesagt, und er wollte sie nicht bedrängen.

Er mochte Lauren. Die letzte Frau, die Phillips nach Nassau geschickt hatte, war aufreizend und ziemlich dreist gewesen, der Typ, der einem Mann sofort auffiel. Sie hatte Monate in Nassau verbracht, ohne auch nur das geringste herauszufinden, obgleich Jeremy sich sicher war, daß sie ihr Bett mit einigen der Blockadebrecher geteilt hatte. Es war ihr jedoch nicht gelungen, Kapitän Cabots Aufmerksamkeit zu erlangen, und am Ende war sie nach Washington zurückbeordert worden.

Cabots Interesse an Lauren hatte Jeremy überrascht. Vielleicht war Phillips doch gerissener, als er gedacht hatte. Er wußte nicht, weshalb Lauren sich zu dieser Tätigkeit bereit erklärt hatte, und er fragte sich erneut nach ihren Motiven, als er die Unsicherheit in ihren Augen sah. Unsicherheit und Zweifel und Verwirrung.

Lauren half ihm beim Erstellen einer Warenliste, aber Jeremy konnte beobachten, daß ihr Blick häufig abschweifte, und er wußte, daß ihre Gedanken weit weg waren.

»Kapitän Cabot?« fragte er, als sie eine seiner Fragen nicht beantwortete.

Das Buch, das sie in den Händen hielt, fiel auf den Boden, und als sie sich hinabbeugte, um es aufzuheben, vermied sie es, Jeremy in die Augen zu sehen. Sie hatte Adrian Cabot einfach nicht aus ihren Gedanken verbannen können. Sie wußte, daß sie sich seine Gefangennahme wünschen sollte, aber sie konnte es einfach nicht. Sie hatte Angst um ihn, und das wiederum machte ihr angst.

»Sie müssen Ihren Auftrag nicht erfüllen«, sagte Jeremy sanft.

Sie zögerte. »Ich weiß noch nicht einmal, ob ich es kann. Er sagt, er nimmt keine Passagiere mit.«

»Und wenn er sich bereit erklärt, Sie mitzunehmen?«

Lauren blickte ihn verzweifelt an. »Ich weiß nicht. Er ... er ist ganz anders, als ich gedacht hatte.«

»Was hatten Sie denn gedacht?«

»Ich hatte geglaubt, er sei jemand, der ... dem alles und jeder egal ist.«

Jeremy seufzte. Er hatte sich von Anfang an gefragt, ob Lauren nicht vielleicht zu sanftmütig war für diese Aufgabe. »Er ist sehr sympathisch«, sagte er vorsichtig.

In diesem Augenblick öffnete sich die Tür, und ein Kunde betrat den Laden. Lauren blickte nicht auf, als Jeremy den Neuankömmling begrüßte. »Kapitän Harding, was kann ich für Sie tun?«

Lauren sah den Kunden an. Jeremy hatte ihr erzählt, daß dieser Mann einer der erfolgreichsten Blockadebrecher und obendrein ein Freund von Kapitän Cabot war.

»Ein paar Zigarren«, sagte Kapitän Harding. Er sprach sehr deutlich, und der Südstaatenakzent war unüberhörbar. Sein Blick streifte durch das Geschäft, bis er an Lauren hängenblieb. Dies war das dritte Mal in nur drei Tagen, daß er Jeremy Cases Laden aufsuchte. Endlich war das Mädchen, von dem Adrian erzählt hatte, einmal da.

Jeremy sah, daß die dunklen Augen des Südstaatlers auf

Lauren ruhten, und daß er verhalten lächelte. »Lauren, dies ist Kapitän Clay Harding«, sagte er. »Und dies ist meine Nichte, Lauren.«

Clay Harding verbeugte sich mit einer Eleganz, die sie offensichtlich beeindrucken sollte. »Sehr angenehm, Miss . . .«

»Bradley«, erwiderte sie. Er war wirklich ein sehr attraktiver Mann. Sie hatte immer gedacht, alle Schiffskapitäne sähen aus wie Kapitän Taggert, alt, bärtig und wettergegerbt, aber Clay Hardings gepflegte Erscheinung und das teuflische Blitzen in seinen Augen erinnerten sie an Adrian. Allerdings endete die Ähnlichkeit da auch schon. Clay Harding hatte etwas Jungenhaftes an sich, wohingegen Adrian Cabot durch und durch ein Mann war.

»Unsere Insel ist durch Ihre Ankunft reicher geworden«, sagte er. Ein ungewöhnliches Kompliment.

»Danke«, sagte sie ernst, aber mit einem leichten Lächeln. »Und welcher der Südstaaten ist durch Ihre Abwesenheit ärmer geworden?«

Wenn Clay sich nicht täuschte, hörte er in ihren Worten eine Spur von Ironie. »South Carolina, Ma'am«, sagte er, während er sie etwas genauer betrachtete. Auf den ersten Blick war sie sehr attraktiv, auf jeden Fall hübsch genug, um der Wette, die er mit Adrian abgeschlossen hatte, eine gewisse Würze zu verleihen. Er verspürte das dringende Bedürfnis, ihr Lächeln zu erwidern.

»Bitte sehr, Kapitän«, sagte Jeremy und gab seinem Kunden eine Schachtel.

Clay blickte sich noch einmal eilig im Laden um. Er mußte einen Grund finden, um noch etwas länger bleiben zu können. »Vielleicht . . .«, setzte er an, »vielleicht hätten Sie noch ein . . . ah . . .« Sein Blick fiel auf das Buch in Laurens Händen. »Ein Buch«, sagte er triumphierend.

»Dieses hier, Kapitän?« fragte Lauren, wobei das Lächeln auf ihren Lippen breiter wurde.

»Irgendeins«, sagte er.

»Ich werde es Ihnen einpacken«, sagte sie und verschwand im Nebenzimmer.

Als Lauren zurückkam, überreichte sie dem Südstaatler das sorgfältig verpackte Buch.

»Vielen Dank. Freitag abend findet im Haus des Gouverneurs ein Tanz statt«, hörte Clay sich sagen. »Würden Sie mir wohl die Ehre erweisen, mich dorthin zu begleiten?«

Lauren blickte eilig hinüber zu Jeremy, der nickte.

»Ich habe heute eine Einladung dorthin erhalten, und ich dachte, Sie hätten vielleicht Spaß daran.«

»Ja«, sagte sie leise. »Das würde mir gefallen.« Freitag war in sechs Tagen, und Adrian würde bis dahin nicht zurück sein. Und schließlich sollte sie so viele Informationen wie möglich über die Blockadebrecher sammeln. Und vielleicht, ganz vielleicht, gelänge es ja Clay Harding, sie von Adrian und dem *Gespenst* abzulenken.

In den folgenden Tagen lebte sich Lauren richtiggehend in Nassau ein. Clay Harding kam beinahe jeden Tag ins Geschäft, und einmal lud er sie zum Tee ins Royal Victoria ein, das neue, elegante Hotel oben auf dem Hügel über der Bucht. Da Lauren ihn und auch die anderen Blockadebrecher kennenlernen wollte, nahm sie die Einladung an.

Clay fuhr am Nachmittag mit einer Kutsche vor, obgleich das Royal Victoria nur einen kurzen Spaziergang vom Laden entfernt lag. Das Hotel war wunderhübsch, mit Veranden und Balkonen, die alle auf die gepflegten Gärten hinausgingen. Das Gebäude summte vor Leben und Energie, und Lauren konnte sich trotz ihrer Abneigung gegen die Blockadebrecher der ansteckenden Aufregung nicht entziehen.

Als sie das Hotel betraten, wurden sie von mehreren Ladies in extravaganten, überraschend tief ausgeschnittenen Kleidern und von den Männern, die in Uniform oder in Zivil in der Eingangshalle herumlungerten, neugierig angestarrt. Einige der Männer sprachen Clay an, offensichtlich in der Hoffnung, daß er ihnen seine Begleiterin vorstellte. Lauren versuchte, sich die Namen zu merken, aber es waren einfach zu viele. Die anzüglichen, zustimmenden, bewundernden oder einfach nur neugierigen Blicke verwirrten sie.

Und dann nahmen sie endlich Platz. Lauren fürchtete, daß ihr die Verblüffung deutlich anzumerken war, aber er gluckste nur. »Sie sehen richtig überwältigt aus.«

»Sind das alles Blockadebrecher?«

»Die meisten. Im Moment liegen siebzehn Schiffe im Hafen, die alle auf Neumond warten. Aber einige der Männer sind Kapitäne von ganz normalen Handelsschiffen.«

Lauren blickte ihren Begleiter an. Er trug die Marineuniform der Konföderierten, in der er zugleich verwegen und vornehm wirkte. Sein Haar war blond, beinahe weizenfarben, und seine Augen waren grau. Er war hübsch, aber er erweckte nicht dieselben verwirrenden Gefühle in ihr wie Adrian Cabot. Vielleicht könnte sie ihn nett finden, aber nichts an ihm ließ ihre Knie erzittern oder ihre Stimme heiser werden.

»Wie viele Fahrten haben Sie schon gemacht, Kapitän?«

Er zuckte mit den Schultern. »Fünfzehn oder so.«

»Erzählen Sie mir davon. Was für ein Gefühl ist es, wenn man von anderen Schiffen unter Beschuß gesetzt wird?« Sie erschauderte leicht.

Er starrte sie an. »Manchmal hat man verdammte Angst.«

Sie mußte lächeln. »Ich hätte nicht geglaubt, daß Männer jemals zugeben, Angst zu haben.«

»Dann lügen sie.«

»Es ist also wirklich gefährlich? Ich habe gehört . . .«

»Krieg«, sagte er offen, »ist per definitionem eine tödliche Angelegenheit. Aber ich glaube nicht, daß das Durchbrechen der Blockade gefährlicher ist als irgendeine andere Aufgabe«, sagte er leichthin. »Sie machen sich nicht wegen jemand bestimmtem Sorgen?«

Ihre Blicke trafen sich, und sie sah die Frage in seinen Augen. Also wußte auch er von dem Nachmittag, den sie mit Adrian verbracht hatte. Blieb auf dieser Insel eigentlich gar nichts geheim? »Nein«, log sie.

»Gut.« Das eine Wort enthielt eine ganze Reihe von Andeutungen, und Lauren verspürte eine unerwartete und ungewöhnliche Aufregung bei dem Gedanken, daß anscheinend noch ein Mann sie anziehend fand. Sie fragte sich, ob das wohl an dem entsetzlichen Unterricht lag, in dem man ihr in Washington beigebracht hatte, was sie anziehen und wie sie ihr Haar tragen sollte, und wie sie am geschicktesten flirtete. Sie wußte, daß sie besser aussah als vorher. Ihr Haar war nicht mehr streng zurückgekämmt, sondern umrahmte sanft ihr Gesicht, und ihre neuen Kleider betonten ihre schlanke Figur. Nicht, daß sie sich früher bewußt unattraktiv gegeben hätte, ihr hatten einfach die mütterlichen Ratschläge und die Zeit für Experimente gefehlt. Ihre Verehrer waren meistens uralte Freunde gewesen, die niemals von ewiger Leidenschaft gesprochen hatten, sondern einfach die Zeit zum Heiraten gekommen sahen und meinten, man »passe zueinander«. Diese Grundlage für eine Ehe war ihr nie sonderlich reizvoll erschienen.

Also hatte sie im Grunde nicht verstanden, wie Mr. Phillips denken konnte, daß sie eine erfolgreiche Spionin abgeben würde, und es überraschte sie immer noch, daß ihr zwei so attraktive Männer den Hof zu machen schienen. Ihre eigene Reaktion darauf verblüffte sie jedoch noch mehr; zu

Adrian Cabot fühlte sie sich seltsam, aber unwiderstehlich hingezogen, und Clay Hardings Offerten erfüllten sie mit einer angenehmen Wärme.

Plötzlich fiel Laurens Blick auf einen großen Mann in Zivil, der soeben den Speisesaal betrat. Er sah ihren Begleiter an, und die beiden Männer nickten sich verhalten zu. »Ist er auch ein Blockadebrecher?« fragte sie neugierig, als sie sah, wie Clays Gesicht sich anspannte.

Clay antwortete nur zögernd. »Er ist Offizier bei den Unionskräften. Sein Schiff kam zur Reparatur hierher. Ein Zusammenstoß mit einem unserer Kaperschiffe.«

»Aber er trägt keine Uniform.«

»Er ist eben vernünftig. Es gibt hier eine Menge Leute, die etwas gegen den Norden haben.«

Lauren war verwirrt. »Aber Sie beide kennen sich.«

»Wir waren zusammen auf der Marineakademie«, sagte er einfach.

»Sie waren Freunde?«

»Sehr gute sogar.«

»Und jetzt?«

»Jetzt würde er mein Schiff in die Luft sprengen, wenn er könnte.« Die Worte waren nur so dahergesagt, aber Lauren hörte den Schmerz, der dahinter verborgen lag.

»Es muß sehr schwer sein«, sagte sie langsam, »wenn man zwischen den Fronten steht.« Allmählich begann sie, ein wenig zu verstehen, was für ein Gefühl das war.

»Ja«, sagte er einfach. »Aber so ist es in jedem Bürgerkrieg. Es ist eine der Tragödien, die in der Natur der Sache liegen.«

Lauren wußte, wovon er sprach. Delaware war in zwei Lager gespalten, obgleich ihr Teil des Landes überwiegend auf seiten der Union stand. Aber sie hatte niemanden persönlich gekannt, der für den Süden kämpfte. Bis jetzt.

Lauren blickte erneut den Unionsoffizier an. »Es muß ein eigenartiges Gefühl sein, mit seinem Feind in einem Raum zu sitzen.«

Er grinste, und das altbekannte Glitzern kehrte in seine Augen zurück. »Sie werden noch feststellen, daß in Nassau vieles eigenartig ist, Miss Bradley. Es ist ein ungewöhnlicher Ort. Der angeblich neutrale Hafen ist alles andere als neutral, und innerhalb eines einzigen Tages werden hier Vermögen gemacht und ebenso schnell wieder verschleudert.«

»Macht Kapitän Cabot das auch so?«

»Müssen wir unbedingt über ihn sprechen?« fragte Clay.

»Nein«, sagte sie, zugleich erleichtert und seltsam enttäuscht über diese Antwort. Sie wollte so vieles über den englischen Kapitän erfahren.

In der nächsten halben Stunde wurden der Krieg und Adrian Cabot als Themen gemieden, und Lauren entdeckte, daß Clay Harding ein charmanter und unterhaltsamer Begleiter war.

Sie lächelte immer noch, als er sie zurück zum Laden brachte.

»Das Buch, das Sie mir verkauft haben«, sagte er mit einem schiefen Grinsen, »war wirklich interessant.«

»Sie haben es ganz durchgelesen?«

»Natürlich.«

»Also können Sie jetzt stricken?« fragte sie.

»Ganz hervorragend«, erwiderte er ernst.

Lauren konnte ein Kichern nicht unterdrücken. Die Vorstellung von Clay Harding, wie er mit Stricknadeln im Sessel saß, war einfach zu amüsant.

Er tat, als sei er tief getroffen, ehe er wieder ein Lächeln aufsetzte. »Nächstes Mal werde ich mir etwas genauer ansehen, was ich kaufe.«

»Nur, wenn Sie an eine skrupellose Verkäuferin geraten«, fügte sie neckisch hinzu.

»Ich mag skrupellose Verkäuferinnen. Zumindest, wenn sie hübsch sind«, korrigierte er.

Aber ehe sie antworten konnte, waren sie vor dem Geschäft angekommen. Er half ihr aus der Kutsche und lächelte. »Ich sehe Sie dann auf dem Tanz. Guten Tag, Miss Bradley.«

»Vielen Dank. Es war ein wunderbarer Nachmittag«, antwortete sie ehrlich.

Nachdem sie den Laden abgeschlossen hatten, gingen sie und Jeremy in den Garten, wo sie vollkommen ungestört sprechen konnten. Sie erzählte Jeremy von dem Nachmittag, von Clay Harding und dem Unionskapitän, und wunderte sich laut über die Traurigkeit in Clays Stimme, als er davon gesprochen hatte.

Der ältere Mann blickte sie nachdenklich an und fragte sanft: »Sie dachten nicht, daß Sie diese Männer mögen könnten, nicht wahr?«

»Mr. Phillips . . . als er von ihnen sprach, klang es, als ob sie alle . . . Söldner wären. Aber zumindest Kapitän Harding kämpft für eine Sache, an die er glaubt.«

»Und Kapitän Cabot?«

Lauren schüttelte unglücklich den Kopf.

»Heißt das, daß Kapitän Harding weniger erfolgreiche Arbeit leistet?«

»Nein.«

»Nichts ist einfach schwarz oder weiß, Lauren. Ich nehme an, Adrian Cabot hat gute Gründe dafür, daß er die Blockade durchbricht. Vielleicht glaubt er sogar an die Sache der Konföderierten. Auf jeden Fall könnte er erheblich höhere Gewinne erzielen, wenn er nur Luxusartikel transportieren würde.«

»Sind Sie etwa auf seiner Seite?«

Er schüttelte den Kopf. »Ich möchte nur, daß Sie verstehen, daß es immer zwei Seiten einer Medaille gibt. Wenn Ihnen das nicht klar ist, können Sie keine vernünftige Entscheidung treffen, weil dann irgendwann alles um Sie herum zusammenbricht.« Er zögerte. »Weshalb haben Sie sich entschlossen, hierherzukommen?«

Lauren schwieg einen Augenblick. Aber sie brauchte einen Freund, jemanden, dem sie sich anvertrauen konnte. »Mein Bruder ... kam vor fünf Monaten auf einem Patrouillenboot der Union ums Leben. Er war Arzt.«

Es steckte mehr dahinter, das wußte Jeremy. Er zögerte, in sie zu dringen, aber sie sprach von selbst weiter.

»Mr. Phillips sagte, er starb, weil ... Kapitän Cabot eins der Unionsschiffe durch einen Trick dazu brachte, auf ein anderes zu schießen.«

»In Washington hat alles so einfach gewirkt, nicht wahr?« fragte Jeremy, und sie nickte.

»Nicht unbedingt einfach«, gab sie zu, »aber ... richtig.«

»Und jetzt ...?«

Sie nickte langsam. »Ich glaube immer noch, daß es richtig ist, aber ich hasse es zu lügen ...«

»Ich kann Phillips schreiben«, sagte er, »und ihn bitten, jemand anderes zu schicken. Sie könnten dann mit dem nächsten Schiff nach Hause fahren.«

»Nichts Wichtiges ist jemals einfach«, sagte sie leise. »Ich bleibe.«

Er nickte sacht. In seinen Augen lag Zustimmung.

Aber als sie hineingingen, fragte sie sich, ob sie vielleicht ihre Seele verlöre, wenn sie ihrem Gewissen folgte. Die Ironie der Situation entging ihr keineswegs.

7

Der Ballsaal glitzerte, und Lauren fühlte sich wie Aschenputtel nach der Verwandlung. Nie zuvor hatte man sie auf ein solch elegantes Fest eingeladen.

Natürlich konnte sie tanzen. Ihr Bruder hatte es ihr beigebracht, und sie war häufig Gast auf kleineren Gesellschaften gewesen. Aber nie hätte sie sich träumen lassen, jemals einen solch großartigen Ball zu besuchen.

Das Haus des Gouverneurs erstrahlte im Licht der Laternen im Garten und der Kronleuchter in den Sälen. Nie zuvor hatte Lauren derart elegante Kleider und prächtige Uniformen gesehen, solch fröhliches Lachen und solch lebhafte Gespräche gehört.

Alles schien so unwirklich. Die summende Vitalität, das Gefühl von Gefahr, von Unmittelbarkeit, waren zugleich faszinierend und abstoßend. Abstoßend, weil sie ein Ergebnis des Krieges waren.

Clays Hand lag besitzergreifend auf ihrem Arm, als sie am Spalier der Dienerschaft vorbeischritten und den riesigen, wogenden Ballsaal betraten, der von wirbelnden Paaren erfüllt war. Sie wußte, daß sie heute nacht besser aussah als je zuvor, und ein Teil von ihr genoß die bewundernden Blicke, mit denen sie von allen Seiten bedacht wurde.

Ihr Kleid war einfach und ohne jeden Luxus, aber die moosgrüne Seide stand ihr hervorragend und ließ ihre haselnußbraunen Augen sanft und geheimnisvoll erscheinen. Sie hatte es in einem der Nassauer Geschäfte erstanden, und Mary hatte nur ein paar kleine Änderungen vornehmen müssen.

Und ihr Haar. Mary und Corinne hatten Stunden darauf verwandt, es mit parfümiertem Wasser gewaschen, trokkengebürstet, die Locken in einem französischen Zopf gebändigt und mit Blumen geschmückt. Mary hatte ihre Wangen mit etwas Rouge belebt, und als Lauren sich schließlich im Spiegel betrachten durfte, hatte sie das Gefühl gehabt, als stünde sie einer Fremden gegenüber. Einer wunderbaren Fremden, einer bezaubernden Hülle, hinter der die wahre Lauren Bradley verborgen lag.

Und mit Clays Ankunft ging das Märchen weiter. Er trug die Uniform eines konföderierten Marineoffiziers, und mit seinem goldenen Haar und den blaugrauen Augen, die vor Bewunderung blitzten, als er sie erblickte, sah er aus wie ein Prinz.

Sein Blick erschreckte sie ebenso wie die Erkenntnis, daß sie einen solchen Blick auslösen konnte. Es mißfiel ihr, plötzlich nicht mehr zu wissen, wer oder was sie war.

Aber wie bei ihrer Fahrt nach Washington und bei ihrem Besuch in London verspürte sie zugleich eine gewisse Aufregung. Wie damals ließen ihre Trauer und ihre Einsamkeit auch jetzt ihren Hang zum Abenteuer nicht vollkommen versiegen.

Das Gefühl von Unwirklichkeit hielt an, als sie den Ballsaal betraten, und Lauren von so vielen Männern in roten, blauen, grauen und selbst grünen Uniformen umlagert wurde, daß sie sie nicht mehr auseinanderhalten konnte. Sie alle baten sie um einen Tanz, aber Clay wies sie ab, da er selbst den ersten Tanz, einen Walzer, forderte.

Zuerst war Lauren recht nervös. Corinne und Jeremy kamen erst später – er hatte noch etwas zu erledigen –, aber sie hatten sie gedrängt, mit Clay vorzufahren.

Nun fühlte sie sich einsam und unsicher. Bisher hatte sie nur mit ihrem Bruder und mit Jungen getanzt, die sie ihr Leben lang gekannt hatte. Aber Clay war ein wunderbarer Tänzer, und ihre Nervosität wich dem Vergnügen, das sie empfand, als sie mit sicheren, graziösen Schritten über das Parkett glitten.

Weshalb nur empfand sie in Clays Armen nicht einmal den Ansatz der Spannung, die sie in der Nähe von Adrian Cabot verspürte? Instinktiv wußte sie, daß es leichter wäre, einen Mann wie Clay Harding zu mögen oder gar zu lieben. Trotz seines leichten Lächelns und trotz seiner Höflichkeit hatte Adrian etwas in sich Gekehrtes, Einsames an sich.

Unsinn. Sie durfte und würde sich nicht gestatten, in dieser Form an einen der beiden Männer zu denken. Sie hatte einen Auftrag zu erfüllen, das war alles.

Der Tanz endete, und wiederum kamen von überall her Männer auf sie zu. Clay ergriff ihren Arm und führte sie geschickt durch die Flügeltüren hinaus in eine dunkle Ecke der breiten Veranda.

»Ein Glas Champagner?«

Lauren nickte. Sie wollte für einen kurzen Moment allein sein.

Clay verschwand, und sie blickte über die üppigen, sorgsam angelegten Gärten des Gouverneurshauses. Adrian würde erst in ein paar Tagen zurückkommen, aber jeden Morgen war sie aufgestanden und hatte erwartungsvoll aus dem Fenster gesehen. Täglich liefen neue Schiffe ein, da die Blockadebrecher erst weiterfahren konnten, wenn die Nächte dunkler wurden. Ihre Augen glitten über die neu angekommenen Boote, und sie verspürte eine unerklärliche Enttäuschung, wenn sie das *Gespenst* nicht entdeckte. Sie wußte, es machte einfach keinen Sinn, aber sie zitterte vor lauter Angst um ihn. Sie sehnte sich nach ihm, wollte, ja mußte diese tiefblauen Augen wiedersehen, die Energie verspüren, die er ausstrahlte, seine Berührung spüren. O Gott, sie hatte ihn erst viermal gesehen, doch war es ihr bereits unmöglich, ihn aus ihren Gedanken zu verbannen.

Es war so entsetzlich falsch, so ungerecht. Warum Adrian Cabot? Von allen Männern auf der ganzen Welt warum gerade der Mann, der für Larrys Tod verantwortlich war, der den Tod zu seinem Geschäft gemacht hatte?

Und doch hatte niemand sie je so behandelt wie er an jenem Tag auf der Insel; niemand hatte je so mit ihr gelacht, sie so geneckt, so sein Wissen und seine Freude mit ihr geteilt. Die brennende Berührung seiner Hände hatte in ihr das Verlangen nach mehr, nach viel mehr, geweckt.

Clay kehrte mit dem Champagner zurück. »Gerade sind Jeremy und seine Frau gekommen«, sagte er. »Ich dachte, das würde Sie vielleicht interessieren.«

»Danke.«

Sie wußte, daß er sie anblickte, aber sie wandte sich ab und sah hinüber zu den Laternen, die die Blumenbeete erhellten. Der frische Duft der Gärten mischte sich mit dem Wohlgeruch der erlesenen Speisen. Über allem hing der leuchtend gelbe Mond. Ein Mond zum Fürchten, wenn man den meisten der heute Anwesenden glaubte. Schön und trügerisch – und Adrian Cabot war irgendwo da draußen. Er war da draußen und wurde gejagt.

Sie erschauderte.

»Möchten Sie vielleicht wieder hineingehen?«

Lauren wandte sich an ihren Begleiter. »Es ist eine wunderbare Nacht.«

»Die Nächte sind immer wunderbar, wenn der Mond so voll ist.«

Sie blickte ihn neugierig an. »Findet der Ball deshalb heute abend statt? Weil so viele der Blockadebrecher im Hafen liegen?«

»Kluges Mädchen«, sagte er. »Für gewöhnlich veranstaltet der Gouverneur seine Feste bei Vollmond.«

Danach verging die Zeit wie im Flug. Nach einigen weiteren Tänzen mit Clay entdeckte Lauren Corinne, die mit ein paar anderen Frauen sprach. Sie ging hinüber und ließ sich vorstellen. Sie versuchte, sich alle Namen zu merken, aber ihre Gedanken kehrten immer wieder zum Mond zurück und zu der Gefahr, in der Adrian schwebte.

Noch während sie versuchte, sich auf die Unterhaltung zu konzentrieren, merkte sie plötzlich, wie sich alle Blicke der Tür zuwandten, und wie überraschtes Murmeln den Raum erfüllte. Sie drehte sich ebenfalls um und starrte auf Adrian Cabot, der gerade den Raum betrat. Seine blauen Augen glitten über die Menge und ruhten kurz auf ihr, ehe sie weiterwanderten.

Er sah umwerfend aus in seiner Abendgarderobe, durch und durch der englische Edelmann. Er trug eine hervorragend geschnittene, dunkelblaue Hose, die seine muskulösen Beine zur Geltung brachte, eine etwas hellere Weste mit einer schneeweißen Krawatte und ein mitternachtsblaues Jackett, das das tiefe, im Augenblick leicht verhangene Blau seiner Augen noch verstärkte. Sokrates war nirgends zu entdecken, aber dann dachte Lauren, daß wahrscheinlich selbst Adrian es nicht wagen würde, in Begleitung eines ungebärdigen Affen auf dem Ball des Gouverneurs zu erscheinen.

Sie versuchte, die Erleichterung und die unerklärliche Freude, die sie durchfluteten, zu unterdrücken, und biß sich auf die Lippe, um ihr zitterndes Lächeln zu verbergen. Er lebte. Und er war in Sicherheit.

Als hätte er ihre Gedanken gelesen, setzte er sein gewinnendstes Lächeln auf, und noch während er in der Tür stand und seinen Auftritt offensichtlich genoß, fiel sein Blick auf die leere Stelle neben ihm, wo eigentlich Sokrates hätte stehen sollen. Er zuckte kurz mit den Schultern, als müsse er ihr widerwillig eingestehen, daß auch er sich gelegentlich an die Regeln der Gesellschaft hielt. Sie wußte, daß ihr Lächeln breiter wurde, aber sie konnte nichts dagegen tun. Er sah aus wie ein widerspenstiger Schuljunge, den man bei irgendeinem Streich ertappt hatte.

Die verständnisvollen und zugleich leicht ironischen Blicke, die sie austauschten, blieben den Umstehenden nicht verborgen. Plötzlich bemerkte Lauren, daß die Leute interessiert von einem zum anderen sahen. Sie senkte den Blick und wandte sich erneut an Corinne, als Adrian von einer Gruppe von Männern umringt wurde, die ihm lautstark zu seiner erfolgreichen Fahrt gratulierten. Der Saal, in dem es vor wagemutigen, attraktiven Männern nur so wimmelte, wurde vollkommen von Adrian beherrscht. Die Energie und Kraft, die er ausstrahlte, ließ die anderen schrumpfen – selbst Clay Harding, der sich zu ihr durchzwängte und besitzergreifend die Hand auf ihren Arm legte.

Adrian bedachte die Fragen der anderen Männer mit schnellen, knappen Antworten. Sein Blick kehrte wieder und wieder zu Lauren zurück, und mit einem Stirnrunzeln stellte er fest, daß Clay sich vertraulich zu ihr hinüberbeugte, um sie zum Tanzen aufzufordern.

Lauren wollte eigentlich nicht tanzen. Sie bebte vor freudiger Erwartung, Verlangen und Begierde. Sie war immer noch überglücklich, daß er in Sicherheit war, daß er nach ihr Ausschau gehalten hatte, obgleich es doch wesentlich hübschere Frauen im Ballsaal gab. Der Hunger, die Schuldgefühle, die Hoffnung und viele andere beunruhigende Gefühle ließen ihre Hand erzittern, als Clay sie ergriff, um sie auf die Tanzfläche zu führen, wo gerade ein schottischer Volkstanz begann.

Sie war dankbar für die Musik, für die Konzentration, die sie zum Tanzen brauchte, für die Möglichkeit zu lächeln, ohne einen Grund haben zu müssen. Das Ende des Tanzes erfüllte sie gleichzeitig mit Bedauern und mit Erleichterung, da sie instinktiv wußte, daß Kapitän Cabot auf sie warten würde.

Und das tat er. Als Clay seinen Arm mit einer beinahe lästigen, besitzergreifenden Geste leicht um ihre Taille legte und sie von der Tanzfläche führte, stand Adrian plötzlich vor ihnen.

»Miss Bradley«, sagte er. »Dürfte ich Sie wohl um den nächsten Tanz bitten?«

In seiner Stimme lag eine gewisse Amüsiertheit, als handele es sich nicht um eine Frage, sondern um eine Aufforderung, die weder sie noch Clay ablehnen konnten.

Überrascht stellte sie fest, daß sie keineswegs erbost war über diesen Ton. Im Gegenteil, sie war sogar hocherfreut darüber. Clay jedoch runzelte leicht die Stirn, ehe er mit ruhiger Stimme sagte: »Wenn die Lady einverstanden ist.«

Lauren nickte. Sie hatte eine Tanzkarte erhalten, aber Clay hatte eilig alle Kandidaten durchgestrichen und an jede Stelle seinen eigenen Namen gesetzt.

Adrian ergriff ihre Hand. Obgleich sie beide Handschuhe trugen, verspürte sie erneut die glühende Hitze, die sich über ihren Arm bis in ihr Innerstes ausbreitete.

Dankbar und zugleich verschreckt stellte sie fest, daß gerade ein Walzer gespielt wurde. Die körperliche Nähe ließ sie erzittern. Clay war ein guter Tänzer, aber Adrian war meisterhaft. Seine eleganten, leichten und zugleich sicheren Bewegungen vermittelten ihr das Gefühl zu schweben. Sie tanzte im Himmel, umgeben von leuchtenden Sternen.

Sie lehnte sich in seinen Armen zurück, fühlte sich sicher und beschützt, als sie in sein klares Gesicht und in seine lächelnden Augen blickte. Seine Finger umschlossen sanft ihre Hand, und er zog sie enger an sich. Sie tauchten ein in den Strudel des wunderbaren Zaubers, der sie umgab und der durch ihre Trennung nicht verblaßt, sondern nur noch stärker geworden war.

Sein Blick verriet, daß auch er versuchte zu ergründen, was mit ihnen geschah, daß auch er derart heftige Gefühle fürchtete.

Lauren zwang sich zu sprechen, um die Spannung, die zwischen ihnen herrschte, etwas zu lösen. »Sie sind schnell zurückgekommen, Kapitän.«

»Wir hatten einen höchst passenden Nebel, und außerdem hatte ich einen besonderen Grund für meine Eile«, erwiderte er unmißverständlich. »Ich hatte nicht erwartet, daß du mit Clay hier sein würdest.«

Seine Stimme hatte etwas Fragendes, und zugleich verriet sein Tonfall eine gewisse Eifersucht oder Enttäuschung. Dieser Gedanke schmerzte Lauren.

Sie blickte ihn an. »Er dachte, es würde mir vielleicht gefallen.«

»Er dachte, es würde *ihm* vielleicht gefallen«, entgegnete Adrian.

Lauren ließ den Blick auf seine Schulter gleiten. Sie wünschte sich flüchtig, daß sie geschickter im Flirten wäre, aber eigentlich wollte sie ja gar nicht mit ihm flirten. Darüber waren sie längst hinaus. Das wußte sie. Ebenso wußte sie, wie gefährlich diese Erkenntnis war.

»Ich war noch nie auf einem solchen Ball«, sagte sie schließlich. Sie hatte leichte Schuldgefühle, daß sie mit Clay hierhergekommen war, auch wenn sie wirklich keinen Grund dazu hatte.

Adrians Stirnrunzeln legte sich, und er lächelte leicht. »Dann tut es mir nur leid, daß ich nicht der erste war, der dich auf ein solches Fest geführt hat. Weißt du, du siehst wunderbar aus. Viel zu wunderbar für Clay.«

»Seid ihr befreundet?«

»Wir waren es«, antwortete er nach kurzem Zögern.

»Und jetzt?«

»Denke ich darüber nach«, antwortete er mit einem amüsierten Lächeln, das seine wahren Gedanken verbarg.

Die Bedeutung dieser Worte wollte Lauren lieber nicht hinterfragen. Also wechselte sie das Thema. »War die Fahrt erfolgreich?«

»Ja«, sagte er, aber Lauren spürte, daß er erneut zögerte.

Etwas in ihrem Inneren zog sich schmerzlich zusammen. Sie war glücklich, daß er in Sicherheit war, doch sie hatte auch das fast unerträgliche Gefühl, versagt zu haben.

»Wann bist du angekommen?«

»Vor zwei Stunden.«

»Du bist also direkt hierhergekommen?«

»Erst war ich bei Jeremy. Ich hatte das unerklärliche Bedürfnis, eine junge Dame zu sehen.«

»Unerklärlich?«

»Unerklärlich«, bestätigte er.

Lauren schluckte. Sie wünschte sich nur, ihr Herz würde aufhören zu rasen. Einerseits hoffte sie, der Tanz wäre bald vorbei – andererseits hätte sie sich ewig in seinen Armen wiegen können.

Als die Musik verklang, verbeugte sich Adrian elegant. »Muß ich dich jetzt wieder bei Clay abliefern?«

»Ja«, ertönte es hinter Lauren. Der verärgerte Unterton in Clay Hardings sonst so sanfter, angenehmer Stimme blieb ihr nicht verborgen. »Übrigens noch meinen Glückwunsch. Ich nehme an, du hattest keine besonderen Schwierigkeiten auf deiner Fahrt?«

»Nicht, als wir nach Charleston reingefahren sind. Wir hatten dichten Nebel, und offenbar hatten sie niemanden erwartet.«

»Und als ihr rausgefahren seid?«

Adrian zuckte mit den Schultern. Sein Schweigen verriet Clay, daß es Schwierigkeiten gegeben hatte, über die sie jedoch nicht in Gegenwart der jungen Dame sprechen würden.

Adrian bedachte die beiden mit einem schmerzlichen Lächeln und entschuldigte sich. »Ich will noch mit ein paar Freunden sprechen.«

Lauren folgte ihm mit den Augen, als er zu einigen Männern hinüberging, die in einer Ecke standen. Unterwegs nahm er ein Glas von einem der zahlreichen Tabletts, die von den Dienern herumgetragen wurden. Trotz seiner aufrechten Haltung wirkte er müde und angespannt, und Lauren fragte sich, wie schwierig die Fahrt tatsächlich gewesen sein mochte.

Den Rest des Abends erlebte Lauren wie durch einen Schleier. Adrian verließ den Ball, kurz nachdem er mit den anderen Männern gesprochen hatte, und mit ihm ging das Vergnügen an der Veranstaltung. Lauren unterhielt sich und lächelte, aber ihre Gedanken kreisten um Adrian, und sie wünschte sich, bei ihm zu sein, auch wenn sie wußte, daß dieser Wunsch vollkommen verrückt war.

Adrian ging vom Haus des Gouverneurs direkt ins Royal Victoria. Genau wie sein Erster Offizier und sein Lotse hatte er permanent Zimmer dort gemietet. Die meisten anderen Mitglieder seiner Mannschaft hatten Zimmer bei Privatleuten.

Er zog sich eilig um und schimpfte sich selbst einen Trottel, daß er auf den Ball gegangen war. Er hatte seit Wochen gewußt, daß dieses Fest stattfinden würde, ohne jedoch auch nur eine Sekunde ernsthaft daran zu denken, sich dort blicken zu lassen. Für gewöhnlich haßte Adrian derartige Feiern, aber als er zum Haus der Cases gekommen war und man ihm gesagt hatte, daß alle auf dem Ball seien, hatte er nicht aufhören können, daran zu denken. Er hatte sie einfach sehen wollen. Es war ihm nicht in den Sinn gekommen, daß sie vielleicht mit einem anderen Mann dort sein könnte – vor allem nicht mit Clay Harding.

Adrian fiel die Wette ein, und er verfluchte sich selbst dafür, daß er sich darauf eingelassen hatte. Wenn er an dem Tag nicht so verdammt müde gewesen wäre ...

Genau wie jetzt. Aber er wollte noch ins Krankenhaus und fragen, wie es Terrence ging. Bei der Ankunft in Nassau hatte er dafür gesorgt, daß der Mann umgehend in das kleine Inselhospital eingeliefert wurde, und dort hatte man ihm unvermißverständlich erklärt, daß Terrence wahrscheinlich sein linkes Bein verlieren würde. Adrian hatte den Mann getröstet und ihm versichert, daß er ihm genug Geld geben würde, um eine kleine Taverne in England aufzumachen. Davon hatte Terrence immer geträumt, und nun würde sich dieser Traum erfüllen – zu einem entsetzlichen Preis.

Am Krankenhaus angekommen, stellte Adrian fest, daß Terrence Morphium bekommen hatte und schlief. Er stand eine Weile schweigend neben dem Bett, dann verfluchte er sich stumm. Einer der anderen Kapitäne hatte einmal gesagt, das Durchbrechen der Blockade sei genauso, als würde man den Blitz reiten. Dieses Mal jedoch hatte der Blitz gebrannt.

Er verließ das Krankenhaus und spazierte zum *Gespenst*, das am Kai lag und bereits entladen wurde. Morgen früh würden neue Schiffe mit Waren aus England, Frankreich und Spanien kommen, die alle für den Süden bestimmt waren, dem es inzwischen an allem mangelte. Er fragte sich flüchtig, wann die Kanone ankommen würde.

Das Schiff war hell erleuchtet, und viele seiner Männer waren noch an Bord. Er ging zu seiner Kabine und holte den schmollenden Sokrates ab, ehe er Wade suchte.

»Was macht Terrence?« fragte sein Erster Offizier.

»Der Arzt sagt, daß er das Bein wahrscheinlich verlieren wird. Ich habe ihn gebeten, noch ein paar Tage zu warten, aber beim ersten Anzeichen einer Infektion wird er die Amputation vornehmen.«

»Wir brauchen zwei neue Männer.«

»Ich weiß.«

»Das sollte nicht besonders schwierig werden. Es gibt keinen Seemann in ganz Nassau, der nicht bei Ihnen anheuern möchte.«

»Nachdem ich zugelassen habe, daß einer meiner Männer umkommt und ein anderer zum Krüppel wird?« Die Frage klang verbittert.

»Sie dürfen sich nicht die Schuld daran geben, Kapitän. Es war einfach verdammtes Pech.«

»Ich hätte nicht versuchen dürfen, um diese Zeit zu fahren.«

Trübsinnig lehnte Adrian sich gegen den Schornstein, der extra für den Blockadebrecher konstruiert worden war. Man konnte ihn einziehen, so daß das Schiff mit den besonders kurzen Masten so unsichtbar wie möglich wurde.

Adrians Blick glitt über den Rest des vollbeladenen Schiffes, über die nassen Flecken an Deck, dort, wo das Blut fortgewischt worden war, bis hin zu der zerborstenen Reling, die innerhalb der nächsten Tage repariert würde. Aber Terrences Bein ließ sich nicht so leicht wieder zusammenflicken, und ebenso wenig konnte er John Green wieder zum Leben erwecken.

Wade schwieg. Er arbeitete schon lange mit Adrian zusammen; erst als Zweiter Offizier auf einem Handelsschiff, auf dem Adrian Erster Offizier gewesen war, und dann als Erster Offizier auf Adrians eigenem Blockadebrecher. Und er vertraute Adrian mehr als irgendeinem anderen Mann. Vielleicht, dachte er, als er in Adrians gequältes Gesicht blickte, weil er sich mehr um seine Männer kümmerte als irgendein anderer Kapitän, unter dem er je gedient hatte.

Trotzdem, irgendwie war Cabot schon ein eigenartiger Mensch. Er ließ die Menschen nur bis zu einem bestimmten Punkt an sich heran und dann keinen Schritt weiter. Die ganze Mannschaft mochte ihn, er trank häufig mit ihnen gemeinsam oder machte seine Späße mit einzelnen von ihnen, aber ein Teil von ihm lag immer im Dunkeln. Er hatte etwas Geheimnisvolles, Trübsinniges an sich, das ihn immer von den anderen trennen würde. Das ihn immer einsam bleiben ließe.

So einsam wie jetzt.

Und es gab nichts, was Wade sagen konnte, um ihn aus dieser Isolation zu befreien.

»Ich werde gleich morgen nach neuen Männern suchen«, sagte er.

Adrian nickte.

»Ich werde ein paar zur Auswahl mitbringen«, fuhr Wade fort. Die endgültige Wahl traf immer Adrian. Es war unabdingbar, daß die Mannschaft aus vierundzwanzig Männern bestand, die alle gut zusammenarbeiteten in den angespannten Stunden, in denen die Blockade durchbrochen wurde.

Adrian nickte bloß wieder, und Wade ging, da er wußte, daß er ihm keinen Trost spenden konnte.

Minuten später beobachtete Wade, wie Adrian mit leicht hängenden Schultern die Gangway hinunterging. Er überlegte, daß sein Kapitän viele Freunde hatte, ein freundliches Wesen, daß die Leute ihn mochten . . . und dennoch erschien ihm Adrian Cabot, Lord Ridgely, manchmal wie der einsamste Mensch der Welt.

Lauren verspürte eine eigenartige Leere, nachdem Clay sie zu Hause abgesetzt hatte.

Als die Kutsche abgefahren war und sie oben ihr Kleid abgelegt hatte, war sie einfach wieder Aschenputtel. Die Aufregung und die Pracht des Balles hatten ihr zunächst zwar ein gewisses Vergnügen bereitet, doch von dem Augenblick an, in dem Adrian den Saal verlassen hatte, hatte sie sich einsam und allein gefühlt.

Sie erinnerte sich an die Enttäuschung, die in seinem Blick gelegen hatte, als er feststellte, daß sie mit Clay Harding gekommen war. Irgendwie hatte sie das Gefühl, daß er von ihr enttäuscht gewesen war, und daß etwas Wichtiges verlorengegangen war.

Natürlich war es vollkommen lächerlich. Er war ihr Feind. Sie war hierhergeschickt worden, um ihn zu betrügen. Er hatte ihren Bruder getötet. Er half mit, den Krieg zu verlängern. Er war eine Gefahr für alles, an was sie jemals geglaubt hatte.

Und dennoch gelang es ihr, den Mann, den Mr. Phillips ihr als prinzipienlosen Kriegsgewinnler beschrieben hatte, vollkommen von dem gutaussehenden, rätselhaften, manchmal erstaunlich sanften Mann zu trennen, der wahrscheinlich ihr Leben und auf jeden Fall ihre Unschuld gerettet hatte.

Sie hatte Mr. Phillips Mann gehaßt. Zugleich hatte sie ihr Herz an den anderen Adrian Cabot verloren . . . innerhalb weniger Tage. Innerhalb weniger Stunden an einem märchenhaften Strand, dessen Bild immer wieder vor ihr auftauchte.

Es ergab keinen Sinn, aber so war es nun einmal, und

Adrians kaum verhohlene Enttäuschung schmerzte sie ... mehr als die meisten anderen Dinge sie je geschmerzt hatten.

Larry. Was soll ich bloß tun? Was kann ich bloß tun?

Aber er gab ihr keine Antwort. Nie wieder würde er ihr eine Antwort geben. Nie wieder würde er sie mit seinem sanften, spöttischen Blick ansehen und sagen: »Knopf, du wirst es schon richtig machen. Du machst es immer richtig.«

Am nächsten Morgen galt einer der ersten Besuche von Clay Harding Jeremys Geschäft. Er war nicht ganz sicher, was gestern abend geschehen war, aber auf jeden Fall war etwas geschehen, und der Gedanke, daß Adrians kurzer Auftritt auf dem Ball etwas damit zu tun haben könnte, mißfiel ihm. Nachdem Adrian das Fest verlassen hatte, hatte sich Lauren Bradley irgendwie in sich zurückgezogen.

Als er den Laden betrat, stellte er mit Freude fest, daß sie selbst hinter dem Tresen stand und nicht ihr Onkel. Seine Freude legte sich jedoch, als er bemerkte, daß ihre Augen bei seinem Anblick nicht so freudig aufleuchteten wie gestern abend, als sie mit Adrian getanzt hatte.

Wenigstens klang ihre Stimme warm und freundlich, als sie ihn nach seinen Wünschen fragte.

»Ein paar Stumpen«, sagte er und beobachtete, wie sie sich graziös zu einem Schränkchen umdrehte. Sie trug ein bescheidenes graues Kleid, und ihr Haar war zu einem straffen Knoten zusammengesteckt. Sie wirkte zurückhaltend und ... traurig.

»Dürfte ich Sie vielleicht heute zum Mittagessen einladen?«

Sie blickte zu ihm auf. »Ich habe leider keine Zeit«, erwiderte sie. »Tante Corinna hat für heute nachmittag ein paar Frauen zum Tee eingeladen.«

»Und danach?«

Auf ihren Lippen erschien ein plötzliches Lächeln. »Danach brauche ich wohl etwas Ruhe. Maryland ist bei weitem nicht so lebensfroh wie Nassau.«

»Aber der Ball gestern abend hat Ihnen gefallen?«

»Ja«, sagte sie leise. »Er hat mir gefallen, Kapitän, und ich danke Ihnen für die Einladung.«

»Vielleicht morgen dann?«

Die Sehnsucht in ihrem Blick schmerzte ihn, da er wußte, daß sie jemand anderem galt. »Nein, danke«, sagte sie einfach. »Ich glaube, ich sollte etwas Zeit mit meiner Tante und meinem Onkel verbringen.«

Da wußte Clay, daß Adrian wieder einmal eine Wette gewonnen hatte. Resigniert und widerwillig gab er auf. »Dann vielleicht ein anderes Mal?«

Ihr abwesendes Nicken besänftigte ihn nicht gerade. »Wann werden Sie wieder fahren?« Sie hatte diese Frage nicht stellen wollen, aber sie platzte einfach aus ihr heraus. Vielleicht würde Adrian ja zur selben Zeit auslaufen. Der Hafen war inzwischen voller Schiffe. Sie fragte sich, wie auch nur ein einziges weiteres Schiff in der geschützten Bucht zwischen New Providence Island und Hog Island Platz finden sollte.

»In ein paar Tagen. Wünschen Sie mir Glück?«

Lauren brachte es einfach nicht über sich zu lügen. Auch wenn es vielleicht gar keine Lüge war. Sie wollte nicht, daß Clay etwas passierte, aber ebensowenig wollte sie, daß die Blockadebrecher Erfolg hatten. »Ich glaube, das brauchen Sie nicht. Weder Sie noch Kapitän Cabot.« Sie konnte den Zusatz einfach nicht unterdrücken.

Schon wieder Cabot. Er zuckte mit den Schultern. »Da

wäre ich mir nicht so sicher. Adrian hat auf seiner letzten Fahrt einen seiner Männer verloren, und ein anderer wurde verwundet.«

»Oh, nein!« entfuhr es ihr.

Clay zuckte erneut mit den Schultern. »Es ist nicht das erste Mal, daß er getroffen wurde. Nur gelingt es ihm immer irgendwie, unbeschadet davonzukommen.«

»Aber seinen Männern nicht?« fragte sie mit einer Spur von Bitterkeit in der Stimme, die er nicht verstand.

»Nein, nicht immer.« Er zögerte. Er mochte sie. Er mochte sie sogar sehr, auch wenn ganz offensichtlich war, daß sie Adrian den Vorzug gab. »Ihr Onkel sagt, daß Sie vielleicht in den Süden zurückkehren wollen. Wenn Sie ein Schiff suchen ... Ich nehme Sie gerne mit.«

Sie lächelte ein seltsames, trauriges Lächeln. »Vielen Dank«, sagte sie. »Ich werde daran denken.«

Nach einigen abschließenden Worten schützte er dringende Geschäfte vor und verließ das Geschäft. Lauren sah ihm nach. Sie sagte immer mehr, als sie sagen wollte, aber ihre Gedanken wurden einfach von allzu vielen widersprüchlichen Gefühlen beherrscht, die sich hin und wieder Bahn brachen, ob es nun vernünftig war oder nicht.

Der Tee, den Corinne geplant hatte, war die reinste Qual. Lauren war schon immer anders als andere Mädchen gewesen. Sie hatte bereits in jungen Jahren viel Verantwortung getragen, und ihr Vater hatte immer von ihr erwartet, daß sie eifrig studierte und ihm zugleich in seiner Praxis half. Ihre einzigen Kameraden waren ihr Bruder und seine Freunde gewesen. Sie war ihren Hausfrauenpflichten nachgekommen, ohne daß es ihr großen Spaß gemacht hätte, und sie hatte nie mit anderen Mädchen kichernd über Jungen getuschelt oder darüber diskutiert, wie man sie am besten umgarnte.

Über etwas anderes sprachen die anwesenden Frauen nicht. Lauren versuchte, die passenden Antworten zu geben, aber sie war höchst erleichtert, als der Nachmittag vorüber war. Clays Worte gingen ihr nicht aus dem Kopf. Adrians Schiff war getroffen und Mitglieder seiner Mannschaft waren verletzt worden. Er hatte einen »besonderen« Grund gehabt, Charleston bei Vollmond zu verlassen. Hatte er damit wirklich sie gemeint? Hatte er wirklich soviel riskiert, um sie zu sehen?

Lauren blieb dem Abendessen fern. Sie sagte, sie sei müde von dem gestrigen Ball, und ging auf ihr Zimmer. Von dort starrte sie erneut hinaus auf die Lichter im Hafen und grübelte über den Mann nach, dem das *Gespenst* unterstand.

Adrian betrank sich an dem Abend.

Er konnte nicht anders. Er hörte immer noch Terrences Schreie, das Geräusch der Säge, als sie durch Fleisch und Knochen fuhr. Er war morgens ins Krankenhaus gegangen und hatte sofort gesehen, daß die Amputation unumgänglich war. Sein Zweiter Offizier hatte fiebrige Augen gehabt, und der Schweiß war ihm von der Stirn geronnen.

»Wundbrand«, hatte der Arzt ohne Umschweife verkündet. »Wir müssen das Bein amputieren.«

»Nein«, hatte Terrence sich zur Wehr gesetzt. »Lassen Sie das nich zu, Käpt'n.«

Das Flehen war aus tiefstem Herzen gekommen, und Adrian hatte den Mann verstanden. Er hatte selbst nicht gewußt, ob er mit nur einem Bein hätte weiterleben wollen. Er hatte sich vorgebeugt. »Denk an deine Frau Mary und an die Kinder.«

»Das tue ich ja«, hatte Terrence gewimmert. »Ich kann doch nich als halber Mann zurückkommen.«

»Als ganzer Mann, Terrence. Du wirst immer ein ganzer Mann sein. Und du wirst die Taverne haben, die du immer wolltest. Dafür werde ich sorgen. Du wirst alt und fett und launisch werden.«

Terrence hatte gegen die Angst angekämpft. Er hatte kurz die schmerzerfüllten, entsetzten Augen geschlossen. Ein Krüppel. Er würde auf ewig ein Krüppel sein.

»Ich weiß nich, Käpt'n.«

Der Zweifel, die Angst und der Schmerz hatten Adrian tief ins Herz getroffen. Er hatte während des Krimkriegs schon Tote und Verwundete gesehen. Aber das waren nicht »seine« Männer gewesen. Sie hatten ihn nicht so verdammt vertrauensvoll angeblickt. Er hatte sich gezwungen, stark zu klingen. »Deine Familie braucht dich«, hatte er einfach gesagt. »Du darfst sie nicht einfach aufgeben.« *So wie meine Familie mich aufgegeben hat.*

»Bleiben Sie bei mir?« Adrian hatte an Terrences Stimme gehört, daß er sich in sein Schicksal gefügt hatte.

»Ja«, hatte er ihn beruhigt.

»Wenn irgendwas . . . passiert, werden Sie dann für Mary und die Kinder sorgen?«

»Das werde ich. Ich schwöre es.«

Terrence zwang sich zu lächeln. »Es is' mir eine Ehre gewesen, unter Ihnen zu dienen, Euer Lordschaft.«

Adrian hatte die Brauen hochgezogen. »Ich dachte, diesen Titel hätten wir bereits seit langem begraben, du irischer Bandit.«

Dieses Wortgefecht hatte bereits Tradition. Sie hatten damit an dem Tag begonnen, als sie sich kennengelernt hatten. Terrence war ein hervorragender Seemann, aber er haßte die Engländer. Adrian hatte seine Respektlosigkeit toleriert, ebenso wie er Sokrates' Undank hinnahm, weil er Terrences Fähigkeiten, seine Unabhängigkeit und seine

Führungsqualitäten zu schätzen wußte. Nach einem Jahr hatten sie sich gegenseitig zu respektieren gelernt, wenn sie sich auch nicht unbedingt mochten.

»Dann bin ich bereit«, hatte Terrence gesagt.

Adrian war bei ihm geblieben. Es gab zwar Morphium, aber das hatte nicht genügt, um das schmerzvolle Stöhnen des Mannes zu verhindern. Die fast unmenschlichen Schreie und das entsetzliche Knirschen der Säge hatten sich zu einer höllischen Symphonie verbunden. Adrian hatte in einer Ecke gestanden und zugesehen. Seine verkrampften Hände hatte er hinter seinem Rücken verborgen.

Er war den ganzen Tag im Krankenhaus geblieben, bis Terrence sein Bewußtsein wiedererlangt und weinend auf die flache Stelle unter der Decke geblickt hatte, an der zuvor sein Bein gewesen war.

Es war bereits dunkel gewesen, als Adrian schließlich gegangen war, und das einzige, wonach er sich gesehnt hatte, war eine Flasche und ein bodenloses Glas. Er holte Sokrates ab, den er bei Johnny auf dem Schiff gelassen hatte, und ging in eine kleine Bar in der Nähe des Royal Victoria. Dort traf er Clay Harding, den letzten Menschen, den er im Augenblick zu sehen wünschte.

Adrian war wütend. Ebenso wütend und feindselig, wie er gestern abend auf dem Ball gewesen war, als er Clay und Lauren entdeckt hatte. Die Ereignisse des Tages hatten seine Laune nicht gerade verbessert, und nun starrte er Clay böse an.

Aber Clay war ebenso verdrießlich wie er, so daß er kaum den Kopf hob, als Adrian ihm gegenüber Platz nahm. Clay blickte sowohl Adrian als auch Sokrates finster an, der beleidigt zurückblickte und drohend schnatterte, ehe er auf einen Stuhl kletterte und erwartungsvoll auf den leeren Tisch blickte.

Eine der Serviererinnen, die bereits mit Sokrates zu tun gehabt hatte, kam vorsichtig näher. Sie sah argwöhnisch auf das Tier und versuchte gleichzeitig, Clay mit einem bezaubernden Lächeln zu betören.

»Rum«, bestellte Adrian, »und etwas Obst.«

Sokrates begann, auf seinem Stuhl auf und ab zu hüpfen, und das Mädchen zog sich eilig zurück. Für gewöhnlich lachte Clay über die Eskapaden des Affen, aber heute blieb seine Miene starr. »Widerliches Biest«, bemerkte er.

Also hatte Clay keinen Erfolg gehabt bei Lauren. Adrians Laune verbesserte sich schlagartig. »Du mußt es so sehen«, beschwichtigte er den Freund. »Neben ihm siehst du gut aus.«

Der schwache Witz tat nichts, um die Stimmung zu heben. Clay starrte ihn immer noch trübe an.

Das Obst und der Rum wurden gebracht, und Sokrates begann, lautstark zu essen, während Adrian sich eine große Portion des Getränks einschenkte.

»Schlechten Tag gehabt?« Die Frage kam von Clay.

»Das kannst du wohl sagen. Und du?«

»Ebenfalls.«

Sie starrten beide weiter geradeaus, ehe sie beinahe gleichzeitig ansetzten: »Was die Wette betrifft . . .« und »Ich gebe mich geschlagen.«

Adrians Mund verzog sich zu einem leichten Lächeln. »So schnell?«

Clay blickte ihn ernst an. »Es fällt mir nicht leicht, es zuzugeben, mein Freund, aber ich fürchte, sie hat nur Augen für dich. Und jetzt wüßte ich gerne, was du mit ihr vorhast.« Seine Stimme klang gedehnt.

»Was ich mit ihr vorhabe?« Adrian zog die Brauen hoch.

Clay richtete sich auf und blickte ihn drohend an. »Ich mag Miss Lauren. Laß es dir also bloß nicht einfallen, sie zu verletzen«, fügte er hinzu, während er sein Glas an die Lippen setzte, um es in einem Zug zu leeren.

»Oh, wie ritterlich«, bemerkte Adrian halb spöttisch, halb neugierig. Clay war schließlich ein berüchtigter Schürzenjäger.

Clay starrte ihn aus zusammengekniffenen Augen an. »Du bist wie Eis, Adrian.«

»Im Moment fühle ich mich nicht gerade, als würde ich aus Eis bestehen.«

Clay betrachtete ihn eingehend. Adrian sah müde aus, was wohl nicht nur von fehlendem Schlaf herrührte. »Was ist passiert?«

Adrian zuckte mit den Schultern. »Ich nehme an, du hast es bereits gehört. Als wir den Hafen von Charleston verlassen wollten, haben sie uns getroffen. Ein Mann war sofort tot. Der andere ... sie haben ihm heute nachmittag das Bein abgenommen. Ich weiß nicht, ob er durchkommen wird.«

Clays Griff um das Glas verstärkte sich. Er hatte bisher noch keinen seiner Männer verloren, aber er wußte, daß er einfach nur ungewöhnliches Glück gehabt hatte. »Das tut mir verdammt leid, Adrian.«

»Die ziehen die verfluchte Schlinge immer enger«, sagte Adrian.

»Wenn bloß England ...«

»England wird nicht eingreifen«, fiel Adrian ihm ins Wort. »Zu viele Leute dort sind gegen die Sklaverei.«

»Es geht nicht um Sklaverei.«

»Nein?« fragte Adrian herausfordernd.

»Ich habe keine Sklaven und meine Familie auch nicht«, sagte Clay hitzig. Dieses Argument brachte er häufig an, aber Adrian gegenüber wollte er sich nicht rechtfertigen.

Adrian blickte ihn gequält an. »Ich weiß, warum ich das

Risiko eingehe, Clay. Es gibt etwas, das ich mehr als alles andere will. Aber wie steht's mit dir?«

Clay starrte Adrian an. Nie zuvor hatten sie über ihre Motive gesprochen. Er zuckte mit den Schultern, und ohne ein weiteres Wort wandten sie ihre ganze Aufmerksamkeit dem Rum zu.

8

Larry winkte ihr durch den dichten Nebel zu, doch jedesmal, wenn sie die Hand nach ihm ausstreckte, entschwand er.

Er stand am Bug eines Schiffes, und seine blaue Uniform war blutbespritzt.

Sie war auf einem anderen Schiff und flehte, daß man sie zu ihm hinüberließe, aber die geisterhaften Erscheinungen schenkten ihr keinerlei Beachtung. »Knopf«, hörte sie Larry rufen, »Knopf.« Aber die Stimme klang monoton und unwirklich.

Das Bild verschwand, und sie schrie auf. Wie in der Nacht seines Todes war auch jetzt sein Schmerz der ihre. Sie spürte ihn tief in ihrem Inneren wie ein glühendes Schwert.

»Larry. Larry.« Lauter und lauter. Sie hörte die Panik in ihrer Stimme . . .

»Lauren.« Sie spürte, wie sie geschüttelt wurde, aber sie wollte nicht aufwachen. Sie wollte weiter ihre Hand nach Larry ausstrecken, ihn zurückholen.

»Lauren.« Eine andere Stimme, dieses Mal leise und befehlend, und das Flüstern ihres Zwillingsbruders erstarb.

Lauren öffnete die Augen und bemerkte, daß Tränen

über ihre Wangen liefen. Corinne und Jeremy standen im Zimmer. Er hielt eine Kerze in der Hand, und sie beugte sich über das Bett und strich sanft über Laurens Gesicht.

»Du hast einen Alptraum gehabt«, sagte Corinne sanft. »Arme Kleine.«

Lauren blickte zu Jeremy auf. Sein zerfurchtes Gesicht wirkte noch faltiger als sonst, und er blickte sie aus müden Augen an.

»Es tut mir leid«, flüsterte sie. »Es tut mir leid, daß ich euch geweckt habe.«

»Psst«, sagte Corinne, während sie Laurens Hand hielt. »Willst du darüber sprechen?«

Lauren schüttelte den Kopf und seufzte. Sie wußte, sie würde in dieser Nacht aus Angst vor dem Traum keinen Schlaf mehr finden.

Früh am nächsten Morgen weckte Sokrates Adrian auf. Das war die Rache dafür, daß er den Affen in den letzten Tagen so häufig alleine gelassen hatte, dachte Adrian verbittert.

Sein Kopf fühlte sich an wie die Baumwolle, die er transportierte, und sein Mund war trockener als die Wüste. Langsam und vorsichtig – als habe er Angst, sein Schädel könne zerbrechen – kämpfte er sich aus dem Bett.

Adrian hatte immer etwas Obst und ein paar Zwiebäcke für Sokrates in Reserve, und jetzt besänftigte er das Tier damit, während er sich rasierte und ankleidete. Es gab eine Menge zu tun heute, und er brauchte einen klaren Kopf.

Einen klaren Kopf?

Er fühlte sich eher an wie ein Sack verrotteter Äpfel. Stöhnend schwor Adrian sich, daß er nie wieder so viel trinken würde wie gestern nacht.

Er warf einen letzten Blick auf seine roten Augen und fluchte noch einmal, ehe er sein Zimmer verließ und die breite Treppe in den großen Empfangssaal des Hotels hinunterschritt. Sokrates blieb dicht neben ihm. Auch wenn der Affe ab und zu vorhüpfte oder unterwegs irgend jemanden oder irgend etwas näher begutachtete, ließ er Adrian doch niemals aus den Augen. Adrian hatte noch nie eine Leine für Sokrates gebraucht – zumindest nicht aus diesem Grund. Wenn, dann gab es andere Probleme: einen gestohlenen Apfel, einen umgeworfenen Karren oder einmal sogar eine Uhr, die der Affe unbemerkt jemandem aus der Tasche gezogen hatte.

Normalerweise amüsierten ihn Sokrates' Mißgeschicke, aber jetzt dachte Adrian nur darüber nach, wie er den Tag überstehen sollte.

Er ging kurz zum Krankenhaus, wo er sich davon überzeugte, daß es Terrence den Umständen entsprechend gut ging. Der Mann verzog schmerzverzerrt das Gesicht, und sein Blick glitt oft über die leere Stelle, an der zuvor sein Bein gewesen war, aber es gelang ihm, einen zaghaften Scherz zu machen, und Adrian wußte, daß er die Sache überstehen würde.

Dann besuchte Adrian den Agenten der Konföderierten – das hätte er gestern bereits tun sollen.

»Man sagte mir, ich solle eine besondere Ladung übernehmen«, sagte er dem Mann namens Jones.

Jones nickte. Er hatte die entsprechende Mitteilung vor zwei Tagen erhalten. Während Adrian in Charleston gewartet hatte, war die Nachricht von Charleston nach Richmond telegraphiert worden und von dort per Kurier mit dem ersten Schiff nach Nassau gelangt. Die Kanone sollte mit dem *Gespenst* nach Süden geschickt werden.

»Ist sie schon da?«

»Gestern angekommen«, sagte Jones. »Sie hätten zu keiner besseren Zeit hier eintreffen können.«

»Wieviel Platz wird die Fracht beanspruchen?«

»Fast ein Viertel Ihres gesamten Laderaums. Ich ... wir hatten gehofft, Sie könnten auch noch ein paar Medikamente mitnehmen.«

Adrian nickte, und die Ironie dieser zweigeteilten Fracht schoß ihm kurz durch den Kopf. Er wünschte sich nur, sein Schädel würde nicht so brummen. Er nannte dem Agenten den noch zur Verfügung stehenden Frachtraum.

Da Adrian immer noch über die Hälfte des Laderaums übrig hatte, verbrachte er die restliche Zeit im Hafen, wo er die hereinkommenden Waren überprüfte und die Dinge aussuchte, mit denen er in Charleston die höchsten Preise erzielen würde. Er wählte eine bunte Mischung aus Luxusartikeln und praktischen Sachen: Champagner, französischen Brandy, Seide, Sargnägel, Nadeln, Korsetts und Salz, das er von einem Händler aus Neuengland kaufte.

Als er seine Geschäfte abgeschlossen hatte, war bereits ein Großteil des Tages vorbei. Fast die gesamte Baumwolle, die er aus Charleston mitgebracht hatte, war inzwischen ausgeladen worden. Die neue Ware wäre bald verladen, und das *Gespenst* würde den Kai verlassen und draußen im Hafen vor Anker gehen, um gemeinsam mit den anderen Blockadebrechern auf Neumond zu warten.

Vier Tage, in denen er nichts zu tun haben würde.

Wie von Zauberhand getrieben, eilte er Richtung Jeremy Cases Laden.

Sie war nicht da.

»Lauren?«

Jeremy zögerte. »Sie ruht.«

Adrians nach wie vor schmerzender Kopf nahm die Worte auf, und sein Magen zog sich zusammen. »Ist irgend etwas nicht in Ordnung?«

Ein paar Sekunden lang blickte Jeremy ihn ernst an. »Ich

glaube, sie vermißt ihr Zuhause, ihre Familie. Letzte Nacht hatte sie einen Alptraum.«

»Vielleicht sollte ich besser gehen?« fragte Adrian zögernd. Er wollte nicht gehen. Er dachte an Laurens Lächeln, an ihre fragenden Blicke, und er sehnte sich nach ihr. Er hatte hart an sich gearbeitet, um sich von sämtlichen persönlichen Banden zu befreien, und es war ihm hervorragend gelungen. Da er in seiner eigenen Familie niemals wahre Liebe kennengelernt hatte, konnte er Laurens Trauer nicht richtig verstehen. Aber er hatte den Schmerz in ihrem Blick bemerkt, als sie von ihrem Vater und ihrem Bruder gesprochen hatte, und er verspürte das dringende Bedürfnis, sie erneut zum Lächeln zu bringen, sie von ihren traurigen Erinnerungen zu befreien.

»Ich werde sie fragen, ob sie Sie sehen möchte«, sagte Jeremy. Er lächelte, aber sein Lächeln ging nicht über seine Lippen hinaus. Seltsam, das hatte Adrian nie zuvor bemerkt. Normalerweise besaß er eine recht gute Menschenkenntnis, aber jetzt spürte er, daß etwas Seltsames, etwas Zögerndes von dem Ladenbesitzer ausging, als ob . . .

Aber dann war er verschwunden, und Adrian verdrängte den Gedanken. Wahrscheinlich hatte er sich Jeremys Zurückhaltung nur eingebildet – schließlich war er heute ja nicht gerade besonders auf der Höhe. Sokrates durchstreifte das Geschäft, fand eine Lakritzstange und biß krachend hinein. Wider Willen mußte Adrian lächeln. Der Affe hatte eine Schwäche für Lakritz. Sokrates grinste so vergnügt, daß Adrian spürte, wie sich ein Teil seiner Anspannung legte. Er steckte noch ein paar Stangen für später ein und legte eine Münze auf den Tresen.

Auf der Treppe wurden Schritte laut, und er drehte sich um. Sokrates war jedoch schneller. Er rannte hinüber und warf sich Lauren in die Arme. Adrian hörte, wie sie leise lachte, als sie Sokrates begrüßte, und er zuckte zusammen, da er wußte, was nun kommen würde.

Ein lauter Schmatzer ertönte, und Adrian blickte auf. Laurens Wange war ebenso wie ihre Hände mit einer klebrigen schwarzen Masse beschmiert, und er nahm an, daß sie zumindest entsetzt aufschreien würde.

»Sokrates!« brüllte er, woraufhin ihn der Affe lediglich entrüstet anstarrte. Verzweifelt schloß er die Augen, doch dann hörte er, daß Lauren erst leise kicherte und dann aus voller Kehle lachte. Nie zuvor hatte er ein derart angenehmes Geräusch vernommen.

»Sie dürfen ihn nicht ausschimpfen«, sagte Lauren. »Ich mag Lakritz ebenfalls sehr gerne.«

Sokrates bedachte Adrian mit einem triumphierenden Grinsen, während er von Laurens Arm kletterte, ohne ihre Hand loszulassen.

Adrian zog sein Taschentuch hervor. »Sie sehen aus wie ein Schornsteinfeger«, bemerkte er ernst. »Und Sie sollten ihm wirklich nicht verzeihen.«

Lauren sah ihn mit blitzenden Augen an. »Ich hatte nie ein Haustier«, sagte sie. »Ich wollte immer eins, aber Vater sagte, es wäre nicht gut, Tiere in den Räumen zu haben, in denen er seine Patienten behandelte. Er . . .«

Plötzlich verdüsterte sich ihr Blick, als sie daran dachte, wie sie und Larry so lange gebettelt hatten, bis sie schließlich mit einem von Larrys Freunden ein Pony hatten teilen dürfen. Larry hatte Tiere auch gemocht . . .

Als spüre er ihren Stimmungsumschwung, zerrte Sokrates an ihrer Hand. Lauren mußte lächeln.

»Er ist einfach wunderbar«, sagte sie.

»Mit dieser Meinung stehen Sie wohl allein da«, sagte Adrian, dessen Kopfweh langsam besser wurde.

»Ach, und Sie?«

Zögernd glitt sein Blick von den lakritzverschmierten Pfoten des Affen zu seinen Knopfaugen, die im Augenblick voller Hingabe auf Lauren gerichtet waren. »Zumindest hat er einen guten Geschmack«, sagte er ausweichend.

Lauren lachte erneut, und etwas von der Traurigkeit wich aus ihrem Blick. »Was Süßigkeiten betrifft.«

»Und Freunde.«

Lauren errötete auf die scheue, zurückhaltende Art, die er inzwischen bereits erwartete.

Um die plötzliche Stille zu unterbrechen, stellte Adrian die Frage, die ihn wohl unbewußt hierhergetrieben hatte. »Ich hatte gehofft, wir könnten vielleicht heute abend gemeinsam essen?« Als er die Ablehnung in ihrem Gesicht bemerkte, fügte er eilig hinzu: »Wir beide und Sokrates natürlich.«

»Ißt er immer mit Ihnen zusammen?«

»Oft. Sehr zum Ärger der meisten anderen Speisenden.« Adrian grinste. »Seine Tischmanieren lassen ab und zu etwas zu wünschen übrig. Aber die Wirte mögen ihn. Er zahlt gut.«

»Und Sie?«

»Ich bin für meinen Geiz bekannt.«

Sie mußte lächeln. Sein böses Grinsen war einfach bezaubernd. Ihr Herz machte einen unkontrollierten Satz, als ihr Blick auf seine ach so blauen Augen fiel.

Die intensiven Gefühle, die erneut zwischen ihnen aufflammten, erschütterten sie, und sie versuchte, die wachsende Anspannung zu durchbrechen. »Also ist Sokrates derjenige, den die Leute gerne sehen.«

»Traurig, aber wahr«, gestand Adrian mit gespieltem Bedauern.

»Man hat mich bereits vor charmanten, lasterhaften Affen gewarnt.«

»Was offenbar nichts genützt hat«, erwiderte er, während er ihr mit einem schmerzlichen Lächeln in das verschmierte Gesicht blickte. Er hob die Hand mit dem Taschentuch an ihre Wange und rieb sanft und vorsichtig etwas von der schwarzen Masse ab. Seine Finger berührten ihre Haut und verharrten dort. Sie standen sich reglos gegenüber und starrten sich an.

Sie waren wie vom Blitz getroffen. Seine Finger brannten von der Berührung ihrer Wange, aber er konnte sie nicht fortnehmen. Ebensowenig gelang es ihm, den Blick von ihr abzuwenden, um den heftigen Sturm unter Kontrolle zu bringen, der sie beide umtoste. Und was das Beunruhigendste war – er wollte es auch gar nicht.

Zum ersten Mal seit Jahren wollte er nicht entscheiden, nicht kontrollieren, nicht befehlen. Er wollte sich nur in diesem Meer der Gefühle treiben lassen, ihre Wildheit spüren, ihre Pracht erleben. Er spürte, wie seine Finger zitterten, als ihr Blick sich erneut trübte. In ihren Augen lag plötzlich Angst und etwas anderes, etwas wie... Schuld.

Sie sollte sich nicht rühren. Dieser einzigartige Augenblick sollte ewig dauern, aber Lauren machte dem Zauber ein Ende. Sie versteifte sich, ihr Blick wurde ängstlich; und ihre Lippen zitterten, als sie versuchte, Worte zu formen.

Zögernd ließ er seine Hand sinken.

Sie legte ihre eigene Hand auf die Stelle, als wolle sie eine Verbrennung lindern, wodurch der schwarze Lakritzfleck nur noch mehr verschmiert wurde. »Ich bin sofort zurück«, sagte sie mit bebender Stimme. »Sie können Ihr Taschentuch an anderer Stelle wohl besser gebrauchen.« Ihre Augen wanderten bedeutungsvoll zu Sokrates hinab, der ihre Hand losgelassen hatte und neugierig auf einen Stoffballen blickte. Adrian packte ihn, ehe er irgend etwas anrühren konnte, so daß seine eigenen Hände plötzlich ebenfalls klebrig und verfärbt waren.

»Ich bringe Ihnen etwas Wasser«, sagte Lauren leichthin, doch ihr Blick war verhangen. Adrian wußte, sie hatte sich von ihm distanziert wie bereits einige Male zuvor. Noch während er sich über ihre plötzliche Reserviertheit wunderte, wirbelte sie herum und eilte die Treppe hinauf.

Adrian wartete und blickte sich im Laden um. Jeremy hatte von allem etwas – außer Waffen oder Munition. Es gab Spieldosen, feine Wollschals, erlesene Spitzenwaren, importierte Süßwaren und Miniaturen, die wahrscheinlich gerne von Seeleuten gekauft wurden, die auf dem Heimweg waren. Es gab Zigarren und feinen Brandy, zwei Artikel, die sich bei den Blockadebrechern größter Beliebtheit erfreuten, und Adrian wußte, daß viele von ihnen regelmäßig hierher kamen.

Lauren kehrte mit einer Schüssel Wasser und einem Stück Seife zurück, und sie sah zu, wie Adrian verzweifelt versuchte, seinen widerspenstigen Gefährten zu säubern. Da Adrian mehr von dem Wasser abbekam als Sokrates, kehrte ein leichtes Lächeln in ihr Gesicht zurück.

Schließlich mußte auch Adrian lachen, und Lauren nahm ihm die Seife aus der Hand.

Sofort hielt Sokrates vollkommen still, und Adrian fragte sich, was für ein Zauber wohl von ihren Händen ausging.

»Du hast mir noch nicht geantwortet«, sagte er.

Lauren blickte ihn ernst und zugleich fragend an.

»Ob du mit uns zusammen zu Abend essen möchtest.« Er hielt den Atem an wie ein Schuljunge, als ihm bewußt wurde, wie sehr er hoffte, daß sie seine Einladung annähme. Nach zwei Tagen bei Terrence brauchte er ihre Gesellschaft, die Freude, die er in ihrer Nähe verspürte. Die Freude und das Lachen.

Und die Erregung, die vielleicht am meisten.

»Nein«, sagte sie mit einem leichten Zittern in der Stimme. »Heute abend habe ich keine Zeit, aber ...«

»Morgen? Ich könnte eine Kutsche mieten. Ganz in der Nähe gibt es einen schönen Strand.«

Sie wischte ein letztes Mal über Sokrates' Lakritzbart, ehe sie sich aufrichtete. Ihr Blick hatte etwas Zögerndes, ja Verschlossenes, als sie ihn vorsichtig ansah. »Ich weiß nicht ... vielleicht braucht Jeremy mich.« Jeremy war nicht in den Laden zurückgekehrt, nachdem er Lauren heruntergeschickt hatte.

Adrian verspürte dieselbe unerklärliche Enttäuschung wie an dem Abend, als er von dem Ball zurückgekommen war. »Ich bin sicher, daß wir ihn überreden können«, sagte er. Er wollte Zeit mit ihr allein verbringen, die heftigen Gefühle ergründen, die so neu für ihn waren.

Lauren wußte, daß Jeremy nicht nein sagen würde. Es paßte in seine Pläne. Sie fragte sich, ob *ihre* Pläne nach wie vor dieselben waren, und hatte entsetzliche Angst, daß sie ihr Vorhaben endgültig aufgeben würde, wenn sie noch mehr Zeit mit Adrian allein verbrachte. Schließlich nickte sie. »Wenn er einverstanden ist.«

Jeremy war tatsächlich oben, und er hatte keinerlei Einwände gegen ein Picknick.

»Ich bin mir nicht ... sicher«, sagte Lauren zu ihm.

»Ich habe gestern etwas Neues erfahren«, sagte er leise. »Unser Kapitän wird auf seiner nächsten Fahrt eine Kanone mitnehmen. Es steht eine große Schlacht bevor, und wir können einfach nicht zulassen, daß die Konföderierten diese Waffe bekommen.«

Lauren spürte, wie ihr das Herz sank.

»Wenn die Kanone nicht durchkommt, könnte das Hunderte von Leben retten, Lauren.« Er blickte sie an.

»Also gut«, gelang es ihr zu sagen. »Ich tu's.«

Adrian ging wenige Minuten später, nachdem er ihr mitgeteilt hatte, daß er sie am folgenden Tag kurz vor zwölf abholen würde. In der Tür blickte er sich noch einmal kurz um, und er fragte sich, ob der Schleier, der sich über ihre Augen gesenkt hatte, wohl nur in seiner Einbildung bestand.

Abends stieß Adrian im Royal Victoria erneut mit Clay zusammen.

Er grinste.

»Deine Laune hat sich ja inzwischen bedeutend gebessert«, bemerkte Clay mit neidischem Blick. *Sein* Schädel brummte immer noch entsetzlich.

»Ob du es glaubst oder nicht, ich gehe morgen auf ein Picknick.«

»Meine Güte, ein Picknick?«

Adrian zuckte mit den Schultern. »Es ist verflucht schwierig, einer jungen Dame den Hof zu machen.«

»Ach, tust du das denn?«

Adrian verzog das Gesicht. »Ich will verdammt sein, wenn ich weiß, was ich tue. Und es ist nicht gerade so, daß ich sonst nichts zu erledigen hätte. In drei Tagen können wir wieder aufbrechen.«

Plötzlich klang Clays Stimme angespannt. »Ich habe von der Kanone gehört, die du mitnimmst.«

Adrian schloß verärgert die Augen. Er hätte es wissen müssen. Auf dieser verdammten Insel blieb einfach nichts geheim. Und er wußte nur allzu gut, daß es in Nassau genügend offene und verdeckte Unionsspione gab.

»Die Yankeebehörden setzen bereits alle Hebel in Bewegung«, fuhr Clay fort. »Es sollte dich nicht überraschen, wenn du eine Vorladung vom Gouverneur bekämst.«

»Also noch ein Grund mehr zu verschwinden«, erwiderte Adrian.

Clay seufzte. Er versuchte, sich an Teile ihrer Unterhaltung vom Vorabend zu erinnern. Er meinte, er hätte Adrian nach seinen Absichten gefragt. Nur, hatte er eine Antwort erhalten?

»Adrian, bist du sicher, daß du weißt, was du tust?«

Adrians Grinsen kehrte zurück. »Ist irgendeiner von uns sicher, daß er weiß, was er tut?« fragte er leichthin, als er den Raum verließ.

Das Picknick wurde verschoben. Einer von Adrians Männern kam mit einer Nachricht und einer Entschuldigung in den Laden. Vor ein paar Tagen sei ein Mitglied von Adrians Crew verwundet worden, und nun habe sich sein Zustand verschlechtert. Adrian müsse bei ihm bleiben.

Lauren nahm auf ihrem Bett Platz und versuchte zu lesen. Das einzige, was sie verstand oder woran sie denken konnte, war jedoch der Spruch über denjenigen, der andern eine Grube gräbt ...

Obgleich sie gezögert hatte, Adrians Einladung anzunehmen, hatte sie sich schließlich doch auf den gemeinsamen Ausflug gefreut. Nicht nur darauf gefreut. Vor lauter Aufregung hatte sie die ganze Nacht kein Auge zugemacht.

Und dann war die Nachricht gekommen, und sie hatte zugleich Enttäuschung und tiefe Traurigkeit über Adrians Schmerz verspürt.

Den ganzen Tag über mußte sie an Adrian denken. An Adrian, der sich genug um seine Männer sorgte, um sie über alles andere zu stellen. Diese Vorstellung paßte wieder einmal überhaupt nicht in das Bild, das Mr. Phillips von ihm gezeichnet hatte.

Aber schließlich hatte sie inzwischen gelernt, daß Adrian Cabot alles andere als leicht zu durchschauen war.

Er machte Geschäfte mit dem Tod, doch zugleich verbrachte er Tage am Bett eines verwundeten Mannes.

Den Gerüchten zufolge war er ein berüchtigter Schürzenjäger, der sie jedoch vor einer Vergewaltigung oder Schlimmerem gerettet hatte und ihr anschließend mit der größten Höflichkeit begegnet war.

Er war ein Mörder, der sich am kleinsten Meerestier erfreuen konnte.

Ein Mann, der offen und unkompliziert wirkte, der jedoch, wie Lauren langsam entdeckt hatte, genau das Gegenteil war. Er behielt einen Großteil seiner Gedanken ebenso wie seine Gefühle für sich.

Oder traute sie ihm derartige Täuschungsmanöver nur zu, weil sie selbst so viel vor ihm verborgen hielt?

Sie blickte auf das blaue Meer, auf die klaren, reinen Farben, die in scharfem Kontrast standen zu der trüben Dunkelheit, die ihr Leben erfüllte. Dieser Vergleich gefiel ihr nicht.

Ich werde es nicht tun, dachte sie plötzlich. Ich werde Jeremy morgen sagen, daß ich es nicht tun werde. Und ich werde nach Hause zurückkehren. Adrian wird es niemals erfahren.

Aber Lauren wußte, daß *sie* niemals vergessen würde. Daß sie für den Rest ihres Lebens mit seinem Lächeln leben würde.

Gütiger Gott, wie sehr sie ihn begehrte! Es war ein Schmerz in ihrem Körper, in ihrer Seele, der niemals vergehen würde. Sie erinnerte sich an seine Worte, als sie an dem einsamen Strand gewesen waren. Er hatte gesagt, sie sei eine ehrliche Frau, und als sie gefragt hatte, ob das so wichtig sei, hatte er ohne zu zögern geantwortet: »Ja.«

Ehrlich. Was würde er denken, wenn er erführe, daß sie ihn von Anfang an belogen hatte, daß sie ihn bewußt belogen hatte, um ihn in die Falle zu locken?

»Verzeih mir, Larry«, flüsterte sie in die sanfte Meerbrise. »Ich kann es nicht. Ich kann es einfach nicht.«

Terrence starb am Tag nach dem abgesagten Picknick. Abgesehen von einem dringenden Geschäftstermin, den er wahrnehmen mußte, blieb Adrian die ganze Zeit über bei ihm. Die Vorladungen des Gouverneurs ignorierte er einfach.

Die Infektion hatte sich ausgebreitet, schnell, bösartig und unaufhaltsam. Der Arzt konnte nur tatenlos zusehen und verständnislos den Kopf schütteln.

Zum Leidwesen des Doktors hatte Adrian Sokrates einige Male mitgebracht; aber schließlich war Terrence einer der wenigen Menschen, die den Affen wirklich mochten. Das lag Adrian zufolge daran, daß Iren mit Sokrates viel gemeinsam hatten, nicht zuletzt die permanent schlechte Laune.

Terrence hatte sich zu einem Lächeln gezwungen. »Die betrügerischen Engländer«, behauptete er, »haben dafür gesorgt, daß es so ist.«

Sie sprachen über England und Irland und tauschten spaßige Beleidigungen aus, während die Furchen in Terrences Gesicht tiefer wurden. Es fiel ihm immer schwerer, die Schmerzensschreie zu unterdrücken. Aber sie taten immer noch so, als sei alles in Ordnung, bis Terrence das Bewußtsein verlor und Adrian schweigend bei ihm blieb, da er ihn nicht allein sterben lassen wollte. Kurz vor seinem Ende öffnete Terrence noch einmal die Augen und sah Adrian mit einem Blick an, der wesentlich klarer war als zuvor. »Was wird aus meiner Familie?«

»Ich werde mich um sie kümmern«, flüsterte Adrian. »Das schwöre ich.«

»Mit einem irischen Schwur?« Terrence versuchte zu lächeln.

»Ja«, sagte Adrian. Er hielt Terrences Hand und spürte die Schmerzen seines Zweiten Offiziers durch die klammernden Finger hindurch. Dann lockerte sich der Griff, und die Augen des Mannes schlossen sich.

Adrian kämpfte gegen den Schmerz und die Verzweiflung an, während er die Vorkehrungen für Terrences Begräbnis traf. Dann bemerkte er, daß er Richtung Jeremys Geschäft ging.

Die Sonne ging gerade unter, ein weißglühender Feuerball, der in das Meer stürzte und blutrote Wellen über das Wasser schickte. Der Mond war bereits zu sehen. Er leuchtete so strahlend, daß Adrian das Gefühl hatte, er brauche nur die Hand auszustrecken und könne ihn mit den Fingern berühren. Zu jeder anderen Zeit hätte er großen Gefallen gefunden am Kontrast zwischen der roten Glut der untergehenden Sonne und der kühlen Perfektion des frühen Abendmondes.

Aber jetzt nicht. Jetzt sah er nur das Feuer und das Blut.

Er brauchte etwas anderes. Er brauchte etwas, das er berühren konnte, etwas, das wirklich existierte. Plötzlich hatte er das Gefühl, als sei sein ganzes Leben eine einzige Täuschung, als bestünde es aus lauter kleinen Fetzen, die sich in Luft auflösten, sobald er sie berührte.

Da sah er sie. Sie stand unter einem alten Baumwollbaum im Garten ihres Onkels, umgeben von leuchtenden Blüten, die der dezenten Farbe ihres Kleides den Ernst verliehen, nach dem er sich sehnte. Bis zu diesem Augenblick hatte Adrian nie verstanden, weshalb er sich derart zu Lauren hingezogen fühlte, doch plötzlich wußte er es.

Sie existierte wirklich. Sie war mehr als das Produkt seiner heißblütigen jugendlichen Phantasie, das Sylvia gewesen war. Sie war eine Frau aus Fleisch und Blut, die ihn zum Lachen brachte und ihm Freude machte, die eine Stelle in seinem Inneren wärmte, die lange Zeit leer und kalt gewesen war. Und auch jetzt besänftigte sie einen Teil des kalten Schmerzes, der ihn nach Terrences Tod erfüllt hatte, und machte ihn erträglich.

Langsam ging er auf das Tor zu. Es war ganz natürlich, daß sie dort stand, als warte sie auf ihn, als wisse sie, daß er jemanden brauchte, daß er sie brauchte.

Ihr Gesicht – dieses wunderbar ausdrucksvolle Gesicht, das ihr Vergnügen an Sokrates' Späßen ebenso deutlich zu zeigen vermochte wie ihre Angst an dem Abend, als sie überfallen worden war, oder ihre Leidenschaft in den kurzen Momenten, in denen sie alleine waren – spiegelte Wehmut und Trauer wider und rührte sein Herz. Während eines kurzen Augenblicks lag noch etwas anderes in ihrem Blick, und er hatte Angst, sie würde erneut vor ihm fliehen, aber dann kam sie auf ihn zu, und sie trafen sich am Gartentor.

Wortlos öffnete er die hüfthohe Pforte, trat ein und streckte in schmerzlichem Verlangen die Arme aus. Sie spürte sein Leid und schmiegte sich schweigend an ihn.

Adrian hielt sie fest und ließ den Geruch von Krankenhaus, Tod und Verfall von ihrem sanften, blumigen Duft überdecken. Ihre Berührung linderte und heilte seinen Schmerz in einer Weise, wie er es weder als Junge noch als Mann je zuvor erfahren hatte.

»Er ist tot, Lauren«, hörte Adrian sich sagen. »Terrence ist tot.«

Mehr mußte er nicht sagen. Er hatte gewußt, daß diese Worte ausreichen würden. Er fühlte, wie sie ihre Arme um ihn legte, spürte den Trost und das Verständnis in ihrer Umarmung, und er beugte seinen Kopf hinab und berührte sanft mit seinen Lippen ihre Haut, bis er ihren Mund fand.

Es war ein Kuß voller Verzweiflung, voller gemeinsamer Verzweiflung, die sich auf diese Weise Bahn brach. Ihre Lippen bewegten sich in dem Bedürfnis zu berühren, zu fühlen und zu schmecken, zu trösten und Trost zu finden, zu erforschen und erforscht zu werden.

Das Verlangen in Adrian brannte heißer als alles andere, glühender selbst als die Sehnsucht nach Ridgely, stechender als das ständige Gefühl des Zurückgewiesenseins. Das einzige was zählte, war Lauren Bradley und das Gefühl, das sie ihm vermittelte.

Ihr Körper ergab sich dem seinen, als sei er für ihn geschaffen, und ihre Lippen öffneten sich, um seiner Zunge Einlaß zu gewähren, während ihre Hände zu seinem Hals fuhren, ihn streichelten und Dinge forderten, von denen sie nichts wissen konnte. Für einen kurzen Augenblick schloß er die Augen und ließ sich einfach treiben. Um sie herum vibrierte es, und die Spannung entlud sich in bereits vertrauten herrlichen, leuchtenden und brennenden Blitzen.

Adrian wollte sie nicht loslassen. Er wollte sie nie mehr loslassen. Seine Hände fuhren über ihren Rücken, spürten die schlanken Rundungen ihres Körpers, und eine ihrer honigfarbenen Locken rieb wie Seide über seine Wange. Er hatte schon mindestens hundert Mädchen geküßt und hatte mit einigen von ihnen das Bett geteilt, aber keine hatte ihn je derart berührt. Lauren hatte sein Innerstes erreicht, das er stets vor jedem Eindringling verborgen gehalten hatte. Nun aber war die Mauer eingerissen, und er fühlte sich nackt und schutzlos.

Aber es war ihm egal. Aus irgendeinem Grund vertraute

er ihr mehr als jedem anderen Menschen. Seine Lippen umfaßten gierig ihren Mund, während seine Zunge erst zögernd und dann sicherer testete, kitzelte, erforschte. Und sie antwortete jedes Mal; ihr Körper bog und dehnte sich als natürliches Gegenstück zu seinem; ihre Hände erforschten seinen Rücken ebenso, wie er den ihren entlanggeglitten war.

Lauren fühlte sich gedankenleer ... wie eine Marionette wurde sie von Gefühlen gelenkt, die sie nicht unter Kontrolle hatte. Dies war das Verrückteste und Gefährlichste, was sie je gemacht hatte.

Aber sie konnte sich einfach nicht bewegen, sie konnte einfach nicht die Emotionen ignorieren, die sie so vollkommen beherrschten. Nichts in der Welt hätte sie mehr treffen können als Adrians Blick, während er durch das Gartentor geschritten war, als die tiefe Trauer und der schiefe Versuch eines Lächelns, mit dem er sie angeblickt hatte.

Und er war zu ihr gekommen!

Seine Hände waren erst rauh vor Verlangen, aber gerade, als sie entdeckte, daß sie diese Rauhheit und die dahinter verborgene Sehnsucht wollte, wurden sie sanft. Sie verstand ihn. Sie wollte ihn festhalten, ihn an sich ziehen, seine Wärme spüren und seinen Schmerz lindern. Der Geschmack seines Mundes, seiner Zunge war nun ein Teil von ihr.

Eine ehrliche Frau. Lauren wußte, daß Adrian sie dafür hielt.

Plötzlich machte sie sich von ihm frei. Die Süße des Verlangens wich der Bitterkeit des Betrugs.

»Lauren«, sagte Adrian mit leiser, verwirrter Stimme.

Sie blickte ihn an wie ein verwundetes Reh. Ihre verhangenen Augen hatten das Graugrün des sturmumtosten Meeres.

Und dann raffte sie ihre Röcke und rannte ins Haus, ehe er die Tränen sehen konnte, die langsam über ihre Wangen rannen.

9

Und wieder war sie fortgelaufen.

Lauren saß auf ihrem Bett und ließ ihren Tränen freien Lauf. Dies war das erste Mal, seit sie von Larrys Tod gehört hatte, daß sie weinte.

Wieder verspürte sie einen schrecklichen Verlust, der durch das Bewußtsein noch schmerzlicher wurde, daß sie selbst ihn durch ihre Sturheit und ihren Starrsinn verschuldet hatte. Als sie die Aufgabe übernommen hatte, hatte sie nicht bedacht, daß sie es mit Menschen aus Fleisch und Blut zu tun haben würde, und – mehr noch – daß sie einen Teil ihrer selbst verleugnen müßte, wenn sie einem anderen Teil treu bliebe.

Sie wußte einfach nicht, wie sie die Sache wieder in Ordnung bringen sollte. Also war sie wieder einmal fortgelaufen. Das hatte sie niemals getan, ehe sie Adrian Cabot begegnet war.

Irgendwann klopfte es an Laurens Zimmertür, und sie wurde zum Essen gerufen. Sie fühlte sich wie eine Verräterin. Auch gegenüber Jeremy Case, da sie ihm irgendwann heute abend sagen mußte, daß sie ihr Versprechen nicht würde einlösen können.

Das Abendessen war eine traurige Angelegenheit trotz Corinnes Versuchen, die Runde aufzuheitern. Lauren spürte Jeremys wissenden Blick, der keine Verärgerung, sondern Trauer enthielt.

Lauren erzählte den Cases, daß sie Kapitän Cabot gesehen hatte, daß einer seiner Männer gestorben sei, und daß er sie deswegen nicht zu dem Picknick ausgeführt hatte.

Corinne bedachte Lauren mit einem mitfühlenden Blick. »Dieser Krieg . . . ich bin so froh, wenn er endlich aufhört.«

»Amen«, sagte Jeremy leise.

Lauren wollte ihm beipflichten, aber wie konnte sie? Sie betrog sie alle. Plötzlich schob sie ihren Stuhl zurück und entschuldigte sich mit erstickter Stimme.

Sie stürzte zur Tür und rannte in den Garten. Sie brauchte Luft.

Lauren erreichte den Baumwollbaum, unter dem sie Adrian geküßt hatte, und blieb stehen, als sie hörte, wie Jeremy leise nach ihr rief. Sie drehte sich um und blickte ihn an. »Ich kann es einfach nicht, Jeremy. Ich kann meine Aufgabe nicht erfüllen.«

Er ergriff sanft ihren Arm. »Sie müssen es schaffen, Lauren. Wir können einfach nicht zulassen, daß die Kanone durchkommt. Hunderte von Leben hängen davon ab.«

»Nein. Ich kann es nicht. Sie hätten ihn heute abend sehen sollen. Er hat so gelitten.«

»Wir alle leiden, Lauren. Und ich nehme an, Ihr Kapitän leidet noch weniger als die meisten anderen.«

Lauren versteifte sich. »Jeremy«, setzte sie an. »Ich dachte . . . Mr. Phillips sagte . . . aber er ist ganz anders. Er hat mir das Leben gerettet und . . . nun, er sorgt sich um andere Menschen.«

Jeremy zögerte. Er haßte sich für das, was er sagen mußte. »Auch um Ihren Bruder?«

Lauren blickte ihn elend an, ehe sie sich abwandte. Sie fühlte sich schuldig, schuldig, wenn sie Larry betrog . . . wenn sie Adrian betrog. Einen der beiden würde sie betrügen müssen.

Aber Adrian lebte und Larry nicht.

»Außerdem ist da noch etwas«, fuhr Jeremy leise fort.

Sein Ton ließ sie erstarren. »Was meinen Sie?«

»Ich wollte es Ihnen nicht erzählen, Lauren, aber er ist nicht der Mann, für den Sie ihn halten.«

Ihre haselnußbraunen Augen blickten ihn fragend an.

»Ich habe es erst gestern erfahren.« Jeremy zögerte. »Ich wollte es Ihnen nicht erzählen, aber Ihr Kapitän Cabot und Clay Harding haben gewettet ... wer von ihnen beiden ...«

Lauren spürte, wie ihr eiskalt wurde. Sie fühlte sich wie eine Marmorstatue. »Wer von ihnen beiden was?«

Jeremy sah ihr in die Augen. »Sie ins Bett kriegt. Es ging um ein Abendessen für die Mannschaft des Gewinners.«

»Für die Mannschaft?« wiederholte sie tonlos. Eine Wette. Das war es also. Und alle wußten es. »Nein«, flüsterte sie, als sie an die vergangenen Tage dachte. Clays Aufmerksamkeit, Adrians Verärgerung, als er sie mit ihm gesehen hatte. Es paßte. Alles paßte genau zusammen, sogar die Tatsache, daß ihr nie zuvor derart der Hof gemacht worden war.

Es hatte also nicht daran gelegen, daß aus dem häßlichen Entlein plötzlich ein bezaubernder Schwan geworden war. Sie war lediglich Gegenstand einer Wette. Einer Wette zwischen zwei arroganten Männern, die ein Spiel mit ihr spielten, ebenso wie andere aus bloßem Amüsement Münzen aus dem Fenster warfen. Ebenso unbekümmert, ebenso gedankenlos, ebenso herzlos.

Gütiger Gott, was für eine Närrin sie gewesen war.

Lauren schloß die Augen und dachte an Adrians dunkelblaue Augen, die sie noch vor wenigen Stunden so schmerzerfüllt angeblickt hatten. Ein Trick. Ein Versuch, ihre Sympathie zu erlangen. War das wirklich alles? Stimmte Mr. Phillips Warnung also doch?

Trotz der Wärme zitterte sie. Die Kälte war in ihrem Kopf, in ihrem Herzen. Sie verspürte eine Taubheit, die den Schmerz überdeckte, der sie bald ganz erfüllen würde.

Und sie hatte Angst gehabt, *ihn* zu betrügen.

Ein Teil von ihr wollte es einfach nicht glauben. Jeremy wollte und brauchte schließlich auch etwas von ihr. Vielleicht log er.

Aber als er sie ansah und sie seine Schuldgefühle und sein Mitgefühl bemerkte, wußte sie, daß er die Wahrheit sagte.

Sie sank auf die Gartenbank, und ihr Blick fiel auf den Boden. Sie bedeutete Adrian Cabot nicht das geringste. Sie brauchte sich nichts vorzuwerfen, wenn sie ihn betrog. Wirklich nichts. Und um ein Haar hätte sie sich selbst betrogen und alles, an was sie jemals geglaubt hatte – wegen einer Illusion.

Sie fühlte, wie sich die eisige Taubheit legte und wie sie von Schmerz und Ernüchterung und Traurigkeit ergriffen wurde. Sie blickte Jeremy an.

»Was soll ich tun?«

»Gehen Sie an Bord des *Gespenstes*. Machen Sie das Schiff manövrierunfähig.« Jeremys Stimme war belegt, als er sagte, was er nicht sagen wollte.

Lauren schloß die Augen. Sie erinnerte sich an den Unterricht, den sie erst bei Mr. Phillips und dann bei einigen Schiffsmechanikern erhalten hatte. Man hatte ihr gesagt, sie solle versuchen, Adrian dazu zu bewegen, sie mitzunehmen, aber damals war es eigentlich nur darum gegangen, daß sie herausfinden sollte, welche Schlupfwinkel er entlang der Küste benutzte. Trotzdem hatte man ihr vorsorglich gezeigt, wie sie ein Schiff mit nichts als einer Handvoll Sand außer Gefecht setzen konnte. Sie hätte nie gedacht, daß sie es wirklich einmal tun müßte.

Die Kanone. Adrian. Larry. Die Bilder schwirrten ihr im Kopf herum. »Adrian . . .« Sie konnte den Namen nur mit Mühe aussprechen. Sie hatte den Klang geliebt, aber jetzt erinnerte sie sich an ihren Lateinunterricht. Adrian – »der Dunkle«. Für sie war er wie das Licht der Sonne gewesen, aber er trug diesen Namen zu Recht. »Wie soll ich das machen? Er sagt, er nimmt keine Passagiere mit.«

Jeremy wandte sich von ihr ab. Großer Gott, wie er das alles haßte. »Wenn Sie ihm androhen, daß Sie sich von Kapitän Harding mitnehmen lassen . . .«

»Er wird es merken«, flüsterte Lauren. »Er wird merken, daß sich etwas verändert hat.« Sie brachte den Namen Adrian nicht über die Lippen.

»Lauren, ich wünschte mir, ich könnte Ihnen helfen. Ich wünschte mir, Sie könnten einfach wieder nach Hause fahren. Aber wir brauchen Sie jetzt.«

Lauren sah Jeremy an. Sie hatte das Gefühl, von allen nur benutzt zu werden, auch wenn sie angeboten hatte zu helfen. In Washington hatte sie sich so nobel gefühlt. Hier jedoch fühlte sie sich einfach . . . schmutzig. »Warum machen Sie bei der ganzen Sache mit?«

Jeremy zögerte. Aber er war es ihr schuldig; schließlich forderte er eine Menge von ihr, und das wußte er.

»Ich komme aus Virginia, Lauren. Mein Vater war Aufseher auf einer Plantage. Ich wuchs mit den Sklavenkindern auf. Einer der Jungen war mein bester Freund. Ehe er auf den Feldern arbeiten mußte, gingen wir gemeinsam fischen und jagen, obwohl er niemals ein Gewehr in der Hand halten durfte. Als er zehn war, wurde er auf die Felder geschickt, während ich mit den Kindern des Plantagenbesitzers zusammen die Schule besuchen durfte. Spät abends brachte ich ihm dann heimlich bei, was ich gelernt hatte. Es war gegen das Gesetz, Sklaven zu unterrichten. Mein Vater hätte mich windelweich geprügelt, wenn er etwas davon gewußt hätte.«

Jeremys Stimme verlor sich, und seine normalerweise strahlendblauen Augen blickten düster. »Ich wurde zum Aufseher ausgebildet, während Cato weiter auf den Feldern arbeitete – obwohl er der Klügere von uns beiden war. Er verstand alles viel schneller als ich. Ihn zu unterrichten, war wahrscheinlich der größte Fehler gewesen, den ich machen konnte. Es weckte in ihm das Bedürfnis, mehr zu lernen – und dafür mußte er fliehen.«

Lauren hörte ihm wie hypnotisiert zu. Also hatte auch Jeremy einen heimlichen Schmerz.

»Er verliebte sich in eine Sklavin, die auf eine andere Plantage verkauft wurde. Cato entkam und machte sich auf die Suche nach ihr. Er wollte sie mit in den Norden nehmen. Ich half ihm, das heißt, ich dachte, ich würde ihm helfen. Aber –« Er zuckte hilflos mit den Schultern, ehe er mit derselben monotonen Stimme weitersprach. »Jemand folgte mir – mein Bruder . . .«

Der Schmerz wurde zur Seelenqual, und Jeremys Stimme war kaum hörbar. »Wir drei wurden von einem Sklavenfänger aufgegriffen. Cato wurde gehängt, und ich wanderte für fünf Jahre ins Gefängnis.«

»Und die Frau . . .«

»Ich weiß es nicht«, sagte Jeremy verzweifelt. »Nachdem ich aus dem Gefängnis entlassen wurde, wußte ich nicht, wohin ich gehen sollte. Meine Familie hatte mich verstoßen, und weiß Gott, ich hätte meinem Bruder nie wieder gegenübertreten können, ohne . . . ohne zu versuchen, ihn umzubringen. Ich konnte einfach nicht mehr in einem Land leben, in dem Sklaverei toleriert wurde, in dem das, was passiert war, verziehen wurde. Ich fand ein Schiff, das nach Nassau fuhr und blieb einfach hier. Ich bekam eine Stelle bei einem Kaufmann, heiratete seine Tochter und wurde schließlich sein Partner.«

»Corinne . . .«

Er nickte. »Sie weiß nichts über meine Zeit im Gefängnis. Ich konnte es ihr nie erzählen.«

Lauren schwieg. Sie dachte darüber nach, wie sehr Jeremy Case dafür gelitten hatte, daß er getan hatte, was er für richtig hielt, daß er seine Überzeugung nicht aufgegeben hatte, und immer noch entsprechend handelte. Er könnte sein Geschäft, vielleicht sogar sein Leben verlieren, wenn irgendein Hitzkopf von seinen Sympathien erführe und von der Rolle, die er spielte.

Lauren war immer gegen die Sklaverei gewesen, ohne jedoch jemals direkt etwas damit zu tun gehabt zu haben. Sklaverei war immer etwas Unwirkliches für sie gewesen, aber nun nahm dieses Unrecht Gestalt an durch einen Mann und eine Frau, die sich geliebt hatten und von denen einer verkauft worden und der andere gestorben war, weil er die Trennung nicht ertragen hatte. Ganz egal, welche Gefühle sie für Adrian Cabot hegte, sie mußte tun, was möglich war, um zu helfen, diesem Grauen ein Ende zu machen, diesem entsetzlichen Blutvergießen Einhalt zu gebieten. Sie *konnte* handeln. Sie *konnte* betrügen. Sie *konnte* alles tun, was erforderlich war.

Sie richtete sich auf und legte ihre Hand auf Jeremys Arm. »Ich werde es tun«, sagte sie.

Er blickte sie traurig an. »Ich wünschte, es wäre nicht nötig.« Ohne noch etwas zu sagen, erhoben sie sich und gingen zurück ins Haus. Beide waren in ihre eigenen Gedanken versunken.

Die Leichtigkeit, mit der sich Jeremys Plan durchführen ließ, tat nichts, um Laurens Schuldgefühle zu verringern.

Als Adrian am nächsten Tag erschien, blickte sie ihn an und sagte, sie sei bereit, in den Süden zurückzukehren und ihre Pflicht zu erfüllen. »Nehmen Sie mich mit?«

Er starrte sie verblüfft an. »Aber ich dachte, du wolltest eine Zeitlang hierbleiben?«

»Das wollte ich auch«, erklärte sie, »aber ich bin zu der Überzeugung gelangt, daß das sehr selbstsüchtig wäre. Mein Vater war Arzt. Ich kenne mich mit Krankenpflege aus. Und der Süden braucht Leute mit solchen Kenntnissen. Ich kann nicht einfach hier herumsitzen und darauf warten, daß der Krieg endlich beendet wird.«

»Ich nehme keine Passagiere mit«, erinnerte er sie mit ruhiger Stimme, und Lauren wußte, daß er ihr glaubte und ihre Gründe verstand. Sie versuchte, das eklige Schamgefühl zu unterdrücken, das in ihr aufkam.

Denk an die Wette, sagte sie sich, als sie seinen besorgten Blick und den grimmig entschlossenen Mund sah. Sie beide ignorierten Sokrates, der von einem zum anderen blickte, als verstünde er, daß es um einen Machtkampf ging.

»Dann werde ich mit Clay fahren«, sagte sie ebenso ruhig. »Ich würde zwar lieber nach Charleston fahren ... ich habe Freunde dort, aber ...«

»Verdammt, Lauren. Der Süden ist jetzt nicht der richtige Ort für dich. Ebensowenig wie diese Leichenhäuser, die sie Krankenhäuser nennen.«

»Sie gehen ja auch gewisse Risiken ein«, erwiderte sie.

»Das ist etwas anderes.«

»Weil Sie es für Geld tun?« Das hatte Lauren nicht sagen wollen, aber sie mußte ihrem Ärger einfach Luft machen.

Sie waren in den Garten gegangen, nachdem er in den Laden gekommen war, und nun trat Adrian einen Schritt zurück und lehnte sich an den Baumwollbaum. Sein Gesicht war ausdruckslos, doch sie sah, daß er die Zähne zusammenbiß.

»Ja«, sagte er mit flacher Stimme. »Ich tue es für Geld. Kränkt dich das?«

Lauren wußte, daß sie zuviel gesagt hatte. Obgleich er entspannt aussah, ging eine aggressive Ruhelosigkeit von ihm aus, und sie fragte sich, ob das an ihrer Frage lag oder daran, daß er bald zu einer neuen Fahrt aufbrechen würde. Jeremy hatte sie davor gewarnt, sich allzuweit vom Haus zu entfernen. Die Blockadebrecher würden in den nächsten Tagen losfahren, und die Seeleute waren alle nervös und aufgeregt. Er hatte ihr wieder und wieder erklärt, daß am schlimmsten das Warten war und daß am Ende die Nerven der Männer zum Zerreißen gespannt waren. Sie hatte jedoch nicht erwartet, daß auch Adrian derart menschliche Regungen empfand. Abgesehen von der gespielten Trauer gestern hatte er immer so selbstsicher gewirkt, so vollkommen beherrscht, so unerschütterlich.

»Sag, kränkt dich das?« wiederholte er.

Lauren sah den ruhigen Ärger in seinen Augen und schwieg. Sie hatte bereits zuviel gesagt.

»Ich dachte, Frauen mögen Geld, egal, woher es kommt«, sagte er, und Lauren blieb die plötzliche Bitterkeit in seiner Stimme nicht verborgen. Diese überraschte sie noch mehr als seine Verärgerung.

»Sie sind böse«, bemerkte sie.

»Ich mag es nicht, wenn man mich einfach verurteilt«, entgegnete Adrian. Vor allem, wenn *du* mich verurteilst, wollte er hinzufügen. Sein Leben lang hatten die Leute, allen voran sein Vater, sein Verhalten kritisiert. Von Lauren hatte er das nicht erwartet, nicht nach gestern abend. Aber irgend etwas war heute anders an ihr, auch wenn sie versuchte, diese Veränderung vor ihm zu verbergen.

»Es tut mir leid«, sagte Lauren. »Ich war mir nicht bewußt, daß ich das tue. Aber verurteilen Sie nicht auch alle Frauen?«

Adrian setzte sein strahlendes Lächeln auf. Es lag eine gewisse Traurigkeit darin und eine Spur Boshaftigkeit. »Ja«, gestand er. »Ich nehme an, das habe ich soeben getan.«

Für einen Augenblick hatte Lauren an Jeremy gezweifelt und daran, daß es eine solche Wette geben sollte, aber Adrians bissige Bemerkung über Frauen hatte diesen leisen Zweifel zunichte gemacht.

»Werden Sie mich mitnehmen?« fragte sie erneut.

Lauren fühlte, wie seine Finger ganz zart über ihre Wangen strichen, ehe sie ihr Kinn anhoben, so daß sie ihn direkt anblicken mußte.

»Du bist also fest entschlossen?«

Laurens Haut brannte, ihr Herz raste, und ihr Atem stockte. Sie gewann.

Und sie wollte nicht gewinnen.

»Ja«, gelang es ihr zu sagen.

»Dann nehme ich dich mit«, sagte er leise. »Ich nehme an, du wirst auf meinem neutralen Schiff sicherer sein als auf einem Kriegsschiff.«

Das Schuldgefühl schnürte ihr die Kehle zusammen, bis sie glaubte, daran zu ersticken.

»Danke.«

»Ich bin mir wirklich nicht sicher, daß du das tun solltest.«

Sie war sich ebenfalls nicht sicher, aber sie war fest entschlossen. Sie hatte versprochen, diese Aufgabe zu erfüllen.

»Lauren . . .«

Ihr Name klang aus seinem Mund so sanft. Er blickte sie

melancholisch, fast ein wenig verwirrt an. »Es tut mir leid, wenn ich ... dich gestern aufgeregt habe. Ich hätte nicht hierherkommen sollen.«

Er hätte nicht kommen sollen, weil er wirklich jemanden gebraucht hatte. Das war es, was er meinte. Aber konnte sie ihm glauben? Konnte sie ihm jemals wieder glauben? Und wenn sie es täte? Es würde nichts ändern. Also glaubte sie ihm lieber nicht.

Mr. Phillips hatte gesagt, ihm würde nichts passieren, er würde lediglich ein paar Wochen im Gefängnis sitzen. Er würde sein Schiff und seine Fracht verlieren, aber das gehörte zu dem Risiko, das er für derart hohe Gewinne einging. Das gehörte zum Spiel.

Und er spielte gerne.

»Wann werden wir auslaufen?« Ihr Ton war wesentlich ruhiger als ihr Herzschlag. Ihre Hände waren in den Falten ihres Kleides verborgen, so daß er nicht sehen konnte, wie sie die Faust ballte.

»Ich werde dich morgen abend abholen«, sagte er, wobei er sie zugleich forschend und verwirrt ansah.

»Werden wir dann auch losfahren?«

Er zuckte mit den Schultern.

Eine weitere Unterhaltung wurde ihr durch Sokrates erspart, der auf den Baumwollbaum geklettert war und neben ihr auf den Boden sprang. Er streckte die Arme aus, weil er hochgehoben werden wollte.

Adrian schüttelte den Kopf. »Er hat noch nie zu jemandem so schnell Vertrauen gefaßt wie zu dir. Er wird froh sein, daß du mitkommst.«

Lauren konnte die folgenden Worte einfach nicht unterdrücken. Auch wenn es vollkommen unvernünftig war, mußte sie wissen, was er empfand. »Und sein Herr?«

»Nein«, sagte er ehrlich. »Es ist gefährlich, Lauren. Und

du wirst all meine Anweisungen aufs Wort befolgen müssen. Ich will, daß du mir das versprichst.«

Sie schluckte. So viele Versprechen. Und alle widersprachen einander. »Ja«, gelang es ihr schließlich zu sagen.

Adrian war plötzlich vollkommen geschäftsmäßig. »Ich gehe dann jetzt. Ich muß noch mit dem Gouverneur sprechen. Morgen abend um acht bin ich hier ... wenn du dann immer noch mitkommen willst. Überleg es dir noch einmal gut, Lauren.«

Sie nickte. Er hatte keine Vorstellung davon, wie gut sie es sich noch überlegen würde.

Er beugte sich zu ihr hinab und fuhr ihr mit seinen Lippen über den Mund. Sanft und beherrscht.

»Auf Wiedersehen, Lauren.«

Adrian konnte die Vorladungen des Gouverneurs nicht länger ignorieren, also ging er hin.

»Ich habe beunruhigende Berichte erhalten, Kapitän Cabot«, sagte der Gouverneur.

Adrian zog die Brauen hoch. »Und was hat das mit mir zu tun?« Er war bestens gewappnet; das Namenskonnossement und die Frachtpapiere lagen griffbereit vor ihm.

»Die U.S.-Regierung behauptet, daß Sie eine Kanone verschiffen. Ihnen ist natürlich bewußt, daß der Transport von Kriegsgütern durch das Neutralitätsgesetz strengstens verboten ist.«

»Natürlich, Gouverneur. Aber da muß Sie jemand falsch informiert haben. Ich habe eine Liste meiner Fracht mitgebracht. Möbel, Kleidungsstücke, Nadeln, Korsetts, Brandy. Sie wollen doch sicher nicht behaupten, daß es sich dabei um Kriegsgüter handelt.«

Der Gouverneur blickte ihn scharf an. »Schwören Sie, daß Sie keine anderen Waren an Bord haben?«

»Ja«, sagte Adrian. »Ich habe die Kisten persönlich überprüft; sie sind alle ordnungsgemäß beschriftet und nach der Kontrolle durch die britischen Behörden in London versiegelt worden.«

Was, wie sie beide wußten, nichts zu sagen hatte. Bestechung bei den Zollkontrollen war etwas durchaus Normales. Aber Adrians Erklärung reichte dem Gouverneur.

»Sie segeln bald los?« Die Bedeutung dieser Frage war klar.

»Sehr bald.«

»Ich werde der U.S.-Regierung einen schriftlichen Bericht über unser Gespräch zukommen lassen müssen. Aber ich bin heute und morgen sehr beschäftigt. Vor Mittwoch werde ich wohl nicht dazu kommen.«

Adrian grinste. »Ich verstehe sehr gut, daß Sie viel zu tun haben, Gouverneur.«

»Gute Reise, Kapitän.«

»Danke, Sir.«

Adrian verließ das Haus des Gouverneurs und ging zum Royal Victoria, wo er Sokrates zurückgelassen hatte. Er schlenderte durch die Gärten und blieb unter einem riesigen Baumwollbaum stehen, neben dem der in Jeremys Garten wie ein Bonsai wirkte. Aber er erinnerte ihn an Lauren. Irgend etwas war in der kurzen Zeit seit gestern abend passiert. Sie war immer recht zurückhaltend gewesen, aber nie so wie heute morgen. Und ihre Augen strahlten auch nicht wie vorher. Lag das an ihrer Entscheidung, in den Süden zurückzukehren? Oder lag es an ihm? Hatte es etwas mit dem Kuß gestern abend zu tun, diesem Kuß, der seine Seele erschüttert hatte?

Er wußte jetzt, wie sehr er sich darauf gefreut hatte, sie zu sehen, auch wenn er sich dieses Gefühl nicht hatte eingestehen wollen, und wie enttäuscht er gewesen war, als sie so kühl, ja feindlich, reagiert hatte. Er erinnerte sich daran, daß sie sich bereits bei ihrer allerersten Begegnung recht abweisend gezeigt hatte, aber da hatte sie auch allen Grund dazu gehabt. Schließlich hätte Sokrates sie beinahe ins Meer geworfen. Aber jetzt . . .

Sie war wie ein geschliffener Edelstein mit vielen Seiten. Jedesmal, wenn er sie anblickte, entdeckte er etwas Neues; eine neue Facette, ein neues Geheimnis, ein neues Licht oder einen neuen Schatten. Lauren forderte ihn heraus, weckte eine Zärtlichkeit in ihm, die er zuvor nicht gekannt hatte.

Jetzt jedoch hatte er das Gefühl, als habe sie eine Tür vor ihm verschlossen. Und er wußte nicht, weshalb.

Er hatte drei Tage Zeit, um den Grund für ihr Verhalten herauszufinden. Und genau das hatte er vor.

Adrian beschloß, heute abend an Bord des *Gespenstes* zu bleiben. Er wollte das Verladen der Fracht selbst überwachen und sicherstellen, daß das Gewicht gleichmäßig verteilt wurde. Auf dieser Fahrt durfte nichts schiefgehen.

Er sagte Wade, daß sie einen Passagier haben würden, der Adrians Kabine bekäme, und daß er selbst zu seinem Ersten Offizier ziehen würde. Wade blickte ihn fragend an.

»Einen Passagier, Kapitän?«

»Ja.« Adrians knapper Ton hielt ihn von weiteren Fragen ab.

Wade griff sich an den Hut. »Wir sind heute abend eingeladen, Kapitän.«

»Eingeladen?«

»Von Kapitän Harding, Sir. Er hat die Mannschaft zum Essen eingeladen. Eine Wette?«

Adrian fluchte stumm. Er hatte diese blöde Wette vollkommen vergessen, nachdem Clay sich geschlagen gegeben hatte. »Verdammt«, murmelte er. »Gehen Sie nur. Ich habe noch zu tun.«

Wade grinste. »Sind Sie sich da sicher, Kapitän?«

»Absolut sicher«, brummte Adrian. Das letzte, woran er erinnert werden wollte, war diese verfluchte Wette. Aber die Einladung war bereits ausgesprochen worden, und er wollte seine Männer nicht enttäuschen. Nicht jetzt. Nicht kurz vor einer Fahrt.

Nachdem sie fast alle gegangen waren und nur noch die Notbesatzung an Bord war, ging Adrian an Deck.

Die Lichter von Nassau waren hell, sie blitzten wie die Sterne. Er fand die Lichter des Caseschen Hauses und fragte sich, welches wohl die Lampe in Laurens Zimmer war. Er dachte wirklich zu viel an sie, schalt er sich selbst. Eigentlich sollte er nur an die vor ihm liegende Reise denken. Die Yanks würden in voller Stärke vor der Südostküste kreuzen, ihre Patrouillenboote würden die Häfen kontrollieren, und ihre schnellen Kreuzer würden zwischen den Bahamas und dem amerikanischen Festland lauern.

Er wünschte sich, er hätte Waffen an Bord, damit das Schiff nicht so verwundbar wäre. Er hatte nur eine Pistole in seiner Kabine, und er war sich des Preises wohl bewußt, den er zu zahlen hätte, wenn er auch nur die gegen die Yankees erheben würde. Nicht nur sein Schiff, sondern sein Leben stünde dann auf dem Spiel. Und gerade jetzt schien ihm sein Leben durchaus wertvoll.

Wie viele Fahrten würde er noch unternehmen müssen, ehe er Ridgely kaufen könnte? Würde der Mann, der den Landsitz jetzt besaß, ihn überhaupt verkaufen? Und wie würde Ridgely mit seinen sanften, grünen Hügeln, den dichten Wäldern und dem großartigen Herrenhaus Lauren Bradley gefallen? Er wollte, daß sie es sah, daß sie verstand, weshalb er es so liebte.

Wann genau hatte sie sich in sein Herz geschlichen? In dem Augenblick, in dem sie Sokrates mit einem Knicks begrüßt hatte, als sie lachend ihre Schuhe am Strand abgestreift und ihre Zehen im Sand vergraben hatte, als sie mit ihm auf dem Ball des Gouverneurs getanzt hatte oder als sie ihn gestern schützend festgehalten hatte? Er wußte es nicht. Er wußte nur, daß sie für ihn lebenswichtig geworden war.

Er nahm sie mit nach Charleston, weil er wußte, daß sie sowieso gehen würde. Und er hatte sie lieber sicher in seiner Obhut als in der von Clay. Er würde wissen, wo sie war, wohin sie ging und wie er sie erreichen konnte.

Eins der Lichter im Caseschen Haus ging flackernd aus.

Laurens? Er stellte sich vor, wie sie im Bett lag und wie ihr honigfarbenes Haar fächergleich über den Kissen ausgebreitet war ...

Er spürte, wie er erstarrte, wie seine Männlichkeit erwachte, wie sein Blut zu rasen begann. »Lauren«, sagte er leise in die Meeresbrise hinaus.

10

Lauren stand an Deck des *Gespenstes*, das sich langsam vom Kai entfernte. Noch waren die Innenräume des Schiffes erleuchtet, und an Deck brannten die Öllampen, aber sie wußte, daß bald sämtliche Lichter erlöschen würden, damit das Boot seinem Namen alle Ehre machte.

Die kaum unterdrückte Erregung der Männer, die geschäftig hin und her liefen, übertrug sich auf sie und wurde ein Teil von ihr. Jetzt verstand sie etwas besser, wovon Adrian gesprochen hatte. Ihre Nerven waren vor Angst und Aufregung zum Zerreißen gespannt, und all ihre Sinne waren hellwach und erwartungsvoll auf das Neue gerichtet.

Lauren blickte in die dunkle Nacht hinaus. Inmitten der Sterne schwebte eine kaum sichtbare Mondsichel, und zarte Wolkenfetzen schoben sich langsam durch den Himmel.

Sie lauschte auf die Motoren, die unter ihr im Maschinenraum summten, den Wellen, die leise gegen den Bug des Schiffes klatschten, und sie beobachtete die Lichter der sechzehn anderen Schiffe, die gemeinsam mit ihnen ausliefen. Hinter ihnen im Hafen lagen noch zahlreiche andere Blockadebrecher, die fast alle beim Morgengrauen verschwunden sein würden.

Diesen Anblick der stummen, gespenstischen Silhouetten, die sich wie eine Armee von Geistern auf ihren unheilvollen Weg begaben, würde sie niemals vergessen.

Bald würden sich ihre Wege trennen. Die Kapitäne würden alle verschiedene Routen benutzen, damit nie mehr als ein Schiff auf einmal von einer Yankee-Patrouille aufgegriffen werden konnte. Bei dieser Treibjagd bot eine große Zahl von Schiffen keinerlei Sicherheit.

Sie erschauderte, als sie an das gefährliche Spiel dachte, auf das sie sich eingelassen hatte. Der inzwischen bereits vertraute Druck in ihrer Magengegend verstärkte sich. Sie kannte eine ganze Reihe dieser Kapitäne, kannte und mochte sie. Sie waren nicht länger die bösen Feinde, sondern Männer, die lachten, scherzten und liebten.

Wie sollte sie nur mit diesem Zwiespalt fertig werden?

Lauren blickte nach vorn zum Steuerrad, wo Adrian mit dem jungen Mann stand, den er ihr als Johnny vorgestellt hatte. Der Lotse war nicht alt, ein Junge noch. Sein breites, verwegenes Grinsen und sein zerzaustes Haar ließen ihn wie einen richtigen Lausbuben erscheinen. Er war der einzige Südstaatler unter ihnen, und Lauren war sich nur allzu bewußt, daß ihn als einzigen eine lange Gefängnisstrafe erwartete.

Aber schließlich wurde auch er reich durch das Risiko, das er mit seiner Tätigkeit einging. Jeremy hatte gesagt, daß die Lotsen drei- bis fünftausend Dollar pro Fahrt bekamen, ein Vermögen. Aber trotzdem . . .

Lauren blickte wieder hinaus aufs Meer. Es war ruhig und glasklar. Sie hörte ein leises Plätschern in der Nähe und wußte, daß es sich um einen Fisch handeln mußte. Einen Augenblick wünschte sie sich, sie wäre dieses Wesen; dann hätte sie kein Gewissen und müßte die Folgen ihres Tuns nicht selbst verantworten.

Sie spürte Adrians Gegenwart, obgleich er vollkommen lautlos an sie herangetreten war. Die plötzliche Spannung, die in der Luft lag, reichte, um ihre Sinne zu erregen.

»Es ist wirklich friedlich, nicht wahr?« sagte er.

»Und wie lange wird das so sein?«

»Wenn wir Glück haben, zweieinhalb Tage.«

»Und dann?«

»Dann warten wir auf Nebel, um unbemerkt in den Hafen von Charleston einlaufen zu können, und hoffen, daß wir nicht mit einem Unionsschiff zusammenstoßen.«

»Danke für die Kabine.«

Er legte seine Hand leicht auf ihre Schulter, und sie spürte, daß seine Wärme wie flüssiger Honig durch ihr Inneres rann. Es war ihr einfach unmöglich, ihr Bedürfnis nach seiner Nähe zu unterdrücken, und sie lehnte sich gegen seinen harten Körper. Es war eine zauberhafte Nacht – der würzige Geruch des Meeres wirkte belebend, und seine Berührung war einfach unwiderstehlich. Seit er sie bei Jeremy abgeholt hatte, war sie ihm so gut es ging aus dem Weg gegangen, und sie hatte ihre kühle Reserviertheit auch nicht aufgegeben, als er ihr an Bord die enge Kabine gezeigt hatte ...

Sie hatte sofort das spärliche Mobiliar, die Karten und die Bücher bemerkt. »Ist das Ihre Kabine?«

Er hatte genickt. »Ich werde bei Wade, meinem Ersten Offizier, schlafen.«

»Ich ... ich kann doch nicht einfach Ihre Kabine nehmen.«

Er hatte sie mit einem teuflischen Grinsen bedacht. »Wir ... könnten sie uns natürlich auch teilen«, hatte er anzüglich erwidert.

Lauren hatte gewußt, daß sie mal wieder errötete, vor allem, da sie tief in ihrem Inneren ein seltsames Verlangen spürte. Sie hatte sich abgewandt.

Adrians Ton hatte sich sofort verändert. Er klang beinahe entschuldigend. »Es tut mir leid, Lauren, aber normalerweise nehmen wir keine Passagiere mit. Etwas anderes kann ich dir nicht anbieten. Ich könnte dich aber zu Jeremy zurückbringen.«

Lauren hatte sich auf die Lippe gebissen. Der Raum war bei weitem nicht so geräumig, wie sie sich die Kabine vorgestellt hatte. Es gab keine Fenster, keinerlei Komfort, nur ein schmales, in die Wand eingelassenes Bett und einen kleinen, am Boden befestigten Tisch. Eine der Wände wurde von einem mit Büchern gefüllten Regal bedeckt. Daneben stand eine kleine Seemannstruhe, über der ein paar Haken für Kleider und Öllampen befestigt waren. Das war alles.

Aber die Kabine roch nach ihm, nach Seife und Leder und Moschus. Selbst die Kargheit des fast zellengleichen Raums war unwiderstehlich, da sie typisch für Adrian war.

»Es gefällt mir«, hatte sie mit leiser Stimme gesagt. Sie hatte verzweifelt versucht, das Verlangen in ihrem Inneren zu unterdrücken. Wie war es nur möglich, daß er sie immer noch derart beeinflußte, wo sie doch genau wußte, daß sie ihm nicht das geringste bedeutete.

Sokrates war hereingekommen und zu einer kleinen Kiste voller Lumpen hinüberspaziert.

»Ich nehme an, es macht dir nichts aus, die Kabine mit Sokrates zu teilen«, hatte Adrian mit dem leicht ironischen Lächeln gefragt, das ihr immer einen Stoß in den Magen versetzte.

»Das ist zumindest ehrbar«, hatte sie erwidert.

»Es ist nichts ehrbar an der Tatsache, daß du hier allein an Bord dieses Blockadebrechers bist«, hatte er trocken gesagt. »Ich wünschte immer noch, du würdest es dir anders überlegen.«

Lauren hatte den Kopf geschüttelt. Natürlich hätte sie es sich gern anders überlegt. Nichts lieber als das! Sie dachte an den kleinen Beutel voller Sand, den sie in ihrer Handtasche hatte.

»Ich muß nach oben«, hatte Adrian gesagt. »Mach es dir hier so bequem wie möglich.«

»Wann werden wir auslaufen?«

»In wenigen Stunden. Vielleicht möchtest du ja an Deck kommen und zusehen. Heute nacht fahren eine ganze Reihe Schiffe ab . . . es ist ein interessanter Anblick.«

»Und was ist mit Patrouillebooten der Union?«

»Sie können uns in den Gewässern der Bahamas nichts anhaben. Sie können zwar versuchen, uns außerhalb dieser Gewässer zu folgen, aber in einer dunklen Nacht und ohne Licht ist es recht einfach, die Unionsschiffe zu umgehen.«

Nach ein paar Minuten allein in der Kabine hatte Lauren das Gefühl gehabt, eingesperrt zu sein. Obgleich sie die Enge des Raumes kaum ertrug, hatte sie gezögert, an Deck zu gehen. Adrian würde dort sein, und sie war sich nicht sicher, ob sie es aushalten würde, ihm so nahe zu sein, da ihr Körper ihre Gefühle verraten würde, so wie er es immer in Gegenwart von Adrian Cabot tat.

Aber ebensowenig hatte sie ihre eigenen Gedanken ertragen oder den Anblick von Adrians Habseligkeiten oder seinen Geruch, der in der Kabine hing.

Wenn alles klappte, würde diese Kabine ihm in drei oder vier Tagen nicht mehr gehören.

Wenn alles klappte . . .

»Lauren.« Adrians Stimme klang leise in ihrem Ohr, und sie kehrte in Gedanken in die Gegenwart zurück, zu der verführerischen Nacht, zu der Gefahr. Der Gefahr, in der er schwebte. Der Gefahr, in der sie schwebte, wenn sie mit ihm zusammen war. Gütiger Gott, wie sollte sie diese ganze Sache nur überleben?

Haß ihn, drängte sie sich. Haß ihn für das, was er ist, für das, was er tut, für das, worum er gewettet hat.

Aber ebensogut hätte sie sich befehlen können, die warme, helle Sonne zu hassen, das Licht und die Hitze zu hassen, die ihr Körper durstig aufsog.

»Hast du Angst?« fragte er, während er ihre Schulter unmerklich fester umfaßte.

Lauren hielt den Blick starr auf das Meer gerichtet. Sie konnte ihn jetzt nicht ansehen, konnte nicht in die unergründliche Tiefe seiner blauen Augen blicken. Sie verstand ihn einfach nicht, er hatte einfach zu viele gegensätzliche Eigenschaften.

»Ja«, sagte sie. Aber nicht aus dem Grund, den er vermutete.

»Die Fahrt ist wirklich relativ ungefährlich«, sagte er,

während er sich über sie beugte. Er flüsterte diese Worte, und sein Atem berührte sanft ihr Ohr, so daß sie trotz der Milde der Karibiknacht erschauderte. Oder war es bereits Morgen?

Seine Hand glitt von ihrer Schulter, er legte beide Arme um ihre Taille, und sie lehnte sich an ihn. Es war, als hätten sie schon immer zusammengehört, diese beiden Körper.

Die Lampen auf dem Schiff wurden eine nach der anderen gelöscht, und sie drehte sich zu ihm um. Im schwachen Licht der Sterne blickte sie ihn an.

»Es ist an der Zeit«, flüsterte er, »sich der Nacht hinzugeben, die Lichter auszumachen.«

Lauren beobachtete, wie die entfernten Lichter der anderen Schiffe verloschen, und sie hatte das Gefühl, sie und Adrian seien die einzigen Menschen inmitten der Finsternis der Nacht. Selbst die lauten Stimmen der Matrosen hatten sich zu einem Flüstern gesenkt, und das einzige Geräusch inmitten der Weite, die sie umgab, war das Plätschern des Wassers.

Die plötzliche Leere paßte hervorragend zu ihrem Gefühl des Ausgehöhltseins. Adrian hielt sie immer noch umschlungen, und irgend etwas tief in ihrem Inneren sehnte sich nach dem Trost, den diese Umarmung ihr bot. Aber die Zärtlichkeit war nicht echt. Er meinte es nicht ehrlich, ebensowenig wie sie.

Sie zwang sich, etwas zu sagen. »Ist es nicht gefährlich ... so ganz ohne Licht?«

»Johnny ist der beste Lotse weit und breit. Er spürt – sieht – jedes Riff und jeden Landvorsprung, egal, wie finster es ist. Ich will verdammt sein, wenn ich weiß, wie er das macht. Wahrscheinlich stammt er von einer Eule ab.«

Sprich weiter. Sprich weiter, damit du nichts spürst. Lauren bewegte sich leicht, und Adrians Arme bewegten sich mit ihr. Die Reibung ihrer Haut, ihrer Körper sandte Wellen schmerzlicher Freude durch Lauren. Sie wollte, daß sich seine Hände weiter bewegten, daß er ihr noch einmal diese wunderbaren Gefühle vermittelte, die sie so herrlich lebendig machten.

Etwas zerrte an ihrem Kleid, und sie blickte hinab. Sokrates war in der Dunkelheit kaum zu erkennen. Dann sah sie wieder hinauf. Der Schatten von Adrians Kopf, seine harten, klaren Umrisse kamen näher, und sie spürte seine Lippen auf ihrer Wange, während seine Hände sie sanft führten, bis sie neben ihm stand statt vor ihm.

Ihr Herz klopfte so laut, daß sie dachte, er müsse es hören. Ihre Hand lag zitternd auf der Reling. Seine Lippen senkten sich auf ihren Mund, und er küßte sie zärtlich und fordernd.

Lauren wußte, daß sie im Schatten verloren waren, in der pechschwarzen Nacht, und daß die Männer sie nicht sehen konnten. Es war, als wären sie allein in einem unendlichen leeren Gewölbe, als gäbe es nichts außer ihnen beiden. Sein Kuß wurde heftiger, und sie merkte, wie sie ihren Mund öffnete und seinem sanften Drängen nachgab.

Sie wurde von ihren Gefühlen überwältigt. Von wilden, unkontrollierbaren Gefühlen. Freude. Verlangen. Erwartung. Die Gefahr und die Spannung ließen sie alles viel intensiver erleben. Sie verstärkten ihre Empfindungen, bis sie nicht mehr wußte, wie sie sie ertragen sollte, ohne zu zerbersten. Sie lernte schnell, was Adrian gemeint hatte, als er von Gefahr sprach.

Aber war es wirklich die Gefahr, die sie reizte?

Eilig trat sie einen Schritt zurück. »Nein«, flüsterte sie, und er lockerte seinen Griff um ihre Taille. Seine Lippen bewegten sich an ihrer Wange, und dann nahm er ihr Kinn in die Hände und zwang sie, zu ihm aufzublicken. Sie konnte sein Gesicht zwar nicht gut erkennen, aber sie wußte, daß er sie mit einem fragenden Lächeln ansah.

»Sie sind wie Quecksilber, Miss Bradley«, sagte er leise. »Sie laufen immer vor mir davon. Warum?«

Weil ich dich hasse. Und weil ich fürchte, daß ich dich gleichzeitig liebe.

»Ich bin müde«, sagte sie mit zitternder Stimme.

Adrian seufzte. Er senkte den Kopf, und Lauren wußte, daß er sie erneut küssen wollte, daß er ihren Widerstand zärtlich überwinden wollte. Da sie fürchtete, es würde ihm gelingen, riß sie sich von ihm los.

»Bitte, Adrian.«

»Wir werden morgen weitersprechen«, sagte er. Seine Stimme klang plötzlich hart und unnachgiebig, und ihr war klar, daß sie ihm am nächsten Tag eine Erklärung für ihr Verhalten würde geben müssen. Ihr Wankelmut mußte ihn schließlich vollkommen verwirren – erst gab sie seinem Drängen nach, nur um sofort erneut die Flucht anzutreten. Weiß Gott, sie war ja selbst völlig durcheinander!

»Ich begleite dich zu deiner Kabine«, sagte er, während er Sokrates hochhob und mit der rechten Hand ihren Arm ergriff, um sie durch die Dunkelheit zur Treppe zu führen. Unter Deck war es noch dunkler, und sie fragte sich, wie er den Weg erkannte. Sie hatte das Gefühl, vollkommen blind, von seiner Führung abhängig zu sein.

Er stützte sie, während sie mit unsicheren Schritten vorwärts tappte, und seine Wärme und sein Geruch berauschten sie. Sie stolperte, und er legte erneut den Arm um sie, um sie vor einem Sturz zu bewahren. Es war, als sei er ein natürlicher Teil von ihr, und Lauren fragte sich, wie sie sich jemals wieder vollständig fühlen sollte, wenn er erst einmal fort war.

Wenn er fort war!

Dann hatten sie die Kabine erreicht, und er öffnete die Tür. Er ließ sie los, und sie hörte, wie er ein Streichholz anriß, um eine der Laternen anzuzünden. »Es ist relativ sicher, wenn du hier drinnen Licht machst«, sagte er. »Schließlich gibt es keine Fenster.«

Die Laterne, eine seltsame, speziell für Schiffe angefertigte Öllampe, baumelte an einem Haken, und ihre flakkernde Flamme warf Lichtpfeile durch die Kabine und erhellte sein Gesicht. Es lagen so viele Fragen in seinen Augen – Fragen, die sie niemals würde beantworten können.

Sokrates sprang auf den Boden und ging hinüber zu seinem Bett.

»Ich nehme ihn mit rüber«, sagte Adrian.

»Weshalb lassen Sie ihn nicht hier?«

»Bist du dir sicher, daß du mit ihm das Zimmer teilen willst?« Adrians Stimme klang amüsiert. »Manchmal kommt er zu dem Entschluß, daß er mein Bett bevorzugt. Es könnte dir also passieren, daß du mit einer knochigen Pfote auf der Wange wach wirst.«

»Zumindest hätte ich auf diese Weise Gesellschaft.«

In seinen Augen blitzte es auf, und das tiefe Blau spiegelte die Flamme der Lampe wider. »Jetzt bin ich aber wirklich eifersüchtig. Noch dazu auf einen Affen. Ich habe keinen Stolz mehr, Miss Bradley«, stichelte er.

»Das halte ich für unwahrscheinlich«, erwiderte sie. »*Sie* haben ihn mir geraubt.«

»Nun ja, ich nehme an, Sie werden ihn bald wiederfinden.«

»Das wage ich zu bezweifeln.« Ein versonnenes Lächeln umspielte seine Lippen.

Ob das wieder einer seiner Tricks war? »Gute Nacht, Kapitän.«

»Adrian«, verbesserte er.

»Lord Adrian«, sagte sie in dem Versuch, eine gewisse Distanz zu wahren.

»Wenn schon, dann bitte Lord Ridgely«, sagte er trocken. »Es klingt ganz so, als würdest du Adlige nicht besonders mögen.«

»Ich habe gehört, daß sie gerne spielen«, behauptete sie unvorsichtig.

»Womit?«

»Mit Frauenherzen.« *Mit meinem Herzen.*

Er schwieg. Seine Augen waren dunkel und geheimnisvoll, und ein Wangenmuskel zuckte leicht. Sie wünschte, sie wüßte, weshalb.

»Nicht alle Männer tun das. Spielen alle Frauen mit Männerherzen?« Seine Stimme hatte plötzlich einen harten Unterton.

Der Teufel sollte ihn holen. Es gelang ihm einfach immer wieder, sie in die Defensive zu drängen. Ihr die Worte im Mund zu verdrehen. Und er hatte auf sie gewettet! Die erneute Verärgerung rettete sie vor ihrer eigenen Schwäche, aber sie wußte, daß sie ihre Zunge hüten mußte. Sie hatte bereits zuviel gesagt. Aber ihre Haut brannte noch immer von seiner Berührung, und sie wußte, wenn er sie küßte, wäre sie erneut verloren.

Sie schickte ein Stoßgebet zum Himmel, und es wurde erhört. Adrian enthob sie einer Antwort, indem er mit leiser Stimme weitersprach. »Ich muß zurück an Deck. Diese Gewässer sind recht gefährlich. Gute Nacht . . . Lauren.«

Diese Verabschiedung war ungewöhnlich knapp, und sie spürte, wie erneut der inzwischen vertraute Schmerz in ihr aufstieg. O Gott, wenn seine Mißbilligung sie jetzt schon berührte, wie sehr würde sie dann erst leiden, wenn er die Wahrheit erführe?

»Kapitän«, erwiderte sie, während sie sich umdrehte und

beobachtete, wie er den Raum verließ. Und dann war sie allein.

Adrian und Johnny führten das Schiff sicher an den Riffen vorbei. Dann ging der Lotse ins Bett, während Adrian hinter dem Steuerrad blieb. Er wollte allein sein.

Er brauchte Zeit, um seine Gedanken zu ordnen.

Er hatte gemeint, mit Lauren Bradley hätte er etwas Besonderes gefunden. Nie zuvor hatte er mit einer Frau derartige Gespräche geführt, und nie zuvor hatte eine Frau eine solche Zärtlichkeit in ihm hervorgerufen. Überrascht hatte er festgestellt, daß das Zusammensein mit ihr einen Teil der Leere, die er verspürte, ausgefüllt hatte. Es war, als hätte er einen Teil von sich gefunden.

Zumindest hatte er das einen Augenblick lang gedacht. Ihre haselnußbraunen Augen hatten ihn so verletzlich und zugleich so fest entschlossen angeblickt, daß er das Bedürfnis verspürt hatte, sie festzuhalten und zu beschützen.

Und sie zu lieben.

Aber in den vergangenen Tagen hatte sie ihn nicht mehr so unvoreingenommen akzeptiert, und die Unbekümmertheit ihres Miteinanders war verschwunden. Er verstand nicht, weshalb. Er hatte sich wie ein vollkommener Gentleman verhalten, auch wenn ihm das nicht gerade leicht gefallen war. Er war schnelle Erfolge gewohnt, aber schließlich hatte er seit der Katastrophe mit Sylvia auch keiner Frau jemals mehr ernsthaft den Hof gemacht. Er hatte sich mit leichten Mädchen vergnügt, mit Frauen, die nicht viel mehr verlangten als einen unterhaltsamen Nachmittag.

Von Lauren Bradley jedoch wollte er mehr. Er war sich im Augenblick nicht sicher, wieviel mehr er von ihr wollte. Aber er spürte ein Verlangen, das neu für ihn war, das ihn herausforderte. Und eine Weile hatte es so ausgesehen, als sei sie durchaus bereit, die Gefühle, die sich so gewaltsam zwischen ihnen beiden Bahn brachen, zu erforschen. Aber plötzlich hatte sie davor zurückgescheut wie ein junges Pferd vor seinem ersten Rennen, das die allgemeine Aufregung zwar spürte, aber nicht genau wußte, was von ihm verlangt wurde.

Er grinste über seine eigenen seltsamen Gedanken. Wahrscheinlich machte er mehr aus der ganzen Sache als er sollte. Trotzdem, das Drängen in seinem Unterleib war heftig, und das Verlangen, das er an anderer Stelle verspürte, war beängstigender als jeder Yankee-Kreuzer. Er war so lange so verdammt allein gewesen. Sein Leben lang. Und während weniger flüchtiger Stunden... hatte er das Gefühl gehabt, wirklich irgendwohin zu gehören.

Sein Fluch klang abgehackt und verzweifelt.

Es gab nicht viele Plätze an Bord des Schiffes, an denen man sich hätte verstecken können. Eigentlich gab es nicht einen einzigen, wie Lauren am nächsten Tag feststellte.

Wie letzte Nacht fühlte sie sich auch heute in der engen Kabine eingesperrt, und sie fragte sich, wie Adrian es dort aushielt. Lauren hatte es immer nach draußen gezogen, und sie hatte ihr Fenster selbst im tiefsten Winter immer mindestens einen Spaltbreit geöffnet gehabt. Sie hatte lange Spaziergänge unternommen und sich am Anblick von Sonne und Mond erfreut, wie sie endlos ihre Runden um den Erdball drehten. Das Gefühl frischer Luft auf der Haut hatte sie begeistert.

Aber in dieser kleinen Kabine gab es überhaupt keine Luft, es war wie in einem Grab. Sie wußte jedoch, sobald sie diesen Raum verließe, würde sie Adrian über den Weg laufen.

Sokrates schlief noch, als Lauren aufstand. Sie hatte

keine Vorstellung, wie spät es war. Nachdem sie die Öllampe angezündet hatte, beobachtete sie den Affen einige Sekunden lang. Er sah aus wie ein schlafendes Kind – sein Gesicht war entspannt, und seine Arme und Beine waren lang ausgestreckt.

Es klopfte, und sie stürzte mit rasendem Herzen zur Tür. Es war nicht Adrian. Einer der Matrosen, die sie bereits gesehen hatte, als sie an Bord gekommen war, stand mit zwei Eimern dampfenden Wassers im Gang.

»Mit freundlichen Grüßen vom Käpt'n«, sagte er steif. Die Worte klangen, als habe er sie sorgfältig auswendig gelernt. »Ich hol' Ihnen erst mal Ihr Frühstück.«

»Wo ist der Kapitän?«

»Schläft, Miss. Er is' erst im Morgengrauen ins Bett gegangen, aber er hat gesagt, daß ich Sie fragen soll, ob Sie heute abend mit ihm zusammen essen wollen.«

Der Matrose war ein junger Kerl, nicht älter als zwanzig, und sein Akzent verriet, daß er aus einem der ärmeren Viertel von London stammen mußte.

Also blieb ihr noch eine Gnadenfrist, dachte Lauren. Eine kurze. Sie öffnete die Tür weiter, um den Mann eintreten zu lassen, und er ging hinüber zu einem in die Wand eingelassenen Schränkchen, das Lauren bisher noch gar nicht bemerkt hatte. Er nahm eine Schüssel heraus und goß den Inhalt eines Eimers hinein. »'s gibt noch mehr Wasser, wenn Sie noch welches brauchen sollten«, sagte er mit Blick auf den zweiten Kübel. Er wandte sich zum Gehen und fragte: »Was soll ich dem Käpt'n wegen dem Abendessen sagen?«

»Daß es mir eine große Ehre wäre«, sagte sie. »Und vielen Dank für das Wasser.«

Der Matrose errötete.

»Denken Sie, es ist ... in Ordnung, wenn ich mich ein wenig auf dem Schiff umsehe?«

»Klar, Ma'am. Wäre mir ein Vergnügen, Sie persönlich rumzuführen. Der Käpt'n hat gesagt, daß ich Ihnen ... zur Verfügung ... stehe.« Das letzte sagte er mit einem Ton, der verriet, daß diese Worte ungewohnt für ihn waren.

»Dann also nach dem Frühstück«, sagte sie.

»Wie Sie wünschen, Miss.« Sein Gesicht verzog sich zu einem breiten Grinsen. »Is' 'n feines Schiff.« Der Stolz in seiner Stimme war unüberhörbar.

Nachdem er gegangen war, wusch Lauren sich und zog sich an. Gerade als sie fertig angekleidet war, klopfte es erneut, und der Matrose brachte ihr ein Tablett mit dampfenden Schüsseln, deren Inhalt verlockend duftete. Allein der Gedanke an Essen ließ Lauren jedoch zusammenzukken. Während eines Augenblicks hoffte sie, sie sei seekrank, doch das war es nicht.

Es war eine vollkommen andere Übelkeit, und sie hatte Angst, daß sie sie nie wieder loswerden würde. Aber nachdem der Matrose das Zimmer verlassen hatte, zwang sie sich zu essen. Dann überprüfte sie die kleine Truhe, die sie mitgebracht hatte. Der kleine Sandbeutel war immer noch da. Sie spielte mit dem Säckchen und fragte sich, ob ein solch kleines Ding wirklich ausreichen würde, um ein ganzes Schiff außer Gefecht zu setzen. Man hatte ihr versichert, daß es klappen würde.

»Es *gibt* etwas, was Sie tun können, Miss Bradley«, hörte sie Mr. Phillips erneut sagen. »Sechzig Prozent der Waffen der Konföderierten, fast das gesamte Papier für Kartuschen und drei Viertel des gesamten Pulvers werden auf den Blockadebrechern transportiert.«

Und dann Jeremy: »Wir können nicht zulassen, daß die Kanone durchkommt.«

Und Larry: »Ich muß gehen. Die Union darf nicht auseinanderfallen, wir alle müssen tun, was wir können.«

Lauren hielt sich die Ohren zu, um die Stimmen nicht mehr hören zu müssen, aber nun war Adrian an der Reihe. Mit tiefer, ernster Stimme sagte er: »Ich will nicht, daß dir etwas passiert.«

Und wieder Jeremy: »Sie haben gewettet . . .«

»Geht weg«, schrie Lauren sie alle an. Aber es war ein stummer, sinnloser Schrei. Die Stimmen ließen sich nicht vertreiben.

Während sie mit ihrem Führer, der sich ihr als Dicken vorgestellt hatte, über das Schiff spazierte, hielt sie Ausschau nach Adrians großer, schlanker Gestalt.

Dicken hatte recht. Selbst Lauren erkannte mit ihren ungeübten Augen, daß das Schiff eine schlanke, geschmeidige Schönheit war. Vielleicht, dachte sie, lag es an Adrians Vergangenheit bei der britischen Marine, aber das *Gespenst* war eine glänzende Erscheinung, auch wenn das Deck vor lauter Waren kaum zu erkennen war. Jedes Holzteil war auf Hochglanz poliert. Die Mannschaft war ebenso gediegen; sie alle trugen saubere Uniformen, und jeder der Männer zog höflich den Hut, wenn sie vorbeiging. Sowohl das Schiff als auch die Crew waren ein stolzer Anblick.

Als sie die Besichtigungstour beendet hatten, stob Sokrates davon, um seinen Herrn zu suchen, und Lauren bat darum, einen Blick in den Maschinenraum werfen zu dürfen.

Dicken sah sie überrascht an. »Den Maschinenraum, Miss?«

Lauren blickte ihm in die Augen. »Ich war noch nie auf einem Dampfschiff.«

Der Matrose bedachte sie mit einem zweifelnden Blick. »Es is' furchtbar heiß da unten, Miss.«

»Bitte«, schmeichelte Lauren.

»Ich weiß nicht, was der Käpt'n dazu sagen würde.«

Lauren schenkte ihm ihr reizendstes Lächeln. »Ich glaube nicht, daß er etwas dagegen einzuwenden hätte.«

Dicken zuckte mit den Schultern. Schließlich hatte er den Befehl erhalten, dafür zu sorgen, daß Miss Bradley rundum zufrieden sei. »Nun . . . wenn Sie es sagen . . .«

Die Tür zu den Kabinen und den Schlafräumen war in der Nähe der Brücke, aber der Maschinenraum lag unterhalb der Treppe am Heck. Sie hatte erwartet, daß der Raum schmutzig und heiß sei, aber wie der Rest des Schiffs war er, abgesehen von der Stelle, an der die Kohle lagerte, erstaunlich sauber. »Echte Newcastle-Kohle«, verkündete Dicken stolz. »Der Käpt'n nimmt immer nur das Beste.«

Im Maschinenraum waren vier Männer, die alle mit regelmäßigen Bewegungen Kohle in die Dampfkessel schaufelten. Drei von ihnen arbeiteten mit nacktem Oberkörper, und der vierte trug ein bis zum Nabel aufgeknöpftes Hemd und einen Offiziershut. Er wandte sich an Lauren. »Miss?«

Dicken lief rot an und stotterte: »Miss Bradley, dies ist Mick . . . unser Ingenieur.«

»Das also ist der hübsche Passagier, von dem ich schon so viel gehört habe«, sagte Mick mit einem breiten Grinsen. »Ich hätte nicht erwartet, Sie hier unten begrüßen zu dürfen.«

»Ich war noch nie auf einem Dampfschiff«, sagte sie. »Könnten Sie mir vielleicht die Anlage erklären?«

Mick strahlte. »Darauf können Sie Gift nehmen«, sagte er und errötete. »Entschuldigen Sie, Miss. Wir sind Passagiere an Bord des *Gespenstes* nicht gewohnt, vor allem keine feinen Damen.«

Lauren verbrachte die nächste halbe Stunde damit, den Erklärungen des Maschinisten zu lauschen. Er zeigte ihr die leuchtend rot gestrichenen Maschinen und die Antriebswellen der Schaufelräder und erklärte ihr geduldig die einzelnen Funktionen. Mick war ein wesentlich besserer Lehrer als die Männer in Washington, und wie Lauren bald feststellte, war ihr das Prinzip dieser Maschinen nicht unbekannt. Sie spürte, wie ihr das Herz bis zum Hals klopfte. Insgeheim hatte sie gehofft, daß sie ihre Aufgabe nicht würde erfüllen können . . .

Aber Mick erklärte ihr nicht nur alles bis ins Detail, er forderte sie sogar auf, ihn jederzeit wieder zu besuchen. »Wenn Sie sich wieder einmal langweilen sollten . . .«

Lauren konnte nur ein schwaches Danke murmeln.

Als sie und Dicken an Deck zurückkehrten, sog sie erschöpft die frische Seeluft ein. Ihr Kleid klebte von der Hitze des Maschinenraums, und ihre Gedanken kreisten um das, was sie eben gesehen hatte. Sie lehnte sich gegen den Schornstein, atmete tief ein und versuchte, die Spinnweben aus ihrem Kopf zu vertreiben.

Die Sonne schien freundlich auf das Schiff, und das Meer wirkte wie golddurchwirktes Glas. Das *Gespenst* pflügte mit einer Geschwindigkeit durch das Wasser, die Lauren verblüffte. Sie spürte, daß sie trotz der Hitze zitterte. Als würde er sie verstehen, kauerte Sokrates sich neben sie und sah sie mit seinen traurigen Knopfaugen an.

Sie blickte sich um. Es war keine Flagge gehißt, und Lauren wußte, daß das Schiff zwischen dem blauen Meer und dem strahlenden Himmel kaum zu erkennen war. Gerade als sie versuchte, sich zu entspannen und sich von der milden Meeresbrise kühlen und besänftigen zu lassen, hörte sie einen Ruf.

»Segel steuerbord!«

11

Lauren wurde von Angst und Aufregung ergriffen, als sie sah, wie Adrian eilig an Deck gelaufen kam.

Obgleich er wahrscheinlich kaum mehr als vier Stunden geschlafen hatte, wirkte er hellwach. Er trug ein weißes Hemd, das er jetzt hastig in ein Paar schwarzer Hosen stopfte. An den Füßen hatte er nichts.

Lauren wußte nicht, ob er sie sah. Er ging direkt hinüber zum Steuer, und umgehend waren zwei Männer bei ihm, die sie als den Ersten Offizier und den Lotsen erkannte.

Dicken erschien ebenfalls an Deck und baute sich schützend neben ihr auf.

Verblüfft beobachtete Lauren, wie ruhig und gelassen die Männer wirkten, auch wenn sie geschäftig hin und her liefen. Sie wandte sich an Dicken. »Sie sagten, das *Gespenst* wäre schneller als alle anderen Schiffe.«

Dann hörte sie in einiger Entfernung ein Geräusch. Es klang wie eine gedämpfte Explosion. Sie konnte nur mit Mühe Rauch erkennen, ganz zu schweigen von den Umrissen eines Fahrzeugs, und sie wunderte sich, wie schnell die Männer an Bord das feindliche Schiff entdeckt hatten.

»Wir sind schneller als das beste ihrer Boote«, sagte Dikken, »aber sie geben Signale, das heißt, es sind mehrere Schiffe da draußen. Sie werden bestimmt versuchen, uns in eine Falle zu locken.«

Ein zweiter Knall, und Lauren bekam eine Gänsehaut. Nach der dritten Explosion herrschte Stille. Das einzige, was noch zu hören war, waren Adrians Befehle.

»Hißt die Flagge«, hörte sie ihn sagen, und sie sah, wie zwei Männer eine Fahne an einem Mast neben dem Schornstein befestigten. »Britisch«, bemerkte sie.

»Niemand wird darauf hereinfallen«, sagte Dicken. »Sie halten jedes Schiff an.«

»Schiff voraus«, ertönte ein weiterer Ruf.

»Mr. Green.« Adrians Stimme klang vollkommen verändert – autoritär, befehlend.

Dicken ging eilig zu Adrian hinüber, sprach kurz mit ihm und kam dann im Laufschritt zurück. »Der Käpt'n sagt, Sie sollen in Ihre Kabine gehen.«

Sie schüttelte den Kopf.

»Der Käpt'n sagt, daß Sie wahrscheinlich nicht gehen woll'n. Er sagt, Sie sollen Sokrates mitnehmen. Obwohl es mir wirklich nichts ausmachen würde, wenn ihm etwas passieren würde. Blödes Biest.«

Lauren blickte zu Adrian hinüber und sah, daß er grinste. Seine weißen Zähne blitzten in seinem sonnengebräunten Gesicht, und sein kastanienfarbenes Haar wehte im Wind. Immer, wenn sie ihn ansah, begann ihr Herz schneller zu klopfen, aber jetzt raste es. Adrian Cabot wirkte so frei, er schien die Situation vollkommen unter Kontrolle zu haben. Es würde ihnen allen nichts geschehen, solange er das Steuer in der Hand hatte. Das wußte sie mit derselben Gewißheit, mit der sie wußte, daß heute abend die Dämmerung hereinbrechen würde.

Sie wollte nicht gehen. Sie hörte die Befehle, spürte die Bewegung des Schiffes, als es den Kurs änderte, vernahm den entfernten Kanonendonner, und wollte dabeisein, statt sich in einem dunklen Zimmer zu verkriechen.

Aber Sokrates sah die Sache anders. Er sprang aufgeregt neben ihr auf und ab. Offensichtlich hatte er ziemliche Angst. Sie würde den Affen in die Kabine bringen und dann an Deck zurückkehren. Lauren bückte sich und hob ihn hoch. Sie spürte sein rauhes Fell, als er sich eng an sie schmiegte und seine Arme um ihren Hals schlang.

Sie blickte sich um. Als sie in einiger Entfernung dichten Rauch entdeckte, sah sie Dicken fragend an. Er zuckte mit den Schultern. »Sie geben mit ihren Gewehren Signale, aber der Käpt'n is' schlauer als sie. Er entkommt ihnen immer.«

»Noch ein Segel, Käpt'n«, hörte Lauren jemand anderen rufen. Sie sollte sich freuen, wenn Adrian den Unionsschiffen in die Falle ginge, aber als sie ihn anblickte, verspürte sie den alten Zwiespalt der Gefühle.

Sokrates schnatterte aufgeregt, und sie zwängte sich mit ihm zur Kabine durch. Es war dunkel; man hatte ihr bereits erklärt, daß sie im Fall eines Angriffs niemals die Öllampe anzünden dürfe. Sie fragte sich, was für Fracht außer der Kanone an Bord war. Munition? Öl?

Es krachte erneut, und obgleich sie sich tief im Bauch des Schiffes befand, erschien ihr der Donner lauter als zuvor. Sokrates war in sein Bett geflüchtet, wo er wie ein kleiner, verhutzelter, alter Mann saß und ärgerlich schimpfte. Lauren hätte am liebsten das gleiche getan, aber irgend etwas zog sie zurück nach oben. Sie ertrug es einfach nicht, hier in dieser stickigen, engen, dunklen Kabine zu hocken und sich das Schlimmste vorzustellen.

Sie öffnete die Tür. Der kurze, enge Korridor war menschenleer. Eilig lief sie zur Treppe hinüber, die an Deck führte, öffnete die Luke, schlängelte sich hinter eines der Schaufelräder und versuchte, sich möglichst unsichtbar zu machen.

Jedesmal, wenn das *Gespenst* die Fahrtrichtung wechselte, ertönte ein neues Signal, und Lauren hatte das Gefühl, als tauchten immer neue Kanonenboote auf. Inzwischen zählte sie vier verschiedene Rauchschwaden, und das *Gespenst* näherte sich zwei der feindlichen Schiffe mit einer Geschwindigkeit, die sie, verglichen mit der der Schoner, die sie von Maryland nach England und dann von dort nach Nassau gebracht hatten, erstaunte. Mick, der Ingenieur, hatte ihr erklärt, daß das *Gespenst* achtzehn Knoten oder mehr erreichen konnte, aber sie hatte ihm nicht glauben wollen – bis jetzt.

Der Lärm der Motoren übertönte sogar das Schnarren der Schaufelräder, die unermüdlich durch das Wasser pflügten. Der Wind blies ihr die Haare ins Gesicht, und sie schmeckte das Salz des Meerwassers. Nie zuvor hatte sie sich so lebendig gefühlt.

Während sie sich den beiden Unionsschiffen näherten, wurde ihr plötzlich klar, was Adrian vorhatte. Er verließ sich darauf, daß das *Gespenst* schnell genug war, um den Salven der Kanonenboote auszuweichen, bis er schließlich zwischen den beiden Schiffen wäre. Dann könnten sie nicht länger auf ihn schießen, wenn sie nicht das Risiko eingehen wollten, sich gegenseitig zu treffen. Diese Technik hatte er schon einmal erfolgreich angewandt, dachte sie verbittert.

Ihre Finger krallten sich in ihr Kleid, als sie an Mr. Phillips Erklärung dachte, wie Larry zu Tode gekommen war. Gleichzeitig erinnerte sie sich an die Nacht, in der sie das erste Mal diesen entsetzlichen Traum gehabt hatte. Einen Traum von Feuer und Schmerz.

Erneut vernahm sie Kanonendonner, und vor ihnen wirbelte Wasser auf. Das Schiff machte einen Satz nach steuerbord, raste jedoch mit unverminderter Geschwindigkeit weiter auf seine Angreifer zu. Links von ihnen ging ein zweiter Schuß ins Wasser und dann hinter ihnen. Mit dröhnenden Motoren kämpfte sich das Schiff weiter im Zickzack voran.

Lauren spürte, wie ihr eiskaltes Wasser ins Gesicht klatschte, als ein weiterer Schuß ganz in ihrer Nähe ins

Wasser ging. Sie hörte einen lauten Fluch. Als sie in Adrians Richtung sah, bemerkte sie, daß er sie kurz böse anstarrte, ehe er seine Aufmerksamkeit erneut auf das vor ihnen liegende Schiff richtete.

Klatschnaß verließ sie die Reling und ging näher zum Steuer und zu Adrian hinüber. Sie beobachtete, wie seine Hände das riesige Steuer mit verblüffender Leichtigkeit bewegten und das *Gespenst* hierhin und dorthin manövrierten. Inzwischen feuerten beide Schiffe vor ihnen, und Kugeln sausten um sie herum ins Wasser, ohne daß sie jedoch getroffen wurden. Schließlich waren sie zwischen den beiden Unionsbooten, so nah, daß sie die Gesichter der Männer erkennen konnte, die jetzt ihre Feinde waren. Feinde, die auf sie schossen.

Das *Gespenst* ließ die beiden Schiffe hinter sich, und Adrian machte erneut eine plötzliche Wendung, bis er sich links hinter einem der Schiffe befand, dort, wo keine Kanonen installiert waren. Auch das zweite Schiff konnte nicht feuern, ohne Gefahr zu laufen, sein Schwesterschiff zu treffen.

Lauren sah, daß das Segelschiff neben ihnen zu wenden versuchte, aber der Wind reichte nicht aus. Als es endlich die Kanonen in Position gebracht hatte, war das *Gespenst* längst außer Reichweite, und die Schüsse gingen ins Leere. Die Männer an Deck des *Gespenstes* brachen in spöttische Siegesrufe aus, und von den Verfolgerschiffen waren verzweifelte Flüche zu hören.

Lauren zitterte vor Aufregung und Erleichterung. Am liebsten hätte sie in den Jubel eingestimmt. Selbst sie als Laie wußte, daß sie soeben Zeugin brillanten seefahrerischen Könnens gewesen war.

Sie blickte in den Himmel. Es war bereits später Nachmittag. Die Jagd hatte Stunden gedauert, obwohl es ihr wie

Minuten erschienen war. Die Umrisse der Unionsschiffe wurden schwächer und schwächer, während das *Gespenst* weiter durch das Meer schiffte.

Lauren fühlte, daß ihr das nasse Haar an den Wangen klebte. Ihr durchtränktes Kleid hing ihr am Körper, und trotzdem verspürte sie nicht das geringste Unbehagen, sondern nur das Zittern ihrer angespannten Nerven und einen erregten Schwindel. Sie blickte hinüber zu Adrian. Auf seinem Gesicht lag das Lächeln des Siegers. Er stemmte seinen geschmeidigen Körper gegen den Wind und hielt das Steuer mit nur einer Hand, während er mit der anderen seine kastanienbraunen Haare aus der Stirn strich. Sein weißes Hemd flatterte im Wind, die dunkle Hose lag eng an seinen starken, muskulösen Schenkeln, und seine nackten Füße standen fest auf dem Holzdeck. Der prächtige Anblick von reiner Kraft und Freiheit. Der Stolz, den seine ganze Haltung verriet, ließen in Lauren leidenschaftliche Gefühle aufwallen.

Er hatte gewonnen, und er genoß jede Sekunde dieses Sieges.

Laurens eigene Hochstimmung legte sich langsam. Wieviel einfacher wäre es gewesen, wenn sie jetzt aufgehalten worden wären! Sie senkte den Blick aufs Meer, das jetzt von so tiefem Blau war, daß es unergründlich schien. Wie seine Augen. Wie alles an ihm.

Sie beobachtete, wie Adrian seinem Ersten Offizier das Steuer übergab und mit ernster Miene auf sie zukam.

Als er sie erreicht hatte, starrte er sie böse an. »Wenn du einer meiner Männer wärst, würde ich dich jetzt in Eisen legen lassen.«

Lauren war ernstlich eingeschüchtert. Seine Augen funkelten düster, und sein Stirnrunzeln paßte hervorragend zu den ärgerlich zusammengekniffenen Lippen.

»Ich habe es da unten einfach nicht ausgehalten«, verteidigte sie sich.

»Vor einer Woche ist einer meiner Männer gestorben, weil er an Deck war, Lauren. Ich wollte dich nicht mitnehmen, aber nun bist du hier, und ich erwarte, daß du meine Befehle genauso befolgst, wie meine Männer es tun. Das hast du mir versprochen.«

Lauren wünschte sich, sie könnte sich über seinen plötzlichen harten Ton ärgern, aber sie konnte nur an die Trauer in seiner Stimme denken, als er ihr an jenem Nachmittag im Garten erzählt hatte, daß er einen seiner Männer verloren hatte. Seine Verärgerung entsprang nackter Angst um sie. Derselben Angst, die sie um ihn gehabt hatte, als er unterwegs gewesen war und als man eben sein Schiff angegriffen hatte.

»Es tut mir leid«, sagte sie und blickte ihn an.

Er legte seine Hand auf ihre Schulter, und sie spürte die Spannung in seinen Fingern. »Ich hätte dich . . . nicht mitnehmen sollen. Wenn dir irgend etwas zustößt . . .«

Du hättest dich ergeben können, flüsterte etwas in ihrem Inneren. Aber dann dachte sie daran, wie er hinter dem Steuer gestanden hatte. Er hätte sich nicht ergeben können. Er würde sich niemals ergeben können. Noch nicht einmal für sie. Für nichts in der Welt. Nicht, solange er auch nur die geringste Chance für sich sah.

Und wenn er noch nicht einmal die hätte?

Würde er trotzdem weiterkämpfen?

Ihre trüben Gedanken verblaßten, als er ihr nasses Haar berührte. »Sie sind klatschnaß, Miss Bradley.« Mit einem sarkastischen Lächeln blickte er an sich selbst hinab. »Und ich brauche auch ein paar neue Kleidungsstücke, ganz zu schweigen davon, daß ich mich vielleicht einmal vollständig anziehen sollte.«

Adrian beobachtete, wie die Sonne langsam hinter dem flachen, blauen Horizont versank. »Und ich bin hungrig wie ein Wal.« Plötzlich grinste er. »Warum gehen wir beide nicht unter Deck, und ich bestelle uns etwas zu essen in deine Kabine?«

Sie nickte. Sein Lächeln verzauberte sie wie immer. Selbst wenn sie es gewollt hätte, wäre es ihr unmöglich gewesen, ihm zu widersprechen. Aber sie wollte auch gar nicht widersprechen. Weiß Gott, sie wollte es nicht.

Adrian entschuldigte sich bei ihr für die Kargheit des Mahls, aber er behandelte sie wie eine Königin, die zu einem Bankett Platz nahm.

»Wir haben keinen Koch«, erklärte er trocken, als er den Deckel von einer Schüssel Eintopf nahm, neben der ein paar Kekse lagen, die so grau und flach wie Steine waren. Außerdem gab es noch eine Schale mit Obst. »Aber«, fügte er mit Wonne hinzu, »wir haben recht guten Wein.«

Er schenkte ihnen beiden ein und stellte dann einen Teller Obst für Sokrates auf den Boden. Er hatte den Affen sofort nach dem Gefecht mit den Unionsschiffen abgeholt und mit in seine Kabine genommen. Sie beide waren in sauberer, neuer Kleidung zurückgekehrt.

Sokrates wollte sich gerade eine Banane nehmen, als Adrian ihn lächelnd davon abhielt. »Erst kommt das Dankgebet, Sokrates.« Er blickte Lauren erwartungsvoll an, als sein kleiner Gefährte die Hände zusammenlegte und den Kopf neigte.

Lauren war hocherfreut. Wie ein kleiner Junge blickte Sokrates auf, als wolle er sehen, ob er lange genug gebetet habe.

»Beherrscht er noch andere Kunststücke?«

»Er kann sich totstellen«, sagte Adrian, während Sokrates eilig seine Banane hinunterschlang. »Manchmal spielt er mit, manchmal aber auch nicht.«

»Und was passiert, wenn er sich totstellt?«

»Er bewegt sich kein bißchen«, erklärte Adrian. »Wenn man ihn dann am Arm berührt, beginnt er langsam, sich zu bewegen. Aber ... manchmal hat er einfach keine Lust, und dann macht er eben nicht mit.«

»Haben Sie ihm das beigebracht?«

Adrian schüttelte den Kopf. »Er beherrschte schon ziemlich viele Tricks. Ich habe erst allmählich gemerkt, was er alles kann. Irgendwann einmal kam das Wort ›tot‹ in einer Unterhaltung vor, und er ließ sich einfach fallen. Danach habe ich ein wenig herumexperimentiert. Ich habe verschiedene Wörter ausprobiert und beobachtet, wie er darauf reagiert. Ich bin sicher, daß er noch andere Kunststücke beherrscht, von denen ich nichts weiß.«

»Wie sind Sie an den Affen gekommen?« Lauren war sowohl von Sokrates als auch von der Lebendigkeit, mit der Adrian von ihm sprach, fasziniert.

»Sein Besitzer hat ihn geschlagen. Ich glaube nicht, daß er der erste Besitzer war, weil ich bezweifle, daß Sokrates bei einem solch brutalen Menschen irgend etwas gelernt hätte. Er kann manchmal ... ziemlich stur sein, vor allem, wenn er das Gefühl hat, daß man ihn schlecht behandelt.«

»Und woher hat er seinen Namen?«

»Ich habe ihn so genannt«, gestand Adrian zögernd. »Als ich ihn das erste Mal auf das Schiff brachte, setzte er sich auf den Stuhl, auf dem du jetzt sitzt, und sah mich wie ein weiser, trauriger, alter Mann an. Meine Männer haben noch eine ganze Reihe anderer Namen für ihn.«

Lauren legte ihren Kopf schief. »Warum? Er scheint sich immer gut zu benehmen.«

Adrian lachte lauthals. »Er mag dich. Und aus irgendeinem unerfindlichen Grund scheint er sich immer gut zu benehmen, wenn du in der Nähe bist. Aber an dem Tag, als ich dir zum ersten Mal begegnet bin, hatte er gerade meine gesamte Kabine auf den Kopf gestellt, und er hat auch schon fast jeden meiner Männer gebissen. Er ist verdammt unabhängig und ein ziemlicher Schurke. Vielleicht kommen wir deshalb miteinander zurecht.«

»Sind Sie ein Schurke, Kapitän?«

Er blickte sie an. »Man sagt es.«

Lauren fühlte den bereits bekannten Schauder. Am liebsten hätte sie sich vorgebeugt und ihn berührt, seine Berührung gespürt. Lag es etwa daran, *daß* er ein Schurke war? Hatte sie etwa eine entsetzliche Schwäche, von der sie bisher nichts gewußt hatte? Aber auch wenn er manchmal wie ein Schurke wirkte, hatte er sich ihr gegenüber doch immer wie ein vollkommener Gentleman verhalten. Ihr gegenüber hatte er niemals den Schurken herausgekehrt, doch seltsamerweise hätte sie das gerne einmal erlebt.

Die Erregung, die sie während des Gefechts an Deck verspürt hatte, kehrte zurück, weckte all ihre Sinne, brachte Gefühle hervor, von denen sie niemals etwas geahnt hatte. Sein Geruch wurde schärfer, seine Nähe berauschender, der Wortwechsel zweideutiger.

In diesem Augenblick existierte nichts außer Adrian Cabot – außer dem hellen, forschenden Blick in seinen Augen, dem spöttischen, sinnlichen Lächeln auf seinen Lippen, der glühenden Hitze seiner Gegenwart.

Lauren kämpfte gegen die Heftigkeit ihres Verlangens. Sie hatte nur eine Möglichkeit, sich zu schützen.

»Wie sind Sie Blockadebrecher geworden?«

»Ich wurde unehrenhaft aus der britischen Marine entlassen«, sagte Adrian und verzog den Mund.

Lauren starrte ihn ungläubig an.

»Nun ja, man teilte mir mit, es sei besser, wenn ich ginge«, verbesserte er sich.

»Warum?«

»Du bist so ziemlich das neugierigste Wesen, das mir jemals begegnet ist«, sagte er, um das Thema zu wechseln. Gleichzeitig jedoch wurde ihm klar, daß ihre Wißbegierde einer der Gründe war, weswegen er sich derart zu ihr hingezogen fühlte. Normalerweise langweilten ihn die Frauen, die er kennenlernte, ziemlich schnell, aber Lauren interessierte sich einfach für alles, sie hatte einen hellen und wachen Geist. Und trotz seiner Verärgerung über ihren Ungehorsam am Nachmittag hatte er irgendwie gewußt, daß sie an Deck sein würde, und seltsamerweise wäre er enttäuscht gewesen, wenn sie seine Anweisungen wirklich befolgt hätte. Das war ein verdammter Widerspruch, aber sie verwirrte ihn einfach seit dem Augenblick ihrer ersten Begegnung.

»Sie weichen vom Thema ab.«

»Stimmt«, pflichtete er ihr bei. »Ich würde lieber über dich sprechen.«

»Ich bin wirklich nicht interessant.«

»Das kann ich nicht glauben, Miss Bradley.«

Laurens Erregung wurde unerträglich. Er hatte eine Art, »Miss Bradley« zu sagen, die ihr Blut in Wallung brachte. Seine Lippen spielten sanft mit ihrem Namen, und seine Stimme verlieh ihm eine außergewöhnliche Sinnlichkeit.

Er schenkte ihr erneut Wein ein, und Lauren nippte nervös daran. Die Intensität der Gefühle hatte ihren Appetit ersterben lassen, und ihr Körper schien sich wie von allein vorzubeugen, um ihm näher zu kommen.

Laurens Blick fiel auf seine Hände, die sein Weinglas hielten. Starke, tüchtige Hände, deren Finger sich mit kaum gezügelter Kraft um den Stiel des Glases legten.

Wie alles an ihm kaum gezügelte Kraft verriet. Ungeachtet seiner zur Schau gestellten Lässigkeit hatte Lauren bereits die Ruhelosigkeit, die unberechenbare Stärke gespürt, die in seinem Inneren schwelten. Wie er gesagt hatte, war er zumindest teilweise ein Schurke. Und dieser Teil von ihm übte eine unwiderstehliche Anziehungskraft auf sie aus. Sie hatte von Frauen gehört, die sich von solchen Männern angezogen fühlten, von der Gefahr und von gefährlichen Männern.

Niemals hätte sie gedacht, daß sie eine von diesen Frauen wäre. Aber schließlich lernte sie gerade eine ganze Menge über sich, und sie war sich nicht unbedingt sicher, ob ihr all diese neuen Seiten auch gefielen.

Es hatte eine Zeit in ihrem Leben gegeben, da hatte sie einen Spaziergang im Wald für das größte Vergnügen gehalten. Aber nach dem heutigen Nachmittag, nachdem sich die Wasserfontäne eines verfehlten Kanonenschusses über ihr ergossen hatte, nachdem sie mit Hochstimmung beobachtet hatte, wie Adrian seinen Verfolgern geschickt entkommen war, nachdem sie das strahlende Siegerlächeln auf seinen Lippen gesehen hatte, wußte sie, daß nichts jemals so aufregend sein würde wie diese Stunden an Bord des *Gespenstes*.

»Lauren?« Sie sah auf und begegnete seinem intensiven Blick. »Wo bist du gewesen?«

»Wo ich gewesen bin?«

»In deinen Gedanken?«

»Zu Hause.«

»In Maryland?«

Nein, in Delaware. In einem Haus am Rand eines wundervollen Waldes, in Frieden und Sicherheit. In einem Frieden, den sie nie mehr erleben würde.

Sie nickte.

»Erzähl mir von deinem Bruder und deinem Vater«, sagte er sanft. Aller Spott war aus seiner Stimme gewichen.

Lauren schluckte. Vielleicht würde es helfen, wenn sie von Laurence sprach. Vielleicht würde es ihre Entschlossenheit stärken und sie vor Adrians Anziehungskraft schützen.

»Larry war mein Zwillingsbruder«, sagte sie und haßte das Zittern in ihrer Stimme. »Er und mein Vater waren beide Ärzte.«

»Zwillinge«, sagte er. »Es gibt starke Bande zwischen Zwillingen.«

»Ich wußte es . . . als er starb. Ich fühlte es«, sagte sie. »Er war Hunderte von Meilen entfernt, aber ich wußte es.«

Seine Finger lösten sich vom Weinglas, und er strich ihr sanft und tröstend über die Hand.

Er sagte nichts, und Lauren war ihm dankbar dafür. Mitleidsbezeugungen oder Platitüden des Mannes, der für Larrys Tod verantwortlich war, hätte sie nicht ertragen. Und er war dafür verantwortlich. Das durfte sie nicht vergessen.

Dennoch fühlte sie sich auf eigenartige Weise getröstet.

»Und dein Vater?«

»Er starb am Fieber. Ein paar Monate vor . . . Laurence.«

»Laurence«, wiederholte er. Lauren und Laurence. So ähnliche Namen. Und offensichtlich so ähnlich im Geist. Er erkannte an dem wehmütigen Ausdruck in ihrem Gesicht, daß der Tod ihres Bruders ein entsetzlicher Schlag für sie gewesen war. Der Tod seines eigenen Bruders hatte ihn geschmerzt, obgleich sie einander nicht nahegestanden hatten, obgleich er sich von ihm auf so viele Arten betrogen gefühlt hatte. Aber John war seine Familie gewesen, und er hatte unter dem Verlust gelitten.

Der Verlust, den er erlitten hatte, war jedoch offensichtlich nicht so schmerzlich gewesen wie Laurens. Er hatte das drängende Bedürfnis, sie zu beschützen. Und er spürte ihren Schmerz, ihre Trauer, ihre Einsamkeit. Adrian fragte sich, ob sie ihm so häufig auswich, weil sie ihre Trauer noch nicht überwunden hatte. Ihre eindeutig frische Trauer.

Er erhob sich, ging zu ihr hinüber und legte ihr die Hände auf die Schultern. Er spürte die Anspannung und die Trauer, die sie in ihrem Inneren verborgen hielt. Er vermißte ihr Lachen, ihre herausfordernden Fragen, aber diese Seite gefiel ihm ebenfalls. Diese nachdenkliche, traurige Art zeigte ihm einen anderen Teil ihrer Persönlichkeit. Sie blickte zu ihm auf. Ihre Augen waren groß und verwirrt und enthielten etwas, das sein Herz schmerzlich zusammenfahren ließ.

Adrian beugte sich zu ihr hinab und küßte sie. Er spürte, wie ihr Mund reagierte, erst langsam, und plötzlich in einem verwegenen Verlangen.

Er zog sie auf die Beine und schlang die Arme um ihre Taille. Er würde sie nicht gehen lassen. Dieses Mal nicht.

Seine Lippen schmeckten etwas Nasses, Salziges, und einer seiner Finger zog eine sanfte Linie entlang ihrer Wange. Ein, zwei Tränen waren ihr aus den Augen gekullert. Er küßte die Feuchtigkeit fort, und dann fuhr sein Mund über die weiche Haut ihres Gesichts und spürte ihren Atem wie eine sanfte Brise, die sein fiebrig heißes Fleisch kühlte. Ein Blitz zuckte in seinem Innersten auf, wild und hungrig. Sie war wie ein Sturm: unvorhersehbar, intensiv, schön; ihre Launen änderten sich ebenso plötzlich wie der Wind.

Er verspürte ein Verlangen wie nie zuvor. Das Drängen in seinen Lenden war kaum zu unterdrücken, obgleich sie derart sprunghaft war. Sie war eine Lady, eine vollkommene Lady, und sie würde zu Recht erwarten, daß er sie heiratete. Seine Zukunft war einfach zu ungewiß, er wußte nicht einmal, ob es ihm jemals gelänge, Ridgely zurückzuerlangen. Über Jahre hinweg hatte es kein anderes Ziel in seinem Leben gegeben. Und während dieser Jahre hatte er sich von Frauen ferngehalten, ihnen seinen Körper gegeben und sonst nichts. Er wußte, Lauren Bradley würde sich niemals damit zufriedengeben.

Und er wußte auch, daß er sich damit niemals zufriedengeben würde.

Erst jedoch mußte er Ridgely zurückbekommen. Ohne den Landsitz wäre er niemals wieder ganz er selbst.

Diese Gedanken wurden verdrängt. Seine Leidenschaft weckte die ihre, und ihr Verlangen entfachte das seine.

Seine Lippen fuhren hinab auf ihren Mund, und sie erwiderte seinen Kuß. Der Strudel ihrer Gefühle riß sie mit sich, und stürzte sie in einen Strom, der nur sie beide trug.

Irgendwo in Laurens Unterbewußtsein ertönte eine geflüsterte Warnung, aber sie ging unter in der tosenden Brandung. Sie wollte ihn berühren, ihn halten, ihn erforschen. Sie wollte ihn fühlen. Sie wollte die schwindelerregenden, erwärmenden, leidenschaftlichen Gefühle genießen, von denen sie wußte, daß auch er sie verspürte. Auch er zitterte leicht. Der Gedanke, daß sie derartige Regungen in ihm auszulösen vermochte, war erregend. Er hatte häufig so reserviert gewirkt, als könne ihn nichts wirklich berühren.

Aber auch er berührte sie. Sie fürchtete, daß nichts in ihrem Leben jemals wieder würde, wie es einmal gewesen war. Doch ebensowenig wie sie aufhören konnte zu atmen, war es ihr möglich, dieser Stimmung, diesem Augenblick zu widerstehen.

Sie reagierte in einer Weise auf seine Bewegungen, wie sie es niemals für möglich gehalten hätte. Sie war immer leidenschaftlich gewesen in ihren Überzeugungen, in ihrer Liebe zur Natur, in ihrer Loyalität zu anderen Menschen, aber sie hätte niemals gedacht, daß sie die Leidenschaft einer Frau besäße. Doch jetzt wußte sie es. Was sollte sie erwarten, was sollte sie tun, und was würde geschehen? Sie wußte nur, daß ihr Körper vollkommen unabhängig von ihr reagierte, auf eine Art, die ihr lüstern und verwerflich erschien.

Dieses Wissen bedeutete jedoch nichts im Vergleich zu den warmen, unwiderstehlichen Gefühlen, die ihren Körper überfluteten, die anschwollen und abschwollen, nur um mit neuer Energie erneut durch ihre Adern zu strömen. Gefühlen, die so neu waren, daß sie sie vollkommen wehr- und widerstandslos machten.

Lauren war nicht weniger fordernd als er, als sie seiner Führung folgte, ihn erforschte, ihn reizte, ihn eroberte. Sie genoß das Aufwallen ihrer Gefühle, den Schwindel der Erregung. Seine Augen waren nicht länger kalt und unergründlich, sondern versprühten Blitze blauen Feuers. Sie spürte die Spannung in seinem Körper, die kaum verhohlene Leidenschaft seiner Hände, die verführerisch über ihren Rücken strichen. Ihre Berührung ließ sie wohlig erschaudern.

Der Kuß wurde tiefer, seine Lippen preßten sich hart und fordernd auf ihren zitternden Mund. Plötzlich wurde sie von Panik ergriffen. Das alles ging so schnell. Sie verspürte ein solches Verlangen. Ein solches Bedürfnis nach seiner Nähe. Eine solche Zuneigung. Ihre Hände, die sie um seinen Hals geschlungen hatte, hielten mitten in der Bewegung inne. Sie lehnte sich in seinen Armen zurück, da sie eine Pause brauchte von den Gefühlen, die die Kontrolle über sie gewannen, die jegliche Vernunft und jegliches Verantwortungsgefühl, das sie jemals besessen hatte, außer Kraft zu setzen drohten. Sie verspürte einen verwirrenden Schmerz in ihrem Inneren, ein Verlangen nach etwas, das sie nicht verstand, und die Heftigkeit dieser Begierde entsetzte sie.

Adrian fühlte, wie sie sich unmerklich anspannte, und seine Sinne kehrten zurück in die Realität. Sie war keine Frau für eine Nacht, keine der erfahrenen Kurtisanen, die er in London kennengelernt hatte. Ihre Augen waren vor Verwunderung und gleichzeitiger Bestürzung weit aufgerissen. Sie bezauberte ihn mehr als irgendeine andere Frau, die er je getroffen hatte.

Sie zeigte soviel unerwartete Leidenschaft. Leidenschaft, die durch die Unschuld, durch die Verwirrung, die er in ihren Augen und ihrem Gesicht las, noch verstärkt wurde. Er wußte, daß kein Mann vor ihm jemals diese Gefühle in ihr erweckt hatte, und es verlangte ihn, ihr neu entdecktes Verlangen zu erfüllen, ihre Augen auf eine Weise zum Strahlen zu bringen, wie nur er es könnte.

Aber nicht jetzt. Sie war eine unschuldige junge Frau, und er übte ein gefährliches Geschäft aus. Außerdem mußte er erst sein oberstes Ziel erreichen, ehe er einer Frau Sicherheit und einen ehrbaren Namen bieten konnte. Er konnte es einfach nicht riskieren, sie mit einem Baby zurückzulassen – nicht jetzt. Egal, wie sehr er sie wollte und brauchte.

Er schlang eine Strähne ihres seidigen Haars um seine Finger, und in seinen Lenden pochte es. Es wäre so einfach, sie in seine Arme zurückzuziehen, aber in diesem Augenblick mußten seine Bedürfnisse hinter denen eines anderen Menschen zurückstehen. Er legte seine Hand auf ihre Wange.

»Du fühlst dich so weich an«, sagte er leise. Am liebsten hätte er ihr ganz andere Dinge gesagt, aber alles war zu schnell gegangen, und die Zukunft war viel zu unsicher. Sie brauchten Zeit, um ihre Gefühle zu ergründen. Er würde sie häufig in Charleston besuchen.

»Adrian . . .«

Ihre Stimme klang heiser. Wenn sie seinen Namen sagte, hatte das eine betörende Wirkung auf ihn. Sanft. Zögernd. Durch und durch angenehm.

»Ich gehe jetzt besser«, sagte er, während er ihr mit den Fingern über das Kinn strich und sanft die Linie ihrer Lippen entlangfuhr. »Sonst tue ich noch etwas, was du bedauern könntest. Das will ich nicht.«

Lauren wollte nicht, daß er ging. Sie wollte nicht allein sein mit ihren Gedanken. Zugleich jedoch wußte sie, daß sie verloren wäre, wenn er noch länger bliebe.

Obgleich sie vor Verlangen und Bedauern zitterte, nickte sie. Ihre Hand ruhte nach wie vor auf seiner Hüfte. Sie zögerte, ihn vollends loszulassen.

Sie hatte Angst vor den Schatten der Nacht, vor den Gedanken an das Unausweichliche, daran, daß sie ihn in zwei Tagen verlassen und nie wieder sehen würde, und daß er sie beim Abschied nicht leidenschaftlich und zugleich sanft, sondern hart und tadelnd anblicken würde.

Mit diesen trostlosen Überlegungen zwang sich Lauren, sich von ihm abzuwenden.

»Lauren . . .«, hörte sie seine tiefe Stimme hinter sich sagen. »Wenn wir in Charleston ankommen . . .«

Aber das Ende des Satzes ging in einem Klopfen unter.

»Käpt'n, wir haben wieder ein Segel gesichtet.«

Lauren drehte sich um und sah, wie sich sein Gesicht anspannte, hörte, wie sich seine sanfte Stimme verhärtete. »Dieses Mal bleibst du hier unten«, sagte er. »Versprich es mir, sonst schicke ich einen Mann herunter, der deine Tür bewacht.«

Sie nickte. In diesem Moment wollte sie sich nur noch verstecken. Nicht vor einem Unionsschiff, sondern vor ihrer eigenen Schwäche. Als die Tür hinter ihm ins Schloß fiel, flüsterte sie: »Alles Gute, Adrian.«

12

Sokrates war verschwunden, als Lauren am nächsten Morgen erwachte. Sie hatte noch lange wach gelegen und verfolgt, wie das Schiff den Kurs und das Tempo wechselte. Erst als die Motoren wieder in ihren normalen Rhythmus verfallen waren, hatte sie sich entspannt. Offensichtlich war Adrian Cabot seinen Verfolgern wieder einmal entkommen.

Irgendwie war sie schließlich eingenickt, aber sie hatte nicht ruhig schlafen können, da sie von zahlreichen Bildern verfolgt wurde: Larry und Adrian, ihr Vater, Mr. Phillips, Jeremy. Sie alle standen über ihr und stritten heftig miteinander. Ihr Gesichtsausdruck war leidenschaftlich und wütend.

Als sie aufwachte, war ihr Bett zerwühlt. Die Decken waren so verschlungen, als hätte ein Kampf stattgefunden. Sie sah nach Sokrates, aber er war fort. Also mußte Adrian nachts in ihre Kabine gekommen sein. Schließlich konnte sie die Tür nicht abschließen.

Hatte sie vielleicht im Schlaf geredet?

Der Gedanke, daß er hier drinnen gewesen war, ohne daß sie es gewußt hatte, war beunruhigend. Erneut verspürte sie die verwirrende Wärme in ihrem Innersten. Sie stellte sich vor, wie er in seinem weiten, weißen Hemd und in den engen, schwarzen Hosen neben ihrem Bett stand, und wie ihm das kastanienbraune Haar in die Stirn fiel, während er sich über sie beugte und auf sie hinabblickte. Hatte sie sich in dem Augenblick gerade hin- und hergeworfen? Hatte er sich wohl nach dem Grund für ihre Unruhe gefragt?

Ich sollte böse auf ihn sein. Aber sie war es nicht. Stattdessen empfand sie es als sehr tröstlich, daß er sich so rührend um sie kümmerte. Doch diese Empfindung mußte sie ignorieren.

Sie zog sich eilig an, ohne auf das Wasser zu warten, das ihr bestimmt gleich gebracht würde. Lauren wollte an Deck. Sie wollte wissen, was in der Nacht geschehen war.

Sie wollte ihn sehen!

Irgendwann im Verlaufe der Nacht hatte sie ihren Entschluß gefaßt. Sie mußte tun, wozu sie hierhergeschickt worden war, selbst wenn sie den Rest ihres Lebens dafür bezahlen würde. Es gab keinen Zweifel, daß sie dafür zu bezahlen hätte. Aber auch Larry hatte seine Pflicht erfüllt und mehr. Ebenso wie Jeremy. Ebenso wie Tausende anderer junger Männer. Da durfte sie nicht weniger tun. Aber bis dahin würde sie Bilder und Erinnerungen in ihrem Kopf und ihrem Herzen sammeln.

Er würde ihr niemals verzeihen. Das Schiff bedeutete ihm so viel. Und Betrug war in seinen Augen eine unverzeihliche Sünde. Seine Stimme hatte hart und verbittert geklungen, als er von Ehrlichkeit gesprochen hatte.

Aber hatte er nicht um sie gewettet? War das nicht auch unehrlich?

Sie seufzte. Dieser innere Kampf würde nicht eher aufhören, bis die ganze leidige Angelegenheit hinter ihr läge.

Wenigstens würde Adrian nichts passieren. Ohne Waffen konnte er nicht kämpfen, nicht, wenn das Schiff manövrierunfähig wäre. Es bliebe ihm nichts anderes übrig, als sich zu ergeben, ehe irgendwer zu Schaden käme. Und wenn sein Schiff beschlagnahmt würde, könnte Adrian nicht länger die Blockade durchbrechen. Für eine Weile wäre er in Sicherheit. Und Mr. Phillips hatte ihr versichert, daß er höchstens ein paar Wochen im Gefängnis verbringen müßte.

Lauren nahm an, daß selbst ein paar Wochen im Gefängnis für Adrian die Hölle wären.

Aber die Leben, die dadurch gerettet würden ...

Es war ein herrlicher Tag. Die Sonne hing hoch über dem dunkelblauen Wasser und schickte goldene Wellen über das Meer. Heute morgen war es auf dem Schiff besonders friedlich. Die Matrosen ruhten sich aus und blickten träge hinaus auf den Horizont. Sie schienen die einzigen Lebewesen auf dem Meer zu sein, und das Schiff pflügte mit einer sicheren Ruhe durch das Wasser, die Lauren an den Kapitän erinnerte. Sie blickte häufig hinüber zu den Kisten, die an Deck gestapelt waren, und fragte sich, was sie wohl enthielten? Gewehre, Munition oder segensreichere Güter? Sie nahm an, daß die Kanone unter Deck war, sicher verstaut in irgendeinem dunklen Verschlag, bereit für ihr zerstörerisches, tödliches Werk.

Aber diese Möglichkeit erschien an diesem ruhigen Morgen vollkommen fern.

Sie spürte, daß jemand in ihrer Nähe stand, und instinktiv wußte sie, daß es nicht Adrian war.

»Sieht richtig friedlich aus, nich', Miss?«

Lauren wandte sich um. Johnny. So hieß er. Der Lotse. Adrian hatte ihr erzählt, er sei der beste Lotse weit und breit, aber er sah so unglaublich jung aus mit seinem verwegenen Grinsen und mit all den Sommersprossen, die auf seiner Nase tanzten.

Lauren nickte.

»Bis wir die Küste erreichen, sollten wir keine Schwierigkeiten mehr haben«, sagte er. »Die Patrouillenboote der Union kreuzen nur am Rand der Bahamas und an der Küste von Carolina.«

»Was war letzte Nacht los?«

Der Lotse zuckte mit den Schultern. »Wir haben ein paar Lichter gesehen und sind einfach in die andere Richtung gefahren. Ich glaube, sie haben uns noch nich' mal gesehn.«

»Sind alle Fahrten so wie diese hier?«

»O nein, Miss. Wir sind schon ein paarmal durchgekommen, ohne daß uns auch nur ein einziges Boot entdeckt hätte.«

»Kapitän Cabot sagte, sie hätten vor ein paar Tagen einen Mann verloren.«

Johnnys Blick trübte sich. »Ja, das hat den Käpt'n ganz schön mitgenommen. Aber er wird sich um Terrences Familie kümmern.«

»Ist es das wert?« fragte Lauren.

Johnny zuckte erneut mit den Schultern. »Für mich schon. Wenn ich nich' hier wäre«, sagte er, »dann wäre ich höchstwahrscheinlich irgendwo auf einem Schlachtfeld. Da ziehe ich die See eindeutig vor. Machen Sie sich bloß keine Sorgen, Miss. Es gibt keinen besseren Käpt'n als Mr. Cabot.«

Dann ließ sie Johnny allein. Sie wünschte sich, es ginge ihr nur um ihre eigene Sicherheit.

Der Morgen schien nicht enden zu wollen. Wade Tyler, der Erste Offzier, sagte ihr, daß Adrian erst im Morgengrauen zu Bett gegangen sei, und daß er wahrscheinlich erst am späten Vormittag wieder an Deck erscheinen würde.

Lauren kehrte in ihre Kabine zurück und wusch sich. Dann knabberte sie ein paar Kekse und Eier, die Dicken ihr gebracht hatte. Als sie wieder an Deck kam, schien selbst das herrliche Wetter durch ihre Stimmung getrübt zu sein. Sie setzte sich auf eine Kiste und beobachtete eine Zeitlang die Männer; dann spazierte sie rastlos über das Schiff, bis sie an der Reling stehenblieb, um ein paar Delphine zu beobachten, die spielerisch hinter dem *Gespenst* herjagten. Aber ihre Kapriolen ließen sie nur an Sokrates denken. Was würde aus ihm werden, wenn man Adrian verhaftete?

Als habe sie ihn durch ihre Gedanken gerufen, hörte sie plötzlich das Getrappel kleiner Füße und fröhliches Geschnattere hinter sich. Ein haariger, knochiger Arm verschwand in den Falten ihres Rockes. Sie beugte sich hinab und hielt Sokrates ihre Hand hin, so daß er sich daran hochziehen konnte. Als er auf ihrem Arm saß, bedachte er sie mit einem lauten Schmatzer auf die Wange.

»Ich fürchte, Sokrates ist verliebt«, verkündete Adrian mit einem vergnügten Grinsen. »Das hat er noch nie gemacht.«

Langsam wandte Lauren sich um. »Heute morgen war er verschwunden.« Dieser Satz war halb Feststellung, halb Frage.

Adrians Grinsen wurde diabolisch, und er zog seine sandfarbenen Brauen schalkhaft in die Höhe. »Als ich heute morgen nach unten kam, hörte ich ein Geräusch in deiner Kabine. Ich fürchtete, der kleine Racker würde dich vom Schlafen abhalten. Also habe ich leise angeklopft, und als du nicht reagiert hast, dachte ich, es sei besser, ihn mitzunehmen. Du siehst wunderbar aus, wenn du schläfst, obgleich das Bett aussah, als ob du einen schweren Kampf ausgefochten hättest.«

Lauren wandte sich ab. Sie hatte entsetzliche Angst, wieder einmal zu erröten. »Ich . . . ich hatte einen Alptraum.«

»Dann wünschte ich, ich wäre eher gekommen und hätte ihn vertrieben.«

Lauren starrte schweigend aufs Meer hinaus.

»Hättest du Lust, einmal das Steuer zu übernehmen?« fragte er plötzlich.

Sie drehte sich wieder zu ihm um. Er trug heute ein anderes Hemd, das jedoch denselben Schnitt hatte wie das gestrige. Es war tief ausgeschnitten und gab den Blick auf die sandfarbenen Locken frei, die seine Brust bedeckten. Das Hemd war in ein Paar enger blauer Hosen gestopft, und an den Füßen trug er schwarze Stiefel, die beinahe bis zu den Knien reichten. Er sah aus wie ein Freibeuter, aber schließlich war er auch einer. Lauren wünschte sich, sie hätte nicht entdeckt, daß ihr offensichtlich genau das gefiel. Aber vielleicht würde es sie ein wenig von ihren unangenehmen Gedanken ablenken, wenn sie das Steuer übernahm.

Er ergriff sanft, doch bestimmt ihren Ellbogen und führte sie zu dem riesigen Steuerrad, noch ehe sie laut ihre Zustimmung gegeben hatte. Wade überließ ihr das Steuer mit einem Grinsen, und Adrian baute sich hinter ihr auf.

Er legte eine seiner Hände auf das Steuer und umfaßte mit der anderen den Rücken ihrer rechten Hand, so daß sie gemeinsam das glänzend polierte Holz bewegten. Als sie ein Gefühl für die Bewegung bekommen hatte, ließ Adrian das Steuer los und legte seine Hände auf ihre Arme, so daß sie allein die Kontrolle über das Schiff bekam.

Unter Adrians Händen hatte das Steuer so leicht gewirkt, so beweglich, aber jetzt entdeckte sie, welcher Kraft es bedurfte, und sie verstand, weshalb er solche muskulösen Arme hatte. Adrian sagte ihr, sie solle nach links lenken, doch das Steuer wollte in die andere Richtung. Lauren kämpfte gegen die Strömung und spürte den Schauder der Erregung, der ihren Rücken hinaufkroch. Sie fühlte die Kraft des Schiffes und zugleich ihre eigene Kraft, als sie dem schweren Schiff ihren Willen aufzwang. Sie sog den Duft von Salzwasser und Seife ein, den Adrian verströmte, und genoß die Wärme seiner Hände und seines Körpers. Sie schwelgte in der heißen Sonne, die von der kühlen Brise gemildert wurde, und ergötzte sich an der Freiheit dieses kurzen Augenblicks, dieses unvergeßlichen Moments vollkommener Harmonie.

Sie drehte sich spontan um und blickte Adrian glücklich an. »Es ist einfach wunderbar!«

Er bedachte sie mit einem sanften Lächeln. »Ich dachte mir, daß es dir gefallen würde.«

»So etwas habe ich noch nie erlebt.«

»Es gibt nur einen einzigen Ort auf der ganzen Welt, der schöner ist«, sagte er.

Sie starrte wieder hinaus aufs Meer. Einen schöneren Ort konnte sie sich einfach nicht vorstellen. »Wo?«

»Einen Ort in England. Die grünsten Felder, die du je gesehen hast. Wenn du bei Tagesanbruch über die Wiesen reitest, bist du dem Paradies näher als jemals sonst.«

Er hatte noch nicht oft über England und über sein Leben gesprochen, und die Sehnsucht in seiner Stimme blieb Lauren nicht verborgen.

Das Schiff bäumte sich auf, als sie auf eine besonders große Welle trafen, und ihnen beiden spritzte Wasser ins Gesicht. Lauren lachte. »Es muß wirklich wundervoll sein, wenn es besser ist als hier. Sind Sie dort zu Hause?«

»Ich war es.« Die Antwort war knapp. Sie dachte, sie hätte noch etwas anderes gehört, aber der Zusatz ging im Wind verloren.

Und dann wechselte er das Thema. Er erklärte ihr, wie schnell das Schiff fahren konnte und wie wendig es war. Dasselbe, was der Ingenieur ihr gestern erzählt hatte. Mit stolzer Stimme erläuterte er ihr, daß er selbst das Schiff mitentworfen hatte.

Sie versuchte, die Unterhaltung wieder auf England zu bringen. »Es klang so, als würden Sie das Land lieben. Sind Sie vielleicht in Wirklichkeit ein Bauer, der sich nur als Seemann verkleidet hat?«

Seine Hände glitten von ihren Armen zu ihrer Taille. »Ich bin nur zufällig Seemann geworden«, sagte er. »Und weil mein Vater es so wollte. Aber, ob du es glaubst oder nicht, von Natur aus bin ich ein Bauer.«

Lauren konnte ihre Überraschung nicht verbergen. Lebemann, Pirat, Bandit – keine dieser Beschreibungen hätte sie überrascht, aber die leise Sehnsucht, die in seiner Stimme mitschwang, als er ihr erklärte, daß er eigentlich ein Bauer sei, verblüffte sie. Sie stellte fest, wie wenig sie über ihn wußte, wieviel er für sich behielt.

Aber schließlich kannte er sie ja auch nicht.

Weshalb also fühlten sie sich derart zueinander hingezogen, weshalb waren sie beide wie verzaubert?

Zumindest war sie wie verzaubert. Vielleicht lag es einfach daran, daß sie keinerlei Erfahrung besaß. Hatte er vielleicht auf alle Frauen eine derartige Wirkung?

Jedes Lächeln, jede Berührung schienen allein ihr zu gelten. Zumindest dachte sie es. In diesem Moment. In diesen wenigen glücklichen Stunden.

Was sollte sie bloß tun, wenn sie wieder in ihrem Cottage in Delaware wäre? In einer Welt, die von Menschen bewohnt war, die ihr sagten, was sie alles besser nicht tat, statt ihre Wißbegierde, ihren Forscherdrang zu unterstützen. In der es niemanden gab, der mit ihr zu einer einsamen

Insel segelte, der sie ein Schiff steuern ließ, der einen liebenswerten Affen besaß ...

Plötzlich zitterten ihre Hände, und Adrian fing sie auf und preßte seine sonnengewärmten Finger stark und vertrauensvoll auf die ihren. Lauren und Adrian waren wieder eins, als sie in der Sonne standen, an Deck eines Schiffes, das über einen riesigen Ozean pflügte. Eins, als ihre weiche Figur mit seinem starken, harten Körper verschmolz, eins, als sein Atem über ihre Wange blies, eins, als ihre Hände sich umschlossen und festhielten.

Eins. Und in dieser Sekunde wußte Lauren, daß sie nie wieder ganz sein würde, daß ein Teil von ihr immer Adrian Cabot gehören würde.

Der Tag neigte sich einem prächtigen Ende zu. Plötzlich waren Wolken am Himmel aufgetaucht, und die Strahlen der untergehenden Sonne tauchten sie in ein leuchtendes Scharlachrot, das mit schimmernden goldenen Fäden versetzt war. Blutsträhnen schienen am Himmel zu hängen. Lauren zitterte.

Adrian hatte wieder das Steuer übernommen. Er hatte ihr sein Profil zugewandt. Hätte sie nicht beständig das Gefühl gehabt, einen Backstein im Magen zu haben, dann wäre der Tag einfach perfekt gewesen. Den ganzen Nachmittag über war Adrian ein wunderbarer Gefährte gewesen, amüsant und zugleich nachdenklich. Er hatte jedoch nichts wirklich Wichtiges erzählt, und sie hatte nicht gefragt. Sie wollte einfach nicht mehr über ihn erfahren. Je mehr sie wüßte, um so mehr würde es ihr ausmachen, ihn zu hintergehen. Und es machte ihr bereits zu viel aus, so viel, daß sich ihr Magen bei seinem Anblick zusammenzog und ihre Beine nachzugeben drohten.

Morgen würden sie die Küste von Carolina erreichen.

Morgen würde sie den Sand in die Antriebswellen der Schaufelräder schütten. Morgen würde sie ihn und seine Mannschaft verraten.

Morgen ... danach würde es für sie kein Morgen mehr geben.

Das glutrote Meer wurde sanfter, und die vulkanischen Schatten verblaßten, als die Dämmerung hereinbrach und der Sonne die Hitze nahm. Die Abendbrise wurde stärker. Die Windstöße fuhren ihr durchs Haar und schlugen ihr das Kleid gegen die Beine, als sie sich umdrehte, um Adrian zuzusehen. Sein Haar war windzerzaust, und sein Hemd wurde gegen seine Brust gepreßt, so daß jeder Muskel sichtbar wurde. Er drehte sich um und bedachte sie mit einem Grinsen, das sein grenzenloses Vergnügen an dem Abend und an den Naturgewalten verriet sowie die Freude, etwas derart Sinnliches mit ihr zu teilen. Lauren spürte, wie sich ihr Körper schmerzlich zusammenzog. »Nein«, flüsterte sie. Das Geräusch ihrer Stimme ging im Pfeifen des Windes verloren.

Wieder einmal rannte sie in ihre Kabine.

Sie rannte um ihr Leben.

Adrian beobachtete, wie sie davonstürzte. Ihr Gesicht hatte etwas wie Entsetzen verraten.

In gewisser Weise verstand er sie, da er selbst eine leichte Panik verspürte. Er verstand nicht, wie und warum es passiert war, aber Lauren Bradley wurde für ihn ebenso lebensnotwendig wie Ridgely. Nie zuvor hatte er eine derartige Hochstimmung verspürt wie in jenem Augenblick, als sie vom Steuer zu ihm aufgeblickt hatte und ihr Gesicht eine Begeisterung verraten hatte, die zeigte, daß sie ihn verstand und seine eigene Freude teilte.

Er wünschte sich, er wüßte mehr von ihr, mehr über ihre Gefühle. Es gab Momente der Offenheit, aber die dauerten immer nur wenige Sekunden. Irgend etwas nagte an ihrem Inneren, etwas Schlimmes und Schmerzliches, das sie ebenso sorgfältig verschlossen hielt wie eine Flasche alten Brandys.

Und da er es gewohnt war, seine eigenen Gedanken und Schmerzen verborgen zu halten, zögerte er, in sie zu dringen.

Es hatte ihn von Anfang an überrascht, wie unbekümmert er in ihrer Gegenwart war, und er merkte, daß er ihr von Dingen erzählte, die er nie zuvor einer Frau anvertraut hatte – von England, von seiner Trauer um Terrence und seinen Bruder. Das Vergnügen an der Gegenwart einer hübschen Frau war eine Sache; doch einen Teil seiner Seele preiszugeben, war bedeutend mehr. Und er hatte einen Teil seiner Seele offengelegt, Stück für Stück, erst am Strand, dann nach Terrences Tod und dann heute am Steuer. Nun wußte Lauren wichtige Dinge von ihm, und er hatte keine Vorstellung, wie sie mit diesem Wissen umgehen würde.

Dunkelheit senkte sich über das Schiff, und die Wolken verdeckten selbst die allerhellsten Sterne. Er spürte, wie das Meer an Kraft gewann, und er wußte, daß der Sturm nicht allzuweit entfernt war. In diesem Moment war ihm das gerade recht. Ein Sturm würde ihm nützen, da er das Schiff noch unsichtbarer für die Augen der Yankees machen würde. Natürlich bestand die Gefahr eines Zusammenstoßes, aber die war gering im Vergleich zu der Gefahr, von Kanonen beschossen zu werden. Sein Glück schien anzuhalten.

Noch ein paar Fahrten und er könnte nach England zurückkehren und versuchen, Ridgely zurückzukaufen. Vielleicht würde Lauren mit ihm gehen. Offenbar hatte sie keine Familie mehr, keine Bindungen, und er wußte, daß

England ihr gefallen würde. Sie hatte einen Sinn für Abenteuer, den er zuvor bei keiner anderen Frau bemerkt hatte, eine Neugier und einen Entdeckungsdrang, der seinem glich.

Es begann zu regnen, und er dachte daran, seinen Regenmantel aus seiner Kabine zu holen. Aber er hatte Angst, dort wie gestern abend zu lange zu verweilen, und er wurde am Steuer gebraucht, nun, da der Sturm lospeitschte.

Er genoß den erfrischenden Regen, der gegen seinen Körper spritzte. Verdammt, er fühlte sich einfach fantastisch. Lebendig. So verteufelt lebendig, nachdem er den ganzen Nachmittag mit Lauren verbracht hatte. Und endlich frei war von einem Teil der Vergangenheit.

Herrlich frei!

Obgleich die Motoren das *Gespenst* davor bewahrten, auf den Wellen zu tanzen wie ein Segelboot, hüpfte und klatschte das Dampfschiff mit Macht gegen die hohen Wellen. Lauren, die noch nie in ihrem Leben seekrank gewesen war, fühlte sich hundeelend.

Mit bleichem Gesicht lag sie auf ihrem Bett. Sokrates kauerte neben ihr und schimpfte unglücklich, während das Schiff auf und ab tauchte. Sie dachte an Adrian, der wie ein alter Wikinger inmitten des tosenden Sturms das Steuer in der Hand hielt und den Naturgewalten, die ihn zu zähmen versuchten, lachend trotzte.

Das Schiff tauchte erneut hinab, und Lauren überlegte, daß all ihre Probleme vielleicht eine ganz andere Lösung erführen. Ihr Blick wanderte hinüber zu der Truhe, die sie mit an Bord gebracht hatte, der Truhe, in der der Sand versteckt war. Wenn das Wetter sich nicht besserte, hätte sie wahrscheinlich gar nicht die Möglichkeit, in den Maschinenraum zu gelangen.

Lauren begann zu beten. Zu beten, daß der Sturm sich nicht legte.

Am Morgen des folgenden Tages war der Himmel jedoch wieder blau und strahlend.

Lauren merkte, daß ihre Gebete nicht erhört worden waren, als Dicken ihr Wasser zum Waschen brachte und ein Frühstückstablett, das sie nicht anrühren konnte. Er berichtete ihr, daß der Sturm vorbei war, und daß das *Gespenst* noch schneller als erwartet gewesen war, so daß sie gegen Mittag die Küste von Carolina erreichen würden.

Laurens Magen zog sich noch stärker zusammen, was nicht unbedingt an ihrer Seekrankheit lag.

Obgleich sie alles andere als feige war, verkroch sie sich in ihrer Kabine und erklärte Dicken, daß sie sich nicht wohl fühle. Mit einem gequälten Blick bückte er sich nach Sokrates. Er wollte ihn mit hinausnehmen, um ihm, wie von Kapitän Cabot befohlen, etwas zu essen zu geben.

»Wie geht es dem Kapitän?« Lauren hatte nicht fragen wollen, aber die Worte waren trotzdem aus ihr herausgeplatzt.

Dicken zuckte mit den Schultern. »Das weiß man nie so genau. Er war die ganze Nacht auf den Beinen, und jetzt wird er wach bleiben, bis wir sicher in Charleston angekommen sind.«

»Sie sagten, wir wären ganz in der Nähe der Küste von Carolina. Gibt es hier keine Patrouillenboote?«

»Doch, aber normalerweise sehen wir sie zuerst und fahren ihnen einfach davon. Der Kapitän entwischt noch jedem«, sagte er mit dem inzwischen vertrauten Stolz in der Stimme. »Wir verstecken uns sowieso bald in einem Meeresarm und warten auf die Dunkelheit.«

Lauren erschauderte. Ihr blieb nicht mehr viel Zeit.

Dicken bemerkte ihr Zittern, schob es jedoch auf ihre Seekrankheit. Er hatte selbst ein paarmal unter dieser elenden Übelkeit gelitten und hatte größtes Mitgefühl. Am besten ließ er sie einfach allein. »Ich werde dem Käpt'n sagen, daß Sie sich nicht wohl fühlen.«

Das war das letzte, was Lauren wollte, da sie wußte, daß er sie dann umgehend aufsuchen würde. Und die Anwesenheit des Kapitäns hier in ihrer Kabine würde sie nicht ertragen. Sie hielt es nicht aus, mit ihm allein zu sein.

Sie schüttelte den Kopf. »Ein wenig frische Luft wird mir bestimmt guttun. Sobald ich mich angezogen habe, werde ich nach oben kommen.«

Er nickte, und Lauren seufzte erleichtert auf, als die Tür hinter ihm ins Schloß fiel. Ihr blieben noch ein paar Stunden. Nur ein paar Stunden, ehe das Schiff in den Hafen von Charleston einlaufen würde.

Sie versuchte, sich an ihren Unterricht zu erinnern, an irgend etwas zu denken, das sie von Adrian ablenken würde. Der bärtige Ingenieur in Washington war skeptisch und ungeduldig gewesen. Er hatte ihr genau erklärt, wohin sie den Sand streuen mußte und wie lange es dauern würde, bis er die Antriebswelle blockieren und die Schaufelräder zum Stillstand bringen würde. Er hatte jedoch nicht ernsthaft angenommen, daß sie es wirklich tun würde, und er hatte keinen Zweifel daran gelassen, daß er die ganze Sache für reine Zeitvergeudung hielt. Aber Mr. Phillips hatte darauf bestanden, daß sie den Plan wieder und wieder durchgingen, bis Lauren meinte, die Anweisungen im Schlaf befolgen zu können.

Und das würde sie auch tun. Natürlich nicht im Schlaf, aber vollkommen automatisch. Gefühllos. Als ob jemand anderes Adrians Schiff zerstören würde.

Ihm wird nichts passieren. Seiner Mannschaft wird nichts pas-

sieren. Wie oft hatte Mr. Phillips ihr das versichert? Wenn sein Schiff manövrierunfähig wäre, blieb ihm nichts anderes übrig als sich zu ergeben. Und dann säße er ein paar Wochen im Gefängnis. Das wäre alles. Aber er würde Monate brauchen, um ein neues Schiff zu bekommen. Vielleicht sogar noch länger. Und tausend neue Gewehre weniger würden geliefert, ganz zu schweigen von der Kanone.

Ihm wird nichts passieren. Das mußte sie einfach glauben.

Sie wählte ihr unvorteilhaftestes Kleid. Es schien für diesen Tag mehr als geeignet zu sein. Es war eins der Kleider aus ihrer Trauerzeit, trist, grau, hochgeschlossen und mit langen Ärmeln. Dann steckte sie ihr Haar zu einem strengen Knoten zusammen. Vielleicht würde diese Aufmachung Adrian ja abschrecken, vielleicht würde sie ja helfen, die alte Barriere zwischen ihnen wieder aufzurichten.

Die Sonne stand hoch und hell am Himmel, als sie endlich an Deck ging. Der Sturm hatte den Himmel gereinigt, der nun in einem Blau erstrahlte, das in den Augen schmerzte.

Der Erste Offizier und der Lotse waren am Steuer. Adrian stand in der Nähe und blickte mit einem Fernglas über das Meer. Sokrates kauerte neben ihm, die Hand über den Augen, als suche auch er den Horizont nach Feinden ab. Die Art, in der der Affe seinen Herrn hin und wieder imitierte, brachte sie zum Lachen.

Lauren folgte den Blicken der beiden. Sie sah nichts außer dem tiefen Blau des Atlantiks und den Geschöpfen, die, anders als sie, in das Meer gehörten. Andere Schiffe waren nicht zu sehen, aber sie bemerkte einige Delphine, die Fangen spielten mit dem *Gespenst*.

Wieder blickte sie gen Horizont, wobei sie wegen der Sonne blinzelte. Schließlich entdeckte sie ein paar Vögel am Himmel. Seevögel! Sie näherten sich also der Küste. Adrian hielt Ausschau nach Land und nicht nach anderen Schiffen.

Ihr Blick kehrte immer wieder zu Adrian zurück. Er trug dieselben Kleider wie gestern abend. Sie waren zerknittert; offensichtlich waren sie naß geworden und an seinem Körper getrocknet. Seine Wangen wurden von einem leichten Bart bedeckt. Aber sie hätte ihn immer erkannt. Vielleicht lag es an dem Ausdruck britischer Noblesse; auf jeden Fall war er selbst in diesem Aufzug der Inbegriff von Stolz und Arroganz.

Wie gewöhnlich wurden ihre Knie weich, als sie ihn beobachtete. Als spüre er ihre Gegenwart, drehte er sich um und ließ das Fernglas sinken. Langsam glitten seine Augen von ihrem Haar hinab bis zu ihren Füßen und dann wieder hinauf.

Der Blick war so intensiv, so persönlich, daß sie das Gefühl hatte, er berühre sie, und sie fühlte sich ebenso schwach und hilflos gegenüber diesem sanften Angriff wie an dem Abend in ihrer Kabine.

Während er ihren Aufzug musterte, blitzten seine Augen amüsiert auf, und er neigte fragend den Kopf.

Und dann zwinkerte er, und Lauren wußte, daß all ihre Abschreckungsmaßnahmen vergeblich waren. Irgendwie konnte er direkt in ihr Innerstes blicken. Weshalb erkannte er dann nicht das Wesentliche?

Wie Lauren plötzlich klar wurde, wünschte sie, daß er ihr Vorhaben erkannte, daß er sie davon abhielte.

Adrian blickte einen Augenblick an sich selbst hinab, ehe er gequält lächelte und sie dann mit seinem herzerweichenden Grinsen bedachte. Er gab Johnny das Fernglas und kam zu ihr herüber.

»Es war ein recht hektischer Vormittag. Wir mußten permanent irgendwelchen Patrouillenbooten ausweichen«, sagte er, als wolle er seine Kleidung entschuldigen.

»Sind denn mehr Patrouillenboote als normal unterwegs?«

Er zuckte mit den Schultern. »Eigentlich nicht. Es geht nur darum, daß wir sie entdecken müssen, ehe sie uns sichten, und daß wir dann Dampf geben.«

»Aber Sie sind schneller als die anderen«, wiederholte sie die ewige Litanei.

Sein Grinsen wurde breiter. »Ja.«

Lauren war immer von ihm bezaubert, aber jetzt war er noch unwiderstehlicher – wenn das überhaupt möglich war. Er verströmte eine Begeisterung, eine kindliche Freude, die ihn verwundbarer machte als je zuvor. Er hatte immer so beherrscht gewirkt, so kontrolliert, selbst als er ihr von dem Mann erzählt hatte, den er verloren hatte. Er hatte getrauert, und er hatte diese Trauer während einiger wertvoller Momente mit ihr geteilt, aber selbst damals hatte er eine Kraft ausgeströmt, die sie daran erinnerte, wer und was er war.

Nun, da sie sein sonnenverbranntes Gesicht mit den spöttischen, lebensfrohen Augen sah, wirkte er ungeschützt und zugänglich und . . . angreifbar.

»Geht es dir besser?« Die Schroffheit seines Tons verriet so viel mehr als die einfache Frage.

Sie nickte, da ihr Herz so heftig klopfte, daß sie nicht sprechen konnte.

»Dicken sagte, du wärst seekrank. Ich wollte hinunterkommen und nach dir sehen, aber ich konnte leider das Steuer nicht verlassen.«

Lauren sagte nichts. Sie wollte ihn nicht anblicken, wollte weder den besorgten Blick sehen noch das Gesicht, das eigentlich Müdigkeit verraten müßte. Wie machte er es nur, daß er immer noch so munter war? Lag es an der Aufregung? An der Lust am Abenteuer? An seiner Entschlossenheit? Weshalb wirkte er nur immer so übermenschlich?

Sie zwang sich zu sprechen und den Bann zu brechen, der sie beide immer umgab, der sie umschlang wie der dünne, aber unzerreißbare Faden eines Spinnennetzes. »Dicken sagte, wir warten in einem Meeresarm auf die Dunkelheit.«

Adrian blickte zu den Vögeln hinauf, die inzwischen näher kamen. »Noch zwei Stunden, vielleicht weniger, bis wir ihn erreicht haben.«

»Welchen Meeresarm?«

Adrian zuckte mit den Schultern. »Wir geben den Gewässern keine Namen. Ich glaube, nur Johnny kennt sie, und er nennt sie nie. In Nassau gibt es viele Leute, die eine Menge reden . . . und zu viele Ohren.«

»Selbst *Sie* kennen die Namen nicht?«

»Ich will sie gar nicht kennen. Das ist Johnnys Aufgabe.«

»Er ist . . . aus dem Süden, nicht wahr?«

Adrian nickte.

»Wenn . . . wenn irgendwas mit dem Schiff passieren würde, dann . . . ich nehme an, daß Sie dann einfach entlassen werden. Aber was würde aus ihm?«

Lauren sah, daß ein Teil der Zufriedenheit aus Adrians Augen wich. »Ich habe britische Papiere für ihn, und wir haben ihm ein paar gute britische Flüche beigebracht.«

Lauren verspürte eine gewisse Erleichterung. »Was ist denn ein guter britischer Fluch?«

Adrian heuchelte Entsetzen. »Was für eine Frage aus dem Mund einer wohlerzogenen jungen Dame.«

»Einer wohlerzogenen britischen jungen Dame«, verbesserte sie, um sich von den Frauen, die er vor ihr gekannt hatte, zu distanzieren.

»Jeder wohlerzogenen jungen Dame«, beharrte er grinsend, während eine Hand die Locken berührte, die sich aus ihrem sorgfältig festgesteckten Knoten gelöst hatten.

Die Luft vibrierte angesichts der Energie und der Erregung, die seine Berührung auslöste. Seine Finger strichen über ihren Hals, und blitzartig breitete sich die vertraute Hitze bis in ihr Innerstes aus. Sie zitterte. Wieder spürte sie die Verwirrung, die seine Nähe bei ihr auslöste.

»Käpt'n.«

Er drehte sich um. Johnny winkte ihm zu. »Land voraus.«

Adrian legte seine Hand um ihre Taille und führte sie zum Steuer.

»Der Meeresarm?«

Johnny reichte Adrian das Fernglas, und Lauren beobachtete, wie er hindurchsah und zufrieden lächelte. »Du bist eine Wucht, Johnny«, sagte Adrian. Er reichte Lauren das Fernglas und führte ihre Hände. Durch das Fernglas sah sie Land, flache Sanddünen und dahinter Bäume. Sie erblickte jedoch keinen Meeresarm.

Ihr fragender Blick schien ihn zu amüsieren. »Du wirst ihn sehen, wenn wir näher herankommen.«

»Und dann?« wollte sie wissen.

»Dann werden wir Anker werfen und auf die Dunkelheit warten.«

»Wie weit ist es noch bis Charleston?«

»Ein paar Stunden.«

Laurens Magen zog sich zusammen. Sie konnte den Maschinenraum bei Tag besuchen. Aber wie sollte sie eine nächtliche Visite dort erklären?

»Werden Sie sich etwas hinlegen?«

Adrian schüttelte den Kopf. »Ich ziehe es vor, die Gesellschaft einer jungen Dame zu genießen.«

»Ich fürchte, diese junge Dame braucht ein wenig Ruhe nach der letzten Nacht.«

Adrian blickte sie entschuldigend an. »Natürlich. Wir haben ja noch genug Zeit in Charleston. Ich habe vor, dort viel Zeit mit Ihnen zu verbringen, Lauren Bradley.«

Zeit in Charleston! Lauren spürte, daß ihre Hände leicht zitterten. Es würde keine Zeit in Charleston geben. Nie mehr würde es Zeit für sie beide geben.

Lauren wußte nicht, wie sie es schaffte zu antworten, wie sie es schaffte, in ihre Kabine zu gelangen. Sie wußte nur, daß der Schmerz, den sie spürte, sie umzubringen drohte.

13

Es ist alles nur ein Spiel für ihn. Nichts als eine billige Wette.

Lauren versuchte vergeblich, sich damit zu trösten.

Die Zeit war stehengeblieben, doch zugleich vergingen die Minuten wie im Flug.

Sie hörte, spürte, wie die Motoren langsamer wurden, dann zum Stillstand kamen. Als nächstes ertönte das laute Schnarren des Ankers, der ausgeworfen wurde.

Lauren versuchte zu schlafen. Weiß Gott, in der letzten Nacht hatte sie nicht gerade viel Schlaf bekommen, aber trotzdem gelang es ihr nicht, die Augen zu schließen. Und die schwüle Hitze der Südstaatenküste führte dazu, daß es in der engen, kleinen Kabine heißer und heißer wurde.

Sie öffnete die Truhe und blickte lange Zeit den Sandbeutel an. Langsam schüttete sie den Inhalt in die Handtasche, die sie vorsorglich immer bei sich getragen hatte, wenn sie an Deck gegangen war. Jedes einzelne Sandkorn schien mindestens eine Tonne zu wiegen.

Als sie fertig war, wandte sie sich Adrians Büchersammlung zu und wählte eins der Werke. Vielleicht würde sie das von ihren Gedanken an den bevorstehenden Verrat an ihm ablenken.

Würde er wissen, wer für seine Festnahme verantwortlich war? Würde es überhaupt funktionieren? Wie sollten ein paar Handvoll Sand ausreichen, um ein so mächtiges Schiff manövrierunfähig zu machen?

Und wohin sollte sie gehen? Wieder nach Hause? Wozu?

Ihr Blick wanderte verzweifelt auf die Titelseite des Buches: *Das Brandmal*. Sie kannte den Roman noch von der Schule her. Eine Betrachtung von Gut und Böse. Wie passend, dachte sie verbittert. Was für ein eigenartiges Buch für einen englischen Hochseekapitän und Adligen. Sie ging zurück zum Regal und betrachtete die anderen Werke. Dort standen einige Bücher über Schiffbau und Seefahrt; eine Shakespeare-Sammlung; verschiedene englische Romane und noch mehr amerikanische, einschließlich zweier Bücher von Herman Melville und Hawthorne. Alle Bücher sahen so aus, als seien sie inzwischen mehrfach gelesen worden.

Wieder eine neue Seite des Kapitäns Adrian Cabot. Ihre Hand strich über die Bücher, als striche sie ihm über die Wange. Sie wußte so wenig über ihn. Sie wollte so viel mehr über ihn erfahren. Und niemals würde sie die Gelegenheit dazu bekommen.

Als sie ein Klopfen an der Tür vernahm, wußte sie instinktiv, daß er es war. Er allein hatte ein solch gebieterisches Gebaren.

Noch ehe sie etwas sagen konnte, öffnete sich die Tür, und er stand mitten im Zimmer. Er beherrschte den Raum ebenso, wie er alles andere beherrschte. In der Hand hielt er ein Tablett mit einer Schüssel und einem Zinnkrug.

»Etwas Suppe und Sherry«, sagte er. »Bei Seekrankheit genau das richtige.«

Er hatte sich rasiert und umgezogen. Sein weißes Leinenhemd betonte noch den dunklen Goldton seiner Haut. Seine langen, muskulösen Beine steckten in einer grauen Hose. Wie immer verströmte er eine ungeheure Männlichkeit. Männlichkeit und rohe Energie.

Er stellte das Tablett auf den Tisch, rückte einen Stuhl für sie zurecht und ließ sich auf einen zweiten Stuhl fallen.

Lauren wußte, daß sie nicht gerade reizvoll aussah. Ein Großteil ihrer Haare hatte sich aus dem lächerlichen Knoten befreit, und ihr schweres Kleid war von der Hitze schlaff und feucht. Ihr war elend wegen der Enge der Kabine, aus Nervosität und aufgrund ihrer Zweifel an der Richtigkeit ihres Tuns.

Aber Adrian, der seit mindestens vierundzwanzig Stunden auf den Beinen war, sah frisch und gerade unverschämt gut aus. Lauren merkte nicht, daß sie die Stirn runzelte, bis er fragend den Kopf auf die Seite legte. »So schlimm?«

»Schlimmer«, erwiderte sie.

»Würde es dir helfen, wenn du wüßtest, daß ich die Suppe selbst gemacht habe?«

Sie starrte ihn ungläubig an.

»Mit meinen eigenen Händen«, fügte er mit einem schiefen Grinsen hinzu. »Wir haben keinen Koch, also haben wir alle gelernt, für uns selbst zu sorgen.«

»Ein englischer Lord?« fragte sie zweifelnd.

»Ein hungriger englischer Lord«, entgegnete er. Er streckte sich noch länger aus, bis er den gesamten Raum einzunehmen schien.

Neugierig nahm Lauren einen Löffel in die Hand und fragte: »Wo ist Sokrates?«

Adrian grinste. »Ich habe ihn bestochen, damit er in meiner Kabine bleibt. Ein paar Bananen und ein Stück Baumrinde.«

»Baumrinde?«

»So bleiben seine Zähne scharf.«

Lauren warf einen vielsagenden Blick auf eine der Bißnarben, die Adrian ihr einmal gezeigt hatte. »Ich dachte, daß Ihnen daran nicht besonders viel liegt.«

»Zumindest meinen Männern liegt nichts daran«, verbesserte er und fügte mit einem Blick auf die Suppenschüssel hinzu: »Aber du solltest jetzt erst einmal etwas essen.«

Lauren nippte an dem Sherry. Die Flüssigkeit rann ihr warm die Kehle hinunter. Zögernd blickte sie auf die Suppenschüssel, und ihre Finger spielten unentschlossen mit dem Löffel. Sie war sich nicht sicher, ob sie die Suppe essen konnte, die er gemacht hatte . . . extra für sie. Sie fühlte sich ohnehin schon schuldig genug. Wenn er doch nur nicht so freundlich zu ihr wäre, wenn er sie doch nur nicht so erwartungsvoll anblicken würde.

»Die wagemutige Miss Bradley hat Angst vor einem Teller Suppe.«

Sie blickte ihm in die Augen, in denen es schelmisch blitzte. »Nicht vor jedem«, erwiderte sie ebenso herausfordernd.

»Hättest du vielleicht gern einen Vorkoster?«

»Wie die römischen Kaiser?«

»Oder die Kaiserinnen.«

Lauren nippte erneut an dem Sherry. Sie mußte sich Mut antrinken. Oder auch einfach nur Tollheit. Zumindest erwachten ihre Sinne wieder, und alles um sie herum versank, außer dem Mann, der ihr gegenüber saß und sie mit einem rätselhaften Blick bedachte. Er war so voller Widersprüche. Ein Hochseekapitän und Koch. Ein englischer

Adliger und Waffenschieber. Ein Mann voller Zärtlichkeit, der zugleich die Tugend einer Frau verwettete. Ein Mann, der nichts von sich preisgab, aber die Welt dazu brachte, ihm zu Füßen zu liegen.

»Sollten Sie sich nicht etwas hinlegen?«

»Heute nacht nicht«, sagte er. »Keiner von uns schläft heute.«

»Was ist, wenn ein Patrouillenboot der Union diesen Meeresarm entdeckt?«

»Nur wenige von ihren Booten kommen hier herein«, sagte Adrian leichthin. »Unser Schiff hat einen sehr geringen Tiefgang und kommt daher an Stellen, die nur sehr wenige Unionsschiffe erreichen können ... und außerdem erinnerst du dich vielleicht daran, daß du selbst die Einfahrt in diesen Meeresarm nicht erkennen konntest. Sie ist sehr schmal, nicht viel breiter als das Schiff. Für ein paar Stunden sind wir hier relativ sicher.«

»Und warum schlafen Sie dann nicht ein wenig?«

Er zuckte mit den Schultern und trommelte mit den Fingern auf den Tisch, nicht aus Nervosität, sondern um seine überschüssige Energie abzubauen. »Ich nehme an, ich bin einfach zu aufgeregt ... Es ist schwierig, so nah an der Küste zur Ruhe zu kommen. Aber morgen in Charleston werde ich fast den ganzen Tag schlafen, und morgen abend werde ich dir die Stadt zeigen.«

»Adrian. Was ist ... wenn das *Gespenst* gefangengenommen wird? Was würden Sie dann tun?«

»Du ißt immer noch nichts«, bemerkte er.

Obgleich sie den ganzen Tag lang noch nichts gegessen hatte, hatte Lauren noch nie in ihrem Leben weniger Hunger verspürt als in diesem Augenblick. »Jetzt lenken Sie vom Thema ab.«

»Man wird uns nicht fangen, Lauren. Auf dem *Gespenst*

bist du sicher, sonst hätte ich dich niemals mitgenommen.« Die Arroganz, die in seiner Stimme mitschwang, hätte bei den meisten Männern abstoßend gewirkt. Bei Adrian Cabot klang sie jedoch ganz natürlich, sachlich und nüchtern. »Und jetzt probier endlich die Suppe«, drängte er.

Seine Augen beherrschten sie, überwältigten sie, und um ihren Bann zu brechen, tat sie wie ihr geheißen. Die Suppe war inzwischen lauwarm, obwohl sie dampfend heiß gewesen war, als Adrian die Schüssel gebracht hatte. Trotzdem war sie überraschend gut. Lauren aß einen zweiten Löffel voll, dann einen dritten, und schließlich blickte sie auf und entdeckte ein zufriedenes Grinsen in seinem Gesicht. Am liebsten hätte sie ihm die Hand auf den Mund gelegt, ihn ein letztes Mal berührt, ein letztes Mal seine Lippen gespürt.

Statt dessen schob sie sich eine eigenwillige Locke aus der Stirn. Es war einfach unmöglich, daß er sie begehrte, so, wie sie aussah. Vollkommen unmöglich. Sie biß sich nervös auf die Lippe, als sie ihm verstohlen in die Augen blickte.

Adrian beobachtete sie. Sie wirkte unwahrscheinlich anziehend auf ihn. Vielleicht lag es an ihren großen, haselnußbraunen Augen, die Gefühle verrieten, die er niemals richtig zu deuten vermochte. Einige schon. Sie wirkte gehetzt und irgendwie furchtsam – er verstand diese Angst zwar nicht, aber wußte, daß nicht er es war, der ihr Furcht einflößte. Sonst würde sie sich niemals so vertrauensvoll an ihn lehnen...

Wenn sie es einmal zuließ.

Normalerweise hatte sie ein für Frauen ungewöhnliches Maß an Selbstbeherrschung, das jedoch im Augenblick nicht genügte, um die Wehmut und Trauer in ihrem Blick zu verbergen. Ihr honigfarbenes Haar hatte sich aus dem strengen Knoten gewunden und umrahmte ihr Gesicht in sanften Wellen. Das Kleid klebte ihr am Körper und verriet jede ihrer vollendeten Rundungen. Sie weckte seinen Beschützerinstinkt, obgleich sie selbstbewußt und entschlossen war. Das hatte er an dem Abend festgestellt, als sie angegriffen worden war. Lauren Bradley war alles andere als schwach oder hilflos, aber er hatte das Bedürfnis, sie zu halten und zu trösten, bis die Traurigkeit aus ihrem Blick weichen würde.

Und sie war einsam. Das erkannte er ganz deutlich. Wie viele Jahre war er selbst einsam gewesen? Die ganzen sechsunddreißig Jahre seines Lebens. Und er war immer noch einsam. Er hatte nur Ridgely, um davon zu träumen.

Er streckte seine Hand aus und ergriff ihre Finger.

Lauren verspürte eine eigenartige Mischung aus glühender Hitze und eisiger Kälte. Einerseits wollte sie seinen Händedruck erwidern, andererseits meinte sie, ihm ihre Hand entreißen zu müssen. Sie verharrte reglos. Ihre Augen waren von seinem Blick gefangen wie ein Schmetterling in einem Netz, der wild flatternd nach dem Fluchtweg sucht.

»In Charleston werden wir Zeit füreinander haben«, sagte er. »Es gibt da etwas zwischen uns, dem wir uns nicht entziehen können, und das wir meiner Meinung nach näher erforschen sollten.«

»So etwas ist Ihnen doch bestimmt schon öfter widerfahren, oder nicht?«

Er ließ ihre Hand los und lehnte sich in seinem Stuhl zurück, um sie aus der Entfernung zu betrachten, ehe er langsam sagte: »Das dachte ich . . . einmal.«

»Und . . .?«

»Sie hat meine Gefühle nicht erwidert.«

Lauren hörte in seiner Stimme einen Anflug von Bitterkeit. Sie fragte sich, ob diese Frau wohl diese Bitterkeit in ihm hervorgerufen hatte, und dann dachte sie an ihre eigene Rolle. Was würde er von *ihr* denken, wenn er die Wahrheit erführe?

Sie mußte sich eingestehen, daß sie tief in ihrem Innersten einen Grund, irgendeinen Grund suchte, um ihr Vorhaben nicht durchführen zu müssen. Sie erschauderte.

»Weshalb setzen Sie eigentlich immerfort Ihr Leben aufs Spiel, Ihrs und das Ihrer Männer und auch Ihr Schiff?«

Er grinste breit. Aller Ernst war aus seinem Gesicht gewichen, als habe er für heute genug von sich preisgegeben. »Das habe ich dir doch bereits gesagt. Und du hast es selbst erlebt. Erzähl mir nicht, daß dir die Aufregung nicht gefallen hat, als wir den Yankee-Schiffen entwischt sind. Ich habe genau gesehen, wie sehr du es genossen hast.«

Sie konnte es nicht leugnen. Aber das reichte nicht. *Nenn mir einen Grund. Bitte nenn mir einen Grund.*

»Betrachten Sie es als Spiel?«

Erneut wünschte Adrian sich, er könne die Gefühle erkennen, die sich hinter ihrem Blick verbargen, aber es gelang ihm nicht. Und er konnte ihr einfach nicht von Ridgely erzählen, ehe er sicher war, daß er es zurückkaufen könnte. Vielleicht war er abergläubisch, aber von seinem Traum zu sprechen hieß für ihn, ihn zu zerstören. Vielleicht wollte er aber auch nicht von seiner Familie sprechen, davon, daß er kein Land besaß, daß er bis Kriegsbeginn auch keinen Pfennig Geld besessen hatte, daß er nichts außer einen leeren, von Skandalen erschütterten Titel geerbt hatte.

»Es ist ein Spiel«, bestätigte er deshalb. »Ein aufregendes, gewinnträchtiges Spiel.«

Er schob seinen Stuhl weiter zurück, bis die Lehne gegen die Tür schlug. »Und damit es auch so bleibt, denke ich jetzt besser wieder an meine Pflicht.«

Adrian bewegte sich mit der ruhelosen Eleganz, die sie

immer wieder faszinierte. Er zögerte, ehe er zu ihr hinüberging, sich zu ihr hinunterbeugte und ihr Gesicht anhob, so daß sie ihn ansehen mußte. »Vielleicht habe ich heute abend keine Gelegenheit mehr dazu«, sagte er, ehe er ihren Mund mit seinen Lippen verschloß.

Sie verschmolzen in plötzlicher, leidenschaftlicher Verzweiflung.

Für Lauren war es der Abschied. Versuch, mich zu verstehen, bat sie ihn stumm und innig.

Und dann erhob sie sich und preßte sich an ihn. Seine Hände streichelten ihren Hals, und seine Zunge spielte mit ihren Zähnen, bis sie ihm Einlaß gewährte. Er bewegte sich in ihrem Mund, spielerisch, streichelnd, verführerisch, bis sie zitternd dahinschmolz. Die leidenschaftliche Hitze, die sie zuvor gespürt hatte, dämpfte sich zu einem sanften Köcheln. Eine ähnlich zärtliche Zuneigung hatte sie zuvor nur für ihren Bruder verspürt.

Plötzlich wallte der alte Schmerz in ihr auf. Ein reiner, unverfälschter Schmerz, der keinen Anfang und kein Ende hatte, dessen Ursache sie noch nicht einmal zu nennen vermochte. Laurence? Adrian? Den Bruder hatte sie bereits verloren, und indem sie seinen Tod rächte, würde sie den Geliebten ebenfalls verlieren.

Der Kuß wurde inniger, und ihre Gedanken und Gefühle wurden ganz von Adrian beherrscht, während ihre Körper sich eng aneinanderpreßten. Sie spürte, wie sich seine harten Muskeln anspannten und bewegten, und dieses Gefühl erweckte ein derart heftiges Verlangen in ihr, daß sie meinte, zerbersten zu müssen.

Süße und Gewalt. Es gab beides. Die Süße lag in seinen Händen, die sie zärtlich massierten und sanft erforschten. Die Gewalt lag in der Unersättlichkeit seines Kusses. Dieser Kuß enthielt ein Versprechen.

Ein Versprechen ...

Plötzlich riß sie sich los. Ihr Mund brannte von der Hitze seiner Lippen, als sie nach Luft rang. Lauren blickte in seine blauen Augen, in denen Leidenschaft und Stolz blitzten.

Genau wie an dem Nachmittag, als er den Unionsschiffen entkommen war.

Ein Spiel. Es ist alles nur ein Spiel für ihn. Aber warum sah sie dann noch etwas anderes in seinem Blick? Weil sie es wollte. Aber das war verrückt.

Ihr Körper zitterte, und sie fühlte, wie er sie hielt. Sie wollte ihn nicht anstarren, aber sie konnte den Blick einfach nicht abwenden. Auf seinem Gesicht zeichnete sich ängstliche Verwirrung ab. Seine freie Hand strich ihr zart über die Wange.

»Sie sind mir einfach ein Rätsel, Miss Bradley.« Seine Stimme war sanft. »Sie laufen immer von mir weg, aber ...«

Lauren versuchte verzweifelt, ihren Verstand einzuschalten, aber der war ihr vollkommen abhanden gekommen. »Sie gehen einfach zu schnell vor, Kapitän.«

»Ach, ja?« Es klang fragend. »Wie gesagt, in Charleston werden wir genug Zeit haben.«

»Aber Sie werden immer nur für wenige Tage dort sein.«

Sein Blick schwor ihr jedoch das Gegenteil. »Ich werde mir Zeit nehmen. Und nun gehe ich wohl besser, solange Ihre Unschuld noch intakt ist. Sie sind eine gefährliche Frau, Lauren Bradley, nicht nur in einer Beziehung.«

Er bedachte sie mit einem letzten sehnsüchtigen Blick, und als er endlich die Tür hinter sich schloß, sank sie leblos auf ihren Stuhl.

Das also war das Ende all ihrer Träume.

Die Motoren des *Gespenstes* drangen lärmend durch die ruhige Nacht, und eine fast unsichtbare Rauchfahne stieg hinter dem Schiff in den dunklen, mondlosen Himmel. Ihre Handtasche fest gegen die Brust gepreßt, ging Lauren an Deck.

Ihr sorgfältig gebürstetes Haar hing lose über ihre Schultern, und sie trug ein frisches Kleid. Wie fast all ihre Kleider hatte es einen bescheidenen Schnitt. Es war hochgeschlossen und hatte Puffärmel, doch das reiche Violett betonte die Honigfarbe ihres Haares.

Ihr Gesicht war bleich. Sie biß sich auf die Lippen und kniff sich in die Wangen, um etwas Farbe zu bekommen, doch als sie in den Spiegel sah, kehrte ihre Überzeugung zurück, daß Adrian in ihr bestimmt nicht mehr als einen harmlosen Flirt sah. Ein Mann mit seinem Hintergrund konnte eine Liaison mit jemandem wie ihr nicht ernsthaft in Betracht ziehen.

Die Nachtluft und der Sherry, den sie in ihrer Kabine getrunken hatte, wirkten belebend. Adrian hatte die Flasche zurückgelassen, als er gegangen war, und sie hatte noch ein Glas geleert, um sich Mut anzutrinken und ihr Gewissen zu umnebeln. Oder vielleicht auch, um es anzustacheln. Sie handelte richtig, das mußte sie einfach glauben.

Sie entdeckte kein Land, sondern nur die offene See. Seit beinahe einer Stunde waren sie jetzt unterwegs. Wie lange noch? Die Handtasche wurde schwerer und schwerer. Es war von größter Bedeutung, den richtigen Zeitpunkt abzupassen. Wenn das Schiff erst einmal manövrierunfähig war, mußten unbedingt Kanonenboote der Union in der Nähe sein. Ansonsten würden sie eventuell von einem Schiff der Konföderierten oder von einem anderen Blockadebrecher gerettet. Sie mußte die Schaufelräder kurz vor Charleston zum Blockieren bringen, dort, wo die Patrouillenboote der Union am zahlreichsten waren.

Lauren erlaubte sich nur noch, an ihre Aufgabe zu denken. Jeder andere Gedanke, jedes andere Verlangen, jeder Vorbehalt wurde beiseite geschoben.

Sie atmete ein paarmal tief ein und blickte sich an Deck des Schiffes um. In der Dunkelheit waren nur Schatten zu erkennen, aber sie wußte, daß jeder verfügbare Matrose auf Wachposten war. Adrian, der sich allein durch seine Größe und seine Haltung von den anderen unterschied, stand mit dem Lotsen am Steuer. Keiner der Männer machte auch nur das geringste Geräusch. Wenn etwas gesagt werden mußte, dann im Flüsterton, als könne der Wind ihre Stimmen zu den feindlichen Schiffen hinübertragen.

Das *Gespenst* bewegte sich langsam, und Lauren wußte, daß die Mannschaft auf die Flut wartete, um dann mit voller Kraft in den Hafen von Charleston einzufahren. Wenn die Motoren schneller würden, würde sie den Maschinenraum besuchen. Nur noch ein paar Stunden.

Lauren wußte nicht, wie lange sie an der Reling gestanden hatte, bis das Schiff und ebenso ihr Herzschlag schneller wurde. Die Fahrt in den Hafen von Charleston hatte begonnen. Lauren blickte sich um, um zu sehen, ob sie unbeobachtet war. Wenn man sie entdeckte, wäre das sicher verdächtig, aber alle Augen waren auf das Meer gerichtet.

Das Herz klopfte ihr bis zum Hals, als sie mit steifen Schritten zu der Luke ging, die nach unten führte. Kurz vor der Tür hielt sie an. Vielleicht geschah ja noch ein Wunder... Aber es gab nur die dunkle Nacht, das Hämmern der Motoren, das rhythmische Klatschen der Schaufelräder.

Lauren kletterte hinab und stakste durch den Flur bis zum Maschinenraum. Vier Männer schaufelten Kohle, und zwei standen daneben, offenbar, um kurz zu verschnaufen. Ihre Kleider waren ebenso wie ihre Gesichter schwarz vom Staub, und Schweiß rann in Strömen ihre Hälse hinab.

In dem Raum war es entsetzlich heiß, und sie fragte sich, wie die Männer es dort aushielten. Sie blickte hinüber zu den Antriebswellen der Schaufelräder. Eine einzige ausgefallene Welle würde reichen, um das *Gespenst* außer Gefecht zu setzen.

Will drehte sich zu ihr um und blinzelte, als er ihre Anwesenheit bemerkte. Beinahe erwartete sie, daß er sie hinauswerfen würde. Sie hoffte es. Aber statt dessen rief er ihr lediglich zu: »Woll'n Sie mal seh'n, wie sie volle Kraft macht?«

Lauren nickte.

Einer der Männer grinste, als sie zu einer der Antriebswellen der Schaufelräder hinüberging und sich dagegen lehnte.

Dann wandten sich alle Männer erneut ihrer Arbeit zu. Lauren schickte ein Stoßgebet gen Himmel, daß sie auch ja richtig handelte, und öffnete ihre Handtasche, wobei sie die Bewegungen ihrer Hände mit dem Körper verdeckte. Die Maschinen waren ungeschützt, und der Sand floß langsam, aber sicher in das Gehäuse der Antriebswelle.

Jetzt spürte Lauren die Hitze, die so stark war, daß sie beinahe in Ohnmacht fiel. Hitze, die mehr als eine Ursache hatte. Sie wußte, daß ihr Gesicht leuchtendrot sein mußte, und mühsam richtete sie sich auf. Einer der Männer sah, wie sie schwankte, und kam angestürzt, um sie zu stützen.

So muß es in der Hölle sein, dachte sie plötzlich. Sie spürte, daß sie wie eine Marionette in Richtung der Luke geführt wurde. Draußen rangen ihre Lungen nach Luft. Sie kämpfte ums Atmen, gegen die Schlinge, die ihr den Hals zuzudrücken schien.

»Miss . . .?«

Sie blickte den Mann an. Ihr Kleid war von seinen Händen inzwischen ebenfalls geschwärzt. Sie hatte das Gefühl, gebrandmarkt zu sein wie die Person in dem Buch, das sie am Nachmittag zu lesen versucht hatte. Würde sie dieses Schandmal je wieder los?

Lauren lehnte sich gegen die Wand. »Es geht schon wieder«, flüsterte sie. »Es war wohl etwas zu heiß dort unten. Tut mir leid.«

»Schon gut, Miss. Kann ich Ihnen zurück in Ihre Kabine helfen . . . oder an Deck, um etwas frische Luft zu schnappen? Obwohl ich denke, daß die Kabine der beste Ort für Sie wäre. Wir sind jetzt ziemlich nahe an der Einfahrt zum Hafen.«

Sie nickte. »Es ist wieder alles in Ordnung. Gehen Sie ruhig zurück an Ihre Arbeit.«

Er blickte sie zweifelnd an. »Sind Sie sich auch ganz sicher, Miss? Der Käpt'n würde mich in Eisen legen lassen, wenn Ihnen irgendwas passieren würde.«

Es gelang ihr, ein schwaches Lächeln aufzusetzen. »Ja, ich bin mir ganz sicher.« Als Beweis tat sie ein paar Schritte, und mit jedem Schritt fühlte sie sich kräftiger. Als sie sich umsah, grinste er, drehte sich um und verschwand wieder im Maschinenraum.

Lauren blieb kurz vor der Kabine stehen, die Adrian mit Wade geteilt hatte. Ob Sokrates dort war? Sie brauchte Gesellschaft, jemanden zum Reden. Auch wenn es nur ein Affe war. Vielleicht war ein Affe sogar besser als ein Mensch.

Ehe sie die Tür öffnete, klopfte sie erst an, obgleich sie wußte, daß sowohl der Erste Offizier als auch Adrian an Deck waren. Sokrates blickte von einem Haufen Kleider auf, den er auf den Boden geworfen hatte. Offenbar war er dabei, sich eine Art Nest zu bauen. Aber als er sie sah, stürzte er mit ausgestreckten Armen und fröhlichem Geschnatter auf sie zu.

»Warum kommst du nicht mit mir in meine Kabine, Sokrates?«

Er nickte, als verstünde er sie aufs Wort, und sie verließen den engen Raum. Zurück in Adrians Kabine, die nur unmerklich größer war, ließ sie sich auf das Bett fallen. Sie war erschöpft, ihr war heiß; und sie wurde von einem rohen Schmerz verzehrt.

Sokrates schmiegte sich an sie, als wolle er ihre Verzweiflung verstehen, die er zwar spürte, aber nicht begriff.

Lauren wartete auf das Unvermeidliche. Mit jedem Ächzen des Schiffes brach ihr Herz ein wenig mehr.

14

Adrian hörte den leisen Warnruf, und im gleichen Moment erblickte er das weiße Segel.

Die Marine der Union verfügte zwar über Dampfschiffe, aber ein Großteil der Blockadeflotte bestand nach wie vor aus Segelschiffen. Sie waren leicht zu erkennen und ebenso leicht auszumanövrieren, aber offensichtlich brauchten die Streitkräfte des Nordens jedes verfügbare Boot, um die Küste einigermaßen erfolgreich abzuriegeln.

Adrian war immer noch am Steuer, und er würde seinen Posten nicht eher verlassen, als bis sie Charleston erreicht hätten.

Er hoffte, daß der Feind sie noch nicht erblickt hatte. Die weißen Segel des Patrouillenbootes hoben sich leuchtend vom schwarzen Nachthimmel ab, wohingegen der elegante graue Rumpf des *Gespenstes* höchstens acht Fuß aus dem

Wasser ragte. Sie verfeuerten nur Glanzkohle, die eine kaum merkliche Rauchfahne hinterließ, und der Dampf wurde unter Wasser abgelassen, um den Lärm zu verringern. Die Luken des Maschinenraums waren jetzt mit geteertem Segeltuch abgedeckt, und selbst das Kompaßhaus war verhüllt, so daß Adrian durch eine kegelförmige Öffnung spähen mußte, wenn er den schwach beleuchteten Richtungsmesser lesen wollte.

Er lenkte das Schiff von den feindlichen Segeln weg. Es war noch etwas Zeit, ehe sie mit dem Endspurt in den Hafen von Charleston beginnen würden. Er würde das Unionsschiff in einem Bogen umfahren und dann zwischen den Festungen von Moultrie und Sumter volle Kraft geben. Dieses waren immer die kniffligsten Momente, und obgleich die Nacht vollkommen dunkel war, hoffte er auf Nebel, der die Bewegungen des *Gespenstes* noch besser verbergen würde.

Als die feindlichen Segel außer Sichtweite waren, gestattete sich Adrian einen flüchtigen Gedanken an Lauren. Sie war angespannt gewesen, als sie vorhin an Deck gestanden hatte. Er dachte nicht, daß es an der Furcht vor dem Endspurt in den Hafen lag. Schließlich war ihm ihre begeisterte Aufregung nicht verborgen geblieben, als sie sich das Rennen mit den Patrouillenbooten der Union geliefert hatten. Zu dem Zeitpunkt hatte er das erste Mal in Erwägung gezogen, daß er sie unter Umständen liebte. In dem Moment, als ihr Haar im Wind geflattert und ihr das nasse Kleid am Körper geklebt hatte, hatte er sich stärker zu ihr hingezogen gefühlt als je zuvor zu einem Menschen. Sie hatte gelächelt, ein verwundertes und aufgeregtes Lächeln, und es hatte ihm den Atem verschlagen. Sie war eine Frau, die das Risiko liebte, die weder durch Konventionen noch durch gesellschaftliche Regeln gebunden war, auch wenn sie ihren eigenen Weg noch nicht recht gefunden zu haben schien.

Er grinste, als er an ihre erste Begegnung mit Sokrates dachte. Sie hatte den Affen mit einem drolligen Knicks begrüßt, statt wie die meisten Frauen erschreckt zurückzufahren. Oder der Tag auf der Insel, als sie ihre Zehen in den Sand gebohrt und gestrahlt hatte wie ein Kind, das gerade sein erstes Bonbon bekommt.

Sein Grinsen verflog jedoch, als er an ihren Blick in der Kabine dachte, ehe er sie dort zurückgelassen hatte. Er hatte das höchst beunruhigende Gefühl, daß es da etwas gab, das er wissen, verstehen sollte . . .

»Käpt'n?«

Er wandte sich um.

»Noch 'n Segel, Sir.«

Er richtete seine ganze Aufmerksamkeit auf das Meer. Bis sie den Kai im Hafen von Charleston erreicht haben würden, müßten sie von nun an beständig damit rechnen, gesichtet zu werden. Dies war wirklich nicht der richtige Zeitpunkt für schwärmerische Träumereien.

Sie alle suchten jetzt die Küste nach den schwachen Lichtpunkten ab, mit denen das Signalkorps der Konföderierten ihnen die Richtung wies. Die Lichter waren kaum zu sehen. Schließlich sollten sie die Blockadebrecher leiten, ohne den Schiffen der Union als Anhaltspunkte zu dienen.

Johnny entdeckte die Lichter als erster, und nun würde er den Endspurt des *Gespenstes* dirigieren. Adrian winkte einen Mann zu sich heran. »Sagen Sie Dicken, daß er runtergehen und sich um unseren Passagier kümmern soll. Sie soll auf keinen Fall an Deck kommen.« Adrian erinnerte sich nur allzu deutlich an die letzten Stunden des Mannes, der beim letzten Mal an Deck verwundet worden war.

Der Matrose nickte und verstand.

Sie waren knappe zehn Meilen vor der Einfahrt in den Hafen von Charleston. Es gab keinen Nebel, und Adrian mußte entscheiden, ob er den Endspurt starten oder lieber noch warten sollte. Beide Vorgehensweisen bargen Gefahren in sich. Je länger sie in diesen Gewässern blieben, um so wahrscheinlicher war es, daß sie entdeckt würden, andererseits jedoch wäre die Fahrt bei Nebel wesentlich sicherer.

Aber das *Gespenst* war schnell, schneller als die meisten Schiffe der Union, und die Kanonenboote beherrschten die Kunst, die wendigen Blockadebrecher gezielt zu beschießen, immer noch nicht. »Los geht's«, sagte Adrian und flüsterte durch ein Rohr in den Maschinenraum hinab: »Dreiviertel Geschwindigkeit.«

Das Tempo der Motoren steigerte sich.

»Schiff steuerbord«, meldete einer der Männer, und Adrian sah, daß Johnny bestätigend nickte. »Direkt in Richtung des Hafens.«

Sie schienen unbemerkt vorbeizugleiten, aber plötzlich tauchte ein zweites Schiff vor ihnen auf. In diesem Augenblick nahm Adrian eine leichte Veränderung der Motorengeräusche wahr, ein Zögern. »Will?« Das Wort drang flüsternd durch das Rohr nach unten.

»Irgendwas stimmt nicht mit dem Schaufelrad steuerbord, Sir.«

Adrian fluchte stumm. Der Ausfall eines der Schaufelräder würde das Schiff im Kreis schicken, und das zum denkbar ungünstigsten Zeitpunkt. Sie befanden sich inzwischen mitten in der Blockadeflotte, und er hatte eine der wichtigsten Ladungen des Krieges an Bord. Und Lauren.

»Motoren aus«, sagte er in der Hoffnung, daß die Dunkelheit der Nacht sie unsichtbar machte, bis die erforderlichen Reparaturen durchgeführt waren. Auf jeden Fall mußten sie bis zum Morgen wieder fahrbereit sein.

Adrian spannte sich an und merkte, wie seine Männer furchtsam aufhorchten. Es bestand immer die Gefahr, daß der Dampf pfeifend durch den Schornstein entwich, wenn die Motoren plötzlich abgestellt wurden, aber es folgte nichts als Schweigen. Vollkommenes Schweigen.

Er übergab Wade das Steuer und duckte sich hinter dem schweren Segeltuch, das die Luken zum Maschinenraum verdeckte. Will überprüfte schweißgebadet die Meßgeräte.

»Irgendwas hat das Rad blockiert«, sagte er. »Keine Ahnung, was das sein könnte.«

»Können Sie es reparieren?«

»Wir werden das ganze verdammte Ding ausbauen müssen.«

»Tun Sie's«, befahl Adrian knapp, ehe er sich wieder an Deck begab. Sein berühmtes Glück verließ ihn offenbar. Er dachte an die Pistole in der Schublade seiner Kabine; sie war die einzige Waffe, die sie hatten. Und er dachte an Lauren. »Verflucht.« Er mußte sie über die Gefahr aufklären, in der sie jetzt schwebten.

Mit eiligen Schritten ging er in Richtung der Kabine, und mit einem ungeduldigen Klopfen trat er ein. Dicken, der auf einem Stuhl am Tisch saß, blickte ihn unglücklich an. Lauren saß mit Sokrates auf ihrer Seite des Tisches und wollte aufspringen, als sie ihn sah. Er schüttelte den Kopf, während er ihr kurz die Hand auf die Schulter legte. »Ich kann nicht bleiben. Ich wollte dich nur wissen lassen, daß wir ein Problem mit dem Motor haben ... und dir versichern, daß ich ... daß ich nicht zulassen werde, daß dir etwas passiert.«

Ihr Gesicht blieb starr. Es wirkte ruhig und leblos wie das einer Statue. Die haselnußbraunen Augen waren größer als je zuvor und verrieten Gefühle, die wie Wolken in einem sturmverhangenen Himmel umherwirbelten. Wieder einmal verstand er ihre Bedeutung nicht. Er beugte sich hinab, und als er ihr mit dem Mund über die kalten Lippen strich, spürte er, daß sie zitterte. »Es wird alles gut werden, Lauren«, sagte er. »Das schwöre ich dir.« Er ging hinüber zu der Schublade, öffnete sie und nahm die Pistole heraus.

»Das kannst du nicht tun«, hörte er sie flüstern. »Du hast gesagt . . .«

»Ich werde sie nicht benutzen«, versuchte er sie zu beruhigen. Aber die Waffe gab ihm das Gefühl, die Situation einigermaßen unter Kontrolle zu haben. Er konnte es nicht zulassen, daß ihr irgend etwas zustieß. Er stopfte die Pistole in seinen Hosenbund und nahm eine Jacke aus dem Schrank, die er anzog, um die Waffe zu verdecken. »Dikken, Sie bleiben hier bei Miss Bradley.«

Dicken nickte.

Adrian zögerte, ehe er zum letzten Mal in ihr bleiches Gesicht blickte. »Paß gut auf Sokrates auf.«

Lauren machte eine Bewegung, als wolle sie sich erheben. »Kann ich nicht mitkommen?«

Plötzlich grinste er. »Ich fürchte, ich kann im Augenblick keinerlei Ablenkung gebrauchen, und ich will mir auch keine Sorgen um den kleinen Halunken hier machen müssen. Oder um dich. Bitte.«

Sie schien in sich zusammenzusacken, und er verspürte das dringende Bedürfnis, sie zu berühren. Sie zu halten. Aber das ging nicht. Er wurde am Steuer gebraucht. Trotzdem sah er ihr Gesicht und die Traurigkeit in ihrem Blick die ganze Zeit vor sich, als er zurückging. Galt der Schmerz ihm? Er schüttelte den Kopf und wandte sich dringenderen Problemen zu.

Die Männer an Deck waren so ruhig, daß er hören konnte, wie sie atmeten. Sie standen unbeweglich da, starrten in die Dunkelheit, die sie umgab, horchten auf Stimmen, auf Schaufelräder anderer Schiffe, auf das Klatschen von Segeln. Der Geruch von Furcht und Angst lag in der Luft. Adrian wußte, daß es seinen Leuten nicht an Mut fehlte, sondern daß die Angst von der Hilflosigkeit herrührte, von der Tatsache, daß sie wie lahme Enten ohne Waffen auf ihre Jäger warteten. Was in aller Welt war passiert? Will hielt die Maschinen immer tadellos in Ordnung. Was also sollte das Getriebe blockiert haben? Eine erste böse Ahnung beschlich ihn, aber er schob sie umgehend beiseite. Unmöglich!

Er vernahm das Geräusch von Motoren, und sein Herz begann, schneller zu schlagen. Er entdeckte ein Leuchtsignal und dann ein anderes, und zugleich machte er ein Schiff genau vor sich und ein zweites hart steuerbord aus. Jeder einzelne seiner Männer war in dem grellen Licht gefangen. Adrian hörte Rufe, Stimmen, einen Feuerbefehl und dann das Donnern einer Kanone, als ein Schuß dicht über den Bug des *Gespenstes* hinwegfegte.

Adrian wandte sich an Johnny. »Kannst du von hier aus schwimmen?«

Johnny blickte zum Ufer hinüber und maß im Geiste die Entfernung. Adrian hatte falsche britische Papiere für ihn anfertigen lassen, und Johnny hatte einen englischen Akzent eingeübt, aber zu viele Leute in Nassau kannten ihn, und er fiel nur allzu leicht in seinen alten Carolina-Tonfall zurück. Wenn man ihn erkannte, würde er den Rest des Krieges im Gefängnis verbringen. »Ja, Käpt'n. Als Kind bin ich immerzu geschwommen.«

Andere hatten die Unterhaltung mitbekommen, und an einer dunklen Stelle wurde ein Seil ins Wasser gelassen.

Adrian streckte seine Hand aus. »Viel Glück, Johnny.«

Johnny grinste, als er die angebotene Hand schüttelte.

»Wir treffen uns dann bald in Nassau, Käpt'n.« Er legte kurz grüßend die Hand an den Kopf, ehe er das Seil hinabkletterte und lautlos ins Wasser glitt.

Wieder wurde ein Leuchtsignal abgefeuert und dann noch eines. Adrian flüsterte durch das Rohr in den Maschinenraum hinab. »Will?«

»Nichts, Käpt'n.« Die Antwort klang verzweifelt.

Auf jeden Fall war es zu spät, das wußte Adrian. Selbst wenn es ihnen gelänge, die Motoren anzulassen, könnten sie doch nicht mehr ausbrechen. Er spürte, wie eine eisige Kälte durch seine Knochen zog. Noch nie hatte er sich ergeben, und er haßte allein den Gedanken daran.

Ein weiterer Schuß ging über den Bug hinweg und schlug kurz hinter dem Deck ins Wasser. Wenn Lauren nicht an Bord wäre, hätte er vielleicht irgendeinen Fluchtversuch unternommen, aber das kam nun nicht in Frage. Er wandte sich an Wade, der neben ihm stand. »Gehen Sie in meine Kabine und verbrennen Sie die Logbücher und das Ladungsmanifest.«

Wade nickte, machte grimmig auf dem Absatz kehrt und verschwand.

Adrian wandte sich an zwei andere Männer. »Thomas, machen Sie die Lampen an, und du, Matrose hiß, die weiße Flagge.«

Das *Gespenst* war inzwischen in grelles Licht getaucht. Adrian hörte in einiger Entfernung erneut Kanonendonner. Ein anderer Blockadebrecher, dachte er gleichgültig. Wahrscheinlich würden jetzt, da ein Großteil der allgemeinen Aufmerksamkeit auf ihn gerichtet war, einige andere durchkommen. Adrian wollte einfach nicht an das denken, was gleich passieren würde. Seine Hand strich über das Mahagoni des Steuerrades. Es war ein gutes Schiff gewesen. Sein Zuhause für fast ein Jahr. Mehr als das, hatte er sein Herz in den Entwurf und Bau des Schiffes gesteckt. Sein Herz und seine Hoffnungen.

Er zuckte zusammen, als die weiße Fahne hochgezogen wurde. Sein Schiff war inzwischen hell erleuchtet, und er beobachtete, wie der Unionskreuzer, der am nächsten war, ein Boot mit einer Gruppe von Männern ins Wasser ließ.

»Laß eine Leiter herunter«, befahl er einem seiner eigenen Männer, »und bereite alles vor, damit die Herren an Bord kommen können.«

Wade tauchte neben ihm auf. »Die Papiere sind verbrannt, Sir.«

Adrian ließ die Hand vom Steuer sinken. Er hatte sich verabschiedet. »Wenn wir getrennt werden, kehren Sie und der Rest der Mannschaft nach Nassau zurück und warten dort auf mich.«

Wade nickte mit grimmiger Miene.

»Es wird höchstens ein paar Wochen dauern, bis wir ein neues Schiff haben«, sagte Adrian zuversichtlich.

Sie hörten, wie das Boot an der Seite des *Gespenstes* anlegte und wie sechs Männer an Bord kamen. Sie wurden von einem jungen, rotgesichtigen Leutnant angeführt, dessen Hand auf einer Waffe ruhte, die er in Hüfthöhe befestigt hatte.

»Ich bin Leutnant Edmond Porter. Kapitän . . .«

»Adrian Cabot.«

»Sie sind also Cabot«, sagte der Offizier und fügte mit arroganter Verachtung hinzu: »Ich hätte eine etwas interessantere Jagd erwartet.«

Adrian ballte die Faust. Das Gesicht des Unionsoffiziers verriet kaum verhohlene Freude. Adrian wußte, daß die Mannschaft eines Unionsschiffes, die einen Blockadebrecher stellt, immer einen Teil der Ware erhält, und er war sich nur allzu bewußt, daß es für das *Gespenst* noch eine

Sonderprämie gab. Trotzdem ärgerte ihn das Auftreten des jungen Offiziers, und seine eigene Ohnmacht ließ kalten Zorn in ihm aufsteigen.

»Versammeln Sie Ihre Mannschaft am Bug«, sagte der Offizier wichtigtuerisch, und Adrian blieb keine Wahl, als seinem Befehl Folge zu leisten. »Einschließlich der Männer im Maschinenraum«, fügte der Yankee hinzu.

Adrian spazierte gemächlich zum Sprachrohr neben dem Steuerrad. »Will, kommen Sie mit Ihren Männern herauf.« Dann wandte er sich wieder dem Offizier zu. Er spürte das Kneifen der Pistole in seinem Gürtel. Es überraschte ihn, daß der Offizier nicht nach Waffen gefragt hatte, aber dieser Mann war jung und arrogant, und er genoß jeden Augenblick dieses Spektakels in einem Maß, das ihn unvorsichtig machte.

»Sie werden mich nach unten begleiten«, befahl Porter. »Ich will ein Verzeichnis der Mannschaft, das Ladungsmanifest und die Logbücher sehen.«

Inzwischen hatte ein zweites Boot angelegt, und noch mehr Männer machten sich auf dem *Gespenst* breit. Überall wimmelte es von blauen Uniformen.

»Ich habe einen Passagier, eine junge Dame.«

»Sonst noch jemanden?«

Adrian schüttelte den Kopf.

Der Mann grinste wissend. »Allein?«

Langsam wurde Adrian von Zorn gepackt, tiefem, brodelndem Zorn. Die Schande, sich ergeben zu müssen, wurde durch die Unverschämtheit dieses jungen Schnösels noch verstärkt. Das Schiff war verloren. Die Ladung war verloren. Vielleicht war auch Ridgely verloren. An Lauren wollte er gar nicht erst denken. Es war durchaus möglich, daß auch sie ihm nun verlorenginge. Es würde Monate, vielleicht ein ganzes Jahr dauern, ehe er nach Charleston zurückkehren könnte. Irgendwie verloren die anderen Verluste daneben an Bedeutung.

»Eine Dame«, betonte Adrian, dessen Zorn sich nun Luft machte, »die es verdient, mit Höflichkeit behandelt zu werden.«

»Eine Südstaatlerin? Eine Sklavenhalterin?« fragte der Mann verächtlich.

Adrians Wangenmuskeln spannten sich. Nie zuvor hatte er derart das Bedürfnis verspürt, jemandem ins Gesicht zu schlagen. Aber hinter ihm standen zwei weitere Unionsmatrosen, und schließlich hatte er sich ergeben.

Ergeben. Er konnte es immer noch nicht glauben, nichts von dem, was im Moment geschah. Er würde für Wochen, vielleicht Monate, ins Gefängnis wandern. Die Yankees, das wußte er, würden versuchen, ihn so lange wie möglich festzuhalten.

Inzwischen waren sie bei seiner Kabine angelangt. Adrian blieb vor der Tür stehen und wollte gerade anklopfen, als der Leutnant ihn beiseite stieß und die Tür aufriß. Dicken, der immer noch in der Kabine war, starrte den Eindringling fassungslos an. Lauren stand neben ihm und hielt Sokrates eng an sich gedrückt.

Der Unionsoffizier blitzte Dicken böse an. »Sämtliche Mitglieder der Mannschaft sollten sich längst an Deck befinden.« Er machte einen Schritt auf Dicken zu, aber Sokrates nahm offenbar an, daß er Lauren angreifen wollte. Also stürzte der Affe sich plötzlich auf den Leutnant und biß ihm kräftig in den Arm.

Der Leutnant schrie und versuchte, das Tier abzuschütteln, während die beiden anderen Unionsmatrosen Adrian packten, der einen Schritt vorwärts gemacht hatte. Er schüttelte sie in dem Moment ab, als der Leutnant seine Pistole aus dem Halfter zog und auf den Affen zielte.

Adrian und Lauren reagierten gleichzeitig. Sie warf sich dem Leutnant entgegen, und Adrian zerrte seine Waffe aus dem Gürtel und schoß. Er hatte dem Yankee die Pistole aus der Hand schießen wollen, aber Lauren hatte den Leutnant nach vorn gestoßen, so daß die Kugel seine Schulter traf. Adrian spürte, wie seine Arme erneut gepackt wurden, doch dieses Mal widersetzte er sich nicht. Er wußte, daß er gerade unerlaubten Widerstand geleistet hatte. Und nicht nur das, er hatte einen Unionsoffizier angeschossen. Er hatte seine Neutralität verloren.

Dicken stellte sich schützend vor Lauren, während Sokrates sich in eine Ecke zurückzog und mit großem Interesse das Durcheinander verfolgte, das er verursacht hatte.

Der Leutnant war in die Knie gesunken und umklammerte mit einer Hand seine Schulter. In der Tür erschienen weitere blaugekleidete Matrosen, die durch den Schuß angelockt worden waren. Porter starrte Adrian haßerfüllt an. »Ich will, daß er in Eisen gelegt wird.« Der Leutnant sah Dicken an. »Wo haben Sie sie?«

Dicken blickte hinüber zu Adrian, der Porter mit einem grimmigen Lächeln bedachte. »Wir haben keine Eisen.«

»Dann fesselt ihn. So, daß er sich nicht befreien kann.« Er wandte den Kopf in Richtung von Lauren. »Und laßt sie nicht aus den Augen.«

Einer der Unionsleute ging hinüber zum Bett und zerriß das Laken in lange Streifen, mit denen er Adrians Arme fest hinter seinem Rücken zusammenschnürte. Adrian verharrte vollkommen reglos. Seine Miene verriet keinerlei Regung, und seine Augen waren völlig ausdruckslos. Er fühlte sich ebenso hilflos wie damals, als ...

Als der Knoten seiner Fesseln ein letztes Mal zusammengezurrt wurde, straffte er die Schultern. Für ihn war es die vollkommene Niederlage, Enttäuschung, Erniedrigung, daß Lauren seine Kapitulation mitansehen mußte. Nichts außer seinen angespannten Wangenmuskeln verriet jedoch diesen inneren Tumult.

»Und erschießen Sie diesen verfluchten Affen«, befahl der Leutnant einem seiner Männer.

Adrian zerrte an seinen Fesseln, aber es war aussichtslos. Während er vergeblich kämpfte, packte Lauren Sokrates und preßte ihn eng an sich. »Wenn Sie ihn erschießen wollen, müssen Sie zuerst mich erschießen.«

»Leutnant«, sagte einer der Männer. »Es wird dem Kapitän nicht gefallen, wenn eine Zivilistin verwundet wird.« Er war seinem Rangabzeichen nach ein Bootsmann, und sein leiser, respektvoller Ton enthielt eine deutliche Warnung.

Porters Gesicht war lila vor Schmerz und Zorn. »Schafft ihn hier raus«, sagte er und zeigte auf Adrian.

Als Adrian in den Gang hinausgestoßen wurde, wandte er sich noch einmal um und beobachtete, wie zwei Männer sich hinabbeugten, um dem Leutnant aufzuhelfen. Er hörte Porters Stöhnen und freute sich, daß er ihn getroffen hatte, auch wenn die Konsequenzen seines Handelns nicht gerade angenehm waren. Aber jetzt wußte er, daß Lauren sich um Sokrates kümmern würde . . . und daß der Bootsmann des Unionsschiffes sie beide schützen würde.

Als er schließlich an Deck gestoßen wurde, führte man ihn einem älteren Unionsoffizier vor, der erst später an Bord gekommen war.

»Was zum Teufel geht hier vor sich?«

Adrian versteifte sich.

In diesem Augenblick tauchte Porter in der Luke auf. Er hielt die Hand auf die Schulter gepreßt. »Er hat auf mich geschossen, Sir. Ich will, daß er in Eisen gelegt wird.«

»Dieser junge Idiot wollte mein Haustier erschießen«, knurrte Adrian.

»Leutnant?« Der Ton des Älteren war fragend.

»Das verfluchte Biest hat mich angegriffen, Sir.«

Ein entferntes Grollen zeigte, daß inzwischen auch an anderer Stelle gekämpft wurde. Der ältere Offizier horchte kurz auf, schüttelte den Kopf und nickte den beiden Männern zu, die Porter stützten. »Bringt ihn rüber auf die *Allegheny* zum Arzt.«

Nachdem der Leutnant ins Beiboot verfrachtet worden war, bedachte der ranghöhere Offizier Adrian mit einem langen, nachdenklichen Blick. »Ich bin Greenway, Erster Offizier der *Allegheny*. Sie sind also Cabot?«

Adrian nickte.

»Was ist mit Ihrem Schiff los? Warum haben Sie angehalten?«

Adrian zuckte mit den Schultern. »Eins der Schaufelräder.«

»Und da unten?« Er zeigte auf die Luke, durch die Porter geklettert war.

»Ihr Leutnant ist ein Narr.«

Der Mann widersprach ihm nicht. »Kann der Motor repariert werden, oder müssen wir Sie abschleppen?«

Adrian zuckte mit den Schultern. Das war nicht mehr sein Problem.

»Ihre Logbücher?«

»Zerstört.«

»Das Ladungsmanifest?«

Adrian nickte erneut.

»Besteht Ihre gesamte Mannschaft aus Briten?«

»Ja!«

»Und der Lotse?«

Adrian schwieg.

»Sie befinden sich in einer prekären Situation, Kapitän. Auch wenn Sie provoziert wurden – Sie haben auf einen

Offizier der Union geschossen. Es wäre für Sie von Vorteil, wenn Sie zur Zusammenarbeit mit uns bereit wären.«

Adrian lachte verbittert auf. »Ach ja?«

Ein ärgerliches Schnattern hinter ihnen ließ sie beide herumfahren. Lauren erschien an Deck, Sokrates nach wie vor eng an sich gedrückt. Sokrates, der fühlte, daß etwas nicht in Ordnung war, entwand sich ihrem Griff, rannte hinüber zu Adrian und zupfte an seiner Jacke.

Greenway zog eine Braue hoch. »Das ist Ihr Haustier?«

Lauren ging ebenfalls hinüber zu Adrian, beugte sich hinab und nahm den Affen wieder auf den Arm. »Er dachte, dieser Offizier wolle mich angreifen.«

»Kapitän Cabot?«

»Nein, Sokrates.«

»Wer zum Teufel ist Sokrates?«

»Der Affe«, erklärte Lauren geduldig. Ihre Augen ruhten unablässig auf Adrian, als wolle sie sich seine Züge für alle Zeiten ins Gedächtnis schreiben.

Adrian erinnerte sich an die Enttäuschung, die er verspürt hatte, als er entdeckte, daß sein Bruder den gesamten Familienbesitz verspielt hatte. In diesem Augenblick fühlte er sich genauso hilflos. Seine Hände waren auf seinen Rükken gefesselt, und ungeachtet der Unterhaltung war Laurens Gesicht starr und angespannt, und ihre Stimme verriet mühsame Beherrschung. Unter anderen Umständen wäre dieser Wortwechsel lustig gewesen, aber das empfand in diesem Moment keiner der Beteiligten.

Besonders Adrian nicht. Etwas an Lauren ließ sein Innerstes erstarren. Er war dankbar, daß sie sich um Sokrates sorgte, aber etwas in ihrem Gesicht schien um sein Verständnis zu flehen für eine Sache, die er noch nicht verstand. Darüber hinaus zeigte sie eine steife Reserviertheit, als müsse sie sich von ihm fernhalten.

»Und die junge Dame?« fragte der Unionsoffizier.

»Miss Lauren Bradley. Sie ist Zivilistin und lediglich als Passagier an Bord.«

Leutnant Greenway verbeugte sich leicht vor Lauren. »Sowohl Sie als auch der ... Sokrates ... werden mit der erforderlichen Rücksicht von uns behandelt werden. Ich bedauere Porters ... Verhalten.«

Er nickte dem Bootsmann zu. »Bitte nehmen Sie die Lady und das ... Tier mit an Bord der *Allegheny*, und sagen Sie dem Kapitän, daß wir eine Abschleppleine brauchen. Und ein paar Eisen. Wir behalten die Mannschaft des *Gespenstes* hier.«

Lauren, die im Begriff war, zu gehen, wandte sich bei seinen Worten wieder um. »Eisen?«

»Ja, Miss. Der Kapitän hat sich nicht ordnungsgemäß ergeben.«

»Aber ...«

»Das ist nicht länger Ihr Problem, Miss.« Er kehrte um und ließ Lauren keine andere Wahl, als sich von Bord begleiten zu lassen.

Dann wandte sich Greenway an einen seiner Männer. »Überprüfen Sie die Motoren, und holen Sie ein paar Männer zusammen, um bei der Befestigung der Abschleppleine zu helfen. Ich will losfahren, Kapitän Cabot, Sie werden sich zu Ihren Männern gesellen.«

Als Lauren fortgezogen wurde, zögerte sie und wandte sich noch einmal zu Adrian um, der sie reglos ansah. »Ich werde mich um ihn kümmern«, sagte sie. »Ich werde einen Weg finden, um ihn zu Ihnen zurückzubringen.« In ihrer Stimme lag Verzweiflung, als flehe sie um sein Verständnis.

Aber ehe er die Möglichkeit hatte zu antworten, wurde er in Richtung Bug gestoßen, und als er sich endlich wieder umblicken konnte, war sie verschwunden.

Lauren saß am Bug des Unionsdampfers und starrte hinüber zum *Gespenst*, das hinter ihnen hergezogen wurde. Offenbar hatte sie hervorragende Arbeit geleistet. Die Unionsingenieure hatten den ganzen Tag vergeblich herumrepariert.

Adrian war immer noch an Bord seines Schiffes. Nein, dachte sie, das *Gespenst* war nicht mehr sein Schiff. Nie wieder würde es Kriegsgüter für die Konföderierten transportieren. Statt dessen würde die Kanone jetzt an die Unionsstreitkräfte gehen.

Sie verspürte eine vollkommene Leere. Leere, Einsamkeit und Trauer. Diese Gefühle hatten sich in ihr Innerstes eingeschlichen, und sie verspürte einen heftigen Schmerz, wenn sie an Adrian dachte – und an sich. Das, was sie ihm angetan hatte, war unverzeihlich, da mochten ihre Motive noch so edel gewesen sein. Und nichts würde diesen Schaden jemals wettmachen. Vor allem jetzt... nachdem Adrian den Leutnant angeschossen hatte. Und selbst das war ihre Schuld gewesen. Wenn sie sich dem Mann nicht in die Arme geworfen hätte...

Was würde mit Adrian passieren? Sie wußte, daß er jetzt sogar wegen Piraterie angeklagt werden konnte, auch wenn sie bezweifelte, daß das geschähe. Aber er hatte einen Offizier angegriffen. Er hatte die Neutralitätsgesetze verletzt. Und sie wußte, wie sehr Phillips und die amerikanische Regierung hinter ihm her waren. Jetzt hatten sie die Entschuldigung, die sie brauchten, um ihn für den Rest des Krieges im Gefängnis zu behalten.

Immer wieder sah sie Adrians Gesicht vor sich, als er gefesselt wurde. Selbst in dem Augenblick hatte er den Raum beherrscht. Außer den angespannten Wangenmuskeln hatte er keinerlei Regung gezeigt.

O Adrian. Was habe ich getan?

Das Meer war ruhig und tiefblau – wie seine Augen. Es war anderthalb Tage her, daß das *Gespenst* dingfest gemacht worden war, und der Kapitän der *Allegheny* hatte gesagt, daß sie heute in Baltimore ankommen würden. Sie hatte ihm ihre Rolle bei der Sabotage des *Gespenstes* verschwiegen; sie ertrug es nicht, irgend jemandem davon zu erzählen. Sie hätte es getan, wenn man versucht hätte, ihr Sokrates zu nehmen. Aber der Unionskapitän war die Höflichkeit in Person gewesen. Er hatte sogar Sokrates' Bisse ertragen.

Wo war Adrian jetzt? Der Offizier hatte Eisen verlangt, aber sicher ...

Der Gedanke, daß dieser stolze, ruhelose Mensch womöglich in Eisen lag, war unerträglich.

Sie spürte ein Ziehen an dem Seil in ihrer Hand. Sie hatte Sokrates an die Leine genommen, weil sie es nicht wagte, ihn frei herumlaufen zu lassen. Er hatte bereits zwei Matrosen gebissen, ganz zu schweigen von dem verwundeten Zweiten Offizier, dessen Arm jetzt in einer Schlinge lag, und der sie beide mit grimmiger Miene anstarrte, wenn er sie sah.

Offensichtlich vermißte Sokrates seinen Herrn. Aufgeregt blickte er in jedes Gesicht, das sich ihm zeigte, und gelegentlich meinte Lauren sogar, einen gewissen Vorwurf in seinen Augen zu entdecken. Der Affe aß kaum und spielte überhaupt nicht mehr. Er starrte nur noch geradeaus. Ebenso wie Lauren.

Adrian lag auf dem Bett in der Kabine des Ersten Offiziers des *Gespenstes*. Seine Hand- und Fußgelenke lagen in schweren Eisenketten. Er wußte, daß er im Laderaum angekettet worden wäre, wenn nicht jeder verfügbare Zentimeter mit Frachtgut besetzt gewesen wäre. Also hatte man ihn hier eingeschlossen und eine Wache vor der Tür postiert.

Auf dem Schiff herrschte eine unheimliche Ruhe, und da

es weder Motoren noch Segel gab, taumelte das *Gespenst* unruhig an der Abschleppleine.

Er hatte nur ein paar kurze Augenblicke gehabt, um mit seinen Männern zu sprechen, und die Unterhaltung mit Will ging ihm nicht aus dem Kopf. Will verstand einfach nicht, wodurch die Getriebewelle blockiert worden war. Adrian hingegen fürchtete, daß er es nur allzu gut verstand. Vor allem, nachdem Will ihm erzählt hatte, daß Lauren im Maschinenraum gewesen war.

Er hatte es nicht glauben wollen. Aber die Beweise ließen sich nicht übersehen.

Er hievte sich vom Bett und stand auf. Die Eisenketten an seinen Beinen schepperten über den Boden, als er mit kurzen, schleppenden Bewegungen ruhelos durch das Zimmer stapfte. Die Eisen hatten bereits seine Haut durchgescheuert, und die Bewegung verschlimmerte den Schmerz, aber wenn er reglos auf dem Bett verharrte, würde er verrückt.

Greenway, der das Kommando übernommen hatte, hatte die Eisen beinahe entschuldigend angeordnet, aber er wollte kein Risiko eingehen. Vor einigen Monaten hatte die Mannschaft eines geenterten Blockadebrechers das Schiff zurückerobert – zur Verärgerung der gesamten Unionsmarine und vor allem der Männer, die das Schiff aufgebracht hatten. Die Tatsache, daß Adrian eine Waffe besessen und auch noch benutzt hatte, hatte die Entscheidung des Mannes unumstößlich gemacht.

Abgesehen von den Schmerzen, die sie verursachten, waren die Eisen ärgerlich und erniedrigend. Ein sichtbares Zeichen der Niederlage und Unterwerfung.

Und des Verrats. Eines weiteren Verrats.

Der Schmerz, den dieser Verrat verursachte, war schlimmer als der Schmerz der Fesseln. Er hatte sein Herz an diese

Frau verloren, das wußte er jetzt. Erst jetzt. Adrian nahm an, daß sich diese rohe, eiternde Wunde in seinem Innersten nie mehr schließen würde.

Er hatte genug Zeit gehabt, um sich ausführliche Gedanken zu machen. Zunächst war er einfach verwirrt gewesen. Lauren hatte sich in Nassau nicht bei ihm angebiedert. Er war derjenige gewesen, der sie hofiert hatte, und sie war immer nur davongelaufen. Und dann hatte er erkannt, daß es gerade ihre permanente Flucht war, die ihn faszinierte.

Ein cleveres Mädchen, diese Lauren Bradley.

Adrian machte kehrt und starrte auf eine andere kahle Wand. Man hatte die Kabine sorgfältig durchsucht und den Spiegel und alle anderen Gegenstände, die möglicherweise als Waffen benutzt werden konnten, entfernt, ehe Adrian dort eingeschlossen worden war. Anders als der junge Offizier war Greenway ein umsichtiger Mann.

Lauren. Er konnte kaum an etwas anderes denken. Er rief sich sämtliche Gespräche, sämtliche Begegnungen ins Gedächtnis auf der Suche nach Zeichen, die ihn hätten warnen müssen. Aber da war nichts außer ihrer seltsam ausweichenden Art.

Und warum? Auf jeden Fall war sie keine typische Spionin, wenn es so etwas überhaupt gab. Nach wie vor würde er schwören, daß sie noch Jungfrau war; sie war keine besonders gute Schauspielerin. Ihre zögernden Reaktionen, die Verwunderung in ihrem Blick, als er sie geküßt hatte, ihre Schüchternheit. Auch glaubte er nicht, daß sie nur so getan hatte, als fühle sie sich von ihm angezogen. Die gegenseitige Anziehungskraft hatte etwas allzu Magnetisches gehabt.

Und auch ihre Zuneigung zu Sokrates mußte echt sein. Adrian wußte, daß der kleine Affe sich nur selten zu irgend jemandem hingezogen fühlte.

Das Scheppern der Eisenketten auf dem blanken Holzboden war nervenaufreibend, also setzte Adrian sich wieder aufs Bett. Er lehnte sich mit dem Rücken an die Kabinenwand und starrte auf seine Fesseln. Er wollte sie dafür hassen, aber er konnte es nicht. Er wußte, daß sie wichtige Gründe haben mußte. Aber er würde ihr nicht noch einmal vertrauen. Nie mehr. Außer, wenn es um Sokrates ging. Er wußte mit untrüglicher Sicherheit, daß der Affe bei ihr in guten Händen war. Es war seltsam – er vertraute ihr in dieser Sache, aber nie wieder würde er ihr in irgendeiner anderen Beziehung glauben.

Warum, verdammt, warum? Pflichtgefühl? Patriotismus? Es mußte etwas anderes sein. Etwas Wichtigeres. Sie hatte mit Wehmut von ihrem Bruder und ihrem Vater gesprochen. Hatten sie etwas damit zu tun?

Er schob sein Haar aus der Stirn und blickte finster auf die kurzen Ketten zwischen seinen Handgelenken. Am besten gewöhnte er sich daran. Verflucht. Niemals würde er sich daran gewöhnen. Bei dem Gedanken an das Gefängnis schloß er die Augen. Dieser Krieg würde noch Jahre dauern.

Warum, verdammt, Lauren, warum?

Aber die Frage war sinnlos. Es war ein Fehler gewesen, nochmals einem Menschen zu vertrauen – ein Fehler, für den er nun teuer bezahlte.

15

Sokrates neben sich an der Leine beobachtete Lauren vom Deck der *Allegheny* aus, wie die Gefangenen vom *Gespenst* abgeführt wurden.

Sie wußte, sie sollte besser nicht zusehen, aber sie konnte

den Blick nicht von diesem erbarmungswürdigen Schauspiel abwenden. Irgendwo hatte sie gelesen, daß jeder Verbrecher an den Tatort zurückkehrt, und nun verstand sie diesen Drang.

Sie umklammerte die Reling des Schiffes, als der erste der Männer unter schwerer Bewachung abgeführt wurde, dicht gefolgt von Adrian. Er trug die offizielle Uniform eines Seekapitäns: einen maßgeschneiderten grauen Uniformmantel und ein Paar blauer Hosen sowie einen Kapitänshut, den er lässig auf sein kastanienbraunes Haar gesetzt hatte. Aber seine Hände waren gefesselt, und er wurde von vier Männern bewacht.

Ihr Herz stand still, und ein dicker Klumpen saß in ihrer Kehle. Die heftigen und widersprüchlichen Gefühle der vergangenen Tage brachen sich machtvoll Bahn, und sie klammerte sich an der Reling fest, als hinge ihr Leben davon ab.

Auch Sokrates sah Adrian, und kreischend zerrte er an der Leine. Lauren beugte sich hinab und hob ihn hoch. Sie preßte ihn dicht an sich, als er versuchte, sich von ihr loszureißen. Sein Geschnattere war eine Mischung aus Verärgerung und Aufregung.

Adrian, der gerade von der Gangway auf den Kai trat, sah auf. Sein Blick wanderte hinüber zur *Allegheny* und suchte das Deck ab, bis er sie entdeckte. Er blieb so abrupt stehen, daß einer seiner Bewacher auf ihn aufprallte und etwas sagte. Lauren sah, wie sich seine Miene kurz verhärtete, ehe er sich erneut zu ihr umdrehte und sein Mund sich zu einem schmerzlichen Lächeln verzog.

Und dann zwinkerte er ihr zu. Lässig. Arrogant. Als würde ihm die Welt gehören.

Wußte er es denn nicht? Erkannte er denn nicht, welche Rolle sie bei der ganzen Sache spielte? Lauren wünschte sich verzweifelt, daß er nicht dahinterkam, daß sie ihn verraten hatte. Es war besser für ihn zu denken, daß er einfach Pech gehabt hatte. Und trotzdem fühlte sie sich elender als zuvor. Vielleicht würde sein Wissen, sein Haß einen Teil ihrer Schuld von ihr nehmen.

Als er sich von ihr abwandte, wußte sie, daß sie niemals dieses letzte Zwinkern vergessen würde.

Sie hörte Schritte hinter sich. Es war der Kapitän der *Allegheny*, der ebenfalls zusah, wie Adrian und seine Bewacher in der Menge verschwanden.

»Wohin bringen sie ihn?« Laurens Stimme klang angespannt. Der Kapitän wich ihrem fragenden Blick aus. Soweit er wußte, war sie als Passagier auf dem *Gespenst* gewesen und somit eine Symphatisantin der Südstaaten.

»Ich nehme an, erst mal ins Stadtgefängnis, bis die Regierung entscheidet, was mit ihm geschehen soll. Seine Männer werden ebenfalls dort festgehalten, bis das Prisengericht eine Entscheidung trifft.«

»Prisengericht?«

»Jedesmal, wenn wir ein Schiff aufbringen, tritt ein Gericht zusammen, um die Konfiszierung des Schiffes anzuordnen.«

Lauren blickte dem Offizier direkt in die Augen. »Wissen Sie, Kapitän, bei dem Schuß hat es sich um einen Unfall gehandelt. Wenn Ihr ... Offizier nicht diesen hilflosen, kleinen Burschen hier angegriffen hätte ...«

»Hilflos?« Der Kapitän blickte Sokrates feindselig an. Der Affe hatte schon mehrere seiner Männer gebissen und das gesamte Schiff auf den Kopf gestellt.

»Er wollte mich nur beschützen. Und Kapitän Cabot hat lediglich versucht, uns beide zu beschützen.«

Der Kapitän wandte verlegen die Augen ab. »Er hätte seine Waffe abgeben sollen.«

»Aber . . .«

»Es gibt nichts, was ich für ihn tun könnte, Miss Bradley. Die Sache liegt jetzt in den Händen des Marineministeriums.«

Sokrates schnalzte mit der Zunge. Er blickte sie an, als habe sie ihn ebenso betrogen wie Adrian. Und sie wußte, daß es so war.

»Und Sie, Miss, wohin werden Sie gehen? Kann ich Ihnen vielleicht in irgendeiner Weise behilflich sein?«

Lauren entschied sich innerhalb von Sekunden. Sie würde nach Washington fahren und versuchen, wenigstens einen Teil des Schadens, den sie angerichtet hatte, wiedergutzumachen. Sie würde mit Mr. Phillips sprechen.

»Sie können meine Truhe zu einer Mietkutsche bringen lassen.«

»Mit Vergnügen. Aber wenn es sonst noch irgend etwas gibt, was ich für Sie tun kann, wenn Sie vielleicht Geld brauchen . . .«

Lauren blickte ihn fragend an. Wußte er es? Sie hatte immer noch das Gefühl, gebrandmarkt zu sein. Spionin. Verräterin. Aber in seinem Blick lag nur Freundlichkeit und Besorgnis. Sie dachte an Clay und den Unionsoffizier, den sie im Royal Victoria gesehen hatte. Einst Freunde, nun Feinde. Getrennt durch ein Prinzip. Prinzip und Geographie. Aber was nützten die besten Prinzipien, wenn sie Freundschaften zerstörten, Kriege verursachten?

Wie krank das alles jetzt auf sie wirkte. Die Wirklichkeit, das war Adrian. Adrian, der am Steuer seines Schiffes stand. Adrian, der die drei Angreifer attackierte. Adrian, der ihr mit gefesselten Händen zuwinkerte, als gehöre ihm immer noch die ganze Welt. Adrian, der sie nun für immer verlassen hatte.

»Miss Bradley? Brauchen Sie Geld?«

Sie schüttelte den Kopf. »Nein, vielen Dank, Kapitän. Sie waren ... sehr freundlich. Aber ich werde eine Kutsche zum Bahnhof nehmen. Ich fahre nach Washington.«

Er zog eine seiner dunklen, buschigen Brauen hoch. »Washington?«

Lauren hatte das Gefühl, daß sie ihm keine Erklärung schuldig war. Sie war die ganze Zeit für sich geblieben und hatte all seine Einladungen, mit ihr gemeinsam zu essen, abgelehnt. Sie hatte nicht das geringste Bedürfnis verspürt, mit dem Mann, der Adrian und das *Gespenst* gefangengenommen hatte, auf gutem Fuß zu stehen, obgleich sie sich der Ironie dieser Empfindung nur allzu bewußt gewesen war. Sie wußte, daß der Unionskapitän ihre Zurückhaltung auf vermeintliche Sympathien mit dem Süden zurückgeführt hatte.

»Ich habe dort ... Bekannte«, sagte sie schließlich.

Er nickte. »Nun, dann werde ich einen meiner Männer nach Ihrer Truhe schicken und Sie zum Zug bringen lassen.« Er zögerte, als wolle er noch etwas sagen, doch dann drehte er sich abrupt um und ließ sie allein.

Lauren blieb an Deck und beobachtete die zahllosen Menschen, die auf dem Kai ausschwärmten. Offenbar machten Neuigkeiten schnell die Runde, denn das *Gespenst* wurde bereits von Dutzenden neugieriger Augen gemustert. Das Schiff, so hatte sie zufällig gehört, würde wahrscheinlich nun als Patrouillenboot der Union Verwendung finden. Plötzlich machte sie dieser Gedanke sehr traurig. Sie dachte an das Schiff, Adrians Schiff, wie es Jagd machte auf Clay und die anderen Blockadebrecher, die sie kennengelernt hatte.

Was für eine jämmerliche Spionin sie doch war!

Sie blieb dort stehen und beobachtete, wie ihre Truhe an Deck gebracht wurde, ehe ein Leutnant auf sie zukam und sich ihr vorstellte. »James Garver«, sagte er. »Stets zu Diensten. Der Kapitän sagt, ich soll Sie sicher zum Zug bringen.«

Lauren nickte zum Dank, aber sie lehnte den Arm ab, den Garver ihr anbot. Irgendwie brachte sie es nicht über sich, mit dem Feind Freundschaft zu schließen.

Mr. Phillips hatte ihr beigebracht, Aufmerksamkeit zu erregen, und nun würde sie diese Kenntnisse gegen ihn anwenden. Sie würde Adrians Freilassung erreichen. Sie mußte es. Und dann?

Es war egal. Nichts war wirklich von Bedeutung außer Adrians Freiheit zu erreichen.

Sie beugte sich hinab und nahm Sokrates auf den Arm. »Ich verspreche dir«, flüsterte sie, »daß ich dich zu deinem Herrn zurückbringen werde.« Und dann wandte sie sich an den Leutnant. »Wir können gehen«, sagte sie mit lauter, entschlossener Stimme.

Phillips war nicht in Washington, als sie dort ankam. Sie saß seit einer Woche in ihrem Zimmer in einer billigen Pension, und jeden Tag, wenn sie sein Büro aufsuchte, war er fort. Nach zehn Tagen hatte sie endlich Erfolg. Mit einem breiten Lächeln bat er sie herein und bot ihr einen Stuhl an.

»Meinen Glückwunsch, Miss Bradley. Ich ... das Land steht tief in Ihrer Schuld. Ich komme gerade aus Baltimore zurück. Endlich haben wir einen Grund, Kapitän Cabot für den Rest des Krieges im Gefängnis zu lassen.« Seine Augen blitzten vor Triumph und Zufriedenheit. »Und das verdanken wir ausschließlich Ihnen. Ich nehme doch an, daß Sie es waren, die das Schiff sabotiert hat?«

Lauren zwang sich, ihre aufkommende Enttäuschung zu verbergen. Bleib ruhig, sagte sie sich. »Was ... was wird nun aus ihm?«

»Sobald das Prisengericht zusammentritt, wird er in das alte Kapitolsgefängnis überführt werden«, sagte Phillips und beugte sich in seinem Stuhl vor. »Und dort wird er auch bleiben, ungeachtet sämtlicher britischer Proteste.«

»Das alte Kapitolsgefängnis?«

Phillips nahm eine Zigarre aus einer Schachtel auf dem Tisch. »Dort sitzen Staatsgefangene, konföderierte Militärs und politische Häftlinge. Unser Kapitän Cabot ist von allem etwas. Und außerdem ist es das sicherste Gefängnis, das wir haben.«

»Und seine Mannschaft?«

»Sie werden in Baltimore festgehalten, bis das Prisengericht eine Entscheidung fällt, und dann werden sie auf ein Schiff nach England verfrachtet.«

»Aber Sie sagten, daß sie alle freigelassen würden«, warf sie ein.

»Das war, bevor Kapitän Cabot die Umstände so passend zu unseren Gunsten verändert hat«, sagte Phillips und lehnte sich mit einem breiten Grinsen in seinem Stuhl zurück.

»Er wollte mich schützen«, erklärte sie, da sie wußte, daß der wahre Grund, die Rettung eines Affen, wahrscheinlich auf wenig Verständnis stoßen würde. »Macht das nicht einen Unterschied?«

»Nicht den geringsten«, sagte er. Das verzweifelte Flehen in ihrem Ton ignorierte er. »Es war einfach ein genialer Einfall, ihn dazu zu bewegen, seine Waffe zu benutzen, meine Liebe. Am liebsten würde ich Sie sofort nach Nassau zurückschicken.«

In diesem Augenblick wußte Lauren, daß er für keines ihrer Argumente Verständnis haben würde. Mr. Phillips war allzu begeistert von dem Ergebnis ihrer Arbeit. Auf keinen Fall würde er seine Meinung ändern oder sich für sie verwenden. Wenn sie weiter protestierte, würde das nur sein Mißtrauen wecken. Außerdem hatte sie sich in den vergangenen Tagen bereits einen anderen Plan zurechtgelegt für den Fall, daß Phillips ihr nicht helfen würde.

Vielleicht entwickelte sie allmählich ein Talent für Intrigen. Ein beunruhigender Gedanke, aber immerhin ...

Die Kälte, die ihr Innerstes bei Phillips Lob ergriffen hatte, wandte sich in stählerne Entschlossenheit. Sie hatte davon gehört, welch fürchterliche Bedingungen sowohl im Süden als auch im Norden in den Gefängnissen herrschten. Die Todesraten waren hoch, Krankheit und Hunger forderten ihren Tribut.

Was, wenn Adrian ihretwegen starb? Selbst wenn er überlebte, was würden die Jahre in Gefangenschaft aus ihm machen?

Ein Teil von ihr, der feige Teil, hatte vorgehabt, ihn niemals wiederzusehen. Sie hatte gehofft, irgendwie seine Freilassung und die der restlichen Mannschaft zu erreichen, und ihm Sokrates durch einen Mittelsmann zurückbringen zu lassen. Sie wußte, daß die Schuld ihr ins Gesicht geschrieben stand, und seine Verachtung und seinen Haß würde sie nicht ertragen. Aber nun blieb ihr keine andere Wahl. Sie mußte ihm helfen, und das konnte sie nur allein tun.

Sie würde ihn wiedersehen müssen, und wenn sie seine Freiheit erreicht hätte, würde sie ihm erklären, was sie getan hatte, und weshalb. Und dann würde sie ihn für immer verlassen.

Lauren zögerte nicht, als Phillips ihr die Bezahlung ihrer Dienste anbot. Sie würde das Geld brauchen. Und sie hatte auch keine Schuldgefühle, es von ihm zu nehmen. Sie hatte ihren Teil der Vereinbarung erfüllt: Das *Gespenst* würde nie wieder die Blockade brechen. Phillips war es, der ihr Abkommen nicht einhielt, indem er Adrian gefangennehmen ließ.

Außerdem bat sie um Papiere, die sie eventuell für ihre Zusammenarbeit mit den Bundesbehörden brauchen könnte. Sie sah zu, wie er etwas auf einen Zettel schrieb und ein Siegel daraufsetzte. Lauren nahm das Papier, und während sie es eilig überflog, wunderte sie sich über ihre neuentdeckte Fähigkeit zur Täuschung. In dem Schreiben wurde darum gebeten, daß jeder Agent des Staates, ob zivil oder militärisch, Miss Lauren Bradley freundliche Unterstützung bei ihren Aktivititäten gewährt.

»Wann werden Sie nach Nassau zurückkehren?« fragte Phillips.

»In zwei Wochen«, sagte Lauren. »Erst möchte ich nach Dover.«

Er nickte. »Wir sind Ihnen wirklich äußerst dankbar, Miss Bradley.«

Lauren nickte und verließ den Raum.

Adrian starrte auf den Zinnteller mit kalten Bohnen, den die Gefängniswärter Essen nannten. Außer den Bohnen gab es noch ein Stück Schrotbrot voller Getreidekäfer.

Er schob seine Ration beiseite. Widerlich verfaultes Zeug. Er sagte sich, daß er sich am besten daran gewöhnte. Aber das konnte er einfach nicht. Seine maßgeschneiderte Kleidung hing ihm bereits lose von den Schultern. Er nahm an, daß sie in Zukunft noch schlabbriger würde.

Er wandte seine Aufmerksamkeit der Zelle zu. Inzwischen kannte er jeden einzelnen Stein in den Wänden, jeden dunklen Fleck auf dem schmutzigen Fußboden, jeden trostlosen Winkel. Der sechs mal acht Fuß große Kerker war von drei Steinwänden und einem Eisengitter eingefaßt. Das einzige Licht kam von einer kleinen Funzel im Gang.

Er wäre beinahe verrückt geworden. Die Enge und die Dunkelheit der Zelle waren kaum zu ertragen. In der ersten Nacht war er wach geworden und hatte festgestellt, daß er in eiskalten Schweiß gebadet war. Er war wieder ein Kind gewesen, ein Kind, das seinem Vater mißfallen hatte und deswegen in einen Wandschrank eingesperrt worden war. Er hatte nicht verstanden, weshalb man ihn eingeschlossen hatte, ebensowenig wie er die Abneigung seines Vaters oder die häufig harten Bestrafungen verstanden hatte, die ihn auf die grünen Felder und in die Wälder des Landgutes hatten flüchten lassen. Dort hatte er sich sicher gefühlt. Und auch jetzt noch waren sie ihm heilig.

Weshalb hatte man ihn nicht geliebt? fragte Adrian sich. Erst hatte sein Vater ihn abgewiesen. Dann sein Bruder. Sylvia. Und jetzt Lauren. Sie hatte so anderes gewirkt, hatte ihn auf eine Weise angesehen, wie nie zuvor jemand ihn angeblickt hatte. Sie hatte ihm das Gefühl vermittelt, irgendwohin zu gehören, vollständig zu sein . . .

Narr.

Man hatte ihn von seiner Mannschaft getrennt. Gestern waren sie mehrere Stunden zusammengewesen, als sie auf das Prisengericht gewartet hatten. Während der kurzen Anhörung, in der sein Schiff und die Ladung konfisziert worden waren, hatte man ihm weder die Eisen abgenommen noch ihm Gelegenheit zum Widerspruch gegeben. Das Schiff beförderte offensichtlich Schmuggelware an eine feindliche Küste. Sowohl das Schiff als auch die Fracht wurden der Regierung der Vereinigten Staaten übergeben.

Die Mannschaft war freigelassen worden, aber über sein Schicksal hatte bereits zuvor das Marineministerium entschieden. Trotz britischer Proteste hatte die Regierung Adrian zum Kriegsteilnehmer erklärt. Man hatte ihm bereits gesagt, daß er für den Rest des Krieges in das alte Kapitolsgefängnis in Washington verlegt werden würde.

Für wie lange? Er erhob sich von dem unbequemen Eisenbett und ging hinüber zum Gitter seines Käfigs, wo er die Finger auf die Eisenstäbe legte. Er war erst seit zweieinhalb Wochen hier, und er wurde bereits verrückt. Was würde aus ihm in Monaten oder gar Jahren der Gefangenschaft?

Und Ridgely. Nun könnte er die Hoffnung endgültig begraben, seinen Schwur jemals zu erfüllen. Das Brechen der Blockade war der einzige Weg gewesen, um genug Geld für den Kauf des Landsitzes zusammenzubekommen. Während er hier im Gefängnis saß, würde Ridgely sich weiter und weiter von ihm entfernen. Er hätte wissen müssen, daß Sokrates ihm nichts als Ärger bereiten würde. Aber er konnte es einfach nicht bedauern, daß er den Leutnant daran gehindert hatte, den Affen zu töten. Und er würde es immer wieder tun.

Der Gedanke an Sokrates führte unweigerlich zu Gedanken an Lauren, wie sie dort an Deck der *Allegheny* gestanden hatte. Er hatte Sokrates gehört und aufgeblickt. Sie hatte ihn beobachtet, und ihr Gesicht hatte eine unendliche Trauer verraten, als sie den Affen dicht an sich gepreßt hielt. Bis zu diesem Augenblick war er wütend auf sie gewesen. Je mehr er während der langen Stunden in der Kabine über die plötzlichen Motorprobleme des Schiffes nachgedacht hatte, um so sicherer war er gewesen, daß sie irgend etwas damit zu tun gehabt hatte. Alles hatte einfach viel zu gut zueinander gepaßt. Die Maschinen wurden von den Männern sorgsam instand gehalten; bis zum denkbar ungünstigsten Augenblick hatte es keinerlei Probleme gegeben, und Lauren war kurz vor dem Auftreten der Schwierigkeiten noch im Maschinenraum gewesen. Ihr

Schweigen, ihre Reserviertheit, ihre Weigerung, über sich selbst zu sprechen, waren weitere Beweise. Er war ein Narr gewesen, daß er nichts vermutet hatte. Er hatte sie wieder und wieder verflucht, und dann hatte er sie gesehen, und ihr Elend war so offensichtlich gewesen, daß sein Zorn verraucht war.

Er wußte immer noch nicht, weshalb er gezwinkert hatte. Ob sich oder ihr zuliebe. Sein Stolz, sein unermeßlicher angeborener Stolz ließ nicht zu, daß er sich vor ihr geschlagen gab. Ebensowenig ertrug er den Ausdruck auf ihrem Gesicht.

Wenigstens hatte man ihm gestattet, sich zu rasieren und umzuziehen, ehe er unter ihren Augen abgeführt worden war. Aber die Fesseln hatten ihn geärgert. Verflucht, aber er hatte es gehaßt, daß sie ihn so sah, gefesselt wie ein Verbrecher und herumgeführt wie ein verdammtes Tier.

Würde er sie jemals wiedersehen? Er bezweifelte es jetzt. Ein Teil von ihm hatte gehofft, daß sie ihn besuchen oder wenigstens im Prisengericht sein würde. Ein Brief, eine Nachricht hätten die Finsternis in seinem Inneren erhellt.

Wieder und wieder hatte er sich ihre Gespräche ins Gedächtnis gerufen, hatte nach einem Hinweis gesucht. Alles lief auf ihre kurze Bemerkung über ihren Bruder und ihren Vater hinaus. Sie hatte gesagt, daß sie sie im Krieg verloren hatte, und in ihren Augen hatten unvergossene Tränen geblitzt.

War es das? Aber hatten sie auf der anderen Seite gestanden? Jetzt erinnerte er sich daran, daß sie niemals wirklich gesagt hatte, in welcher Armee ihr Bruder gedient hatte. Adrian hatte angenommen...

Das war das einzige, was einen Sinn gab. Er würde schwören, daß sie es nicht für Geld getan hatte.

Er setzte sich wieder auf das Bett, da er es leid war,

pausenlos gegen eine Wand zu laufen, sechs Schritt vor und dann wieder sechs zurück. In zwei Tagen, so hatte man ihm gesagt, würde er nach Washington gebracht werden. Vielleicht hätte er dann die Möglichkeit zu fliehen. Aber das bezweifelte er. Er wurde immer streng bewacht, als sei er ein Schwerverbrecher.

Ein Schwerverbrecher?

Ein Vollidiot.

Lauren hatte die Szene seit Stunden geprobt. Sie hatte sich mit Sokrates hingesetzt und alles wieder und wieder durchgespielt.

»Tot«, hatte sie befohlen. Und normalerweise spielte er auch mit. Aber nicht immer.

Adrian hatte ihr von dem Trick erzählt, davon, daß der Affe vollkommen reglos verharrte, bis man ihn am Arm berührte. Aber was würde Sokrates tun, wenn er Adrians Nähe spürte?

Sokrates mußte einfach mitspielen. Er mußte es.

Ebenso wie sie Adrians Festnahme geplant hatte, plante sie nun seine Befreiung. Sie ließ ihre Truhe und den Großteil ihrer neuen Garderobe in Washington und nahm einen Zug nach Baltimore. Sie brauchte nicht viel, so daß eine kleine Tasche genügte.

Die Möglichkeit, daß auch sie die kommenden Wochen in einer Gefängniszelle verbringen würde, war schließlich nicht auszuschließen.

Lauren hatte von Phillips erfahren, daß Adrian nach Washington gebracht würde. Sie hatte von den Sicherheitsvorkehrungen in dem berüchtigten Gefängnis gehört und war sogar vorbeispaziert, bis man ihr gesagt hatte, sie solle verschwinden. Noch nicht einmal auf der gegenüberliegenden Straßenseite durfte man stehenbleiben. Und sämtliche

Besucher mußten von mehreren Personen identifiziert werden. Sie nahm an, Phillips war einer der Kontrolleure.

Lauren wußte, daß sie handeln mußte, ehe Adrian im Gefängnis ankam. Sie nahm an, daß er mit dem Zug nach Washington gebracht würde. Wenn sie nur wüßte, wann. In den Washingtoner Zeitungen, die die Neuigkeit von der Gefangennahme des berühmten Blockadebrechers verkündeten, hatte gestanden, daß er noch in dieser Woche überstellt werden würde, ohne jedoch ein genaues Datum zu nennen. Lauren nahm an, daß man Versuchen zu seiner Befreiung vorbeugen wollte.

Sie besuchte zwei Waffenschmiede in Washington und kaufte bei jedem eine Pistole, wobei sie behauptete, sie wolle sich in diesen »schrecklichen Zeiten« auf der Reise zu ihrem »armen verwundeten Verlobten« schützen. Sie steckte die eine Waffe in eine Tasche, die sie in ihr Kleid genäht hatte, und die andere, eine Derringer, in ihre Reisetasche.

Sie kaufte ein Billet für den Zug nach Baltimore. Er war voll mit verwundeten Männern, die in die Krankenhäuser im Norden verlegt werden sollten, und offenbar bot sie ihnen eine angenehme Abwechslung – eine junge Dame, die allein mit einem Affen unterwegs war. Es war nicht leicht gewesen, Sokrates bei sich zu behalten; allmählich verstand sie, was Adrian mit ihm durchgemacht hatte, und ihre Bewunderung für ihn steigerte sich ins Unermeßliche. Sokrates stürzte zwei Leuten hinterher, die ihm zu nahe kamen, und er hätte sie gebissen, wenn Lauren sich nicht eilig dazwischengeworfen hätte. Ein Vorteil war jedoch, daß sich nur wenige Männer in ihre Nähe wagten, wenn Sokrates sie erst einmal angespuckt hatte.

An einer der Haltestellen kurz nach Washington fand sie genau die Stadt, die sie suchte. Ein paar der Verwundeten wurden ausgeladen, also mußte es ein Krankenhaus geben.

Das hieß, daß ein Fremder nicht weiter auffallen würde. Sie zählte die Minuten bis zum Bahnhof. Vierzig. Hervorragend.

Gerade als der Schaffner die Weiterfahrt des Zuges verkündete, schnappte sie sich Sokrates und die Tasche und stieg aus. Einen Augenblick stand sie einfach auf dem Bahnsteig. Sie fragte den Kartenverkäufer nach einer Unterkunft und nach dem Krankenhaus.

Lauren mußte drei Pensionen abklappern, alles Privathäuser, die die Familien der Verwundeten beherbergten, ehe sie eine fand, in die sie Sokrates mit hineinnehmen durfte.

»Das Haustier meines armen Verlobten«, erklärte sie pflichtschuldig. »Er ist ein entsetzliches kleines Biest, aber Adam hängt so an ihm und . . . nun . . . man sagte mir, daß Adam nicht mehr lange leben wird, und sein größter Wunsch ist es, seinen kleinen Freund noch einmal zu sehen.« Als die Frau sie überrascht anblickte, fügte sie schnell hinzu: »Nach mir, natürlich.« Sie war sich allerdings nicht ganz sicher, ob das stimmte. In ein paar Tagen würde es auf jeden Fall nicht mehr stimmen.

»Natürlich«, sagte die Frau mitfühlend.

Der Rest des Tages verging wie im Flug. Sie besuchte den Mietstall und dann einen Händler, bei dem sie ein paar derbe Männerkleider kaufte, die sie in ihre Tasche steckte. Sie weigerte sich, über die Möglichkeit eines Fehlschlags nachzudenken. Als sie in ihr Zimmer zurückkehrte, hatte sie beinahe die Hälfte des Geldes von Mr. Phillips ausgegeben.

Morgen würde sie Adrian sehen. Bei der Vorstellung wurde es ihr schwindlig. An Schlaf war jetzt nicht zu denken.

Ob er inzwischen einen Verdacht hatte? Ob er es wußte?

Sie verspürte eine eisige Kälte, die nichts mit dem Wetter

zu tun hatte. Sokrates wanderte ziellos durch den Raum. Sie hatte etwas Obst für ihn aufgetrieben und ein paar dünne, harte Kekse, und nachdem er lustlos daran herumgeknabbert hatte, war er zu ihr hinübergekommen und hatte sich voller Verzweiflung an sie geklammert. Nicht einen Moment hatte er die Suche nach Adrian aufgegeben, und er sah sie mit großen, traurigen Augen an, die ihr das Herz brachen.

»Ich vermisse ihn auch«, flüsterte sie.

Aber Sokrates würde ihn zurückbekommen. Sie nicht.

16

Adrian blickte überrascht auf, als der Schlüssel im Schloß seiner Zellentür knarrte. Er würde erst morgen nach Washington überführt, und die Tür wurde nur selten geöffnet; sein Essen und das streng rationierte Wasser wurden durch eine kleine Öffnung am Boden der Zelle geschoben.

Er hatte auf dem Eisenbett gelegen, ins Nichts gestarrt, und versucht, sich das Meer, den Himmel und die Sonne vorzustellen. Dasselbe hatte er mit Ridgely versucht, aber diese Erinnerungen waren zu schmerzlich gewesen. Ebenso schmerzlich wie die Gedanken an Lauren und die Hitze, die diese in seinen Lenden entfachten. In seinem Herzen verspürte er einen überraschenden, anhaltenden Stich.

Er hatte sein Hemd ausgezogen und mit der Uniformjacke ans Kopfende des Bettes gelegt. Es herrschte eine infernalische Hitze in den unterirdischen Zellen, in denen die hohen Julitemperaturen nicht durch den geringsten Lufthauch gelindert wurden. Er nahm an, daß es etwa um die Mittagszeit war. Durch den Rhythmus, in dem man ihm seine Mahlzeiten brachte, hatte er ein recht gutes Zeitgefühl entwickelt, obgleich an diesem Ort zu keiner Minute die Sonne schien. Es gab zwei Mahlzeiten am Tag, einen schlaffen Haferschleim und wäßrigen Kaffee am Morgen und abends für gewöhnlich Bohnen und Brot, sowie gelegentlich ein Stück gammeliges Schweinefleisch.

Als die Tür geöffnet wurde, richtete Adrian sich langsam auf. Seine Wachen waren vorsichtig, das wußte er, weil viel Aufhebens um ihn gemacht worden war. In den ersten paar Tagen seiner Gefangenschaft hatte es einen Strom von Besuchern gegeben, einschließlich hoher Marineoffiziere, Regierungsbeamter und britischer Diplomaten. Aber in den letzten zwei Wochen war niemand gekommen. Entscheidungen waren getroffen worden, und seine Überführung ins Bundesgefängnis hatte man nur bis zum Zusammentreten des Prisengerichts verschoben.

Adrian hatte sich den Wachmännern gegenüber freundlich gezeigt, weil es keinen Grund gab, es nicht zu sein, und weil er einen angeborenen Sinn für Höflichkeit und Stolz besaß. Seine Wachen hatten ihm dies mit rauher Fairneß gedankt. Ganz vorsichtig, aber respektvoll.

»Besuch für Sie, Cabot«, sagte einer der Männer, ein Sergeant, der diesen Zellentrakt, den am strengsten bewachten Bereich des gesamten Gefängnisses, unter sich hatte.

Noch mehr Fragen, dachte er. Noch mehr Fragen über den verschwundenen Lotsen, über die Flüsse und Meeresarme, die er benutzt hatte. Er hatte nichts gesagt, aber seine Häscher hatten nicht lockergelassen und ihm erklärt, daß alles viel einfacher für ihn würde, wenn er nur endlich spräche. Er hatte diese Lüge sofort erkannt; niemals würden sie ihn sich durch die Lappen gehen lassen.

Aber zumindest würde ihn ein erneutes Verhör für eine Weile aus diesem verfluchten Käfig befreien. Er nahm sein einst strahlend weißes Linonhemd, das inzwischen grau von Gefängnisschmutz und trockenem Schweiß war. Dann legte er seine Jacke an und fuhr sich mit der Hand über das Gesicht, wo er neue Bartstoppeln fühlte. Es war ihm gestattet, sich alle zwei Tage unter strenger Bewachung zu rasieren.

Verflucht. Schließlich gab es niemanden, auf den er einen besonders guten Eindruck machen wollte. Plötzlich lächelte er und zuckte mit den Schultern. »Wer ist es denn?«

Der andere Wachmann antwortete mit einem anzüglichen Grinsen. »Eine Frau.«

Adrian spürte, wie sein Herz schneller klopfte. »Eine Frau?«

»Mit einem Baby. Sie sagt, es ist Ihr's und sie braucht Geld.«

Adrian zeigte keine Reaktion. Er hatte Erfahrung darin, seine Gefühle zu verbergen, aber seine Gedanken suchten fieberhaft nach einer möglichen Erklärung.

Ein Baby?

Ein Teil der frohen Erwartung, die ihn bei den ersten Worten des Sergeants erfüllt hatte, erstarb. Bei der Frau handelte es sich offensichtlich nicht um Lauren. Um wen dann? Weiß Gott, in den letzten achtzehn Monaten hatte er wie ein Mönch gelebt, nicht, weil er es gewollt hatte, sondern einfach, weil es ihm an Gelegenheit gefehlt hatte. Da war die Witwe in Charleston gewesen, aber sie war einfach zu erfahren, um ungewollt schwanger zu werden.

Er straffte die Schultern, als er zwischen den beiden Wachmännern die Zelle verließ. Was soll's. Hauptsache, er kam endlich wieder einmal aus der verdammten Zelle heraus.

Adrian wurde einen Gang hinabgeführt, dann noch einen und schließlich eine Treppe hinauf. Endlich blieben sie vor einer Tür stehen. Adrian wartete, bis sie geöffnet wurde, und dann sah er eine Frau, deren schlanken Körper er sofort erkannte.

Sein Herz machte ein paar unregelmäßige Hüpfer, ähnlich den Sprüngen eines Frosches, auf den er einmal in Nassau gewettet hatte. Er betrat den Raum und zwang sich, sich lässig gegen eine Wand zu lehnen, als sei ihm dieser Besuch vollkommen egal.

Lauren hatte auf einem Stuhl gesessen und ruhig geradeaus geblickt, obgleich ihre Gefühle in ihr wie ein Sommergewitter tosten.

In ihren Armen hielt sie ein Bündel. Das Gesicht der kleinen Kreatur, die ruhelos in den Decken strampelte, war nicht zu erkennen.

»Tot«, flüsterte sie, und Sokrates verharrte vollkommen reglos, als verstünde er, daß es sich hier nicht um ein Spiel handelte. Sie erstarrte, als sie hörte, daß die Tür geöffnet wurde, und betete, daß Adrian begreifen würde, was hier vor sich ging.

Bisher war alles nach Plan verlaufen. Bisher.

Inzwischen fiel ihr die Schauspielerei leichter. Tränen waren über ihre Wangen gekullert, als sie ihre Situation erklärt hatte. Sie sei die Tochter eines Kaufmanns, die sich einem skrupellosen Seemann hingegeben hatte und dann, als er sie allein mit einem kranken Baby zurückgelassen hatte, zu Hause hinausgeworfen worden war. Sie hatte von Adrian Cabots Gefangennahme gelesen und war extra den ganzen Weg von South Carolina gekommen. Wenn sie nur mit ihm sprechen könnte, um ihn davon zu überzeugen, ihr zu helfen, sie vielleicht sogar zu heiraten.

Sie war so hysterisch gewesen, daß der Kommandant des Gefängnisses ihr beruhigend die Hand getätschelt und sich darauf beschränkt hatte, ihre Handtasche zu durchsuchen. Die Nervosität hatte sie nicht spielen müssen. Ihre Hände zitterten bei dem Gedanken, daß sie Adrian gleich wiedersehen, in einem Raum mit ihm sein und vielleicht seine Verachtung fühlen würde. Sie verspürte erneut den vertrauten Schauder, die Hitze, die durch ihren Körper zog. Sie vernahm ein Geräusch und erstarrte. Hoffentlich spielte Sokrates weiterhin mit.

Der Sergeant, den sie kurz zuvor beim Kommandanten gesehen hatte, kam herein, dicht gefolgt von Adrian. In seinen Augen blitzte es auf, als er sie sah, und sein Blick wanderte von ihrem Gesicht zu dem Bündel in ihrem Arm. Dann ging er zu einer Wand hinüber und lehnte sich lässig dagegen. Sein Blick verriet keinerlei Regung.

»Meine Liebe, du hättest nicht hierherkommen sollen«, sagte er leise, als sie sich erhob und zu ihm hinüberging. Sein Blick blieb unverändert, aber er empfing sie mit offenen Armen. Lauren spürte, wie ihr Puls zu rasen begann, als sie seinem vorsichtigen, doch zugleich verschwörerischen Blick begegnete. Zwischen ihnen herrschte wieder die vertraute Spannung, wieder waren sie magnetisch voneinander angezogen. Doch es war mehr als bloßes Verlangen, es war dieselbe Erregung, die sie verspürt hatten, als sie auf der Fahrt von Nassau von den Kanonenbooten verfolgt worden waren. Trotz ihrer Angst vor dem Wiedersehen spürte Lauren plötzlich erneut das belebende Gefühl geteilter Gefahr. In der Nacht ihrer Gefangennahme hatte sie es nicht gefühlt. Ihr war einfach zu elend gewesen, aber jetzt . . .

»Sergeant«, sagte sie. Die Tritte gegen die Decke in ihrem Arm verrieten ihr, daß Sokrates Adrians Nähe spürte.

»Könnten Sie uns vielleicht einen Augenblick allein lassen?« Ihre Augen füllten sich erneut mit Tränen.

Aufgeregt beobachtete sie, wie der Blick des Sergeant durch den kahlen Raum wanderte, in dem es nichts gab außer einer Bank, einem Stuhl und einem Tisch.

»In Ordnung, Miss. Dreißig Minuten, aber danach wird er durchsucht.«

Es war eine Warnung, und sie wußte es. Sie nickte.

Der Sergeant bedachte sie mit einem letzten mitfühlenden Blick und verließ den Raum genau in dem Moment, als Sokrates aus den Decken sprang und sich Adrian in die Arme warf. Er schnatterte wütend und zwickte seinem Herrn in die Hand.

Adrian ließ Lauren los und lehnte sich gegen die Tür. Sokrates' Bisse schienen ihn nicht im geringsten zu stören, denn fröhlich schwang er sich den Affen auf die Schulter.

Er war dünner geworden. So viel dünner. Blonde Bartstoppeln bedeckten seine Wangen, und seine normalerweise tadellose Kleidung war zerknittert und fleckig. Seine Hand ruhte auf einer der Pfoten des Affen, als wolle er ihn beruhigen, aber seine gesamte Haltung verriet äußerste Wachsamkeit, als er sie ansah wie ein unberechenbares wildes Tier.

Er zog eine Braue hoch. »Ein Baby?«

Lauren schluckte die Angst hinunter. Wußte er es? War er deshalb so beherrscht? Oder lag es an etwas anderem?

»Ich . . . es war die einzige Möglichkeit, Sie zu sehen.«

»Und sie haben sich Baby Sokrates nicht näher angeschaut?«

»Ich habe ihnen erzählt, er sei mißgebildet, und ich wollte nicht, daß irgend jemand ihn sieht.«

Seine Lippen verzogen sich zu einem fragenden Grinsen. »Mißgebildet?«

»Ich dachte, ich könnte das hier verstecken...« Entschlossen zog Lauren eine kleine Derringer aus dem Dekkenwust.

Adrians Grinsen wurde breiter. »Ein mißgebildetes Baby mit einer Pistole. Darauf hätte ich eigentlich gleich kommen müssen.«

Lauren merkte, wie sich auch ihr Mund zu einem Lächeln verzog. Es war einfach lächerlich. »Nun, es hat geklappt«, sagte sie.

»Bis auf einen Punkt«, gestand er trocken. »Bis darauf, daß sie mich anschließend durchsuchen werden.«

Gibt es denn keine Stelle, an der Sie die Pistole verstecken können?«

»Und dich in die Sache hineinziehen, wenn sie sie finden? Ich glaube kaum. Sie durchsuchen einen ziemlich gründlich. Das habe ich bereits ein paarmal erlebt.«

Lauren hatte Schwierigkeiten, sich zu konzentrieren. Seine Berührung hatte ihr inneres Feuer wieder auflodern lassen. Trotz seiner Ausgezehrtheit sah er einfach gut aus. Die Stoppeln auf seinen Wangen verliehen ihm das Aussehen eines Desperados. Seine Brauen waren nachdenklich zusammengezogen, und sein fragendes Grinsen ließ ihr Herz stolpern wie ein gebrochenes Wagenrad. Sein Gesicht verriet nur Wachsamkeit, weder seine Augen noch sein Mund zeigten auch nur den geringsten Vorwurf.

Sokrates kuschelte sich an ihn. Sein Gesicht war in ungewohnter Zuneigung an Adrians Wange geschmiegt, und Adrian strich dem Affen offenbar geistesabwesend über den Kopf. »Danke, daß du dich um ihn kümmerst«, sagte er. Nun, da er ihr Angebot abgelehnt hatte, war sein Blick wieder vollkommen neutral.

Die ehrliche Wärme in seiner Stimme versetzte Lauren einen Stich, von dem sie fürchtete, daß sie ihn in Zukunft immer verspüren würde. »Ich habe noch einen Plan«, bot sie an.

Er nahm ihren Arm und führte sie von der Wand hinüber zur Bank. Dort zwang er sie, Platz zu nehmen, und ohne den Blick von ihr zu wenden, setzte er sich auf den Stuhl gegenüber. Ein leichtes Lächeln umspielte seine Lippen. »Ich kann es kaum erwarten, davon zu hören«, sagte er trocken.

Trotz ihrer Schuldgefühle war sie einen Augenblick leicht verwirrt, ja sogar böse über seine ironische Reaktion. Es war beinahe, als würde er die Situation ungeheuer genießen. Nicht ihre Bemühungen und auch nicht ihre Anwesenheit, sondern einzig die Komik. Wieder einmal brachte er sie vollkommen aus der Fassung. Sie wünschte sich sehnlichst, sie könnte seine Gedanken lesen, aber er zeigte nicht die Spur eines Gefühls. Obgleich er den Mund zu einem amüsierten Grinsen verzog, blieb sein Blick reglos und unergründlich.

»Ich habe gehört, daß Sie nach Washington überführt werden.«

»Das sagte man mir bereits.«

»Ich habe in einer Stadt kurz vor Washington ein Pferd gekauft. Der Zug wird dort anhalten.«

»Gekauft?« Sein Mund verzog sich erneut. »Du hast keine Skrupel, mir beim Ausbruch aus dem Gefängnis zu helfen, aber du wagst es nicht, ein Pferd zu stehlen?«

Lauren biß sich auf die Lippe. »Und . . .« drängte er.

»Wenn Sie . . . eine Waffe hätten, könnten Sie dann aus dem Zug entkommen?«

»Vielleicht. *Wenn* ich eine Waffe hätte.«

»Sokrates kann sie Ihnen bringen.«

»Wie?«

»Ich werde vorbeigehen . . . genau in dem Moment, in

dem der Zug langsamer wird, und ich werde Sokrates glauben machen, daß Ihre Wache mich bedroht. Wahrscheinlich wird er sie dann angreifen, und Sie könnten dabei helfen, das Tier abzuwehren. In einer Tasche, die ich innen in seine Jacke nähe, wird eine Derringer stecken – die, die ich heute mitgebracht habe.«

»Und weshalb sollte niemand merken, daß ich dem Affen eine Waffe aus der Tasche ziehe?«

»Weil ich einen hysterischen Anfall bekommen werde.«

Adrian starrte sie an. »Ich wußte nicht, daß du so verschlagen bist, Lauren.« Die Worte klangen ruhig.

Laurens Puls raste noch schneller. Seine Augen, diese wunderbaren, charismatischen Augen, schienen ihr direkt in die Seele zu blicken und nach Antworten zu suchen, die sie ihm noch nicht zu geben wagte.

»Sokrates braucht Sie«, erwiderte sie einfach nach einem Augenblick.

»Und du?«

Lauren schluckte.

Er beugte sich hinab, und Sokrates kletterte von seiner Schulter. Adrians Gesicht kam sehr nahe. »Brauchst du mich, Lauren?«

Lauren spürte seinen Atem auf ihrer Haut und seine Hand auf ihrem Arm, die ihn mit langsamen, sinnlichen Bewegungen streichelte. Sie war die Gefangene eines Verlangens, das sie von innen zu verzehren drohte, eines überwältigenden Bedürfnisses, von ihm geküßt, gehalten zu werden.

»Brauchst du mich, Lauren?« fragte er erneut.

»Nein«, antwortete sie abwehrend, aber selbst sie konnte hören, daß sie log.

»Warum bist du dann gekommen? Warum riskierst du dann . . . so viel?«

Lauren konnte ihm keine Antwort geben.

»Warum, Lauren?« Seine Stimme glich einem Dorn, der sich ihr ins Fleisch bohrte.

»Weil es ungerecht ist«, antwortete sie schließlich. »Dieser ... Leutnant wollte Sokrates erschießen.«

»Denkst du wirklich, daß sie ein Interesse daran haben, gerecht zu sein? Auf mich war ein Kopfgeld ausgesetzt, Lauren. Sie brauchten nur eine Entschuldigung. Und es gibt bestimmt genug Leute, die sagen würden, daß es durchaus gerecht ist.« Er zuckte mit den Schultern. »Es kommt nur darauf an, auf welcher Seite man steht.«

»Wie können Sie nur so vernünftig sein?«

Er lächelte schwach. »Ich bin wohl kaum in der Position, um mich anders verhalten zu können. Ich kannte das Risiko.«

»Es ist nicht fair«, sagte sie plötzlich.

Seine Hand ergriff ihr Kinn und hob ihr Gesicht hoch, bis sie ihm in die Augen blickte. »Im Krieg ist niemals irgend etwas fair, meine Liebe.«

Lauren konnte ihren Blick nicht von seinen Augen wenden. Sie zitterte innerlich, und ihr Magen zog sich schmerzhaft zusammen. Wußte er es? Und hatte er recht? War irgend etwas fair? Würde er ihr vergeben? Und würde Larry ihr vergeben, daß sie den Mann rettete, der für seinen Tod verantwortlich war?

Seine Stimme riß sie aus ihren Gedanken. »Du wirst vielleicht selber fliehen müssen oder ebenfalls im Gefängnis landen.«

»Niemand wird wissen, daß ich etwas damit zu tun habe«, sagte sie. »Ich habe einen falschen Namen benutzt ... Die Wachen wissen nichts von Sokrates; sie denken, daß ich ein Baby habe und keinen Affen. Nichts würde mich mit Ihnen in Verbindung bringen.«

»Wirst du mit mir gehen?« Seine blauen Augen waren dunkel und geheimnisvoll, als er versuchte zu ergründen, was sie vor ihm verbarg.

»Nein.«

»Warum nicht?«

»Wir haben keine Zeit für Fragen«, sagte sie verzweifelt. »Die Wache wird gleich zurückkommen.«

Adrian blickte wieder in Richtung der Tür. »Ja«, pflichtete er ihr bei, während er mit sich kämpfte. Himmel, wie sehr er seine Freiheit wollte. Aber konnte er dafür Laurens Sicherheit aufs Spiel setzen?

Und warum half sie ihm wirklich? Nur wegen ihres Sinnes für Gerechtigkeit? Schuld? Liebe? Alles zusammen?

Ihre haselnußbraunen Augen blickten ihn groß und erwartungsvoll an.

So einladend.

Er neigte den Kopf und berührte sanft ihre Lippen. In den letzten drei Wochen hatte er so oft an ihren Mund gedacht, aber selbst der verlockendste aller Träume war nichts im Vergleich zu ihren Lippen, die sich ihm mit nackter, verzweifelter Begierde hingaben.

Dennoch hatte sich sein Verdacht – nein, sein Wissen – hinsichtlich ihrer Rolle bei der Gefangennahme des *Gespenstes* nicht verflüchtigt, und nun versuchte er, die Wahrheit herauszufinden, indem er seinen Mund auf ihre Lippen preßte. Aber die einzige Wahrheit, die er in dieser Liebkosung fand, war das gegenseitige Verlangen, das nun, da er sie bereits verloren geglaubt und die Leere in seinem Inneren kennengelernt hatte, noch mächtiger war als je zuvor.

Wenn sie ihn verraten hatte, bedauerte sie es offensichtlich, sonst wäre sie nicht hier. Und es gab keinen Grund, ihn noch einmal zu betrügen. Die Regierung besaß schließlich bereits sein Schiff und die Ladung.

Ihr Mund öffnete sich, ihre Zunge stieß drängend vor, ihr Körper verschmolz mit seinem in einer schmerzlich vertrauten Art. Verdammt, er wollte sie. Er wollte sie ganz.

Er erschauderte. Verdammte Schwäche. Er konnte sich Schwäche nicht leisten, aber mit ihr vergaß er die Vergangenheit und auch die Zukunft. Die einzige Wahrheit waren ihre Augen, die ihn anblickten, als sei er ein Gott, ihr Körper, der reagierte, als sei er ein Teil von ihm, und ihre Lippen, die versprachen, was Worte nicht zu sagen vermochten.

Ihre Arme hingen um seinen Hals, ihre Hände fuhren durch sein wirres Haar, ihre Finger streichelten über seine Haut, als könnte sie nicht genug von ihm bekommen. Er hatte für einen Augenblick die Augen geschlossen, und nun öffnete er sie und sah, daß ihr Blick tränenverhangen war.

Er wußte, daß sie ihn verraten hatte.

Und er wußte, daß sie ihn liebte.

Und er wußte, daß er zumindest im Moment diese beiden Wahrheiten ertragen konnte.

Adrian zog sie zu sich herauf, und ihre Körper verschmolzen miteinander. Er spürte Hitze, Leidenschaft und Zärtlichkeit, als ihre Tränen seine Haut wie Stücke nassen Silbers berührten. »Du bist eine erstaunliche Frau, Lauren Bradley.«

Er fühlte, wie sie in seinen Armen erstarrte, und er fühlte ihre Furcht. »Hierher ins Gefängnis zu kommen«, erläuterte er. »All das zu planen.«

»Sie . . . werden es also tun?«

Er nickte. Er wollte sie an sich binden. Die letzten paar Wochen hatten gezeigt, wie wichtig sie für ihn war. Egal, was sie getan hatte, oder aus welchen Gründen sie es getan hatte, er wollte sie immer noch. Er würde hinter die Geheimnisse kommen, die sie vor ihm hatte, aber er würde warten, bis sie bereit war, sich ihm anzuvertrauen. Bis dahin würde er sie bei sich behalten. Er würde einen Weg finden. Weil er sich sehr, sehr sicher war, daß nichts anderes jemals wieder von Bedeutung für ihn wäre, ehe er nicht das Geheimnis von Lauren Bradley entdeckt hätte.

Draußen war ein Rascheln zu hören, und Lauren bückte sich eilig, um Sokrates hochzuheben, der sie beide mit großem Interesse beobachtete. Es klopfte, und Adrian hatte gerade noch Zeit genug, Sokrates das magische Wort »tot« zu sagen, ehe der Wachmann hereinkam.

Er küßte Lauren auf die Lippen, langsam, verführerisch und lässig, und ignorierte mehrere dezente Huster in seinem Rücken.

»Natürlich werde ich dich heiraten, meine Liebe«, sagte er mit einem großspurigen Grinsen. »Wenn du mir nur früher etwas von diesem . . . kleinen Kerl hier erzählt hättest. Ich werde in Washington eine Erlaubnis beantragen.«

Er wandte sich an den Sergeanten, der recht verlegen wirkte angesichts dieses zärtlichen Schauspiels. »Ich danke Ihnen, Sergeant, daß Sie mir die Möglichkeit gegeben haben, meiner Ehre Genüge zu tun. Sie dürfen mir gratulieren«, sagte er mit einem Grinsen, das durch und durch ehrlich wirkte, als der Wachmann etwas murmelte.

Adrians Hand ruhte lässig auf Laurens Arm, und er spürte, daß sie zitterte.

»Es wird nicht mehr lange dauern, meine Liebe.« Die Abschiedsworte hallten noch im Raum, als er sich umdrehte und dem Sergeant zunickte. Er eilte aus dem Zimmer und ließ Lauren allein zurück. Sie war verwirrt, erschöpft und seltsam glücklich.

17

Nachdem Lauren das Gefängnis verlassen hatte, kehrte sie in ihr Hotelzimmer in Baltimore zurück. Sie war vollkommen durcheinander.

Sokrates schien ebenfalls völlig aus dem Häuschen zu sein. Er bekam einen Koller und zertrümmerte eine Porzellanschüssel und einen Krug. Sie wußte, es lag daran, daß er Adrian vermißte. Später schmiegte der Affe sich wimmernd in ihre Arme, und sie verzieh ihm das Extrageld, das sie für den Schaden würde bezahlen müssen.

Als er schließlich eingeschlafen war, sah sie die Kleider durch, die sie für ihn von Bord des *Gespenstes* mitgenommen hatte. Sie hatte festgestellt, daß Sokrates gewohnt war, Kleider zu tragen, und deshalb niemals ohne Kleider herumlaufen konnte. Sie fand, was sie suchte, eine kleine, weite Jacke und passende Hosen. In die Innenseite der Jacke nähte sie eine Tasche, in die sie die kleine Derringer steckte, die sie mit einem dünnen, leicht zu lösenden Band befestigte.

Und dann bürstete sie ihr Haar, wobei sie sich im Spiegel betrachtete. Sie wußte nicht mehr, wer sie war. Auf jeden Fall war die Lauren, die ihr aus dem Spiegel entgegenblickte, vollkommen fremd.

Wie konnte sie auch nur daran denken, dem Mann zu helfen, der für den Tod ihres Bruders verantwortlich war?

Wie hätte sie ihm nicht helfen können?

Die alte Lauren hatte nicht dieses erregte Blitzen in den Augen gehabt. Wie ihr Vater einmal gesagt hatte, war sie »wie die sanfte Abenddämmerung gewesen«. Larry hingegen war das glühende Morgenrot gewesen, der Abenteurer. Sie war zu Hause geblieben, hatte sich um das Feuer gekümmert, gekocht, genäht. Sie war immer vernünftig und verantwortungsbewußt gewesen, bis sie einem Impuls nachgegeben und Mr. Phillips' Plan zugestimmt hatte. Und jetzt wurde sie von einer Welle getragen, die sie weiter und weiter vom bekannten Ufer forttrug.

Was ihr wirklich angst machte, war die Erkenntnis, daß sie gar nicht zurück wollte. Die Erregung der Herausforderung, der Gefahr hatte sie ebenso süchtig gemacht wie Adrian Cabot.

»Verzeih mir, Larry«, flüsterte sie dem Spiegel entgegen, und irgendwie wußte sie, daß er sie verstehen würde.

Aber bald wäre alles vorbei. Sie würde Adrian verlassen, und er würde sie niemals wiederfinden. Selbst wenn er sie finden wollte, selbst wenn er niemals erführe, welche Rolle sie bei der ganzen Sache gespielt hatte ...

Auf dem Bahnsteig herrschte reges Treiben. Zahllose gehetzte, aufgeregte Stimmen schwirrten durcheinander.

Nicht weit weg, in Pennsylvania, wurde gerade eine Schlacht ausgetragen. An einem Ort namens Gettysburg. Hunderttausende von Männern waren daran beteiligt. In der telegraphischen Mitteilung hieß es, Tausende seien tot oder verwundet.

Lauren hörte immer neue Gesprächsfetzen. Die Konföderierten waren dabei auszubrechen; Washington war wieder in Gefahr; die Union verlor; die Konföderierten verloren.

Überall herrschte Panik und Eile.

Ein Gefühl der Trostlosigkeit überkam sie, als verschiedene Bilder vor ihr auftauchten. Die Kanone, der Rauch, die Toten. Ein Teil der freudigen Erwartung angesichts des heutigen Tages legte sich, als der Krieg sie wieder einmal einholte. Sie hatte dafür gesorgt, daß die Kanone nicht in die Hände der konföderierten Armee gelangte, aber wurde diese Kanone jetzt vielleicht gegen die Soldaten des Südens verwendet? Die Begegnung mit Clay und einigen anderen Südstaatlern in Nassau hatte ihr jede Parteilichkeit genommen. Ob sie nun aus dem Norden oder Süden kamen, sie alle waren junge Männer mit Hoffnungen und Träumen und Freundinnen und Familien.

»Mit jedem Mann, der stirbt, stirbt ein Teil von mir.« John Donne hatte diese Worte vor mehr als zweihundert Jahren geschrieben. Sie hatten schon immer wunderbar geklungen, aber jetzt empfand sie sie als quälend, als real, als verheerend, da sie selbst in gewisser Weise Teil dieses Krieges geworden war. Sie selbst hatte sich dazu gemacht.

So entsetzlich die Neuigkeiten auch waren, lenkten sie die Leute doch wenigstens von der schlicht gekleideten Frau mit dem Baby auf dem Arm ab. Wenn sie dann noch erklärte, daß sie auf der Suche nach ihrem verwundeten Ehemann war, war ihr das Mitgefühl aller Umstehenden sicher.

Lauren hatte gehofft, daß Adrian sich gleich im ersten Zug befinden würde, aber da sie ihn dort nirgends entdeckte, spazierte sie hinüber in einen kleinen Park, wo sie sich ins Gras setzte und wartete, bis es Zeit war, zum Bahnhof zurückzukehren. Sokrates wurde schwerer und schwerer, ebenso wie ihre Reisetasche.

Es war noch eine Stunde Zeit, ehe der nächste Zug kam, und Lauren wartete vor dem Bahnhof, da sie nicht wollte, daß irgend jemand sie scheinbar planlos auf dem Bahnhof herumlungern sah. Sie ging auf und ab, als suche sie jemanden, und das angebliche Baby in ihrem Arm hielt die Männer in respektvollem Abstand. Schließlich kam der Gefängniswagen, und Adrian wurde in Handschellen herausgeführt, flankiert von zwei Männern in Marineuniform. Keine der beiden Wachen hatte sie zuvor schon einmal gesehen, und sie murmelte ein kurzes Dankgebet; sie hatte befürchtet, daß Adrian vielleicht von einem der Männer begleitet würde, denen sie zuvor im Gefängnis begegnet war. Sie rannte auf den Bahnsteig, um eine Karte zu lösen, doch es gab keine mehr. Verzweifelt wandte sie sich an einen der Umstehenden, der sich nach einem mitleidigen Blick auf die einfache Frau bereit erklärte, ihr seinen Fahrschein abzutreten und einen späteren Zug zu nehmen. Dann drehte sie sich um und beobachtete Adrian, wie auch fast alle anderen Menschen auf dem Bahnsteig es taten.

Er war größer als seine Bewacher, größer als beinahe alle Menschen auf dem Bahnhof, und trotz seiner schmutzigen Uniform und den eisernen Handschellen war er die beeindruckendste Gestalt weit und breit. Er war frisch rasiert, und seine blauen Augen blickten gelangweilt. Verschiedene uniformierte Männer stießen Beleidigungen aus, und andere starrten ihn einfach an, aber das ganze Schauspiel schien ihn nicht im geringsten zu erschüttern. Seine Miene war vollkommen reglos, selbst in dem Moment, als er Lauren erblickte.

Seine Augen wanderten kurz zu dem Bündel in ihrem Arm, und dann zu ihrem Gesicht. Sie nickte unmerklich, und er wandte sich zu einem seiner Bewacher um.

Auch Lauren ging in eine andere Richtung. Sie wollte nicht, daß Sokrates Adrians Nähe bemerkte.

Die Fahrkarte in der Hand bestieg sie schließlich den Zug und setzte sich auf eine der harten Bänke im selben Abteil wie Adrian. Sie saß mit dem Rücken zur Fahrtrichtung und beobachtete, wie Adrian zur Bank in der letzten Reihe geführt wurde. Er lehnte sich mit dem Rücken an die Wand und blickte zu ihr hinüber. Da jedoch noch zehn Bankreihen zwischen ihnen lagen, und der Zug voller

Leute war, konnte Lauren schließlich nur noch seinen Scheitel sehen.

Beißender Rauch zog durch das Abteil, und mit Pfeifen und Knirschen setzte sich der Zug in Bewegung. Mit einem Ruck sprang der Waggon nach vorn, ehe die Bahn allmählich an Tempo gewann.

Lauren war fest entschlossen.

Das Bündel in ihren Armen begann sich zu bewegen. Sie hatte Sokrates so ruhig wie möglich gehalten, weil sie nicht wollte, daß der Schaffner ihr womöglich verbot, mit dem Affen den Zug zu besteigen. Jetzt blickte sie ihre Banknachbarn an. Sie hatte den Platz am Fenster, und neben ihr saßen zwei Uniformierte. Ihr gegenüber saßen ein Mann, eine Frau und ein etwa zwölfjähriger Junge.

Sie wußte nie genau, wie die Leute auf Sokrates reagierten. Adrian war es immer egal gewesen, aber er hatte genug Selbstsicherheit, Selbstvertrauen und Charme, um mit jeder Situation und jedem Menschen fertig zu werden. Selbst jetzt sah sie, daß er seinen Kopf neigte, um mit den Wachmännern zu plaudern, und auch im Gefängnis in Baltimore war deutlich gewesen, daß die Bediensteten ihm gegenüber zwar Vorsicht walten ließen, ihn jedoch durch und durch respektierten.

Zuerst tauchte Sokrates' Kopf auf, sein seltsamer, reizender Altmännerkopf mit dem fragenden Ausdruck, und dann seine knochigen Finger. Er trug einen Matrosenanzug. Die Jacke mit der Derringer war in ihrer Reisetasche. Sie würde sie ihm erst anziehen, wenn es losginge. Sie hatte ihm das Halsband angelegt und hielt die Leine fest in der Hand.

»Das Haustier meines Mannes«, erklärte sie den Umsitzenden, die in erstauntes Schweigen verfallen waren. »Er war Hochseekapitän, ehe er sich bei der Marine meldete. Er wurde verwundet ...« Es war dieselbe Geschichte, die sie bereits zuvor erzählt hatte, und auch jetzt wurde sie mit Mitgefühl und Interesse aufgenommen.

Der Junge streckte die Hand aus, um Sokrates zu streicheln, und Lauren hielt den Atem an. Aber Sokrates ließ die Berührung zu, und dann kratzte er an Laurens Tasche, da er etwas zu essen suchte. Er kaute zufrieden vor sich hin, als der Schaffner kam, um nach den Fahrkarten zu fragen. Der Zugbegleiter zog eine Braue hoch, sagte aber nichts.

»Kann er auch Kunststücke machen?« fragte der Junge, nachdem der Schaffner weitergegangen war.

»Er kann beten«, sagte Lauren, die den neugierigen Jungen mochte.

»Zeigen Sie das mal.«

»Ich fürchte, er macht es nur, wenn er will«, sagte Lauren. »Aber ich kann's ja mal versuchen.«

Der Junge grinste erwartungsvoll, und Lauren blickte Sokrates an. »Sag danke.« Wie an dem Abend, als Lauren mit Adrian auf dem *Gespenst* gespeist hatte, legte Sokrates die Hände zusammen und neigte den Kopf. Ihre Banknachbarn klatschten begeistert, und andere Leute reckten die Köpfe.

Nicht gerade die beste Möglichkeit, nicht aufzufallen, dachte Lauren, aber wie sollte man mit einem Affen jemals nicht auffallen? Sie hoffte nur, daß die Leute sich an den Affen erinnern würden und nicht an sie.

Sie gab Sokrates noch einen Keks, und er nahm zufrieden Platz. Das Essen und die allgemeine Aufmerksamkeit gefielen ihm. Lauren lehnte sich in ihrem Sitz zurück und schloß die Augen in der Hoffnung, so jeder weiteren Unterhaltung aus dem Weg zu gehen. Vor lauter Aufregung zog sich ihr Magen zusammen.

Es war spät am Nachmittag. Adrian blickte aus dem Fenster auf die vorbeirasende Landschaft. Er versuchte, sich auf die dicht bewaldeten Hügel zu konzentrieren. Mit etwas Glück würde er bald dort verschwunden sein.

Sein Herz raste, wenn er an Lauren dachte. Sie riskierte allerhand. Der Gedanke, nach den letzten paar entsetzlichen Wochen endlich wieder frei zu sein, beflügelte ihn, aber jetzt fragte er sich, wie er es zulassen konnte, daß Lauren in die Sache hineingezogen wurde.

Seine Hände ruhten in seinem Schoß, und die schweren Eisenfesseln zogen daran. Den Schlüssel hatte Leutnant Woods in der Tasche. In der rechten Innentasche. Adrian hatte jede Bewegung der beiden Männer mit den Augen verfolgt, seit sie seine Zelle betreten und ihm die Eisenhandschellen mit schnellem, geübtem Griff angelegt hatten.

Er hatte sich kooperationsbereit, ja sogar freundlich gegeben, und die beiden hatten diese Art erwidert, obgleich ihre Wachsamkeit dadurch nicht im geringsten nachgelassen hatte. Sie hielten ihn geschickt von der Menge fern, manövrierten ihn mit Leichtigkeit, wohin sie ihn haben wollten, und ihm wurde klar, daß dies nicht ihre erste Gefangenenüberführung war. Man hatte die Besten ausgewählt, um ihn zu begleiten.

Der zweite Mann war älter. Er war schlank, doch kräftig, und in seinen Augen spiegelte sich die Erfahrung langer Jahre wider. Sein Name war Eben.

Adrian hatte gefragt, woher sie kamen, hatte Interesse an ihren Familien bekundet und Fragen über Washington und das alte Kapitolsgefängnis gestellt. Eben hatte nur mit den Schultern gezuckt, und er hatte daraus geschlossen, daß es kein sonderlich angenehmer Ort sein konnte. Dann hatte er die Sprache auf die See gebracht, wo sie gewesen waren, auf was für Schiffen sie gedient hatten. Ein Teil der Spannung hatte sich gelegt, als die drei Männer über Häfen und Frauen und Schiffe sprachen.

Gelegentlich erhaschte er einen flüchtigen Blick von Lauren zwischen all den anderen Leuten, hörte das allgemeine Gelächter und Beifall, der Sokrates gezollt wurde. Laurens Nähe spürte er tief in seinem Innersten. Er mußte sich zwingen, die Unterhaltung mit seinen Bewachern weiter dahinplätschern zu lassen.

Hin und wieder spielten seine Finger mit der Eisenkette, die seine Handgelenke verband. Sie war kurz, kürzer als die Kette, mit der er an Bord des *Gespenstes* gefesselt gewesen war. Seine Bewegungsfähigkeit war stark eingeschränkt, und er fragte sich, ob es ihm überhaupt gelingen würde, Sokrates unauffällig die Waffe aus der Tasche zu ziehen. Wenn nur die Kette ein paar Zentimeter länger wäre.

Aber sie war nicht länger. Plötzlich streckte er die Hände vor, um seine verkrampften Arme ein wenig zu lockern. Er bemerkte, daß der Leutnant jede seiner Bewegungen genau verfolgte.

»Könnte ich mich vielleicht für einen Moment hinstellen?«

Der Leutnant nickte. »Aber machen Sie keine hastigen Bewegungen.«

Adrian schwankte, als er versuchte, in dem ratternden Zugabteil sein Gleichgewicht zu finden. Er stand langsam auf und spürte, wie seine Glieder zu neuem Leben erwachten. Er hielt seine Hände weiter vor dem Schoß, da er kein großes Interesse daran hatte, die Aufmerksamkeit der Leute auf die Tatsache zu lenken, daß er ein Gefangener war. Seine Augen überflogen das Abteil. Lauren trug wieder das graue Kleid, das sie bei ihrer ersten Begegnung in Nassau getragen hatte, und sie hatte ihren Hut tief ins Gesicht gezogen. Ihr Aufzug war bescheiden, und ihr Haar war streng zurückgekämmt. Sie würde niemandem auffallen, wenn da nicht der Affe wäre, der zufrieden in ihrem Schoß schlummerte. Adrian mußte bei diesem Anblick lächeln. Sie hatte einfach eine Art, mit dem Biest umzugehen ... Keine andere Frau würde so etwas tun, eine solch waghalsige Flucht planen und ausführen. Keine andere Frau würde ...

»Kapitän Cabot.« Die Worte waren knapp, ein Befehl, sich wieder hinzusetzen. Er überflog mit den Augen den Rest des Abteils, und er merkte sich, wie viele Uniformierte anwesend waren. Die Flucht würde schwierig, aber nicht unmöglich, nicht mit einer Pistole. Neben ihm war eine Tür, die auf eine Plattform hinausging und von dort in ein anderes Abteil. Er hatte sich alles genau angesehen, als er zum Zug und dann an seinen Platz gebracht worden war.

»Cabot!« Dieses Mal war der Befehl eindeutig. Adrian setzte sich und bedachte den Leutnant mit einem gequälten Lächeln.

Verdammt, er hatte es einfach satt, permanent herumkommandiert zu werden, er war die Handschellen und die Zellen einfach leid. Mit Gottes Hilfe würde er das alles bald hinter sich lassen ...

»Ich brauche etwas frische Luft«, sagte Lauren zu ihren Banknachbarn.

Die beiden Offiziere standen auf und traten höflich in den Gang hinaus. Sie hatte genau aufgepaßt, an welcher Stelle der Strecke sich der Zug befand. In ein, zwei Minuten würde der Zug langsamer werden, und der Waggon würde genauso schwanken wie bei der Abfahrt aus Baltimore.

Als sie die saubere, kleine Jacke aus der Tasche geholt und dem protestierenden Sokrates angezogen hatte, hatte sie die Derringer gefühlt. Ihr Herz hatte einen Satz gemacht wie ein aufgeregter Vogel, der zum Flug ansetzt. Ihre

Hände hatten leicht gezittert, doch dann hatte etwas anderes als Furcht die Oberhand gewonnen, dieselbe geheimnisvolle Mischung aus kühler Sicherheit und freudiger Erregung, die sie schon einmal verspürt hatte.

Beruhigend tätschelte sie Sokrates, während sie den Griff um die Leine lockerte.

Als sei ihr von der Hitze schwindlig, ging sie langsam den Gang hinab, während sie auf den richtigen Augenblick wartete. Sokrates trottete gehorsam an der Leine hinter ihr her. Plötzlich gab es einen Ruck, und Lauren stürzte auf den Leutnant, der neben Adrian saß. Der Mann streckte automatisch die Arme aus, um sie aufzufangen, und Sokrates, der ihr helfen wollte, machte einen Satz in Richtung des vermeintlichen Gegners und biß ihm kräftig in den Unterarm. Dann entdeckte er Adrian und stürzte sich kreischend auf ihn.

Es herrschte allgemeine Aufregung. Lauren schrie und klammerte sich an die Bank, als würde sie jeden Moment in Ohnmacht fallen, und der Leutnant sprang instinktiv auf, um sie zu stützen. Der zweite Wachmann beobachtete jede Bewegung der beiden. Lauren sah nichts. Sie konnte nur hoffen, daß Adrian die Minute hatte, die er brauchte, um die kleine Pistole zu finden.

Sie gab ihm soviel Zeit wie möglich, indem sie dem Leutnant entgegenschwankte, als der Zug langsamer wurde und auf den Gleisen knirschte.

Plötzlich kam die Bahn zum Halten, und sie stürzte gegen den Marineoffizier, so daß sie beide rückwärts gegen Adrian prallten. Sokrates kreischte erneut, und das gesamte Abteil befand sich im Aufruhr.

Lauren ließ sich aufhelfen und schnappte sich Sokrates, der Adrian nicht verlassen wollte. Aber Adrian schubste ihn, so gut es mit seinen Handschellen ging, in Richtung von Lauren. »Das verdammte Biest hat mich gebissen«, schnaubte er empört.

Lauren packte Sokrates, starrte auf Adrians Fesseln und verkündete mit funkelndem Blick: »Wahrscheinlich haben Sie ihn vergiftet, Sie . . . Sie Verbrecher.«

Sokrates verstärkte das Durcheinander noch durch sein böses Schnattern.

»Miss«, versuchte der Leutnant es. »Sie müssen bitte wieder an Ihren Platz gehen. Dies hier ist ein Gefangener der Marine.«

»Er hat versucht, meinen Affen umzubringen.«

Adrian wandte sich an den Leutnant. »Wilde Tiere in einem Zug! Was für ein Land ist das hier eigentlich? Schließlich kann man nie wissen, was für Krankheiten so ein Biest hat.«

Der Leutnant starrte ihn entgeistert an. »Um Himmels willen, Kapitän, das ist doch bloß ein . . . Affe.«

Lauren wußte, daß sie gehen mußte. Adrians Mund zitterte bereits leicht, und sie selbst konnte kaum noch das Lachen verbergen. Seine Miene verriet ihr, daß er die Waffe gefunden hatte; es hatte also keinen Sinn, noch weiter Theater zu spielen.

Sie verstärkte ihren Griff um den protestierenden Sokrates. »Ich hoffe, Sie hängen ihn«, sagte sie in gerechtem Zorn, ehe sie an ihren Platz zurückkehrte, ihre Reisetasche schnappte und den Zug verließ.

Adrian spürte den beruhigenden Druck der Derringer, die er in seinen Hosenbund gestopft hatte. Sie war keine zehn Zentimeter lang und ließ sich problemlos unter seiner Jacke verstecken.

Die zeitliche Abstimmung war jetzt das wichtigste. Lauren hatte ihm genau erklärt, wohin er gehen sollte, nachdem er den Bahnsteig verlassen hatte. Er würde genau in dem Augenblick aussteigen, wenn der Zug wieder anfuhr; es würde einige Zeit dauern, ehe der Zug erneut zum Halten käme, und noch mehr Zeit, um einen Suchtrupp loszuschicken.

Er sah an sich hinab. Sokrates hatte ihn vor lauter Aufregung gebissen, und das Blut rann ihm über die Hand. Etwas Besseres hätte ihm nicht passieren können. Er war seinem streitsüchtigen kleinen Freund wirklich dankbar.

Er hörte, daß sich das Geräusch der Motoren leicht veränderte, als würden sie wieder höher gestellt, um sich erneut in Bewegung zu setzen.

Adrian hob seine gefesselte linke Hand. »Ich werde den ganzen verdammten Zug vollbluten, wenn Sie nichts unternehmen.«

Der junge Begleitoffizier blickte bestürzt auf die Hand seines Gefangenen. Seine eigene Hand schmerzte ebenfalls vom Biß des Affen, aber sie blutete bei weitem nicht so heftig. Er wandte sich an den anderen Bewacher. »Suchen Sie den Schaffner und sehen Sie, ob Sie etwas Wasser und Verbandszeug finden. Ich bleibe solange bei ihm.«

Der ältere Mann nickte und quetschte sich an Adrian und dem Leutnant vorbei. Als er im Gang verschwunden war, ließ Adrian die Derringer aus der Tasche gleiten und drückte sie dem Leutnant an die Seite.

»Außerdem brauche ich ein bißchen frische Luft.«

Der Offizier erstarrte.

»Stehen Sie ganz langsam auf, Leutnant«, sagte Adrian mit leiser Stimme, so daß nur der Mann neben ihm ihn hören konnte. »Ich habe schon einen Mann erschossen; ich habe also nichts mehr zu verlieren, wenn ich noch einen Mann erschieße.«

Der Offizier erhob sich. Seine Miene verriet Wut.

»Zur Tür raus und auf die Plattform, und immer schön bei mir bleiben«, befahl Adrian, während er sich neben den Leutnant stellte und die Derringer mit der Hand verdeckte. Sie erreichten die Tür, und Adrian drückte seinem Begleiter den Lauf der Waffe fester in den Rücken.

Dann waren sie draußen auf der kleinen Plattform in der drückenden Sommerhitze. Als der Zug sich langsam in Bewegung setzte, wandte der Unionsoffizier sich zu Adrian um. »Anders rum«, sagte er. »Drehen Sie sich um. Sofort!«

Mit bleichem Gesicht folgte der Leutnant dem Befehl. Adrian blickte sich eilig um, um sicherzugehen, daß niemand in der Nähe war, hob die kleine Waffe und schlug dem Offizier in dem Augenblick auf den Hinterkopf, als der Zug schneller wurde. Adrian fing den Mann auf und lehnte ihn gegen eine Wand des schwankenden Zuges, um sicherzustellen, daß er nicht hinunterstürzte. Er fand die Schlüssel seiner Handschellen und befreite sich so schnell es ging. Der Zug verließ bereits den Bahnhof und fuhr an mehreren Wagen vorbei, die auf einem Nebengleis abgestellt waren.

Adrian schwang sich von der Plattform und landete schwankend auf seinen Füßen. Zunächst verbarg er sich hinter den leeren Waggons, und dann begab er sich eilig hinter den Bahnhof. Er richtete sich auf und mischte sich unauffällig in die Menge. Seine Kleidung war die eines Hochseekapitäns, und es war nicht erkennbar, welcher Armee er vielleicht angehörte. Er wußte, daß er relativ sicher war, bis seine Wächter Alarm schlugen.

Er folgte der von Lauren angegebenen Richtung und eilte die Hauptstraße des Ortes hinab, der wahrscheinlich früher ein recht verschlafenes Nest gewesen war. Nun jedoch hatte ihn die Lage zwischen Baltimore und Washington zu einem betriebsamen Krankenhaus- und Militärzentrum gemacht, in dem es vor Leuten und Uniformen nur so wimmelte.

Adrian hörte das entfernte Pfeifen des Zuges. Er bewegte sich immer noch von ihm weg. Wieviel Zeit hatte er? Würde der Heizer das Gefährt anhalten und umkehren, um einen entlaufenen Gefangenen zu verfolgen?

Er rieb sich die schmerzenden Gelenke und stellte fest, daß die Handschellen rote Ringe hinterlassen hatten. Aber seine Füße trugen ihn immer weiter. Der Weg, den Lauren ihm beschrieben hatte, führte an der Rückseite der Geschäfte vorbei und endete hinter einem der Häuser. Lauren trat aus dem Schatten eines großen Baumes, und Sokrates stürzte sich auf seinen Herrn.

Mit dem Tier auf dem Arm ging Adrian zu ihr hinüber und strich ihr einen Augenblick über die Wange, um sich zu vergewissern, daß sie tatsächlich vor ihm stand.

Ihr Gesicht verriet Besorgnis, aber in ihren Augen blitzte eine Erregung, die er nur allzu gut verstand. »Ihre Wachen . . .?«

»Einer ist bewußtlos . . . ich nehme an, der andere kümmert sich um ihn. Ich bin abgesprungen, als der Zug gerade losfuhr. Es wird etwas dauern, bis sie den Zug angehalten haben.«

Lauren biß sich auf die Lippe. Sie hatte es geschafft. Sie hatte ihm zur Flucht verholfen. Und niemand kannte ihren Namen; sie hatte sich überall als Elsie Brown ausgegeben. Sobald sie wüßte, daß Adrian sicher auf dem Weg nach Süden war, würde sie nach Delaware zurückkehren, eine Woche dort bleiben und dann Mr. Phillips erklären, daß sie nicht noch einmal nach Nassau führe. Niemand würde auf den Gedanken kommen, daß sie etwas mit der Flucht zu tun hatte. Sokrates war die einzige Verbindung zwischen ihnen beiden, und hoffentlich würde niemand die Offiziere der *Allegheny* fragen, wer sich des eigensinnigen Affen angenommen hatte. Wenn nötig, könnte sie sagen, daß ein Freund von Cabot das Tier genommen hatte. Außerdem war sie ja schließlich verantwortlich für Adrians Verhaftung, also würde wohl kaum jemand denken, daß sie ihm bei der Flucht behilflich gewesen war.

»Sie müssen sich beeilen«, sagte sie. Sie bückte sich und öffnete die Reisetasche. »Ziehen Sie sich um. Ich mache Ihnen dann noch einen Verband um den Kopf. Versuchen Sie, möglichst benommen zu wirken, wenn wir zu dem Mietstall kommen.«

Er streckte die Hand aus und ergriff die ihre. »Sie überraschen mich immer wieder, Miss Bradley.«

Lauren wich seinem Blick aus und wandte sich von ihm ab. »Beeilen Sie sich.«

Das tat Adrian. Mit raschen Bewegungen knöpfte er das Baumwollhemd über seinen abgescheuerten Handgelenken zu. Es war etwas eng, aber es würde gehen. »Lauren«, sagte er, als er die Hose zuknöpfte.

Sie drehte sich zu ihm um und rieb den weißen Verband mit dem Blut an seiner Hand ein. Dann stellte sie sich auf Zehenspitzen und wickelte ihm den verschmierten Stoff um den Kopf und über sein linkes Auge, bis sie der Meinung war, daß er elend genug aussah.

Lauren legte den Kopf schief und bewunderte ihr Werk. Dann übergab sie Adrian ein kleines Bündel. Er zog eine Braue hoch. »Und was haben wir hier noch?«

Sie biß sich auf die Lippe. »Eine . . . Waffe und etwas zu essen.«

Adrian schüttelte verblüfft den Kopf und blickte auf die Reisetasche. »Und das?«

Lauren versteckte sie hinter ein paar Büschen. Es wäre

lästig, sie auf einem Pferd mitzunehmen. Und außerdem hatte die Tasche ihren Zweck erfüllt.

»Kommen Sie mit«, sagte sie. »Und sprechen Sie nicht. Ihr englischer Akzent ist ziemlich . . . auffällig.«

Er grinste und verbeugte sich vor ihr. »Du hast mich bis hierher gebracht. Also bin ich bereit, dir auch weiterhin zu folgen.«

Sein Blick ruhte kurz auf ihr. Ihre Augen waren groß und ernst, und ihr Mund zitterte, als sie sich auf die Lippe biß. Die plötzliche Ungewißheit paßte nicht zu der minutiösen Planung der letzten paar Stunden. Sie hatte sich im Zug als hervorragende Schauspielerin erwiesen, und sie hatte ihn immer wieder überrascht . . . angefangen mit ihrem Besuch im Gefängnis bis hin zu der Leichtigkeit, mit der sie ihm einen Verband angelegt hatte. Er mußte sich eingestehen, daß Lauren Bradley Talente besaß, die er niemals vermutet hätte, und die ihn in der Überzeugung bestärkten, daß sie tatsächlich etwas mit der Gefangennahme des *Gespenstes* zu tun gehabt hatte.

Aber es war nicht der richtige Augenblick, um über dieses Thema zu sprechen.

Sie hatte sich bereits in Bewegung gesetzt, und er eilte neben ihr her, als sie um die Ecke in die Hauptstraße bog. Sie nahm seinen Arm, als wolle sie ihm helfen, und führte ihn zu dem Mietstall.

Dort standen zwei bereits gesattelte Pferde, einer mit einem Damensattel. Er wußte, sie mußte den Zug verlassen, das Satteln der Pferde befohlen und ihn dann getroffen haben. Wieder einmal bewunderte er ihre Fähigkeiten und ihre Effizienz.

Ihre Stimme klang jedoch vollkommen anders, als sie sich an den Stallbesitzer wandte, sanft, bittend und dankbar.

»Vielen Dank, Mr. Simmons. Sie sind wirklich sehr freundlich. Dies ist mein Mann, Leutnant Brown. Sie müssen ihn entschuldigen. Er ist immer noch . . . etwas . . .« Ihre Stimme brach, und eine Träne kullerte über ihre Wange.

»Natürlich, Mrs. Brown«, sagte der Mann. »Aber sind Sie sicher, daß er reiten sollte?«

»Der beste Ort, um gesund zu werden, Mr. Simmons, ist zu Hause«, sagte sie leise. »Es ist wirklich nicht sehr weit.« Sie nahm ein paar Münzen aus ihrer Handtasche und gab sie ihm, woraufhin sein Lächeln noch breiter wurde.

»Erlauben Sie mir, Ihnen beim Aufsitzen behilflich zu sein.«

Lauren nickte ihm dankbar zu. »Aber könnten Sie vielleicht dem Leutnant zuerst helfen . . . Er ist immer noch . . . sehr schwach.«

Adrian mußte ein Lächeln unterdrücken. Es fiel ihm schwer, weiterhin den Umnebelten zu mimen. Lauren ging zu ihm hinüber und nahm Sokrates, als der Mann seine Hände zusammenlegte, um Adrian aufs Pferd zu helfen. Dann gab Lauren Adrian den Affen zurück und wartete darauf, daß der Stallbesitzer ihr in den Damensattel half. Die unbeholfene Art, mit der sie auf dem Sattel Platz nahm, zeigte Adrian, daß sie nicht gerade eine gute Reiterin war, und wieder einmal mußte er ihren Mut und ihre Entschlossenheit bewundern.

Er starrte geradeaus und gesellte sich neben Lauren, die ihr Pferd sanft antrieb. Sie hatten die Stadt beinahe verlassen, als ihnen drei Soldaten in blauen Röcken entgegenkamen. Adrian hatte nach dem Pfeifen des Zuges gehorcht, nach einem Zeichen, daß der Zug kehrt gemacht hatte oder daß Alarm gegeben worden war. Bisher hatte er nichts vernommen, aber trotzdem erstarrte er, als der leitende Offizier sein Pferd neben Lauren zum Stehen brachte.

»Lauren«, sagte er, und ein Lächeln breitete sich auf seinem Gesicht aus. »Wie schön, ein bekanntes Gesicht zu sehen.« Sein Blick fiel auf Adrian, den er neugierig musterte.

»Michael«, grüßte sie zurück. »Ich helfe im Krankenhaus aus. Leutnant . . . Brown ist einer der Patienten.«

»Und . . . Larry? Ich bin seit Monaten nicht mehr zu Hause gewesen.«

Adrian beobachtete, wie Lauren erbleichte. »Er ist . . . tot.«

»Verdammt, tut mir leid, das zu hören. Das wußte ich nicht.«

»Vor ein paar Monaten. Michael . . . Ich muß weiter . . . Der Leutnant kann nicht lange auf einem Pferd sitzen.«

»Du arbeitest also im Krankenhaus? Ein Freund von mir ist auch dort . . . Phil . . . du kennst doch Phil Connors . . . hast du ihn zufällig vielleicht einmal gesehen?«

Sie schüttelte den Kopf.

»Ich bin bei einer Versorgungseinheit. Südlich von hier sind wir in einen Hinterhalt geraten. Paßt also auf, falls ihr in diese Richtung reitet . . . auch wenn es nicht weit von Washington ist. Wir haben gehört, daß Stuart irgendwo in der Nähe sein soll.«

Lauren nickte.

»Ich werde mal versuchen, vorbeizukommen und dich zu besuchen, Lauren. Das mit Larry tut mir leid. Ich weiß, wie nahe ihr einander gestanden habt . . .«

»Danke«, sagte Lauren. Sie hatte ihr Gesicht abgewandt, so daß Adrian es nicht mehr sah.

Der Offizier legte grüßend die Hand an den Hut und trieb sein Pferd dann weiter Richtung Stadt. Die beiden anderen Soldaten folgten ihm.

Adrians Blick ruhte auf Lauren. Sie schlug die Augen

nieder, und ihre Hände zitterten leicht. »Wir . . . wir beeilen uns besser ein wenig«, sagte sie schließlich.

Adrian behielt seine verwirrten Gedanken für sich. Er hatte eine Million Fragen, aber jetzt war nicht die Zeit, um sie zu stellen, das wußte er. Er beugte sich nach vorn und ergriff die Zügel ihres Pferdes. »Ich denke, wir reiten besser nach Süden«, sagte er. »Von der Straße weg.«

Sie nickte. Ihr Gesicht war bleich und angespannt.

Er legte die Beine enger an die Flanken seines Pferdes und trieb es von der Straße hinunter in den Wald. Seine Hand hielt die Zügel ihres Pferdes fest umschlossen.

18

Lauren konnte kaum atmen. Ihr Herz hatte in dem Moment aufgehört zu schlagen, als sie Michael Sowers gesehen hatte, einen alten Nachbarn und Freund ihres Bruders.

Sie wußte, daß er auch Sokrates gesehen hatte, der zufrieden vor Adrian auf dem Sattel gekauert hatte.

Es würde nicht mehr lange dauern, bis die Suche nach Adrian und der Frau, die sich Elsie Brown nannte, begänne. Und jetzt gab es eine Verbindung zwischen Mrs. Brown und Lauren.

Was machte man mit Frauen, die einem Gefangenen zur Flucht verhalfen? Jetzt konnte sie nicht mehr nach Dover zurück. Sie bezweifelte, daß Michael sie in dieser Angelegenheit schützen würde; schließlich war er Offizier der Unionsarmee.

Und nach Nassau konnte sie auch nicht gehen. Sie hatte auch Jeremy verraten. Plötzlich zitterte sie trotz der Hitze des Nachmittags.

Lauren atmete tief ein und zwang sich, zu Adrian hinüberzusehen. Aber er ritt weit genug voraus, daß sie sein Gesicht nicht erkennen konnte. Sein Rücken jedoch war gerade, viel gerader als zuvor, als er so lässig auf seinem Pferd gesessen hatte. Jetzt kannte er ihre Rolle, selbst wenn er vorher nichts davon gewußt haben sollte. Er mußte es wissen, nachdem ein Unionsoffizier nach ihrem Bruder gefragt hatte.

Sie hatte ihn heute verlassen wollen, um sich auf den Weg nach Delaware zu machen. Sobald er in Sicherheit war, wollte sie nach Hause zurückkehren. Und nun war ihr dieser Weg versperrt. In den letzten beiden Monaten hatte es in ihrem Leben so viele Drehungen und Wendungen gegeben, daß sie sich fühlte wie ein Blatt im Wind – ein dünnes Blatt, das vom Wind zermalmt wurde.

Aber selbst wenn sie eine Wahl gehabt hätte, hätte sie wahrscheinlich genau dasselbe getan. Sie ertrug es nicht, wenn Adrian wegen ihr im Gefängnis saß. Ebensowenig hatte sie es ertragen, Larrys Tod ungesühnt zu lassen.

Und was wurde jetzt aus ihr?

Sie fühlte sich elend. Sie hatte gehofft, weit weg zu sein, wenn Adrian entdeckte, daß sie eine Spionin war. Und nun würde sie ihm ins Gesicht blicken müssen, und, feige wie sie war, ertrug sie es nicht. Nicht, weil sie Angst hatte, er würde ihr etwas antun; wenn sie eines wußte, dann, daß er sie niemals körperlich verletzen würde. Aber sie hatte Angst vor der Verachtung in seinem Blick. Er hatte gesagt, Vertrauen sei das wichtigste. Und wie sehr sie auch versucht hatte, den Schaden wiedergutzumachen, würde es ihr doch niemals gelingen, sein Vertrauen zurückzugewinnen.

Adrian trieb sein Pferd zu größerer Eile an. Für Lauren war es eine gewisse Ablenkung, daß sie versuchen mußte, sich nach Kräften im Sattel zu halten. Die Gangart des Pferdes war nicht gerade gleichmäßig, und sie war nicht gerade eine erfahrene Reiterin. Sie hatte es jedoch nicht gewagt, nach einem anderen Sattel zu fragen – keine Lady ritt je anders als im Damensitz – und ein Einspänner wäre einfach zu langsam gewesen. Sie nahm an, daß sie Adrian allein mit einem Pferd hätte losschicken können, aber sie hatte ihn erst in Sicherheit bringen müssen ...

Und, wenn sie ehrlich war, hatte sie einfach seine Arme ein letztes Mal spüren, noch einmal die Frucht der Versuchung kosten wollen. Nun, auf jeden Fall hatte sie durch all ihre Lügen selbst die Schlange gerufen.

Sie ritten den ganzen Abend hindurch, wobei sie die Straßen mieden. Jedesmal, wenn sie Soldaten in der Nähe hörten, hielt Adrian an, stieg ab, hielt die Zügel beider Pferde und bedeutete ihr zu schweigen. Als die abendlichen Schatten erst grau und dann schwarz wurden, verstärkte sich der Schmerz in ihrem Herzen. Sie betrachtete Adrians breiten Rücken, die schlanke Eleganz seines geraden Körpers, und sie wußte, daß er auf dem Rücken eines Pferdes ebenso zu Hause war wie auf einem Schiff.

Sie wünschte sich, er würde sprechen, aber zugleich wußte sie, daß es zu gefährlich war. Außerdem, was würde er sagen, wenn er spräche. Könnte sie seine Worte überhaupt ertragen?

Es war Vollmond – Jagdmond, wie einer der Blockadebrecher es genannt hatte –, und sie ritten schweigend bis tief in die Nacht. Es war nach Mitternacht, als sie endlich an einem Fluß haltmachten.

Immer noch schweigend stieg Adrian von seinem Pferd. Sokrates kletterte ebenfalls hinab und trottete hinüber zu einem Baum. Adrian ging langsam zu Lauren und streckte ihr eine Hand entgegen. Ihr Körper schmerzte derart von dem langen Ritt, von der ungewohnten Beanspruchung, daß sie stolperte, als ihre Füße den Boden berührten.

Er fing sie auf, und zu ihrer Überraschung war die Umarmung ebenso sanft wie zuvor. Nach kurzem Zögern ließ er seine Arme sinken. Im Licht des Mondes betrachtete sie sein ernstes Gesicht, auf dem nicht die Spur eines Lächelns lag, und seine dunklen Augen, die keine Regung verrieten. Aber schließlich hatte sie seinen Blick noch nie zu deuten vermocht. Selbst wenn er gelächelt hatte und äußerst charmant gewesen war, hatte er immer etwas Geheimnisvolles, Unergründliches an sich gehabt.

Doch jetzt war es noch deutlicher. Oder vielleicht war es ihr nach dem langen Ritt und dem endlosen Schweigen einfach bewußter.

Sie spürte seinen Atem, während er sie mit einem Arm hielt und mit der anderen Hand nach einer Locke griff, die sich aus ihrem strengen Knoten gelöst hatte.

»Ah, Lauren, du duftest so süß nach diesem verdammten Gefängnis.«

Er neigte den Kopf und umschloß ihre Lippen mit seinem Mund. Sie hatte Fragen erwartet, Forderungen, Vorwürfe, doch statt dessen küßte er sie sanft. Seine Lippen streichelten sie und liebkosten ihre Wangen, ehe sie zu ihrem Mund zurückkehrten. Sie spürte seinen unterdrückten Hunger, seine mühsam beherrschte Begierde, und ihr Körper erzitterte vor Verlangen, in dem verzweifelten Wunsch, ihr zerrissenes Herz zu heilen, den unerträglichen Schmerz zu lindern, der in ihrer Seele brannte. Sie wollte sich dem Zauber seiner Berührung hingeben, der Sehnsucht, die sie in ihm fühlte, doch der argwöhnische, vorsichtige Teil von ihr wußte, wie gefährlich das war.

Sie erwiderte den Kuß. Was sollte sie auch sonst tun? Was immer sie an eigenem Willen besaß, zerstörte er mit einer Berührung, mit einem Blick. Ihrer beider Lippen verschmolzen, und Laurens Körper erschauderte vor Verlangen. Das Hämmern ihres Herzens dröhnte ihr in den Ohren. Sie genoß das Gefühl seiner Stärke. Sie erblühte in seinem Verlangen. Sie erwiderte seine Leidenschaft, und alle Zweifel und Ängste verschwanden in der Tiefe ihres Herzens.

Ihr Blut kochte. Ihre Hände umschlossen seinen Körper. Sie spürte die Feuchtigkeit seiner Haut und fragte sich, ob sie von seiner inneren Hitze herrührte, doch dann verschwanden alle Gedanken, als sein Kuß leidenschaftlicher wurde, als seine Zunge sie durchwanderte, streichelte, verführte, bis ihr Körper von zahllosen Schaudern erschüttert wurde.

Hätte er sie nicht festgehalten, wäre sie wahrscheinlich zusammengesackt, hätte die angenehme Schwäche, die ihren Körper befallen hatte, sie stolpern lassen.

»Ich brauche dich, Lauren«, flüsterte Adrian. Die Worte wirkten wie eine Droge, und sie antwortete wortlos. Sie streichelte seine Wange und fuhr sanft über die harten Linien, die sich dort eingegraben hatten.

Lauren fühlte, wie seine Hände über ihren Rücken strichen und seine Finger ungeduldig an den Bändern ihres Kleides zerrten. Bei jeder Bewegung, jeder Berührung erschauderte sie. Die Reaktion ihres Körpers war ihr vollkommen fremd. Ihre gesamte Erziehung, all ihre Überzeugungen waren jetzt vollkommen unwichtig, sie verschwammen in der Dunkelheit der Nacht. Aber sie konnte jetzt nicht aufhören ... Das Verlangen in ihrem Körper, ihrem Herzen, ihrer Seele war so groß. Und vielleicht gäbe es kein Morgen mehr. Sie spürte, wie ihr eine heiße Träne über die Wange rann, als etwas in ihr zerbarst. Seine Hände bewegten sich unter ihrem Kleid, unter ihrem Mieder. Sie streichelten ihre Brüste, spielten mit dem empfindlichen Fleisch, das sich unter seinen Fingern bog, streckte, verhärtete.

Und dann waren sie auf den Knien, und er küßte ihre Brüste, die zum Leben zu erwachen schienen. Sie schwollen an, prickelten, brannten. Ihre Hände öffneten sein Hemd, strichen über die harten Muskeln und spielten mit dem drahtigen Haar, das golden im Mondlicht schimmerte. Sie hörte, daß er stöhnte. Oder stöhnte sie selbst? Seine Hände glitten an ihr herab, umfaßten ihre Hüften und zogen sie zu ihm hinunter, bis sie die Stärke seiner Männlichkeit fühlte und eine völlig neue Dimension ihres Verlangens verspürte.

Plötzlich hob er den Kopf und blickte hinauf in den Silberstaub der Sterne am samtenen Nachthimmel. Sie hörte seinen Jubelschrei, einen Schrei von Freiheit und Leidenschaft und Stolz, der in der stillen Nachtluft explodierte und sie mit seiner reinen Freude ansteckte.

Diese Nacht gehörte ihnen.

Seine Hände zogen den Rest ihrer Kleider aus. Seine Finger waren liebevoll, beruhigend, sanft, zärtlich. Sie fühlte, wie die Nachtluft über ihre Haut strich, die nie zuvor derart berührt worden war, und sie teilte seine stumme Freude. Sie war erfüllt von so vielen neuen Gefühlen, jeder Nerv ihres Körpers bebte lebendig und erwartungsvoll. Sie hatte bereits zuvor mit ihm diese Freude gespürt, doch nie in einem solchen Ausmaß, nie bis zu einem Punkt, an dem die zarteste Berührung ihrer Haut wirkte wie ein Streichholz in einem Pulverfaß, wie ein Funke, der eine Reihe herrlicher Explosionen auszulösen vermochte, herrliche, quälende Feuer, die die Grenzen ihres Körpers erschütterten.

Adrians Hände fühlten diese Blitze, als sie über ihre Haut fuhren, und er zog sie neben sich auf den Boden. Sie lag auf einem Bett von raschelnden, alten Blättern und sog den Duft von Tannennadeln und die Kühle der Erde ein. Jede Empfindung wurde durch seine Gegenwart, seine Nähe verstärkt. Er verließ sie für einen kurzen Augenblick, und als er zurückkam, sah sie die Umrisse seines Körpers im Licht des Mondes, nackt und herrlich, jeder einzelne Muskel ein Wunder an Stärke und Schönheit.

Lauren wußte, sie sollte verschämt und furchtsam sein, aber sie spürte nur Erwartung und Begierde, als neue Wellen des Verlangens in ihrem Körper auf und ab rollten. Instinktiv bog sie sich ihm entgegen. Sie wollte ihn so unbedingt, so vollkommen, daß alles andere daneben versank. Nur diese Sehnsucht zählte, dieses pulsierende Verlangen, das sie nicht benennen konnte ...

Er legte sich auf sie. Die Wärme seiner Haut war elektrisierend, sie entzündete neue Funken der Leidenschaft, als seine Männlichkeit das gemarterte Dreieck ihrer Weiblichkeit berührte und jede seiner langsamen, bewußten Bewegungen ihr Verlangen noch steigerte. Aber er reizte diesen Teil ihres Körpers weiter, bis sie erst Feuchtigkeit spürte, und dann ein rohes, nacktes Verlangen, das so heftig war, daß sie den quälenden Schmerz der Begierde nicht länger ertrug. Instinktiv bewegte sich ihr Körper auf ihn zu, um zu erzwingen, was er brauchte, um den inneren Druck zu mildern, das entsetzliche, heftige Verlangen, das sie zu verzehren drohte.

Seine Lippen umschlossen ihren Mund in dem Augenblick, als seine Männlichkeit in sie eindrang, bis sie gegen eine Grenze stieß. Dort explodierte sie so schmerzlich, daß es ihr den Atem nahm. Aber dann wandelte sich der Schmerz zu etwas anderem, etwas Überraschendem und Überwältigendem. Sie hatte das Gefühl, ins Herz des Universums gesaugt zu werden, in ein Gefilde ungeahnter Gefühle, Farben und Töne, unbeschreiblich herrlich und befriedigend. Und dennoch forderte ihr Körper mehr und mehr von ihm. Er bewegte sich in ihr, in einem sinnlichen Tanz, einem langsamen, hypnotischen Rhythmus, den ihr Körper übernahm, so daß sie sich mit ihm bewegte. Ihre Hüften kreisten, noch während sie sich über ihre eigene Kühnheit wunderte, ihr instinktives Wissen, und sie spürte, wie er immer tiefer in sie drang, bis er ihr Innerstes erreicht hatte und seine Bewegungen ebenso zwingend wurden wie ihre.

Fast ... fast ... und dann wurde sie von einer explosiven Ekstase erschüttert. Warmer Honig schien durch ihr Inneres zu fließen. Ihr Körper zuckte unkontrollierbar in leidenschaftlicher Befriedigung und Erfüllung, und sie spürte, daß sein Körper genauso erzitterte. Seine Haut war jetzt heiß und feucht, und seine Fülle in ihr pulsierte vor Energie, während sich sein Glied in ihrer Enge bewegte und neue, belebende Blitze körperlicher Lust hervorrief.

»Gott im Himmel«, flüsterte er.

»Adrian«, war alles, was sie sagen konnte, aber ihr Ton verriet dieselbe ehrfürchtige Scheu wie sein Ausruf.

Adrian entspannte sich, aber seine pochende Männlichkeit blieb in ihr, und sie ergötzte sich an seiner Berührung, an dem sanften Scheuern, das weitere süße Schauder durch ihren Körper sandte. Als er auf die Seite rollte, nahm er sie mit, preßte sie fest an seinen heißen Körper. Das Klopfen ihrer beider Herzen tönte laut in der Stille der Nacht, und ihr Atem vermischte sich, als er ihr Gesicht mit Küssen bedeckte, deren Zärtlichkeit Gefühle verriet, für die es keine Worte gab.

Sie lagen dort, ohne die Härte des Bodens zu spüren, und erfreuten sich jeder am Anblick des anderen. Ihre Lippen trafen sich und trennten sich erneut, damit sie sich wieder ansehen konnten, um diesen Augenblick für immer in ihr Gedächtnis zu malen.

Laurens Körper summte und bebte noch, sehnte sich danach, erneut den Teil von ihm zu umhüllen, der sie derart aufgeweckt hatte. Er fühlte sich so gut an, als sei er ein natürlicher Teil von ihr. Sie krümmte sich leicht, und selbst diese kleine Bewegung sandte Wogen der Gefühle durch ihren Körper.

Sie wollte sich nie mehr bewegen. Sie blickte hinauf zum Sternenteppich und dann wieder auf ihn. Sie wollte seine dunklen Augen für immer im Gedächtnis behalten, diese Augen, die jetzt so viele Gefühle verrieten, die jetzt offener waren als jemals zuvor. Seine Hand berührte ihr Gesicht mit einer Zärtlichkeit, die sie weinen machte.

»Habe ich dir weh getan?« Seine Stimme war leise, und zum ersten Mal, seit Lauren Adrian kannte, hörte sie Zweifel in seinem Ton.

So ein wunderbarer Schmerz. So ein herrlicher Schmerz. Sie nahm seine Finger von ihrer Wange und küßte sie mit einer instinktiven Geste der Liebe. Sie wollte die Worte so gern sagen, aber sie konnte es nicht. Nicht jetzt. Nicht ehe sie ihm alles gestanden hatte. Jetzt war sie seiner Liebe noch nicht würdig.

»Nein«, flüsterte sie schließlich, und sie hörte, wie er erleichtert aufatmete. Aber wußte er es denn nicht? Konnte er denn nicht sehen, was er ihr gerade gegeben hatte? Er hatte ihr eine Welt eröffnet, von deren Existenz sie bisher keine Ahnung gehabt hatte.

Sie sah ihm in die Augen. »Ist es immer so?«

Er grinste. »Nein. Ich kann ehrlich behaupten, daß es nicht immer so ist.«

In diesem Augenblick hörten sie fröhliches Schnattern hinter sich, und plötzlich fiel ihr Sokrates wieder ein.

Adrian brach in ein leises Lachen aus, das tief aus seiner Kehle kam, und Lauren fühlte, wie seine Brust, auf der ihr

Kopf lag, sich leicht auf und niederbewegte. »Er ist im Moment im Affenhimmel«, sagte er. »Zarte Blätter, frische Rinde, Bäume zum Klettern.«

»Und er geht bestimmt nicht . . . verloren?«

»Oh, nein. Er geht nie weit weg«, erwiderte Adrian und fragte sich, weshalb er in einem Augenblick wie diesem über Affen sprach. Sokrates' Gegenwart hatte eindeutig auch Nachteile. Aber Adrian spürte, daß sich Lauren entspannte, und er stellte fest, daß er ihre Sorge um seinen eigensinnigen Freund äußerst liebenswürdig fand.

Und der Rest von ihr? Da war er sich nicht so sicher. Die Begegnung mit dem Unionsoffizier am frühen Abend hatte ihn in seiner Überzeugung bestärkt, daß Lauren tatsächlich etwas vor ihm zu verbergen hatte. Und dennoch hatte sie alles gewagt, um ihm zu helfen, und nun war sie selbst auf der Flucht. Während des langen Ritts hatte er an kaum etwas anderes gedacht als die Furcht und die Unsicherheit in ihrem Blick. Zugleich hatte er einen Funken Entschlossenheit darin entdeckt, und er hatte Angst gehabt, daß sie ihn verlassen wollte. Deshalb hatte er die Zügel ergriffen. Es gab kein Zurück mehr für sie, ebensowenig wie für ihn.

Aber er würde ihr keine Fragen stellen. Er wollte die Antworten nicht erzwingen, und er wußte, daß er ihr Vertrauen nur allmählich gewinnen konnte. Also würde er warten, bis sie ihm alles von selbst erzählte.

Und wenn sie ihn anblickte, als habe er soeben die Welt neu erfunden, konnte er ewig warten.

Eine Sache hatte er jedoch bereits herausgefunden. Sie war noch Jungfrau gewesen. Spionin oder nicht, nie zuvor hatte sie ihren Körper dazu verwendet, um Informationen zu bekommen. Er bewegte sich leicht, glitt neben sie und drückte sie fest an sich. Weil er es wollte und weil sie dorthin gehörte.

Adrian hatte nicht genau gewußt, was ihn heute abend oder morgen oder übermorgen erwartete. Er hatte sich gezwungen, nicht darüber nachzudenken; während der letzten paar Stunden war die Flucht das wichtigste gewesen. Aber Laurens Gegenwart, ihre angespannte Haltung und ihre starre, unbewegliche Miene waren ihm die ganze Zeit bewußt gewesen.

Er hatte nicht gewollt, daß es so weit kam. Oder vielleicht doch?

Adrian strich über ihre zarte Haut. Es war warm heute nacht, und die Tannennadeln boten ein relativ weiches, wenn auch manchmal etwas kratziges Lager. Noch einmal bewegte er sich leicht, lehnte sich gegen einen Baum und zog Lauren an seinen Bauch, so daß er mit ihren Brüsten spielen konnte.

»Wirst du mit mir nach England kommen?« Die Frage überraschte ihn selbst am meisten.

Er spürte, wie sie sich anspannte. *Sprich mit mir*, wollte er sagen. *Vertrau mir.*

»Ich . . . ich kann nicht.«

»Wohin willst du denn? Es ist nicht mehr Elsie Brown, die einem Gefangenen der Union zur Flucht verholfen hat. Es ist Lauren Bradley.«

Sie verharrte vollkommen reglos. Er fühlte, wie sich jeder einzelne Muskel in ihrem Innersten anspannte.

»Ich . . . ich weiß nicht«, sagte sie schließlich.

»Nach Nassau?«

Nein. Schließlich hatte sie Jeremy auch betrogen. Sie hatte sie alle betrogen: ihren Bruder, Adrian, seine Mannschaft, Jeremy . . . sich selbst.

Sie zuckte mit den Schultern. »Erzähl mir von deinem Zuhause«, sagte sie in dem verzweifelten Versuch, das Thema zu wechseln.

»Ridgely?« Seine Stimme wurde sanft, als er den Namen aussprach, beinahe als würde er singen.

»Wirst du dorthin gehen?«

»Nein.«

»Warum nicht?«

Er schwieg, doch seine Hand strich weiter über ihre Haut. Es sollte eine beruhigende Geste sein, doch auf Lauren wirkte sie eher gefährlich.

»Es gehört meiner Familie nicht mehr«, erklärte er ihr schließlich.

Sie hörte die Trauer in seiner Stimme, den stechenden Schmerz des Bedauerns.

»Ich hatte gehofft, es zurückkaufen zu können«, sagte er leise.

»Und was wirst du jetzt machen?« Sie zwang sich, die Stille zu durchbrechen, die plötzlich zwischen ihnen hing.

»Ich werde mich nach Wilmington durchschlagen und ein Schiff suchen, das nach England geht.«

»Und dann ...?«

»Dann werde ich einen neuen Blockadebrecher kaufen oder bauen.«

Lauren schnappte nach Luft. Alles umsonst! Ihr Job als Spionin hatte nichts geändert. Bald würde er wieder Waffen transportieren. Und wäre wieder in Gefahr. Sie ertrug keinen dieser beiden Gedanken.

»Warum?«

Er nahm sie in die Arme. »Ich muß Ridgely zurückbekommen.«

»Wie ... wie lange wird das dauern?«

»Mit dem *Gespenst* wären es nur noch ein paar Fahrten gewesen. Jetzt ... ich weiß es nicht. Ich werde Geld in ein neues Schiff investieren müssen, und ich werde Monate Zeit verlieren.«

Lauren mußte wissen, weshalb Ridgely so wichtig für ihn war.

Sie erschauderte. »Erzähl mir von Ridgely.«

Statt einer Antwort nahm er ihre Finger zwischen seine Hände und rieb sie warm. »Ich glaube, ich hole dir erst mal etwas zum Anziehen.«

Zum ersten Mal schämte sich Lauren ihrer Nacktheit. In Adrians Nähe hatte sie so natürlich gewirkt, aber jetzt wurde ihr klar, wie weit außerhalb der Grenzen der Schicklichkeit sie sich bewegte.

Er half ihr auf, und sie war sich seines Körpers bewußter als zuvor. Sie wandte ihren Blick ab, obgleich sie ihn am liebsten weiterhin angestarrt hätte, um sich seine perfekte Gestalt einzuprägen.

Sie bückte sich, um ihr Mieder und ihre anderen Kleidungsstücke aufzuheben, aber er schob ihr die Ärmel seines Hemdes über die Arme und knöpfte es zu, so daß es locker über ihre Schenkel hing. Der rauhe Stoff roch gut und fühlte sich angenehm an, weil sie wußte, daß er es getragen hatte. Er wirkte so selbstsicher, so erfahren, daß es ihr einen Stich versetzte. Wie vielen anderen Frauen hatte er beim Anziehen geholfen? Mit wie vielen hatte er das Bett geteilt?

Und wie viele hatte er verlassen?

Warum interessierte sie das? Sie hatte von Anfang an gewußt, daß es keine gemeinsame Zukunft für sie beide gab, für einen englischen Adligen, der für den Süden kämpfte, und die Tochter eines einfachen Doktors, deren Bruder bei der Verteidigung der Union gestorben war ... deren Bruder von dem Mann getötet worden war, der sie jetzt berührte.

Plötzlich riß sie sich los. »Ich ziehe mich selbst an«, sagte sie mit erstickter Stimme.

»Lauren.« Er verharrte bei der letzten Silbe ihres Namens, als wolle er ihn nicht loslassen. Es brach ihr das Herz.

Sie drehte sich zu ihm um und legte ihre Hand so sanft auf seine Wange, als würde sie zerbrechen oder sich auflösen, wenn sie zu fest drückte. Sie fragte sich, was er empfand, ob ihn das, was sich eben zwischen ihnen ereignet hatte, ebenso aufgewühlt hatte wie sie. Aber nein. Er war ein englischer Adliger; er konnte die schönsten Frauen haben – hatte sie wahrscheinlich gehabt.

»Lauren«, sagte er wieder, während er seine Arme um sie legte und sie eng an sich zog, als wollte er sie beruhigen, als spüre er all ihre Ängste und Zweifel.

»Das hätte nicht passieren dürfen«, sagte er.

Lauren schwieg. Das sanfte Glühen wich aus ihrem Körper und hinterließ einen leeren, schwarzen Fleck in ihrer Seele. Sie ging ein paar Schritte fort und lehnte sich an einen Baum. Es drang kaum in ihr Bewußtsein, als Sokrates plötzlich von einem der Zweige sprang und zu Adrian hinüberlief, als habe er nur darauf gewartet, seinen Herrn endlich für sich allein zu haben.

Adrian hatte seine Hose wieder angezogen, aber sein Oberkörper war immer noch nackt, und im Mondschein erkannte sie, wieviel dünner er war als noch drei Wochen vorher. Sein Gesicht wirkte bleicher, und um die Augen schienen sich neue Falten gegraben zu haben. Sie fragte sich, ob es an seiner Angst lag, Ridgely zu verlieren.

Aber dann grinste er, sein unwiderstehliches, charmantes Grinsen, das sie seit ihrer ersten Begegnung bezaubert hatte. »Hast du nicht gesagt, du hättest etwas zum Essen mitgebracht . . .?« Ohne ihre Antwort abzuwarten ging er hinüber zu den Sätteln, die auf dem Boden lagen. Der Beutel, den sie ihm zuvor gegeben hatte, lag daneben, und als er ihn öffnete, fand er Dörrfleisch, Käse und Kekse.

»Es ist nicht gerade viel«, sagte sie entschuldigend.

»Nach dem Yankee-Gefängnis erscheint es mir wie das reinste Festmahl.« Um seine Worte zu bezeugen, nahm er ein Stück trockenes Rindfleisch und kaute langsam, aber mit deutlichem Hunger.

»War es . . . sehr schlimm im Gefängnis?«

»Nicht, wenn ich an dich gedacht habe.« Er blickte auf und sah ihr in die Augen. Seine Lippen lächelten noch, aber in seine Augen war ein Teil der alten Wachsamkeit zurückgekehrt.

Er setzte sich neben sie und bot ihr ein Stück Käse an. Sie schüttelte den Kopf. Es gab nicht viel zu essen – sie hatte nur für eine Person geplant, da sie angenommen hatte, sie selbst sei jetzt inzwischen auf dem Heimweg nach Delaware.

Es schmerzte sie, ihm beim Essen zuzusehen. Sie wollte sich keine Gedanken um ihn machen; sie wollte nicht den Schmerz spüren, den sein bedächtiges Kauen in ihr wachrief, da es zeigte, daß er im Gefängnis gehungert haben mußte. Sie wollte nicht daran denken, wie es war, mit ihren Fingern durch sein dichtes Haar zu fahren oder die weiche Haut seines Rückens zu berühren. Sie wollte sich weder nach seinen Lippen noch nach seinen Armen sehnen.

Doch das alles tat sie, mit einem solchen Verlangen, daß es sie verbrannte.

Sie wollte ihn nicht lieben. Sie konnte ihn nicht lieben. Aber sie tat es. Sie wußte es, als sie ihm in die Augen sah und dort das Feuer seiner Leidenschaft entdeckte, als sie sah, wie sich sein Mund zu einem Lächeln verzog, wie er die Hände nach ihr ausstreckte . . .

19

In der Nacht hatte Lauren wieder ihren entsetzlichen Alptraum. Larry stand dort und beobachtete sie, aber sie konnte den Ausdruck auf seinem Gesicht nicht erkennen. Und dann verschwand er, und sie spürte erneut den brennenden Schmerz.

Sie streckte die Hand aus und versuchte, ihrem Zwillingsbruder zu sagen, daß er bleiben sollte, aber wie in der Nacht in Nassau löste er sich einfach auf.

Lauren erwachte von ihrem eigenen Stöhnen, und sie spürte, daß jemand sie tröstend im Arm hielt.

»Lauren«, hörte sie eine leise Stimme. Verfluchte Larry sie, oder wollte er sie warnen?

Langsam öffnete sie die Augen und versuchte, etwas zu erkennen. Es war immer noch dunkel, aber inzwischen wurden hinter den Bäumen graue Streifen sichtbar. Adrians Gesicht war ganz nah, seine Hände so zärtlich. Sie erinnerte sich daran, wie sanft sie gestern abend gewesen waren, als sie in seinen Armen eingeschlafen war.

Und jetzt war seine Stimme ein zartes Flüstern, das sie beruhigen sollte. »Es ist alles gut, Liebste«, sagte er.

Aber es war nicht gut. Es würde nie gut sein.

Sie schluckte und schaute in die Ferne. Sie spürte Sokrates neben sich, hörte das besorgte Schnattern des Affen.

Adrian atmete tief ein. »Sprich mit mir, Lauren. Laß mich dir helfen.«

Aber wie konnte sie das? »Es ist schon in Ordnung«, sagte sie. »Ich hatte nur einen Alptraum.«

»Erzähl mir davon.«

Lauren zwang sich zu einem Schulterzucken.

»Du hast einen Namen genannt. Larry. Dein Freund, der

Unionsoffizier, hat von jemandem mit Namen Larry gesprochen.«

Lauren seufzte. »Mein Bruder. Mein Zwillingsbruder.«

Adrians Hände verharrten reglos. Er wußte, was er als nächstes fragen sollte, aber er konnte es nicht. Sie hatte gesagt, sie sei aus Maryland, und sie hatte den Akzent der Leute aus dem Grenzstaat. Larry Bradley hätte demnach in beiden Armeen dienen können, aber Adrian war sich inzwischen sicher, auf welcher Seite er gekämpft hatte. *Sag es mir*, bat er sie stumm.

Frag, bat sie ebenfalls wortlos, und wenn er gefragt hätte, hätte sie ihm die Wahrheit gesagt. Sie konnte es nicht von selbst tun, konnte nicht einfach damit herausplatzen, daß sie für die Union gearbeitet hatte, ihm Ridgely genommen hatte, zumindest im Moment. Sie hatte erst gestern abend von dem Landsitz erfahren, aber das war auch egal. Was zählte, war der Betrug.

Sie würde es nicht ertragen, diesen Blick zu verlieren, mit dem er sie ansah, während er sie sanft streichelte, als fühlte auch er all diese Dinge zum ersten Mal. Sie würde es nicht ertragen, wenn seine Zärtlichkeit sich in Verachtung wandelte.

Sie würde es nicht ertragen, ihm die Wahrheit zu gestehen. Nicht jetzt. Irgendwann in der nächsten Zeit, aber nicht jetzt. Lauren verdrängte die Warnung in ihrem Kopf, die Erinnerung an das Gedicht von Sir Walter Scott, in dem es um das feingewobene Netz der Intrige ging. Aber dann dachte sie an ein anderes englisches Sprichwort: »Wer A sagt, muß auch B sagen.«

Ihre Hand schloß sich um Adrians Finger. Sie hatte A gesagt, also mußte sie jetzt auch B sagen. Sie würde bis Wilmington bei ihm bleiben. Sie würde dafür sorgen, daß er sicher an Bord des Schiffes gelangte, und dann . . .

Adrian drückte ihre Hand, als bäte er sie stumm darum, mit ihm zu sprechen.

Sie drehte sich um und blickte ihn an. Ihre Gesichter waren nur Zentimeter voneinander entfernt. Sie versuchte, ihn als das anzusehen, was er zu Anfang in ihren Augen gewesen war – der Mörder ihres Bruders. Aber es gelang ihr nicht. Nicht, wenn sie die Sorge in seinem Gesicht sah. Die Sorge um sie.

Er war so unglaublich anziehend. Nie im Leben hätte sie gedacht, daß ein Mann wie Lord Ridgely sich für sie interessieren könnte, nie hätte sie gedacht, daß ihr Körper auf . . . diese Weise . . . auf jemanden reagieren würde.

Ein Teil von ihr hoffte, daß er sie fragen würde, bis sie ihm endlich alles gesagt hätte, aber das tat er nicht. Statt dessen streichelte er sie, beruhigend, besänftigend. Sie spürte, wie ihre angespannten Muskeln locker wurden, wie ihre Augen langsam zufielen. Morgen, sagte sie sich. Oder übermorgen.

Oder überübermorgen . . .

Dann würde sie ihm alles erzählen.

Als sie wieder wach wurde, hatte der Himmel bereits das Graublau der Morgendämmerung. Sie sah die Sonne hinter den Bäumen, und sie streckte ihre Hände nach dem Körper aus, an dessen Nähe sie sich in der Nacht so gewöhnt hatte. Er war fort.

Einen Moment lang verspürte sie Panik. Dann zwang sie sich, sich vorsichtig umzublicken. Eines der Pferde war verschwunden; das andere graste zufrieden auf einer kleinen Wiese zwischen den Bäumen. Sokrates war nirgends zu entdecken.

Immer noch trug sie Adrians Hemd. Ihr Kleid und ihre Unterwäsche – lange Unterhose, Mieder und Petticoat – lagen sorgsam gefaltet neben ihr.

Wo war er? Er würde sie niemals einfach allein zurücklassen, selbst wenn er etwas vermutete, wenn er einen Verdacht gegen sie hegte. Das wußte sie so sicher wie sie wußte, daß jeden Morgen die Sonne aufging. Sie bewegte sich vorsichtig. Sie spürte den stechenden Schmerz in ihren Muskeln von dem langen Ritt sowie eine ungewohnte, faszinierende Wundheit zwischen den Beinen.

Sie stöhnte. Er würde heute weiterreiten wollen. Sie würden heute weiterreiten müssen! Sie konnte nicht hier bleiben. Aber, großer Gott, ihre Beine und ihr Rücken schmerzten unerträglich.

Sie verzog das Gesicht, riß einen Streifen von ihrem Petticoat und ging hinab zum Fluß. Sie benutzte den Stoff, um sich das Gesicht und die Hände zu waschen, und dann tauchte sie ihre Beine in den Fluß, damit das kühle Wasser den Schmerz in ihren müden Gliedern linderte. Es war bereits schwül und drückend, und es würde noch heißer werden. Sie mochte die Bequemlichkeit von Adrians lockerem, weitem Hemd und verdrängte den Gedanken an ihr schweres Kleid.

Lauren zog sich an und verspürte einen nagenden Hunger. Sie stellte fest, daß sie seit gestern morgen nichts mehr gegessen hatte. Sie klopfte auf die Innentasche ihres Kleides, wo sie ihr restliches Geld versteckt hatte, und fühlte ein Bündel Banknoten. Vielleicht könnten sie ja ein paar Nahrungsmittel erstehen.

Wo war er nur?

In diesem Augenblick hörte sie Geräusche, ein Rascheln in den Büschen und leises Klappern von Pferdehufen auf dem Waldboden. Ihr blieb beinahe das Herz stehen, und instinktiv versteckte sie sich hinter einer dicken Eiche. Dann hörte sie vertrautes Schnattern, und eine kleine Gestalt tauchte vor ihr auf.

»Sokrates«, begrüßte sie den Affen.

»Schön, daß du auch mal wach geworden bist.« Sie blickte auf und entdeckte Adrian, der vor ihr auf seinem Pferd saß. Er trug ein blaues Hemd und hielt ein Paar fremde Satteltaschen in der Hand. »Frühstück.«

Lauren erstarrte. Er trug ein Yankeehemd, und auf die Satteltaschen waren die Buchstaben U. S. A. aufgedruckt.

»Woher . . .?«

»Ein paar unvorsichtige Yankees«, sagte er. »Aber mach dir keine Sorgen. Sie werden nur etwas Kopfweh haben. Das ist alles. Vielleicht habe ich ihnen sogar das Leben gerettet. So unvorsichtig werden sie nicht noch einmal sein.«

Adrians Stimme hatte einen harten Unterton, und Lauren ermahnte sich erneut, ihn ja nicht zu unterschätzen. Sein lockerer Charme und sein charismatisches Lächeln ließen sie manchmal vergessen, daß er der britischen Marine im Krimkrieg gedient hatte, daß er einen der grausamsten Kriege überlebt und die Marine der Union ein ganzes Jahr lang ausgetrickst hatte. Nur gelegentlich zeigte er seinen eisernen Willen, und dann gnade Gott der Person, die sich ihm in den Weg stellte. Das wußte sie seit dem Abend in Nassau, als sie gesehen hatte, wie er ihre Angreifer mit unbarmherziger Härte verfolgt hatte.

Manchmal vergaß sie, wie vielschichtig er war, und das machte ihr angst, da sie wußte, wie schnell seine Sanftheit in kaum beherrschten Zorn umschlagen konnte.

Er stieg ab und gab ihr ein paar Kekse und Käse. »Ich habe auch etwas Kaffee, aber damit werden wir warten müssen. Ich wage es nicht, ein Feuer zu machen. In der Gegend wimmelt es nur so von Yankees.«

Sie aß schweigend, und immer wieder blickte sie zu ihm hinüber. Auch er aß hastig etwas, ehe er ihr Pferd mit schnellen, geübten Handgriffen sattelte. Er nahm ihre Hand, um ihr aufs Pferd zu helfen, und lächelte schmerzlich, als sie unfreiwillig stöhnte. »Es tut mir leid, Liebste«, sagte er, »aber hier können wir nicht bleiben. Die verdammten Yankees werden bald wieder aufwachen.«

Er blickte ihr tief in die Augen und küßte sie sanft, ehe er sie mühelos in den Sattel hob.

»Sokrates«, sagte er leise, als er zu seinem eigenen Pferd ging. Der Affe nahm seine Hand, und Adrian setzte ihn vor sich auf den Sattel. Dann führte er sein Pferd neben das von Lauren und berührte ihre Hand. »Bist du in Ordnung?«

Sie nickte.

In seinen Augen blitzte es kurz auf, als er ihren angespannten Körper mit einem wohlgefälligen Lächeln betrachtete. Sie wäre mit ihm durch die Hölle geritten.

Lauren hatte zwar den festen Willen, durchzuhalten, aber nach ein paar Stunden wollte ihr Körper nicht mehr. Sie mieden die Straßen und ritten pausenlos durch Unterholz. Zweige zerkratzten ihre unbedeckte Haut.

Ihre Glieder schmerzten. Schweißbäche rannen ihren Hals, ihren Rücken und zwischen ihren Brüsten hinab. Sie hatte versucht, sich ohne Spiegel zu bürsten und die Haare zu einem strengen Knoten zusammenzufassen, aber die langen Strähnen klebten ihr inzwischen im Gesicht. Sie fühlte sich elend wie nie zuvor.

Allein der Gedanke an die wunderbaren Stunden, die sie in der letzten Nacht genossen hatte, an die Nähe ihrer Körper und die herrlichen Empfindungen ließen sie durchhalten. Jedesmal wenn sie dachte, sie müsse vor Schmerz laut schreien, blickte sie hinüber zu Adrian, in das Gesicht, das sie inzwischen in ihr Herz gemalt hatte, und sie wußte, daß sie keine Schwäche zeigen, ihn nicht aufhalten durfte.

Mehrere Male hörten sie Hufeklappern in der Nähe, und jedesmal stieg er ab, um die Köpfe der Pferde hinunterzuziehen, damit sie nicht wieherten. Und dann stieg er wieder auf.

Der Tag verging im Schneckentempo, und Lauren fühlte sich immer elender. Sie hielten kurz an irgendwelchen Flüssen, und mittags aßen sie Kekse und Dörrfleisch aus den gestohlenen Satteltaschen. Sokrates kletterte auf die Bäume, futterte fröhlich grüne Blätter und schien rundum zufrieden zu sein.

Adrian war ruhelos. Obgleich er sie häufig mitleidig ansah, schlug er keine längeren Pausen vor. Lauren wußte, weshalb. Mit jedem Mal, das sie abstiegen, um Wasser zu holen, fiel es ihr schwerer, erneut in den Sattel zu klettern.

Sie ritten tiefer und tiefer in den Wald hinein, und es wurde recht finster unter dem dichten Blattwerk der Bäume. Sie fragte sich, woher Adrian wußte, wohin sie sich bewegen mußten. Er zögerte nie. Nur gelegentlich blickte er zum Himmel, um die Richtung mit Hilfe der Sonne zu bestimmen. Manchmal ließ er sie mit Sokrates zurück und befahl ihr, sich nicht von der Stelle zu rühren. Es schien ihr immer wie eine Ewigkeit, bis er zurückkam, aber sie nahm an, daß es niemals so lange dauerte. Während sie wartete, stieg sie ab und massierte ihre schmerzenden Glieder.

Wenn er zurückkehrte, stieg sie wieder auf, und die Schmerzen kehrten stärker als vorher zurück. Sie wußte, daß sie nach Westen Richtung Virginia ritten, aber sie hatte jegliche Orientierung verloren. Die Luft wurde klamm und spannungsgeladen, und der Himmel verfinsterte sich. Obwohl sie das Gefühl hatte, seit Tagen im Sattel zu sitzen, wußte sie, daß es noch lange nicht Abend war.

Sie blickte durch die Bäume hinauf und sah, daß der Himmel zu tosen begann. Dunkle, bleierne Wolken jagten einander, und ein schwerer, feuchter Schleier legte sich auf die Erde. Moskitos kamen zu Hunderten herabgestoßen, und ein heißer Wind fegte durch die Bäume, die unheilvoll und drohend zu schwanken begannen.

Lauren beobachtete, wie Adrian immer öfter mit grimmiger Miene nach oben sah.

»Wir müssen einen Platz finden, an dem wir uns unterstellen können«, sagte er zögernd. Sie wußte, wie versessen er darauf war, endlich auf die Streitkräfte der Konföderierten zu treffen. Der Potomac und damit sicheres Terrain konnte nicht mehr weit sein.

Sie nickte bloß. Sie wußte, daß ein Großteil dieser Gegend von der Zivilbevölkerung verlassen worden war, da er genau zwischen den Fronten lag und somit permanent Schauplatz von Überfällen und Gefechten war.

»Nicht weit hinter uns gibt es eine verlassene Farm. Sie ist teilweise niedergebrannt, aber . . .«

Lauren nickte. Der Wind hatte sich inzwischen vollkommen gelegt, und die Luft flirrte vor Spannung. Das Unwetter stand unmittelbar bevor, und die Pferde begannen bereits zu scheuen.

Lauren fragte sich, ob Adrian umkehren würde, wenn sie nicht bei ihm wäre, aber sie wußte auch, daß ihre Reitkünste nicht ausreichten, um sich auf einem ängstlichen Pferd zu halten. Trotzdem war es nicht ungefährlich, sich einen Unterschlupf zu suchen. Andere würden ebenfalls nach einem trockenen Plätzchen Ausschau halten.

Sie konnte nur beten, daß sie schnell einen sicheren Ort fanden, denn dies würde kein gewöhnlicher Sturm.

Sie wußte nicht, wie lange sie den Weg zurückgeritten waren, als sie endlich eine kleine Lichtung entdeckten. Die zwei kleinen Felder waren inzwischen vom Unkraut überwuchert. Daneben standen eine kaputte Scheune und ein kleines, verfallenes Haus. Überall waren Löcher und Krater, und Lauren wurde klar, daß hier eine Schlacht stattgefunden haben mußte, die diese Spuren der Gewalt hinterlassen hatte. Die Dächer der beiden Gebäude waren teilweise verschwunden, und die verkohlten Pfeiler waren deutliche Mahnmale der Feuer und Explosionen, die das Heim einer Familie zerstört hatten. Die Überbleibsel wirkten schrecklich einsam und traurig.

Gerade als Adrian abstieg und zu ihr herüberkam, brach der Sturm los, und riesige Hagelkörner und fette Regentropfen begannen, auf die Erde zu klatschen. Innerhalb von Sekunden war sie bis auf die Haut durchnäßt. Adrian half ihr vom Pferd und fing sie auf. »Geh ins Haus«, sagte er. »Ich kümmere mich um die Pferde.«

Trotz des Platzregens wollte sie nicht gehen. Nicht allein. Irgend etwas an diesem Haus machte ihr angst . . .

»Ich helfe dir«, sagte sie und nahm ihm die Zügel ab. Sokrates rannte aufgeregt im Kreis und wartete auf die beiden. Er schnatterte und schimpfte.

Die Pferde wieherten ängstlich und zerrten an den Zügeln, als Adrian ihr zurief, daß sie ihm folgen sollte. Er stemmte sich gegen den aufkommenden Wind und wandte sich Richtung Scheune. Wie das Haus war sie nur teilweise erhalten. Eine der beiden Türen war ganz weg, die andere hing schief in den Angeln. Aber zumindest hätten sie dort etwas Schutz.

Das Dach leckte, und die Boxen waren verschwunden, wahrscheinlich als Feuerholz verwendet worden. Wind und Regen drangen durch die Ritzen im Dach, und die Pferde stampften nervös mit den Hufen. Aber zumindest waren sie dem Sturm nicht direkt ausgeliefert. Adrian nahm den Tieren eilig die Sättel ab und band die Zügel an einem Ring fest, der ehemals zu einer Box gehört haben mußte. Dann ging er zur Tür und blickte hinaus, während Sokrates sich in der trockensten Ecke des Gebäudes zusammenkauerte.

Lauren ging ihm nach. Der Hagel klatschte auf die Überreste des Daches und schlug auf den Boden des ungeschützten Scheunenteils. Die Bäume wiegten sich hin und her, und obgleich es erst um die Mittagszeit war, lagen die Felder inzwischen in vollkommener Dunkelheit. Erde und Sträucher wurden in wirbelnden Klumpen vorbeigetrieben.

Laurens Kleider klebten ihr am Körper, und sie sah, daß auch Adrians Hemd und Hose dies an seinem muskulösen Körper taten. Sie wußte nicht, ob sie wegen des Regens oder wegen des Anblicks seines stählernen Körpers zitterte.

Er drehte sich um und musterte sie von oben bis unten. Das Blau seiner Augen wurde warm, wie das Innere einer Flamme.

Er streckte die Arme aus, und sie ging zu ihm hinüber. Der Sturm und der Regen steigerten ihre Erregung. Der Geruch von Erde mischte sich mit dem Duft des Verlangens, der sie beide umfing. Betörend, wild und leidenschaftlich ... wie Naturelemente. Die Erde umschloß sie, umhüllte sie mit einer Wildheit, die die Wildheit ihrer Begierde verstärkte.

Der Donner grollte, und grelle Blitze erschütterten die Erde, als sie in einen nahen Baum einschlugen. Lauren hatte das Gefühl, als sei die Elektrizität durch den Boden direkt bis zu ihr gedrungen und durch ihre Beine mitten in ihre Seele gefahren. Sie hob den Kopf und blickte Adrian an. In seinen Augen lag dieselbe stürmische Erregung, und er beugte sich zu ihr hinab, bis ihre Lippen aufeinandertrafen. Die Explosion ihrer Gefühle war greller als jeder Blitz.

Er legte die Arme um sie und zog sie an sich. Sie spürte erneut das pulsierende Drängen seiner Männlichkeit. Ihre Brüste wurden prall, sie sehnten sich nach seiner Berührung. Noch vor wenigen Minuten hatte jede Faser ihres Körpers geschmerzt, und sie hatte nur den Wunsch verspürt, sich hinzulegen, aber jetzt war ihr Körper wieder lebendig, und sie spürte erneut die Flammen der Leidenschaft.

Als es wieder donnerte, zuckte sie unwillkürlich zusammen und versteckte ihren Kopf an seiner Brust. Sie hörte sein Herzklopfen lauter als das Tosen der Naturgewalten – lauter als das Klackern des Hagels, das Pochen des Regens, das Heulen des Windes.

Sie spürte, wie ihr warm wurde, und jetzt zitterte sie vor freudiger Erwartung, vor Verlangen.

Sie fühlte, wie er sie mühelos hochhob und an die trokkenste Stelle der Scheune trug. Ungeduldige, aber sanfte Hände streiften ihre Kleider ab und glitten ehrfurchtsvoll an ihrem Körper entlang. Bei jeder Berührung erschauderte sie. Er beugte sich zu ihr hinab und küßte sie. Dann glitt seine heiße Zunge über ihren Hals bis zu ihren Brüsten. Sie merkte, daß sie schamlos nach den Knöpfen seiner Kleider griff. Erst sein Hemd, damit sie mit den Fingern seine Brust hinabfahren, damit ihr Mund ihn kosten, seinen Geschmack aufsaugen, ihn erschaudern lassen konnte.

Und dann seine Hose ... ihre Hände bewegten sich langsam, und sie beobachtete, daß er zusammenzuckte, als sie sein pralles, hartes Glied befreite. Er stöhnte, und das Geräusch vermischte sich mit einem erneuten Donnergrollen, während er sich auf sie legte und in sie eindrang. Dann wurde der Sturm draußen von dem Sturm ihrer Leidenschaft übertönt.

Es ist, als würde man den Blitz reiten. Irgendwo in ihrem Unterbewußtsein erinnerte sich Lauren an seine Worte. Nun wußte sie, was sie bedeuteten.

Großer Gott, es war einfach herrlich!

Adrian lehnte an der Wand der Scheune und beobachtete die schlafende Lauren. Es regnete noch immer heftig, aber der Donner war weitergezogen. Er hörte weit entferntes Grollen und wußte, daß sie nicht mehr inmitten des Unwetters waren.

Ein kleiner Lichtstrahl fiel in die Scheune und streifte ihr goldenes Haar. Ihr Gesicht wirkte so offen, so verletzlich, so friedlich.

Er berührte eine feuchte Locke und strich ihr sanft über die Wange. Er hörte, wie sie seufzte, das zufriedene Seufzen eines kleinen Kindes. Unschuldig.

Er hörte, wie er selbst seufzte, doch bei weitem nicht so friedlich.

Lauren Bradley war so voller Widersprüche. Er erinnerte sich an ihre erste Begegnung. Sie hatte ein einfaches Kleid getragen, und ihre haselnußbraunen Augen hatten ihn böse angefunkelt. Er hatte nicht verstanden, weshalb – er verstand es immer noch nicht ganz –, aber sie hatte ihn von Anfang an fasziniert, die Leidenschaft, die sich hinter der hochanständigen Fassade verbarg, hatte ihn gereizt.

Aber wie er langsam merkte, war fast nichts an Lauren hochanständig. In der Nacht, als sie dem Patrouillenboot der Union entkommen waren, hatte er eine gewisse Seelenverwandtschaft festgestellt. Er hatte beobachtet, wie ihr Gesicht vor Erregung glühte, nicht vor Angst. Dieselbe Erregung hatte er bei ihrem Besuch im Gefängnis und später im Zug bemerkt. Er nahm an, daß diese Seite ihres Wesens erst zum Vorschein gekommen war, als sie ihn kennengelernt hatte. Und von dieser aufkommenden Leidenschaft wurde er angezogen wie die Motte vom Licht.

Ein Leben ohne Lauren konnte er sich nicht mehr vorstellen. Er wollte es auch nicht. Sie hatte all die grauen Stellen seines Lebens mit Farbe erfüllt. Aber zugleich wußte er, daß er ihr nicht trauen konnte. Schmerzlich kam ihm zum Bewußtsein, daß sie immer noch viel vor ihm verborgen hielt. Auch wenn sie sich ihm uneingeschränkt hingab, blieb sie ihm in vielerlei Hinsicht ein Rätsel.

Es fiel ihm schwer zu glauben, daß sie ihm etwas vormachen sollte, aber er war bereits mehrere Male Zeuge ihres schauspielerischen Talents gewesen – im Gefängnis, im Zug, auf der Straße.

Wie Sylvia.

Aber zugleich anders als Sylvia. Welchen Grund sie auch immer haben mochte, Habgier war es ganz gewiß nicht. Trotzdem sollte er sie hassen. Er sollte sie ebenso verachten, wie er Sylvia verachtet hatte.

Aber ebensogut hätte er versuchen können, die Sonne zu verachten, die ihn wärmte, weil sie mittags brannte, oder den Mond, der ihm Licht spendete, weil er zugleich gefährlich war, oder den herrlichen Sturm, weil er auch zerstörerisch wirkte . . .

20

Als Lauren von Sokrates' knochiger Pfote geweckt wurde, spürte sie, daß ihr Nachtlager inzwischen vollkommen aufgeweicht war. Ehe sie die Augen aufschlug, streckte sie sich wie eine Katze, satt und zufrieden.

Immer noch taten ihr alle Knochen weh. Sie nahm an,

daß die Schmerzen noch lange anhalten würden, aber andere Gefühle waren stärker als das körperliche Unbehagen: Eine wunderbare, warme Zufriedenheit erfüllte sie tief in ihrem Innersten und strahlte von dort durch ihren ganzen Körper.

Lauren hörte, wie der Regen auf das Dach schlug. Der Sturm hatte sich inzwischen gelegt. Statt dessen trommelten die Tropfen in einem beruhigenden Rhythmus gegen das Holz. Das Geräusch war einschläfernd, und langsam öffnete sie die Augen. Sokrates hatte sie eng umschlungen, und er grinste sie zufrieden an. Er blickte verschmitzt, so als habe er das alles arrangiert.

Plötzlich wurde sie sich ihrer Nacktheit bewußt. Es war eigenartig, wie wohl sie sich damit fühlte. Es hatte etwas wunderbar Sinnliches, im Heu zu liegen und den frischen Duft regenreiner Luft und den Geruch ihrer Körper einzuatmen. Ihr Kopf ruhte in Adrians Armen, und langsam strich sie ihm mit der Hand über die feuchte Brust. Sie bewegte den Kopf, um ihn besser betrachten zu können. Freude über seine Nähe wallte in ihr auf, und sie wunderte sich darüber, wie sehr sie sich ihm zugehörig fühlte – mit dem Herzen, wenn auch nicht mit dem Geist.

Plötzlich rührte er sich.

»Adrian?«

»Hmmmmm?« Zufriedenheit lag in seinem Ton.

Er drehte sich um, so daß sie ihn anblickte. »Du bist wunderschön, wenn du schläfst«, bemerkte er.

»Du auch.«

Er lachte sein tiefes, herrliches Lachen, das direkt aus seiner Brust an ihr Ohr drang. »Ich glaube, das gefällt mir.«

»Gut«, sagte Lauren zufrieden.

Er bewegte sich zögernd. »Wir sind nicht gerade besonders vorsichtig.«

Impulsiv saugte sie an seiner Schulter.

Er zog eine Grimasse, als sein Körper erneut auf ihre Berührung reagierte. »Sokrates bringt dir ein paar . . . interessante Dinge . . . bei.«

»Sokrates braucht mir gar nichts beizubringen. Es scheint alles von selbst zu kommen.«

»Ich mag Dinge, die ganz von selbst kommen.«

Trotzdem schob er sie sanft von sich und stand auf. Er reichte ihr seine Hand und zog sie leicht zu sich hinauf.

Bei der Bewegung zuckte sie zusammen; jetzt, da die Nähe seines Körpers sie nicht mehr betäubte, kehrten die Schmerzen mit aller Heftigkeit zurück.

Er legte den Arm um ihre Schulter, und sie blickte sich um. Abgesehen von der Stelle, an der sie gelegen hatten, war der Boden der Scheune naß. Überall hatten sich kleine Pfützen gesammelt, da der Regen durch die Löcher und Ritzen im Dach drang.

»Ich glaube, wir können jetzt zum Haus rübergehen«, sagte Adrian. »Ich nehme an, dort ist es nicht ganz so naß.«

Lauren verspürte einen eigenartigen Widerstand, als Adrian zu den Sätteln hinüberging, das Hemd herauszog, das sie in der vergangenen Nacht getragen hatte, und es ihr umlegte. Dann zog er seine klamme Hose an und sammelte die anderen Kleidungsstücke ein: ihr Kleid und ihre Unterwäsche sowie das blaue Hemd, das er den Yankees abgenommen hatte.

Er nahm die restlichen Nahrungsmittel aus den Satteltaschen und schwang sich Sokrates auf die Schulter. Dann streckte er seine Hand nach ihr aus, diese große, starke Hand, die so zärtlich sein konnte.

Es regnete immer noch Bindfäden, und aus der Ferne drang das Echo des Donners zu ihnen herüber. Der Himmel war grau und verhangen.

Aus unerfindlichem Grund zögerte Lauren, das Haus zu betreten. Irgendwie schien es ein sehr trauriger, ja tragischer Ort zu sein, aber sie schalt sich selbst eine Närrin. Es gab dort drüben einen Kamin, das hatte sie gesehen, und vielleicht könnten sie ihn sogar benutzen. Bei diesem Wetter würde niemand draußen herumstreifen, der den Rauch entdecken könnte.

Sie erreichten die Veranda und fanden die Tür halboffen vor. Adrian lenkte sie nach links, wo das Innere des Hauses noch von einem Dach geschützt war, und erneut zögerte sie einzutreten, bis Adrian sie hineinzog.

Vor ihr lag ein einziges Trümmerfeld. Auf dem Boden lagen zerfetzte Kissen herum, die gesamten Möbel waren verschwunden, wahrscheinlich im Kamin verbrannt. Geschützfeuer oder vielleicht Bajonette hatten Löcher in die Wände geritzt, und der gesamte Raum war mit Schmutz und Abfall übersät. In einer Ecke lagen mehrere dreckige Decken, und davor waren Spielkarten auf dem Boden zerstreut, als wären irgendwelche Männer mitten im Spiel unterbrochen oder erschreckt worden.

Laurens Augen wanderten hinüber zum Kamin, vor dem eine Kaffeekanne stand, deren Boden und Seiten rußgeschwärzt waren. Daneben lag eine kleine Bratpfanne, deren Inhalt vor langer Zeit von irgendwelchen Tieren aufgefressen worden war. Der Fußboden war von rostfarbenen Flecken bedeckt. Sie erschauderte. Blut. Krieg. Tod. Dieser Raum war von all diesen Dingen heimgesucht, ihre Gegenwart ließ sie erstarren.

Lauren machte einen Schritt zurück. »Ich kann hier nicht bleiben«, flüsterte sie.

Adrian sah in ihr bleiches Gesicht und bemerkte, daß sie schwankte. »Also zurück in die Scheune«, stimmte er ihr zu.

Er ließ sie einen Augenblick los und ging hinüber in die Ecke, wo er wie der geborene Lumpensammler Decken, Pfanne und Kartenspiel auflas. Er schob alles unter den Arm und führte sie aus dem Haus. Selbst er fühlte sich dort nicht besonders wohl.

Die Scheune erschien ihr wie ein Paradies, trotz der Wasserpfützen und des Windes, der durch die Ritzen pfiff. Es war immer noch recht warm, aber in der feuchten Umgebung würde es schwierig, die Kleider zu trocknen, überlegte Lauren.

Adrian verschwand erneut in Richtung des Hauses, und kurz darauf kehrte er mit ein paar Brettern zurück, um ein kleines Feuer zu machen. Er legte die Sättel auf den Boden und breitete Laurens Kleider darauf aus.

Als nächstes griff er in die gestohlenen Satteltaschen und zog weitere Kekse, etwas Schinken und eine Handvoll Kaffee hervor.

Adrian nahm die Pfanne mit nach draußen und wusch sie im Regen aus. Dann briet er schweigend den Schinken, während er nicht eine Sekunde Laurens bleiches Gesicht aus den Augen ließ. Sie aß kaum etwas, und seine Besorgnis wurde noch größer.

Ihr fehlender Appetit schmälerte auch seinen Hunger. Nur Sokrates schien an den Mahlzeiten Gefallen zu finden.

Schließlich nahm Adrian sie in die Arme. »Es tut mir leid«, sagte er. »Ich wünschte, ich könnte dir mehr bieten, aber es ist besser, den Kaffee für morgen früh aufzuheben.«

Lauren versuchte, ihre plötzliche Verzweiflung abzuschütteln. Sie verstand noch nicht einmal, weshalb sie so niedergeschlagen war: Seit sie das Haus zum ersten Mal gesehen hatte, hatte sie eine entsetzliche Vorahnung gehabt, und beim Betreten hatte sich ihr ungutes Gefühl noch verstärkt. In diesem Haus mußte sich eine entsetzliche Tragödie abgespielt haben, die sie an ihre eigene Tragödie denken ließ, an vergangene und zukünftige Verluste, und in den paar Minuten dort drüben hatte sie den Schmerz so heftig gespürt, als bohre ihr jemand ein Schwert durch die Brust.

Adrian zog sie enger an sich, und sie spürte seinen Atem in ihrem Haar. Seine Hände umschlangen ihre Taille, aber im Augenblick war ihr das kein Trost. Sie trat einen Schritt zurück und wandte den Blick von seinen leuchtenden Augen, die sie immer alles andere vergessen ließen.

Sie setzte sich in der trockenen Erde auf den Boden. Von dort aus konnte sie den Himmel sehen, sowohl durch ein Loch im Dach als auch durch die zerborstene Tür. Der Tag war grau und trostlos, und der Regen schien nie mehr enden zu wollen.

»Ist es sicher, hierzubleiben?« fragte sie schließlich Adrian, der an einer Wand lehnte und sie aufmerksam beobachtete.

»Ich nehme an, daß inzwischen alle Leute, die von dem Sturm überrascht wurden, einen Unterschlupf gefunden haben«, erwiderte er. »Ich glaube, daß niemand mehr hierherkommen wird.«

»Wie weit ist es noch bis zum Potomac?«

Er zuckte mit den Schultern. »Nicht mehr als ein paar Meilen, aber jetzt wird er Hochwasser haben.«

»Adrian?« Ihre Stimme war nur noch ein Flüstern.

»Ja?«

»Normalerweise bin ich nicht so ängstlich.«

Er lächelte wehmütig. »Das habe ich bereits an dem Abend festgestellt, als wir uns zum ersten Mal begegnet sind . . . als du dem armen, arglosen Rüpel zwischen die

Beine getreten hast. Wenn es etwas gibt, das ich ganz sicher von dir weiß, meine Liebe, dann, daß es dir bestimmt nicht an Mut fehlt.«

»Mein Vater war Arzt«, sagte sie. Sie ignorierte seine Worte und versuchte statt dessen, ihr eigenes Verhalten zu ergründen. »Ich habe ihm immer geholfen ... ich ... es hat mir nie etwas ausgemacht ... Blut zu sehen ...«

Adrian richtete sich auf, sein Körper spannte sich an. Dies war einer der wenigen Augenblicke, in denen sie etwas von sich preisgab, auch wenn sie ihm bereits erzählt hatte, daß ihr Bruder und ihr Vater Ärzte gewesen waren. Vielleicht erklärte das zum Teil ihre Unabhängigkeit, die ihn zu Anfang so überrascht hatte.

»Ich weiß nicht, weshalb dieser Raum ... mich so verstört hat«, fuhr sie fort.

Aber er wollte mehr von ihr wissen. »Und Larry ... dein Bruder ... du sagtest, er sei auch Arzt gewesen.«

Wenn es möglich war, wurde ihr Gesicht noch bleicher.

»Wie ist er gestorben, Lauren?«

Er stellte die Frage mit leiser, zwingender Stimme.

»Darüber möchte ich nicht sprechen.«

»Du hast Alpträume deswegen«, drängte er. »Vielleicht solltest du ... darüber reden?«

Aber ihr Gesicht war verschlossen, und er verspürte eine plötzliche innere Kälte. Das hatte sie schon vorher getan. Sie hatte ihn schon früher an sich herangelassen und sich ihm dann erneut entzogen. Er wußte, daß er ihr mißtrauen sollte. Aber er wollte sie einfach halten und die Geister vertreiben, die sie plagten. Niemand hatte je zuvor eine solche Zärtlichkeit in ihm geweckt, und die Stärke dieses Gefühls wunderte ihn.

Er wußte jedoch, daß sie jetzt nichts mehr erzählen würde über ihren Bruder ... über ihre Vergangenheit.

Und sie würden noch eine Weile hierblieben. Er bückte sich und hob das Kartenspiel auf, das er aus dem Haus mitgenommen hatte. »Wie wäre es mit einem Spiel, Miss Bradley?« fragte er, und ihr Gesicht spiegelte Erleichterung und Interesse wider.

»Es wäre mir ein Vergnügen, Kapitän Cabot.«

Sie war eine gelehrige Schülerin, dachte Adrian trocken, als er erneut zehn Pfund verlor.

Ihr Geist arbeitete wie Quecksilber, blitzschnell verstand sie die Regeln und Kniffe des Spiels. Und sie hatte ein regelrechtes Talent dafür, sich zu merken, welche Karten bereits gespielt waren, und die Risiken abzuwägen. In einer Londoner Spielhölle wäre sie eine gefährliche Gegnerin, wenn Frauen dort zugelassen wären.

Er sollte sich auf das Spiel konzentrieren, aber es bereitete ihm größtes Vergnügen zu beobachten, wie sie mit leuchtenden Augen etwas Neues lernte und es sofort beherrschte.

Ihr einziger Nachteil war, daß sie allzu deutlich ihre Freude über gute Karten zeigte. Obgleich sie häufig ihre Gefühle geschickt zu verbergen wußte, zeigte sie ihre Empfindungen beim Spiel ganz offen – vielleicht, weil es nicht wichtig war. Aber ihm bewies dieses Verhalten, daß sie nicht zur Betrügerin geboren war.

Sie verbrachten einen Großteil des Tages mit dem Spiel. Sokrates beobachtete sie genau, und ab und zu schnappte er sich eine Karte und rannte damit davon, um Adrians Aufmerksamkeit zu erlangen. Lauren lachte über den großen, kultivierten englischen Adligen, der hinter dem kleinen, behaarten Energiebündel herhechtete und es immer wieder verfehlte. Schließlich gab er jedes Mal auf und kehrte zu ihr zurück, woraufhin Sokrates die Karte mit einem fröhlichen Grinsen und einer höflichen Verbeugung zurückgab.

Je später es wurde, um so häufiger starrten sie sich an, statt in die Karten zu sehen. Lauren fühlte sich wunderbar frei in Adrians Hemd, frei, wild und ungemein sinnlich, besonders wenn sein Blick sie intimer berührte, als eine Hand es jemals könnte. Sie bemerkte, daß ihr eigener Blick auf seiner Brust ruhte, auf den dunkelblonden Haaren, die wie ein Pfeil nach unten in Richtung seiner Hose zeigten, auf die Muskelstreifen, die sich jedesmal bewegten, wenn er sich vorbeugte, um eine Karte abzuheben, abzulegen oder um neu zu mischen.

Die Bewegungen ihrer Hände wurden langsamer. Sie wollten etwas anderes tun als Karten halten. Ihre Blicke trafen sich erneut, doch keiner machte den ersten Schritt. Adrian erinnerte sich daran, wie sie sich vorhin vor ihm zurückgezogen hatte, und Lauren fürchtete sich vor ihrem heftigen Verlangen, vor der Bedeutung, die dieser Mann für sie hatte. Sie fühlte, daß sie über den Rand einer Klippe in einen bodenlosen Abgrund stürzte, und daß sie gleich einem Lemming nicht in der Lage war, sich davor zu retten, im Meer ihrer Gefühle zu ertrinken.

Und dann blickte sie ihm erneut in die Augen, und sie verlor sich in dem strahlenden blauen Feuer. Sie streckte die Hand aus, und er ergriff sie. Plötzlich lagen sie nebeneinander. Wie durch einen Schleier beobachtete sie jede Nuance seines Gesichts, während seine Finger sie neckten und liebkosten. Dann schob er sich in sie, erst langsam und vorsichtig, dann drängend und heftig, und ihr Körper reagierte mit zitternden Bewegungen . . .

Adrian führte sein Pferd vorsichtig zwischen den Bäumen hindurch. Er mußte sich zwingen, aufmerksam zu sein.

Es dämmerte bereits, und er hatte sich erst vor wenigen Augenblicken von Laurens Seite gelöst. Er spürte immer noch die Mattigkeit, das Wohlgefühl der eben erlebten Lust.

Er hatte sie nicht verlassen wollen, aber irgend etwas hatte ihm keine Ruhe gelassen. Sie waren unvorsichtig gewesen, und bis jetzt hatten sie einfach verdammtes Glück gehabt. Er war so verloren gewesen in ihr, in dem Kokon, den sie um sich gesponnen hatten, daß er selbst die Mindestregeln der Vorsicht mißachtet hatte.

Der Regen hatte inzwischen nachgelassen, aber er reichte immer noch aus, um ihn aus der Trägheit zu reißen, in der ihn das Liebesspiel hatte versinken lassen. Er fuhr sich mit einer Hand durch das nasse Haar, um es aus der Stirn zu schieben.

Er mußte wissen, wie weit es noch bis zum Potomac war und wie gut der Fluß bewacht wurde. Da beide Armeen in Pennsylvania kämpften, brauchten er und Lauren keine Angst zu haben, in eines der großen Heerlager zu geraten. Aber sie mußten sich vor Guerillas in acht nehmen, vor Plünderern, Deserteuren und Räubern. Auf beiden Seiten des Flusses würden Wachen postiert sein, und er mußte einen Weg finden, auf dem sie unbemerkt übersetzen konnten.

Und dann?

Verdammt, er wußte es nicht. Würde ihm Lauren davonlaufen? Er hatte diesen Gedanken mehrere Male in ihren Augen gelesen. Aber jetzt...

Vielleicht war sie schwanger. Wenn Leidenschaft irgend etwas damit zu tun hatte, dann hatten sie auf jeden Fall ein Kind gezeugt. Er lächelte bei der Vorstellung. Niemals hatte er daran gedacht, aus Liebe zu heiraten, nicht nach dem Fiasko mit Sylvia. Er war in den letzten Jahren sogar zu der Überzeugung gelangt, er sei unfähig, derartige Gefühle zu entwickeln, aber nun stellte er fest, daß er ein Narr gewesen war.

Trotz dieser Gedanken und ungeachtet des anhaltenden Regens weckte irgend etwas seine Aufmerksamkeit. Vielleicht war es sein Pferd, das plötzlich die Ohren aufstellte. Er hörte leises Wiehern und lenkte sein Tier vom Weg weg unter die Bäume.

Er stieg eilig ab und legte dem Pferd die Hand vor das Maul, damit es seinen Artgenossen nicht antwortete. Die Pferdehufe waren unüberhörbar, auch wenn der regenweiche Boden das Geräusch beinahe verschluckte. Es mußte sich demnach um eine größere Zahl von Reitern handeln.

Und dann hörte er Stimmen . . . ganz nah.

»Verfluchter Engländer.«

»Der Hauptmann muß verrückt sein. Wie soll man bei dem Mistwetter denn wohl irgendeine Spur finden?«

»Laßt uns doch mal bei der alten Farm nachsehen, auf der es angeblich spukt.«

»Da können Sie allein hinreiten, Sergeant, ich gehe da auf keinen Fall hin.«

»Es ist der einzige Unterschlupf im Umkreis von Meilen.«

»Da bleibt bestimmt niemand so lange. Denken Sie bloß mal an die letzten . . .«

Adrian wartete das Ende der Unterhaltung nicht mehr ab. Er führte sein Pferd ein paar hundert Meter weiter, stieg in den Sattel und trieb es im gestreckten Galopp zurück.

Lauren konnte den Blick einfach nicht von dem Haus abwenden. Sie war zugleich abgestoßen und magisch angezogen von diesem unheimlichen Ort.

Da ihr Kleid inzwischen getrocknet war, zog sie es an und

versuchte erfolglos, die Falten glattzustreichen. Außerdem kämmte sie sich so gut es ging, aber da sie die Haarnadeln nicht fand, flocht sie sich einfach einen festen Zopf.

Von der Scheunentür aus blickte sie erneut zum Haus hinüber. Seit Adrian fortgeritten war, verspürte sie eine unerklärliche Unruhe. Sie war in der nassen Scheune auf und ab gelaufen und hatte den Saum ihres Kleides durch jede Pfütze geschleift, aber sie konnte einfach nicht still sitzen bleiben. Irgend etwas an dem Haus zog sie magisch an, auch wenn es sie nach wie vor erschreckte.

Sie streckte ihre Hand nach Sokrates aus. »Komm, wir sehen uns ein bißchen um.«

Das Haus war in einen grauen Nebelschleier gehüllt. Der Regen hatte zwar etwas nachgelassen, und die Luft war weniger spannungsgeladen, aber der Himmel war immer noch wolkenverhangen, und das Haus erschien ihr ebenso bedrohlich wie zuvor.

Sokrates schimpfte und kletterte auf ihre Arme. Sie wußte, daß er nicht hineingehen wollte, aber ebensowenig wollte er allein zurückbleiben.

Langsam, aber unaufhaltsam schritt sie auf das Haus zu, als würde sie von einer unsichtbaren Hand gelenkt. Als sie eintrat, mied sie den Raum mit den Blutflecken. Statt dessen ging sie durch einen kleinen Flur in ein Zimmer zur Linken. Wieder hatte sie das Gefühl, von einer unsichtbaren Kraft gelenkt zu werden.

Wie in dem anderen Raum gab es auch hier kaum noch Möbelstücke. Ihre Augen wanderten zu einem kleinen, gemauerten Kamin. Irgend etwas war seltsam an diesem Raum; er verströmte eine unheimliche Kälte, die jedoch nichts Bedrohliches hatte. Sie ging hinüber zu der Feuerstelle, und ihr Blick suchte etwas, auch wenn sie nicht wußte, was es war. Als sie den Gegenstand entdeckte, schien die Kälte von ihr zu weichen. Mitten in der Asche lag ein Buch. Lauren bückte sich und hob es auf.

Genau in dem Augenblick hörte sie einen Reiter draußen, und – Sokrates und das Buch fest an sich gepreßt – stürzte sie zur Tür.

Adrian! Adrian winkte in Richtung der Scheune, und sie rannte zu ihm hinüber, während er eilig aus dem Sattel stieg. »Die Yankees kommen«, sagte er und beeilte sich, ihr Pferd zu satteln, während sie schnell ihre paar Habseligkeiten zusammensuchte. Sie stopfte soviel wie möglich in die Satteltaschen und hüllte den Rest in eine der Decken, die Adrian aus dem Haus mitgenommen hatte. Das Buch, das sie aufgehoben hatte, wanderte gemeinsam mit der Bratpfanne, den Spielkarten und Adrians Hemd in das Bündel, das sie sich unter den Arm klemmte.

Als Adrian ihr Pferd gesattelt hatte, half er ihr hinauf, packte Sokrates, schwang sich selbst in den Sattel und verließ den Hof im Trab. Lauren folgte ihm, nachdem sie das Bündel unter ihr Kleid geschoben hatte, um es vor dem Regen zu schützen.

Als sie die schützenden Bäume erreicht hatten, blickte sie sich noch einmal um. Durch den grauen Regenschleier sah sie den Kopf eines Pferdes und dann eine Reihe blauer Uniformen, aber dann nahmen ihr die Bäume die Sicht, und sie und Adrian ritten eilig tiefer in den Wald hinein.

Sie schienen seit einer Ewigkeit unterwegs zu sein. Es regnete immer noch, und gelegentlich ertönte irgendwo ein Donnergrollen. In der Ferne leuchteten grelle Blitze auf. Wasser tropfte von den Blättern, und ihre Kleider trieften.

Wieder spürte Lauren sämtliche Knochen im Leib. Um ihr Elend zu vergessen, dachte sie an das Buch, das sie gefunden hatte, und sie wunderte sich über die eigenartigen Gefühle, die sie beim Betreten des Hauses überkommen hatten. Es war beinahe, als hätte ihr jemand etwas sagen wollen.

Unsinn. Es war ein ganz normales Buch, und es war nur die unheimliche Stille gewesen, die ihr zu schaffen gemacht hatte. Aber wenigstens hatte sie jetzt etwas, worüber sie nachdenken konnte, etwas, das sie von ihren Schmerzen ablenkte.

Sie ritten immer weiter, bis es zu dunkel wurde, um noch etwas erkennen zu können.

Adrian hielt unter einer riesigen Eiche an. Es war zwar kein besonders guter Unterschlupf, da ununterbrochen Wasser von den Blättern rann, aber sie konnten nicht mehr weiter, nicht in dieser Dunkelheit. Er half ihr aus dem Sattel, kümmerte sich um die Tiere und errichtete aus den Pferdedecken einen kleinen Unterstand. Der strenge Pferdegeruch war unangenehm, aber Lauren war dankbar, wenigstens etwas geschützt zu sein. Gott sei Dank war Sommer, und der Regen war warm, aber das Wasser, das ihr durch die Kleider drang, sorgte dafür, daß sie sich klamm und unwohl fühlte.

Adrian hingegen schien das alles nicht zu stören. Er bewegte sich mit derselben Entschlossenheit wie immer, und die feuchten kastanienbraunen Locken, die ihm in die Stirn fielen, ließen ihn noch verwegener erscheinen. Er beugte sich über sie, küßte sie auf die Stirn und nahm sie in die Arme. »Es tut mir leid«, sagte er.

Und plötzlich war alles wieder gut, wie immer, wenn sie ihm so nahe war. Aber Sokrates empfand das offensichtlich anders. Er heulte vor lauter Elend und versuchte, sich unter Laurens Petticoat zu verkriechen.

Adrian lachte leise, während er sie küßte. »Eines Tages werde ich es wiedergutmachen.«

Aber das brauchte er nicht. Sie waren hier ... jetzt ... wegen des Verrats, den sie begangen hatte. Er sollte auf See sein oder in Nassau. Statt dessen befanden sie sich mitten im Nichts, umgeben von einem endlosen Sturm, mit wenigen Kleidern und noch weniger Nahrung.

Sie begann, hysterisch zu kichern. Sie hörte sein Lachen, und es schien, als könne keiner von ihnen jemals wieder aufhören. So saßen sie im Regen unter den tropfenden Blättern einer Eiche, mitten im Krieg, und lachten, lachten, lachten.

21

Lauren und Adrian kauerten bis zum Morgengrauen unter dem Baum.

Sie schliefen immer ein paar Augenblicke, bis sich so viele Regentropfen auf der Decke angesammelt hatten, daß sie sich wie ein Wasserfall über ihnen ergossen.

Manchmal klammerten sie sich einfach aneinander, um das körperliche Elend und den Hunger zu vergessen, der sich in gelegentlichem Magenknurren äußerte.

Sie lachten nicht mehr. Beide – nein, alle drei – versuchten nur noch, das Unerträgliche zu ertragen.

Aber als Lauren Adrians Umarmung spürte, wußte sie, daß sie lieber hier mit ihm war als allein in einem Palast.

Diese Überlegung ließ sie an sein Zuhause denken. Wo lebte ein Lord? Wie lebte ein Lord? Er hatte den Namen seines Landsitzes genannt: Ridgely. Wie war er, verglichen mit dem kleinen Cottage, in dem sie vor tausend Jahren gelebt hatte? Was würde er von ihrem Heim denken, er, der wahrscheinlich schon mit der Queen diniert hatte?

Sie schmiegte sich enger an ihn. »Wie war dein Zuhause in England?«

Er schwieg eine Weile. »Alt . . . alt, geschichts- und erinnerungsträchtig. Heinrich der VIII. hat dort übernachtet. Und King George während der Revolution.«

»Ist es groß?«

»Sehr groß. Als ich noch ein kleiner Junge war, habe ich mich in den zahllosen Flügeln permanent verlaufen. Der alte Teil des Gebäudes war einmal eine Burg, über siebenhundert Jahre alt. Sie wurde erweitert und nochmals erweitert, um ganze Armeen beherbergen zu können. Wenn du durch die Gänge wanderst, meinst du beinahe, die Stimmen der Soldaten noch zu hören.«

Er zögerte, und sie rieb seine Hände, drängte ihn schweigend, weiterzusprechen.

»Die Familie spaltete sich während des Rosenkrieges. Ein Bruder stand auf einer Seite, der andere auf der anderen. Einer der beiden wurde sogar für ein paar Monate dort in den Kerker geworfen. Ich bin häufig dort hinunter gegangen . . . ich konnte seinen Schmerz nachempfinden . . .«

Seine Finger umschlossen ihre Hand. »Und der Hauptsaal . . . in dem Bälle gegeben wurden . . . das Echo der Musik schien immer noch in der Luft zu hängen . . .«

»Du hast es geliebt«, sagte sie leise.

»Mehr als alles andere, bis –« Er hielt inne. »Ja, ich habe es geliebt. Es war immer mein letzter Zufluchtsort.«

»Zufluchtsort?«

»Mein Vater und ich verstanden uns nicht besonders gut. Ein zweiter Sohn war für ihn nutzlos, und das einzige, was ihn an anderen Menschen jemals interessierte, war ihr Nutzen für ihn. Ironischerweise war ich jedoch derjenige seiner Söhne, der an Ridgely hing, der es erhalten hätte.«

»Und deine Mutter?«

»Sie starb, als ich noch ein kleiner Junge war.« Seine Stimme war schroff.

»Und dein Bruder?«

»Er hat Ridgely immer gehaßt... so, wie ich es immer geliebt habe. Aber aufgrund der englischen Gesetze erbte er alles. Und verspielte es.«

Lauren vernahm den Schmerz in seiner Stimme.

»Es würde dir gefallen«, sagte er. »Es gibt dort einen Wald und einen großen Fluß. Die Felder sind grün und fruchtbar.« Sein Ton verriet grenzenlose Sehnsucht. »Ich würde es dir gerne eines Tages zeigen.«

»Wer... wem... gehört es jetzt?«

»Einem Mann namens Rhys Redding. Er hat es beim Spiel gewonnen. Aber er sagte, für einen angemessenen Preis würde er es wieder verkaufen.«

Für einen angemessenen Preis. Laurens Magen zog sich zusammen. Sie erinnerte sich daran, wie sie ihn an Bord des *Gespenstes* gefragt hatte, weshalb er als Blockadebrecher arbeitete, und wie er scherzhaft geantwortet hatte, es sei ein Spiel. Aber das war es nicht gewesen. Das war es niemals gewesen. Ridgely hatte ihm zuviel bedeutet – er war einfach nicht in der Lage gewesen, darüber zu sprechen. Das wußte sie nun ebenso sicher, wie sie wußte, wie schmerzhaft es war, an Larry zu denken. Aber Adrian teilte jetzt einen Teil seiner Gefühle mit ihr, wohingegen sie es umgekehrt einfach nicht konnte. Ihr wurde klar, daß sie ihm die Möglichkeit genommen hatte, sein Erbe zurückzubekommen. Das würde er ihr niemals verzeihen. Sie fragte sich, ob sie sich das jemals verzeihen würde.

Er drückte ihre Hand. »Ridgely ist meine Vergangenheit... es ist Teil von mir. Seit über siebenhundert Jahren haben dort Cabots gelebt. Es jetzt zu verlieren...«

»Dein Bruder hat es verloren – nicht du.«

»Aber wenn ich die Möglichkeit habe, es zurückzubekommen, und es gelingt mir nicht . . .«

Die Verzweiflung in seiner Stimme war unerträglich. Lauren versuchte krampfhaft, die Sprache auf etwas anderes zu bringen. »Wie ist es, ein englischer Adliger zu sein?«

»Einsam«, kam die unerwartete Antwort. »Meinem Vater ging es nie um uns, sondern nur darum, daß der Familienname weitergeführt wurde. Obwohl John als sein Erbe wenn schon nicht Liebe, so doch zumindest Aufmerksamkeit geschenkt bekam. Es wurde erwartet, daß er perfekt war, aber das gelang ihm nie. Also haßte er alles an Ridgely.«

»Und du?«

»Ich war eine Last, die mühsam geduldet wurde, vor allem, wenn ich in Schwierigkeiten geriet. Aber in Schwierigkeiten zu geraten hieß, Aufmerksamkeit zu erregen. Also passierte mir immer irgend etwas. Ich wollte Ridgely – im Gegensatz zu meinem Bruder liebte ich es –, aber es bestand nicht die geringste Chance für mich, also ertränkte ich meine Träume in Bier und machte meinem Vater Schande, indem ich hemmungslos spielte. Zumindest ließ ihn das merken, daß es mich gab.« Adrian wußte nicht, weshalb er ihr all das erzählte. Nie zuvor hatte er mit einer Menschenseele darüber gesprochen. Aber Laurens Verständnis machte das Geständnis leichter. Er wollte, daß sie ihn kannte, daß sie ihm vertraute, daß sie auch ihre Sorgen mit ihm teilte.

Es war erschreckend, wie sehr er sie wollte.

Aber sie antwortete lediglich mit verständnisvollem Schweigen. Einem Schweigen, das durch die vielen ungesagten Dinge belastet wurde.

»Und du, meine Süße?« fragte er schließlich. »Wie war deine Jugend als Tochter eines Arztes?«

Ich wurde geliebt, wollte sie erwidern. Aber wie konnte sie das, nachdem er offenbar so wenig Liebe erfahren hatte? Wie konnte sie erklären, daß Liebe sie dazu gebracht hatte, Dinge zu tun, die sie normalerweise niemals getan hätte? Ebenso wie der Mangel an Liebe ihn dazu bewegt hatte?

Sie hob den Kopf, froh darüber, daß die Tränen, die ihr über die Wangen liefen, im Regen nicht zu sehen waren. Ich liebe dich, wollte sie sagen, aber sie hatte nicht das Recht dazu. Niemals hätte sie das Recht dazu, also gab sie vor zu schlafen, obgleich sie sich sicher war, daß sie von Alpträumen verfolgt werden würde.

Aber wenn sie irgendwelche Träume gehabt hatte, dann erinnerte sie sich nicht daran, als sie in Adrians Armen erwachte. Ein dünner grauer Schleier hing zwischen den regenschweren Bäumen. Sie spürte, daß Adrian sich bewegte und blickte auf. Er blinzelte, ein Zeichen dafür, daß auch er nur wenig geschlafen hatte.

Sokrates hatte ein Plätzchen neben ihnen gefunden. Er lag halb auf ihm und halb auf ihr, und wahrscheinlich hatte er den trockensten Fleck erwischt. Dieser Affe war alles andere als dumm, dachte Lauren halb amüsiert, halb neiderfüllt. Sokrates' Probleme waren nicht so gravierend, und er hatte eine Art, das Beste aus allem zu machen.

Sie streckte sich, und ihre Hand berührte ihren durchnäßten, halbaufgelösten Zopf. Sie konnte sich vorstellen, wie sie aussah. Eine ertrunkene Ratte hätte dem Vergleich wahrscheinlich durchaus standgehalten. Adrian hingegen sah mit seinen verschlafenen Augen und seinen langsamen, sinnlichen Bewegungen ungewöhnlich gut aus.

Der Regen hatte aufgehört, aber immer noch tropfte Wasser von der Decke über ihren Köpfen. Der Wald war nebelverhangen, und der silbergraue Hauch ließ die Tropfen auf den Blättern der Bäume kristallen erscheinen. Die Schwere und Schwüle der Luft war einem süßen, frischen Duft gewichen.

Sokrates kletterte auf einen Baum, und Lauren beobachtete, wie er die Feuchtigkeit von den Blättern leckte. Ihr Magen zog sich schmerzhaft zusammen, und ihr Hals war wie ausgedörrt. Sie versuchte, sich zu bewegen und stellte fest, daß sie steif wie ein Brett war.

Adrians Hand fuhr unter ihr nasses Kleid und rieb ihre Beine warm. Er knetete und massierte sie, bis Leben in ihre Glieder zurückkehrte.

»Ich glaube, als erstes steht etwas zu essen auf der Tagesordnung«, sagte er, als sein Magen unüberhörbar knurrte.

»Und was ist mit dem Fluß?«

»Ich glaube, ich habe ihn letzte Nacht gehört . . . es kann also nicht mehr weit sein. Aber wir können erst bei Sonnenuntergang übersetzen.«

»Und woher sollen wir etwas zu essen bekommen?«

»Hast du Geld?«

Lauren nickte.

»Die Yankees haben meine gesamte Barschaft konfisziert. Zumindest haben sie es so genannt«, sagte Adrian. »Aber ich habe ein Konto in Charleston, und in Wilmington kann ich Geld abheben. Bis dahin werden wir von deinem Geld leben müssen.«

»Ich habe es in mein Kleid eingenäht.« Lauren mochte den bewundernden Blick, mit dem er sie bedachte.

»Ich werde sehen, ob wir vielleicht irgendwo eine Farm finden.«

»Ist das nicht gefährlich?«

»Nicht gefährlicher als zu verhungern«, sagte er mit einem gequälten Lächeln. »Aber ich glaube, daß diese Gegend bereits so oft geplündert wurde, daß fast jeder zu dankbar wäre, wenn er Geld bekäme, um Alarm zu schlagen.« Er fuhr sich mit der Hand an den Kopf. Die Bandage war bereits vor langem abgerutscht. »Könntest du diesem hirngeschädigten Soldaten vielleicht einen neuen Verband anlegen?«

»Aber ... sie suchen ...«

»Wahrscheinlich suchen sie südöstlich von hier. Wir sind nach Norden geritten, parallel zum Potomac. Und ich nehme an, daß die meisten Menschen hier wegen der Nähe zu Virginia mit den Konföderierten sympathisieren.« Er wandte sich um und blickte sie an. »Du bist aus Maryland, nicht wahr?«

Lauren nickte. Sie haßte es mehr und mehr zu lügen.

Aber er ging nicht näher auf das Thema ein. »Eine Frau mit ihrem verwundeten Ehemann ... Vielleicht könntest du ja eine neue Bandage zaubern?«

Das tat sie mit einem Teil ihres Petticoats, und schon kurz darauf stiegen sie erneut in die Sättel. Er sah sich frustriert um. »Ich würde meine Seele hergeben für einen Kompaß«, sagte er. Aber Kompaß oder nicht, Lauren stellte fest, daß er sich mit schlafwandlerischer Sicherheit bewegte, und nach kurzer Zeit vernahmen sie das Geräusch fließenden Wassers.

Adrian entdeckte einen fast völlig überwucherten Pfad, dem sie eine lange Zeit folgten, während das Tosen des Flusses lauter und lauter wurde. Der Wald lichtete sich, und Lauren sah ein paar Felder. Wie auf der Farm, die sie am Vortag verlassen hatten, waren auch diese Äcker zertrampelt, und die Früchte, die sie einst getragen hatten, waren gestohlen oder zerstört. Die beiden ritten an einem ausgebrannten Gebäude vorbei und folgten dem Pfad weiter, wieder hinein in den Wald.

Der Nebel hatte sich gelichtet, aber der Himmel war

immer noch wolkenverhangen, und die Luft war feucht. Das Wasser hatte sich auf den Blättern gesammelt, und es war mehr als wahrscheinlich, daß es bald wieder regnen würde. Aber sie ritten weiter, denn der Hunger wurde unerträglich. Schließlich verließ Adrian den Weg durch eine beinahe unsichtbare Öffnung im Buschwerk, und Lauren folgte ihm.

Sie sah, daß er die Pistole aus der Satteltasche nahm, in seine Hose stopfte und plötzlich stehenblieb. Als sie an ihm vorbeiblickte, entdeckte sie eine einfache Holzhütte.

Plötzlich ertönte ein Ruf, und ihr Pferd scheute.

»Bleibt genau, wo ihr seid«, hörte sie eine Stimme.

Adrian hob die leeren Hände, so daß sie deutlich zu sehen waren. »Wir wollen Ihnen nichts tun.«

»Wer seid ihr?« fragte die körperlose Stimme.

»Nur ein Mann und seine Frau ... wir brauchen Hilfe.«

»Was für Hilfe?« Die Frage klang mißtrauisch.

»Lebensmittel ... wir können bezahlen.«

»Ach ja?«

»Meine Frau ist naß und müde und ... schwanger.«

Lauren starrte ihn überrascht an. *Schwanger.* Mit Adrians Kind. Wenn sie nicht so hungrig und müde und naß gewesen wäre, hätte ihr der Gedanke bestimmt gefallen. So hoffte sie jedoch lediglich, daß er ihnen Hilfe und Sicherheit brächte.

»Steigt ab. Schön langsam.«

Aber Sokrates, der versteckt vor Adrian im Sattel hockte, hörte offenbar die Drohung in der Stimme, und er reagierte wie immer, wenn er diejenigen, an denen er hing, in Gefahr vermutete. Plötzlich riß er das Maul auf, streckte die Pfoten aus und machte einen Satz.

Vor Entsetzen und Überraschung schrie der Mann laut auf. Er ließ sein Gewehr fallen, und ehe er sich von dem

Schrecken erholt hatte, war Adrian aus dem Sattel gesprungen, hatte Sokrates gepackt und seine eigene Pistole hervorgezogen.

Lauren blickte sich um. Der Schuß, der sich gelöst hatte, war ins Leere gegangen, und der am Boden liegende Mann starrte den Affen mit blankem Entsetzen an. Sokrates, der offensichtlich der Meinung war, daß er seinen Teil geleistet hatte, sprang ein paar Meter zur Seite und trommelte sich stolz gegen die Brust.

Adrian hielt seine Waffe locker in der Hand. »Ich will Ihnen nichts tun«, sagte er. »Wir brauchen nur etwas zu essen, und wir sind bereit, dafür zu zahlen.«

»Was . . . was ist das . . .?« Der Mann – besser, das dürre, bleiche, rothaarige Männchen – zitterte leicht.

»Ein Affe«, sagte Adrian leichthin. »Er . . . will uns nur beschützen . . .«

»Verdammt, so was habe ich noch nie gesehen!« Der Mann sah Adrian verwirrt an. »Un' Sie können die Pistole wegtun . . . jetzt,wo ich Ihre Frau sehe. Hier draußen kann man nich vorsichtig genug sein.«

Adrian sah den Mann prüfend an, ehe er die Waffe wieder in den Hosenbund stopfte.

»Meine Frau macht gerade Brot und Fisch . . . Sie sagen, Sie ham Geld. Gold? Nich dieses wertlose Papier der Konföderierten?«

»Gold«, sagte Adrian, da er nicht genau wußte, auf welcher Seite der Mann stand.

»Hier lang«, sagte der Mann, während er sich bückte, um seine Muskete aufzuheben.

Adrian war jedoch schneller, beugte sich über ihn und nahm die Waffe an sich. »Ich trage sie für Sie«, sagte er mit einem charmanten Lächeln, das zugleich eine deutliche Warnung enthielt.

Der Mann nickte nur, während er argwöhnisch Sokrates im Auge behielt, als er sie zu einer kleinen Hütte führte. Adrian lehnte das Gewehr vorsichtig gegen einen Holzstapel und half dann Lauren aus dem Sattel. Für den Bruchteil einer Sekunde drückte er sie an sich, ehe eine große, hagere Frau im Türrahmen erschien.

Die Frau sah sie beide neugierig an, und ihr Blick wurde milde, als sie Laurens erbärmlichen Zustand bemerkte. Lauren lehnte sich an Adrian und versuchte, das Gleichgewicht zu halten, aber ihre Beine gaben einfach nach. Ihre Glieder schmerzten zu sehr, ihre Beinmuskeln waren zu müde. Sie schwankte, und er fing sie auf.

»Hier lang«, sagte der Mann. »Sie können sie hier rein bringen.« Er sah, daß Adrian einen erneuten Blick auf die Muskete warf. »Sie brauchen sich deshalb keine Sorgen zu machen. Ich hab sie nur, um Plünderer und sonstiges Gesindel abzuschrecken.«

Der Mann schob die Frau beiseite und wartete, daß Adrian ihm folgte. Der Geruch von frischgebackenem Brot stieg Lauren in die Nase, als Adrian sie auf einen Stuhl setzte.

»Wir heißen Cooper. Henry und Betsy Cooper. Wir hatten eine Farm nicht weit von hier gepachtet, aber die Leute, denen das Land gehört hat, wurden umgebracht, und wir hatten immer wieder ungebetene Gäste. Schien also sicherer, hierher zu ziehen, aus dem Weg zu sein . . . wenigstens gibt's hier Unmengen Fische.«

»Sie haben ein Boot?«

Adrians Frage klang nur so dahergesagt, aber Lauren kannte ihn gut genug, als daß ihr die plötzliche Spannung in seinen Augen verborgen geblieben wäre.

»Sind Sie einer von den Rebellen? Sie klingen nich so.«

»Engländer«, sagte Adrian. Er hatte beschlossen, daß es

zwecklos sei, etwas anderes zu behaupten, da er wußte, daß sein Akzent unmöglich zu überhören war. »Ich habe auf der anderen Seite Geschäfte zu erledigen.«

Der Mann sah ihn nachdenklich an, und Adrian konnte die Fragen in seinem Blick lesen. Spione? Wieviel war ihm die Überfahrt wohl wert? Adrian schloß aus seinem Blick, daß Coopers Loyalität käuflich war. Außerdem war er wahrscheinlich nicht der erste, der sie kaufen würde.

»Wieviel is es Ihnen wert?« fragte Cooper.

Adrian blickte Lauren an. Er hatte keine Ahnung, wieviel Geld sie bei sich hatte.

»Unsere beiden Pferde«, sagte er schließlich, da er wußte, daß es sowieso keinen Weg gäbe, sie über den reißenden Fluß zu bekommen.

Cooper zögerte. Er spürte, daß es mehr zu holen gab. »Sie sagten, Sie hätten Gold«, entgegnete er.

Lauren sah Adrian an. Ihr Blick sagte ihm, daß sie ihm das Handeln überlassen würde.

»Gerade genug, um für das Essen zu bezahlen. Ich gebe Ihnen fünf Dollar.« Das war ein Vermögen, aber Adrian wollte keine Schwierigkeiten.

Cooper beäugte sie. »Die Pferde können Sie sowieso nich mitnehmen.«

»Nein«, sagte Adrian, »aber wir könnten den Fluß noch ein Stück weiter hinaufreiten.«

Cooper zögerte immer noch.

»Und Sie kriegen noch mal fünf Dollar, wenn Sie meiner Frau trockene Kleider geben«, sagte Adrian mit abschließendem Ton.

Der Mann zuckte mit den Schultern. »Meine Frau hat noch ein anderes Kleid . . . das is zwar nich so schön wie das von Ihrer Frau . . .«

»Wenn es sauber ist, tauschen wir«, sagte Adrian.

Die Frau nickte und blickte neidisch auf Laurens zerrissenes, aber durchaus noch zu flickendes Kleid.

»Wann können wir übersetzen?«

»Bei Anbruch der Dämmerung«, sagte der Mann. »Tagsüber is es zu gefährlich.«

Adrian nickte und wandte seine Aufmerksamkeit dem Essen zu, das Betsy Cooper vor ihnen auf den Tisch stellte. Es gab Fisch und Brot, und sowohl Adrian als auch Lauren stürzten sich gierig auf die Mahlzeit, während ihre Gastgeber furchtsam Richtung Sokrates starrten, der jetzt friedlich auf Laurens Schoß saß.

Als sie fertig waren, war bereits später Nachmittag. Die beiden Männer gingen hinaus, und Lauren zog Mrs. Coopers selbstgeschneidertes Kleid an. Sie bat um Nadel und Faden, nahm das Gold aus ihrem Kleid und nähte es in den Saum ihres neuen Gewandes ein. Mrs. Coopers Kleid war einfach und abgetragen, und es paßte schlecht. Aber es war sauber und – was noch besser war – trocken.

Als Lauren fertig war und hinter dem Vorhang hervortrat, herrschte peinliche Stille. »Die letzte Nacht haben wir auf einer verlassenen Farm verbracht«, sagte sie schließlich, um das Schweigen zu brechen. »Nicht weit von hier. Sie war teilweise abgebrannt.«

»Das Haus von den Kendalls?« fragte die Frau überrascht. »Die Leute hier sagen, daß es dort spukt.«

»Warum?«

Die Frau zuckte mit den Schultern. »Es heißt, von dort wären Schreie zu hören. Ham Sie irgendwas gehört?«

Lauren schüttelte den Kopf. »Wer hat dort gelebt?«

»Ein Mann namens Randall Kendall und seine Frau Melissa.«

»Was ist passiert?«

»Keine Ahnung. Ich weiß nur, daß sie dort umgebracht wurde. Es heißt, von Deserteuren.«

»Und ihr Mann?«

»Hat für die Yankees gekämpft. Das mögen die Leute hier nicht besonders.«

»Sie und Ihr Mann sind also auf der Seite der Südstaaten?«

»Wir sind auf der Seite von niemandem. Eine Seite is so schlimm wie die andere. Sie töten. Sie machen alles kaputt. Wir versuchen nur zu überleben.«

Lauren setzte sich auf einen der Stühle. Die letzten paar Tage machten sich bemerkbar, und das warme Essen im Bauch sowie die Müdigkeit ihrer Knochen umnebelten ihre Sinne.

»Warum schlafen Sie nich einfach 'n bißchen?« schlug Betsy Cooper vor. »Sie sehn erschöpft aus. Un vor heute abend kommen Sie hier sowieso nich weg. Sin Sie wirklich schwanger?«

Lauren hatte vollkommen vergessen, daß Adrian das behauptet hatte. Wieder eine neue Lüge. Sie mußte sich inzwischen so viele Unwahrheiten merken. So viele ...

Sie nickte und befolgte Betsys Rat, indem sie sich auf eine Matratze in der Ecke legte. Innerhalb von wenigen Minuten war sie eingeschlafen, und ihre letzten Gedanken kreisten um die geheimnisvolle Melissa Kendall.

Lauren wollte nicht einsteigen. Sie wollte ganz bestimmt nicht einsteigen.

Sie blickte auf den tosenden Fluß, das wacklige Boot und dann wieder auf Adrian.

Der Teufel sollte ihn holen. Er zeigte nicht das kleinste bißchen Angst. Er wirkte gelassen wie immer, wie er da mit den Satteltaschen stand, in denen sich nur das Nötigste befand, das sie mitnehmen konnten. In allerletzter Minute hatte sie noch das kleine Buch hineingeworfen, das sie in dem Haus gefunden hatte. Außerdem enthielten die Satteltaschen noch etwas Essen, das Betsy Cooper für sie zubereitet hatte, und die Derringer. Die andere Pistole hatte Adrian sich in den Hosenbund gestopft.

Wenn überhaupt, dann war sein Grinsen noch verwegener als sonst, als er ihr in das Boot half. Wenigstens beäugte Sokrates das Transportmittel ebenso argwöhnisch wie sie. Nur Adrians Schmeicheleien brachten das Tier dazu, sich in Laurens Arme zu schmiegen, und dann hing der Affe an ihrem Hals, als hinge sein Leben davon ab.

Genau, wie sie sich am liebsten an Adrian geklammert hätte.

Aber sie unterdrückte ihre Angst. Nichts war wichtig, außer Adrian in Sicherheit zu bringen.

»Die Bewachung war in den letzten paar Wochen ziemlich schlecht«, sagte Henry Cooper. »Ich hab gehört, daß nördlich von hier 'ne große Schlacht stattgefunden haben soll.«

Adrian nickte. »Das haben wir auch gehört.«

»Irgendwelche Neuigkeiten . . . wissen Sie, wer gewonnen hat?«

Adrian schüttelte den Kopf.

»Nun, ich nehme an, es is auch egal«, sagte Henry. »Wenigstens müssen die Leute immer noch über den Fluß.« Wieder blitzte reine Habgier in seinen Augen auf, und Lauren wußte, daß es ihm egal war, von welcher Seite er sein Geld bekam.

Cooper senkte die Ruder ins Wasser und stieß das Boot vom Ufer ab. Lauren hielt Sokrates mit der einen Hand, und mit der anderen klammerte sie sich an den Rand des Bootes, das mit der Strömung auf und nieder schwankte. Es war dämmrig, und Nebel stieg aus dem Wasser auf. An den beiden Ufern des Flusses war nichts zu erkennen außer einem grünen Dunst.

Sokrates begann, hin und her zu schaukeln und leise Klagelaute auszustoßen, und Lauren versuchte verzweifelt, ihn zum Schweigen zu bringen. Sein Jammern und das Geräusch der Ruder drangen bestimmt auf die andere Seite hinüber, nach Virginia. Der Gedanke hätte tröstlich sein sollen, aber er war es nicht. Die andere Seite war die Seite der Konföderierten. Ihrer Feinde. Adrians Rettung.

Sie zitterte, was Sokrates offenbar noch nervöser machte. Plötzlich machte er einen Satz auf Henry Cooper zu, und der schrie laut auf. Eines der Ruder glitt ihm aus der Hand und rutschte ins Wasser. Zugleich ertönten am Ufer ein Ruf und ein Schuß.

Das Boot lief auf den Grund des Flusses, und Lauren hörte Flüche. »Verdammt«, von vorne, »verflucht« von der Mitte. Sokrates kreischte.

»Raus hier«, schrie Adrian, und sie sprang in den Fluß, gerade als das Boot erneut von der Strömung erfaßt wurde und auf das Wasser hinaustrieb.

Sie spürte, wie eine Hand sie packte und ans Ufer zog. »Ein Freund«, hörte sie Adrian rufen.

Und dann stolperten sie an Land und waren umgehend von einer Reihe graugekleideter Männer umringt, die Pistolen auf sie gerichtet hatten. Lauren klammerte sich verzweifelt an Adrian. Sie spürte eine klebrige Feuchtigkeit und blickte hinab.

Aus Adrians Hemd tropfte Blut. Ein großer roter Fleck verunzierte das Kleidungsstück, das er dem Unionssoldaten gestohlen hatte.

22

Sokrates war mit Adrian zusammen ins Wasser gesprungen, und jetzt trippelte er aufgeregt um seinen Herrn herum, als wisse er genau, daß etwas nicht stimmte.

Mehrere Waffen waren auf das Tier gerichtet, ebenso wie auf Adrian und Lauren, als ein Mann hervortrat, der wohl der Anführer der Truppe war. Seine graue Uniform war abgetragen, und wie die anderen Männer trug auch er keinerlei Abzeichen, aber sein Auftreten zeigte eindeutig, daß er ein Offizier sein mußte.

Seine Augen wanderten von Adrian über Lauren zu Sokrates, den er amüsiert ansah, ehe er wieder Adrian anblickte. »Wer«, fragte er schließlich, »wer zum Teufel sind Sie?«

Adrian hielt seine Schulter. Er spürte dort einen heftigen, stechenden Schmerz. »Adrian Cabot.«

Die Miene des Offiziers verzog sich. »Der Blockadebrecher?«

Adrian nickte. Der Schmerz, der sich allmählich immer weiter ausbreitete, schwächte ihn. Er hatte zwar den Einschuß gespürt, nicht aber den Schmerz. Der setzte jetzt erst ein.

Einer der Männer in Grau kam vom Fluß heraufgelaufen. In der Hand hielt er die Satteltaschen, die Adrian verloren hatte, als er Lauren packte. Sie waren naß, ebenso wie der Mann, der sie aus dem Wasser gezogen hatte.

Der Offizier streckte seine Hand aus. »Hauptmann Amos Kelly«, sagte er. »Ich bin bei Mosby. Wir haben Sie sozusagen erwartet. Obwohl wir dachten, Sie würden weiter flußabwärts übersetzen.«

»Sie haben uns erwartet?«

»Die Yankees sind fast übergeschnappt, als Sie ihnen entwischt sind. Sie haben wie verrückt rumtelegraphiert. Für die Ergreifung von Ihnen und dieser Lady hier . . .« Er verbeugte sich. »– ich nehme an, Miss Bradley – wurde eine Riesenbelohnung ausgesetzt.« Wieder blickte er amüsiert zu Sokrates hinüber, der inzwischen Lauren am Hals hing. »Und auf den Affen natürlich. Wir haben seinen Namen nicht richtig verstanden. Wir haben Befehl, Ihnen jede erforderliche Hilfe anzubieten.«

»Warum haben Sie dann auf uns geschossen?« fragte Lauren verärgert.

Amos Kelly besaß Anstand genug zu erröten. »Wie gesagt, wir dachten, Sie würden weiter südlich übersetzen . . . und außerdem ist Cooper nicht besonders zimperlich. Er bringt so ziemlich jeden über den Fluß. Dieser entsetzliche Schrei hat einen meiner Männer nervös gemacht . . .«

Aber Laurens Aufmerksamkeit galt inzwischen nur noch dem immer größer werdenden roten Fleck auf Adrians Hemd. »Ich muß mich erst mal um das hier kümmern.«

»Wir haben einen Arzt im Lager«, bot Amos Kelly an.

»Wie weit ist es?« fragte sie knapp.

»Eine Stunde. Er kann eins von unseren Pferden haben. Wir können zu zweit auf einem reiten.«

Lauren schüttelte den Kopf, als sie die Blutlache zu Adrians Füßen und sein schmerzverzerrtes Gesicht sah. »Ich glaube nicht, daß wir noch so lange Zeit haben.«

Das Amüsement wich aus dem Blick des konföderierten Offiziers. Er winkte den anderen, daß sie sich in den Wald zurückziehen sollten. Lauren und Adrian folgten, wobei er eine deutliche Blutspur hinter sich herzog. Im Schutz der Bäume sah Lauren sich suchend um, bis sie schließlich einen umgestürzten Baumstamm entdeckte. Sokrates rannte herum und stieß zahllose Affenflüche aus.

Adrian setzte sich, und Lauren knöpfte sein neuerlich nasses Hemd auf. Eine Musketenkugel war in seine Schulter eingedrungen und dort steckengeblieben. Lauren verspürte ein Gefühl von Hilflosigkeit. Sie hatte zwar häufiger zugesehen, wie ihr Vater Kugeln herausoperiert hatte, aber sie verfügte weder über die Instrumente noch über die Fähigkeiten, um so etwas selbst zu machen.

»Sauberes Wasser«, sagte sie. »Hat irgendwer sauberes Wasser?«

Einer der Graugekleideten bot ihr eine Feldflasche. »Ich hab auch noch etwas Whiskey«, bot er an.

Lauren nahm beides. Sie wusch die Wunde aus, so gut es ging, reinigte sie dann mit Alkohol.

»He«, sagte der Mann, der ihr den Whiskey gegeben hatte. »Der ist zum Trinken da.«

Lauren dachte an das schlammige Wasser des Potomac, das in die Wunde eingedrungen war, und machte weiter. Sie riß einen Streifen Stoff von ihrem Kleid und wickelte ihn fest um die Wunde, um die Blutung zu verlangsamen.

Als sie fertig war, wurde ihr übel. Adrians Gesicht war kreidebleich, und der dünne Verband war trotz ihrer Bemühungen bereits blutgetränkt.

Hauptmann Kelly hatte schon ein paar seiner Männer aufsitzen lassen, und nun half er erst Adrian und dann Lauren auf zwei der Pferde. Sie mußte im Herrensitz reiten, aber das war egal. Alles war egal außer Adrian. Sokrates war bei ihr; er hatte gewaltsam von Adrian weggezogen werden müssen, da er offensichtlich spürte, daß etwas nicht in Ordnung war.

Sie versuchte, das aufgeregt schnatternde Tier zu beruhigen, während sie eilig weiterritten, aber ihr Blick wanderte immer wieder zu Adrian hinüber, der gerade, viel zu gerade, im Sattel saß. Für gewöhnlich ritt er immer vollkommen entspannt. Sie schloß die Augen. Noch eine Stunde, ehe sie den Arzt erreichen würden.

Sie wußte, das würde die längste Stunde ihres Lebens werden.

Es gab kein Morphium.

Lauren bot ihre Hilfe an – sie erklärte dem Arzt, daß sie ihrem Vater, einem Chirurgen, immer assistiert hatte –, und schließlich stimmte der Doktor zu. Er bereitete sich darauf vor, die Kugel aus der Schulter herauszuholen. Die Verwundeten, die es bei den kleinen Überfällen und Gefechten gegeben hatte, hatte man nach Williamsburg geschickt. Er war Richtung Norden geschickt worden, um die konföderierte Armee zu treffen, die sich dort auf dem Rückzug befand.

Lauren hatte ihn entgeistert angestarrt, als er verkündet hatte, daß es weder Morphium noch Chloroform gab. Das einzige, was er hatte, war Whiskey.

Der Arzt schüttelte den Kopf. »Ohne Männer wie ihn«, sagte er und zeigte auf Adrian, »hätten wir überhaupt keine Medikamente mehr. Alles, was wir haben, ist im Augenblick in Pennsylvania, und weiß Gott, es reicht noch nicht einmal dort.«

Er flößte Adrian einen Becher Whiskey ein, und dann noch einen, bis Adrians Augen zu glänzen begannen. Ob vom Alkohol oder von den Schmerzen, wußte Lauren nicht. Sie wußte nur, daß er litt. Wie sie.

Aber es wurde noch schlimmer, als der Arzt anfing, nach der Kugel zu suchen, und sie Adrians unterdrückte Flüche hörte. Sie wischte das Blut aus der Umgebung der Wunde, und jede schmerzerfüllte Bewegung Adrians ließ sie erzittern. Nach einem letzten unterdrückten Stöhnen fiel er endlich in Ohnmacht.

Der Arzt seufzte erleichtert auf und zog die Kugel heraus, der eine Flut von Blut folgte.

Lauren beobachtete, wie der Arzt die Wunde vernähte. Adrian hatte die Augen geschlossen, aber sein Gesicht verriet immer noch den Schmerz. Sie strich ihm mit der Hand über das Gesicht und versuchte, die Spuren des Leids zu verwischen. Sie fragte sich, ob sie sie jemals aus ihrem Gedächtnis würde streichen können.

»Er müßte es eigentlich gut überstehen«, sagte der Doktor, »wenn es keine Infektion gibt. Sie haben nicht zufällig Lust, sich uns anzuschließen, Fräulein? Wir könnten noch ein paar geschickte Hände gebrauchen.«

Lauren blickte auf Adrian hinab. Bald würde er aufwachen. Die Schmerzen würden noch schlimmer sein, nachdem soviel zarte Haut und Muskeln beschädigt worden waren. »Nein . . . danke.«

Der Arzt folgte ihrem Blick. »Sie wissen gar nicht, wie sehr wir sie brauchen . . . die Blockadebrecher.« Er schüttelte den Kopf. »Amputationen ohne Morphium . . . wenn es eine Hölle gibt, dann ist sie das.«

Lauren biß sich auf die Lippe und ergriff Adrians Hand. Es war so leicht gewesen in Delaware, so leicht gewesen in Washington, ihren Auftrag für edel zu halten. Adrians Schiff hatte Kanonen transportiert, aber wahrscheinlich ebenso Medikamente. Hatte sie, außer Adrians Leben zu zerstören, auch noch andere Männer zu unermeßlichem Leid verdammt? Hätte Larry das gewollt?

Dieser Gedanke war unerträglich. Sie stellte fest, daß nichts richtig oder falsch war, schwarz oder weiß. Es gab so viele Nuancen.

Sie blieb den ganzen Abend bei Adrian. Das Zelt und der Doktor verschwanden, beide wurden mit einem Wagen nach Nordvirginia verfrachtet. Ein paar von Hauptmann

Kellys Männern gaben dem Arzt Geleit, aber der Hauptmann selbst blieb am Ufer des Potomac, obgleich die Kämpfe inzwischen Hunderte von Meilen entfernt stattfanden. Es gab immer noch genug Spione, die überzusetzen versuchten, ebenso wie Horden plündernder Yankees. Und Ladies, die gerettet werden mußten, wie er galant hinzufügte.

Einer der Männer, der nach Hauptmann Kellys Aussage eine besondere Tierliebe besaß, hatte sich des Affen angenommen. Nicht ohne Zwischenfälle. Sokrates hatte ihn einmal gebissen und war in das Krankenzelt geflüchtet, bevor es abgebaut wurde. Er wurde wieder eingefangen, floh erneut und fand Adrian, der unter einem Baum lag. Mit einem kläglichen Schrei krabbelte er neben seinen Herrn und legte seinen Kopf auf dessen Bein.

Niemand traute sich in die Nähe des Affen, und selbst Lauren ließ ihn in Ruhe, nachdem er ihr die Zähne gezeigt hatte aus Angst, von Adrians Seite zu müssen. Also saß er weiterhin neben Adrian und beobachtete, wie Lauren ihm den Schweiß von der Stirn wischte und versuchte, ihn ruhig zu halten, während er sich vor Schmerzen wand.

»Adrian, was habe ich dir nur angetan«, flüsterte sie dem halb Ohnmächtigen einmal zu. Sie wußte durch die Erklärung des Arztes und aus eigener Erfahrung, wie groß die Gefahr einer Infektion war, und sie hatte nichts, um ihn davor zu schützen. Alles, was sie tun konnte, war, Adrian so kühl und so bequem wie möglich zu betten.

Die Nacht brach an, doch weder sie noch Sokrates wichen von seiner Seite. Adrian erwachte einige Male und preßte bei jeder Bewegung die Lippen zusammen, um nicht vor Schmerz aufzuschreien. Er blickte sie einmal an und lächelte schwach. »Ein Engel . . . ich wußte nicht, daß es sie wirklich gibt.«

Sie hatte eine Erwiderung heruntergeschluckt. Sie war bestimmt kein Engel, und sobald es ihm besser ginge ...

Lauren saß immer noch reglos neben ihm, als er erneut kurz erwachte. Er sprach mit Hauptmann Kelly, und der Offizier sagte, er würde sie von einem Trupp seiner Männer zur nächsten konföderierten Einheit begleiten lassen, sobald es Adrian besser ginge. Er versicherte ihm, daß sie jede erdenkliche Hilfe bekommen würden. Die Regierung der Konföderation hielt große Stücke auf Kapitän Cabot.

Adrian hatte versucht, sich zu bewegen, wobei sein Gesicht vor Schmerz verzerrt war. Aber zumindest konnte er die Hand nach Sokrates ausstrecken, der ihn flehend ansah. Lauren mußte lächeln. In den paar Wochen, die sie die beiden kannte – es erschien ihr wie Jahre –, hatte Sokrates sie permanent in Schwierigkeiten gebracht. Sie fragte sich, was für ein Mann Adrian war, wenn er ein solches Biest immer noch abgöttisch zu lieben vermochte.

Sie fragte sich, ob er auch sie noch lieben würde ... könnte ..., obgleich sie ihm viel schlimmere Dinge angetan hatte als Sokrates und obgleich sie nicht die Unschuld eines Tieres besaß.

Lauren wischte diese Gedanken beiseite und konzentrierte sich wieder darauf, Adrian sein Leiden so erträglich wie möglich zu machen. Die Soldaten hatten ihr ein paar Lebensmittel gegeben – Mrs. Coopers Essen war im Wasser des Flusses verdorben –, und sie hatte eine Brühe aus Pökelfleisch, wilden Zwiebeln und Trockenmais gekocht. Es war nicht viel, aber wenigstens etwas Warmes.

Sie mußte Adrian füttern, da seine rechte Schulter in einem Verband steckte, der jede Bewegung erschwerte. Sie spürte seine Frustration wegen dieser Hilflosigkeit, dieser weiteren Verzögerung auf dem Weg nach England, um ein neues Schiff zu finden.

Aber wie immer behielt er seine Gefühle für sich. Sie bemerkte, daß er sie häufig ansah, doch sie wußte nie genau, was er dachte. Das Blau seiner Augen war undurchdringlich. Es verriet weder seine Gedanken noch seine Gefühle.

Sein Interesse war kurzzeitig aufgeflackert, als Hauptmann Kelly ihnen die neuesten Frontnachrichten erzählte. Adrian und Lauren hatten Jeb Stuarts Truppen in Maryland offenbar nur knapp verfehlt. Stuart hatte eine Kolonne mit Nachschub für die Union beinahe bis nach Washington verfolgt und einhundertzwanzig Wagen erbeutet, aber dieser Sieg hatte dazu geführt, daß er zu spät nach Gettysburg kam. Von dem Schlachtfeld dort kamen immer noch falsche Berichte. Anscheinend hatten beide Seiten enorme Verluste erlitten, und Lee war auf dem Rückzug. Hauptmann Kellys Gesicht war angespannt; offensichtlich war er nicht gerade glücklich über den Befehl, weiterhin das Flußufer zu patrouillieren.

Schließlich versank Adrian erneut in einen unruhigen Schlaf. Seine Miene verriet immer noch Erschöpfung und Schmerz ... sowie ein Gefühl der Niederlage, wie es auch in den Gesichtern ihrer konföderierten Gastgeber zu entdecken war.

Am nächsten Nachmittag, als er schlief, fiel Lauren das Buch ein, das sie von der Farm mitgenommen hatte. Die Satteltaschen waren zwar in den Fluß gefallen, aber einer der konföderierten Soldaten hatte sie gerettet, da er nicht wußte, ob sie eventuell wichtige Informationen enthielten.

Man hatte sie ihr zurückgegeben, und sie hatte sie durchgesehen. Das Essen war verdorben, aber das Buch war lediglich naß geworden, und sie hatte es zum Trocknen hingelegt. Jetzt holte sie es und nahm es mit zu Adrian, der sich unruhig hin und her wälzte.

Es war ein Tagebuch, und ein Großteil der Tinte war verlaufen, aber ein paar Seiten waren noch lesbar. Lauren blätterte, bis sie eine Seite fand, auf der die Schrift noch zu erkennen war. Die Handschrift war sauber und ordentlich.

12. Juni 1861

Morgen ist mein Hochzeitstag.

Ich wünschte mir von ganzem Herzen, daß meine Mutter und mein Vater kämen, aber ich bin, wie sie sagen, nicht mehr ihre Tochter.

Also wohne ich bei meiner zukünftigen Schwägerin. Morgen werde ich den Mann heiraten, den ich immer geliebt habe, und ich werde ihm allein gehören. Das Ganze birgt eine gewisse Traurigkeit in sich, aber ich kann es nicht ändern. Vielleicht stirbt er nächste Woche, nächsten Monat, nächstes Jahr. Ich werde mir diese Möglichkeit, ihn zu lieben, sein Leben zu teilen, sein Kind zu gebären, nicht entgehen lassen . . .

Dann verlief die Handschrift, und die Tinte verschmolz mit dem Papier. Lauren wollte gerade weiterblättern, als sie hörte, wie Adrian sich neben ihr bewegte.

Sie legte das Tagebuch beiseite und nahm seine Hand. »Wie fühlst du dich?«

Ihm gelang ein verzerrtes Lächeln. »Es ist verdammt lästig, von der eigenen Seite angeschossen zu werden.«

Diese Worte sandten eine Woge der Trauer durch Lauren. Er hatte gerade beschrieben, was Larry passiert war. Die Ironie des Schicksals wiederholte sich wieder und wieder. Sie konnte nur nicken.

Er berührte sie mit der linken Hand. »Ich erinnere mich daran, daß ich dich . . . jedes Mal gesehen habe . . . wenn ich aufgewacht bin. Du mußt müde sein.«

Sie schüttelte den Kopf und legte ihre Finger in seine

Hand. »Ich habe mir Sorgen um dich gemacht ... genau wie Sokrates. Ich bin sicher, daß er sich Sorgen macht.«

»Verfluchtes Biest«, sagte Adrian schwach. »Er macht sich doch nur um seinen Bananennachschub Sorgen.« Aber sein Blick wanderte zärtlich hinüber zu dem Affen, der jetzt fröhlich den Unbeteiligten mimte.

Adrian versuchte, sich zu setzen, aber er fiel wieder auf den Rücken. »Der Arzt sagt, du sollst dich mindestens fünf Tage nicht bewegen«, schalt Lauren.

»Fünf Tage, verdammt!« Adrian bewegte sich erneut, doch dieses Mal biß er die Zähne zusammen. Er setzte sich auf, und alle Farbe wich aus seinem Gesicht. »Ich will morgen weiterreiten ... Ich kann mich später ausruhen.«

»Adrian!«

Aber er hatte den sturen Blick, den sie bereits kannte, und er befahl einem vorbeigehenden Mann, Hauptmann Kelly zu holen, der zögernd zustimmte, ihn zur nächsten Einheit bringen zu lassen, wenn er sich am nächsten Morgen gut genug fühlte.

Und das tat er, zumindest sagte er das, auch wenn sich seine Wangenmuskeln anspannten, als man ihm auf ein Pferd half. Lauren stieg ebenfalls auf, obgleich sie es mit gemischten Gefühlen tat. Sie hatte gedacht, daß sie ihn verlassen würde, wenn er in Sicherheit wäre. Aber er war verwundet. Er brauchte sie.

Zumindest sagte sie sich das.

Und wohin sollte sie auch gehen? Die Tatsache, daß eine Belohnung auf sie ausgesetzt war, verriet ihr, daß Mr. Phillips das, was sie getan hatte, nicht guthieß. Natürlich konnte sie im Süden bleiben, aber dort würde sie sich auch nicht wohl fühlen.

Sie hatte kein Zuhause mehr. Der Gedanke war erschrekkend. Er erfüllte sie mit Einsamkeit.

Hauptmann Kelly hatte ihnen eine Eskorte von acht Mann zugeteilt. Ihr Ziel war Fredericksburg, Virginia, von wo aus sie mit dem Zug weiterreisen würden. Erst nach Richmond, von dort nach Weldon, North Carolina, und schließlich nach Wilmington.

Sie ritten bis zum Mittag. Der Ritt bis Fredericksburg erschien Lauren endlos. Sie mußte Adrians offensichtliche Schmerzen mitansehen, aber er war nicht bereit anzuhalten, und wenn sie eine Pause machten, war er der erste, der vorschlug, daß sie weiterreiten sollten. Am Ende des ersten Tages saß er schwankend im Sattel und biß die Zähne zusammen, um nicht vor Schmerzen aufzuschreien.

Als sie abends seinen Verband wechselte, sah sie, daß die Haut darunter grün und blau und in der Umgebung der immer noch blutenden Wunde vollkommen farblos war. Die Fäden hatten sich gelöst, und mit neuem Whiskey, der anscheinend das einzige war, das es im Überfluß gab, nähte sie die Wunde wieder zu. Am nächsten Tag würden sie nicht weiterreiten. Mit derselben Sturheit, die er am Vortag bewiesen hatte, erklärte sie, daß er den ganzen Tag Ruhe brauche.

Es war ein Zeichen seiner Schwäche, daß er sich schließlich geschlagen gab. Ihre Eskorte ging am Abend auf die Jagd, und die Männer kehrten mit einigen Kaninchen zurück, die sie an einem Spieß brieten. Lauren und Adrian aßen die leckeren Bissen mit den Fingern, und Sokrates suchte sich sein eigenes Abendessen in den Bäumen. Adrian schloß zeitig die Augen, und die anderen Männer verteilten sich im Wald, um einen Schutzring zu bilden.

Lauren setzte sich mit dem Tagebuch ans Feuer. Sie wollte nicht nachdenken ... weder über Adrian und seine offensichtlichen Schmerzen, noch über ihre eigene Zukunft.

20. Juni 1861

Wir sind erst seit einer Woche verheiratet, und schon habe ich mich von ihm verabschieden müssen. Randall wurde zu seiner Einheit befohlen. Sie sagen, daß es bald zu einer Schlacht kommen wird. Gütiger Gott, ich hoffe, nicht.

Mein Bruder kam gestern vorbei, um mir mitzuteilen, daß er und mein Vater Lees Streitkräften beitreten werden. Ich habe solche Angst, daß sie und Randall sich vielleicht auf dem Schlachtfeld gegenüberstehen werden. Aber niemals werde ich bereuen, ihn geheiratet zu haben. Ich habe ihn mein Leben lang geliebt, und ich weiß, daß er tut, was er tun muß, trotz seiner Familie, trotz meiner . . .

Die Saat gedeiht prächtig, der Mais wächst, aber auf beiden Seiten sind Armeen, und ich fürchte, daß wir zwischen ihnen gefangen sind. Sam und Lucas arbeiten hart, aber auch sie vermissen Randall. Er war es, der sie freigelassen hat, und dafür lieben sie ihn.

Ich weiß, ich muß für ihn stark sein. Ich muß die Farm weiterführen. Dieses Land ist Randalls Seele. Aber . . . Gott, hilf mir . . . er ist erst seit ein paar Tagen fort, und ich bin so einsam . . . ich habe das Gefühl, als sei mein Herz mit ihm gegangen.

Es wurde zu dunkel zum Lesen, und Lauren legte das Tagebuch vorsichtig beiseite. Im Schein der letzten flakkernden Flammen betrachtete sie Adrians Gesicht. Sie wußte nicht, ob sie das Tagebuch vor drei Monaten vollkommen verstanden hätte, aber jetzt brachen Melissa Kendalls Worte ihr das Herz.

Sie fragte sich, ob sie wohl jemals Melissas Mut besäße.

Adrian erwachte am nächsten Morgen mit Schmerzen. Eine plötzliche Bewegung im Schlaf hatte brennende Wellen durch seine Schulter geschickt und ihn geweckt. Es war unvernünftig gewesen, gestern so weit zu reiten, aber er hatte es einfach nicht ertragen, reglos zu verharren.

Lauren. Ridgely. Sie verfolgten ihn in seinen Gedanken, seinen Träumen. Sie waren verdammt schwer zu fassen.

Mit jedem Tag fühlte er sich weiter von Ridgely entfernt. Und von Lauren. Auf beinahe unmerkliche Weise zog sie sich von ihm zurück.

Sie waren sich während der Flucht so nahe gewesen, während der Stunden in der Scheune, aber inzwischen lag wieder dieser gehetzte Ausdruck in ihrem Blick, und obgleich sie ihn mit Sorgfalt und Zärtlichkeit pflegte und permanent in seiner Nähe war, vermittelte sie ihm den Eindruck eines flugbereiten Vogels.

Stumm verfluchte er seine Schwäche. Schmerzen konnte er ertragen. Das hatte er bereits als Junge und als junger Offizier getan. Aber Schwäche war etwas anderes, etwas, das er nicht kontrollieren konnte und das er deshalb verabscheute.

Lauren war nicht weit weg – wenigstens schlief sie einmal. Obgleich er während der ersten beiden Tage nur hin und wieder zu Bewußtsein gekommen war, war sie jedesmal an seiner Seite gewesen. Einer ihrer Begleiter, ein junger Leutnant, hatte ihm neidisch erzählt, daß sie sich niemals von ihm fortlocken ließ, egal, wie sehr er und seine Kameraden sie drängten, sich selbst einmal auszuruhen.

Als er sie jetzt ansah, wünschte Adrian erneut, daß sie ihm endlich die Wahrheit sagen würde. Ehrlichkeit und Loyalität waren die beiden Eigenschaften, die er am meisten schätzte. Er wußte, daß Lauren ihm gegenüber nicht ehrlich gewesen war, aber auf jeden Fall hatte sie in den vergangenen paar Tagen ihre Loyalität unter Beweis gestellt – das und noch viel mehr.

Aber es reichte nicht. Als er in ihr sanftes, zärtliches Gesicht sah, wußte er, daß er sie für immer bei sich haben wollte, daß sie ewig mit ihm kämpfen, mit ihm schlafen, mit ihm ihre Sorgen teilen sollte. Sie forderte ihn heraus, doch zugleich weckte sie seinen Beschützerinstinkt. Nie zuvor hatte jemand ihn derart erregt, berührt, gefesselt.

Er seufzte und drehte sich mühsam um, wobei er sich wunderte, was für eine eigenartige Wendung sein Leben genommen hatte. Aber bald würde er nach Hause fahren – nach England, vielleicht sogar nach Ridgely. Er würde versuchen, den Landsitz zurückzukaufen.

Und Lauren wäre bei ihm. Irgendwie wäre sie bei ihm.

23

Dichter, schwerer Nebel beschränkte Laurens Sicht auf ein paar Meter. Sie sah noch nicht einmal das Wasser vom Deck der *Sally Ann*. Sie sah kaum Adrian, obgleich er nur wenige Zentimeter neben ihr stand.

Die Lichter von Wilmington und die Lampen der anderen Schiffe flackerten gespenstisch in der dicken Brühe.

Lauren hatte Angst. Sie begab sich in unmittelbare Gefahr ... und dann in noch größere Gefahr.

Sie begab sich hinaus in unbekannte Meere. Bermuda ... und dann ... sie wußte es nicht.

Sie blickte hinüber zu Adrian, der starr neben ihr stand, und der Sokrates, der seit seiner Verwundung nicht einmal von seiner Seite gewichen war, auf seiner gesunden Schulter trug. Adrians andere Schulter wurde durch einen dikken Verband geschützt, der unter einem neuen Hemd verborgen war.

Großer Gott, es war eine lange Reise gewesen, und eine entsetzlich schmerzhafte für ihn ... der endlose Ritt nach Fredericksburg, wo sie neue Kleider gekauft hatten. Sie hatte ihn gebeten, sich ein wenig auszuruhen, aber er wollte weiter, und mit offiziellen Militärausweisen bekamen sie Plätze im ersten Zug nach Süden. Das Rütteln des Zuges auf den unebenen Schienen hatte ihm so starke Schmerzen verursacht, daß sein Gesicht die ganze Zeit angespannt gewesen war.

Aber er hatte nicht nachgegeben. In drei Tagen wäre Neumond, und die meisten Blockadebrecher würden Wilmington in fünf oder sechs Tagen verlassen. Sie mußten die Hafenstadt bis dahin erreichen, da sie andernfalls Wochen warten müßten, ehe die Blockadebrecher zurückkämen.

Seine Entschlossenheit hatte ihn jedoch viel gekostet, und es hatte sie ebensoviel gekostet, ihn zu beobachten. Zweimal hatte der Zug plötzlich angehalten, und Adrian war gegen die Waggonwand geprallt. Zweimal hatte sie seine Wunde nähen müssen, und seine Schulter war rot und wund, und um das Loch herum schwarz und lila. Die Reise war ein einziger Alptraum gewesen. Vier Tage in überhitzten, überfüllten Zugabteilen.

Auch nach der Ankunft in Wilmington war Adrian nicht bereit gewesen, sich eine Pause zu gönnen. Statt dessen hatte er direkt eine Bank und dann die verschiedenen Hotels aufgesucht, in denen die Kapitäne der Blockadebrecher residierten. Er traf einen anderen Engländer, einen Bekannten, der sich bereit erklärte, sie mit nach Bermuda zu nehmen, von wo aus sie einen Klipper nach England nehmen könnten. Die Blockadebrecher, die für hohe Geschwindigkeiten auf kurzen Strecken gebaut waren, unternahmen selten den langen Weg nach England und zurück: Ihre Route war der Weg von Nassau und Bermuda an die amerikanische Ostküste. Der Blockadebrecher von Adrians Bekanntem würde am übernächsten Vormittag auslaufen, sobald die Ladung an Bord war.

Zurück in dem Hotel, wo er für sie beide getrennte Zimmer bestellt hatte, hatte er sich krank und erschöpft gefühlt, und sie hatte festgestellt, daß sie entgegen ihrer verrückten Hoffnung nicht schwanger war.

Sie hatten schweigend zu Abend gegessen, obgleich sich ihre Blicke häufig begegneten, und ihrer beider Augen Verlangen, Fragen und ein beständiges Feuer verraten hatten. Er war immer noch nicht wieder gesund, und da es auf den Blockadebrechern keine Ärzte gab, hatte Lauren beschlossen, ihn bis nach Bermuda zu begleiten, um ihn zu pflegen.

Das reichte ihnen beiden. Im Moment.

Nach dem Abendessen half sie ihm beim Ausziehen, und dann saß sie am Rand seines Bettes, bis er einschlief. Sie blieb fast die ganze Nacht und betrachtete die Art, in der seine dichten Wimpern die dunkelblauen Augen verdeckten, in der sein Mund sich zu einem sanften Lächeln verzog, in der sich sein Gesicht entspannte. Sie liebte ihn so sehr. Wenn sie nur irgend etwas tun könnte, um den Schaden wiedergutzumachen, den sie ihm zugefügt hatte. Dann hätten sie vielleicht eine Chance . . .

Aber dieser Gedanke war einfach lächerlich, ein unmöglicher Traum, und sie wußte, daß sie ihn aus ihrem Herzen verbannen sollte. Sie blickte hinüber zu Sokrates, der jetzt friedlich auf einer Decke in der Ecke des Zimmers schlief, nachdem er eine erlesene Mahlzeit aus frischen Früchten verschlungen hatte.

Bis in die frühen Morgenstunden saß sie da und malte sich jede Einzelheit in ihr Gedächtnis. Am liebsten wäre sie neben Adrian ins Bett geschlüpft, aber sie hatte Angst, seiner Schulter weh zu tun, und außerdem fühlte sie sich ja selbst nicht besonders wohl. Widerstrebend war sie schließlich in ihr eigenes Zimmer gegangen und hatte sich dort in ihr einsames Bett gelegt.

Und jetzt würden sie erneut die Blockade durchbrechen. Wie schon in Nassau fragte sie sich auch jetzt, wie die Schiffe es anstellten, daß sie sich in der Dunkelheit und in dem Nebel nicht gegenseitig rammten. Hier im Hafen konnten sie zwar noch ihre Lampen benutzen, aber draußen im Cape Fear River, wenn sie den Schutz des Fort Fisher hinter sich gelassen hätten, würde das wahre Risiko, die Gefahr, erneut auf sie lauern.

Instinktiv rückte Lauren dichter zu Adrian hinüber, als die *Sally Ann* langsam ihren Liegeplatz verließ. Sie spürte die Wärme seines Atems und roch den sauberen Duft von Seife und Aftershave. Er war am Nachmittag beim Frisör gewesen, und die Stoppeln, die ihm seit dem Frisörbesuch in Fredericksburg gewachsen waren, waren verschwunden, so daß er nicht länger aussah wie ein Freibeuter. Es würde noch Tage dauern, ehe er sich wieder selbst rasieren könnte, vielleicht sogar Wochen.

Sie zitterte vor Verlangen, als er seinen gesunden Arm um sie legte. Sie lehnte sich an ihn, wobei sie darauf achtete, daß sie seine verletzte Schulter nicht berührte. Den Körperkontakt jedoch brauchte sie. In spätestens drei Tagen wären sie in Bermuda.

»Möchtest du dort stehen . . . dort am Steuer?« fragte sie und zeigte in Richtung des Kapitäns und seines Lotsen. Der Kapitän hieß Maximilian Abbot.

»Ja, vielleicht«, sagte er. »Es ist ein komisches Gefühl, nicht selber der Kapitän zu sein.«

Das Schiff schlingerte leicht, während die Motoren schneller wurden, und dann glitten sie aus dem belebten

Hafen hinaus und fuhren in Richtung des Cape Fear River. Lauren schmiegte sich noch enger an Adrian, als die *Sally Ann* den Fluß hinabfuhr und Fort Anderson passierte. Die Kanonen von Fort Fisher würden sie während ihres Endspurts durch New Inlet hinaus aufs offene Meer beschützen. Dann wären sie auf sich gestellt, und Glück und Geschwindigkeit wären ihre einzigen Trümpfe.

Als sie an Fort Fisher vorbeifuhren, wurden sämtliche Lichter an Bord des Schiffes gelöscht, und selbst das leise, angespannte Flüstern der Männer erstarb. Nur das Echo der Lotkörper war zu hören, das leise Summen der Motoren und das Klatschen der Schaufelräder im Wasser.

Lauren wußte, daß mehrere Schiffe vor ihnen losgefahren waren, und daß noch eine ganze Reihe folgen würden, ebenso wie in Nassau. In einiger Entfernung hörte sie das Jaulen von Granaten, und durch den Nebel sah sie das schwache Leuchten einer Explosion.

»Warum gehst du nicht nach unten?« fragte Adrian.

Sie schüttelte den Kopf, da sie wußte, daß er nicht ging, und da sie bei ihm bleiben wollte. Sie wollte alles mit ihm gemeinsam erleben, jeden Augenblick, jede Sekunde der Angst.

Vor ihnen ertönte eine weitere Explosion. Sie fragte sich, wie irgend jemand bei dem Nebel erkennen konnte, was da vor sich ging. Aber das Schiff stürmte weiter, ungeachtet des Nebels, des Kanonenfeuers, der Unionsboote vor ihnen. Lauren dachte an Larry, wie es für ihn gewesen sein mußte, auf feindliche Schiffe zu warten, zu warten und dann im Kreuzfeuer gefangen zu sein. Sie umklammerte die Reling, als ihr bewußt wurde, daß ihre Landsleute inzwischen ihre Feinde waren.

Aber es gab kein Zurück mehr. Sie hörte das Hämmern fremder Motoren, und ihr stockte der Atem, ehe ihr klar wurde, daß es sich um einen anderen Blockadebrecher handeln mußte. Er klang genau wie die *Sally Ann*, und er hatte keine Lichter. Das Schiff kam so nahe, daß sie seine Umrisse ausmachen konnte, und sie fürchtete schon einen Zusammenstoß, doch dann drehte das andere Boot ab.

Wieder und wieder war Kanonendonner zu hören. Sie hatte das Gefühl, als wandle sie blind durch ein Minenfeld und als sei Adrian ihre einzige Sicherheit.

Ihr ging es wie Melissa. Sie hatte noch keine Gelegenheit gehabt, das Tagebuch zu Ende zu lesen. Abgesehen von den letzten Nächten war sie pausenlos mit Adrian zusammengewesen, und in den wenigen Augenblicken, die sie allein verbracht hatte, war sie in einen erschöpften Schlaf verfallen. Sie wußte nicht, weshalb sie das Tagebuch nicht mit ihm teilen konnte; irgend etwas hielt sie immer davon ab. Sie wußte nur, daß sie das Gefühl hatte, das Tagebuch sei für sie bestimmt gewesen, Melissa habe sie aus irgendeinem Grund dorthin geführt.

Der Nebel lichtete sich, und das Schiff wurde schneller. Der graue Rauch vermischte sich mit der schweren Feuchtigkeit der Luft. In verschiedenen Richtungen blitzte es auf. Sie hatten die anderen Boote hinter sich gelassen, flüsterte Adrian ihr zu. Nun würden sie die ganze Geschwindigkeit nutzen, die das Schiff aufbringen konnte.

Vorsicht war jetzt nicht mehr so wichtig. In Windeseile wurde Kohle in die Öfen geschaufelt, da die Höchstgeschwindigkeit erreicht werden mußte. Das Schiff spurtete vorwärts, während sich der Nebel hob und sie in der dunklen, mondlosen Nacht versanken. Auf dem Wasser waren noch die Umrisse anderer Schiffe zu erkennen, aber die *Sally Ann* war schneller als alle anderen. Lauren hörte einen Ruf von einem entfernten Schiff, sah Blitze und hörte Kanonen, die weiter hinten ins Wasser schlugen. Und dann wurden die Lichter und Geräusche schwächer und schwächer ...

Ein paar Stunden später erwachte Lauren. Sie war immer noch an Deck und hatte ihren Kopf in Adrians Schoß gebettet. Es war früh am Morgen, und die *Sally Ann* war allein in der Weite des Meeres. Lauren stellte fest, daß sie eingeschlafen war, und daß Adrian sie nicht geweckt hatte, sondern es sich mit ihr zwischen ein paar Baumwollballen bequem gemacht hatte. Er beobachtete, wie sie sich aufrichtete und gegen einen der Ballen lehnte.

Sie gähnte, und er grinste. »Bereit, ins Bett zu gehen?«

Sie nickte. Auch wenn sie nicht mehr schlafen wollte, sollte er sich doch etwas hinlegen. Und wahrscheinlich wäre ihr Verhalten hier an Deck ein Skandal. Seltsam, wie wenig sie das kümmerte.

Aber Adrian brauchte Ruhe.

Als sie sich zu ihren winzigen Kabinen begaben, stellte Lauren fest, daß er ungewöhnlich langsam ging. Er küßte sie sanft vor der Tür seiner Kabine, und sein Blick war rätselhaft wie immer. Zärtlich strich er ihr über die Wange, und dann ging er hinein.

Hellwach ging Lauren in ihrem Zimmer auf und ab. Inzwischen war es wieder gestattet, die Öllampe anzuzünden, also machte sie Licht und nahm das Tagebuch hervor.

26. Juli 1861

Er ist tot. Randall ist tot. An einem Ort namens Manassas Junction gefallen. Mein Bruder ist auch dort gestorben. Und ich frage mich, wie ich es ertragen soll. Gott sei Dank ist da noch Sam. Lucas ist gegangen, um sich um Randalls Leichnam zu kümmern, wie er sagt. Sie sind zusammen aufgewachsen, der eine weiß, der andere schwarz, aber seit ich sie kenne, sind sie immer wie Brüder gewesen. Ich glaube, deshalb hat Randall die Sklaverei so gehaßt . . . er sah Männer wie Sam und Lucas als Sklaven. Ich habe es nie wirklich verstanden bis jetzt, bis ich die Tränen in Lucas' Augen gesehen habe. Wenigstens er konnte weinen. Ich kann es nicht. Weil ich einfach noch nicht glauben kann, daß er fort ist.

Aber Lauren konnte weinen. Und sie tat es. Um Melissa. Um Randall. Um sich selbst.

Sie schloß das Tagebuch, da sie einfach nicht weiterlesen konnte.

Bermuda war grüner als Nassau, und sein Klima war angenehmer. Aber es herrschte dieselbe Lebensfreude, der Lauren inzwischen zu mißtrauen gelernt hatte.

Anders als das *Gespenst* verfügte die *Sally Ann* über mehrere Kabinen für Passagiere, und aus Gründen der Schicklichkeit hatte Adrian zwei getrennte Kabinen für sie beide reserviert. Es waren mehrere andere Passagiere an Bord, unter anderem zwei konföderierte Beamte, die nach England wollten. Ihre Gegenwart und der beständige Schmerz in Adrians Schulter ließen sie beide vorsichtig sein, ihn wegen ihr und sie wegen ihm. Sie sprachen miteinander, aßen gemeinsam und waren doch nicht zusammen. Und die Distanz war ihnen beiden bewußt.

Verzweifelt hatte Lauren Adrian gebeten, ihr noch ein paar Kartenspiele beizubringen. Sie hatte die Karten mit dem Tagebuch gerettet, und sie hatten einen Platz an Deck gefunden, an dem sie spielen konnten. Gelegentlich hatte sich einer der anderen Passagiere hinzugesellt.

Sie hatten fast immer Poker gespielt. Adrian kannte das Spiel nur allzu gut, weil er regelmäßig mit den anderen Kapitänen der Blockadebrecher gespielt hatte. Seiner Meinung nach war es viel einfacher als die englischen Kartenspiele, für die man obendrein meistens mehr als zwei Spieler brauchte. Und sie hatten imaginäre Vermögen gesetzt, wobei Lauren zu ihrer großen Freude fast immer gewann. Nach drei Tagen hatte er ihr bereits 25 000 Dollar geschuldet.

Adrian hatte beobachtet, wie sie begeistert grinste und wie sich ein Teil ihrer Traurigkeit und ihrer Verhaltenheit legte. Es freute ihn so, wenn sie gewann, daß er zwar nicht gerade absichtlich verlor, aber zumindest weniger bluffte, als er es normalerweise tat. Ihre Augen hatten gefunkelt, wenn sie gute Karten hatte, doch er hatte es einfach nicht über sich gebracht, sie vor dieser Schwäche zu warnen. Er hatte ihr also einfach nicht mehr in die Augen geblickt, sondern ihr honigfarbenes Haar betrachtet, das fröhlich im Wind wehte, während sie ihre Karten festhielt, damit sie nicht davonflogen.

Und dann waren sie in Bermuda, einem rosafarbenen Edelstein im türkisfarbenen Meer, und Lauren rief begeistert, daß sie so etwas Herrliches nie zuvor gesehen hätte.

»Warte, bis du England im Frühling siehst«, sagte Adrian. »Und jetzt, im Spätsommer, ist es so grün, daß dir die Augen davon weh tun. Du wirst es erleben.«

Lauren schwieg. Wie konnte sie mit ihm nach England gehen? Sie liebte ihn bereits viel zu sehr. Es würde nichts Gutes dabei herauskommen, wenn sie die gemeinsame Zeit unnötig verlängerte. Nichts außer einem unerträglichen Schmerz für sie und einer herben Enttäuschung für ihn. Aber er brauchte sie noch; seine Wunde war noch nicht verheilt.

Adrian nahm ihr Schweigen als Zustimmung. Sie gingen gemeinsam von Bord, nur um festzustellen, daß sie in St. George als Berühmtheiten gefeiert wurden. Sie wurden vom Bürgermeister Norman Walker begrüßt, dem Abgeordneten der Konföderierten, der von dem Kapitän eines anderen Schiffes über ihre Ankunft unterrichtet worden war.

»Wir haben einen Ball zu Ihren Ehren geplant«, erklärte er ihnen. »Und ich habe bereits Vorkehrungen getroffen, um Sie im Hillcrest unterzubringen. Und das hier muß Miss Bradley sein. Bei Gott, Sie müssen uns alles über Ihre Flucht erzählen. Die Yankees sind außer sich. Und das hier ist wohl der Affe, von dem wir gehört haben. Niedlicher kleiner Kerl.«

Adrian schnappte sich Sokrates, der den Kommentar oder vielleicht den Ton, in dem er abgegeben worden war, als Beleidigung aufgefaßt hatte und angriffslustig schnatterte. Bei der Bewegung zuckte Adrian zusammen, und Lauren nahm den Affen, wobei sie vor Peinlichkeit errötete.

»Sie haben keine Vorstellung davon, wie Ihre Flucht die Moral der Leute hier gestärkt hat«, fuhr Walker fort. »Ganz Bermuda spricht von nichts anderem. Der Gouverneur möchte Sie sehen; die Engländer sind fuchsteufelswild – verzeihen Sie, Miss –, weil die Yankees Kapitän Cabot überhaupt erst ins Gefängnis gesteckt haben. Und Sie, Miss Bradley, sind inzwischen eine echte Berühmtheit. Wie Rose Greenhow.«

Lauren hörte nicht mehr länger zu. Sie war vollkommen taub. Sie kannte die Geschichte von Rose Greenhow, einer konföderierten Agentin, die im alten Kapitolsgefängnis gesessen hatte, nur allzu gut. Und jetzt war sie, Lauren Bradley, ebenso berühmt. Eine Heldin der Konföderierten, obwohl sie eigentlich eine Spionin der Union war! Wie waren die Dinge nur jemals derart durcheinandergeraten?

Sie spürte, daß Adrian ihr beruhigend die Hand auf den Arm legte. »Ich glaube«, hörte sie ihn sagen, »daß wir beide erst einmal etwas Ruhe brauchen. Können wir uns vielleicht später weiter unterhalten?«

»Aber natürlich, Kapitän Cabot. Jederzeit. Ich werde Sie zu Ihrer Unterkunft begleiten.«

»Laufen zufällig in Kürze irgendwelche Schiffe nach England aus? Wir müssen so schnell wie möglich übersetzen.«

Der Vertreter der Konföderierten überlegte. »Morgen bei Flut segelt eins los, aber der Ball, der Gouverneur . . .«

»Ich glaube, wir dienen der Konföderation mehr«, sagte Adrian knapp, »wenn ich so schnell wie möglich nach England zurückfahre und mir dort ein neues Schiff besorge.«

»Natürlich, aber . . .«

»Würden Sie wohl so freundlich sein und nachfragen, ob wir noch zwei Plätze auf dem Schiff bekommen können?«

Norman Walkers Lächeln erstarrte. »Natürlich, wenn es das ist, was Sie wollen.«

»Das ist es«, sagte Adrian. »Wenn Sie uns jetzt bitte zu unserer Unterkunft führen könnten . . .«

Er bot Lauren seinen Arm, und sie folgte ihm fast blind. Morgen. Das war zu früh. Zu früh, um ihn aufzugeben. Zu früh, um sich zu verabschieden. Zu früh, um irgendwelche Pläne zu schmieden.

In dem komfortablen Hotel waren zwei Zimmer für sie reserviert. Sie hatten Glück, wie ihnen die Besitzerin erklärte. In den nächsten drei bis vier Tagen wäre die Stadt mit Blockadebrechern übersät.

Als sie den Vertreter der Konföderierten endlich los waren, sank Lauren auf das riesige Federbett, das in der Mitte ihres Raumes stand. Adrian kümmerte sich um das Gepäck. Unfähig, ruhig sitzen zu bleiben, ging sie hinüber zum Fenster, von wo aus sie wie in Nassau den Hafen überblicken konnte.

Konnte sie wirklich mit nach England gehen? Und wenn nicht, wohin konnte sie dann gehen? Das einzige, was sie besaß, war ihr Cottage in Delaware, und dorthin konnte sie im Augenblick auf keinen Fall zurück. Ihr kurzer Spaziergang durch St. George hatte ihr bereits gezeigt, daß sie hier keine Möglichkeit hätte, ihren Lebensunterhalt zu verdienen. Es war sehr klein, und außer zahlreichen Tavernen schien es nichts zu geben. Vielleicht fände sie in England eine Möglichkeit zu arbeiten – als Gouvernante oder als Lehrerin an einer Mädchenschule. Sie hatte schließlich eine hervorragende Erziehung genossen.

Und Adrian wäre nicht lange dort. Das hatte er deutlich gemacht. Nur so lange, bis er ein neues Schiff fände.

Ausflüchte. Nichts als Ausflüchte. Sie kannte den wahren Grund. Sie war noch nicht bereit, ihn aufzugeben. Nicht ehe sie wußte, daß seine Schulter geheilt war, nicht ehe er ohne sie zurechtkam, nicht ehe ...

Sie sah, wie er mit einer Reisetasche unter dem gesunden Arm aus einer Mietkutsche stieg. Sein kastanienbraunes Haar glänzte in der Sonne, als er entschlossen voranschritt und dem Mann neben ihm Anweisungen erteilte. Ihre Augen weideten sich an jedem Zentimeter seines Körpers, sie weideten sich daran, begehrten ihn, verzehrten sich nach ihm.

Es erschien ihr wie eine Ewigkeit, daß er sie das letzte Mal intim berührt hatte, obgleich seine Augen dies eigentlich immer taten. Sie sagte sich verzweifelt, daß sie nicht mit ihm nach England gehen konnte, sollte.

Aber in ihrem Herzen wußte sie, daß sie mit ihm gehen würde. Und sie verspürte kein Bedauern bei dem Gedanken, nur übergroße Freude darüber, daß sie und er noch etwas länger zusammensein würden.

Im Gegensatz zu dem lebensfrohen, sonnenüberfluteten Bermuda wirkte London auf den ersten Blick nicht gerade einladend. Der Hafen der Stadt war unglaublich schmutzig, schmutzig und laut. Es war ganz anders, als Adrian es beschrieben hatte.

Trotzdem blitzten seine Augen auf, als er die Stadt vom Deck des Klippers aus endlich erblickte. Zum ersten Mal seit Tagen entdeckte Lauren wahre Freude in seinem Blick.

Sie wußte, daß sie nach dieser heißen, blauen Flamme in seinen Augen gesucht hatte. Hin und wieder hatte sie auch Spuren davon entdeckt, und jetzt brach sich die Begeisterung Bahn. Doch selbst in diesem Augenblick hatte er seine Leidenschaft vollkommen unter Kontrolle. Seine Freude war maßvoll statt leidenschaftlich. Nein, nicht maßvoll. Verhalten war das richtige Wort. Er hielt seine Gefühle immer im Zaum.

Auch an Bord des Klippers hatte er getrennte Kabinen für sie beide reserviert, obgleich sie lieber eine mit ihm geteilt hätte. Er verschwand immer häufiger in der Kabine des Kapitäns oder gesellte sich zu dem Mann am Steuerrad. Für gewöhnlich aßen sie und Adrian gemeinsam mit dem Kapitän und den anderen zehn Passagieren, und sie unternahmen ausgedehnte Spaziergänge an Deck, aber nie schlief sie in seinen Armen ein, und diese Nähe fehlte ihr. Wie sehr sie ihr fehlte!

Er hatte genug von ihr, dachte sie traurig. Sein Blick war verhangen, und er hielt seine Hände immer nah am Körper.

Einmal, als sie nach dem Abendessen vor ihrer Kabinentür gestanden hatte und zögerte, hineinzugehen, hatte er ihr lediglich die Hand gedrückt, obgleich sie ihn flehend angeblickt hatte.

»Wir müssen auf unseren Ruf achten«, hatte er leise

gesagt, wobei sein Atem an ihrer Wange sie wie immer erregte.

»Ich glaube nicht, daß ich noch etwas zu verlieren habe«, hatte sie erwidert.

»Natürlich hast du das, Lauren. Du hast den Ruf einer Heldin, und wir sollten ihn nicht einfach leichtfertig aufs Spiel setzen.«

»Ich bin keine Heldin.«

»Da muß ich dir widersprechen.«

»Adrian . . .« Sie hatte bemerkt, daß er innehielt, daß er auf etwas wartete. Aber sie hatte einfach nicht weitersprechen können. »Gute Nacht«, hatte sie niedergeschlagen gesagt.

Etwas wie Enttäuschung war in seinen Augen aufgeflakkert. Doch dann hatte er lediglich genickt und sich abgewandt, und sie hatte beobachtet, wie er zu seiner eigenen Kabine gegangen war und dort kurz angehalten hatte, um dann weiterzugehen in Richtung der Luke, die an Deck führte. Sie hatte ihm nachgehen wollen, um mit ihm gemeinsam den Nachtwind zu spüren, um erneut das Leben mit ihm zu fühlen, aber irgend etwas hatte sie zurückgehalten. Sie hatte an das Tagebuch in ihrer Kabine gedacht, aber die Idee verworfen. Sie wußte bereits zuviel über Melissas Schmerz. Sie dachte nicht, daß sie noch mehr davon ertrüge.

Alle Tage waren nach demselben Muster verlaufen. Hin und wieder hatten sie noch Karten gespielt, aber sie hatte gefühlt, daß er sich mehr und mehr von ihr entfernte. Vielleicht hatte er Angst, daß sie erwartete, er würde sie heiraten, so daß er nun versuchte, sie sanft fallenzulassen.

Sie wußte, daß sie den Erwartungen, die an die Frau eines Lords gestellt wurden, nicht gerecht wurde. Aber trotzdem schmerzte es.

Adrian dirigierte die Mietkutsche zum Stadthaus von Sir Giles Gray, dem Mann, der ehemals sein Kapitän, sein Mentor und später sein Wohltäter gewesen war. Er warf einen flüchtigen Blick auf Lauren, die trotz des neuen Musselinkleids, das sie in Virginia gekauft hatte, ehe sie den Zug nach Wilmington genommen hatten, erbärmlich aussah. Sie biß sich auf die Lippe, wie sie es immer tat, wenn sie sich ihrer selbst nicht sicher war. Es war eine liebenswerte Angewohnheit, die er immer häufiger an ihr bemerkt hatte, seit sie den Potomac überquert hatten.

Wenn er sie inzwischen nicht so gut gekannt hätte, hätte er vielleicht angenommen, daß sie wegen der bevorstehenden Begegnung mit Sir Giles nervös war, obgleich weder die Kanonenboote der Yankees noch irgendwelche nächtlichen Stürme ihr irgend etwas anhaben konnten. Er wußte, daß sie allzeit bereit war, ihn zu verlassen, und er hatte seine Wunde schamlos ausgenutzt, um sie an sich zu binden. Außerdem hatte er ihr gar nicht erst die Zeit gelassen, um zu protestieren oder eigene Pläne zu schmieden, indem er so schnell wie möglich von einem Ort zum anderen gereist war.

Auf jeden Fall war er mit Miss Lauren Bradley noch lange nicht fertig.

Adrian hatte auf dem Schiff Distanz gewahrt, aber es war ihm äußerst schwergefallen, vor allem, wenn sie ihn mit ihren großen haselnußbraunen Augen angesehen hatte. Aber er kannte sich mit Frauen aus, und er hatte ihr Unwohlsein in Wilmington richtig gedeutet. Er wußte, daß sie nicht schwanger war, und er war fest entschlossen, sie nicht zu schwängern, ehe sie nicht alle offenen Fragen geklärt hatten, egal, wie schmerzlich es für ihn war.

Und es war sehr, sehr schmerzlich.

Er wollte sie hofieren, langsam und ehrenhaft, und er

wollte ihre Geheimnisse ergründen; ihr zeigen, daß sie ihm genug vertrauen konnte, damit auch er ihr wieder vertrauen könnte. Er wußte, daß er sie liebte, daß er sich ein Leben ohne den Schwung, den sie ihm gab, nicht mehr vorstellen konnte, aber er sehnte sich nach mehr; er wollte absolute Ehrlichkeit.

Sir Giles würde ihm helfen. Adrian hatte oft in seinem Stadthaus in London gewohnt, da Giles wußte, daß er sein Geld sparte, um Ridgely zurückkaufen zu können. Giles hatte eine liebenswerte, verwitwete Schwester, die ihm den Haushalt führte und die als Anstandsdame für Lauren fungieren würde. Er mußte ihr einen solchen Schutz vor gesellschaftlicher Ächtung bieten, nun, da er sie zur Frau wollte.

Lauren war nervös wegen der bevorstehenden Begegnung mit Sir Giles, obgleich Adrian ihr erklärt hatte, daß der »Sir« nur ein Ehrentitel war, der ihm für seine Verdienste um die Admiralität verliehen worden war. Noch weniger gefiel ihr die Vorstellung, Fremden zur Last zu fallen, aber er hatte ihr die Regeln der Gastfreundschaft im Viktorianischen England erläutert. Sie hatte jedoch Sokrates noch enger an sich gepreßt, der in einem Paar neuer Hosen glänzte, die sie ihm auf der Überfahrt geschneidert hatte. Ihre Fähigkeiten, dachte Adrian oft, waren bemerkenswert und äußerst vielfältig: Sie konnte Schiffe sabotieren, Gefängnisausbrüche planen, Verwundete pflegen, Hosen für kleine Affen nähen. Der Gedanke zauberte ein leichtes Lächeln auf seine Lippen.

Die Kutsche hielt vor Giles' Stadthaus, und Adrian nahm Sokrates auf die Schulter und reichte Lauren die Hand. Die Wunde war inzwischen vier Wochen alt und beinahe verheilt, obgleich sie immer noch gelegentlich schmerzte. Lauren zuckte leicht zurück, aber dann gab sie nach und ließ sich von ihm an die Haustür führen. Er klopfte an, und ihnen wurde umgehend von einem streng blickenden Mann in tristem Schwarz geöffnet.

Die Miene des Mannes hellte sich auf, als er Adrian erkannte. »M'lord, wie schön, Sie wiederzusehen. Sir Giles hat erzählt . . . nun . . . daß diese Barbaren in Amerika sich geweigert haben, Sie freizulassen.«

»Das stimmt, Quigley«, sagte Adrian, »bis diese junge Dame hier sich eingemischt hat. Sie hat mir bei der Flucht aus dem Gefängnis geholfen. Lauren, darf ich dir Quigley vorstellen. Quigley, das hier ist Miss Lauren Bradley.«

Der Mann verbeugte sich. »Sir Giles wird Ihnen äußerst dankbar sein. Er hat sich ernsthaft Sorgen gemacht.«

»Ist er zu Hause?«

»Ja, M'lord, und er wird sich freuen, Sie zu sehen. Wenn Sie vielleicht in der Bibliothek warten wollen.« Quigley blickte Sokrates an. »Und der kleine Knirps hat's also auch geschafft.« Aber über *diese* Rettung schien sich der Butler nicht sonderlich zu freuen.

Adrian grinste. »Sie wissen ja, Unkraut vergeht nicht.«

Quigley nickte. »Ja, M'lord«, erwiderte er pflichtgemäß, ehe er auf der Treppe verschwand.

Lauren blickte Adrian an. »M'lord?«

Adrian zuckte zusammen. Der Titel war ihm vollkommen natürlich erschienen, ehe er die Formlosigkeit der Amerikaner kennengelernt hatte. Nun jedoch erschien selbst ihm dieser Titel recht protzig. Und was noch schlimmer war, er schien Lauren einzuschüchtern. »Er ist vollkommen bedeutungslos«, sagte er.

In Laurens Augen blitzte die alte Amüsiertheit auf. »Muß ich dich jetzt auch Mylord nennen?«

Er konnte der Versuchung nicht widerstehen. Er beugte sich hinab und flüsterte: »Bin ich das wirklich für dich?«

Laurens Antwort ging unter in dem herrlichen Zauber, der sie jedesmal umgab, wenn sie sich berührten.

Sie wurden von einem dezenten Hüsteln unterbrochen, und Adrian blickte auf, als ein großer, distinguierter Mann mit einem Lächeln die Treppe herunterkam.

»Quigley hat mich davon in Kenntnis gesetzt, daß du und dieses entsetzliche Biest die Yankees überlistet habt.«

»Mit Hilfe dieser jungen Dame, die deswegen jetzt mit mir gemeinsam auf der Flucht ist. Lauren, dies ist Sir Giles Gray. Sir Giles, Lauren Bradley.«

Sir Giles verbeugte sich mit einem Lächeln. »Wir sind Ihnen zu Dank verpflichtet, Miss Bradley. Wir haben Adrian vermißt, meine Schwester und ich. Wir hatten gehört, daß die Yankees sich geweigert haben, dich auf freien Fuß zu setzen, obwohl unser Botschafter in Washington alles versucht hat.«

In diesem Augenblick sprang Sokrates von Adrians Schulter auf den Boden und ergriff Laurens Hand. Sir Giles' Lächeln wurde breiter. »Also hast du endlich einmal eine Dame kennengelernt, die deinen impertinenten kleinen Freund erträgt.«

»Miss Bradley ist eine ungewöhnliche Frau.«

Sir Giles' Gesicht, das von Wind, Wetter und lebenslanger Verantwortung gezeichnet war, wurde etwas weicher. »Quigley erzählte, sie hätte dir zur Flucht verholfen. Das würde ich gern etwas genauer hören.«

»Das werden Sie, Sir«, versprach Adrian, »aber ich hatte gehofft, daß Lauren ein paar Tage bei Ihnen wohnen könnte ... bis ich eine respektable und dauerhafte Unterkunft für sie gefunden habe.«

»Natürlich«, sagte Sir Giles. »Meine Schwester wird sich freuen. Meine Nichte und ihr Mann waren zu Besuch, und seit sie vor drei Tagen wieder abgereist sind, zieht sie ein

Gesicht. Das paßt also hervorragend.« Er blickte zu Lauren hinüber, wobei er ihr direkt in die Augen sah. »Sie sind uns mehr als willkommen, meine Liebe.« Er läutete, und Quigley erschien. »Bitte sagen Sie Mrs. Featherstone, daß sie ein Zimmer herrichten soll, und richten Sie meiner Schwester aus, daß wir einen Gast haben werden.«

»Und jetzt darf ich euch vielleicht eine Erfrischung anbieten, während das Zimmer gerichtet wird«, fuhr Sir Giles fort.

»Ich muß noch das Gepäck vom Schiff abholen lassen«, sagte Adrian. »Ich werde ein paar Zimmer in der Nähe mieten.«

Sir Giles nickte. Es wäre nicht schicklich, wenn zwei Menschen, die weder verwandt noch verheiratet waren, unter einem Dach lebten, selbst im Haus von Sir Giles und seiner Schwester. Und es war mehr als offensichtlich, daß Adrian sich zum ersten Mal in seinem Leben an die Regeln des Anstands zu halten beabsichtigte. Das war ungewöhnlich für ihn und deshalb äußerst aussagekräftig.

Als Quigley zurückkam, brachte er mehrere Flaschen und Gläser mit. Sir Giles, der Adrians Geschmack genau kannte, füllte zwei Gläser mit Portwein und wandte sich dann an Lauren. »Etwas Sherry?«

Lauren nickte. »Ja, gern.«

Er schenkte ihr ein Glas ein und wandte sich dann erneut an Adrian. »Und was hast du jetzt vor?«

»Ich beabsichtige, Redding aufzusuchen. Ich dachte, ich könnte ihm vielleicht schon mal ein Angebot unterbreiten. Es könnte ja sein, daß er es inzwischen satt hat, das Leben eines Landedelmannes zu führen.« Die Worte klangen bitter.

Sir Giles zuckte mit den Schultern. »Das ist gut möglich. Den ganzen letzten Monat war er hier in London . . . fast immer an irgendwelchen Spieltischen. Ich habe ihn letzte Woche bei White's gesehen.«

Adrian erstarrte. Der Landsitz erforderte die permanente Anwesenheit des Besitzers und nicht jemanden, der immer unterwegs war und sich um nichts kümmerte. »Ich werde ihn suchen.«

»Das brauchst du nicht«, sagte Sir Giles. »Ich glaube, ich weiß, wo er morgen abend ist.«

Adrian spürte, daß sein Puls schneller ging.

»Lady Caroline Sutton gibt einen Ball. Ihr Haus ist eines der wenigen, die ihm offenstehen«, fuhr Sir Giles fort. »Ich nehme an, er dachte, daß Ridgely ihm sämtliche Türen öffnen würde, aber er gilt immer noch als Glücksritter und Spieler.«

Adrian blickte ihn überrascht an. »Ich hätte nicht gedacht, daß das Redding etwas ausmacht.«

»In der Hinsicht haben wir uns beide getäuscht. Ich glaube, es ist ihm sehr wichtig, auch wenn er es nicht zeigt.«

»Und weshalb ist er bei Caroline willkommen?«

»Er ist immer noch ein gutaussehender Mann, wenn auch kein Gentleman«, erwiderte Sir Giles, aber dann fiel sein Blick auf Laurens fasziniertes Gesicht, und er errötete auf eine Weise, die Adrian amüsierte. »Es tut mir leid, Miss Bradley.« Wenn er wüßte . . .

Lauren errötete ebenfalls sanft, und Adrian dachte erneut, was für eine gute Schauspielerin sie doch war. »Vielleicht«, sagte er langsam, »könnte Lauren mitkommen, wenn du uns eine Einladung besorgen könntest. Ich nehme an, das wäre nicht unschicklich.«

»O ja«, sagte Sir Giles. »Caroline ist immer noch eine angesehene Person; dafür sorgen allein ihr Name und ihr Vermögen. Und ich bin sicher, daß sie sich freuen würde, wenn ihr kämt.« Seine Stimme hatte einen traurigen Unterton, den Lauren hoffentlich nicht hörte. Wie viele Mitglieder der besseren Gesellschaft hatte auch Adrian eine kurze, diskrete Affäre mit Caroline gehabt, die ein gutes Herz hatte und der als Witwe kleine Indiskretionen verziehen wurden. Ihr Ball würde eine gute Gelegenheit bieten, Lauren in die Gesellschaft einzuführen; sie war nicht so kalt und gnadenlos wie manche andere Gastgeberinnen.

Aber Lauren erbleichte. »Ich habe kein Kleid«, sagte sie.

Sir Giles beeilte sich, sie zu beruhigen. »Ich glaube, Sie haben dieselbe Größe wie meine Nichte. Als Annalise geheiratet hat, hat sie ein paar von ihren Kleidern hiergelassen. Meine Schwester kann Ihnen bei der Auswahl helfen und gegebenenfalls kleine Änderungen vornehmen.«

»Das ist sehr freundlich«, sagte Adrian und beendete damit das Thema.

»Aber . . .« setzte Lauren an, aber in dem Augenblick wurde die Tür der Bibliothek erneut geöffnet, und eine weitere fremde Person trat ein, eine schlanke Frau mit grauem Haar und einem lieben Gesicht. »Adrian!« rief sie hocherfreut.

Sie wandte sich um und bedachte Lauren mit einem strahlenden Lächeln. »Und dies muß unsere Heldin sein!«

24

Nie zuvor hatte Lauren sich so falsch gefühlt oder so fehl am Platz.

Sie haßte jede Sekunde auf dem Ball bei Lady Caroline ebenso wie sie das Kleid haßte, das für ihren Geschmack viel zu viele Rüschen hatte. Man brachte Toasts auf sie aus, lobte sie, kicherte und schwatzte, bis sie das Gefühl hatte, losschreien zu müssen.

Es war seltsam, den Ball des Gouverneurs in Nassau hatte sie so genossen, aber verglichen mit diesem Fest, auf dem fast jeder ein Marquis, ein Vicomte oder Baron war, war es dort frei und ungezwungen zugegangen. Sogar ein Graf war anwesend. Es hieß »Mylord hier«, »Mylady da«, und sie brachte die Titel immer wieder durcheinander. Bestimmt hielten sämtliche Anwesenden sie für eine Barbarin. Außerdem mißfiel es ihr, derart im Mittelpunkt zu stehen, besonders unter solch falschen Voraussetzungen.

Sie dachte erneut an den Ball im Haus des Gouverneurs in Nassau. Wie zauberhaft war es dort gewesen. Sie sollte jetzt das gleiche empfinden, der abenteuerlustige Teil ihrer Seele sollte Spaß haben an der ungewohnten adligen Gesellschaft. Aber in Nassau hatte sie noch nicht das volle Ausmaß ihres Verlangens nach Adrian gekannt. Und obgleich er sich in ihrer Nähe aufhielt, spürte sie die undefinierbare Distanz, die heute nacht noch größer zu sein schien als zuvor.

Er hatte ein paar Zimmer in der Nähe gemietet, und sie hatte ihn seit ihrer Ankunft in Sir Giles' Stadthaus nicht mehr gesehen, bis er sie heute abgeholt hatte und sie gemeinsam mit Sir Giles und seiner Schwester hierhergekommen waren.

Heute abend erschien Adrian ihr wie ein gutaussehender, zurückhaltender Fremder, der sie aus reiner Dankbarkeit für ihre Dienste in die Gesellschaft einführen wollte. Er hatte nur einmal flüchtig ihre Hand berührt, und es gab nicht das geringste Anzeichen dafür, daß er beabsichtigen könnte, den gestern begonnenen Kuß zu vertiefen.

Seine Reserviertheit hatte ihr in den letzten Wochen das Herz zerrissen, Stück für Stück, und inzwischen war sie vollkommen verzagt. Sie konnte sich noch so oft sagen, daß sie ihn verlassen mußte, aber diese Wahrheit drang nie bis in ihr Herz. Sie stand lächelnd da, während er sie als seine mutige Freundin vorstellte, die ihm bei der Flucht aus dem Gefängnis geholfen hatte, aber sein Ton war unpersönlich und verriet nicht mehr als Dankbarkeit und Freundschaft.

Sie verstand auch, warum. Sie fühlte sich unwohl zwischen all diesen teuer gekleideten Menschen, die eine gestochene Sprache hatten und witzig Konversation zu betreiben vermochten. Niemals würde, könnte sie in diese Umgebung passen. Sie spürte die abschätzenden Blicke, selbst wenn ihr gerade ein Kompliment gemacht wurde, und sie fühlte die Oberflächlichkeit der Gratulationen. Sie war eine Frau, die allein mit einem Mann durch die Weltgeschichte gereist war, und sie hatte weder die Vornehmheit noch den traditionsreichen Namen oder den unermeßlichen Reichtum der anderen. Sie war ganz einfach ein Original.

Sie wurde zum Tanzen aufgefordert und willigte zögernd ein, da sie Adrian nicht bloßstellen wollte, aber sie hatte ihren Partnern nichts zu sagen und beschränkte sich auf ein nichtssagendes Lächeln. Es war ein angestrengtes Lächeln, hinter dem sie ihre wahren Gefühle verbarg.

Spät abends betrat ein Mann den Saal, der fast ebenso groß war wie Adrian. Er war eine so dominante Erscheinung, daß Lauren seinen Auftritt nicht ignorieren konnte. Er sah einfach unverschämt gut aus. Er hatte schwarzes Haar und beinahe ebenso dunkle Augen, und ein ironisches Lächeln umspielte seinen Mund, während er sich im Saal umsah.

Sie wußte instinktiv, daß er nicht hierher gehörte, und es war offensichtlich, daß auch er es wußte. Sie konnte sich nur allzu gut in ihn hineinversetzen. Sein Blick ruhte kurz auf ihr, ehe er weiterwanderte und auf die Gastgeberin, Lady

Caroline, fiel. Er bewegte sich nicht mit Adrians Eleganz, sondern mit der Behendigkeit eines Tieres, das an einem unbekannten Ort gelandet war: vorsichtig und zugleich herausfordernd.

Er war allein gekommen, und Lauren fragte sich, ob er vielleicht der berüchtigte Rhys Redding war. Sie blickte hinüber zu Adrian, sah, wie der erstarrte, und wußte, daß ihre Vermutung richtig war.

Der Neuankömmling verbeugte sich vor der Gastgeberin. Dann wandten beide den Blick zu ihr, ehe sie auf sie zukamen.

Im gleichen Augenblick setzte Adrian sich in Bewegung und erreichte sie eine Sekunde vor Lady Caroline und dem anderen Mann.

Lady Caroline lächelte breit, während ihr Blick zwischen den beiden Männern hin und her wanderte. Lauren sah einzig ihre Schönheit und wußte, daß sie daneben verblaßte. Lady Caroline hatte das schönste blonde Haar, das sie jemals gesehen hatte, und ihren riesigen violetten Augen konnte wahrscheinlich kein Mann widerstehen. Außerdem hatte sie ein nettes Lächeln, ein kehliges Lachen, und sie war intelligent.

»Miss Bradley«, sagte sie jetzt mit ehrlicher Freundlichkeit, »ich wurde gebeten, Sie mit diesem Halunken hier bekannt zu machen. Lauren, dies ist Rhys Redding. Rhys, dies ist Miss Lauren Bradley. Und natürlich kennen Sie den Helden des Tages, Lord Ridgely.«

Lauren spürte die Spannung, die von Adrian ausging, als sein Titel vor dem Mann genannt wurde, der inzwischen seinen Landsitz besaß, und sie sah das boshafte Funkeln in Carolines Augen. Außerdem spürte sie, daß die Blicke der anderen Anwesenden ebenfalls auf sie gerichtet waren, und ihr wurde klar, daß Caroline diese Begegnung zur

Unterhaltung ihrer Gäste arrangiert hatte. Ihre Sympathie für die Frau wurde geringer, aber als sie zu Adrian blickte, sah sie nichts als sein Lächeln, hinter dem er seine Gefühle verbarg.

Adrian nickte kurz mit dem Kopf. »Redding. Ich frage mich, ob Sie mich vielleicht später in den Spielsalon begleiten würden.«

Redding nickte ebenfalls. »Später«, erwiderte er knapp, ehe er seine Aufmerksamkeit wieder Lauren zuwandte. »Wie ich höre, sind Sie eine echte Heldin.«

Lauren sah zu Adrian hinüber und fragte sich, wieso er schmerzlich den Mund verzog. Vielleicht, weil er nicht länger über das für ihn so wichtige Thema sprechen konnte? Sie blickte erneut in Rhys' dunkle Augen. »Ich habe kaum etwas getan«, entgegnete sie.

»Ah, auch noch bescheiden«, sagte Rhys. »Ich frage mich, ob Sie mir wohl die Ehre dieses Tanzes gewähren ... ich glaube, es ist ein Walzer.«

Lauren blickte eilig zu Adrian, aber seine Miene war ausdruckslos, und er erhob keinen Einwand.

»Es wäre mir ein Vergnügen, Sir«, sagte sie und ließ sich von ihm auf die Tanzfläche führen. Sie lehnte sich leicht in seinen Armen zurück und blickte ihn an – den Mann, der das besaß, was Adrian mehr als alles andere begehrte.

Seine Augen waren nicht schwarz, wie sie zunächst gedacht hatte, sondern dunkelbraun, ebenso wie sein Haar. Sein Gesicht war nicht von klassischer Schönheit wie Adrians, aber auf jeden Fall war es von herber Attraktivität. Sein Blick war spöttisch, als fände er die Welt ungemein amüsant, doch zugleich verriet er einen ungestillten Hunger.

»Sie sind eine höchst willkommene Ergänzung hier bei uns, Miss Bradley«, sagte er.

»Eine Neuheit«, erwiderte sie trocken. »Nie zuvor habe ich mich irgendwo so fehl am Platz gefühlt.« Sie fragte sich, weshalb sie ihm das erzählte. Dieser Mann war Adrians Erzrivale.

Er lachte vergnügt. »Ich bin auch eine Neuheit, Miss Bradley. Toleriert, aber niemals akzeptiert.«

»Aber Sie besitzen Ridgely.«

»Ah, also hat Lord Ridgely Ihnen davon erzählt«, sagte er. »Was hat er Ihnen denn sonst noch so berichtet?«

»Daß Sie ein Spieler sind.«

»Stimmt. Stört Sie das?«

»Ich bin die Tochter eines Landarztes. Stört Sie das?«

»Das finde ich ganz entzückend. Aber ich nehme an, Sie sind auch noch vieles anderes.«

»Gefällt es Ihnen, Ridgely zu besitzen?«

»Ah, wieder dieses Thema«, sagte er, während er den Blick von ihr löste und zu Adrian hinübersah, der sie beide beobachtete. Rhys wirbelte sie mit geübtem Griff herum. Wieder bemerkte sie den Unterschied zwischen den beiden Männern. Beide waren hervorragende Tänzer, aber Adrians Bewegungen waren müheloser, natürlicher. Wieder spürte sie, daß dieser Mann nicht hierher gehörte. Er glich dem Leoparden, den sie einmal in einem kleinen Zoo gesehen hatte. Aber nach allem, was sie wußte, hatte dieser Mann sich selbst hier eingeschlossen. Er machte sie neugierig, irgendwie verstand sie ihn. Sie waren einander ähnlich, was auch er zu bemerken schien, denn seine Finger umschlossen ihre Hand etwas fester. Sie sah auf, und ihre Blicke begegneten sich. Das Gefühl, das sie plötzlich überkam, war ihr vollkommen neu. Es hatte nichts von dem heftigen sinnlichen und emotionalen Verlangen, das sie in Adrians Nähe verspürte. Vielmehr war es so etwas wie spontane Zuneigung.

»Sind Sie noch frei, Miss Bradley?« fragte er plötzlich, und Lauren brauchte ein paar Sekunden, ehe sie die Bedeutung seiner Worte begriff.

Sie erstarrte, während sie die Frage überraschte. Sie war nicht frei. In ihrem Herzen und ihrer Seele war sie gebunden. Aber als ihr Blick zu Adrian hinüberging, der inzwischen mit Lady Caroline sprach, wußte sie, daß es nicht stimmte. Nicht aus Adrians Sicht.

Aber sie konnte sich nicht selbst belügen, und ebensowenig wollte sie Rhys Redding belügen. Sie hatte bereits viel zu oft die Unwahrheit gesagt, und es hatte ihr nichts als Elend eingebracht. »Nein«, sagte sie.

»Unser guter Lord Ridgely?«

Sie nickte verzweifelt.

»Empfindet er dasselbe wie Sie?«

Sie schüttelte den Kopf.

Er grinste großspurig. »Dann ist er ein Narr. Dürfte ich Sie vielleicht einmal besuchen?«

Lauren blickte ihn elend an.

»Überlegen Sie es sich«, sagte er. »Ich habe das eigenartige Gefühl, daß Sie eine Spielernatur sind, Miss Bradley, und vielleicht haben wir uns gegenseitig etwas zu bieten.«

In dem Augenblick endete der Walzer, und Adrian kam auf sie zu. Seine Wangenmuskeln waren angespannt und seine Augen dunkel und unergründlich. Er ergriff Laurens Hand und entzog sie Rhys. »Ich glaube, dieser Tanz gehört mir«, sagte er.

Laurens Blick wanderte von Rhys' amüsiertem Gesicht zu Adrian hinüber. Sie wünschte, sie wüßte, was er dachte, ob er böse oder eifersüchtig war, aber vielleicht ging es ihm mehr um Ridgely als um sie.

Wie immer entfachte die Berührung ihrer Hände ein Feuer in ihrem Inneren. Sie spürte, wie ihre Beine weich wurden, als die Musik begann und er sie eng an sich zog. Eng, aber nicht eng genug. Nie eng genug, bis auf wenn ihre Körper sich vereinigten. Der bloße Gedanke weckte Gefühle in ihr, die so stark, so warm und so feucht waren, daß sie sich instinktiv dichter an ihn drängte, auch wenn ihr Kleid mit den zahllosen Rüschen einen Mindestabstand erforderlich machte. Sie sah, wie sich seine Miene verfinsterte, spürte das plötzliche Zögern seiner Schritte, und sie wußte, daß er dasselbe empfand. Ungeachtet des Abstands, den er wahrte, hegte er immer noch dieselben Gefühle für sie. Lauren verspürte ein Gefühl des Triumphes und gleichzeitig neue Verzweiflung. Nun, sie hatten den heutigen Tag, auch wenn es kein Morgen für sie gäbe.

Adrian hatte bei seinem Gespräch mit Rhys Redding keinen Erfolg. Das wußte Lauren in dem Augenblick, als die beiden Männer aus dem Spielsalon zurückkamen. Seit die beiden Männer dort verschwunden waren, hatte sie sich in der Nähe der Tür herumgedrückt.

Sie hatte gebetet, daß Redding Adrian den Landsitz zurückverkaufen würde. Dann würden vielleicht ein Teil ihrer Schuld und ihrer Traurigkeit verschwinden; vielleicht könnte sie Adrian dann endlich die Wahrheit sagen. Vielleicht könnte er ihr sogar verzeihen. Vielleicht . . .

Also hatte sie den Raum aufgeregt im Auge behalten, bis sich die Tür öffnete und Adrian allein herauskam. Niemand außer ihr merkte wahrscheinlich, daß er bitter enttäuscht war, da sein Gesicht kaum etwas verriet. Aber seine Haltung war gerader als sonst, als hätte er einen Schlag bekommen, und in seinen Augen lag nicht das kleinste Lächeln.

Lauren ließ die Leute, mit denen sie gerade sprach, einfach stehen, und ging mit ausgestreckter Hand auf ihn zu. Er nahm sie und hielt sie einen Augenblick fest, während er sie mit einem schmerzlichen Lächeln bedachte. Und dann wurden sie von einem jungen Dandy unterbrochen, der sie um einen Tanz bat.

»Ja«, antwortete Adrian an ihrer Stelle, noch ehe sie die Möglichkeit hatte, abzulehnen. Während der junge Mann sie auf die Tanzfläche führte, sah sie, daß Adrian nach draußen in den Garten ging. Der Anblick seines kerzengeraden Rückens brach ihr das Herz. Trotzdem versetzte es ihr einen leichten Stich, daß er allein sein wollte, nicht bei ihr, sondern allein.

Sie bedachte ihren Tanzpartner mit einem strahlenden Lächeln, als er sie fragte, ob sie jemals einen Indianer in Amerika gesehen hätte. Diese lächerliche Frage war ihr heute abend bereits ein paarmal gestellt worden. Der Krieg und die Indianer, etwas anderes interessierte hier niemanden.

»Nein«, erwiderte sie. Sie hatte noch nie einen Indianer gesehen.

Adrian kehrte nicht mit ihnen in Sir Giles' Stadthaus zurück.

Sir Giles, selbst nicht gerade bestens gelaunt, überbrachte ihr seine Entschuldigung.

»Mr. Redding will nicht verkaufen, nicht wahr?« fragte sie ihn schließlich.

»Nein.«

»Und was wird Adrian jetzt machen?«

»Sich einen neuen Blockadebrecher besorgen«, sagte der Mann. »Ein Freund von mir hat ihm das Kommando über eins seiner Schiffe angeboten, aber Adrian will sein eigenes Schiff. Auf die Weise macht er höhere Gewinne.«

»Oder noch höhere Verluste«, sagte Lauren leise.

»Oh, er hat noch eine ganze Menge zu verlieren. Wenn

die Yankees ihn nochmal in die Finger kriegen, können Sie sicher sein, daß sie ihn nicht ein zweites Mal entwischen lassen.«

Lauren hätte in diesem Augenblick bereitwillig ihre Seele dafür gegeben, wenn sie dafür irgend etwas von dem, was sie getan hatte, hätte rückgängig machen können, wenn sie Adrian auf irgendeine Weise hätte helfen können.

Und vielleicht gab es tatsächlich einen Weg, auf dem sie ihm helfen konnte. Vielleicht.

Und ihre Seele wäre ein geringer Preis dafür.

Drei Tage lang wartete Lauren voller Ungeduld.

Sie wußte, daß Rhys Redding kommen würde. Sie spürte es in ihren Knochen. Er hatte sie herausgefordert, und er war nicht die Art von Mann, der einen Rückzug antreten würde.

Andere Besucher kamen scharenweise. Jedermann wollte Miss Lauren Bradley kennenlernen, der es gelungen war, die Yankees auszutricksen.

Am dritten Tag kam Adrian zum Essen. Er entschuldigte sich, daß er nicht eher gekommen war, aber erklärte, daß er sämtliche Werften abgeklappert hätte auf der Suche nach einem Schiff, das seinen Vorstellungen entsprach. Er wollte nicht abwarten, bis ein ganz neues Boot gebaut würde. Mit dem Desaster in Gettysburg würde der Krieg vielleicht in Kürze enden, und damit wäre seine letzte Möglichkeit, Ridgely zurückzubekommen, zunichte gemacht.

Er hatte Sokrates mitgebracht. Der Affe hatte sich auf sie gestürzt, ihr dicke Schmatzer auf die Backe gegeben und sie für ihre lange Abwesenheit ausgeschimpft. Es war lächerlich, wie sehr sie das Tier vermißt hatte. Sie hatte immer daran gedacht, wie sie zu dritt diese herrlichen Tage im Wald erlebt hatten.

Adrian bedachte sie mit seinem altbekannten, charmanten Grinsen. »Er hat mich zweimal gebissen«, sagte er. »Seine Art, mir zu zeigen, daß er dich vermißt hat.«

Lauren hatte einen solchen Kloß im Hals, daß sie kaum zu atmen vermochte. Sie hatte ihn so sehr vermißt, ihr hatte dieses Lächeln so sehr gefehlt, das ihr das Gefühl gab, so wunderbar lebendig zu sein. Sie wollte die Hand nach ihm ausstrecken, mußte ihn unbedingt berühren, nur um zu wissen, daß er wirklich vor ihr stand. Doch dann zog sie den Arm zurück, da sie wußte, daß eine leichte Berührung nicht ausreichen würde.

In diesem Augenblick betrat Sir Giles den Raum. »Nun, Erfolg gehabt?«

»Ich glaube, ja«, sagte Adrian. »Es gibt da ein Schiff, das meinen Vorstellungen ziemlich genau entspricht. Es wurde für eine Gruppe von Investoren gebaut, die es sich anders überlegt haben, nun, da nur noch zwei Häfen offen sind.«

»Wie lang?« gelang es Lauren zu fragen.

»Wenn wir uns einig werden, zwei bis drei Wochen«, sagte Adrian zufrieden. »Es ist bereits für eine Probefahrt gerüstet.«

Der Kloß in Laurens Hals sackte in ihren Magen. Sie hatte also nicht mehr viel Zeit.

»Und du?« fragte Adrian und blickte sie direkt an. »Wie gefällt es dir in London?«

»Es ist . . . so anders.«

Er zog die Brauen hoch. Das hatte er sie nicht gefragt, aber schließlich hatte er sie hier in einer völlig fremden Umgebung zurückgelassen. Er hatte sie nicht so vollkommen allein lassen wollen, aber es hing einfach alles davon ab, daß er ein Schiff fand. Er konnte nichts tun, nichts sagen, ehe seine Zukunft gesichert war . . . und ehe er die Zeit hatte, ihr Vertrauen und ihr Herz zu gewinnen. Nun, ihre Liebe besaß er wohl schon. Aber, großer Gott, wie sehr sehnte er sich nach ihrem Vertrauen!

Sie aßen zu viert, und Sir Giles fragte nach dem neuen Schiff, nach dem Frachtraum, nach der Geschwindigkeit. Adrian würde sich neue gute Männer in Nassau besorgen müssen, wo er hoffte, einen Großteil der alten Leute wiederzutreffen. Er dürfte keine allzu großen Probleme mit der Zusammenstellung einer neuen Mannschaft haben. Die Gewinne der Blockadebrecher waren legendär; es gab nur wenige Matrosen, die nicht bereit waren, für einen derartigen Reichtum ein paar zusätzliche Risiken in Kauf zu nehmen.

Lauren hingegen merkte, wie ihr Herz mit jedem seiner Worte tiefer rutschte.

Bald wäre er fort, und er würde dieselbe gefährliche Arbeit verrichten, nur, daß es dieses Mal noch schwieriger würde. Wenn es ihr bloß gelänge, Rhys Redding zu überreden, Ridgely zu verkaufen.

Dieser Gedanke beschäftigte sie den ganzen Abend, bis Adrian verkündete, er müsse jetzt gehen. Es war bereits spät, und Sokrates war in ihrem Schoß eingeschlafen, seinen Kopf vertrauensselig auf ihrem Arm.

Sir Giles schüttelte den Kopf. »Es ist wirklich erstaunlich, wie diese Kreatur an Ihnen hängt, meine Liebe. Mich hat er nie gemocht.«

Lisa, seine Schwester, blickte ihn böse an. »Weil du ihn nie mochtest.«

Sir Giles seufzte. »Wenn ich mich recht entsinne, hattest du auch ein paar Probleme mit Sokrates.«

»Nun, inzwischen halte ich ihn für einen kleinen Engel.«

Lauren biß sich auf die Lippe und blickte hinüber zu Adrian, der ebenfalls ein Lächeln unterdrücken mußte. Sokrates hatte ihn eine ganze Reihe von Freunden gekostet, und Sir Giles und seine Schwester gehörten zu den wenigen, die den Affen toleriert hatten. Auch wenn sie sichtlich erleichtert gewesen waren, als Adrian beschlossen hatte, Sokrates mit in seine Unterkunft zu nehmen.

Sir Giles und Lisa wünschten Adrian eine gute Nacht und zogen sich zurück, so daß Lauren und er allein waren. Sie begleitete ihn an die Tür, und Sokrates folgte ihnen widerwillig.

Im Flur nahm Adrian seinen Hut und seinen Stock von Quigley entgegen, der in sicherem Abstand zu dem Affen blieb. Adrian dankte ihm und wandte sich an Lauren. Er strich ihr sanft über die Wange. »Wir müssen miteinander sprechen, du und ich«, sagte er.

Lauren schluckte eine Erwiderung herunter. *Wir müssen nicht nur miteinander sprechen.* Sie nickte.

»Sobald ich den Kauf hinter mich gebracht habe . . .«

Wieder einmal Ridgely. Immer Ridgely. Sie kaute erneut auf ihrer Lippe. »Adrian . . .«

Er blickte sie eindringlich an, und sie entdeckte das alte Feuer in seinen Augen. Aber galt es ihr oder Ridgely?

»Hmmmm?« fragte er, während seine Finger über ihren Nacken fuhren. Aber sie konnte nichts mehr sagen. Sie konnte ihn nicht bitten, nicht noch einmal die Blockade zu durchbrechen, weil sie wußte, daß er es trotzdem täte. Sie konnte ihm kein Ultimatum stellen, weil sie wußte, daß sie ihn dadurch verlöre.

»Ich vermisse dich.« Ihre Stimme klang brüchig, und sie spürte, wie sie innerlich erbebte, als seine Lippen ihre endlich berührten. Auch seine Sehnsucht war offensichtlich; seine Hände zitterten leicht, und seine Zunge drängte sich erst heftig zwischen ihre Lippen, ehe sie sanft wurde in zärtlichem Verlangen.

»Hab Geduld mit mir«, bat er so leise, daß sie ihn kaum

verstand. Und dann ließ er von ihr ab, und seine blauen Augen glänzten leidenschaftlich im Schein der Kerzen in der Halle.

Adrian spazierte zu seiner Unterkunft zurück. Er brauchte frische Luft. Er brauchte Bewegung. Am besten wäre jetzt ein Bad im kalten Wasser.

Verdammt, wie sehr sein Innerstes schmerzte. Er hatte das Gefühl zu zerbersten. Am liebsten hätte er sie eben an Ort und Stelle genommen, mitten im Flur. Am liebsten wäre er mit ihr auf und davon gelaufen. Am liebsten hätte er den traurigen, wehmütigen Blick aus ihren Augen gewischt, als er von dem neuen Schiff gesprochen hatte. Am liebsten ...

Er wollte so viele Dinge. Aber zum ersten Mal in seinem Leben wollte er es richtig machen. Lauren und Ridgely waren in seinem Kopf zu einer Einheit verschmolzen. Er wollte den Landsitz für sie und sie für den Landsitz, und er wollte, daß alles seine Richtigkeit besaß. Fast sein ganzes Leben lang war er seinen eigenen Weg gegangen, von einem Desaster ins nächste gestürzt, bis er sich auf Ridgely konzentriert hatte ... und jetzt auf Lauren. Beide waren zu einer fixen Idee geworden, und er wußte es. Und keins von beiden wollte er beschmutzen. Er wollte nicht, daß Lauren gezwungen wäre, ihn wegen eines Kindes zu heiraten, und außerdem konnte er auch nicht vollkommen ausschließen, daß er vielleicht erneut in Gefangenschaft geriete oder gar starb. Das hieß, daß er eine gewisse Distanz zu ihr wahren mußte.

Wenn er nur ein paar Fahrten mehr gemacht hätte. Wenn Schiffe nur fliegen könnten.

Rhys Redding hatte sein Angebot von fast einer Million Pfund zurückgewiesen. Der verdammte Bastard wollte ein Viertel mehr. Nach Abzug der Kosten für ein neues Schiff hieße das noch mindestens vier Fahrten, wahrscheinlich sogar sechs. Zumindest hatte Redding zu Adrians großer Erleichterung versprochen, den Landsitz in der Zwischenzeit nicht anderweitig zu verkaufen. Er vertraute darauf, daß der Mann sein Wort hielt, obgleich er nicht genau wußte, weshalb.

Es begann zu regnen, und Adrian dachte an einen anderen Schauer auf einem anderen Kontinent. Plötzlich war die gesamte Erleichterung verschwunden.

Der Schmerz kehrte zurück, und zwar stärker als jemals zuvor.

Die heißersehnte Karte kam zwei Tage später. Rhys Redding bat darum, Miss Lauren Bradley einen Besuch abstatten zu dürfen.

Lauren schickte ihm eine Nachricht, daß sie sehr erfreut wäre, ihn zu sehen.

Lisa fand diese Verabredung offensichtlich unpassend, aber sie sagte nichts. Ihr Gast war eine erwachsene Frau, eine Amerikanerin, die ganz allein durch die Welt gereist war. Es war allgemein bekannt, daß Amerikaner nicht dieselben . . . nun, Traditionen wie die Briten hatten. Aber Lisa zog besorgt die Brauen hoch, als Lauren ihr erklärte, daß sie mit Mr. Redding auszufahren beabsichtige.

»Meinen Sie wirklich, das sollten Sie tun, meine Liebe? Adrian . . .«

»Adrian«, sagte Lauren und versuchte, den Schmerz in ihrer Stimme zu verbergen, »ist viel zu sehr mit seinem Schiff beschäftigt, um sich deswegen den Kopf zu zerbrechen.« Sie hatte gerade von Sir Giles gehört, daß Adrian tatsächlich in Verhandlungen über den Kauf des neuen Blockadebrechers getreten war. Wenn sie überhaupt etwas ausrichten konnte, mußte sie sich beeilen.

»Er mag Sie sehr, meine Liebe.«

Er mochte sie – was für ein gräßlicher Ausdruck! Aber Lauren schenkte Lisa Tatterly ein Lächeln und zog ihr grünes Musselinkleid an, das das Grün in ihren Augen besonders gut zur Geltung brachte.

Rhys Redding war überpünktlich. Und Lauren wußte, wenn ihr Herz nicht vollständig jemand anderem gehören würde, wäre Mr. Redding durchaus eine Gefahr für sie. Er trug heute eine enge braune Hose, eine cremefarbene Weste und einen dunkelblauen Frack, was seine dunklen Haare und Augen, die wie blankpolierter Onyx glänzten, noch betonte.

Er war das genaue Gegenteil von Adrian. Adrian behielt zwar oft seine Gedanken für sich, aber er war ein angenehmer Gesellschafter. Rhys Redding, mit seinem boshaften Lächeln und dem Spott in den Augen, war finster wie die Nacht.

Aber sie wollte die Sonne.

Die Vorbereitung ihres Ausflugs war entsetzlich. Lisa konnte ihre Mißbilligung nicht verbergen, und Rhys begegnete ihr mit übertriebener Höflichkeit. Als er und Lauren das Haus endlich verlassen hatten und er ihr in eine pompöse Kutsche geholfen hatte, bedachte er sie mit einem Grinsen. »Sie wissen natürlich, daß ich kein akzeptabler Begleiter für Sie bin?«

Er wirkte so teuflisch vergnügt, daß sie nicht anders konnte als zurückzulächeln. »Das sagte man mir.«

»Und Ridgely?«

»Der Lord oder der Landsitz?«

»Der Lord.«

Lauren blickte ihn an, als er mit den Zügeln auf die Rücken zweier edler Pferde schlug. Sie wollte wirklich nicht über Adrians Reaktion auf ihr Verhalten nachdenken oder darüber, ob er überhaupt eine Reaktion zeigen würde. Statt dessen lenkte sie sich ab, indem sie sich in Gedanken über den schlechten Geschmack wunderte, den ihr Begleiter bei der Wahl des Gefährts an den Tag gelegt hatte. Schließlich waren sowohl seine Kleidung als auch die Pferde wirklich erlesen.

»Sie gefällt mir einfach«, sagte Rhys plötzlich.

Lauren starrte ihn überrascht an.

»Die Kutsche«, erklärte er. »Sie wundern sich über die Kutsche. Ich habe einmal als kleiner Junge so eine Kutsche gesehen und hielt sie damals für das prächtigste aller Dinge. Als ich dieses Gefährt entdeckte, fiel mir mein Kindertraum wieder ein, und ich habe sie gekauft.«

»Und wo war das?«

»In einem kleinen Dorf in Wales«, erwiderte er. »Aber Sie haben mir noch nicht geantwortet. Was wird Lord Ridgely dazu sagen, daß Sie mit mir eine Kutschfahrt unternehmen?«

»Ich weiß nicht, ob er überhaupt irgendeine Reaktion zeigen wird.«

»Ah, Miss Bradley, ich glaube, da irren Sie sich. Ich habe sein Gesicht gesehen, als ich mit Ihnen getanzt habe. Das hat ihm nicht im geringsten gefallen.«

Lauren biß sich auf die Lippe.

»Und ich habe Ihr Gesicht gesehen. Ich frage mich, weshalb Sie jetzt hier mit mir sitzen.«

»Ich will etwas von Ihnen.«

Er starrte sie an und begann dann, laut zu lachen. »Man sagte mir bereits, daß Amerikanerinnen anders sind. Ich glaube, Sie sind die erste junge Dame, die mir gegenüber jemals ehrlich zugegeben hat, daß sie etwas von mir will. Also?«

Das »Also« klang irgendwie bedrohlich.

»Werden Sie mir erzählen, worum es sich handelt, oder soll ich raten?« Rhys Reddings Stimme klang leicht amüsiert, aber zugleich hatte sie einen warnenden Unterton.

Lauren hatte sich die Unterhaltung etwas anders vorgestellt. Sie hatte erst etwas mehr über ihn herausfinden wollen, um dann zu überlegen, wie sie ihn am besten zum Verkauf des Landsitzes überreden könnte.

»Dann muß ich wohl raten«, sagte er nachdenklich. »Ich nehme an, es geht um einen bestimmten Landsitz. Und da ich nicht glaube, daß Lord Ridgely Sie zu mir schicken würde, haben *Sie* mir anscheinend etwas anzubieten.«

Lauren konnte ihn nur anstarren. Sie fühlte sich wie ein Kaninchen, das einer Schlange gegenübersaß.

»Warum, Miss Bradley?« fuhr er fort. Seine Stimme klang plötzlich hart. »Wollen Sie die Herrin von Ridgely werden?« Es klang verächtlich. »Es ist nicht so herausragend wie sein Ruf. So ein Gut ist verdammt lästig.«

»Warum verkaufen Sie es dann nicht?« erwiderte sie.

»Es geht einfach darum, daß ich niemals schlechte Geschäfte mache.«

»Was wäre denn Ihrer Meinung nach ein gutes Geschäft?« Die Worte kamen ihr über die Lippen, ehe sie sie zu Ende gedacht hatte.

Sein Blick wanderte von den Pferden zu ihr, und er musterte sie von Kopf bis Fuß. »Wie wollen Sie das Angebot denn versüßen?«

Lauren schluckte. Wieder einmal war sie in eine Sache hineingerutscht, ohne sich Gedanken über die Konsequenzen zu machen. Während ihrer kurzen Begegnung mit Redding bei Lady Caroline hatte sie gedacht, er sei vielleicht nicht der geborene Gentleman, habe jedoch das Benehmen eines solchen. Jetzt wußte sie, daß sie sich geirrt hatte. Worte allein würden ihm niemals genügen.

Wie *sollte* sie nun das Angebot versüßen?

Lauren dachte an Adrians verträumten Blick, mit dem er von Ridgely sprach. Sie dachte an sein Gesicht, als er mit gefesselten Händen von Bord des *Gespenstes* geführt worden war und wußte, daß er alles verloren hatte. Sie erinnerte sich an seine Augen, als er den Spielsalon nach dem Gespräch mit Redding verlassen hatte.

Sie hatte die grauenhafte Vorahnung, daß etwas Entsetzliches passieren würde, wenn Adrian noch einmal die Blokkade durchbrach. Und er würde es tun ... in wenigen Wochen. Die gesamte Yankee-Flotte würde auf ihn warten, und es wäre ihre Schuld. Wie sie in Gesprächen mitbekommen hatte, wußten die Agenten der Union, daß Adrian hier war und daß er versuchte, ein neues Schiff zu bekommen. Er würde also von vielen Schiffen erwartet werden, sowohl hier als auch an der Küste von Carolina.

Sie war nicht wichtig, nicht mehr. Sie hatte ihn belogen und betrogen. Aber sie hatte noch eine letzte Waffe, eine Waffe, die sie zu seinen Gunsten verwenden konnte.

»Ich habe etwas anzubieten«, sagte sie schließlich.

25

Mit hochgezogener Braue forderte Rhys sie auf, weiterzusprechen.

Lauren holte tief Luft. Sie hatte an die Möglichkeit gedacht, aber jetzt wußte sie nicht, wie sie es anfangen sollte.

Sie mußte es einfach!

Nur so konnte sie jemals ihre Schuld abtragen.

»Sie sagten, ich sei eine Spielernatur, wir beide seien Spielernaturen«, sagte sie schließlich.

Seine dunklen Augen funkelten. »Und daß wir uns unter Umständen etwas zu bieten haben. Haben wir das?«

Lauren zögerte erneut.

»Lassen Sie uns Karten spielen«, sagte sie schließlich.

»Also sind Sie tatsächlich eine Spielerin«, stellte er zufrieden fest. »Und um was spielen wir?«

Sie sah ihn fragend an. »Sie sagten, Adrians Landsitz sei Ihnen lästig. Warum also wollen Sie Ridgely?«

Langes Schweigen, ehe er sagte: »Es wurde mir angeboten.«

»Aber es steckt mehr dahinter«, beharrte sie. Sie wollte, brauchte einfach mehr Zeit. »Sie wollten mehr, als Sie bekommen haben.«

»Sind Amerikanerinnen auch Hellseherinnen?« Rhys trieb die Pferde zu größerer Eile an.

Sie lachte, aber es klang wehmütig, nicht amüsiert. »Ich habe nur gelernt, daß man, wenn man gewinnt, manchmal gleichzeitig verliert.«

»Und was haben Sie gewonnen, Miss Bradley? Und verloren?«

Als die Kutsche in den Hyde Park einbog, kamen ihnen ein Mann und eine Frau entgegen, deren Gesichter Lauren noch von Lady Carolines Ball her kannte. Sie starrten mit unverhohlener Neugierde in das Gefährt, als Rhys grüßend den Hut zog. Selbst diese auf den ersten Blick höfliche Geste war voller Ironie.

»Sie fragen sich, was Sie mit einem Halunken wie mir zu tun haben«, bemerkte Rhys trocken.

»Ich bin Amerikanerin«, sagte sie. »Offenbar erwarten doch alle von mir, daß ich mich unmöglich benehme.«

»Nicht, wenn Sie ein Mitglied der besseren Gesellschaft, die Frau eines Lords werden wollen – auch wenn er kein Land besitzt«, erwiderte er mit einem leichten Lächeln.

»Das will ich nicht.«

Diese Worte klangen so endgültig, daß Rhys sie erneut anblickte. »Weil er kein Land hat? Bald wird er wieder welches haben. Er ist recht wohlhabend, wenn auch nicht wohlhabend genug, um Ridgely kaufen zu können. Noch nicht. Aber ich nehme an, er wird es bald sein. Er ist ein äußerst hartnäckiger Mensch, Adrian Cabot, Lord Ridgely.« Das letzte sagte er mit einem beinahe höhnischen Unterton.

Lauren starrte ihn an. Sie hatte einmal gedacht, Adrian sei ein Zyniker, aber Rhys Redding war die Personifizierung dieses Wortes.

»Nein«, sagte sie einfach.

»Was ›nein‹?«

»Das ist nicht der Grund, warum ich ihn nicht heiraten würde, auch wenn er mich darum bäte – was er nicht tun wird.«

»Habe ich mich hinsichtlich Ihrer und seiner Gefühle etwa geirrt?«

Lauren wollte nicht länger lügen. »Nein, nicht was meine Gefühle betrifft.«

»Und auch nicht«, sagte er, »was seine Gefühle betrifft. Verzeihen Sie mir die dumme Frage, aber warum interessieren Sie sich dafür, ob Ridgely sein Land zurückbekommt, wenn Sie nicht einmal die Absicht haben, ihn zu heiraten?«

»Ist das der einzige Grund, weshalb ich mich dafür interessieren sollte?«

»Es ist der einzige Grund, aus dem die meisten Frauen sich dafür interessieren würden.«

»Haben Sie wirklich eine solch schlechte Meinung von Frauen?«

»Ich habe von allen Menschen eine schlechte Meinung«, verbesserte er sie lächelnd.

Lauren ballte die Fäuste. Es war erheblich schwieriger, als sie gedacht hatte. Schließlich lag ihm der Landsitz offensichtlich nicht sonderlich am Herzen, und sie hatte gedacht ... Ach, sie wußte nicht, was sie gedacht hatte.

»Warum?«

»Warum ich eine solch schlechte Meinung von anderen Menschen habe? Ich nehme an, weil ich niemals Grund hatte, eine bessere Meinung von ihnen zu haben. Ich nutze einfach die Schwächen der anderen aus, Miss Bradley. Und ich kenne sie alle.«

»Und Sie, haben Sie irgendwelche Schwächen?«

»Natürlich.«

»Was für welche?«

»Damit Sie sie ausnutzen können?«

Lauren mußte lächeln. »Ich glaube nicht, daß Sie das jemals zulassen würden.«

»Vielleicht würde ich eine Ausnahme machen ... aber Sie haben mir immer noch nicht erklärt, weshalb Sie sich so für Ridgelys Land interessieren.«

»Das ist auch unwichtig.«

»Oh, doch. Sie interessieren mich, Miss Bradley. Ich habe den deutlichen Eindruck, daß Sie sich ... nun, sagen wir ... für Lord Ridgely interessieren, aber zugleich behaupten Sie, daß Sie weder die Hoffnung noch die Absicht haben, unseren guten Vicomte zu ehelichen. Und jetzt fahren Sie mit mir durch die Gegend. So sehr ich dieses Vergnügen auch meinem berühmten Charme zuschreiben möchte, bin ich doch keineswegs ein so arroganter Narr, es auch zu tun. Aber ich möchte immer genau wissen, was für ein Spiel ich gerade spiele.«

Lauren schluckte. Sie konnte es nicht länger hinauszögern. »Gibt es irgendeine Möglichkeit, Sie dazu zu bewegen, Ridgely zu verkaufen? Jetzt?«

Rhys' dunkle Augen wurden noch dunkler, als er ihr sein hartes Gesicht zuwandte. »Sie haben von einem Kartenspiel gesprochen. Was genau sind Sie bereit zu setzen?«

»Ich habe nicht viel Geld. Ich habe aber ein Cottage in den Vereinigten Staaten.«

»Und was soll ich bitte mit einem Cottage in den Vereinigten Staaten?« fragte er.

»Sie könnten es verkaufen.«

»Und wieviel ist es wert?«

Lauren schüttelte den Kopf. »Ich weiß nicht genau. Aber Sie sind ein Spieler«, fuhr sie herausfordernd fort.

»Aber wie jeder gute Spieler will ich die Einsätze sehen. Was haben Sie also sonst noch zu bieten?« Die Frage war gnadenlos.

Lauren brachte es einfach nicht über sich, »mich« zu sagen. Niemals würde sie dieses Wort über ihre Lippen bringen. Aber sie wußte, daß sie sonst nichts zu bieten hatte. Wahrscheinlich würde er sie nicht einmal wollen. Auf jeden Fall war sie alles andere als eine Schönheit, nicht wie viele der Frauen, die sie bei Lady Caroline gesehen hatte.

»Sich vielleicht?«

Rhys hatte ihren geheimsten Gedanken laut ausgesprochen. Sie schluckte schwer. Irgend etwas in ihrem Inneren erstarb bei der Vorstellung, daß jemand anderes als Adrian sie berührte. Sie fragte sich, ob Rhys ihr auch diesen Gedanken ansah, denn sein Gesicht wurde angespannt, beinahe grausam.

»Ja«, sagte sie plötzlich herausfordernd. Nichts zählte mehr außer Adrian.

»Sie wären also bereit, meine Geliebte zu werden ... solange ich es fordere.«

Fordere. Nicht *möchte*. Nicht die geringste Zärtlichkeit. Eine rein geschäftliche Abmachung.

Aber sie konnte gewinnen. Sie mußte gewinnen. Sie hatte oft gegen Adrian gewonnen, und er hatte gesagt, sie habe Talent zum Kartenspiel. Talent und Glück.

Adrian. Ich habe dir Ridgely genommen. Er hätte es inzwischen längst zurück, wenn sie nicht dazwischengekommen wäre. Seine Gefangennahme war jetzt zwei Monate her, das hieß, er hätte mindestens drei weitere Fahrten machen können und mehr als genug verdient, um Reddings Forderungen erfüllen zu können. Sie wußte gut genug, wieviel er mit seiner Arbeit verdiente.

»Wenn ich gewinne, werden Sie dann Ridgely an Adrian verkaufen?«

»Zu dem Preis, den er auf dem Ball geboten hat«, stimmte Rhys zu. »Und wenn ich gewinne, werden Sie meine Geliebte. Meine *willige* Geliebte«, fügte er betont hinzu, ehe er großzügig fortfuhr: »Und ich werde ihm Ridgely trotzdem verkaufen.«

Ein Teil von Laurens Zweifeln legte sich, obgleich der Schmerz blieb. Sie nickte langsam. »Aber Adrian darf niemals etwas von der Wette erfahren, und ich habe die Wahl des Spiels.«

Er verzog den Mund zu einem leichten Lächeln. »Einverstanden.«

Lauren spürte, wie sich ihr Hals zuzog und wie ihr Herz versteinerte. Jetzt konnte sie nicht mehr zurück. »Wann?«

»Morgen«, sagte er. »Ich werde die notwendigen Vorkehrungen treffen.«

Sie nickte stumm.

»Etwas mehr Begeisterung, wenn ich bitten dürfte, meine Liebe«, sagte er. »Sonst komme ich noch auf den Gedanken, daß es ein schlechtes Geschäft ist.«

Lauren versuchte zu lächeln, aber sie wußte, daß sie lediglich eine Grimasse schnitt, während auf seinem Gesicht das zufriedene Grinsen des Teufels lag, der gerade eine Seele gewonnen hat.

Lauren starrte auf Melissas Tagebuch, aber sie ertrug es nicht, darin zu lesen. Es gab noch ein paar leserliche Seiten, ehe die Eintragungen endeten ... ehe Melissa starb.

Ermordet von Deserteuren, wie man ihr berichtet hatte. Lauren fragte sich, ob jemals jemand die ganze Wahrheit erführe, ob das Tagebuch vielleicht einen Hinweis enthielt. Sie hatte immer noch das Gefühl, als habe Melissa sie zu dem Tagebuch geführt, obgleich sie nicht wußte, weshalb.

Aber im Augenblick war ihr eigenes Elend zu groß, als daß sie noch das Leid eines anderen Menschen ertragen hätte. Also legte sie einfach die Hand auf das Tagebuch, als sei es ein treuer Gefährte, der ihr die Kraft geben würde, zu tun, was sie tun mußte.

Sie blickte aus dem Fenster des Stadthauses. Die Straße war immer noch sehr belebt, und die Gaslaternen mischten sich mit dem Staub und löschten die Sterne am Himmel, die über dem Meer so zahlreich und leuchtend erschienen. Dort, wo Adrian jetzt war, sein neues Schiff testete und sich darauf vorbereitete, erneut einen eigenen Blitz zu reiten. Sie biß die Zähne zusammen. Das Verlangen in ihrem Inneren war unerträglich, das Verlangen, neben ihm zu stehen, die Hitze seines Körpers zu spüren, den feinen Duft von Seife und Rum zu riechen. Ihr Herz schlug im Rhythmus seines Herzens. Aber das durfte es nicht mehr.

Wenn sie jemals irgendwelche Hoffnungen gehegt hatte, dann endeten sie morgen.

Aber sie würde ihm das geben, was er mehr als alles andere begehrte. Und das war das wichtigste. Es gab kein Zurück mehr.

Adrian spürte, wie die Schiffsmotoren unter seinen Füßen summten. Ein englischer Kapitän, ein Angestellter der Schiffahrtsgesellschaft, stand neben ihm, als er das Schiff aus der Themse hinaus aufs offene Meer lenkte. Sokrates lungerte lustlos in seiner Nähe herum, wie er es seit Tagen tat.

Ein Schiff der Marine der Vereinigten Staaten folgte ihnen und ließ sich nicht abschütteln. Adrian wußte jedoch, daß es nicht näher herankommen würde, solange er in englischen Gewässern bliebe. Das Schiff fuhr immer noch unter englischer Flagge, und es brach noch keine Neutralitätsgesetze.

Aber Adrian wußte, daß er sowohl an Land als auch auf See immer überwacht wurde. Er würde seine Flucht aus England sorgfältig planen müssen. Im Geiste hatte er das Schiff bereits auf den Namen *Gespenst II* getauft.

Es hatte heftige Proteste der amerikanischen Regierung gegeben, als er in London aufgetaucht war. Und die Proteste hatten sich noch verstärkt, als die Agenten der Union dahinterkamen, daß er ein neues Schiff suchte, ein neues, wendiges Dampfschiff.

Zum ersten Mal spürte Adrian nicht die alte Erregung, wenn er daran dachte, erneut die Blockade zu durchbrechen. Er wollte Lauren nicht verlassen. Er hatte sich wieder und wieder gefragt, ob Ridgely das Risiko wert war, getötet oder gefangengenommen zu werden, jetzt, da es sie gab. Aber inzwischen wollte er den Landsitz seiner Vorfahren ebensosehr für sie wie für sich selbst. Adrian wußte instinktiv, daß sie das Gut lieben würde: die sanften Hügel, die gepflegten Felder, die Wälder voller Wild, den Fluß voller Fische. Sie gehörte dorthin, so wie er dorthin gehörte.

Sie würden vier Tage auf See sein und das Dampfschiff

bis zur Höchstgeschwindigkeit bringen, um sicherzugehen, daß die Motoren ausdauernd und zuverlässig waren. Auf diese Weise hätten die Yankees etwas, worüber sie nachdenken könnten.

Er hatte bereits etwas, worüber er nachdenken mußte.

Lauren mußte Lisas schweigende Mißbilligung und sogar eine gewisse Grimmigkeit von Sir Giles ertragen, als sie ihnen erklärte, daß sie eine erneute Kutschfahrt mit Mr. Redding geplant habe.

Sie zuckte innerlich zusammen, als sie daran dachte, wie sehr die beiden sie verachten würden, wenn sie heute verlöre. Sie waren so gut zu ihr gewesen.

Aber sie durfte nicht verlieren. Und wenn sie gewann, wäre sie bald verschwunden. Wohin sie gehen sollte, wußte sie zwar nicht genau, aber sie wußte, daß sie nicht in Adrians Nähe bleiben konnte. Nicht, wenn sie nicht völlig verrückt werden wollte.

Sie sehnte sich mehr und mehr danach, Adrian endlich die Wahrheit zu sagen und dann nach Delaware zurückzukehren. Wenn das hieße, daß sie ins Gefängnis ginge, ließe sich das eben nicht ändern. Sie war es leid, davonzulaufen, ihr Herz schmerzte bei dem Gedanken an all die Lügen und den Verrat, der jeden Tag zum Alptraum werden ließ. Alles wäre besser, als weitere Sünden auf ihr Gewissen zu laden.

Aber erst mußte sie diesen Tag überstehen.

Wie am Vortag war Rhys Redding überpünktlich. Er sah so gefährlich und boshaft aus wie immer. Seine Augen blitzten vor Erwartung und ließen sie erschaudern. Dies war kein bedeutsames Ereignis für ihn, sondern ein einfaches Spiel. Ein Spiel, das sie zerstören könnte.

Sie trug heute ihr einfachstes Kleid. Es war dunkelblau, hatte lange Ärmel und einen hochgeschlossenen Kragen.

Der amüsierte Blick, mit dem er die Herausforderung annahm, entging ihr keineswegs.

Er half ihr in den Zweispänner, und sie fuhren eilig davon, wobei Redding den anderen Kutschen auf der Straße geschickt auswich. Er fuhr um den Park herum in eine kleine Gasse, in der sie von einer geschlossenen Kutsche erwartet wurden. Ein fremder, rauher Kerl übernahm dafür den Zweispänner. Im Inneren der Kutsche fand Lauren einen langen Umhang und einen Hut mit einem Schleier. Sie nahm an, daß das wohl die passende Kleidung war für eine Dame, die sich auf ein heimliches Treffen eingelassen hatte.

Wie versprochen hatte Rhys Redding sich um alles gekümmert. Es würde keinerlei Klatsch geben – es sei denn, sie verlöre.

Die Kälte des Tages drang in die Kutsche, und sie erschauderte.

Schließlich hielt das Gefährt an. Redding stieg aus und reichte ihr seine Hand. Als sie kurz zögerte, lächelte er. »Kommen Sie, meine Liebe«, sagte er.

Aus Adrians Mund hatte diese Anrede ihr Innerstes angenehm erwärmt, aber als Redding sie so nannte, wurde ihr nur noch kälter. Sie ergriff seine Hand, trat auf die Straße und sah sich ängstlich um.

Das Schild über der Tür des Gebäudes, vor dem sie angehalten hatten, zeigte einen majestätischen Löwenkopf sowie die Worte »Lion's Head«. Redding führte sie zu einem Seiteneingang. Mit der einen Hand hielt er die Tür auf, während er sie mit der anderen hineinschob, als wüßte er, daß sie jederzeit bereit war zu flüchten.

Als sie von einem dürren Männchen mit einem unterwürfigen Lächeln empfangen wurden, das Redding wie einen alten, geschätzten Freund begrüßte, fragte Lauren sich, wie oft ihr Begleiter wohl schon in diesem Etablissement gewesen war – nicht zum Kartenspielen. Der Besitzer der Taverne nickte ihr kurz zu, ohne ihr ins Gesicht zu sehen. Offensichtlich war er es gewohnt, Frauen als Gäste zu haben, die nicht erkannt werden wollten.

»Ihr Zimmer ist fertig«, sagte er. »Ich habe eine Flasche von meinem besten Brandy auf den Tisch gestellt.«

Rhys blickte auf Laurens verschleiertes Gesicht hinab. »Vielleicht hätten Sie noch etwas Sherry für die Dame?«

»Natürlich«, sagte der Mann, während er sie eine Treppe hinauf in ein Zimmer geleitete, das Laurens letzten Zweifel an der Haupteinnahmequelle des Etablissements beseitigte.

Der Raum war klein und wenn auch kitschig, so doch luxuriös eingerichtet. Er wurde von einem riesigen Himmelbett beherrscht. In einer Ecke gab es einen Tisch mit zwei Stühlen, wo offenbar gemütliche, intime Abendessen serviert wurden. Im Augenblick standen dort eine Flasche Brandy und zwei Gläser sowie ein Teller mit Essen.

»Ich schicke den Sherry rauf«, sagte der Besitzer im Hinausgehen. »Ich hoffe, alles ist zu Ihrer Zufriedenheit.«

Lauren fühlte sich in einer Weise schmutzig wie nie zuvor. Selbst als sie nackt neben Adrian in der Scheune gelegen hatte und ihr Körper von seiner Feuchtigkeit gewärmt worden war, hatte sie sich nicht so unrein gefühlt. Sie wußte, was Rhys Redding von ihr erwarten würde, wenn sie verlöre.

Und so attraktiv er auch war, wußte sie doch, daß ein Teil ihrer Seele stürbe, wenn sie ihren Wetteinsatz einlösen müßte. Ihr Herz, ihre Seele und ihre Gedanken gehörten Adrian und würden ihm immer gehören. Denk an Adrian, ermahnte sie sich. Denk an die Freude, die er empfinden wird, wenn er Ridgely erst wieder besitzt. Lauren war froh über den Schleier, da er die Tränen verdeckte, die sie verzweifelt zurückzuhalten versuchte.

Aber selbst dieser Schutz wurde ihr genommen. Als der Besitzer den Raum verlassen hatte, nahm Redding ihr erst den Umhang ab und dann den Hut. Seine Finger berührten ihr Haar und ihr Gesicht. Sie zuckte unwillkürlich zusammen, und er zog seine Hand zurück.

»Sind Sie sich sicher, daß Sie weitermachen wollen?« Seine Stimme klang herausfordernd.

»Wenn sich die Bedingungen nicht geändert haben. Adrian bekommt Ridgely, ob Sie gewinnen oder verlieren.«

»Aber meine Berührung scheint Ihnen nicht sonderlich zu gefallen.«

Lauren blickte ihn an, wobei sie fürchtete, er könne die Tränen in ihren Augen bemerken. »Es ist nur . . .« Sie konnte nicht weitersprechen.

Er tat es für sie. »Sie mögen Lord Ridgelys Berührungen lieber.«

Lauren rührte sich nicht vom Fleck. Sein skrupelloses Interesse an ihr ließ sie erstarren.

»Sie haben die Wahl des Spiels, meine Liebe«, sagte er nach kurzem Schweigen.

»Poker.«

»Ah, ein amerikanisches Spiel. Ich fürchte, damit kenne ich mich nicht besonders gut aus.«

»Und ich kenne mich mit englischen Spielen noch schlechter aus«, erwiderte Lauren. »Ich werde es Ihnen beibringen.«

»Alles?«

»Alles«, bestätigte Lauren. Sie war sich durchaus bewußt, daß die Zeit rasch verging. Je länger sie fort wäre, um so mißtrauischer würden ihre Gastgeber werden, und sie fürchtete sich vor der Enttäuschung, die sie auf ihren Gesichtern entdecken würde.

Sie fingen an zu spielen. Redding hatte mehrere Kartenspiele mitgebracht und ein paar Würfel.

Lauren versuchte, sich an alles zu erinnern, was Adrian ihr beigebracht hatte, wie man bluffte, wie man ablegte. Natürlich vertraute sie ihrem Gegner diese kleinen Feinheiten nicht an, aber er hatte einen sechsten Sinn für diese Dinge. Nachdem Lauren zu Anfang gewann, wandte sich das Spiel bald zu seinen Gunsten. Sie waren übereingekommen, daß es darum ging, wer zuerst fünfhundert Pfund gewann, wobei das Geld nicht tatsächlich auf dem Tisch lag, da es um etwas ganz anderes ging.

Rhys setzte höher und höher. Lauren spürte die Anspannung, und ihr war durchaus bewußt, daß sie stärker bluffen müßte. Aber mit wachsender Verzweiflung wurde es immer schwieriger für sie, ihre Gefühle zu verbergen.

»Drei Könige«, sagte er, als sie gerade dachte, sie hätte mit zwei Paaren gewonnen.

Sein Glück war unbeschreiblich und sein Grinsen widerlich. Für jemanden, der angeblich nichts von dem Spiel verstand, war er ein wahrer Meister.

Oder Adrian hatte sie belogen, was ihre eigenen Fähigkeiten betraf.

Eine Stunde verging, dann noch eine, und sie hatte bereits vierhundertachtzig Pfund verloren.

»Letztes Spiel.« Er grinste.

»Nur, wenn Sie gewinnen, Mr. Redding.«

»Ich glaube, es ist an der Zeit, mich Rhys zu nennen.«

Lauren nippte an ihrem Sherry und blickte in ihre Karten. Sie hatte ein Paar. Sie hob zwei weitere Karten ab, nur um festzustellen, daß er keine weitere Karte nahm.

Bis jetzt waren fünfzehn Pfund gesetzt. Wenn sie jetzt

aufgab, würden ihm nur noch fünf Pfund fehlen, aber sie hatte das Paar. Sie schickte ein Stoßgebet gen Himmel und setzte weitere fünf Pfund.

Jetzt hatte sie drei Buben. Sie sagte an, und Rhys Redding legte drei Asse auf den Tisch.

Ihr Herz sank ihr in die Knie, und sie schluckte schwer.

»Vielleicht sollten wir über die Einlösung der Wette sprechen?« Rhys Reddings Stimme klang gelassen, beinahe schadenfroh, als er aufstand, ihre Hand nahm und sie an sich zog.

26

In Lauren starb etwas, als er seinen Kopf neigte und ihren Mund mit seinen Lippen berührte.

Sie bekämpfte ihn nicht, aber ebensowenig half sie ihm. Ihre Lippen blieben reglos, ihr Körper starr, als seine Hand durch ihr Haar fuhr, um die Nadeln herauszuziehen.

Seine Lippen waren nicht hart, eher forschend. Sie suchten eine Antwort, die sie nie erhalten würden. Seine Umarmung hatte nichts von der Zärtlichkeit, nichts von der warmen Sicherheit, die sie bei Adrian verspürte.

Rhys Redding nahm sich einfach, was ihm gehörte. Er unternahm nicht den geringsten Versuch, auch sie zu beglücken.

Lauren spürte, wie sie innerlich gefror. Ihre Glieder waren wie die einer Stoffpuppe . . . schlaff und leblos.

Sie hatte alles gesetzt. Und sie hatte verloren.

Sie hatte nur eine Genugtuung. Ihrer Abmachung zufolge würde Rhys Ridgely trotzdem an Adrian zurückverkaufen.

Lauren versuchte, jeden anderen Gedanken aus ihrem Hirn zu verbannen. Sie schloß die Augen, als Rhys ihren Hals küßte, um irgendeine Reaktion bei ihr hervorzurufen. Aber es gab keine.

Plötzlich war sie frei. Sie stand allein da und öffnete erneut die Augen. Rhys Redding hatte einen Schritt zurück gemacht. Seine dunklen Augen waren beinahe schwarz, und auf seinem Gesicht spiegelte sich so etwas wie Nachdenklichkeit wider.

»Wir haben nicht einfach um einen Körper gespielt, Miss Bradley«, sagte er, während er mit der Hand über die Stuhllehne strich.

»Ich habe keine ... Gefühle geboten.«

»Nein, das haben Sie nicht«, pflichtete er ihr bei. Sein Blick wurde noch nachdenklicher. »Sie müssen Adrian Cabot wirklich sehr mögen.«

Lauren verharrte vollkommen reglos. Sie wollte jetzt nicht an Adrian denken, oder daran, was er annehmen müßte, wenn sie erst Rhys' Geliebte wäre.

»Wissen Sie«, sagte er im Plauderton, »dies ist das zweite Mal, daß ich etwas gewonnen habe, was Lord Ridgely wollte. Und ich glaube, dieser Gewinn wird mich ebensowenig zufrieden stellen wie der erste.«

Die Worte drangen nur allmählich in Laurens taubes Hirn. »Sie ... Sie verkaufen ihm Ridgely doch trotzdem noch, oder?«

Er nickte. »Ich verstehe zwar nicht, warum Ihnen das so wichtig ist – wichtig genug, daß Sie sich bereit erklären, mit jemandem das Bett zu teilen, den Sie offensichtlich ... abstoßend finden, obgleich es mich schmerzt, eine solch unschmeichelhafte Tatsache zugeben zu müssen.«

Lauren spürte, wie sich die Tränen, die sie die ganze Zeit mühsam zurückgehalten hatte, endgültig Bahn brachen.

Großer Gott, was für ein Durcheinander sie wieder angerichtet hatte. »Es tut mir leid . . .«

»Wie ich sehe, widersprechen Sie mir nicht«, sagte er trocken, während er ihr sanft eine Träne von der Wange strich. »Nie zuvor ist mir eine Frau begegnet, die in Tränen ausgebrochen wäre bei dem Gedanken, mit mir zu schlafen. Die Vorstellung findet im allgemeinen bei den Damen recht großen Anklang.«

Lauren konnte nicht sprechen. Sie hatte keine Ahnung, was er jetzt dachte.

»Setz dich, Lauren«, sagte er, und seine Stimme klang irgendwie anders, beinahe freundlich. Überrascht nahm sie Platz.

»Es ist verdammt verletzend zu denken, daß du dich für einen anderen Mann opferst«, sagte er versonnen. »Weißt du, ich habe Männer wie Ridgely, denen immer alles, selbst Charme, einfach so zufiel, nie gemocht.« Er grinste entwaffnend. »Ich mußte hart an meinem Charme arbeiten, und jetzt stelle ich fest, daß die ganze Plackerei vergeblich war.« Seine Worte klangen nicht ironisch, eher seltsam überrascht.

Lauren konnte ihn nur anstarren und sich über seine Stimmung wundern.

»Erzähl mir«, wechselte er plötzlich das Thema, »warum du bereit bist, etwas zu verkaufen, das eindeutig jemand anderem gehört? Warum ist Ridgely dir so wichtig?«

Seine dunklen Augen sahen sie fragend an, und Lauren wurde immer verwirrter. Seine Haltung war wirklich eigenartig, doch irgendwo in ihrem Inneren blitzte ein kleiner Hoffnungsfunke auf.

»Warum wollen Sie das wissen?« fragte sie.

»Weil ich denke, daß du mir zumindest soviel schuldig bist«, sagte er. »Es war deine Wette, nicht meine. Ich hatte angenommen, ich würde mehr als einen kalten Körper gewinnen.«

»Sie werden doch –«

»Meinen Teil der Abmachung einhalten? Vielleicht, wenn du mir erzählst, was ich wissen möchte. Geheimnisse interessieren mich immer. Ganz offensichtlich liebst du Ridgely, aber du willst ihn nicht heiraten. Du setzt alles daran, ihm seinen Landsitz wiederzubeschaffen, aber du willst nicht dort mit ihm leben. Die Sache ist dir wichtig genug, daß du dich bereit erklärst ... Gott bewahre ... meine Geliebte zu werden. Dabei fühlst du dich offenbar nicht im geringsten zu mir hingezogen.« Er sah sie aufmerksam an, und Lauren meinte, den Funken eines Lächelns in seinen Augen zu entdecken, aber dann war er wieder fort, und sein Blick war dunkel und drohend wie immer.

Sie war wie hypnotisiert. »Ich ... habe ihm Unrecht getan.«

»Und weiß er das?«

»Nein.«

»Und du kannst es ihm nicht sagen?«

»Ich ... wollte es.«

»Also versuchst du, es wiedergutzumachen, indem du dich selbst verkaufst. Was, meinst du, wird er davon halten?«

»Er wird es nie erfahren.«

Er sah sie ausdruckslos an. »Ich kenne Männer wie Ridgely«, sagte er. »Er würde lieber alles verlieren als das anzunehmen, was du heute versucht hast, für ihn zu tun.« Plötzlich verzogen sich seine Lippen zu einem schmerzlichen Lächeln. »Ich hingegen würde mich geschmeichelt fühlen. Bist du dir wirklich ganz sicher, daß du nicht doch mich willst?«

Lauren hielt seinem Blick stand. »Ich habe ein Abkommen mit Ihnen getroffen.«

»Und du wirst deinen Teil erfüllen, egal wie schmerzhaft es für dich ist«, sagte er trocken. »Aber ich glaube, ich werde dein Angebot ablehnen. Nie zuvor habe ich mit einer Frau geschlafen, die es nicht wollte. Und ich habe nicht die Absicht, diesen Grundsatz jetzt aufzugeben. Aber meinen Teil der Abmachung werde ich einhalten. Ich werde den Landsitz verkaufen.«

Jetzt war es an Lauren, die Fragen zu stellen. »Aber ... warum?«

»Es war ein unterhaltsamer Nachmittag, Miss Bradley. Nicht ganz so anregend, wie ich vielleicht gehofft hatte, aber zumindest interessant. Und um Ihnen die Wahrheit zu sagen, ich habe das Landleben einfach satt. Offenbar bin ich nicht dazu geboren, den Gutsherrn zu spielen.« Wieder hatte seine Stimme diesen eigenartigen Unterton, den Lauren nicht zu deuten vermochte.

Plötzlich wurde sein Ton sanft. »Ich werde Sie nach Hause bringen, bevor Sir Giles einen Suchtrupp nach Ihnen ausschickt.« Er strich ihr zart mit der Hand über die Lippen. »Ich beneide Cabot. Bis heute habe ich nicht an die Liebe geglaubt.«

Lauren konnte ihre Augen einfach nicht von seinem Gesicht abwenden. Sie versuchte, seine Worte zu verstehen. Er gab sie frei.

»Aber laß mich dir einen Rat geben, Lauren«, sagte er. »Erzähl Ridgely alles. Ich möchte nicht, daß meine plötzliche ... Schwäche sinnlos war.«

Spontan beugte Lauren sich vor, küßte ihn auf die Wange und sagte mit heiserer Stimme: »Sie sind wirklich sehr nett.«

»Wenn es eine Sache gibt, die ich nicht bin, Miss Bradley«, sagte er nach einer kurzen Pause, »dann nett. Es war ein äußerst... interessanter Nachmittag. Die Unterhaltung, die er mir geboten hat, war wohl Lohn genug.«

»Sie sind einfach zu bescheiden, Mr. Redding.«

»Nein«, unterbrach er sie abrupt. »Ich werde Sie jetzt nach Hause bringen und meinem Anwalt sagen, daß er Lord Ridgely kontaktieren soll.«

Adrian hetzte seinen gemieteten Braunen durch die Straßen von London. Er konnte es kaum erwarten, endlich Sir Giles' Stadthaus zu erreichen. Sokrates saß vor ihm, und Adrian spürte, daß er wußte, daß sie Lauren besuchen würden. Der Affe hatte sich in den letzten beiden Tagen unmöglich benommen, und Adrian wußte, weshalb. Er konnte ihn nur allzu gut verstehen.

Er war früher zurückgekehrt, weil er irgendwann in den letzten Tagen beschlossen hatte, das Schiff nicht zu kaufen. Er konnte einfach Laurens Gesicht nicht vergessen, die Verzweiflung in ihrem Blick, als er darüber gesprochen hatte. Er vermißte sie schon jetzt so sehr, daß der bloße Gedanke an sechs Monate oder gar ein Jahr der Trennung – wenn er erneut gefangengenommen würde, noch länger – ihn erschaudern ließ.

Und plötzlich war Ridgely nicht mehr so wichtig. Er würde einen anderen Weg finden, um den Landsitz zurückzukaufen. Es würde vielleicht länger dauern. Aber wenn er klug investierte... Schließlich gab es Zeichen dafür, daß Redding seinen Besitz allmählich leid wurde.

Was jetzt zählte, war Lauren. Nach der Einsamkeit und der Sehnsucht, die er in der letzten Woche verspürt hatte, wußte er, daß Ridgely ohne sie ihm nichts bedeutete. Er hatte wach gelegen, und Hitze hatte ihn durchflutet, als er an die Scheune gedacht hatte, in der sie sich geliebt hatten, an den Pfad, über den sie mit ihm durch den regennassen Wald geritten war, an die Zärtlichkeit, mit der sie ihn gepflegt hatte. Er hatte an das Lachen in ihren Augen gedacht, an die Wehmut und die Herausforderung. Und er hatte gewußt, daß alle Probleme, die sie hatten, gelöst werden konnten.

Er hielt bei einem Goldschmied, der ihm von dem Offizier empfohlen worden war, der ihn auf der Probefahrt begleitet hatte, und fand, was er suchte: einen antiken Ring mit einem kleinen, aber makellosen Smaragd. Als er den Laden verließ, fiel sein Blick auf einen Mann und eine Frau, die die Taverne gegenüber verließen, einen bekannten Treffpunkt für heimliche Paare. Die beiden gingen in Richtung einer geschlossenen Kutsche, und Adrian erkannte den Mann sofort – Redding. Begleitet wurde er von einer verschleierten Frau. Er lächelte grimmig, als er an die unbefriedigende Unterhaltung mit dem jetzigen Besitzer von Ridgely dachte, und an die Art, in der Redding mit Lauren getanzt hatte. Er erkannte die Frau neben ihm nicht, da sie ihm das Profil zuwandte und sie vollkommen in einen Umhang mit einer Kapuze eingehüllt war.

Er zuckte mit den Schultern. Redding war ein stadtbekannter Schürzenjäger. Einst war er selbst ein Frauenheld gewesen. Er war sogar ab und zu in derselben Taverne.

Den Ring in der Tasche bestieg Adrian eilig sein Pferd. Er würde heute nachmittag mit Lauren sprechen.

Aber Lauren war nicht zu Hause, und sowohl Lisa als auch Quigley sagten nur, sie sei »nicht da«, und sie wüßten nicht, wann sie zurückkäme.

Adrian nahm an, sie sei einkaufen gegangen. Ihr Kleiderbestand war immer noch nicht allzu groß. »Ich werde auf sie warten«, sagte er und war leicht überrascht, als der Butler und Lisa besorgte Blicke austauschten.

»Warum ruhst du dich nicht erst ein wenig aus und kommst zum Abendessen wieder?« fragte Lisa.

In diesem Augenblick hörten sie, daß draußen eine Kutsche hielt, und Adrian spürte, wie sich ein Gefühl der Wärme in ihm ausbreitete. Sokrates und er eilten zur Tür, und Adrian riß sie auf, nur um zu sehen, wie Rhys Redding Lauren aus seinem Zweispänner half.

Es war eine andere Kutsche als vorhin, und Lauren trug auch keinen Umhang oder Schleier, aber er wußte, daß sie es war, die er kurz zuvor mit ihm gesehen hatte. Er sah das Schuldbewußtsein in ihrem bleichen Gesicht.

Er stand in der Tür und versuchte, die Sache zu verstehen. Die Zeichen waren deutlich genug. Und plötzlich verspürte er den unwiderstehlichen Drang, die beiden umzubringen. Er schloß die Augen und hoffte, diese Vision sei verschwunden, wenn er sie wieder öffnete, aber das Bild änderte sich nicht.

Lauren stand neben dem Zweispänner, ihr Haar leicht zerzaust, als sei es hastig zusammengesteckt worden, und auf ihren Wangen, die noch vor einer Sekunde leichenblaß gewesen waren, zeichneten sich rote Flecke ab. Rhys Reddings Gesicht war unergründlich wie immer.

»Adrian«, flüsterte Lauren, als Sokrates auf sie zurannte und die Arme ausstreckte, um hochgehoben zu werden. Aber Lauren sah den Affen nicht. Sie sah nur Adrians Gesicht.

Er wurde von Ärger ergriffen. Ärger und einem Gefühl des Betrogen-Seins, das alle anderen Regungen in den Schattens tellte.

»Hat dir der Lion's Head genauso gut gefallen wie mir früher?« fragte er, jedes einzelne Wort eine sanfte Drohung.

Er sah, daß sie zitterte und ihre Lippen in einer für sie untypischen Weise zusammenpreßte. »Wie . . .?«

»Ich habe dich gesehen, meine Liebe. Oder bist du inzwischen *seine* Liebe?«

»Adrian . . .«

Er blickte sie verächtlich an. Verächtlich und wütend und haßerfüllt. Oder vielleicht haßte er sich selbst? Was für ein Idiot war er doch gewesen. Er hatte tief in seinem Inneren gewußt, daß sie sein Schiff sabotiert hatte, aber er hatte gedacht – hatte denken wollen –, daß sie dafür gute Gründe gehabt haben mußte.

Für das hier jedoch konnte es keinen guten Grund geben.

»Warum?« Selbst in seinen Ohren klang seine Stimme erstickt. Erstickt und schmerzerfüllt. »Warum . . .?«

»Ich . . .«

»Erst das *Gespenst* und jetzt Redding. Ist es Ridgely? Willst du das auch noch? Verdammt, warum . . .?«

Rhys Redding trat näher, als wolle er sie beschützen, und Adrian rammte ihm – außer sich vor Zorn – die Faust ins Gesicht. Rhys prallte gegen die Kutsche und ging in die Knie. Adrian packte ihn am Kragen, schlug erneut zu und schickte den Spieler zu Boden. Sokrates klammerte sich an Lauren und schnatterte verzweifelt.

»Adrian . . . bitte . . . nicht . . .« Laurens Gesicht war noch bleicher als zuvor, und in ihren großen haselnußbraunen Augen glitzerten schimmernde Tränen.

»Was für ein verdammter Narr ich doch gewesen bin«, sagte Adrian. »Ein Betrug war nicht genug. Ich verfluche dich, Lauren. Geh zur Hölle. Bei Gott, ich habe dich *geliebt*.«

Als Redding wieder auf die Füße kam, schwang er erneut herum und schlug ihn noch einmal nieder. Dann schnappte er sich den protestierenden, heulenden Sokrates, bestieg sein Pferd und ritt fort, ohne sich noch einmal umzublikken.

Am selben Nachmittag kaufte Adrian das englische

Schiff und verkündete, daß er beabsichtigte, sofort in See zu stechen.

Es war ihm vollkommen egal, daß die Innenausstattung des Schiffes noch nicht vollkommen fertig war. Die Motoren funktionierten, und von der Probefahrt war noch genügend Kohle an Bord. Die restlichen Arbeiten würde er in Nassau fertigstellen lassen.

Es würde verdammt schwierig werden, eine Mannschaft zu bekommen, aber er würde es schon schaffen. Es hingen immer genug Matrosen in den Tavernen herum, und auf den Bahamas würden seine eigenen Männer auf ihn warten.

Zumindest war die See ehrlich, waren ihre Gefahren bekannt. Er würde morgen mit der Flut lossegeln. Und seinetwegen konnte sich ihm die ganze verdammte Unionsflotte an die Fersen heften.

Adrian wußte also, daß sie das *Gespenst* manövrierunfähig gemacht hatte. Er hatte es die ganze Zeit gewußt, ohne etwas zu sagen. Er hatte es gewußt und gesagt »ich habe dich geliebt«, nicht »ich liebe dich«.

Lauren hatte das Gefühl, als habe man ihr das Herz aus dem Leib gerissen und es vor ihren Augen in kleine Stücke zerfetzt. Der Schmerz seiner Worte hallte in ihrem Inneren wider. *Ein Betrug war nicht genug. Ich verfluche dich, Lauren. Geh zur Hölle.* Sie schwankte, und Rhys, der inzwischen wieder stehen konnte, fing sie auf, hob sie hoch und sah hilflos zu Lisa hinüber.

»Bringen Sie sie rein«, sagte die ältere Frau, auf deren Gesicht sich widerstrebende Gefühle widerspiegelten.

Rhys folgte ihr die Treppe hinauf zu dem Zimmer, das Lauren bewohnte, und legte sie auf das Bett. Er stand unsicher im Raum und rieb sich die Wange. Auf jeden Fall hatte Adrian Cabot einen starken rechten Haken.

»Sie können jetzt gehen, Mr. Redding«, sagte Lisa Tatterley streng. »Ich glaube, Sie haben für heute genug getan.«

Rhys blickte auf Lauren. Ihr Haar hatte sich gelöst, und ihr Gesicht war bleich und angespannt.

Er sah zu Lisa Tatterley hinüber, die sich zu ihrer vollen Größe aufgerichtet hatte, und sagte: »Es war nicht so, wie Sie und Ridgely denken. Es ist nichts ... Unehrenhaftes passiert. Das versichere ich Ihnen.«

Lisas Miene hellte sich ein wenig auf, da seine Stimme ehrliches Bedauern verriet, aber immer noch sah sie fragend von Rhys Redding auf ihren jungen Gast.

»Sie hat versucht, ihm zu helfen«, sagte Rhys. »Sie hat versucht, mich zu überreden, daß ich ihm den Landsitz zurückverkaufe. Und das ist ihr auch gelungen.«

»Sie werden ...?«

»Ja«, sagte Rhys.

»Selbst jetzt noch?« Die Frage bezog sich auf sein blaues Auge und auf das Blut, das von seiner Lippe tropfte.

»Selbst jetzt noch, Mrs. Tatterley, wenn er mir nur zuhört.«

Aber Lauren wußte, daß er das nicht tun würde. Im Gegensatz zu den beiden anderen kannte sie das ganze Ausmaß der Katastrophe. Zwischen Adrian und ihr hatte niemals Vertrauen geherrscht. Sie hatte seinen Traum bereits einmal zerstört, und dann hatte sie sein Vertrauen zu ihr vollkommen zunichte gemacht. Wie sollte er ihr jemals wieder Glauben schenken? Adrian, dem Ehrlichkeit so wichtig war. Adrian, der ihr aus irgendeinem Grund den ersten Betrug verziehen hatte, aber der ihr diesen neuerlichen Verrat niemals vergeben würde. »Bitte laßt mich allein«, flüsterte sie mit gebrochener Stimme.

»Ich bin in der Nähe, falls du etwas brauchst, meine Liebe«, sagte Lisa.

Rhys sagte nichts, als er ging. Die paar unzusammenhängenden Worte, die er gehört hatte, beschäftigten ihn. Wie so viele andere in London hatte auch er gehört, daß Lauren Adrian zur Flucht aus dem Gefängnis verholfen hatte. Dies war eines der Dinge gewesen, die ihn so fasziniert hatten. Er konnte sich einfach nicht vorstellen, daß eine Frau so etwas täte, daß sie soviel riskierte, ohne etwas dafür zu erwarten. Er wunderte sich über die Worte, die Adrian gesprochen hatte. Er hatte sein Schiff erwähnt. *Ein Betrug war nicht genug.* Und er erinnerte sich an Laurens Worte in der Taverne. »Ich habe ihm Unrecht getan.« Deshalb war sie bereit gewesen, alles zu tun, um ihm zu helfen. Es verbitterte Rhys, daß er sich selbst als Teil dieses »alles« betrachten mußte.

Aber er hatte das Gefühl, als sei ein Großteil des Durcheinanders seine Schuld. Er hatte sich schlicht und einfach amüsiert, und nun hatte er zum ersten Mal in seinem Leben Schuldgefühle wegen etwas, das er getan hatte. Er mochte Lauren Bradley. Mehr als das, er bewunderte sie.

Nie zuvor in seinem Leben hatte er versucht, etwas für jemand anderen zu tun. Und jetzt war sein erster Versuch kläglich gescheitert.

Es war bitter.

Es war unfair.

Er konnte es nicht zulassen.

Erneut strich er sich über die Wange. Wo, zum Teufel, sollte er Adrian Cabot, Vicomte von Ridgely, bloß finden?

Lauren konnte nicht schlafen. Ebensowenig war sie in der Lage, etwas zu essen.

Nervös zündete sie die Öllampe neben ihrem Bett an.

Sie schritt eine Weile in ihrem Zimmer auf und ab, und dann ging sie hinüber zum Fenster. Die Straßenlaternen warfen gespenstische Schatten in den nächtlichen Nebel. Es schien, als bestünden alle Nächte in London aus Nebel, Dunst oder Regen. Die Straßen waren menschenleer, also war es wohl tatsächlich bereits ziemlich spät. Das einzige, was zu sehen war, waren die unheimlichen Schatten, die sie an das Haus in Maryland denken ließen, an das seltsame Gefühl, zu dem Tagebuch geleitet zu werden, und plötzlich spürte sie wieder dasselbe.

Oder vielleicht brauchte sie einfach eine Gefährtin, eine Gefährtin, die genug geliebt hatte, um dafür alles aufzugeben, was sie zuvor gekannt und geliebt hatte.

Lauren hatte seit der Nacht auf dem Schiff nicht mehr in dem Tagebuch lesen können. Sie hatte Melissas Schmerz und ihren Verlust zu stark nachempfunden.

Aber jetzt suchte sie in ihrer kleinen Truhe, nahm das Buch heraus und öffnete es langsam.

Dezember 1861

Es ist der erste Weihnachtstag, und nur Sam und ich sind hier, um ihn zu feiern. Lucas ist nie zurückgekommen.

O ja, da ist noch der kleine Randall.

Ich bin sicher, daß es ein Junge wird . . . mit Randalls dunklem Haar und seinen grünen Augen. Ein Teil meines geliebten Mannes wird immer bei mir sein, und ich bin fest entschlossen, sein Land, seine Farm, für ihn zu erhalten.

Es ist nicht leicht. Die Zahl der Plünderer steigt, und wir haben alles, was wertvoll ist, vergraben, selbst meinen Verlobungsring, der einst Randalls Mutter gehörte. Ich habe meiner Familie von dem Kind geschrieben, aber sie haben nicht geantwortet. Ich bete, daß sie meine Ehe und mein Kind akzeptieren werden, wenn dieser schreckliche Krieg erst einmal vorüber ist.

Ich habe Randall so sehr geliebt. Ich werde ihn immer lieben, und ich werde die gemeinsame Zeit, die uns vergönnt war, niemals bedauern. Ich zittere, wenn ich an die Zeiten denke, in denen ich an ihm gezweifelt habe und an meiner Fähigkeit, mich über meine Familie und meine Freunde hinwegzusetzen. Ich weiß jetzt, daß Liebe das wichtigste Geschenk ist, das man bekommen kann, und daß es eine Sünde ist, sie wegzuwerfen. Die paar gemeinsamen Tage mit ihm waren wertvoller als hundert Jahre mit jemand anderem. Er hat mir eine Freude gegeben, die ich ewig in meinem Herzen bewahren werde, und eines Tages werde ich ihn wiedersehen . . .

Die Eintragung endete, und Lauren wischte sich eine Träne aus dem Auge. Sie sah Melissa beinahe vor sich. Es war, als müsse sie nur die Hand ausstrecken, um sie zu berühren. *Liebe ist das wichtigste Geschenk, das man bekommen kann.*

Lauren dachte an die vergangenen Wochen und daran, wie oft sie die Gelegenheit gehabt hatte, sich Adrian anzuvertrauen, an die Liebe zu glauben, die sie gespürt hatte. Aber irgend etwas hatte sie immer davon abgehalten, und jetzt fragte sie sich, ob es vielleicht die Erinnerung an Larry gewesen war, ob sie nicht immer das Gefühl gehabt hatte, wenn sie sich Adrian anvertraute, wäre das der letzte, endgültige Verrat an ihrem Bruder. Oder vielleicht hatte sie das Gefühl gehabt, auf diese Weise ihren Bruder endgültig loszulassen.

Melissa war den ganzen Weg zu ihrem Liebsten gegangen. Und sie, Lauren, hatte das nicht getan. Sie hatte sich immer mit halben Dingen begnügt und Adrian nie all das gegeben, was er verdient hatte, sondern immer einen Teil ihrer selbst zurückbehalten.

Aber Adrian hatte es gewußt, und er hatte sie trotzdem geliebt. Er hatte darauf gewartet, daß sie ihm alles beichten würde. Das wußte sie jetzt, aber dieses Wissen kam vielleicht zu spät –

Ich habe dich geliebt. Die Worte hatten so verzweifelt geklungen, sie waren ein Schmerzensschrei gewesen.

Sie kannte seinen Stolz, und sie hatte ihm diesen Stolz genommen. Sie mußte ihm sagen, warum. Sie konnte nicht länger davonlaufen. Nicht vor ihm. Nicht vor sich selbst.

Es gab noch andere Dinge, die sie tun mußte. Sie mußte zurück nach Nassau und mit Jeremy sprechen. Und sie mußte die Angelegenheit mit ihrer eigenen Regierung klären.

Aber als erstes würde sie Adrian finden und ihm alles erklären. Keine Lügen, keine Ausflüchte mehr. Er mußte sie kennen, sie verstehen, wenn er sie lieben sollte. Sie betete nur, daß es dafür noch nicht zu spät war.

Rhys Redding fand sein Opfer schließlich in einer Hafenkneipe.

Adrian saß in einer Ecke und trank. Sein Gesicht verriet Müdigkeit und Trauer.

Rhys setzte sich unaufgefordert und begegnete Adrians feindlichem Blick.

»Was zum Teufel wollen *Sie* denn hier?«

Rhys griff in die Tasche seines sauberen Mantels, der in diesem schmuddeligen Etablissement eher unangemessen war, und nahm ein paar Papiere heraus. Er legte sie auf den Tisch und schob sie hinüber zu Adrian.

»Sie haben mir vor ein paar Tagen eine Million Pfund für Ridgely geboten. Ich nehme Ihr Angebot an.«

Adrian starrte ihn finster an. »Ich habe das Geld nicht mehr. Ich habe gerade ein Schiff gekauft.«

»Dann nehme ich, was Sie noch haben . . . und das Schiff dazu. Es ist für mich an der Zeit, etwas anderes anzufangen.«

»Ich will von Ihnen nichts, Redding.«

»Es ist nicht von mir. Es ist eine Spielschuld. Eine kleine Wette, die ich sehr ernst nehme.«

Adrian blickte ihn mißtrauisch an. »Was für eine Wette?«

Rhys rieb sich das Kinn. Es schmerzte immer noch. Er forderte Adrian direkt zu einem weiteren Schlag auf, und er wußte es. »Zwischen Ihrer Lady und mir.«

Adrian stieß einen Fluch aus, und Rhys hatte das ungute Gefühl, daß sein zerschundenes Gesicht wohl bald von einem zweiten blauen Auge verziert würde.

»Sie ist nicht meine Lady«, sagte Adrian schließlich. »Nehmen Sie Ihre verdammten Papiere und –«

»Seien Sie doch kein Volltrottel.«

»Das war ich bereits«, brummte Adrian, dessen Wangenmuskel sich bereits anspannte.

»Miss Bradley hat mir das einzig Wertvolle angeboten, das sie besitzt, ein Cottage an einem Ort namens Delaware ... als Einsatz in einem Kartenspiel«, sagte er. Ein paar unwichtige Kleinigkeiten ließ er praktischerweise aus.

»Delaware?«

Rhys zuckte mit den Schultern. »Wo auch immer das ist.«

»Weshalb sollten Sie auf so etwas eingehen?« fragte Adrian böse. »Warum wollen Sie ...«

»Ich will nicht«, sagte Rhys offen. »Aber ich muß sagen, daß mich die Vorstellung einfach gereizt hat – eine Lady, die bereit ist, alles, was sie besitzt, für jemand anderen aufzugeben, ohne daß auch nur irgendwer etwas davon erfährt ...«

»Ich wußte gar nicht, daß Sie so altmodisch sind.« Adrians Ton klang verbittert.

Rhys lehnte sich zurück und lachte. »Das weiß auch sonst niemand. Glauben Sie mir, Großzügigkeit hat damit nicht das Geringste zu tun. Ich hatte sowieso genug von Ridgely – ich habe nie verstanden, was Ihnen an dem Gut so gefällt

–, und es war eine unterhaltsame Art, einen Nachmittag zu verbringen. Natürlich«, sagte er mit dem Glitzern eines Raubtieres im Blick, »hätte ich es vorgezogen, den Nachmittag etwas anders zu verbringen, aber die Lady wollte davon nichts hören. Unglücklicherweise scheint sie hoffnungslos in einen halsstarrigen Widerling verliebt zu sein.«

Ein Funke von Interesse flackerte in Adrians Augen auf. »Hat sie gewonnen?«

Rhys zog eine Braue hoch. »Mein lieber Junge, natürlich hat sie nicht gewonnen. Ich fürchte, Sie haben ihr nicht ganz die Wahrheit über ihr Talent zum Kartenspiel gesagt. Auch das geringste Gefühl ist sofort in ihren Augen zu erkennen.«

Adrians Blick fiel auf die Papiere, die vor ihm lagen. »Warum haben Sie dann ... Ihre Meinung geändert?«

»Ich habe Ihnen den Landsitz nicht vorher verkauft, weil ich Sie nicht mag«, sagte Rhys ehrlich. »Ich mag Sie nicht im geringsten. Ich dachte, ich lasse Sie lieber noch etwas schmoren.«

»Und warum dann jetzt?«

Rhys sah ihm direkt ins Gesicht. »Weil von allen ›Ladies‹, die mir jemals begegnet sind, Ihre Miss Bradley die einzig wirkliche Lady ist. Also nahm ich an, daß Sie vielleicht nicht ganz so unsympathisch sein können, wie ich dachte, wenn sie Sie derart liebt.« Er schüttelte den Kopf. »Also sehen Sie zu, daß Sie zu ihr gehen und beweisen, daß Sie wirklich nett sein können.«

Adrian bedachte ihn mit einem bösen Blick, während er fieberhaft nachdachte. Es gab keinen, aber auch nicht den geringsten Grund, weshalb Redding ihn belügen sollte. Und was auch immer über diesen Mann gesagt wurde, nie hatte jemand ihn als Lügner oder Betrüger bezeichnet. Er war ein Spieler, der andere gnadenlos ausnahm, und Adrian würde ihm niemals verzeihen, was er seinem Bruder angetan hatte.

»Ich glaube nicht, daß Sie das aus reiner Gutherzigkeit heraus tun«, sagte er kampflustig.

»Ihr Pech«, sagte Rhys, während er sich erhob. »Ich selbst werde der Dame den Hof machen. Wenn sie herausfindet, was für ein arroganter Bastard Sie in Wirklichkeit sind, ist sie ja vielleicht empfänglicher für meine ... sanftere Art«, sagte er mit einem anzüglichen Grinsen.

Er stand noch nicht ganz, als Adrians Faust auf sein gesundes Auge knallte und er zu Boden ging. Es war wirklich verdammt schmerzhaft, wenn man den barmherzigen Samariter spielte.

Allmählich wurde er wütend.

Seine Hand schnellte vor, umklammerte Adrians Bein und zerrte ihn auf den Boden, wo er mit großem Vergnügen einen mächtigen Hieb gegen Adrians Kinn landete.

Nun ging es Schlag auf Schlag. Die gesamte Taverne schien zu explodieren, als auch andere sich einmischten, und innerhalb kürzester Zeit flogen überall Fäuste und Beine. Irgendwann kämpfte Adrian nicht mehr gegen Rhys, sondern sie beide rangen mit der gesamten übrigen Bande.

Adrian spürte einen heftigen Schlag auf seinen Kopf, und dann wurde es Nacht um ihn.

27

Lauren suchte Adrian überall. Sie schickte Nachrichten zu seiner Wohnung. Sie ging hinunter zur Werft, aber dort lagen Hunderte von Schiffen, und niemand kannte den Namen oder die Liegestelle seines neuen Schiffes.

Sir Giles stellte seine eigenen Nachforschungen an und fand heraus, daß Adrian das Schiff einen Tag zuvor gekauft und allen erzählt hatte, er würde in Kürze zu den Bahamas aufbrechen. Das Schiff lag nicht mehr an seinem alten Platz, so daß er annahm, Adrian sei bereits losgesegelt. Lisa hatte ihm von der Begegnung mit Redding berichtet, und Sir Giles kannte Adrians schmerzliche Vergangenheit nur allzu gut. Daß er England verlassen wollte, war demnach verständlich, wenn auch traurig.

Lauren war untröstlich. Der Gedanke, daß Adrian sie verlassen hatte, ohne sich von ihr zu verabschieden, war unerträglich. Irgend etwas in ihrem Inneren hatte gehofft, erwartet, daß er eine Erklärung von ihr haben wollte.

Sein Schweigen und sein Weggang bedeuteten, daß sein Zorn nicht verraucht war. Sie fragte sich, ob er das jemals täte. Hatte sie also das Wichtigste in ihrem Leben verloren, hatte sie es wirklich so einfach fortgeworfen?

Sie wußte, daß sie ihm nachreisen mußte. Aber sie hatte nicht das Geld für die Reise. Ihr einziger Besitz war ein Cottage, Tausende von Meilen entfernt.

Lauren überwand ihren Stolz und erzählte Lisa die ganze Geschichte – von ihrem Bruder, von ihrer Rolle bei Adrians Gefangennahme, von Rhys. Lisa ihrerseits sprach heimlich mit Sir Giles, woraufhin er Lauren in sein Arbeitszimmer rief. Sie stand vor ihm wie ein Schulmädchen, das Schelte erwartete, aber er blickte sie freundlich und mitfühlend an.

»Nimm Platz, Lauren«, sagte er. »Ich glaube, wir haben eine Menge zu besprechen.«

Lauren setzte sich und wartete.

»Hat Adrian dir jemals von einer Frau namens Sylvia erzählt?«

Laurens Magen zog sich zusammen. Sie verneinte.

»Adrian dachte, er liebe sie, und sie liebe ihn, aber sie hat ihn nur benutzt, während sie einen ... passenderen Ehemann suchte. Nie wieder hat er einer Frau vertraut ... bis er dich kennenlernte, glaube ich.«

Laurens Anspannung schwand. Statt dessen kehrte der alte Schmerz zurück.

»Adrian«, sagte Sir Giles, »hatte niemals eine wirkliche Familie. Sein Vater war ein sehr kalter, ja grausamer Mann, und sein Bruder ein willensschwacher, zügelloser Mensch, dem es immer nur um sein Vergnügen ging. Nachdem Sylvia Adrian wegen eines wesentlich reicheren Mannes den Laufpaß gegeben und sein Bruder das gesamte Erbe verspielt hatte, ließ Adrian niemanden mehr an sich heran. Oh, er ist ein liebenswürdiger Mensch, aber ich glaubte, daß er nie wieder in der Lage sein würde, jemand anderem wirklich und vollkommen sein Herz zu öffnen. Nicht, bevor er dich traf. Darum hat er auch eine solch ungewöhnliche Zuneigung zu diesem verdammten Affen.«

Sir Giles' Stimme wurde sanft. »Ich glaube, er ... mag dich, weil er erkannt hat, daß du genauso stark bist wie er, und daß du ... ungewöhnlich mutig bist ...«

»Ich habe ... so viele Fehler gemacht.«

»Aber immer in guter Absicht, Lauren, und ich glaube, daß Adrian das verstehen wird.«

»Meinen Sie?« fragte sie zweifelnd.

Er nickte. »In der Tat überrascht es mich, daß er einfach so gefahren ist ... aber er wird zurückkommen.«

»Ich möchte ihm nachfahren.«

»Natürlich«, sagte er lächelnd. »Ich weiß von einem Schiff, das heute abend Richtung Bahamas ausläuft.«

Sie richtete sich kerzengerade auf. »Wenn Sie mir vielleicht das Geld für die Überfahrt leihen könnten ... Ich habe Grundbesitz in den Vereinigten Staaten – ich könnte Ihnen das Geld dann zurückzahlen.«

Er nickte, da er wußte, daß sie die erforderliche Summe niemals als Geschenk annehmen würde.

»Danke. Glauben Sie, daß er mir ... verzeihen kann?«

Sir Giles blickte sie freundlich an. »Daß du so an deinem Bruder hängst ... daß du ihn liebst – o ja, ich glaube, schon. Und jetzt treffen wir besser die erforderlichen Vorbereitungen, damit du heute abend das Schiff nehmen kannst.«

Rhys blickte angewidert auf die Beule unter seinem Hemd, wo sein linker Arm in einer Schlinge hing. Er seufzte. Verdammt, mußte er sich ernsthaft den Arm brechen.

Er hörte ein Stöhnen aus Richtung seines Bettes. Endlich. Allmählich hatte er befürchtet, daß Adrian Cabot noch in seiner Wohnung sterben würde. Der Arzt hatte ihm fröhlich erklärt, daß das durchaus möglich wäre, wenn er nicht bald erwachte.

Der Mann war zwei Tage lang bewußtlos gewesen, und Rhys hatte ebenfalls eine Zeitlang ohnmächtig dagelegen. Offenbar hatte jemand sie beide mit einem Knüppel niedergeschlagen und in eine Gasse hinausgezerrt, wo sie wer weiß wie lange gelegen hatten. Als Rhys sich schließlich wieder gerührt hatte, waren ihre gesamten Habseligkeiten verschwunden, und er hatte sowohl in seinem linken Arm als auch am Kopf einen heftigen Schmerz verspürt. Adrian hatte vollkommen reglos neben ihm gelegen. Und dieser verfluchte Affe war wahnsinnig vor Angst in der Gegend herumgerannt.

Rhys hatte schließlich jemanden überreden können, sie beide zu seiner Wohnung zu bringen. Und dann hatte er einen verschwiegenen Arzt gerufen, den er kannte. Immer noch fühlte er sich auf eigenartige Weise verantwortlich für die Geschehnisse, und er vertraute keinem der sogenannten Krankenhäuser.

Sie mußten abwarten, ob Adrian wieder zu sich kam, hatte der Arzt erklärt, während er Rhys' Arm geschient hatte. Er würde wiederkommen, sobald eine Änderung von Adrians Zustand erkennbar sei. Also hatte Rhys dagesessen und seinen Gast beobachtet. Inzwischen seit fast zwei Tagen. Zwei Tage, in denen er sich um einen Mann gekümmert hatte, den er noch nicht einmal mochte, und in denen er dem boshaftesten, undankbarsten, gehässigsten Tier ausgeliefert war, dem er jemals das Pech gehabt hatte zu begegnen. Er blickte hinab auf die Bißwunden in seinem gesunden Arm.

»Lauren«, flüsterte Adrian, und Rhys war überrascht, daß dieser Laut ihn mit einer gewissen Befriedigung erfüllte.

Er goß ein Glas Wasser ein und zog einen Stuhl neben das breite, bequeme Bett. »Ridgely«, sagte er laut, und Adrians Augen öffneten sich mit einem leichten Flattern.

Als Adrian schließlich etwas erkennen konnte, verfinsterte sich sein zuvor leerer Blick. »Wo, zum Teufel, bin ich?«

»In meiner Wohnung in meinem Bett. Meinem einzigen Bett«, erklärte Rhys spitz.

Adrian versuchte, sich zu bewegen, wobei seine Miene noch finsterer wurde. »Warum?«

Rhys zuckte mit den Schultern. »Ich wußte nicht, wo ich

Sie sonst hätte hinbringen sollen, außer in eines dieser Leichenhäuser, die sie Krankenanstalten nennen. Ich hielt es nicht für ratsam, Sie in diesem Zustand zu Sir Giles zu schicken – er ist im Augenblick wohl weder Ihnen noch mir sonderlich wohlgesonnen. Außerdem wußte ich noch nicht einmal, ob Sie überhaupt überleben würden.«

»Die Vorstellung von meinem Tod braucht Sie nicht unbedingt derart zu erheitern.«

Rhys lachte vergnügt. »Also haben Sie doch einen Sinn für Humor. Das hätte ich nicht gedacht.«

»Na ja, im Augenblick ist dieser Sinn nicht besonders ausgeprägt. Sokrates?«

»Ist das der Name von diesem unverbesserlichen Biest? Er ist kein Stück besser als wir beide.«

Adrians angespannte Miene hellte sich auf, als sein Blick auf Rhys' zerschundenes Gesicht und den Arm in der Schlinge fiel.

»Jetzt brauchen Sie aber auch nicht so vergnügt zu grinsen«, sagte Rhys.

Adrian mußte seine ganze Kraft aufbringen, um sich aufzusetzen. »Ich wollte heute abend in See stechen«, überlegte er.

»Sie waren zwei volle Tage bewußtlos«, sagte Rhys.

»Ich bin also seit zwei Tagen hier?« Adrians Stimme verriet blankes Entsetzen.

»Oh, ich teile Ihren Unmut darüber«, bemerkte Rhys trocken. »Nicht nur, daß ich auf einem Stuhl schlafen mußte, nein, ich mußte auch noch Ihren übellaunigen Freund hinnehmen.«

»Warum?«

»Auch wenn ich Gefahr laufe, mich zu wiederholen, ich habe mich ein wenig verantwortlich für die ganze Sache gefühlt.«

Adrian stöhnte, als er an die Ereignisse dachte, die zu dieser bedauerlichen Situation geführt hatten. »Lauren?«

»Keine Ahnung.«

Adrian entfuhr erneut ein Stöhnen, als er versuchte, aufzustehen.

»Ich glaube nicht, daß Sie besonders weit kommen«, bemerkte Rhys mit einem leichten Grinsen.

»Haben Sie wirklich alles so gemeint, wie Sie gesagt haben?«

»Ah, Sie erinnern sich also noch an unsere Unterhaltung.«

»Redding . . .« Adrians Stimme hatte einen drohenden Unterton, trotz seiner offensichtlichen Schwäche.

»Wenn Sie den Teil des Gesprächs meinen, in dem ich Ihnen erklärt habe, daß Sie ein Widerling sind, dann ja.«

Adrian funkelte sein Gegenüber zornig an. Aber als er sich die Unterhaltung ins Gedächtnis rief, mußte er sich eingestehen, daß Reddings Worte durchaus ein Körnchen Wahrheit enthielten. Er hätte nicht erst darauf warten müssen, bis ihm jemand sagte, daß sich zwischen Redding und Lauren nichts abgespielt hatte, auch wenn es so ausgesehen haben mochte. Er *kannte* Lauren. Er liebte Lauren. Er hätte ihr vertrauen sollen. Als er sie mit Redding gesehen hatte, hatte er an Sylvia gedacht. Aber Lauren war nicht Sylvia; sie war anders als alle anderen Frauen. Verdammt, was hatte er nur getan?

»Könnten Sie ihr vielleicht eine Nachricht schicken?«

Redding grinste boshaft. »Mit dem größten Vergnügen, wenn das bedeutet, daß Sie dann umgehend meine Wohnung verlassen. Zusammen mit dem da!« Er starrte böse in die Ecke, in der Sokrates saß und Adrian vorwurfsvoll anblickte, als sei alles ganz allein seine Schuld.

Und das war es auch, wie Adrian sich eingestehen

mußte. »Ich glaube, ich erinnere mich daran«, sagte er, »daß Sie gesagt haben, Sie würden Ridgely verkaufen. Gilt das Angebot immer noch?«

»Ja.« Redding nickte.

»Habe ich Ihnen erzählt, daß ich ein Schiff gekauft habe?«

»Ja, und ich habe gesagt, ich würde es als Teil der Bezahlung nehmen.«

»Es ist als Blockadebrecher konzipiert.«

»Vergessen Sie nicht, daß ich ein Spieler bin.«

»Sie haben keine Ahnung von der Seefahrt.«

»Ich kenne mich ein bißchen aus, und den Rest kann ich lernen, wenn Sie mir helfen, die richtigen Leute anzuheuern.«

»Sie sind wahnsinnig.«

Rhys blickte hinüber zu Sokrates. »*Sie* haben dieses Tier, und Sie nennen *mich* wahnsinnig?«

Diese Bemerkung war nicht ganz aus der Luft gegriffen, aber jegliche Zuneigung, die Adrian zu Rhys Redding entwickelt haben mochte, wurde durch die nächsten Worte zunichte gemacht.

»Und ich habe festgestellt, daß ich amerikanische Frauen mag.«

Lauren blickte aus dem Fenster von Jeremys Haus in Nassau, wie sie es vor Monaten getan hatte. Der Hafen war fast vollkommen leer, zumindest waren es wesentlich weniger Schiffe als noch vor wenigen Tagen. Vor drei Tagen war Neumond gewesen, einen Tag, ehe ihr Schiff angelegt hatte. Sie war auf einem Dampfschiff gekommen, das jedoch nicht für das Durchbrechen der Blockade gemacht war.

Wie der Kapitän ihr erklärt hatte, wurde es allmählich

wirklich zu gefährlich, die Blockade zu durchbrechen. Mehr und mehr Unternehmen zogen sich aus dem Geschäft zurück.

Sie hatte gehofft, daß Adrian vor ihr ankäme, und jetzt machte sie sich Sorgen, daß er vielleicht bereits auf der Überfahrt von England abgefangen worden sein könnte.

Lauren konnte einfach nicht anders. Wenn sie nicht gerade unten am Kai war, auf das Wasser starrte und das Schiff herbeisehnte, auf dessen Deck Adrian als Kapitän stehen würde, starrte sie aus dem Fenster.

Jeremy und Corinne hatten sich wunderbar verhalten. Sie hatte gedacht, daß sie sie vielleicht nicht mehr bei sich haben wollten, wenn sie ihnen erst einmal alles gebeichtet hätte, und sie hatte sich bereits nach einer billigen Unterkunft und einer Arbeitsstelle umgesehen. Aber das ließen die beiden nicht zu. Man kann sich nicht aussuchen, wen man liebt, hatte er erklärt, und sie habe mehr als nur ihre Pflicht erfüllt. Ja, Jeremy hatte gehört, daß sie verhaftet würde, sobald sie in die Vereinigten Staaten zurückkehrte, aber er nahm an, daß er Phillips überreden könnte, diesen Haftbefehl aufzuheben. Schließlich hatte Phillips das *Gespenst* ja bekommen. Jeremys Optimismus hatte ihre Stimmung zwar nicht heben können, aber sie blieb und hoffte immer noch, daß Adrian kommen würde.

Lauren beobachtete, wie ein neues Schiff in den Hafen einlief, ein Dampfschiff. Die schlanken Umrisse erinnerten sie an das *Gespenst*. Sie erinnerte sich nicht daran, dieses Schiff vorher schon einmal gesehen zu haben, und ihr Herz flatterte aufgeregt, bis sie sich selbst ermahnte, sie solle sich nicht wie eine Närrin aufführen. Sie sah Menschen an Deck, aber sie konnte sie nicht erkennen. Für einen Moment meinte sie, eine der Figuren käme ihr bekannt vor, doch dann sagte sie sich, daß das wohl nur Wunschdenken war. Tu etwas Sinnvolles, sagte sie sich. Hilf Jeremy im Geschäft. Quäl dich doch nicht so.

Jeremy, der offenbar ihre Unruhe spürte, bat sie, die Vorräte zu überprüfen, vor allem die Rauchwaren. Wenn die Blockadebrecher kämen, würden sie diese Dinge wollen.

Sie beugte sich hinunter und überprüfte die Feuchthaltebehälter, als sie plötzlich eilige Schritte vernahm und einen Luftzug spürte. Plötzlich warf sich etwas Haariges in ihre Arme, und sie wurde von einem Paar begeisterter Lippen stürmisch abgeküßt.

Sokrates schnatterte aufgeregt, und vor lauter Freude biß er ihr in den Arm. Nachdem er mit der Begrüßung fertig war, kletterte er auf den Tresen und nahm sich eine Stange Lakritz.

Die Attacke des Affen hatte Lauren stolpern lassen, und nun wurde ihr eine sonnengebräunte Hand gereicht, deren lässige Stärke ihr wohlvertraut war. Sie blickte auf und sah in zwei wunderbare, tiefblaue Augen. Zum ersten Mal seit drei schrecklichen Wochen stand sie ihm gegenüber.

Adrian verschlang sie mit den Augen, auch wenn sein Gesicht so ausdruckslos blieb, als wisse er nicht, was er erwarten sollte. Die Hitze, die immer zwischen ihnen aufflammte, die gegenseitige Anziehungskraft, die sie seit dem Augenblick ihrer allerersten Begegnung verspürt hatten, diese geheimnisvolle Macht, die sie aneinander band – all das umfing sie erneut, als er ihr fragend ins Gesicht blickte. Plötzlich gab es niemanden auf der Welt außer ihnen beiden, und es war, als hätte es niemals Betrug oder Mißtrauen zwischen ihnen gegeben. Es gab nur das Jetzt, nur diesen Moment ... und die anderen unbezahlbaren Augenblicke, in denen sie sich so heftig geliebt hatten.

»Ich habe dich vermißt«, flüsterte Adrian leidenschaftlich, während er seine Arme um sie legte und sie an sich zog, um ihren Herzschlag zu spüren.

Lauren konnte es einfach nicht glauben. Sie hob den Kopf, um ihm in die Augen zu blicken, in deren Tiefe sie sich vollkommen verlor. Er umfing ihren Mund mit seinen Lippen, und die Welt stand in Flammen und erfüllte sie mit der wundersamen Herrlichkeit der Liebe.

Als er sie schließlich freigab, sah sie ihn an, und in ihren großen Augen schimmerten glänzende Tränen. »Ich liebe dich«, sagte sie zum ersten Mal laut, nachdem sie es unzählige Male in der Stille ihrer Gedanken verkündet hatte.

Mit zitternder Hand strich er ihr sanft über die Wange, zeichnete die feinen Linien ihres Gesichts nach, als wolle er sich vergewissern, daß sie tatsächlich vor ihm stand.

»Würden Sie mit mir eine kleine Segelpartie unternehmen, Miss Bradley?« fragte er.

Er bat sie um viel mehr als das, und Lauren wußte es. »Ja.«

Das kleine Boot schnellte durch das Wasser.

Lauren wußte jetzt, daß Adrian mit dem Schiff gekommen war, das sie von ihrem Fenster aus gesehen hatte, und sie wunderte sich darüber, wie schnell er zu ihr gekommen war, wie es ihm gelungen war, so schnell das Boot zu bekommen.

Sie wußte, ohne ihn zu fragen, daß sie zu der wunderbaren Insel zurückkehrten, auf der sie sich ineinander verliebt hatten, auf der sie allein sein würden, vollkommen allein ... abgesehen von Sokrates, der sich weigerte, einen von ihnen auch nur für eine Sekunde aus den Augen zu lassen.

Lauren konnte ihren Blick einfach nicht von der eindrucksvollen Gestalt abwenden, die so selbstsicher Segel und Ruderpinne bediente. Sie erinnerte sich daran, daß sie vor ein paar Monaten gedacht hatte, wie anziehend er war, wenn er sich mit solcher Behendigkeit bewegte, wie sehr er eins war mit dem Meer, der Sonne und dem Wind. Wahrscheinlich hatte sie ihn schon damals geliebt, wenn auch nicht mit derselben Inbrunst wie jetzt. Nicht mit ihrer ganzen Seele, ihrem ganzen Herzen. Damals war ihr Herz noch im Zwiespalt gewesen.

Jetzt gehörte es ganz ihm, wenn er es nähme. Aber es gab noch so viel, was sie ihm zu beichten hatte.

Im Augenblick jedoch erfreute sie sich einfach an seinem Anblick. Wie damals hatte er seine blankpolierten schwarzen Stiefel mit einem jungenhaften Lächeln ausgezogen, obgleich die eng anliegenden Hosen und das offene Hemd, das den Blick auf seine breite Brust freigab, ihn alles andere als jungenhaft erscheinen ließen. Sein kastanienbraunes Haar war windzerzaust, und sie spürte das schmerzliche Verlangen, ihm mit den Fingern durch die volle Mähne zu fahren. Er lächelte sie an, langsam und sinnlich. Das Lächeln war so intim und zärtlich wie ein Kuß. Es barg dasselbe Versprechen.

Das kleine Boot fuhr herum, und kühles Wasser spritzte ihr ins Gesicht. Sie spürte den Kontrast zur heißen Sonne der Bahamas. All ihre Sinne waren angeregt, und sie hatte das Gefühl, vor Verlangen zu bersten, als sie beobachtete, wie Adrians Körper sich anmutig bewegte, wie seine Hände sicher das Ruder bewegten.

Und dann hob er sie hoch und trug sie hinüber in den makellos weißen, weichen Sand, den sonst nur das Meer berührte. Den Affen, der sich für den kurzen Weg ans Ufer auf Adrians Schulter geschwungen hatte und der jetzt heruntersprang, um sich auf die Suche nach einem Baum zu begeben, bemerkte sie kaum.

Es gab nur noch Adrian. Nur noch seine Nähe. Das Tosen, das seine Umarmung hervorrief, die Blitze, die seine Lippen schickten. Den Sturm, den er entfachte, als er sie in den Sand legte und neben ihr niederkniete. Als er mit seinen Händen über ihren Körper strich, zärtlich, liebend.

Der Sturm wurde zu einem Orkan, als ihre Körper sich fanden, als keiner genug berühren, genug zeigen, genug bekommen konnte. Sie waren außer sich vor Verlangen. Es war so viel mehr als reine Lust, es war das Bedürfnis, den anderen völlig zu umhüllen, wieder eins zu werden, sowohl im Geiste als auch körperlich. Sie waren so weit voneinander entfernt gewesen . . .

»Ich liebe dich«, flüsterte Lauren, als er in sie eindrang und sich ihre Körper in gemeinsamem Verlangen, gemeinsamer Lust, gemeinsamer Liebe vereinigten. Erst sanft und dann mit all der wilden, verzweifelten Heftigkeit, die dem Verlust, der Angst, der Leere entsprungen war. Die Vehemenz ihrer Vereinigung wich herrlicher Süße, dann drängendem Verlangen und schließlich explodierender Herrlichkeit.

Sie lagen beieinander, und ihre Kleider waren im Sand verstreut. Keiner von beiden wußte, wann oder wie sie sie ausgezogen hatten, und es war auch egal. Sie spürten die Wärme der Sonne und die Kühle des Windes, die die Feuchtigkeit auf ihrer Haut und die Tränen in Laurens Gesicht trockneten, und sie beide hatten das Gefühl vollkommenen Friedens. Lauren strich mit der Hand über Adrians Brust und verharrte kurz auf der Wunde, die er sich in Virginia zugezogen hatte. Als sie sich vorbeugte und die Narbe küßte, spürte sie seinen Herzschlag.

Und dann sah sie ihm in die Augen und wußte, daß es an der Zeit war, sich ihm vollkommen zu öffnen: ihm ihre

Geheimnisse, die Lügen, die schreckliche Wahrheit anzuvertrauen.

»Es gibt so viel, was ich dir zu sagen habe«, sagte sie.

Adrians Lippen senkten sich beschwichtigend auf ihren Mund. »Ich glaube, ich weiß inzwischen alles. Lisa hat mir einen Teil erzählt und Redding den Rest.«

»Und trotzdem . . .?«

»Liebe ich dich noch?« Er bedachte sie mit einem seltsamen Lächeln, traurig, voller Bedauern, voller Schuldgefühle. »Großer Gott, und ob ich dich liebe. Ich habe dich von Anfang an geliebt, ich glaube, von dem Moment an, wo du Sokrates mit einem Knicks begrüßt hast.« Er stupste ihren Hals mit seiner Nase an. »Auf jeden Fall wußte ich es ganz sicher, als du mit Sokrates im Arm in das Gefängnis gekommen bist und diese lächerliche Geschichte über ein mißgebildetes Kind erzählt hast.« Er lachte sanft und murmelte leise gegen ihre Wange, so daß sie seine Worte kaum verstand.

»Mein Leben«, fügte er hinzu, »wäre ohne dich ungeheuer langweilig.«

»Aber –«

»Ich weiß von der Sache mit deinem Bruder.« Er hob den Kopf und blickte sie an. »Es tut mir leid, Lauren. Es tut mir so furchtbar leid. Ich wußte damals nicht, daß jemand sterben würde, und wenn es irgend möglich wäre, würde ich ihn dir zurückbringen. Aber ich kann es nicht.«

Lauren sah den Schmerz in seinen Augen, die Wehmut, und sie wußte, daß er es ehrlich meinte. Sie spürte, wie der letzte Rest ihrer Schuldgefühle und ihres Zorns verrauchte. Sie würde Larry niemals vergessen, aber jetzt konnte sie ihn loslassen.

»Das *Gespenst* . . .«, setzte sie an.

»Auch das weiß ich«, sagte er. »Irgendwie wußte ich von

Anfang an, daß du für die Panne verantwortlich warst. Aber ich dachte, du müßtest einen guten Grund dafür haben, und ich wollte, daß du ihn mir nennst, daß du mir vertraust ... das war mir so verdammt wichtig.«

»Ich wollte es dir erklären«, flüsterte Lauren, »aber ...«

»Aber was?«

»Jeremy hat mir von der Wette zwischen dir und Clay erzählt ...«

Adrian stöhnte. Allmählich verstand er so viele Dinge. Ihre plötzliche Zurückhaltung an Bord des *Gespenstes*, die vielen Male, in denen sie ihm ausgewichen war. Sie hatte allen Grund gehabt, ihm zu mißtrauen. Die verdammte, blödsinnige Wette.

»Es war einfach eine idiotische Wette, mit der ich mich einverstanden erklärt hatte, kurz nachdem ich dir zum ersten Mal begegnet bin«, sagte er. »Wir haben immer um alles mögliche gewettet. Ich wollte die Wette eigentlich sofort wieder rückgängig machen, aber Clay hat einfach weitergemacht, indem er dich ... zum Essen einlud.«

Lauren war erleichtert. Bis jetzt war ihr nicht klar gewesen, wie sehr sie diese Wette noch gestört hatte. Ihre Erleichterung spiegelte sich offenbar deutlich auf ihrem Gesicht wider, denn er erstickte ihre Erwiderung mit einem Kuß, der so zärtlich war, so voller Versprechen, daß ihr Herz zu jubilieren begann.

»Ich wußte nicht«, sagte er anschließend sehr langsam, als wolle er ihnen beiden etwas erklären, »daß ich dich wegen einer Sache verurteilte, derer ich mich selber schuldig gemacht habe. Ich habe dir nicht genügend vertraut, um dir zu sagen, was ich vermutete, oder um dich um eine Erklärung zu bitten. Ich habe alles dir überlassen, und dabei hätte ich dich beinahe verloren.«

Lauren wollte protestieren, wollte sagen, daß alles allein

ihre Schuld gewesen war, aber er legte ihr einen Finger auf die Lippen und brachte sie so zum Schweigen. »Ich wußte sehr lange Zeit nicht, wie ich jemandem vertrauen sollte, Lauren, aber ich bin dabei, es zu lernen. Hab Geduld mit mir.«

Adrians Stimme war ruhig, leise und flehend auf eine Weise, die Lauren nicht kannte. Er hatte ihr sein Vertrauen auf viele Arten gezeigt, er hatte ihr viel mehr vertraut als sie ihm.

Vertrauen war etwas so Wertvolles. Es sollte nicht so leicht zerbrechen, aber heute hatten sie es gestärkt, und sie schwor sich, daß es nie wieder irgendwelche Geheimnisse zwischen ihnen geben würde.

Aber ein Geheimnis gab es noch, wie sie sich stumm eingestand, eine Sache stand noch zwischen ihnen: Rhys Redding.

Mit dem eigenartigen Gespür, das er für sie hatte, wußte Adrian, was sie sagen wollte, und wie schmerzlich es für sie würde. Wieder unterbrach er sie. »Auch wenn ich noch irgendwelche Zweifel daran gehegt habe, was für ein Narr ich gewesen bin, so hat Redding mir das schmerzlich bewußt gemacht«, sagte er mit einem seltsamen Lächeln. »Er hat mir von der Wette erzählt . . . er hat gesagt, daß du die einzige richtige Lady bist, die ihm jemals begegnet ist.«

Lauren riß erstaunt die Augen auf.

»Außerdem hat er gesagt, daß ich dich nicht verdient habe, und daß er hofft, daß du seiner Sanftmut schließlich doch den Vorzug geben wirst.« Seine Stimme klang spöttisch, aber er sah sie fragend an, mit einer Unsicherheit, die sie schmerzte.

Sie ergriff seine Hand fester und sagte die Worte, nach denen er sich so lange gesehnt hatte: »Ich liebe dich, Adrian. Ich liebe dich so sehr, daß es weh tut . . .« Ihre

Stimme verlor sich, und der heisere, gebrochene Ton zeigte, daß sie die Wahrheit sagte.

Adrian streichelte ihr Gesicht und strich sanft über ihre Augen, in denen Tränen schimmerten. Tränen, hinter denen sich so viele Gefühle verbargen. Trauer. Wehmut. Hoffnung. Glück. Sein Herz, das sie ihm Stück für Stück gestohlen hatte, gehörte ihr nun ganz.

»Ich wollte dich in London noch aufsuchen«, sagte er, weil er wollte, daß sie es wußte. »Aber du warst bereits fort.«

Sie sah ihn verwundert an. »Man sagte mir, *du* seist fort. Also bin ich dir nachgereist. Ich hatte solche Angst, daß ich dich verloren hätte ... ich mußte dir einfach alles erklären ... und dann warst du weg ...«

»Redding und ich hatten eine ... recht schmerzhafte Auseinandersetzung«, fuhr Adrian fort, wobei seine Augen amüsiert aufblitzten. »Am Ende waren wir beide ziemlich schlimm dran. Ich war zwei Tage lang bewußtlos, und er hatte einen gebrochenen Arm.« Er grinste, als er Laurens verblüfften, entsetzten Blick sah.

»Er hat sich um mich gekümmert, und als ich schließlich wieder zu mir kam, bin ich sofort zu Sir Giles gefahren, aber du warst bereits weg. Rhys und ich sind eine Art ... Partnerschaft eingegangen ... um dich zu finden.«

»Rhys?« Ihre Überraschung war offensichtlich.

»Ich habe ihm das Schiff als Teil der Zahlungen für Ridgely gegeben, und dafür hat er mich unentgeltlich mit nach Nassau genommen.«

All diese Neuigkeiten waren zuviel für Lauren. Sie erinnerte sich noch allzu gut daran, wie Adrian Rhys niedergeschlagen hatte, an die offene Abneigung der beiden Männer, die selbst auf dem Ball nicht zu übersehen gewesen war. »Rhys ist hier?«

»Er wird die Blockade durchbrechen . . . Die meisten meiner Männer sind hier, und ich ziehe mich aus dem Geschäft zurück, also kriegt er die beste Mannschaft weit und breit. Er sagt, er hat Spaß an einem guten Spiel. Ich habe wirklich versucht, ihn zu warnen«, fügte Adrian hinzu.

Lauren mußte lächeln.

Er sah sehr zufrieden mit sich aus, wie ein kleiner Junge, der einen unvorsichtigen Freund dazu gebracht hatte, eine verbotene Sache zu tun, indem er ihn mit den Reizen gelockt hatte.

»Das hast du nicht«, schimpfte sie, aber ihre Augen lachten.

Er lächelte nur. »Rhys Redding ist durchaus in der Lage, auf sich selbst aufzupassen«, sagte er. »Du hingegen . . .«

Sie blickte ihn leicht verletzt an.

»Brauchst unbedingt einen Ehemann«, fuhr er unbeirrt fort.

Sie riß die Augen auf und spitzte überrascht die Lippen. Adrian konnte einfach nicht widerstehen. Er küßte sie, und seine Zunge sprach für sich. Als er diese erquickliche Aufgabe erledigt hatte, ließ er lange genug von ihr ab, daß sie antworten konnte.

»Muß ich dann etwa als ›Mylady‹ herumlaufen?« fragte sie vorsichtig.

»Als meine Lady«, verbesserte er, während er mit den Zähnen an ihrem Ohr zupfte.

»Und ich kann weiterhin Karten spielen und Leute aus Gefängnissen befreien?«

»Das ist vollkommen normal für eine Cabot«, sagte er grinsend. »Wenigstens hast du ja keinen Affen mit schlechten Manieren.«

»Jetzt schon«, sagte sie. Ihre Augen glänzten, als sie ihm ihre Hand, ihr Herz und ihre Seele gab.

Sie waren so miteinander beschäftigt, daß keiner von ihnen ein weises, kleines Gesicht bemerkte, das strahlend von einem Baum herabblickte.

Epilog

»Der Krieg ist vorbei.«

Adrian trug immer noch das grobe Baumwollhemd und die engen Reithosen, als er den Brief las, der gerade angekommen war.

Er war zum Mittagessen von den Feldern heimgeritten, und sein Hemd klebte trotz der Kühle des englischen Maiwetters an seiner Haut.

Er hatte sich nicht geschont, und den Feldern war die monatelange Schinderei anzusehen. Ridgely hatte in den Jahren der Mißwirtschaft einige seiner Pächter verloren, so daß es an guten Arbeitskräften gefehlt hatte. Im Verlauf der letzten achtzehn Monate hatte Adrian jedoch gute Leute angeworben, und allmählich ging es mit dem Landsitz wieder aufwärts. Das Geld war immer noch knapp; fast alles, was Adrian verdient hatte, war in den Rückkauf der Ländereien seiner Vorfahren geflossen, und die Banken vertrauten dem Namen Cabot immer noch nicht wieder. Aber langsam war eine gewisse Ordnung in dem Durcheinander zu erkennen, und jede Verbesserung war ein kleiner Sieg.

Und sie taten es gemeinsam.

Er las weiter in dem Brief von Sir Giles. »Keine Neuigkeiten von Rhys«, sagte er, »aber ich nehme an, wir hätten davon gehört, wenn ihm etwas passiert wäre. Zumindest wissen wir ja, daß er den Yankees entkommen ist. Ich frage mich nur, wie er das gemacht hat – schließlich hatte er keine Lauren.«

Lauren kicherte. »Vielleicht hat er mit einem unvorsichtigen Wachmann gewettet.« Sie rückte ein wenig auf der Gartenbank, wo sie auf ihn gewartet hatte. Sie liebte diesen Ort und seinen Rosenduft.

Das Haus war inzwischen hell und freundlich, und das Sonnenlicht strömte durch die Gardinen, die sie selbst mit Hilfe der einen Bediensteten, die geblieben war, genäht hatte. Und Sokrates war wieder ein sehr zufriedener Affe. Es gab genug Bäume, um ihn für den Rest seines Lebens mit Blättern und Rinde zu versorgen, und er hatte Dutzende von Räumen zu erforschen. Seine Streitsucht konnte er ausleben, indem er der Haushälterin Mary und dem Butler Simon auf die Nerven ging.

Lauren fühlte Adrians liebevollen Händedruck und die ruhige Freude, die seine Gegenwart ihr jedesmal bescherte. Trotzdem konnte sie sich einer leichten Traurigkeit nicht erwehren. Der Krieg war vorbei, aber seine grausamen Folgen würden noch über Generationen hinweg zu spüren sein. Sie dachte an Melissa und Randall; an Clay, der schließlich doch noch auf einer der letzten Fahrten nach Wilmington gefangengenommen worden war; an den Hauptmann der Konföderierten, den sie in Virginia kennengelernt hatte – ob er noch lebte? Dann dachte sie an Mr. Phillips, dessen Spielchen jetzt ein Ende hätten.

Für einige war der Krieg endgültig vorbei – auch für Lauren. Jeremy hatte sich bei Mr. Phillips für sie verwendet, so daß sämtliche Anklagepunkte fallengelassen worden waren. Für andere jedoch würde er niemals wirklich enden. Lauren dachte noch einmal an Melissa, deren Tagebuch sie Adrian vor kurzem zu lesen gegeben hatte. Eines Tages, das wußte sie, würde sie es an Melissas Familie schicken. Sie sollten wissen, welchen Schmerz sie durchgemacht hatte wegen ihrer Liebe zu Randall.

Lauren lächelte, während Adrian die Hand auf ihren

Bauch legte und sich sein Mund zu einem zufriedenen Grinsen verzog, als er einen heftigen Tritt fühlte.

Bei der Kraft mußte es ein Junge werden.

Adrian jedoch behauptete, daß nur eine Tochter von Lauren einen solch eisernen Willen haben konnte.

Sie blickte ihm ins Gesicht, in dieses starke, sonnengebräunte Gesicht, das sie mehr als ihr Leben liebte, und beobachtete, wie das bedächtige, feierliche Lächeln die ernste Linie seiner Lippen durchbrach. Seine Augen glänzten vor Zufriedenheit, und sein Lachen klang glücklich.

Sie liebte ihn jeden Tag mehr.

Sie dachte immer noch an ihren toten Zwillingsbruder. Adrian hatte bereits vorgeschlagen, daß sie ihr Kind, falls es ein Sohn würde, Larry nennen sollten. Sie wußte, das würde ihrem Bruder gefallen. Und er würde es verstehen. Er hatte immer Verständnis für die Liebe gehabt.

Sie blickte hinauf in den blauen Himmel. Ihr Vater hatte gesagt, daß Laurence wie der erste helle Strahl der Morgensonne war, und daß sie dem sanften Zwielicht des Abends glich.

Lauren würde immer nach diesem ersten hellen Sonnenstrahl Ausschau halten, aber Adrian hatte ihre Tage mit einer anderen Helligkeit erfüllt, die süße Erinnerungen und zugleich die heftigen Stürme der Leidenschaft erlaubte, die von Anfang an zwischen ihnen getost hatten.

Adrians Lippen umfingen ihren Mund, und wieder war sie wie vom Blitz getroffen. Sie legte ihre Hand in seine, und gemeinsam gingen sie ins Haus. Der Brief, der ein Kapitel ihres Lebens schloß, war vergessen. Die Vergangenheit war nicht mehr wichtig, denn nun begannen sie von vorn.